MIRA®

Verbotene Früchte

Mit unbarmherziger Strenge erzieht Hope St. Germaine, deren Wahnvorstellungen von dem „Bösen“, dem Ausschweifenden im Laufe der Jahre immer stärker werden, ihre Tochter Glory, die sich vergeblich nach der Zuneigung ihrer Mutter sehnt. Aber die harte Erziehung und Hopes Warnungen vor Sex sind vergeblich: Glory verliebt sich in Victor Santos, Sohn einer Prostituierten, die er eines Tages ermordet auffindet. Glory ist fasziniert von dem Mann mit dem brennenden, dunklen Blick. Doch noch sind die Welten, in denen sie leben, zu verschieden für eine gemeinsame Zukunft ...

Erica Spindler

Verbotene Früchte

Roman

Aus dem Amerikanischen von
Margret Krätzig

MIRA®

MIRA® TASCHENBUCH
Band 25017
1. Auflage: September 2002

MIRA® TASCHENBÜCHER
erscheinen in der Cora Verlag GmbH & Co. KG,
Axel-Springer-Platz 1, 20350 Hamburg
Deutsche Taschenbucherstausgabe

Titel der nordamerikanischen Originalausgabe:
Forbidden Fruit

erschienen bei: Mira Books, Toronto
Published by arrangement with
Harlequin Enterprises II B.V., Amsterdam

Redaktion/Lektorat: Ilse Bröhl
Konzeption/Reihengestaltung: fredeboldpartner.network, Köln
Umschlaggestaltung: pecher und soiron, Köln
Titelabbildung: by GettyImages, München
Autorenfoto: © by Harlequin Enterprise S.A., Schweiz
Satz: Berger Grafikpartner, Köln
Druck und Bindearbeiten: Elsnerdruck, Berlin
Printed in Germany
ISBN 3-89941-017-3

PROLOG

Vacherie, Louisiana, 1959

Hope Pierron saß auf dem Fenstersitz ihres Schlafzimmers in der zweiten Etage und blickte auf den Mississippi hinab. Begierige Erwartung und Aufregung beherrschte sie mit eiserner Disziplin. Ihr ganzes Leben hatte sie auf diesen Tag gewartet. Sie würde sich jetzt nicht verraten, indem sie zu viel Eifer zeigte.

Sie presste eine Hand gegen das sonnenwarme Glas und wünschte, es zerbrechen und hinausfliegen zu können in die Freiheit. Oft hatte sie sich in ihren vierzehn Jahren, die sie gefangen in den roten Mauern dieses Hauses verbracht hatte, danach gesehnt, wie ein Vogel davonzufliegen. Ab heute brauchte sie sich keine Flügel mehr zu wünschen. Ab heute war sie befreit von diesem Haus und dem Stigma der Sünde. Befreit von ihrer Mutter und allen, die sie kannte.

Heute wurde sie neu geboren.

Hope schloss die Augen, um an ihre Zukunft zu denken. Stattdessen sah sie ihre Vergangenheit und das verhasste Haus. Das Pierron-Haus lag an der River Road und war seit dem Sommer 1917 eine Institution des südlichen Louisiana. Damals war ihre Großmutter Camellia, die erste der Pierron-Frauen, die ein Bordell betrieben, mit ihrer Tochter und ihren Mädchen hierher gezogen. Erstaunlicherweise hatte es weder Empörung noch Aufruhr darüber gegeben. Auch später nicht, als die Gentlemen regelmäßige Gäste wurden. All die Jahre waren das Haus und die Aktivitäten darin akzeptiert worden wie die Hitze und die Moskitos im August – mit resignativer Bestürzung und zuckersüßer Verachtung.

Das war zu erwarten gewesen, schließlich befanden sie sich in Louisiana, wo Essen, Trinken und andere sinnliche Genüsse ebenso zum Alltagsleben gehörten wie die Messe und die Beichte. Die Menschen hier akzeptierten ihre Buße mit ebenso viel *joie de vivre* wie ihre Vergnügungen. Und irgendwie begriffen sie wohl, dass das Pierron-Haus beides repräsentierte.

Das Gebäude selbst, ein neoklassizistischer Bau mit achtundzwanzig beeindruckenden dorischen Säulen und ausladenden umlaufenden Galerien, war ein architektonisches Meisterwerk. In der Nachmittagssonne strahlte es ironischerweise in jungfräulichem, fast heiligem Weiß. Nach Sonnenuntergang endete die Illusion der Heiligkeit jedoch. Das Haus erwachte zum Leben. Musik erklang, und von den Wänden hallte das Gelächter jener, die gekommen waren, verbotene Früchte zu kosten, und derer, die sie verkauften.

Jeden Abend ihres Lebens hatte Hope dieses Gelächter hören müssen und gesehen, wie die Mädchen ihrer Mutter mit den Männern die geschwungene, mit sinnlich weichem, blutrotem Teppich belegte Treppe zu den sechs Schlafräumen in der ersten Etage hinaufgegangen waren, die man üppig mit Seide, Brokat und großen weichen Betten ausgestattet hatte.

Betten, in denen Männer sich wie Könige oder in besonders guten Nächten wie Götter fühlen sollten.

Zeit ihres Lebens hatte Hope gewusst, was in diesen Zimmern vor sich ging. So wie sie immer gewusst hatte, wer und was sie war – das Hurenkind, der Balg einer Nutte und ihres Freiers, beschmutzt von Sünde.

Von geheimen Plätzen und durch kleine, versteckte Gucklöcher hatte sie mit einer Mischung aus Faszination und Entsetzen beobachtet, was Männer und Frauen miteinander trieben. Und manchmal, während sich ein Paar auf dem Bett wand, hatte sie sich vor und zurück gewiegt, die Beine fest zusammengepresst, flach und unregelmäßig atmend.

In solchen Momenten hatte das Böse sie fest im Griff gehabt und nach sündiger Erlösung verlangt.

Danach hatte sie sich schuldbeladen und beschämt stets bestraft. Dass sie sich selbst berührte, dass sie diese Dinge mit ansah, war falsch. Sündhaft. Sie hatte aus dem Katechismus und in der Messe von ihrer Sünde erfahren. In der Kirche saß sie immer allein, weil sie von anderen Kindern geschnitten wurde, was innerhalb und außerhalb der Kirchenmauern besonders jene Männer förderten, die nachts in ihrem River-Road-Haus lachten und bei Tag den Blick abwandten.

Als die Treppe zu ihrer Etage knarrte, wandte Hope sich vom Fenster ab und der Tür zu. Einen Augenblick später erschien ihre Mutter.

Lily Pierron war eine unglaubliche Schönheit, wie es alle Pierron-Frauen gewesen waren. Gesicht und Figur schienen über die Jahre nicht gealtert zu sein, und ihr Haar war noch so samtig blauschwarz wie in Hopes Kindheit. Die anderen Huren redeten hinter ihrem Rücken darüber, Hope hatte sie tuscheln hören. Sie spekulierten, dass Lily einen Pakt mit dem Teufel geschlossen habe wie alle Pierron-Frauen.

Alle, außer Hope. Hope war nicht annähernd so schön wie ihre Mutter. Ihre Haare waren tiefbraun anstatt schwarz, ihre Augen blass anstatt strahlend blau, und ihre Gesichtszüge scharf anstatt weich.

Sie war nicht so schön, weil die Sünde in ihr nicht so stark war.

„Hallo, Mama“, raunte Hope und setzte ein bittersüßes Lächeln auf.

Ihre Mutter erwiderte es melancholisch und kam einen Schritt näher. „Du siehst sehr erwachsen aus, wie du so dastehst. Einen Moment hätte ich dich fast nicht erkannt.“

Hopes Herz schlug heftig. „Ich bin es aber, Mama.“

Ihre Mutter lachte leise: „Ich weiß. Mir kommt es jedoch vor, als wärst du gestern noch ein Baby gewesen.“

Und eine Ewigkeit eine Gefangene dieses Hauses „Mir auch, Mama."

Lily ging zum Koffer, der geöffnet auf dem Bett lag. Hope merkte, wie viel Anstrengung es ihre Mutter kostete, nicht in Tränen auszubrechen. Und sie fragte sich, ob ihre Mutter merkte, dass ihre Augen trocken und Hände und Stimme ruhig waren. Was Lily wohl sagen würde, wenn sie die Wahrheit erführe: dass ihre einzige Tochter sie nie wieder sehen wollte.

„Ist das der Letzte?" fragte ihre Mutter. „Der Wagen wird jede Minute hier sein."

„Ja, die anderen habe ich schon nach unten gebracht."

Lily legte sorgfältig die letzten Dinge in den Koffer, klappte ihn zu und sicherte die Verschlüsse. „Das wär's." Sie richtete die tränenfeuchten Augen auf Hope. „Alles fertig zur ... Abreise." Ihre Stimme brach, und das letzte Wort kam halb erstickt heraus.

Hope zwang sich, zu ihrer Mutter zu gehen. Sie nahm ihre Hand und legte sie sich an die Wange. „Es wird alles gut, Mama. Memphis ist nicht sehr weit weg."

„Ich weiß. Es ist nur ..." Lily holte zittrig Atem. „Was soll ich nur ohne dich machen? Du bist das Beste ... das einzig Gute in meinem Leben. Du wirst mir schrecklich fehlen."

Hope legte die Arme um ihre Mutter, barg das Gesicht an ihrer Schulter und unterdrückte ein Lächeln. „Du wirst mir auch fehlen. Sehr sogar. Vielleicht sollte ich nicht fortgehen. Vielleicht sollte ich bleiben und helfen ..."

„Nein! Niemals!" Lily nahm Hopes Gesicht zwischen beide Hände. „Du wirst nicht enden wie ich. Das lasse ich nicht zu, hörst du? Dies ist deine Chance zu entkommen. Das habe ich mir immer für dich gewünscht. Deshalb habe ich dich Hope genannt, Hoffnung." Sie griff fester zu. „Du warst immer meine Hoffnung für die Zukunft. Du darfst nicht bleiben."

Diesmal konnte Hope ihr Lächeln nicht zurückhalten. „Du wirst stolz auf mich werden, Mama. Warte es nur ab."

„Ich weiß." Lily ließ die Hände sinken. „Alles fertig. St.-Marys-Academy erwartet dich. Du bist aus Meridian, Mississippi, das einzige Kind wohlhabender Eltern."

„Die im Ausland reisen", fügte Hope hinzu. Plötzlich nervös, verschränkte sie die Finger ineinander. „Und wenn jemand die Wahrheit entdeckt? Wenn eine meiner Mitschülerinnen aus Meridian stammt? Was dann?"

„Niemand wird die Wahrheit herausfinden. Mein Freund hat an alles gedacht. Es geht kein anderes Mädchen aus Mississippi auf die Akademie. Sogar die Schulleiterin hält dich für Hope Penelope Perkins. Niemand wird deine Geschichte anzweifeln. Fühlst du dich jetzt besser?"

Hope nickte. Sie wusste, dass der „Freund" ihrer Mutter niemand anderer war als der Gouverneur von Tennessee. Er kannte ihre Mutter schon ewig lange, und Lily kannte viele – wenn nicht gar alle – seiner finsteren Geheimnisse. Geheimnisse, die sie mit ins Grab nehmen würde. Natürlich verlangte so viel Loyalität manchmal nach Gegenleistungen – in Form von Gefälligkeiten.

Ein Hupton zerschnitt die Stille des feuchtwarmen Nachmittags. Hope lief in freudigem Schrecken ans Fenster. Zwei Stockwerke unter ihr stand der Shuttledienst vom Flughafen in der Einfahrt, und Tom, der Hauswart, half dem Fahrer, ihre Koffer einzuladen.

Lily folgte ihr ans Fenster. „Großer Gott, es ist schon Zeit." Sie legte Hope die Hände auf die Schultern und presste die Wange an ihr Haar. „Ich weiß nicht, wie ich das ertragen soll."

Hope atmete tief durch, und ihr Herz wollte zerspringen vor Freude. Fast frei. Nur noch ein paar Minuten, und ich sehe Mutter und dieses verhasste Haus nie wieder. Sie hatte Mühe, nicht laut loszulachen.

Seufzend ließ Lily die Hände sinken und trat einen Schritt zurück. „Wir gehen besser."

„Ja, Mama." Hope nahm den Koffer und stieg mit Lily die Treppe hinab. Die Mädchen ihrer Mutter erwarteten sie im Foyer. Alle umarmten und küssten Hope, wünschten ihr alles Gute und nahmen ihr das Versprechen ab, zu schreiben.

Die Jüngste aus der Gruppe, ein Mädchen nicht viel älter als Hope, reichte ihr einen Apfel, prall, rot und reif. „Falls du hungrig wirst", flüsterte sie, und ihre Augen schwammen in Tränen.

Hope nahm das Geschenk an, obwohl die Frucht ihr wie Säure in der Handfläche brannte. Sie hätte den Apfel gern weggeschleudert und wäre davongelaufen, doch sie zwang sich, der kleinen Hure lächelnd in die Augen zu sehen. „Danke, Georgie. Nett von dir, an mich zu denken."

Hope trat nach draußen, ihre Mutter ging neben ihr. Die schwache, heiße, jedoch klare Brise vom Fluss schien sie vom Gestank des Hauses und seiner Geschichte – ihrer Geschichte – zu reinigen.

Lily zog Hope in die Arme und klammerte sich an sie. „Mein liebes, liebes Baby. Ich werde dich furchtbar vermissen."

Hope bekämpfte den Drang, sich loszureißen und zum Wagen zu rennen. Sie gestattete ihrer Mutter, sie ein letztes Mal zu küssen, und schwor sich, diese abstoßende Berührung nie wieder zuzulassen.

Die Berührung der Sünde.

Der Fahrer räusperte sich. Hope dankte ihm im Stillen für die Mahnung zur Eile und löste sich von ihrer Mutter. „Ich muss jetzt los, Mama."

„Ich weiß." Lily schlang die Arme um sich und kämpfte mit den Tränen. „Ruf an, wenn du da bist."

„Mach ich", log Hope. „Ich verspreche es."

Sie ging auf den Wagen zu und zählte die Schritte. Mit jedem schien ein Stück ihrer Vergangenheit von ihr abzufallen wie Lagen erstickender Kleidung aus feuchter, verrottender Wolle.

Der Fahrer öffnete die Tür. Sie wollte einsteigen, verharrte jedoch und blickte über die Schulter zurück auf das Haus, auf ihre Mutter, die in seinem Schatten stand, und die im Eingang versammelten Huren. Ihre Lippen verzogen sich zu einem kleinen, zufriedenen Lächeln.

Heute war sie neu geboren worden als Hope Penelope Perkins. Heute ließ sie das Böse hinter sich.

Sie ließ den Apfel aus der Hand gleiten, wandte sich ab und stieg in den Wagen.

TEIL 1

Hope

1. KAPITEL

New Orleans, Louisiana, 1967

Blumenduft hing in der Luft, geradezu überwältigend in seiner Süße. Eigenartig vermischt mit dem Geruch der Entbindungsstation, entstand ein neuer, sowohl angenehmer wie abstoßender Duft. Stündlich kamen neue Sträuße an, begeisterte Gaben, um die Geburt des ersten Kindes von Philip St. Germaine III. zu feiern.

Die Aufregung war verständlich. Schließlich würde dieses Kind das Familienvermögen und die gesellschaftliche Position erben und nicht zuletzt das altehrwürdige St. Charles, das kleine Luxushotel, das 1908 vom ersten Philip St. Germaine gebaut worden war.

Für dieses Kind war nichts zu viel.

Hope blickte auf das Neugeborene in der Korbwiege neben ihrem Bett. Bittere Enttäuschung und Verzweiflung beherrschten sie. Sie hatte um einen Sohn gebetet. Sie hatte den Rosenkranz gebetet, und sie hatte Buße getan. Sie war so überzeugt gewesen, einen Sohn zu bekommen, dass sie sich schlicht geweigert hatte, sich einen Mädchennamen auszudenken.

Ihre Gebete waren nicht erhört worden, sie war verflucht.

Ich habe eine Tochter bekommen, keinen Sohn. Genau wie ihre Mutter und Großmutter und alle Pierron-Frauen vor ihr über die Generationen hinweg.

Hope atmete tief durch, und bittere Galle stieg ihr hoch. Sie war dem Pierron-Erbe letztlich nicht entronnen, obwohl sie sich eine Weile eingeredet hatte, sie hätte es geschafft. In den acht Jahren, seit sie das Haus an der River Road verlassen hatte, war jeder ihrer Pläne erfolgreich gewesen. Sie hatte ihre Mutter und damit das Stigma des Hurenkindes hinter sich gelassen und Philip St. Germaine III., einen wohlhabenden Mann aus tadelloser, prominenter Familie, geheiratet. Heute gehörte sie zu den ersten Damen der Gesellschaft von New Orleans.

Sie erkannte jedoch, dass sie ihre Vergangenheit zwar hinter sich lassen, ihr aber nicht entrinnen konnte. Der Fluch der Pierrons war ihr gefolgt.

Das Baby war bereits eine Schönheit mit heller Haut, lebhaften blauen Augen und samtig dunklem Haar. Wie alle Pierron-Frauen würde sie die Männer bezaubern, gar versklaven können. Auch sie würde das große, hässliche Böse in sich tragen, das ein Leben in Sünde und ewige Verdammnis nach dem Tode bedeutete.

Hope schauderte. Trug nicht auch sie dieses Böse in sich. Brach es nicht manchmal durch, obwohl sie heftig dagegen ankämpfte?

Philip kam herein, ein glückseliges Lächeln im Gesicht, die

Arme beladen mit einem riesigen Bouquet rosa Rosen. „Mein Liebling. Sie ist wunderschön, einfach perfekt." Das Floristenpapier knisterte, als er das Bouquet aufs Bett legte. Er beugte sich hinunter und drückte Hope vorsichtig einen Kuss auf die Stirn, um sein schlafendes Kind nicht zu wecken. „Ich bin so stolz auf dich."

Hope wandte das Gesicht ab, um ihre wahren Gefühle und die Tiefe ihrer Verzweiflung und Ablehnung zu verbergen.

Er setzte sich auf die Bettkante. „Was ist? Hope, Darling ..." Er drehte ihr Gesicht zu sich her und betrachtete es besorgt. „Ich weiß, dass du dir einen Sohn für mich gewünscht hast, aber das ist egal. Unsere Kleine ist das perfekteste Baby, das je geboren wurde."

Tränen brannten ihr in den Augen, und sie blinzelte sie fort. Trotzdem rann ihr eine über die Wange.

„Liebes, bitte nicht weinen." Philip zog sie an seine Brust. „Es macht wirklich nichts. Verstehst du das denn nicht? Außerdem werden wir weitere Kinder haben. Viele."

Ihre Qual wurde unerträglich. Hope wusste etwas, das ihr Mann nicht wusste. Sie würden keine weiteren Kinder haben. Genau wie ihre Vorfahrinnen war sie unfähig, ein zweites Kind auszutragen. Das war Teil des Fluches der Pierron-Frauen. Ihnen wurde nur ein Kind gewährt und immer eine Tochter. Der vermachten sie „das Haus" und das Erbe der Sünde.

Er kann das nicht wissen. Sie schluckte, presste ihr Gesicht an seine Schulter und sog den Regengeruch ein, der seinem Jackett anhaftete. Er war angenehmer als der schwüle Duft im Zimmer. *Niemand kann es wissen.*

„Ich wünschte nur", flüsterte sie und bemühte sich, die richtige Mischung aus Trauer und Sehnsucht im Ton zu treffen, „dass meine Eltern es noch erlebt hätten, sie zu sehen. Es ist so unfair. Manchmal schmerzt es so ... ich kann es fast nicht ertragen."

„Ich weiß, Darling." Minutenlang wiegte er sie an seiner Brust, dann gab er sie langsam frei und lächelte sie an. „Ich habe etwas für dich." Er zog ein Schmuckkästchen aus der Jacketttasche. Auf dem mitternachtsblauen Lederkästchen war der Name des besten Juweliers von New Orleans eingraviert.

Hope öffnete es mit zitternder Hand. Auf weißem Samt lag eine Reihe makelloser Perlen. „O Philip!" Sie nahm die Kette und hielt sie sich an die Wange. Die Perlen waren kühl und glatt. „Sie sind wunderschön."

Sein Lächeln verstärkte sich, als er auf das Baby hinabblickte, das sich zu regen begann. „Sie werden eines Tages ihr gehören. Ich hielt es für angemessen."

Hopes Freude an dem Geschenk war dahin, und sie legte die Kette ins Kästchen zurück. Er verehrt seine Tochter bereits, dachte sie und folgte seinem Blick. Er war bereits verhext, umgarnt vom Bösen, und der Narr merkte es nicht mal.

„Sie hat im Schwesternzimmer für eine Sensation gesorgt", fuhr er fort, ohne den Blick von der Wiege zu wenden. „Die Schwestern aus allen Etagen haben von ihrer Schönheit gehört und sie sich angesehen. Es gab einen Stau hinter der Fensterscheibe." Er wandte sich wieder seiner Frau zu, bedeckte ihre Hand mit seiner und drückte sie. „Ich bin der glücklichste Mann der Welt."

Das Baby regte sich, wimmerte und begann zu weinen. Hope wich erschrocken in die Kissen zurück. Sie wusste, was von ihr erwartet wurde, ertrug jedoch die Vorstellung nicht, das Kind an ihre Brust zu legen.

Das Weinen des Babys, zuerst nur ein leises, Mitleid erregendes Maulen, wurde zur schrillen, zornigen Forderung.

Philip runzelte verwirrt die Stirn. „Hope, Darling ... sie hat Hunger. Du musst sie stillen."

Hope schüttelte den Kopf und drückte sich tiefer in die Kissen.

Zu ihrem Entsetzen begannen ihre geschwollenen, schmerzenden Brüste Milch abzusondern. Der Kopf des Babys rötete sich, je wütender sein Wehgeschrei wurde. Das Gesicht verzerrte sich hässlich und beängstigend. Hope kannte das aus ihren Albträumen.

Das Böse. Lieber Gott, es ist mächtig in diesem Kind.

Philip drückte Hope die Hand. „Darling ... sie braucht dich. Du musst sie stillen."

Als Hope keine Anstalten traf, nahm Philip seine Tochter auf. Er wiegte sie ungeschickt, doch ihr Schreien hörte nicht auf. Er hielt Hope das Kind hin. „Du musst."

Hope sah sich im Zimmer um und suchte verzweifelt nach einem Fluchtweg. Wohin sie auch blickte, entdeckte sie nur das Böse, das sie erinnerte, wie töricht sie gewesen war.

Ich bin dem Erbe der Pierrons nicht entronnen und werde ihm nie entrinnen.

Gefangen, dachte sie voller Hoffnungslosigkeit. Sie war gefangen wie in all den Jahren ihrer Kindheit.

„Ich kann nicht", sagte sie hysterisch. „Ich will nicht."

„Darling ..."

„Mrs St. Germaine?" Eine Schwester eilte herbei. „Was ist los?"

„Sie will sie nicht stillen", erklärte Philip und wandte sich der Schwester zu. „Sie nimmt sie mir nicht ab. Ich weiß nicht, was ich machen soll."

„Mrs St. Germaine", sagte die Schwester in einem Ton, der keinen Widerspruch duldete. „Ihre Tochter ist hungrig. Sie müssen sie stillen. Das Schreien hört auf, sobald ..."

„Nein!" Hope zog sich die Bettdecke unters Kinn und verkrampfte die Finger im Stoff, bis sie taub wurden. Panik ergriff sie, dass sie bebte. „Ich kann nicht." Sie wandte sich ihrem Mann zu, und Tränen rannen ihr übers Gesicht. „Bitte, Philip, zwing mich nicht dazu. Ich kann nicht. Ich will nicht ..."

Er starrte sie an, als wären ihr Hörner gewachsen. „Hope? Was ist los? Liebes, das ist unser Kind, unser Baby. Sie braucht dich."

„Du verstehst das nicht ... du hast ..." Das Letzte ging in einem Schluchzer unter, und sie drückte ihr Gesicht ins Kissen. „Geh ... weg. Bitte lass mich einfach allein."

2. KAPITEL

Philip August St. Germaine III. hatte ein idyllisches Leben gehabt, eines, um das ihn seine Mitmenschen beneideten. Er hatte die richtige Familie, besaß alles, was wertvoll und wichtig war, er war gesund, athletisch und gut aussehend. Die Schule hatte er mit Leichtigkeit geschafft, teils durch angeborene Intelligenz, teils durch gute Erziehung und geschliffenen Charme.

In Wahrheit hatte Philip sich nie etwas erarbeiten müssen, weder Schulabschlüsse noch die Zuneigung von Mädchen oder seinen Lebensunterhalt. Alles war ihm nicht nur auf einem Silbertablett serviert worden – wobei das St. Charles das Kronjuwel auf einem Tablett glitzernder Edelsteine war –, sondern auch noch mit einem bewundernden Lächeln. Für Philip flossen die Jahre mühelos dahin.

Weit davon entfernt, es als Manko zu empfinden, dass er sich um nichts bemühen musste, akzeptierte er dankbar, was ihm zustand, und hielt es für sein wunderbares Schicksal. Dabei vergaß er nie die Armen, die sich abmühten und litten. Er spendete – und zwar üppig – an die Kirche als Dank für sein eigenes Los und als Versicherungspolice gegen Schuldgefühle.

Genau genommen hatte Philip August St. Germaine III. bis vor sechsunddreißig Stunden mit verzeihlicher Arroganz geglaubt, dass ihm nie etwas Hässliches oder gar ein Unglück widerfahren könne.

Als er jetzt an der Scheibe der Entbindungsstation eine Fremde sein Baby füttern sah, seine schöne, perfekte Tochter, verspottete diese Arroganz ihn. Er fühlte sein idyllisches Leben auseinander brechen.

Die letzten anderthalb Tage waren ein Albtraum gewesen, aus dem er nicht erwachen konnte. Die normalerweise sanfte, liebevolle Frau, die er verehrte, hatte sich in eine beängstigende Person verwandelt, die er nicht wieder erkannte.

Er legte eine Hand an den vor Stress und Schlafmangel schmerzenden Kopf. Nicht nur, dass Hope ihn verflucht und mit Worten belegt hatte, von denen er nicht annehmen konnte, dass sie sie kannte. Nicht nur, dass sie gesagt hatte, sie hasse ihn, als er sie lediglich sanft drängte, einen Namen für das Kind auszusuchen.

Nein. Es war vor allem ihr Blick gewesen – ein fast wahnsinniges Leuchten in den Augen –, der ihn erschreckt hatte. Als sie ihn so ansah, hatte er tief im Innern gespürt, dass das ihm vertraute Leben vorüber war.

Philip schob die Hände in die Hosentaschen und betrachtete seine Tochter, die gierig an einer Flasche nuckelte. Er konnte nicht verstehen, warum Hope sie mit solchem Entsetzen betrachtete, warum sie davor zurückschreckte, sie zu berühren. Er presste die Handballen auf die brennenden Augen. Was sah Hope, wenn sie ihre zauberhafte Tochter betrachtete, was er nicht sah?

Wenn er es nur verstehen könnte. Wenn er nur begreifen könnte, was in ihrem Kopf vorging, vielleicht könnte er ihr dann helfen. Und vielleicht würde seine Welt dann nicht weiter aus den Fugen geraten.

Ihr absonderliches Verhalten war aus heiterem Himmel gekommen. Sie hatte sich auf die Geburt ihres ersten Kindes gefreut. Ihre Schwangerschaft war problemlos verlaufen. Weder hatte sie unter morgendlicher Übelkeit gelitten noch unter Stimmungsschwankungen. Sie hatten über alles geredet, was dieses Kind tun und sein würde. Abgesehen von ihrer Überzeugung, einen Jungen zu bekommen, war ihre Einstellung zur Mutterschaft völlig normal gewesen.

Und jetzt das. Angst ließ ihn frösteln. Was sollte er tun, falls er sie verlor? Wenn es die Frau, die er kannte und verzweifelt liebte, nicht mehr gab? Wie sollte er weiterleben? Er liebte sie bis zum Wahnsinn, so war es immer gewesen.

Die Kinderschwester beendete das Füttern, ließ das Baby aufstoßen und legte es in die Krippe. Philip sah zu, doch vor seinem geistigen Auge erschien Hope, wie er sie in jener Nacht gesehen hatte, als sie sich kennen lernten. Er war geschäftlich in Memphis gewesen. Freunde hatten sie einander vorgestellt. Sie hatte gelacht, den Kopf leicht zur Seite geneigt, und ihr langes, seidiges Haar war weich gegen ihre Wange gefallen. Es hatte ihn gereizt, es zu berühren, eine Strähne an seine Lippen zu bringen, um Beschaffenheit und Geschmack zu testen. Er erinnerte sich genau an den Rosaton ihres Lippenstiftes und daran, wie sie amüsiert die Lippen geschürzt hatte. Und er erinnerte sich, dass es ihn schon erregt hatte, ihr nur beim Sprechen zuzusehen.

Sie hatte sich ihm zugewandt und ihm in die Augen gesehen. Er hatte gespürt, dass sie genau wusste, was in ihm vorging, und dass es sie freute. In dem Moment hatte er sich irrsinnig in sie verliebt. So einfach und so kompliziert war das.

In jener Nacht und für den Rest seiner Geschäftsreise waren sie unzertrennlich gewesen. Er hatte ihr alles über sich erzählt, und sie hatte ihm aus ihrem Leben berichtet. Die tragische Geschichte vom Unfalltod ihrer Eltern auf einer Italienreise und wie sie im Alter von siebzehn Jahren völlig auf sich allein gestellt gewesen war, hatte ihn tief bewegt. Er hatte sie vor der rauen Welt und den unerfreulichen Dingen des Lebens schützen und sie in seinen Bannkreis ziehen wollen.

Wenn er ein unvorsichtiger Mann gewesen wäre, hätte er ihr auf der Stelle einen Antrag gemacht. So wartete er sechs quälende Wochen lang.

Familie und Freunde hatten ihn für verrückt erklärt, bis sie sie kennen lernten. Dann erlagen auch sie ihrem süßen Zauber. Sogar seine anspruchsvollen, ewig kritischen Eltern hielten sie für die ideale Wahl.

Nicht, dass ihm ihre Meinung wichtig gewesen wäre. Er hatte sich darauf vorbereitet, ihnen zu trotzen und für Hope notfalls alles aufzugeben.

Ihre Hochzeitsnacht war eine Erfahrung jenseits seiner Vorstellung gewesen. Hope hatte Unglaubliches mit seinem Körper angestellt, und das mit einer so süßen, zaghaften Unschuld, dass es ihm vorgekommen war, als defloriere er eine Jungfrau. Selbst heute noch, da er nüchterner war und sein Leben gerade problematisch wurde, erregte ihn die Erinnerung an jene Nacht augenblicklich.

Manchmal war ihm gewesen, als lebe er nur von Nacht zu Nacht, von einem Beischlaf zum nächsten. Wenn Hope nicht konnte – oder wollte –, war das eine nie erlebte Qual für ihn gewesen. Keine Frau vor ihr hatte ihn so gefesselt. Er fürchtete, ohne Hope höre sein Herz auf zu schlagen.

„Da sind Sie.“ Hopes Arzt kam herbei und stellte sich neben ihn. Harland LeBlanc hatte schon viele St.-Germaine-Babys auf die Welt gebracht. Er war fast sechzig, sah aber zehn Jahre jünger aus. Er galt als bester Gynäkologe in New Orleans, und es tröstete Philip, zu wissen, dass Hope die bestmögliche Betreuung erhielt.

Der Arzt deutete ins Babyzimmer. „Sie haben eine schöne Tochter, Philip. Ich glaube, nie ein hübscheres Baby gesehen zu haben.“

Philip sah den Arzt kurz an und richtete seinen Blick dann wieder durch die Scheibe. „Und doch kann Hope es nicht ertragen, sie anzusehen, geschweige denn, sie zu halten. Sie will sich nicht mal einen Namen für sie ausdenken.“

„Ich weiß, es war schwer, aber ..."

„Schwer?" wiederholte Philip bissig. „Sie verstehen wohl nicht ganz, Harland. Wie sollten Sie auch? Sie waren heute Morgen nicht dabei, als Hope mich verfluchte. Als sie mir sagte, sie hasse mich, nur weil ich einen Namen für unsere Tochter aussuchen wollte." Bewegt schöpfte er Atem. „Wie sie mich angesehen hat, war ... unheimlich. Ich hätte nie geglaubt, dass meine Frau zu solchen Blicken fähig ist."

Der Arzt legte ihm aufmunternd eine Hand auf die Schulter. „Glauben Sie es oder nicht, ich verstehe, was Sie durchmachen. Ich habe solches Verhalten schon früher erlebt, und es geht vorbei. Es wird alles gut werden, Philip."

„Sind Sie sich dessen so sicher?" Philip wischte sich mit einer Hand über die Stirn. „Was, wenn es nicht vorübergeht? Ich könnte es nicht ertragen, sie zu verlieren. Sie bedeutet mir alles, sie ist ..." Er räusperte sich, um den Kloß im Hals loszuwerden, und kam sich bloßgestellt und töricht vor.

Er blickte wieder in das Babyzimmer auf seine schlafende Tochter. „Ich liebe meine Frau, Harland. Manchmal denke ich, zu sehr."

Der Arzt drückte ihm tröstend die Schulter und ließ die Hand sinken. „Was Hope gerade durchmacht, ist nicht so ungewöhnlich, wie Sie glauben. Erstaunlich viele Frauen erleiden nach der Geburt eine Depression. Manchmal ist sie so stark und ausgeprägt, dass sie ihre Familien verlassen. Oder Schlimmeres."

Philip sah den Arzt wieder an und zog wegen dessen ernster Miene fragend eine Braue hoch. „Schlimmer, Harland?"

„Frauen, die in tiefer Depression gefangen waren, haben schon ihr Neugeborenes umgebracht, Philip. So entsetzlich und abartig das scheinen mag."

Philip erwiderte ungläubig und schockiert: „Sie wollen doch sicher nicht andeuten, dass Hope ... dass sie unser Kind töten könnte?“

„Natürlich nicht“, versicherte Harland rasch. „Aber ich denke, wir sollten sie noch einige Tage hier behalten. Wir müssen sie beobachten. Nur um ganz sicher zu sein.“

Großer Gott. Um sicher zu sein? Wessen?

Angst nahm Philip fast den Atem und raubte ihm den Rest seines Seelenfriedens. Harland LeBlanc, eine Koryphäe auf seinem Gebiet und als Arzt mit allen menschlichen Verhaltensweisen vertraut, war offensichtlich besorgt. Besorgter, als er sich eingestehen wollte.

Philip atmete tief ein, um ruhiger zu werden. Harland kannte Hope nicht so, wie er sie kannte, ihr Ehemann. Was sie brauchte, war Rückkehr zur Normalität. Sie musste von vertrauten Dingen umgeben sein und von fürsorglichen Menschen.

„Halten Sie das wirklich für nötig, Harland? Hope sollte nach Hause. Unser Baby sollte nach Hause. Zu Hause wird Hope sich wieder normal verhalten. Ich weiß das.“

„Und wenn nicht? Eine postnatale Depression wird durch ein enormes hormonelles Ungleichgewicht im weiblichen Körper ausgelöst. Hope hat keine Kontrolle über ihre Gefühle. Sie überschwemmen sie. Sie ist nicht absichtlich schwierig oder unvernünftig.“ Der Arzt schüttelte langsam den Kopf. „Und wenn ich sie nun zu früh heimschicke, und sie verhält sich nicht wieder normal? Was, wenn ich sie heimschicke, und das Unaussprechliche geschieht? Ich möchte das Risiko nicht eingehen.“ Er sah Philip ruhig in die Augen. „Sie, Philip?“

Das Unaussprechliche. Oder Schlimmeres. Philip schluckte trocken. „Nein, natürlich nicht.“

„Gut. Ihre Frau braucht Sie jetzt. Sie sagen, Sie lieben sie. Nun, jetzt ist die Zeit, es zu beweisen.“

Philip verdrängte seine Enttäuschung und seine selbstsüchtigen

Ängste. Hope brauchte ihn wirklich. Seine Tochter brauchte ihn. Er musste stark sein. „Was kann ich tun?" fragte er. „Sagen Sie mir einfach, was ich tun kann."

„Seien Sie ihr ein Halt, verständnis- und liebevoll. Ich weiß, es ist schwer, aber bedenken Sie, dass Hope keine Kontrolle über ihre Gefühle hat. Im Moment hat sie genauso viel Angst wie Sie. Wahrscheinlich mehr. Sie braucht Zeit. Sie braucht Ihre Geduld und Liebe."

Philip blickte wieder auf seine Tochter, so winzig und hilflos, es brach ihm fast das Herz. Sie brauchte ihre Mutter. Sie musste heim. „Und wenn meine Liebe und Unterstützung nicht ausreichen? Was dann, Harland?"

Der Arzt schwieg einen Moment, dann seufzte er: „Es muss reichen, Philip. Im Augenblick haben Sie keine andere Wahl."

3. KAPITEL

Hope erwachte mit einem Schrecken. Heftig atmend und schweißnass, ließ sie den Blick durch den schwach erleuchteten Raum wandern und erwartete die Umrisse ihres Zimmers in der zweiten Etage zu sehen, in dem sie aufgewachsen war. Stattdessen sah sie die schlichte, funktionelle Einrichtung ihres Krankenzimmers und begann sich zu erinnern.

Erleichtert atmete sie tief und zittrig ein. *Ich bin in New Orleans. Ich bin Hope St. Germaine, das River-Road-Haus ist weit weg. Es gehört zu meinem früheren Leben, dem Leben einer anderen.*

Erneut tief durchatmend, versuchte sie vergeblich, den Albtraum abzuschütteln. Sie war wieder im alten Haus gewesen und hatte irgendwo hockend einem Paar beim Sex zugesehen. In ihrem

Traum war es allerdings ihre Tochter gewesen, die auf dem Bett den unzüchtigen Akt vollzog.

Als das Hurenkind über die Schulter zurücksah, da es ihren spionierenden Blick spürte, war es jedoch ihr eigenes Gesicht gewesen, in das sie geschaut hatte.

Mit einem hilflosen Angstlaut richtete sie sich auf, umklammerte ihr Bettzeug und versuchte, die Traumbilder loszuwerden. Sie wusste, was mit ihr geschah. Sie wusste, warum sie jede Nacht von Albträumen über ihre längst vergessene Vergangenheit geplagt wurde.

Das Böse, die Sünde, hatte sie wieder im Griff, forderte sie heraus und glaubte, gewonnen zu haben.

Nein! Hope legte zitternd die Hände ans Gesicht. Das Böse durfte nicht gewinnen. Sie konnte das nicht zulassen. Sie hatte zu hart für alles Erreichte gearbeitet, um jetzt aufzugeben.

Hope zog die Knie ans Kinn, umschlang sie mit den Armen und wiegte sich, den Kopf auf die Knie gepresst, vor und zurück. An wen konnte sie sich um Hilfe wenden? Wem konnte sie vertrauen? Philip verlor die Geduld mit ihr. Freunde und Familie verhielten sich seltsam distanziert und argwöhnisch. Sie sah ihre fragenden Blicke, die tadelnden Mienen. Wie lange noch, bis jemand die Wahrheit über ihre Vergangenheit herausfand? Wie lange, bis das Leben, das sie sich aufgebaut hatte, in Scherben zersprang?

Sie musste ihr Kind akzeptieren. Sie musste sich wie eine liebende, hingebungsvolle Mutter verhalten. Sie musste tun, als würde sie den schlechten Kern in ihrer Tochter nicht sehen, als würde sie nicht merken, dass die schöne Frucht von Würmern zerfressen war.

Heiße, bittere Tränen stiegen ihr in die Augen und kullerten über die Wangen hinab. Wie sollte sie ihren Widerwillen verbergen, wenn sie ihre Tochter hielt? Wie sollte sie ihre Verzweiflung verbergen und Zuneigung heucheln? Sie konnte es nicht.

Hope schlug das Laken zurück, stieg aus dem Bett und ging zur halb offenen Tür. Das Linoleum war kalt unter ihren Füßen. Sie blickte den leeren Flur hinunter zur Schwesternstation. Irgendwo im Flur weinte eine Frau, und sie hörte tröstendes Gemurmel.

Diese Vincent hatte ihr Baby verloren. Philip hatte es ihr vorhin erzählt, vermutlich, um ihr klarzumachen, wie dankbar sie für ihr eigenes gesundes Kind sein sollte. Stattdessen wünschte sie, ihr wäre das Baby genommen worden. Hätte der Herr ihre Tochter ausgewählt, wären ihre Probleme gelöst.

Doch die Pierron-Töchter waren stark durch das Böse, das in ihnen pulsierte. Die Pierron-Töchter starben nie.

Ich muss fliehen, dachte sie plötzlich wie im Fieber. Sie musste hier raus und frische Luft atmen. Sie musste der ständigen Aufsicht und dem unerträglichen Mitgefühl des Krankenhauspersonals entkommen. Sie musste jemanden finden, der sie verstand und ihr half.

Die Kirche. Ich kann mich an die Kirche wenden. Der Priester wird mir helfen. Er wird mich verstehen. Und in der Anonymität des Beichtstuhls bin ich sicher. Mein Geheimnis bleibt gewahrt.

Bebend vor Erleichterung wich sie von der Tür zurück und ging zum Schrank. Nervös zog sie in aller Eile ihre Straßenkleidung an. Die Kirche hatte ihr ein Leben lang Trost gespendet, war ihr Zuflucht gewesen in Zeiten des Aufruhrs und der Verwirrung. Sicher würde es diesmal nicht anders sein. Der Priester würde wissen, was sie tun musste.

Aber was, wenn er mir diesmal nicht helfen kann? Was soll ich dann machen?

Angst schnürte ihr die Kehle zu, beraubte sie der Fähigkeit, zu denken und zu handeln. Sie bemühte sich, ihre Emotionen in den Griff zu bekommen. Sie durfte jetzt nicht schlappmachen. Wenn sie aufgab, gewann das Böse.

Niemals. Hope atmete tief durch, ging zum Telefon und bestellte sich ein Taxi. Danach nahm sie ihre Handtasche und schlich auf Zehenspitzen zur Tür. Das Glück war ihr hold. Die Schwesternstation war noch leer. Lächelnd huschte Hope aus ihrem Zimmer zum Fahrstuhl. Philip durfte nicht erfahren, dass sie das Krankenhaus verließ. Er würde versuchen, sie aufzuhalten, ebenso das Krankenhauspersonal. Die verstanden eben nichts.

Wie erhofft, war der Fahrstuhl leer. In der Lobby angelangt, ging sie zur gläsernen Eingangstür. Ein Sicherheitsmann flirtete mit der Dame vom Empfang. Beide streiften sie lediglich mit einem Blick.

Hope drückte die Doppeltüren auf und trat in die Nacht hinaus. Die feuchtigkeitsgesättigte Luft umfing sie wie ein Mantel. Hope atmete durch, dankbar für ihre Freiheit.

Sie entfernte sich vom Gebäude, verließ dessen Lichtkreis, und die Dunkelheit verschluckte sie. Mondlicht glitzerte auf dem nassen Gehweg. Tief hängende Äste, die Blätter schwer vom kürzlichen Regen, bespritzten sie, als sie darunter durchging.

Das Taxi hielt am Straßenrand, und Hope stieg ein. „St.-Louis-Kathedrale“, wies sie den Fahrer an und schmiegte sich tief in den abgewetzten Sitz.

In der Hoffnung, die Gläubigen entweder vor Begehung einer Sünde oder in Reue derselben einzufangen, nahm man in der Kathedrale am Jackson Square bis in die Nacht hinein die Beichte ab. Hope hatte es immer für eine Ironie gehalten, dass New Orleans’ älteste und, nach ihrem Empfinden, ehrfurchtgebietendste Kirche Wache im Herzen des Sündenpfuhls hielt.

Hope verschränkte krampfhaft die Hände im Schoß. Im Taxi roch es muffig nach altem Zigarettenrauch und Schimmel. Der Fahrer sprach wenig. Sein Schweigen bewahrte ihn davor, von ihr zurechtgewiesen zu werden. Sie wandte das Gesicht dem Fenster zu und verfolgte, wie die großen Anwesen der Wohnviertel allmählich den Wolkenkratzern der Innenstadt Platz machten, dann folgten die im europäischen Stil erbauten Häuser des Vieux Carré.

Nach wenigen Minuten hielt der Fahrer am Straßenrand vor der Kathedrale. Hope bat ihn zu warten und stieg aus. Als sie den Blick zum mächtigen Kirchturm emporhob, fühlte sie sich bereits erleichtert. Die St.-Louis-Kathedrale hielt Wache über den Jackson Square wie eine Anstandsdame über einen Haufen unternehmungslustiger Teenager. So wie die katholische Kirche stets die unsterblichen Seelen ihrer Gläubigen bewacht hatte. Zwei Mal aus Ruinen wieder aufgebaut, ein Mal nach den Zerstörungen durch einen Hurrikan, standen ihre strengen Linien in deutlichem Kontrast zu den verspielten Gitterwerken der angrenzenden Gebäude. Hope hatte diese Kirche stets für eine Art Anker gehalten, der einen schützenden, ausgleichenden Einfluss auf das Leben der einst im Vieux Carré ansässigen, lebenslustigen Kreolen ausübte.

Sie eilte auf das einladende Portal zu, dass ihre Absätze auf dem Pflaster klapperten. Vom Mississippi, östlich des Platzes gelegen, hörte sie das einsame Tuten eines Schiffes. Aus der nahen Bourbon Street wehten raues Gelächter und die Klänge des Dixieland-Jazz herüber.

Sobald sie die Kirche betrat, verstummten die Geräusche, und es blieb tröstende Stille. Ein Gefühl der Ruhe und Gelassenheit überkam Hope. Aufregung und Verzweiflung der letzten Tage schwanden. Hier konnte das Böse sie nicht anrühren. Hier, in den Armen der Kirche, würde sie ihre Antworten erhalten.

Im Eingang stand ein Marmorbecken. Hope tauchte zwei Finger in das geweihte Wasser, bekreuzigte sich und ging auf die Beichtstühle zu, die den vorderen Teil des Kirchenschiffes zu beiden Seiten flankierten. Sie schlüpfte gleich in den ersten. Kniend und mit gesenktem Kopf wandte sie sich der inneren Wand zu. Gleich darauf wurde das Fensterchen aufgeschoben. Hinter dem Gitterwerk konnte sie die Umrisse des Priesters ausmachen, aber nicht sein Gesicht. Sie blieb ihm ebenfalls verborgen.

„Segne mich, Vater, denn ich habe gesündigt. Seit meiner letzten Beichte sind zwei Wochen vergangen."

„Welche Sünden hast du zu bekennen, mein Kind?"

Sie rang die Hände, und ihr Herz schlug so heftig, dass es schmerzte. „Vater ich ... ich bin unter einem Vorwand zu Ihnen gekommen. Ich wollte eigentlich nicht beichten, ich brauche Ihren Rat. Sehen Sie, ich ..." Angst und neuerliche Verzweiflung schnürten ihr die Kehle zu, drohten sie zu ersticken. „Ich kann mich sonst an niemand wenden, Pater. Wenn Sie mir nicht helfen können, weiß ich nicht, was ich tue. Dann bin ich verloren." Hope schlug weinend die Hände vors Gesicht. „Bitte, Pater, bitte helfen Sie mir!"

„Beruhige dich, mein Kind. Natürlich helfe ich dir. Sage mir, was dich bedrückt."

Hope schauderte. „Die Frauen meiner Familie sind böse und lüstern, Pater. Sie sind Sünderinnen, sie verkaufen sich und ihre Körper. Es war immer so in meiner Familie, wir sind verflucht." Sie wischte sich die Tränen von den Wangen. „Ich bin dem Fluch entkommen, aber jetzt fürchte ich um die unsterbliche Seele meiner neugeborenen Tochter. Ich fürchte, dass auch sie böse und lüstern wird. Ich sehe die Sünde in ihr, Vater, und ich habe solche Angst."

Der Priester schwieg einen Augenblick. Dann begann er leise, aber mit solcher Kraft und Überzeugung zu sprechen, dass Hope ruhiger wurde.

„Die Sünde oder das Böse steckt in uns allen, mein Kind. Eva reichte Adam den Apfel, er nahm die verbotene Frucht, und die Sünde war geboren. Jeder von uns, der in die Welt kommt, ist mit der Ursünde behaftet. Wir sind alle unrein. Doch Gott schickte seinen Sohn, um für uns und unsere Sünden zu sterben. Christus ist unsere Hoffnung auf Erlösung." Der Priester bewegte sich, Hope hörte das Rascheln seines Gewandes und das Klappern der Rosenkranzperlen. „Du musst deiner Tochter helfen. Du musst ihr den richtigen Weg zeigen und sie lehren, die Schlange zu bekämpfen."

„Aber wie, Vater?" Hope beugte sich zur Trennwand vor. „Wie kann ich ihr helfen?"

„Du bist ihre Mutter. Du, und nur du, hast die Macht, sie zu einer Frau von hohen moralischen Ansprüchen zu erziehen. Du zeigst ihr den Weg, lehrst sie, was recht und unrecht ist, was heilig und was sündig. Gott hat dir dieses Kind als Prüfung gegeben. Prüfung deiner Stärke und deines Glaubens. Dieses Kind kann dein Triumph oder deine Niederlage werden."

Hopes Herz schlug wild, doch plötzlich erkannte sie deutlich ihren Weg, ihre Aufgabe. Es war nicht der Herr, der sie auf die Probe stellte, es war die Sünde.

Sie ballte die Hände zu Fäusten, dass sich ihre Nägel in die Handballen bohrten. Sollte die Sünde sie nur auf die Probe stellen, sie herausfordern und verspotten. Sie würde nicht nachgeben, sie würde ihr dieses Kind nicht überlassen. Sie würde diesem Kind, wie sich selbst, die böse Saat austreiben.

Dieses Kind kann mein Triumph oder meine Niederlage werden.

Triumph, entschied sie. Dieses Kind wird mein Triumph.

TEIL 2

Santos

4. KAPITEL

New Orleans, Louisiana, 1979

Im French Quarter von New Orleans zu leben gefiel dem fünfzehnjährigen Victor Santos recht gut. Kein anderes Wohnviertel war mit diesem zu vergleichen. Der Stadtteil vibrierte Tag und Nacht erregend und energiegeladen. Es fehlte nie an Betätigungsmöglichkeiten oder Freunden, mit denen man herumhängen konnte. Er mochte die Geräusche und Gerüche und die alten Häuser, deren geborstene Stuckfassaden ständig feucht waren. Er mochte die üppig grünen, verschwiegenen Hinterhöfe und die Balkone mit schmiedeeisernem Gitterwerk.

Am meisten jedoch mochte Santos – so wurde er von allen außer seiner Mutter gerufen – die Menschen. Das French Quarter war Heimat für alle Altersstufen, Überzeugungen und Hautfarben, für die Guten, die Bösen und die Hässlichen. Sogar die Horde, die jede Nacht in die Bourbon Street einfiel, die Neugierigen, die sich am Empörenden ergötzen wollten, faszinierte ihn.

Die Schulberater sagten seiner Mom immer wieder, das French Quarter sei wegen der schlechten Einflüsse kein Ort, ein Kind aufzuziehen. Natürlich würden die seine Mom auch dazuzählen, wenn die wüssten, dass sie Stripteasetänzerin war und nicht Kellnerin, wie sie denen gesagt hatte. Was Santos anging, waren diese Berater nichts weiter als ein Haufen Klugscheißer. Seiner Meinung nach hatten Nutten, Junkies und Herumtreiber viel mehr Herz als ein nichtsnutziger Hurensohn wie sein Daddy. Nein, nach seiner Lebenserfahrung hatten die, die im Leben nichts als Kränkungen und schwere Zeiten erlebt hatten, keinen Platz mehr in sich für Hass.

Santos überquerte die Straße und rief Bubba, dem Türsteher des Club 69, in dem seine Mutter nachts tanzte, einen Gruß zu.

„He, Santos“, rief der bullige Rausschmeißer zurück, „hast du ’n Glimmstängel? Meine sind aus.“

Santos hielt lachend beide Handflächen hoch. „Hab’s aufgegeben, Mann. Weißt du’s noch nicht? Die Dinger bringen dich um.“

Der Mann zeigte Santos freundlich einen Vogel und wandte sich dann einem Touristenpaar zu, das vor dem Club stehen geblieben war und sich die Hälse verrenkte, um einen Blick auf die Show zu erhaschen.

Victor ging weiter die Bourbon Street hinunter und kürzte dann ab nach St. Peter, um einige Minuten zu sparen. Er hatte seiner Mutter versprochen, von unterwegs ein paar Shrimps Po’boys mitzubringen.

Beim Gedanken an die großen saftigen Baguettes lief ihm das Wasser im Mund zusammen, und er legte ein wenig Tempo zu. Allerdings nicht viel. Der August in New Orleans animierte niemand zu sonderlicher Eile. Obwohl die Sonne beinahe untergegangen war, glühte der Asphalt noch so heiß, dass man Eier darauf braten konnte. Und die Luft mit ihren neunzig Prozent Feuchtigkeit konnte einen Übereifrigen glatt ersticken. Erst letzte Woche war ein Pferd vor einer Touristenkutsche tot auf dem Pflaster zusammengebrochen. Ein Opfer des August in New Orleans.

„He, Santos, Baby“, sagte eine Frau hinter ihm. „Wohin so eilig?“

Er blieb stehen, blickte über die Schulter und lächelte. „He, Sugar. Ich muss zum Central Grocery und dann nach Haus. Mom wartet.“ Bis vor sechs Monaten hatte Sugar mit seiner Mutter zusammen im Club getanzt. Seit ihr Mann sie und die drei Kinder sitzen gelassen hatte, war sie gezwungen, ganztags auf der Straße zu arbeiten.

„Deine Mama hatte immer 'ne Vorliebe für die Baguettes. Und ich wette, ein großer Junge wie du auch." Lachend tätschelte sie ihm die Wange. „Sag deiner Mama, dass ich Hallo gesagt habe. Sag ihr, Brown Sugar geht's ganz gut."

„Mach ich. Sie wird sich freuen, das zu hören."

Santos sah sie davongehen und setzte seinen Weg fort. Sugar war ein Beispiel für die Leute, die seine klugscheißenden Schulberater für schlechten Einfluss hielten. Wie er das sah, tat sie ihr Möglichstes, um ihre Familie zu versorgen. Wie er das sah, bot einem das Leben manchmal eben nichts Besseres als ein Scheißsandwich. Wenn das so war, konnte man entweder essen oder sterben.

Nicht, dass es keine schlechten Menschen im Quarter gegeben hätte. Die gab es reichlich, wie überall. Er unterteilte die Leute in drei Typen: die Besitzenden, die Habenichtse und die, die alles haben wollten. Wie er das sah, war die Trennlinie zwischen diesen drei Gruppen sehr klar gezogen, sie hieß Sparsamkeit, schlicht und einfach.

Die Besitzenden waren unproblematisch. Die genossen ihr Leben mit all dem Reichtum, und solange die Angehörigen der beiden anderen Gruppen ihnen nicht in die Quere kamen, machten sie keinerlei Ärger.

Die, die alles haben wollten, waren das Problem. Sie kamen aus allen Lebensbereichen, gierten nach Geld und Macht und würden jedem alles antun, um es zu bekommen.

Santos hielt sich für einen ziemlich toughen Burschen, aber um solche Leute machte er einen Bogen. Das hatte ihn die Erfahrung gelehrt. Sein Dad hatte zu diesen Typen gehört. Immer hungrig nach dem, was er nicht hatte. Immer begierig, den Herrn hervorzukehren, bereit, die Fäuste gegen die Kleinen oder Schwachen zu erheben. Als hätte ihn das zu einem Mann gemacht.

Sein Daddy. Santos verzog angewidert den Mund. Er hatte nur schlechte Erinnerungen an Samuel „Willy" Smith. Der Mann war reiner Ölfeldabfall gewesen, hatte sich aber zu gut gedünkt, seine mexikanische Squawfreundin zu heiraten und ihrem Baby seinen Namen zu geben. Er hatte ihn und seine Mama stets nichtsnutzige illegale Halbblut-Einwanderer geschimpft.

Santos erinnerte sich, die pure Erleichterung empfunden zu haben, als der Sheriff eines Morgens zu ihrem Wohnwagen gekommen war und ihnen mitteilte, dass Willy Smith bei einer Barkeilerei ums Leben gekommen war. Man hatte ihm die Kehle durchschnitten. Trotzdem dachte Santos gelegentlich an seinen alten Herrn und fragte sich, wie es ihm in der Hölle gefiel.

Santos erreichte den Laden, ging hinein und war dankbar für die kühle Luft, die ihm beim Öffnen der Tür entgegenwehte. Er bestellte die Baguettes, plauderte mit dem Mädchen am Tresen, während er wartete, und zehn Minuten später war er wieder auf der Straße, die Po'boys und ein paar Flaschen Barq's in einer braunen Papiertüte.

Er lebte mit seiner Mutter an der Ursuline, in einem kleinen Apartment im ersten Stock. Die Wohnung war sauber, billig und nicht klimatisiert. Sie ertrugen die Sommermonate mit zwei kleinen Fensterklimaanlagen, eine für jedes Schlafzimmer. Manchmal war es in Küche und Wohnraum so heiß, dass sie auf den Betten aßen.

Santos erreichte ihr Haus, lief die eine Treppe hoch und schloss die Wohnungstür auf. „Mom!" rief er. „Ich bin zurück."

Seine Mutter kam aus dem Schlafzimmer, eine Bürste in der Hand, das Gesicht maskenhaft durch das dicke Make-up, das sie zur Arbeit trug. Sie hatte ihm mal erzählt, dass sie sich zum Tanzen gern schminkte, weil es ihr das Gefühl gab, jemand anders zu sein, wenn sie dort auf der Bühne von den Männern angestarrt wurde. Sie hatte auch gesagt, dass die Männer, die in den Club kamen, es liebten, wenn sie billig aussah. Wie eine Nutte oder so was. Das erhöhte den Reiz. Santos fand das ziemlich beschissen und wünschte, seine Mutter müsste das nicht tun.

Sie schloss die Schlafzimmertür hinter sich, um die kühle Luft nicht entweichen zu lassen. „Hallo, Darling, wie war dein Tag?"

„Okay." Er legte die Sicherheitskette vor. „Ich habe die Baguettes."

„Großartig, ich verhungere." Sie deutete auf ihr Schlafzimmer. „Lass uns bei mir essen. Es ist heute heiß wie die Hölle."

Er folgte ihr. Sie setzten sich auf den Boden und begannen zu essen. Victor beobachtete seine Mutter. Lucia Santos war eine schöne Frau. Halb amerikanische Indianerin – Cherokee glaubte sie – und halb Mexikanerin, hatte sie dunkle Haare und Augen und exotisch hohe Wangenknochen. Er hatte bemerkt, wie Männer ihr nachsahen, wenn sie zusammen aus waren, nur sie beide. Sie in Jeans, das Haar zu einem mädchenhaften Pferdeschwanz gebunden und das Gesicht ohne dieses übertriebene Make-up, das ihre Züge härter machte.

Er kam ganz nach ihr, das sagten alle. Und bei jedem Blick in den Spiegel war er dankbar dafür. Er hätte es nicht ertragen, durch sein Spiegelbild ständig an Willy Smith erinnert zu werden.

„Mrs Rosewood hat heute angerufen."

Eine von diesen besserwisserischen Klugscheißern von Schulberatern. „Großartig", erwiderte Santos. „Das fehlt uns gerade noch."

Lucia legte ihren Po'boy ab und wischte sich den Mund mit einer Papierserviette. „Deine Schule beginnt nächste Woche. Du brauchst ein paar Sachen."

Santos wusste, was das bedeutete, und sein Magen zog sich zusammen. Heute Nacht, morgen oder übermorgen würde sie mit einem „Freund" heimkommen. Und plötzlich würden sie genügend

Geld haben für Kleidung, Arztbesuche und Bücher. Er hasste das. „Ich brauche nichts."

„Nein?" Sie nahm noch einen Bissen, kaute langsam und spülte ihn mit einem großen Schluck Rootbeer hinunter. „Und was ist mit den zwei Inches, die du über den Sommer gewachsen bist? Glaubst du nicht, dass deine Hosen ein bisschen kurz sein werden?"

„Mach dir darüber keine Gedanken." Er zerknüllte das Einwickelpapier und schob es in die leere Tragetüte. „Ich habe durch meine Jobs ein bisschen Geld gespart. Ich kaufe mir selbst neue Klamotten."

„Außerdem musst du zum Zahnarzt. Und Mrs Rosewood sagt, deine Berichte zeigen, dass du fällig bist für ..."

„Was weiß denn die?" unterbrach er sie schroff. Er sprang auf und sah seine Mutter wütend an. „Warum kann sie uns nicht in Ruhe lassen? Sie ist eine alte Wichtigtuerin!"

Stirnrunzelnd stand Lucia ebenfalls auf und sah ihn ruhig an. „Wo steckt das Problem, Victor?"

„Schule ist reine Zeitverschwendung. Ich verstehe nicht, warum ich nicht einfach abgehen kann."

„Weil das nicht in Frage kommt. Solange ich lebe, wirst du nicht vorzeitig von der Schule abgehen." Sie sah ihn mit leicht verengten Augen durchdringend an. „Du brauchst eine Ausbildung, wenn du jemals aus diesem Dreck rauskommen willst. Verlass die Schule, und du endest wie dein Daddy. Willst du das?"

Victor ballte die Hände. „Das war gemein, Mom. Ich bin nicht wie er, und das weißt du."

„Dann beweise es", konterte sie. „Bleib in der Schule."

Frustriert spreizte er die Finger. „Ich bin groß genug, um für sechzehn durchzugehen. Ich könnte die Schule verlassen und einen Ganztagsjob annehmen. Wir brauchen das Geld."

„Wir brauchen das Geld nicht. Es geht uns gut."

„Na klar.“

Sein Sarkasmus ließ sie zornig erröten. „Was soll das heißen, hä?“ Sie stieß ihm den Zeigefinger in die Schulter. „Was möchtest du, was du nicht hast?“

Schweigend starrte er auf seine Füße und die Reste ihrer Mahlzeit, hässlicher Abfall auf weißem Fleischerpapier. Hässlich wie diese ganze beschissene Situation. Zorn und hilfloser Frust ballten sich in ihm, bis er glaubte zu explodieren.

„Was?“ wiederholte Lucia und stieß ihn heftiger mit dem Finger. „Willst du eine teure Stereoanlage? Oder vielleicht brauchst du eine schicke Markenjeans oder einen Farbfernseher in deinem Zimmer?“

Er hob den Blick, sah ihr in die Augen, und sein Zorn wallte auf. „Was ich vielleicht möchte, was ich vielleicht *brauche*, ist eine Mutter, die sich nicht jedes Mal flachlegen muss, wenn ihr Sohn ein Paar neue Schuhe braucht oder zum Arzt muss!“

Sie wich unwillkürlich einen Schritt zurück, als hätte er sie geschlagen. Ihr Gesicht wurde unter Puder und Rouge kalkweiß.

Zerknirscht streckte er ihr eine Hand entgegen. „Tut mir Leid, ich hätte das nicht sagen sollen, Mom.“

„Nein, schon gut.“ Um Fassung ringend, wich sie noch einen Schritt zurück. „Woher weißt du von dem ... Flachlegen.“

Santos fuhr sich mit einer Hand durchs Haar und wünschte, das Thema nie angeschnitten zu haben. „Gib mir ’ne Chance, Mom. Ich bin weder blind noch dumm. Und ich bin kein Kind mehr. Ich weiß das schon lange.“

„Verstehe.“ Sie sah ihn noch einen Moment an, wandte sich ab und ging zum Fenster. Der Blick auf die Straße hinab war durch das kleine Klimagerät behindert. Die Sekunden verstrichen, wurden zu Minuten, und sie schwieg immer noch.

Santos machte einen Schritt auf sie zu, blieb stehen und verfluchte sich. Warum hatte er nicht den Mund gehalten? Warum hatte er sie nicht einfach in dem Glauben gelassen, dass er ihr kleines Geheimnis nicht kannte? Er konnte das Gesagte nicht zurücknehmen, und ihr Schweigen schmerzte ihn mehr als früher die Schläge seines Dads.

„Was hast du erwartet?“ fragte er leise. „Jedes Mal, wenn ich etwas brauchte, kamst du mit einem Freund nach Hause. Er blieb ein, zwei Stunden, ging dann, und natürlich sahen wir ihn nie wieder.“

Sie senkte den Kopf. „Tut mir Leid.“

Es versetzte ihm einen Stich durchs Herz. Er ging zu ihr, umarmte sie und presste das Gesicht in ihr süß duftendes Haar. Wenn sie heute Nacht von der Arbeit heimkehrte, würde es nach Zigaretten und den schmutzigen alten Männern stinken, die sie angegrapscht hatten. „Was tut dir Leid?“ fragte er mit erstickter Stimme.

„Dass ich eine ... Nutte bin. Du musst denken ...“

„Bist du nicht! Du bist die Größte! Ich bin nicht ...“ Seine Stimme brach, und er bemühte sich, sie wieder in den Griff zu bekommen. „Ich schäme mich nicht für dich. Es ist nur, ich weiß, wie sehr du das alles hasst. Du bist immer ganz still hinterher. Du siehst dann immer so traurig aus.“ Er atmete tief durch. „Und ich verabscheue den Gedanken, dass du es für mich tust. Ich will nicht der Grund dafür sein, dass du dich von diesen Kerlen ...“ Seine Worte verebbten.

„Es tut mir Leid“, wiederholte sie mit schwacher, gebrochener Stimme. „Ich wollte nicht, dass du davon erfährst. Ich dachte ...“ Sie schüttelte den Kopf. „Das hier ist nicht das Leben, das ich mir für dich gewünscht habe. Ich bin nicht die Mutter, die du verdienst.“

„Sag so was nicht.“ Er schloss sie fester in die Arme und wollte sie beschützen und umsorgen. „Es gibt nichts, was dir Leid tun müsste. Ich wünschte nur, du ... wenn ich die Schule verlassen würde, müsstest du es nicht mehr tun.“

Sie drehte sich zu ihm um, Augen und Wangen feucht von Tränen. „Ich würde alles für dich tun, Victor, begreifst du das nicht? Du bist das Beste, was ich je zu Stande gebracht habe, das Beste in meinem Leben." Sie nahm sein Gesicht mit beiden Händen. „Versprich mir, dass du in der Schule bleibst." Sie griff fester zu und sah ihn intensiv an. „Versprich es mir, Victor. Es ist wichtig."

Er zögerte und nickte dann. „Ich bleibe in der Schule. Ich versprech's."

„Danke." Sie lächelte, doch er sah, dass ihre Lippen bebten. „Du hältst deine Versprechen. Das hast du getan, seit du alt genug warst, welche zu geben." Mit leichtem Kopfschütteln fügte sie hinzu: „Manchmal frage ich mich, wie du als Sprössling von Willy und mir so ehrenwert werden konntest."

Sie wollte die Hände sinken lassen, doch er hielt sie fest. „Eines Tages sorge ich für dich", sagte er eindringlich. „Dann musst du dieses Zeugs nicht mehr auflegen und nicht mehr so arbeiten. Ich sorge für dich", wiederholte er. „Darauf gebe ich dir mein Wort."

5. KAPITEL

„Victor, Darling, ich bin weg."

Santos wandte den Blick von dem kleinen Schwarzweißfernseher auf seiner Kommode ab und sah zu seiner Mutter hinüber. „Bis dann."

Sie schlang sich den Handtaschenriemen über die Schulter. „Würdest du vielleicht aufstehen und deiner Mama einen Kuss geben?" Er schnitt eine Grimasse, und sie lachte: „Ich weiß, du bist inzwischen zu erwachsen dafür."

Sie kam zu ihm, küsste ihn leicht auf den Kopf und ließ ihre Finger durch sein Haar gleiten. „Du kennst die Regeln, richtig?"

Er wandte ihr das Gesicht zu und zog erbost die Brauen hoch.

„Wie sollte ich die wohl vergessen, wo du sie jeden Abend wiederholst?"

„Sei kein Naseweis, sag sie mir auf."

„Kette vorlegen", erwiderte er in seinem aufmüpfigsten Ton, „und niemandem die Tür öffnen, nicht mal Gott."

Sie pochte ihm mit den Fingerknöcheln auf den Kopf. „Und die Wohnung nicht verlassen, außer sie brennt."

„Richtig."

„Sieh mich nicht so an." Sie betrachtete ihn ernst. „Du hältst meine Regeln für einen Witz, aber glaube mir, es gibt ein paar echte Verbrecher auf den Straßen. Und wenn die dich nicht erwischen, dann der Staat. Merry unten vom Club hat auf diese Weise ihr Kind verloren. Der Sozialdienst hat es ihr weggenommen, als die herausfanden, dass sie es nachts allein ließ."

„Yeah, aber Merry ist drogensüchtig, und ihr Kind ist erst sechs." Er schwang die langen Beine über die Bettkante und stand auf. „Es wird nichts passieren, Mom. Du machst dir einfach zu viele Sorgen."

„Ist das so, Mr Allwissend-mit-fünfzehn?" Die Hände auf den Hüften, beugte sie sich zu ihm vor. „Als ich in deinem Alter war, war ich auch ganz schön kess. Ich hätte mir nie träumen lassen, dass ich meinen Lebensunterhalt mal damit verdienen muss, vor einem Saal voller Fremder mit Titten und Hintern zu wackeln. Ich wusste nicht mal, dass es Frauen wie mich überhaupt gibt." Plötzlich traurig und resigniert, fuhr sie fort: „Eine falsche Entscheidung, und dein Leben ist ruiniert, Darling. Diese Lektion lehrt dich das Schicksal. Denk daran, wenn du das nächste Mal glaubst, alles zu wissen."

Santos wusste, auf welche Entscheidung sie sich bezog: Dass sie sich mit Willy Smith eingelassen hatte und schwanger von ihm geworden war. Ihre Familie hatte sie verstoßen, und Willy benutzte sie bald als Punchingball. Eine schlechte Entscheidung allerdings. Ein echter Reinfall. „Ich werde vorsichtig sein, Mom."

„Okay." Liebevoll strich sie ihm leicht mit den Fingerspitzen über die Wange. „Ich könnte es nicht ertragen, dich zu verlieren, Victor."

Er öffnete den Mund, um dasselbe zu ihr zu sagen, kam sich jedoch töricht vor und schwieg. „Du verlierst mich nicht", erwiderte er stattdessen, nahm ihre Hand und drückte sie. „Du hast mich am Hals."

Lächelnd deutete sie mit dem Kopf zur Eingangstür. „Ich muss los. Du weißt, wie Milton ist, wenn ich mich verspäte."

Santos nickte, folgte ihr zur Wohnungstür und sah ihr nach, als sie den Flur hinunterging. An der Treppe drehte sie sich noch einmal um und winkte lächelnd. Er spürte einen Kloß im Hals, winkte zurück und schloss die Tür. Als er nach der Sicherungskette griff, hielt er inne und verspürte plötzlich den heftigen Drang, ihr nachzulaufen und ihr die Umarmung und den Kuss zu geben, den sie vorhin erbeten hatte. Er wollte sie drücken, wie er es seit langem nicht getan hatte, und ihr sagen, dass er sie liebte.

Was soll ich tun, falls ich sie verliere?

Er öffnete die Tür, trat in den Flur, blieb jedoch stehen und kam sich albern vor. Er war zu alt, um sich an seine Mutter zu klammern wie ein Baby, das gewiegt und getröstet werden musste. Er lachte vor sich hin. Ihr Gerede, ihn zu verlieren, ihre Sorgen und Warnungen hatten ihn vorübergehend nervös gemacht. Er lachte wieder. Als Nächstes redete sie ihm noch ein, an den Butzemann und Kinder fressende Monster im Schrank zu glauben.

Mit einem verächtlich amüsierten Schnauben legte Santos die Sicherungskette vor und ging direkt ins Schlafzimmer. Er holte seine Schuhe unter dem Bett hervor, zog sie an, setzte sich und wartete.

Er sah auf seine Uhr. Zehn Minuten Vorsprung würde er seiner

Mutter geben, ehe er die Wohnung verließ, um sich mit seinen Kumpels zu treffen. Er traf sich jeden Abend mit ihnen in der leer stehenden Grundschule an der Ecke Esplanade und Burgundy, am Nordrand des Quarters.

Die Warnungen seiner Mutter vor dem Sozialdienst und ihre Furcht, ihn zu verlieren, gingen ihm noch einmal durch den Kopf, doch er verdrängte das. Seine Mutter machte sich zu viele Sorgen. Sie behandelte ihn wie ein Baby. Er hatte sich den ganzen Sommer über abends mit seinen Freunden getroffen. Er sah zu, dass er immer vor seiner Mutter wieder zu Hause war. Außerdem hielten er und die anderen sich von den Bullen und allem Ärger fern. Wie er seiner Mutter versprochen hatte, war er immer vorsichtig. Er war nicht mal andeutungsweise in Gefahr geraten, geschnappt zu werden.

Nach genau zehn Minuten schloss Santos die Tür wieder auf und trat in den Flur. Augenblicke später umfing ihn die schwüle Nacht von New Orleans. Er fluchte leise. Halb zehn Uhr abends, und es war immer noch heiß.

Er fuhr sich mit einer Hand über den bereits feuchten Nacken. Das war es, was die Leute hier im Sommer fertig und die langen Monate unerträglich machte: Es kühlte sich einfach nie ab. Sicher, andernorts wurde es im Sommer auch heiß, oft sogar heißer, doch die Kühle nach Sonnenuntergang brachte dort wenigstens Erfrischung.

New Orleans blieb von Mai bis September am Kochen. Im August waren sie alle nur noch gekochte Hummer. Die Touristen, mit denen er sprach, zeigten sich immer erstaunt über die Hitze. Unweigerlich kam die Frage, wie die Bewohner der Stadt das aushielten. Aber ein Einwohner hielt das nicht aus, er gewöhnte sich daran. Seiner Ansicht nach war das ein Unterschied.

Santos hob das Gesicht dem schwarzen Himmel entgegen und atmete tief durch. Die Luft hatte sich in den letzten Stunden zwar nicht abgekühlt, aber sie hatte sich verändert und das Quarter mit ihr. Er fand den Unterschied gering und auffallend zugleich. Wie der Unterschied zwischen natürlichem Licht und Neon, zwischen Blumenduft und Parfüm, zwischen Heiligen und Sündern.

Einkäufer und Geschäftsleute waren mit dem Tageslicht verschwunden und machten Platz für die Nachtmenschen. Davon gab es zwei Sorten: Randgruppen und Aussteiger. Randgruppen waren solche Leute, die wie seine Mutter nicht dem klassischen Typ des Otto Normalverbrauchers entsprachen, obwohl sie es gerne gewesen wären. Aussteiger lebten absichtlich außerhalb der Gesellschaft, weil ihnen das gefiel.

Schwermütige Bluesmusik wehte von einem Balkon über ihm, von einem anderen kam Lustgestöhn. Santos joggte daran vorbei, duckte sich in eine Gasse und benutzte die weniger frequentierten Seitenstraßen, wo die Gefahr, seiner Mutter oder Bekannten zu begegnen, gering war.

Einem Eckrestaurant entströmten das Geklapper von Geschirr und der köstliche Duft von zubereiteten Meeresfrüchten. Santos ging hinter dem Restaurant vorbei und rümpfte die Nase, als er einem besonders reifen Abfalleimer auswich. Ein oder zwei Tage Hitze, und verlockende Hummer oder Shrimps verwandelten sich in ekelhaftes Zeugs.

Die Schule kam in Sicht, und er verlangsamte sein Tempo. Es war nicht angebracht, in dieser Gegend zu laufen. Bei der Armut und der Kriminalitätsrate hier waren die Bullen ständig auf Streife und hielten Ausschau nach jungen Männern auf der Flucht.

Santos ging hinter die Schule. Nachdem er sicher war, unbeobachtet zu sein, duckte er sich hinter eine Reihe wilder Oleander- und Olivenbüsche. Dort fand er, wie erwartet, ein mit einem Stein geöffnetes Fenster. Er hievte sich auf den Fenstersims, schwang die Beine ins Gebäude und sprang auf den Boden. Irgendwo im Innern hörte er Gelächter. Seine Freunde waren schon da.

Ein Zündholz flackerte auf. Erschrocken drehte Santos sich um. Ein Junge, den sie Scout nannten, weil er immer auf Ausschau nach Bullen, Drogendealern und Alkoholikern war, stand in der Ecke, und die Zündholzflamme erhellte sein amüsiertes Gesicht.

„Was gibt's?" fragte Santos stirnrunzelnd. „Du hast mir einen Scheißschreck eingejagt."

Scout zündete sich eine Zigarette an und warf das Zündholz weg. „Tut mir Leid, Mann. Du bist spät heute Abend."

„Meine Mutter hat mich aufgehalten."

„Scheißspiel." Scout sog an seiner Zigarette und stieß eine beißende Wolke aus. Er deutete auf die Eisenstange an der Wand neben sich. „Bin froh, dass du es warst. 'nen Moment hab ich gedacht, es gäb' Krieg. Muss unser Revier verteidigen."

Und das hätte er getan, das wusste Santos. Die meisten Kinder, mit denen Santos zusammen war, lebten ausschließlich auf der Straße. Sie waren weggelaufen, entweder von ihren Familien oder von Pflegeeltern. Einige, so wie Santos, waren Kinder aus der Nachbarschaft, die nachts ohne Aufsicht waren. Sie waren von elf bis sechzehn Jahre alt, und die Gruppe wurde täglich größer oder kleiner. Neue kamen hinzu, andere wurden aufgegriffen und zu denen zurückgebracht, denen sie hatten entkommen wollen. Santos und ein paar andere hatten von Anfang an zur Gruppe gehört.

„Wo sind die alle?" fragte Santos.

„Heimzimmer. Lenny und Tish haben sich von einem Lieferwagen eine Tüte Krebse gefischt. Sind noch warm, jedenfalls waren sie das vor 'ner halben Stunde."

Santos nickte. „Kommst du mit?"

„Nee. Ich steh noch 'ne Weile Wache."

Santos nickte wieder und ging auf den Raum zu, den sie Heimzimmer nannten. Weil die Schule so groß war, hatten sie vier Räume ausgewählt, in denen ihre regelmäßigen Treffen stattfanden, und hatten ihnen Namen gegeben: Theaterclub, Kunsthandwerk, Sexualerziehung und Heimzimmer.

Das Heimzimmer lag in der ersten Etage am Ende des Hauptflures. Auf dem Weg dorthin wich Santos Unrat und Schwachstellen im Boden aus. Wie erwartet, fand er die Gruppe lachend und schwatzend um den Beutel mit Krebsen versammelt. Sie schmatzten, saugten und besudelten sich wie die Ferkel mit den gestohlenen Leckerbissen.

Rasiermesser, der Älteste der Gruppe, entdeckte Santos als Erster und winkte ihn heran. Er trug seinen Spitznamen aus offenkundigen Gründen und lebte am längsten von allen auf der Straße. Er war in Ordnung, aber er ließ sich nichts gefallen, von niemandem. Wenn man auf der Straße lebte, wurde man so. Santos glaubte nicht, dass er noch lange bei ihnen blieb. Mit sechzehn wurde es Zeit für ihn weiterzuziehen.

„Nette Beute, Tish, Lenny.“ Santos begrüßte die beiden Teenager durch Abklatschen der Hände, dann setzte er sich auf den Boden.

Um ihn herum floss die Unterhaltung. Der Sozialdienst hatte Ben wieder aufgegriffen und ihn zu seinen Pflegeeltern zurückgebracht. Ein Lude hatte Claire gestellt und sie einzuschüchtern versucht, damit sie für ihn anschaffen ging. Doreen hatte Sam und Leah beim Knutschen erwischt. Und Tiger und Rick hatten New Orleans verlassen, um sich per Anhalter zum guten Leben in Südkalifornien durchzuschlagen.

Nach einer Weile bemerkte Santos, dass heute Nacht ein neues Mädchen bei ihnen war. Sie saß außerhalb ihres Kreises, beteiligte sich weder am Gespräch noch am Essen und hatte die Arme fest um sich geschlungen. Santos stieß Scout an, der zu ihnen gekommen war und neben ihm saß. Er deutete zu der Neuen hinüber. „Wer ist das?“

„Tina", erklärte Scout. „Claire hat sie mitgebracht. Seit sie hier ist, hat sie kaum zwei Worte gesprochen."

„Ist sie neu auf der Straße? Weggelaufen?"

„Yeah, glaub schon."

Da braucht man nichts zu glauben, dachte Santos, als er sie mit leicht schief gelegtem Kopf betrachtete. Verloren, allein und Todesangst standen ihr geradezu ins Gesicht geschrieben. Sie hielt den Blick gesenkt und biss sich gelegentlich auf die Unterlippe, um sie am Beben zu hindern. Vor was sie auch weggelaufen war, er wettete seine kargen Ersparnisse, es war etwas Schlimmes gewesen.

Er fühlte mit ihr wie mit all seinen Freunden. Im Laufe der Jahre hatten sie ihm Geschichten erzählt, wogegen sich die Prügeleien seines Vaters geradezu harmlos ausnahmen. Santos knackte einen Krebs und schob sich das Schwanzstück in den Mund. Kopf und Schalen warf er zu den anderen auf einen Haufen und griff nach einem neuen. Bei jeder schlimmen Geschichte, die er von einem Kind hörte, war er dankbar für sein Leben und seine Mutter.

Er dachte an die Diskussion, die er vorhin mit ihr gehabt hatte, und an ihre Scham, weil er wusste, dass sie sich manchmal verkaufte. Er verstand das nicht. Sie war vielleicht nicht gerade eine Vorzeigemutter, aber sie liebte ihn. Sie hatten vielleicht nicht viel, aber sie hatten einander. Und die Geschichten seiner Freunde machten ihm klar, dass es in dieser meist verkommenen Welt etwas Besonderes war, jemanden zu haben, den man liebte, und dass es sich lohnte, diese Liebe zu bewahren.

Nachdem die Krebse verzehrt waren, begann sich der Kreis aufzulösen. Es bildeten sich kleinere Gruppen. Einige gingen wieder auf die Straße, andere legten sich pennen. Tina regte sich nicht. Sie saß wie festgefroren, zweifellos vor Angst und Unsicherheit.

Santos stand auf und ging zu ihr. „Hi", murmelte er und lächelte sie unbefangen an. „Ich bin Santos."

Sie sah ihn kurz an und senkte sofort wieder den Blick. „Hi."

Ihre Stimme war sanft und süß ... und ängstlich. Zu sanft und zu süß für ein Mädchen von der Straße. Die Stimme würde rasch härter werden, genau wie sie selbst. *Sofern Tina überleben will.* Er setzte sich neben sie und achtete darauf, genügend Abstand zu halten. „Du heißt Tina, richtig?"

Sie nickte und schwieg.

„Scout sagte, Claire hat dich mitgebracht." Sie nickte wieder. „Das Erste, was du über uns lernen musst, ist: Scout weiß alles", fügte er lächelnd hinzu. „Das Zweite ist, wir sind eine gute Gruppe und passen aufeinander auf." Da sie immer noch nicht aufsah, glaubte er, sie wolle lieber allein sein, und machte Anstalten, sich zu erheben. „Wenn du in Schwierigkeiten steckst, lass es mich wissen. Ich werde versuchen, dir zu helfen."

Sie hob das Gesicht, und er sah, dass ihre Augen und Wangen feucht waren. Er sah auch, dass sie hübsch war, mit hellbraunem Haar und großen blauen Augen. Vermutlich war sie etwa in seinem Alter, vielleicht etwas älter.

„D...danke", stammelte sie.

„Kein Problem!" Er lächelte wieder. „Wir sehen uns dann."

„Warte!"

„Ich ..." Ihre Stimme brach, und Tina rang um Fassung. „Ich weiß nicht, wo ich hinsoll. Ich weiß nicht, was ich tun soll. Kannst du mir ... helfen?"

„Ich versuch's", erwiderte Santos, obwohl er bezweifelte, ihr geben zu können, was sie wirklich brauchte: einen sicheren Platz zum Schlafen und Angstfreiheit. Er setzte sich wieder. „Wohin möchtest du denn, Tina?"

„Nach Hause", flüsterte sie mit Tränen in den Augen. Sie verkrampfte die Hände im Schoß und kämpfte gegen die Tränen an. „Aber ich kann nicht."

Er verstand und schürzte nachdenklich die Lippen. „Woher kommst du?"

„Algiers. Meine Mutter und ..."

Das Heulen einer Polizeisirene zerriss die stille Nacht und störte wie eine Obszönität.

„O mein Gott!" Tina sprang auf. Sie sah sich wild um wie ein gefangenes Tier, als sehe sie ihre Umgebung zum ersten Mal.

Santos stand ebenfalls auf. „He, Tina ... beruhige dich. Es ist okay. Es ist nur ..."

Eine zweite Sirene folgte der ersten, dann eine dritte. Die Einsatzwagen fuhren nah am Gebäude vorbei. Rotes Alarmlicht erhellte die Dunkelheit, drang durch Ritzen und Fugen und schuf ein sonderbares, beängstigendes Kaleidoskop. Es war, als wären ein Dutzend Polizeiautos auf sie herabgefallen.

„Nein!" schrie Tina und bedeckte sich die Ohren. „Nein!"

„Es ist okay ... Tina ..." Santos legte ihr eine Hand auf den Arm. Sie wirbelte zu ihm herum, das Gesicht eine Maske des Entsetzens. Im nächsten Moment riss sie sich von ihm los und rannte zur Tür. Santos folgte ihr, erwischte sie kurz vor der Tür, schloss sie in die Arme und hielt sie fest.

Sie wehrte sich hysterisch, trat, schrie und trommelte mit den Fäusten auf ihn ein. „Lass das! Du musst mich gehen lassen. Du musst!"

„Du tust dir nur weh!" Santos wich ihren Schlägen so gut es ging aus und stöhnte auf, als sie ihn seitlich am Hals traf. „Verdammt, Tina, die Treppe ist ..."

„Sie kommen ... er hat sie geschickt. Sie ..."

„Wer, er?" Santos packte sie an den Oberarmen und schüttelte sie. „Tina, niemand kommt. Niemand wird dir etwas tun. Hör nur, die Sirenen sind weg."

Schluchzend lehnte sie sich an ihn und zitterte so heftig, als hätte sie Zuckungen. „Du verstehst nicht." Sie krallte die Finger in sein T-Shirt. „Er wird sie schicken ... er hat es gesagt."

Nach einer Weile beruhigte sie sich. Völlig erschöpft sank sie gegen ihn. Santos führte sie in eine Zimmerecke, wo eine Matratze lag. Sie ließ sich darauf nieder und rollte sich verzweifelt zu einem Ball zusammen.

Santos setzte sich neben sie, die Knie angezogen. „Möchtest du darüber reden?"

Obwohl sie schwieg, verriet ihm etwas an ihrer Atmung, an der Art, wie sie immer wieder wie zum Sprechen Luft holte, dass sie reden wollte. Schließlich begann sie resigniert und verzweifelt: „Ich dachte ... sie kämen mich holen. Ich dachte, er hätte sie geschickt."

„Die Bullen? Du dachtest, die Bullen kämen deinetwegen?"

Sie nickte und rollte sich noch fester zusammen.

„Aber warum?" murmelte Santos mehr zu sich selbst. „Du dachtest, *er* hätte sie geschickt. Wer?"

„Mein Stiefvater. Er ist ein Cop." Tina bebte, dass ihr die Zähne klapperten, und schlang die Arme fester um sich. „Er sagte mir, wenn ich je versuchen sollte ... ihm zu entkommen, würde er mich finden. Er sagte, er würde mich finden und ..."

Sie ließ den Satz unbeendet, und Santos konnte nur mutmaßen, was er gedroht hatte, ihr anzutun. Nach ihrer Angst zu urteilen, musste es schlimm sein.

Noch schlimmer als das, was er ihr vermutlich schon angetan hat, der Bastard.

Santos verschränkte die Finger ineinander. „Ich lebe mit meiner Mutter. Sie ist ziemlich cool, aber mein Dad war ein echter Mistkerl. Er hat mich immer geschlagen. Er ist tot." Tina sagte nicht, dass es ihr Leid tue, denn sie wusste, dass es ihm nicht Leid tat. Kinder, die die Hölle durchgemacht hatten, verstanden einander ohne Worte. „Ich vermute, dein Stiefvater ist auch ein Mistkerl."

„Ich hasse ihn!" stieß sie heftig hervor, die Stimme tränenerstickt. „Er ... tut mir weh. Er ... fasst mich an."

Santos krampfte sich der Magen zusammen. „Also bist du weggelaufen."

„Andernfalls hätte ich mich umgebracht." Sie setzte sich hin und sah Santos an. Er erkannte an ihrem Gesicht, dass sie es ernst meinte. Sie hatte den Tod als einen möglichen Ausweg in Betracht gezogen. „Ich hatte nicht den Mut."

„Hast du jemand davon erzählt?"

„Meiner Mutter." Tina reckte das Kinn vor. „Sie hat mir nicht geglaubt. Sie nannte mich eine Lügnerin ... und eine Schlampe."

Santos fluchte. Er war nicht überrascht, er hatte solche Geschichten schon häufiger gehört. „Und was war mit Lehrern, einer Nachbarin oder so?"

„Er ist ein Cop, vergiss das nicht? Ein richtiger Spitzencop noch dazu." Sie biss sich hart auf die Unterlippe. „Wer hätte mir geglaubt? Meine eigene Mutter hat es nicht."

Santos drückte ihr die Hand. „Tut mir Leid."

„Ja, mir auch." Sie wandte den Blick ab. „Ich bedaure, dass ich nicht den Mut hatte, diese Pillen zu nehmen. Ich hatte sie in der Hand, aber ich konnte es nicht."

„Sag das nicht. Ich bin froh, dass du sie nicht genommen hast." Sie sah ihm in die Augen, und er zwang sich zu einem Lächeln. „Es wird alles wieder gut, Tina."

„Ja natürlich. Es wird alles wieder gut. Ich habe kein Geld und keinen Platz, wo ich hingehen kann." Sie begann wieder zu weinen und schlug die Hände vors Gesicht. „Ich habe solche Angst. Ich weiß nicht, was ich machen soll." Sie wandte ihm ihr tränennasses Gesicht zu. „Was soll ich nur tun?"

Santos wusste es nicht, also tröstete er sie auf die einzige ihm mögliche Weise: Er legte den Arm um sie und hielt sie, bis sie sich ausgeweint hatte, bis der Raum still wurde und einer nach dem anderen aus der Gruppe an den Ort ging, den er Zuhause nannte. Und Santos hielt sie weiter, obwohl er sich der verrinnenden Zeit bewusst wurde. Seine Mutter würde bald heimkommen. Wenn sie entdeckte, dass er weg war, war er erledigt.

Bedauernd zog er sich schließlich von ihr zurück. „Tina, ich muss gehen. Ich ..."

„Lass mich nicht allein!" Sie klammerte sich an ihn. „Ich habe solche Angst. Bleib noch ein bisschen. Bitte, Santos!" Sie presste ihr Gesicht an seine Brust. „Geh noch nicht!"

Santos seufzte. Er konnte sie nicht verlassen. Sie hatte niemanden und konnte nirgendwohin. Seine Mutter würde es verstehen müssen. Und das würde sie auch – nachdem sie ihn umgebracht hatte.

Sie redeten. Santos erzählte ihr aus seinem Leben, von Mutter und Vater, der Schule und dem Leben im Quarter. Sie erzählte ihm von ihrem leiblichen Vater, wie sehr sie ihn geliebt habe und wie er gestorben war.

Santos hörte ihrer Stimme den durchlittenen Schmerz und die Sehnsucht an. Zum ersten Mal dachte er darüber nach, wie schwer es war, einen geliebten Menschen zu verlieren, wie weh das tun musste.

Er war so froh gewesen über das Wegbleiben seines Vaters, dass er nie einen Gedanken daran verschwendet hatte, wie es gewesen wäre, wenn man ihm die Mutter genommen hätte.

Es wäre die Hölle gewesen. Ich bezweifle, dass ich das überstanden hätte.

Sie redeten weiter über ihre Träume und Hoffnungen für die Zukunft. Als sie schließlich beide ganz erschöpft waren, zog Santos sich zurück und betrachtete forschend ihr Gesicht. „Ich muss gehen, Tina. Meine Mutter bringt mich um."

Tina wurde blass vor Angst, nickte jedoch tapfer. „Ich weiß, du musst gehen."

„Ich erzähle ihr von dir", sagte er und nahm Tinas Hand. „Ich frage sie, ob du eine Weile bei uns unterkriechen kannst, das verspreche ich."

Sie schluchzte auf, und er nahm ihr Gesicht zwischen beide Hände. „Warte hier. Ich komme morgen zurück." Er griff fester zu. „Ich verspreche, ich sehe morgen nach dir."

Er beugte sich vor und küsste sie. Sie stieß einen leisen Laut des Erstaunens aus, und Santos war selbst ganz verblüfft über sein Tun. Er wich kurz zurück, sah ihr tief in die blauen Augen und küsste sie wieder, tiefer, inniger. Die Brust wurde ihm eng und der Atem knapp vor Erregung.

Tina schlang ihm die Arme um den Hals und presste sich an ihn. „Bleib bei mir. Bitte! Lass mich nicht allein!"

Santos erwog einen Moment, ihr nachzugeben. Er kam schon zu spät heim und steckte bereits in den größten Schwierigkeiten seines Lebens.

Ich könnte es nicht ertragen, dich zu verlieren, hörte er noch die Worte seiner Mutter. Sie würde glauben, dass er geschnappt worden war. Vielleicht hatte sie schon die Bullen angerufen und sich selbst auf die Suche nach ihm gemacht.

„Ich kann nicht", flüsterte er. „Ich möchte bleiben, aber es geht nicht."

Er presste seine Lippen auf ihre, befreite sich dann von ihren Armen und stand auf. „Ich komme morgen zurück. Ich verspreche es, Tina. Morgen bin ich wieder da."

6. KAPITEL

Santos kam an einem Laden mit einer Neonuhr im Schaufenster vorbei. Gelbgrünes Licht fiel auf den Gehweg und färbte seine Haut unheimlich. Die Uhr zeigte vier Uhr morgens.

Ich bin so gut wie tot.

Im Gegensatz zum Hinweg legte er nun keinen Wert mehr auf Unauffälligkeit. Er nahm den schnellsten und geradesten Weg nach Hause und wechselte zwischen Joggen und Sprinten. Sogar die normalerweise sehr belebten Straßen waren inzwischen menschenleer.

Während er lief, dachte er an den Zorn seiner Mutter und wie er sie trotz seines Fehlverhaltens überreden konnte, Tina eine Weile bei sich aufzunehmen. Er dachte an Tinas Lippen auf seinen, an ihre Angst und ihr Flehen, er möge bei ihr bleiben. Frustriert spreizte er die Finger und konnte sich nicht entscheiden, ob er richtig gehandelt hatte.

Er hätte Tina mit nach Hause nehmen und darauf beharren sollen, dass sie bei ihnen blieb. Hätte das nicht geklappt, hätte er immer noch betteln können. Seine Mutter hatte ein weiches Herz. Ein Blick in Tinas verzweifelte, ängstliche Augen, und sie hätte gestattet, dass sie blieb.

Er verlangsamte seine Schritte und erwog zurückzugehen, entschied sich jedoch dagegen. Die Morgendämmerung brach fast an In der Schule war Tina sicher. Er wollte erst die Sache mit seiner Mutter ausstehen und die Wogen glätten. Am Morgen konnte er dann zu Tina zurückgehen.

Er bog in eine Gasse seitlich der Dauphine Street ab. Die Abkürzung brachte ihn zur Ursuline, zwei Blocks von seinem Haus entfernt. Vor ihm erhellten Polizeilichter die Dunkelheit. Drei Einsatzwagen und eine Ambulanz standen mit blinkenden Lichtern vor einem Gebäude des übernächsten Blocks. Einer neben seinem Haus.

Santos verlangsamte seine Schritte und sah genauer hin. Der Wagen stand nicht neben seinem Haus, sondern davor. Vor seinem Zuhause!

Santos begann zu laufen.

Die Polizei hatte das Gebiet abgesperrt. Trotz der unchristlichen Stunde hatte sich eine kleine Menschenmenge versammelt. Er entdeckte die alte Frau aus dem Erdgeschoss. „Was ist hier los?“ fragte er atemlos, mit heftig pochendem Herzen.

„Keine Ahnung.“ Sie sah ihn argwöhnisch an. „Jemand ist tot. Ermordet, glaube ich.“

„Wer?“ Einer Panik nahe, schnappte er nach Luft und wollte sein Herz zwingen, langsamer zu schlagen.

Achselzuckend zündete sie sich eine Zigarette an und blinzelte gegen den Rauch. „Keine Ahnung. Vielleicht niemand.“

Santos wandte sich von der Frau ab und suchte in der Menge nach seiner Mutter. Sie war nicht da. Seine Panik wuchs.

Das hat nichts zu bedeuten, sagte er sich, bemüht, Ruhe zu bewahren und die bedrückende Angst nicht siegen zu lassen. Auch andere Nachbarn waren nicht da, vermutlich schliefen sie in ihren Wohnungen.

Mom hatte vielleicht einen Freund mit heimgebracht. Vielleicht suchte sie auch nach ihm.

Merry hat ihr Kind verloren. Der Sozialdienst fand heraus, dass sie es nachts allein ließ.

Vielleicht dreht sich das ganze Theater um mich. Mom hat vielleicht die Cops gerufen und mich als vermisst gemeldet.

Warum dann die Ambulanz?

Santos schüttelte den Kopf, ihm war plötzlich schwindelig, und er fürchtete, sich zu übergeben. Er musste seine Mutter finden, sich überzeugen, dass es ihr gut ging. Während er sich einzureden versuchte, dass sie okay war, drängte er sich durch die Menge, duckte sich unter dem Arm eines Polizisten hindurch und ging auf die Haustür zu.

„He, Junge!“

Santos drehte sich um. Ein Beamter kam auf ihn zu. Santos erkannte an seiner Miene – und an der Art, wie seine rechte Hand über dem Revolver schwebte –, dass er es ernst meinte. *Jemand ist tot, hat die alte Frau gesagt, vielleicht ermordet.*

„Ja, du.“ Der Cop deutete auf ihn. „Wohin willst du?“

„Ins Haus.“ Santos’ Mund war so trocken, als hätte er Staub gegessen. „Ich lebe hier.“

„Tatsächlich?“ Der Polizist betrachtete ihn von Kopf bis Fuß.

„Yeah.“ Santos wischte sich die feuchten Hände an der Jeans ab. „Meine Mom wartet. Ich bin spät dran, und sie macht sich vermutlich ... große Sorgen.“

Ein zweiter Polizist kam herbei und stellte sich neben den ersten. Er wirkte zu jung, ein Abzeichen zu tragen, geschweige denn eine Waffe. Aus seinem Gesicht war der Babyspeck nie ganz gewichen, und seine blauen Augen blickten freundlich.

„Hast du einen Namen?“ fragte der erste.

Santos sah von einem zum anderen. „Victor Santos.“

Die Polizisten tauschten einen Blick. „Santos?“

Er nickte. Sein Magen drehte sich fast um.

„Wo warst du heute Nacht, Victor?“

„Hab mit Freunden rumgehangen. Ich ... ich bin weggeschlichen, während Mom arbeiten war. Ich hatte versprochen, es nicht zu tun, aber ...“ Santos atmete noch einmal tief durch und hatte das Gefühl, seine Welt stürze ein. „Haben Sie ein Herz. Ich meine, sie ist wahrscheinlich krank vor Angst.“

„Hast du einen Ausweis, Victor?“

Er schüttelte den Kopf. „Nein, aber meine Mutter kann ...“

„Wie alt bist du, Victor?“

„Fünfzehn." Er schluckte trocken und dachte wieder an die Warnung seiner Mutter vor dem Sozialdienst. Er begann zu zittern. „Schauen Sie, sie hat keine Schuld. Sie ist sehr fürsorglich, eine wirklich gute Mutter. Es ist mein Fehler." Er sah den Beamten mit den freundlichen Augen flehentlich an. „Ich bin entwischt. Sie wird mir in den Hintern treten, wenn ich nach oben komme. Bitte informieren Sie nicht den Sozialdienst!"

Die Cops sahen einander wieder an. „Beruhige dich, Victor", sagte der babygesichtige Officer voller Unbehagen. „Alles wird wieder gut."

„Was meinen Sie?" fragte Santos, von neuerlicher Panik ergriffen. „Was ist los? Was ist passiert?" Er packte den Officer am Ärmel. „Warum sind Sie hier?"

Der junge Beamte löste Santos' Finger und legte ihm dann einen Arm um die Schultern. Er führte ihn zu einem Einsatzwagen und sprach mit ruhiger, tröstender Stimme auf ihn ein. „Setz dich hierher, Victor, und ich hole jemand, mit dem du reden kannst."

„Aber meine Mutter ..."

„Mach dir darum jetzt keine Gedanken." Sie erreichten den Wagen, und der Beamte öffnete die hintere Tür. „Setz dich ein paar Minuten hierher, und ich rufe einen Freund von mir ..."

„Nein!" Santos wich dem Polizisten aus und begann wegzugehen. „Ich will nach Hause und meine Mutter sehen."

„Ich fürchte, das kann ich nicht zulassen." Der Beamte hielt ihn an der Schulter fest. Mitgefühl und Trost waren aus seiner Stimme verschwunden. Plötzlich wirkte er durchaus alt genug für die Waffe und das Abzeichen. „Du bleibst hier, bis ich dir was anderes sage. Hast du das verstanden, Victor?"

Santos starrte den Officer entsetzt an. *Mutter. Was ist mit Mutter?*

Die Menge machte ein Geräusch, ein kollektives Aufatmen, dass ihre Geduld endlich belohnt, ihre Neugier gestillt wurde. Das Geräusch ergoss sich wie Säure über Santos' Nerven. Er blickte zum Hauseingang, aus dem Polizisten und Sanitäter kamen. Er starrte auf die Bahre, auf den Körper, der unter einem weißen Laken verborgen war.

Jemand ist tot. Ermordet.

Santos riss sich von dem Beamten los und lief zur Bahre mit der leblosen Gestalt.

Er schaffte es bis hinter die Barrikade, ehe der Polizist ihn einholte und festhielt. Santos schlug ihn, befreite sich, erreichte die Bahre und riss das Laken zurück.

Die Cops packten ihn von hinten und zerrten ihn zurück. Doch er hatte das Blut gesehen und das zu einer verzerrten Totenmaske erstarrte Gesicht des Opfers.

Das Gesicht seiner Mutter. Das Blut seiner Mutter.

Ein Schmerzensschrei gellte erschütternd durch die Nacht. Sein Schrei, wie Santos erkannte, als er die Arme um sich schlang. Seine Mutter. Tot. Ermordet.

Sein Magen drehte sich um, und Santos erbrach sich auf die blanken schwarzen Schuhe des babygesichtigen Officers.

7. KAPITEL

Santos saß im Warteraum der Abteilung für Tötungsdelikte im Polizeipräsidium von New Orleans und starrte auf das abgewetzte Linoleum vor seinen Füßen. Schock und Trauer hatten ihn betäubt. Sein Schmerz war so groß, dass er nichts mehr fühlen konnte.

Seine Mutter war tot. Vor sieben Tagen brutal ermordet, mit sechzehn Messerstichen in Brust und Kehle, Bauch und Rücken, an Stellen, zu abstoßend, um sie in der Zeitung zu zeigen.

Um Fassung ringend, presste er die Kiefer so fest zusammen, dass die Zähne schmerzten. Das Linoleum schwamm vor seinen Augen. Er unterdrückte die Tränen, obwohl er in der letzten Woche festgestellt hatte, dass es seinen Schmerz weder überwand noch linderte, wenn er die sichtbaren Zeichen seiner Trauer bekämpfte.

Ringsum herrschte eine Art kontrolliertes Chaos. Beamte kamen und gingen mit unterschiedlichen Straftätern im Schlepp. Familienangehörige von Opfern und Tätern sammelten sich in den Warteräumen, und Anwälte schienen wie Blut witternde Haie überall gleichzeitig zu sein. Der Geräuschpegel blieb auf einem einheitlichen hektisch, gedämpften Niveau, nur gelegentlich unterbrochen von einem Aufschrei des Zorns oder der Trauer. Über allem gab der Sergeant am Tresen Zivilisten wie Polizisten mit donnernder Stimme Anweisungen. Santos erwartete jeden Moment, dass er ihm zurief: „Okay, Kid, Detective Patterson wird dich jetzt empfangen."

Santos kannte das schon. Er und Patterson wurden richtige Freunde. Santos ballte die Fäuste. In dem Wunsch, etwas oder jemand zu schlagen, vorzugsweise Pattersons arrogante Visage.

Aus zwei Zeitungen, *Times Picayune* und *State's Item*, hatte er die Einzelheiten des Mordes erfahren. Sie hatten beschrieben, wo und wie Lucia Santos erstochen worden war. Sie hatten den Verlauf ihres letzten Abends rekonstruiert: Sie war zur Arbeit im Club 69 gegangen, wo sie nachts tanzte. Sie hatte einen Freier aufgegabelt, den sie mit nach Hause nahm. Nach dem Geschlechtsakt wurde sie getötet. Neben ihrem Bett fand man einen angebissenen Apfel.

Man hatte sie eine Prostituierte genannt und spekuliert, sie sei von ihrem Freier umgebracht worden.

Nachdem Santos die Geschichte gelesen hatte, musste er sich übergeben. Dann war er zornig geworden. Beide kleine Artikel, keiner länger als drei Absätze, waren in dem Ton geschrieben: Na ja, wieder eine tote Nutte. Wen interessiert das?

Er hatte die Journalisten angerufen, die das geschrieben hatten. Seine Mutter sei keine Prostituierte gewesen, hatte er sie belehrt. Sie sei exotische Tänzerin gewesen. Sie sei seine Mutter gewesen, und er habe sie geliebt.

„Ich bedaure deinen Verlust, Kid", hatten beide gesagt, „aber ich schreibe, wie ich es sehe."

Die Polizei war nicht besser gewesen. Er hatte angerufen. Zuerst waren sie freundlich, wenn auch herablassend. Geduldig hatten sie ihm erklärt, wie das System funktionierte. Es gab nichts Neues, sie taten ihr Bestes.

Sie hatten sogar ihn verhört und sein Alibi für die Tatzeit überprüft. Dann hatte man ihn entlassen, wie man sich eines lästigen Insekts entledigt.

Ruf nicht an, hatten sie noch gesagt. *Wir rufen dich an.*

Santos wollte verdammt sein, wenn er ihnen das durchgehen ließ. Und garantiert würde er nicht gestatten, dass die so mit seiner Mutter umsprangen. Bloß weil sie in deren Augen nur eine weitere tote Nutte war.

Er hatte sie jeden Tag angerufen – mindestens ein Mal. Er war hier auf der Wache gewesen. Nun, nachdem sie eine Woche seine Anrufe und Besuche toleriert hatten, wurden sie weniger freundlich, weniger geduldig. Keine Spuren, keine glücklichen Wendungen, weiter zum nächsten Opfer.

Ihr Körper lag kaum in der Erde, und sie hatten den Fall abgeschlossen. Sie hatten es ihm nicht gesagt, aber Santos wusste es auch so. Manches musste man nicht aussprechen, um es zu wissen.

Wen kümmert schon ein Niemand von Nutte? Die interessiert einen Scheiß!

Santos senkte den Kopf in die Hände und sah seine Mutter vor sich, wie sie bei ihrem letzten Abschied lächelnd über die Schulter geblickt und gewinkt hatte.

Er hatte ihr keinen Abschiedskuss gegeben und ihr nicht gesagt, dass er sie liebte, weil er sich für zu erwachsen gehalten hatte.

Seine Augen brannten, und er presste die Lippen fest zusammen. Er hielt die Tränen zurück, doch die Erinnerungen an seine Mutter verwandelten sich rasch in die Albtraumbilder, die ihn jede Nacht schweißnass und mit Tränen auf den Wangen aus dem Schlaf rissen. In rascher Bildfolge sah er seine Mutter und ihren Killer. Er hörte sie Hilfe suchend nach ihrem Sohn rufen. Und dann sah er sie, wie sie tot unter dem weißen Laken lag.

Sie hatte nach ihm gerufen, und er war nicht für sie da gewesen. Er hatte über ihre Ängste gelacht. Er hatte getan, wonach ihm der Sinn stand, ohne Rücksicht auf ihre Gefühle und ihre Sicherheit.

Und jetzt war sie tot.

Seine Schuldgefühle waren erdrückend. Er presste sich die Handballen auf die Augen. Seinetwegen war sie mit diesem Freier zusammen gewesen, weil er Schulkleidung brauchte und teure Arztbesuche anstanden. Sie war tot, weil er nicht da gewesen war, um sie zu retten.

Hatten ihre letzten Gedanken ihm gegolten? War sie zornig auf ihn gewesen, enttäuscht? Neuerliche Rührung würgte ihn. Warum hatte er nicht gehorcht? Warum war er so lange bei Tina geblieben?

Er hatte erst zwei Tage später wieder an Tina gedacht, als die Polizei ihn die Nacht des Mordes rekonstruieren ließ. Einige der Kids hatten bestätigt, dass sie in der Schule zusammen gewesen waren. Tina war verschwunden.

Zu sehr mit seinem eigenen Schmerz beschäftigt, hatte er sich nur flüchtig gefragt, was mit dem Mädchen geschehen war. War sie nach Hause gegangen? Was mochte sie gedacht haben, als er nicht zurückkehrte? Solche Fragen lösten sich stets in Schuld, Scham und Schmerz auf.

Wenn ich zu Hause gewesen wäre, könnte Mutter noch leben.

Er wusste es tief im Innern: Es war seine Schuld, dass seine Mutter tot war.

„Alles okay mit dir, Victor?“

Santos blickte auf in die freundlichen Augen des babygesichtigen Officers von neulich. Jacobs stand auf seinem Abzeichen. Der Mann war mehr als anständig zu ihm gewesen und war weit über seine Pflichten als Polizist hinausgegangen, um ihn zu trösten. Santos' Blick war tränenverschleiert. Er wollte sprechen, aber er konnte nicht.

Der Cop legte ihm eine Hand auf die Schulter. „Es tut mir wirklich Leid, Victor. Kann ich etwas für dich tun?“

Um Fassung bemüht, ballte Santos die Hände zu Fäusten. „Finden Sie den Killer.“

„Tut mir Leid, wir versuchen es“, erwiderte er mit bedauernder Miene.

„Tatsächlich? Erzählen Sie mir noch so einen.“

Officer Jacobs ignorierte seinen Sarkasmus. „Ich weiß, wie schwer das für dich ist.“

„Wirklich?“ fragte Santos in hilflosem Zorn. „Wurde vielleicht Ihre Mutter brutal ermordet? Und wurde ihre Ermordung dann praktisch ignoriert und wie eine Bagatelle in der Zeitung behandelt?“ Seine Stimme bebte vor Trauer und Schuldgefühlen, die er nicht unterdrücken konnte. „Und wussten Sie tief im Herzen, dass Sie den Mord hätten verhindern können, wenn Sie zu Hause gewesen wären, wenn ...“

„Mein Gott, Victor, nun mal halblang.“ Jacobs setzte sich neben ihn. „Was meinst du damit, du hättest den Mord verhindern können?“

„Was denken Sie wohl, was ich damit meine?“ Santos verkrampfte die Hände im Schoß. „Wenn ich zu Hause gewesen wäre, hätte der Typ es vielleicht nicht getan. Ich hätte ihn vielleicht durch meine bloße Anwesenheit verscheucht. Oder ich hätte mit ihm kämpfen können. Ich hätte ihr helfen können, ich ..."

„Du wärst vermutlich ebenfalls getötet worden." Der Cop sah ihm gerade in die Augen. „Hör mir zu, Victor. Der Täter, wer immer er sein mag, ist ein bösartiger Killer. So einer lässt sich nicht von einem Jungen verscheuchen. Das war kein zufälliger Gewaltakt. Er ist mit deiner Mutter nach Hause gegangen, um sie zu töten. Er ist gerissen. Wir wissen das, weil er keinerlei Spuren hinterlassen hat. Er hat dafür gesorgt, dass er nicht gesehen wurde. Wir vermuten, er hat so etwas schon früher getan. Wenn du zu Hause gewesen wärst, hätte er lediglich seinen Plan geändert und dich ebenfalls umgebracht. Das sind die Fakten, Victor, so hässlich es klingt."

„Aber ich hätte ..."

„Nein, hättest du nicht. Wärst du in der Wohnung gewesen, wärst du jetzt tot. Punkt."

„Wenigstens wäre ich da gewesen, wenigstens hätte ich versuchen können zu helfen. Wenigstens hätte sie gewusst, dass ich da bin, dass ich ..." Seine Stimme brach, und er wandte verlegen den Blick ab.

„Sie hat gewusst, dass du sie liebst, Victor. Und sie hätte nicht gewollt, dass du umkommst." Er tätschelte Santos' ineinander verkrampfte Hände. „Gehen wir zu Detective Patterson, vielleicht gibt's was Neues."

„Das bezweifle ich. Alles, was ich von ihm höre, ist leeres Geschwätz."

Heute war es nicht anders. Noch mehr leeres Geschwätz. Noch mehr Mist. Santos sah den Detective wütend an und hätte ihn am liebsten geschlagen. Es wäre ein gutes Gefühl gewesen, obwohl der bullige Officer ihn vermutlich schon vor dem ersten Treffer auf die Knie gezwungen und in Handschellen gefesselt hätte. Den Ausdruck arroganten Desinteresses auch nur einen Moment vom Gesicht dieses Mannes wischen zu können wäre allerdings jede Strafe wert gewesen.

„Schau", begann Patterson, „ich weiß, sie war wichtig für dich, aber ich habe andere, dringendere Fälle zu bearbeiten. Wenn wir etwas finden, handeln wir."

Santos sprang auf, dass sein Stuhl zu Boden fiel. „Sie Mistkerl versuchen es nicht mal! Wenn der Killer nicht hier hereintanzt und ein Geständnis ablegt, werden Sie nie etwas herausfinden."

Der Detective verschränkte die Arme vor der Brust und zog eine Augenbraue hoch. „So was passiert."

Jacobs legte Victor beschwichtigend eine Hand auf den Arm und warf seinem Kollegen einen warnenden Blick zu. „Victor, wir versuchen es. Das verspreche ich dir. Aber wir haben keinerlei Anhaltspunkte. Ich sagte dir schon, der Bursche war gerissen."

„Also lassen Sie ihn einfach frei herumlaufen? Er ist da draußen. Ist Ihnen das egal, bedeutet Ihnen das gar nichts?"

„Doch, das tut es, und ich verabscheue den Gedanken und Patterson auch. Aber alles, was wir tun können, ist, den wenigen Spuren zu folgen und abzuwarten."

„Abwarten?" fragte Santos argwöhnisch. „Was meinen Sie?"

„Er wird es wieder tun", tat Patterson die Sache ab und kehrte zu seinem Stuhl hinter dem Schreibtisch zurück. „Er wird es wieder tun und macht dann vielleicht einen Fehler, und dann kriegen wir ihn."

Angewidert starrte Santos den Detective hasserfüllt an. „Warum sollten Sie Ihren Hintern in Bewegung setzen, der Typ killt ja bloß Nutten. Richtig?" Er ballte die Hände. „Sie denken, sie war ein Nichts. Sie denken, sie war nur eine nichtsnutzige Nutte, also ist ihre Ermordung unwichtig. Aber mir ist es wichtig!" Santos machte einen Schritt auf Pattersons Schreibtisch zu. „Sie war meine Mutter, Sie Bastard! Mir ist das wichtig. Und ich scheiße auf Sie."

„Victor …" Jacobs packte ihn am Arm. „Komm, ich spendiere dir eine Cola."

Santos schüttelte die Hand ab und sah Patterson durchdringend an. „Ich kriege raus, wer das getan hat. Kapiert? Ich werde den Täter finden, und er wird bezahlen!"

Der Detective schnaubte verärgert: „Was kannst du schon tun, Victor? Du bist ein Kind." Er schüttelte den Kopf. „Du wirst dich nur selbst in Gefahr bringen. Überlass die Polizeiarbeit uns."

Die Bemerkung und der Tonfall reizten Santos bis aufs Blut. „Das würde ich ja gern, wenn Sie etwas täten."

Der Detective presste die Kiefer aufeinander. Seine Miene verriet keinerlei Verständnis mehr. „Mir reicht's jetzt mit dir. Wir tun, was wir können, und jetzt hau ab. Ich muss arbeiten."

„Kein Problem, Detective." Santos trat noch einen Schritt näher an den Schreibtisch. Er fühlte sich dem Mann ebenbürtig und war weder von dessen Statur noch von seiner Position eingeschüchtert. Plötzlich verstand er, was es hieß, ein Mann zu sein und kein Junge mehr. „Denken Sie dran: Ich weiß nicht, wie und wann, aber ich werde den Bastard finden, der meine Mutter umgebracht hat, und er wird dafür bezahlen." Er stemmte die Hände auf den Schreibtisch und starrte Patterson an. „Und das ist ein Versprechen, Detective!"

TEIL 3

Glory

8. KAPITEL

New Orleans, Louisiana, 1974

Für die siebenjährige Glory Alexandra St. Germaine war die Welt ein wunderbarer und beängstigender Ort zugleich. Ein Ort, wo es alles gab, was sich ein Mädchen wünschen konnte: schöne Kleider mit Spitzen, Bändern und Schleifen, schöne Puppen mit seidigem Haar, das sie bürsten konnte, Reitstunden und ihr eigenes Pony, echtes Porzellan für die Teepartys, die sie im Gartenpavillon gab, und vieles mehr, auf das sie nur deuten musste, um es zu bekommen.

Ihr Daddy gehörte zu dieser Welt, der zauberhaftesten und wunderbarsten überhaupt. Wenn sie mit ihm zusammen war, konnte ihr nichts Hässliches und kein Unglück widerfahren – als wäre sie etwas ganz Besonderes. Er nannte sie sein kostbares Püppchen, und obwohl sie den Namen für zu babyhaft hielt, da sie schon fast in die dritte Klasse ging, gefiel es ihr insgeheim ganz gut, wenn er sie vor Dritten so nannte.

Von ihrer Mutter wurde sie nur bei ihrem Taufnamen gerufen.

Glory rutschte unbehaglich auf dem harten Holzstuhl herum. Ihr Po war ganz taub vom langen Sitzen in der Ecke. Ihrer Ecke. Der Ecke für böse Mädchen.

Seufzend stieß Glory die Schuhspitze auf den glänzenden Boden und achtete darauf, keinen Kratzer zu machen. Ihre Mutter würde den Bereich inspizieren, wenn sie sie von ihrer Strafe befreite, um sicherzugehen, dass sie zwischenzeitlich keinen Unfug angestellt hatte. Schließlich sollte sie ihre Zeit in der Ecke für Gebete und zum Nachdenken nutzen. Ihre Mutter hatte ihr das mindestens eine Million Mal gesagt.

„Glory Alexandra St. Germaine", sagte sie dann, „setz dich in die Ecke und denk über dein Verhalten nach. Bleib da sitzen und denk darüber nach, was der Herr von seinem guten kleinen Mädchen erwartet."

Glory seufzte wieder. Andere Mütter nannten ihre Töchter Herzchen, Liebling oder Schätzchen. Sie hatte das gehört. Stirnrunzelnd versuchte sie sich zu erinnern, ob ihre Mutter sie auch nur ein einziges Mal mit einem Kosenamen angesprochen hatte. Nein, ihr fiel wie immer keinmal ein.

Weil meine Mutter mich nicht liebt.

Glory zog die Knie an und legte den Kopf darauf. Sie presste die Augen zu und versuchte, ihre Gedanken zu verscheuchen. Aber das ging nicht. Und ihre Überlegungen verwirrten sie, machten sie traurig und ängstlich.

Sie hatte sich immer wieder einzureden versucht, dass ihre Mutter sie liebte. Hope St. Germaine war eben eine andere Art von Mutter, eine, die nicht umarmte und nicht umarmt werden wollte, die Disziplin für wichtiger hielt als Zuneigung.

Doch Glory glaubte ihren eigenen Versicherungen nicht. Tief im Herzen kannte sie die Wahrheit, so schmerzlich sie auch war.

Tränen brannten ihr in den Augen, und sie blinzelte sie fort. Warum liebte ihre Mutter sie nicht? Was hatte sie getan, das ihr nicht gefiel? Sie versuchte, ein braves Mädchen zu sein, sie wollte genau so sein, wie ihre Mutter sie haben wollte. Aber irgendwie gelang es ihr nie, sosehr sie sich auch bemühte. Sie lachte entweder zu laut oder zu oft, rannte, wenn ihre Mutter wollte, dass sie ging, sang, wenn ihre Mutter wollte, dass sie betete. Selbst wenn sie anderen Menschen Freude bereitete, enttäuschte sie ihre Mutter damit.

Mutter glaubte, dass es böse war, sich um die Zuneigung anderer zu bemühen, aber das versuchte sie ja gar nicht. Bei anderen erreichte sie alles mit nur einem Lächeln. Sie gewann die Zuneigung ihrer Mitmenschen, ohne es darauf anzulegen.

Glory sehnte sich danach, vom Stuhl aufzustehen, zu laufen und zu spielen. Sie lachte gern. Sie sang, tanzte und hüpfte gern, dass ihr Haar nur so flog. Mama sagte, sich so zu produzieren sei auch böse. Sie sagte, der Wunsch, im Mittelpunkt zu stehen, sei nicht das, was der Herr von seinen Kindern erwarte.

Glory bemühte sich, das zu beherzigen, doch manchmal vergaß sie es einfach. Sie ballte die kleinen Hände. Warum vergaß sie immer wieder, wie ihre Mama sie haben wollte?

Eine Träne rollte ihr über die Wange, und sie wischte sie fort. Wenigstens würde ihre Mutter bald kommen und sie holen. Sie sah an den länger werdenden Schatten, dass es Zeit für das Dinner war, und die Bestrafungen ihrer Mutter endeten immer rechtzeitig, damit Glory am Dinner teilnehmen konnte.

Bei dem Gedanken an Essen knurrte ihr der Magen. Das Wasser lief ihr im Mund zusammen, wenn sie an die getoasteten Käsesandwiches dachte, die die Köchin zum Lunch vorbereitet hatte. Auf die Sandwiches hatte sie verzichten müssen wegen ihres bösen Benehmens

„Mama!" rief Glory. „Bitte darf ich rauskommen? Ich werde brav sein, ich versprech's."

Stille antwortete ihr. Sie biss sich auf die Unterlippe. Sie hatte jetzt solchen Hunger, dass ihr der Bauch wehtat. Sie sehnte sich danach, am Daumen zu lutschen, doch ihre Mutter hatte sie einmal dabei erwischt und sie wieder bestraft.

Glory schlang die Arme um sich und kämpfte ihren Drang nieder. Es war unsauber, erinnerte sie sich. An Fleisch zu saugen war böse und unsauber.

Sie hörte den Schlüssel im Schloss und drehte sich erwartungsvoll um. „Mama?"

„Nein, Schätzchen. Ich bin's, Daddy."

„Daddy!" Sie flog ihm geradezu entgegen. Bei ihrem Daddy brauchte sie nicht um Erlaubnis betteln, die Ecke zu verlassen. Bei Daddy brauchte sie sich nicht zu entschuldigen oder erklären, was sie während ihrer Strafe gelernt hatte. Daddy liebte sie immer, egal, was geschah.

Er schwang sie in seine Arme und hielt sie fest. Und sie umarmte ihn heftig. Ihr war, als hätte der Tag gerade sonnig und viel versprechend begonnen.

Als er sie absetzte, erkannte sie an seiner Miene, dass sie heute Abend wieder die erhobenen Stimmen ihrer Eltern hören würde. Ihr Vater würde ihre Mutter zu streng nennen, und sie würde ihn zu nachgiebig schimpfen. Ihre Mutter würde sagen, wenn es nach ihm ginge, würde Glory sündhaft und liederlich aufwachsen.

Die Streitereien ihrer Eltern endeten immer auf dieselbe Weise – in absolutem Schweigen. Einmal war Glory in den Flur geschlichen und hatte an ihrer Schlafzimmertür gelauscht. Sie hatte ihren Vater stöhnen gehört, als litte er große Schmerzen. Sie hatte das atemlose Lachen ihrer Mutter gehört, es hatte triumphierend und machtvoll geklungen.

Im Schlafzimmer war etwas Schweres umgefallen und krachend auf dem Boden gelandet. Ängstlich war Glory in ihr Zimmer gelaufen, ins Bett gesprungen und hatte sich das Laken über den Kopf gezogen.

Heftig atmend hatte sie mit wild pochendem Herzen darauf gewartet, dass ihre Mutter kam und sie bestrafte und ihr am Morgen die Mitteilung machte, Dad sei verletzt oder tot. Was sollte sie machen, wenn sie Daddy verlor? Wie sollte sie ohne ihn leben?

Sie konnte es nicht, hatte sie damals erkannt. Dann würde sie sich umbringen. Vor Angst hatte sie die ganze Nacht nicht geschlafen und nur geweint.

„Schätzchen? Alles in Ordnung mit dir?"

„Ja." Tränen überschwemmten ihre Augen, und sie senkte den Kopf. „Aber, ich ... ich war böse, Daddy. Es tut mir Leid."

Er antwortete nicht, doch als sie vorsichtig einen Blick riskierte, sah sie, dass sich sein Kehlkopf bewegte, als wolle er etwas sagen. Sie senkte wieder den Blick. „Ich habe im Garten ein paar Blumen gepflückt und sie Mr. Riley gegeben. Er ist immer so nett zu mir, und ich wollte, dass er lächelt. Er sieht manchmal so traurig aus. Es tut mir Leid. Ich werde es nicht wieder tun."

Ihr Vater hockte sich vor sie hin und hob ihr Kinn an. „Ist schon in Ordnung, Schätzchen. Wir haben eine Menge Blumen im Garten. Und es ist schön, wenn man anderen eine Freude machen möchte. Ich habe deiner Mommy gesagt, dass du so viele Blumen pflücken darfst, wie du willst, und sie verschenken darfst, an wen du möchtest. Sie wusste es einfach nicht." Er presste die Lippen zusammen und fügte hinzu: „Verstehst du, Glory?"

„Ja, Daddy, ich verstehe."

Sie verstand es wirklich, denn sie hatten das schon viele Male so gehandhabt. Aber es war ihr Vater, der offenbar nicht verstand. Auch wenn sie tat, was er ihr erlaubt hatte, ob das nun das Blumenpflücken im Garten war oder das Herablaufen der Kirchenstufen nach der Messe oder Verstecken spielen ohne Erlaubnis, dann würde ihre Mutter sie zwar nicht bestrafen, aber sie würde sie trotzdem mit diesem sonderbaren Blick ansehen, so dass Glory sich hässlich und schlecht vorkam und am liebsten vor Scham gestorben wäre.

Glory schauderte. Sie ertrug diesen Blick ihrer Mutter nicht. Er war schlimmer, viel schlimmer sogar als jede Strafzeit in der Ecke oder körperliche Züchtigung.

Also würde sie trotz der Erlaubnis ihres Vaters keine Blumen mehr pflücken, weder für Mr. Riley noch für sonst wen – bis sie es wieder vergaß und ohne nachzudenken handelte.

„Ich habe eine Idee“, sagte ihr Vater plötzlich. „Wie wäre es heute Abend mit Dinner im Hotel? Wir gehen in den Renaissanceraum.“

Glory wollte ihren Ohren nicht trauen. Solange sie denken konnte, nahm ihr Vater sie jeden Sonntag nach der Messe mit zum French Market, wo sie *Beignets* aßen und Milchkaffee tranken. Nur sie beide. Hinterher gingen sie zum St. Charles, er führte sie überall herum und erklärte ihr alles, was zur Führung eines Hotels notwendig war. Er ließ sie Stichproben im Speisesaal machen und übersah, wenn sie ein paar Nüsse hinter dem Tresen oder Schokoladenmints von den Abräumwagen stibitzte.

Aber er hatte sie nie mit in den Renaissanceraum genommen, der das 5-Sterne-Restaurant des Hotels beherbergte. Ihre Mutter behauptete, sie sei noch nicht alt genug und zeige ein zu schlechtes Benehmen für das elegante Lokal.

„Der Renaissanceraum?“ wiederholte sie ungläubig. „Wirklich?“

Er stupste ihr auf die Nasenspitze. „Wirklich.“

Glory dachte an ihre Mutter, und ihre Freude schwand. Ein Besuch im Hotel war nicht halb so schön, wenn ihre Mutter dabei war. Dann musste sie nur still sein, weil man brave Mädchen sehen, aber nicht hören durfte. Sie musste sich auf ihre Tischmanieren konzentrieren und daran denken, in kleinen Bissen zu essen und in kleinen Schlucken zu trinken. Wenn ihre Mutter dabei war, verhielt sich das gewöhnlich freundliche Hotelpersonal steif und ernst. Sie zwinkerten ihr nicht zu und gaben ihr keine Süßigkeiten.

Glory senkte den Kopf. „Mama sagt, ich bin zu jung für den Renaissanceraum.“

„Wir werden sie nicht einladen.“ Er hob ihr Kinn an. „Nur du und ich.“ Er lächelte. „Aber denk dran, du musst ein Kleid tragen. Und die guten Schuhe, die, die kneifen.“

Das war Glory egal. Sie wäre auch mitgegangen, wenn sie Mausefallen an den Füßen getragen hätte. Sie warf ihm die Arme um den Hals und konnte ihre Freude kaum bezähmen. „Danke, Daddy, danke!“

Glory trug tatsächlich die Schuhe, die kniffen. Sie war mit ihrem Vater soeben am Hotel angekommen, als ihr schon die Zehen schmerzten. Ungeachtet ihres Unbehagens blickte sie an der Balkonfassade des St. Charles hinauf, und ihr ging das Herz auf in einer Mischung aus Stolz und Ehrfurcht.

Glory liebte das St. Charles, einfach alles an ihm, von den knarrenden alten, holzgetäfelten Fahrstühlen, die die Gäste die zwölf Etagen hinauftrugen, über den ständigen Menschenstrom, der die Lobby bevölkerte, bis zu der über allem liegenden Duftmischung aus Möbelpolitur und Blumen.

Und alle liebten sie. Hier durfte sie lachen und hüpfen und so viele Mintschokoladentäfelchen essen, wie sie wollte. Hier konnte sie herumtollen, wie sie wollte, ohne gescholten zu werden.

Außerdem mochte sie das Hotel, weil es ganz ihrem Vater gehörte. Er hatte hier alles schon berührt, und es trug seine Handschrift. Im Hotel fühlte sie sich sicher, als wären die Arme ihres Vaters schützend um sie gelegt.

Glory glaubte manchmal, dass ihre Mutter das St. Charles genauso hasste, wie Dad und sie es liebten. Denn hier hatte sie keinen Einfluss, und sie hatte kein Mitspracherecht, wie Philip das Hotel führen sollte. Ein paar Mal hatte Glory gehört, wie ihre Mutter einen Vorschlag bezüglich des Hotels machte. Jedes Mal hatte ihr Dad so scharf geantwortet, wie sie ihn sonst nie mit der Mutter sprechen hörte.

Der Page kam herbei und öffnete die Wagentür. Er lächelte: „Hallo, Miss Glory. Wie geht es Ihnen heute?“

Sie erwiderte sein Lächeln und fühlte sich ganz wie eine erwachsene Lady. „Sehr gut, vielen Dank.“

Ihr Vater kam um den Wagen und reichte dem Pagen seinen Autoschlüssel. „Wir werden einige Stunden bleiben, Eric.“ Ihr Vater nahm sie bei der Hand. „Fertig, Püppchen?“

Sie nickte, und sie überquerten den Gehweg zu den großen, bleiverglasten Türen des Hotels. Der Page an der Tür grüßte sie mit einem breiten Lächeln. „Guten Abend, Miss St. Germaine. Es ist schön, Sie wieder mal zu sehen.“

Sie erwiderte seinen Gruß und verhielt sich so erwachsen, wie sie konnte. „Danke, Edward. Es ist schön, auch Sie wieder zu sehen. Wir sind zum Dinner gekommen.“ Sie senkte ehrfürchtig die Stimme. „Wir gehen in den Renaissanceraum.“

„Sehr gut.“ Er öffnete ihr die Tür. „Ich höre, die Erdbeercreme ist heute ausgezeichnet.“ Er zwinkerte ihr zu, und sie kicherte.

Ihr Vater verschränkte seine Finger mit ihren, und zusammen betraten sie die geräumige Lobby. Wie immer nahm ihr der erste Moment im Hotel fast den Atem, so schön und großartig war alles. Ein riesiger Kristalllüster über ihren Köpfen glitzerte wie tausend Diamanten. Dicke Orientteppiche unter ihren Füßen dämpften jeden Schritt. Das Messinginventar glänzte, und die soliden Einbauten aus Zypressenholz waren auf Hochglanz poliert.

Ihre Mutter bezeichnete das Dekor des Hotels als geschmackvolle Opulenz. Für Glory war es einfach nur wunderschön.

„Das hast du sehr gut gemacht da draußen, Glory“, lobte ihr Vater und drückte ihr die Hand. „Ich bin stolz auf dich. Du wirst eines Tages eine wunderbare Chefin sein.“

Glory strahlte ihn an und fürchtete, vor Stolz zu platzen. Ihr Vater nahm sie mit hierher, seit sie alt genug war, neben ihm zu gehen.

Er hatte sie mit allen alltäglichen Aspekten der Hotelführung vertraut gemacht. Vieles verstand sie noch nicht, doch sie lauschte immer eifrig, geradezu hingerissen, von dem, was er sagte, und der Tatsache, dass er es zu ihr sagte.

Nach vielen Jahren aufmerksamen Zuhörens wusste sie heute eine Menge über das Hotel, über seine Geschichte, seinen Wert und wie ihr Vater es tagein, tagaus reibungslos am Laufen hielt.

Das St. Charles hatte hundertfünfundzwanzig Räume oder Suiten und ein Penthouse, das die gesamte obere Etage einnahm. Drei Präsidenten hatten unter seinem Dach genächtigt: Roosevelt, Eisenhower und Kennedy. Außerdem jeder Gouverneur von Louisiana mindestens ein Mal während seiner Amtszeit, seit das Hotel seine Pforten geöffnet hatte. Zahllose Filmstars hatten bei einem Besuch in New Orleans im St. Charles gewohnt von Clark Gable über Marilyn Monroe bis Robert Redford. Dieses Jahr war Elton John hier gewesen, obwohl die Horde kreischender Teenager, die im Hotel eingefallen war, um einen Blick auf den Star zu werfen, ihren Vater nicht gerade fröhlich gestimmt hatte.

Glory durchquerte mit ihrem Vater das Foyer und kam in die Hauptlobby. Die Rezeption war geradeaus rechts. Links befand sich die offene Lobbybar. Dort wurde am Nachmittag der Tee serviert – Glory mochte am liebsten die Hörnchen und die Marmelade – und am Abend Cocktails. Dahinter, der Eingang in einem Alkoven verborgen, lag der Renaissanceraum.

Ihr Vater blieb am Empfangstresen stehen, wie er das immer machte. Die Frau dahinter lächelte. „Guten Abend, Mr. St. Germaine, Miss St. Germaine."

„Hallo, Madeline. Wie läuft's denn so heute Abend?"

„Sehr gut. Ruhig, wenn man bedenkt, dass wir zu fünfundsiebzig Prozent belegt sind."

„Und im Restaurant?"

„Hektisch heute Abend, wie ich höre."

„Wo ist Marcus?" fragte er und meinte den Nachtportier.

Sie zögerte einen Moment. „Ich denke, er ist in der Bar."

Philip beugte sich vor. „Wir sind im Restaurant. Wenn er zufällig vorbeikommt, schicken Sie ihn zu mir."

Sie entfernten sich vom Tresen, und Glory blickte zu ihrem Vater auf. „Du bist böse auf Marcus, nicht wahr?"

„Nicht böse, Glory. Enttäuscht. Er erfüllt seine Aufgaben nicht."

Glory schürzte die Lippen. „Er trinkt zu viel, stimmt's?"

Ihr Vater blickte erstaunt auf sie hinab. „Warum sagst du das?"

„Als wir das letzte Mal hier waren, war er auch in der Bar." Sie zuckte die Achseln. „Ich weiß solche Sachen, Dad. Schließlich bin ich kein kleines Kind mehr."

Er lachte: „Das stimmt. Du bist schon fast acht. Beinahe erwachsen." Sie runzelte unwillig die Stirn über seine Belustigung, und er wuschelte ihr das Haar. „Da wären wir. Nach dir, Püppchen."

Sie gingen durch den Alkoven zum Pult des Maître. Philip sprach mit ihm und verzichtete darauf, sich von ihm zu ihrem Tisch begleiten zu lassen.

Auf dem Weg durch das elegante Restaurant beobachtete Glory ihren Vater. Sein Blick schweifte aufmerksam durch den Raum, und sie wusste, dass ihm nichts entging, nicht die kleinste Unachtsamkeit. Er nickte den Gästen zu, die ihn anblickten, bei einigen blieb er stehen und begrüßte sie, weil er sie kannte, anderen stellte er sich vor. Jeden fragte er, ob alles zu ihrer Zufriedenheit sei, wünschte ihnen alles Gute und drückte die Hoffnung aus, dass sie bald wieder kämen.

An ihrem Tisch angelangt, zog er Glory den Stuhl zurück, wartete, bis sie sich gesetzt hatte, und nahm dann selbst Platz. „Alles muss perfekt sein", sagte er leise und lehnte sich vor. „Das erwarten die Leute vom St. Charles. Vergiss das nie."

„Werde ich nicht", versprach sie atemlos. „Darauf kannst du dich verlassen."

Er lächelte über ihre Antwort. „Denk auch dran, wie wichtig die persönliche Note ist. Wir gehören keiner Hotelkette an. Wir müssen jeden Gast behandeln wie einen persönlichen Freund und Hausgast."

Sie nickte und hing geradezu an seinen Lippen. „Ja, Daddy."

„Siehst du den Tisch vor dir. Prüfe immer, ob alles in Ordnung ist. Auch der kleinste Makel ist inakzeptabel." Er nahm sein Besteck und begutachtete jedes Stück. Ein Ritual, das sie schon dutzende Mal durchexerziert hatten. „Es darf keine Fingerabdrücke, keine Wasserflecken und, Gott bewahre, keinen Schmutz aufweisen."

Dann prüfte er die Gläser. Sie folgte seinem Beispiel, inspizierte und schürzte ganz leicht die Lippen in perfekter Kopie seiner Mimik. Sie sah ihr Spiegelbild im Suppenlöffel und lächelte, weil sie so erwachsen wirkte.

„Das Tischtuch muss sauber und glatt sein", fuhr er fort, „und die Blumendekoration immer frisch. Wenn eine Blüte den Kopf hängen lässt, muss sie entfernt werden."

„Das Porzellan darf nicht angeschlagen sein", fiel Glory ein. „Die kleinste abgestoßene Ecke ist ..." Sie suchte nach dem richtigen Wort.

Er half ihr aus. „Inakzeptabel."

„Richtig. Inakzeptabel."

Er beugte sich wieder zu ihr hinüber. „Im St. Charles zahlen die Leute für das Beste, und das Beste ist Perfektion. Wir müssen es ihnen geben, wenn nicht, gehen sie woandershin."

Danach bestellten sie und genossen ihr Essen. Während der Mahlzeit erzählte ihr Vater weiter vom Hotel, von seinem Vater, seinem Großvater und den Tagen der Anfänge. Obwohl Glory das meiste bereits kannte, drängte sie ihn immer wieder, ihr noch mehr zu berichten.

Erst nach dem Dinner, als abgeräumt wurde und man ihr das Dessert und ihrem Vater den Kaffee brachte, dachte Glory an ihre Mutter. Sie hatte sie seit ihrer Strafe nicht gesehen.

„Wo ist Mama heute Abend?" fragte sie.

Philip trank einen Schluck Kaffee. „Sie ist zur Messe gegangen."

„Wir waren heute Morgen auch in der Messe." Glory blickte finster auf ihre Eiscreme. „Sie ist wohl immer noch böse auf mich. Wegen Mr. Riley und den Blumen."

„Das ist alles ausgestanden, Püppchen. Sie hat sich einfach geirrt mit den Blumen. Denk dran."

Glory sah ihn kurz an und wandte den Blick ab. „Ja, Daddy", erwiderte sie schweren Herzens.

„Deine Mama liebt dich sehr. Sie möchte eben nur, dass du zu einem guten Menschen aufwächst. Das ist alles."

„Ja, Daddy", murmelte sie, obwohl sie ihm nicht glaubte. Und ein verstohlener Blick verriet ihr, dass auch er es nicht glaubte. Sie wusste instinktiv, dass auch er sich fragte, was mit Glory nicht stimmte, dass ihre Mama sie nicht liebte.

Das tat so weh, dass sie sterben wollte.

„Püppchen, was ist los?"

„Nichts, Daddy", antwortete sie kleinlaut.

Sie schwieg einen Moment, wünschte jedoch insgeheim, dass er die Frage wiederholte und darauf bestand, dass sie ihm die Wahrheit sagte. Stattdessen fragte er aufgesetzt heiter: „Hast du dir schon überlegt, was du zum Geburtstag haben möchtest?"

Sie sah nicht auf, das Tischtuch schwamm vor ihren Augen. „Bis dahin sind noch zwei Monate."

„Zwei Monate sind nicht lang." Die Tasse klapperte, als er sie auf die Untertasse stellte. „Du musst doch darüber nachgedacht haben."

Das hatte sie in der Tat. Sie wünschte sich dasselbe wie jedes Jahr. *Dass Mama mich liebt.*

„Nein", flüsterte sie, ohne aufzusehen. „Habe ich nicht."

„Nun, mach dir keine Sorgen." Er langte über den Tisch und bedeckte ihre ineinander verkrampften Finger mit seiner Hand. „Dein Dad hat sich etwas Besonderes ausgedacht. Etwas, das dem achten Geburtstag seiner kostbaren Puppe angemessen ist."

Als sie nicht antwortete, drückte er ihr die Hände und ließ sie los. „Machen wir noch einen raschen Rundgang durchs Hotel, ehe wir heimfahren."

Sie zuckte die Achseln und kämpfte immer noch mit den Tränen. „Okay."

Während sie über die Flure schlenderten, fühlte Glory sich zuerst noch so traurig, dass sie ihren Rundgang gar nicht wie sonst genießen konnte. Doch nach einer Weile gewannen der Zauber des St. Charles und der Zauber, mit ihrem Dad zusammen zu sein, wieder die Oberhand. Ihr Dad liebte sie. Und sie teilten die Liebe zu diesem Hotel. Hier konnte sich ihre Mutter nicht zwischen sie stellen.

Nachdem sie alle Flure inspiziert und sich vergewissert hatten, dass alles in Ordnung war, holte Philip den Fahrstuhl. Ihre Tour war beendet. „Die Belegung ist der Schlüssel", sagte ihr Vater, als sie in die leere Kabine traten und er den Knopf fürs Erdgeschoss drückte. „Man muss das Hotel ausgebucht halten. Leere Zimmer bedeuten nicht nur kein Einkommen, sie kosten Geld. Die Kosten für Personal und Unterhaltung des Hauses sind gleich, ob das Hotel zu zwanzig Prozent belegt ist oder zu hundert. Verstehst du das?"

Sie nickte, und er fuhr fort: „Du darfst nie deine Chefposition ausnutzen. Die Bedürfnisse der Gäste kommen immer vor den eigenen. Verschenke nie einen Raum oder einen Service, den du verkaufen könntest. Ich weiß, es ist verlockend und macht Spaß, für Freunde verschwenderische Dinners oder Partys zu geben. Aber im Laufe der Jahre habe ich Hoteliers auf diese Weise Bankrott gehen sehen. Sie haben ihre Hotels ganz oder teilweise verloren. Das darf dem St. Charles nie widerfahren. Wir haben es gehalten, weil wir gute Geschäftsleute sind. Die Belange des Hotels kommen immer zuerst."

„Ich könnte es nicht ertragen, wenn wir das St.Charles verlieren würden", sagte sie leise und blickte zu ihm hoch. „Ich liebe es."

„Das ist gut. Denn eines Tages wird es dir gehören." Die Fahrstuhltüren glitten auf, doch ihr Vater ging nicht hinaus. Stattdessen nahm er ihre Hand und hielt sie fest. „Das St. Charles liegt dir im Blut, Glory. Es ist so sehr ein Teil von dir, wie deine Mutter und ich es sind. Es ist dein Erbe."

„Ich weiß, Daddy."

Er drückte ihre Hand fester und sah Glory eindringlich an. „Du darfst nie vergessen: Familie und Erbe sind alles. Sie sagen dir, wer du bist und wer du sein wirst. Vergiss das nicht", wiederholte er. „Familie und Erbe kann dir niemand wegnehmen."

9. KAPITEL

Glory erwachte plötzlich, jedoch ohne Schrecken. Sie öffnete die Augen nicht, aber sie wusste, dass ihre Mutter neben dem Bett stand und auf sie hinabstarrte. Sie spürte ihren Blick wie ein Brandmal.

Sekunden verstrichen und wurden zu Minuten. Glory ließ die Augen geschlossen. Sie wollte ihrer Mutter nicht zeigen, dass sie wach war. Und sie wollte ihren Blick nicht sehen. Sie wusste von unzähligen früheren Malen, wie der aussah und wie sie unter ihm litt.

Glory begann unter der leichten Decke zu schwitzen. Ihr Herz pochte so heftig, dass sie fürchtete, ihre Mutter müsste es sehen. Die Zeit verging im Schneckentempo. Allmählich konzentrierte Glory sich mit allen Sinnen auf ihre Mutter und wünschte inständig, sie möge gehen.

Doch sie ging nicht, sondern kam noch etwas näher ans Bett. Glory hörte das leise Scharren ihrer Slipper auf dem Boden, spürte das leichte Einsinken der Matratze, als ihre Mutter das Knie darauf stemmte. Ihre Mutter beugte sich über sie, ihr Atemrhythmus veränderte sich, wurde eine Art Keuchen.

Glory bekam Angst. Und wenn es nun gar nicht ihre Mutter war neben dem Bett, sondern ein Fremder oder ein Furcht erregendes Monster?

Und wenn es nun der Teufel selbst war?

Sie stellte sich das große rote Ungeheuer neben dem Bett vor, das wartete, bis sie die Augen öffnete, damit es ihr die Seele stehlen konnte.

Glory krallte die Hände fest ins feuchte Bettlaken, und ihre Fantasie gaukelte ihr lebhafte, beängstigende Bilder vor. Schließlich konnte sie die Ungewissheit keinen Moment länger ertragen. Überwältigt von Angst, riss sie die Augen auf.

Und wünschte, es nicht getan zu haben.

Ihre Mutter stand neben dem Bett und starrte auf sie hinab, das Gesicht zu einer hässlichen Maske verzerrt, in den Augen einen Ausdruck, dass Glory Gänsehaut bekam.

Glory fröstelte, und Tränen sammelten sich in ihren Augen. Ihre Mutter sah sie an, als sei sie, Glory, das Monster, als sei sie der leibhaftige Teufel.

Warum, Mama? wollte Glory schreien. *Was ist so hässlich an mir? Was habe ich getan, dass du mich so ansiehst?*

Sie unterdrückte den Aufschrei mit Mühe. Einen Augenblick später wandte ihre Mutter sich mit starrem Blick ab und verließ den

Raum. Sie zog die Tür hinter sich ins Schloss und ließ Glory in völliger Finsternis zurück.

Endlich strömten die heißen, bitteren Tränen. Glory rollte sich zusammen und presste das Gesicht ins Kissen, um die Geräusche ihrer Verzweiflung zu dämpfen. Sie weinte lange, bis ihre Tränen versiegten, bis sie nur noch ein gebrochenes, trockenes Schluchzen hervorbrachte.

Auf dem Rücken liegend, presste sie eines ihrer weichen Plüschtiere an sich. Sie erinnerte sich an das erste Mal, als ihre Mutter mit diesem hassverzerrten Gesicht neben dem Bett gestanden hatte. Sie war noch jung gewesen, so jung, dass sie sich an keine weiteren Einzelheiten erinnerte.

Sie erinnerte sich allerdings, wie sie sich gefühlt hatte: hässlich, verängstigt und furchtbar einsam.

Genau wie jetzt.

Glory presste das Spielzeug fester an sich. *Wenigstens liebt Daddy mich.* Sie klammerte sich an diese Überzeugung und ignorierte die innere Stimme, die spottete, dass er ihre Mutter noch mehr liebte. Das war ihr gleichgültig.

Sie dachte an ihren gemeinsamen Abend und seine Bemerkungen über Familie und Erbe. Es waren beruhigende, tröstende Worte gewesen. Sie fühlte sich weniger ängstlich und allein, wenn sie sich vorstellte, ein Teil ihrer Eltern, der St.-Germaine-Familie und des St. Charles zu sein.

Daran würden weder der brennende Blick der Mutter noch die Trostlosigkeit der eigenen Angst etwas ändern.

Sie war nicht allein. Mit einer Familie würde sie das niemals sein.

10. KAPITEL

Glory blieb an der Tür zur Bibliothek stehen, blickte über die Schulter, um sich zu vergewissern, dass ihre Mutter nicht in der Nähe war, schlüpfte hinein und schob die Tür fast zu. Auf Zehenspitzen schlich sie zu den Regalen, auf denen die geheimnisvollen Bücher standen, die, die ihre Mutter ihr strikt verboten hatte.

Und jetzt weiß ich auch, warum.

Sie erreichte die Bücherwand, sah noch einmal über die Schulter, legte den Kopf in den Nacken und überflog die Titel in der vierten Regalreihe. *Kunst über die Jahrhunderte; Die Postimpressionisten; Pierre Auguste Renoir: Die letzten Jahre; Michelangelo.*

Glory hielt beim letzten Titel inne. Ihre Großmutter hatte Michelangelo den größten Bildhauer des menschlichen Körpers überhaupt genannt. Sie wettete, dieses Buch enthielt, wonach sie suchte. Sie musste sich jetzt nur noch überlegen, wie sie es vom Regal herunterbekam.

Glory sah sich um, die Brauen grüblerisch zusammengezogen. Die Bibliotheksleiter stand an der gegenüberliegenden Wand. Die beiden Sessel, große alte Lederdinger, waren zu schwer, um sie allein zu bewegen, vom Sofa ganz zu schweigen.

„Verdammt", murmelte sie, „was mach ich bloß?"

Ihr Blick fiel auf den Abfalleimer aus Messing. Sie ging hin, holte das zusammengeknüllte Papier heraus und trug ihn quer durch den Raum. Sie stellte ihn umgedreht vor das Regal und stieg darauf. Sie streckte sich, der Papierkorb wackelte, doch das Buch blieb unerreichbar. Sie hielt sich mit einer Hand fest, stellte sich auf die Zehenspitzen, streckte die andere Hand so hoch sie konnte und kam trotzdem nicht heran.

„Verdammt", sagte sie noch mal. Diesmal lauter und ohne Rücksicht auf die Heimlichkeit ihrer Aktion.

Hinter ihr ertönte ein Gähnen und das Knarren von Leder. Erschrocken fuhr sie herum und kippte fast samt Papierkorb um. Danny Cooper, der Enkel der Haushälterin, schaute schläfrig über die Rückenlehne eines ledernen Ohrensessels.

Sie blickte ihn wütend an. „Du hast mich zu Tode erschreckt! Was tust du hier?"

„Ich bleibe aus dem Weg." Er gähnte wieder. „Mom musste zum Doktor, und Grandma hat gesagt, ich soll brav sein. Das sagt sie immer, wenn ich hier bin. Ich wollte spielen, aber ich konnte dich nicht finden."

„Mama hat heute Kopfschmerzen. Grandmère ist mit mir zum Beignetsessen ausgegangen."

Er stützte das Kinn auf die Sessellehne. „Hast du Lust zu spielen?"

Glory neigte den Kopf zur Seite und betrachtete den Sechsjährigen. Sie hatte mit Danny gespielt, seit er krabbeln konnte. Obwohl er eigentlich zu jung war, um ihr bester Freund zu sein, hielt sie ihn dennoch insgeheim dafür.

Sie hüpfte vom Papierkorb. „Ich habe eine bessere Idee. Kannst du ein Geheimnis bewahren?"

„Klar." Ein Nicken unterstrich seine Antwort.

„Ich brauche deine Hilfe, um an eines der Bücher zu kommen." Sie deutete auf die vierte Regalreihe, die für sie immer noch unerreichbar war.

Er senkte die Stimme zum Flüstern. „Wieso?"

Sie blickte nach rechts und links. „Grandmère war gestern mit mir im Museum", begann sie in übertriebenem Flüstern, „und ich habe etwas gesehen, das ..." Mit erhitzten Wangen schüttelte sie den Kopf. „Egal. Jedenfalls, als ich Grandmère danach fragte, wurde sie rot und sagte, wir sollten besser heimgehen. Dabei waren wir gerade erst gekommen."

Er hob den Blick zu der Regalreihe mit Kunstbänden. „Was du gesehen hast, ist in den Büchern da?“

„Hm.“ Sie folgte seinem Blick. „Und ich will es noch einmal sehen.“

„Ich kann Granny holen, damit sie uns hilft.“

„Nein!“ Glory streckte beide Hände aus, um ihn davon abzuhalten. „Das geht nicht.“ Sie legte einen Finger an die Lippen und schlich auf Zehenspitzen zu ihm. „Ich darf diese Bücher nicht sehen. Sie sind mir verboten.“

„Oh.“ Seine Augen strahlten. „Darf ich sie auch sehen?“

„Du darfst sie ansehen, wenn du mir hilfst. Aber es muss ein Geheimnis bleiben. Kannst du schweigen?“

Er nickte feierlich. „Großes Indianerehrenwort.“

„Wenn wir geschnappt werden, kriegen wir Schwierigkeiten. Große Schwierigkeiten.“ Beim Gedanken, ihre Mutter könnte ihren Ungehorsam entdecken, durchfuhr sie ein Zittern. Glory nagte an ihrer Unterlippe und blickte zur geschlossenen Bibliothekstür. Ihre Mutter war heute Morgen nicht aufgestanden, das tat sie nie, wenn sie diese Kopfschmerzen hatte. Dann sah man sie meistens erst zum Dinner oder gar nicht.

Mit neuem Mut wandte sie sich wieder Danny zu und reckte leicht das Kinn vor. „Schaffst du das?“

Er straffte sich und warf sich in die schmale Brust. „Wenn du das kannst, kann ich es auch.“

„Gut.“ Glory rieb sich die Hände. „Als Erstes müssen wir diesen Sessel vor die Regale schieben. Wenn wir beide drücken, schaffen wir das bestimmt.“

Er kletterte vom Sessel. Kichernd schoben und zogen sie das Möbelstück quer durch den Raum. Sie stellten es direkt unter das Michelangelo-Buch. Glory kletterte hoch, und einen Augenblick später schlossen sich ihre Finger um den Band.

Er war groß und schwer, und Glory bekam ihn fast nicht vom Regal. Sie zerrte ihn zum Rand. Er entglitt ihrer Hand und krachte laut zu Boden. Ihr Herz setzte einen Schlag aus vor Schreck. Sie sah Danny an und er sie. Beide wandten sich der Bibliothekstür zu, halb starr, in der Gewissheit, gleich entdeckt zu werden.

Doch die Sekunden verstrichen ereignislos, und Glorys Aufregung ließ nach. Sie legte einen Finger an die Lippen, kletterte vom Sessel und nahm das Buch auf. Sie öffnete es, blätterte und fand, was sie suchte. Die Skulptur hieß David. Er hatte lockiges Haar und ein hübsches Gesicht.

Und er war nackt.

Mit brennenden Wangen blickte sie tiefer, ängstlich, was sie entdecken oder nicht entdecken würde. Doch da war es, oberhalb der Schenkel des Mannes, wie Früchte und ein Cannelloni.

Glory schaute genauer hin. Es sah so komisch aus, so seltsam und fehl am Platze. Sie berührte die Fotografie leicht, neugierig und abgestoßen zugleich. Sahen alle Männer so aus? Hatten alle einen Cannelloni oberhalb ihrer Schenkel.

„Das ist nicht fair!“ Danny verrenkte sich den Hals. „Lass mich sehen ... lass mich sehen!“

Glory riss den Blick mühsam von dem schönen und sonderbaren Bild. „Bist du sicher, dass du alt genug bist?“

„Wenn du es bist, bin ich es auch“, entgegnete Danny stolz.

„Ich bin zwei Jahre älter als du.“

„Aber ich bin ein Junge.“

„Angeber. Ich bin trotzdem älter als du.“

Er zog einen Schmollmund. „Du hast es versprochen.“

„Also gut. Aber mach mir keine Vorwürfe.“ Glory reichte ihm das Buch. Er sah die Seite verständnislos an.

„Was?“

„Das.“ Sie zeigte mit dem Finger darauf.

Er neigte den Kopf und betrachtete das Bild. „Was?“ fragte er wieder.

Mit brennenden Wangen stellte Glory sich auf die Zehenspitzen und wies mit dem Finger direkt auf die fragliche Stelle. „Das da!“

„Du meinst seinen Penis?“

Glory starrte ihn entgeistert an. Ein Penis? Das nannte man einen Penis?

„Ich habe auch einen. Alle Jungs haben den.“

Alle Jungs hatten einen ... Penis. Sprachlos kletterte sie in den Sessel zurück und nahm Danny das Buch ab. Zugegeben, sie hatte wenig Kontakt mit Jungs. Sie ging auf eine reine Mädchenschule, und abgesehen von Danny und ein paar entfernten Cousins durfte sie nicht mit Jungs allein sein.

Ihre Mutter hatte gesagt, nette Mädchen würden sich nicht mit Jungs abgeben. Glory wusste jedoch, dass andere Mädchen und Jungen zusammen zur Schule gingen und auch miteinander spielten. Sie hatte es über die Mauer ihres Anwesens hinweg gesehen. Sie stiegen zusammen in den Schulbus, und sie fuhren zusammen Rad auf der Straße oder spielten Verstecken. Und sie hatte andere Mädchen in der Schule darüber reden hören, Mädchen, die sie immer für nett gehalten hatte.

Glory runzelte die Stirn. Es wurmte sie, dass der kleine Danny, der gerade mal dem Kindergarten entwachsen war, etwas so Wichtiges wusste. Und es wurmte sie noch mehr, dass er mit diesem Wissen so lässig umging, als wüsste jeder über Penisse Bescheid, jeder außer ihr natürlich.

Danny ist ein Junge, machte sie sich plötzlich klar. Deshalb weiß er davon.

Wahrscheinlich hatte er aber keine Ahnung, was Mädchen da hatten. Das sagte sie ihm und reckte sich dabei zu ihrer vollen Größe auf.

„Mädchen haben Vaginas", erklärte er und nickte zur Betonung seiner Feststellung.

Sie stieß einen erstickten Laut der Verwunderung aus. „Woher weißt du das?"

„Meine Mom hat es mir gesagt. Jungs haben Penisse, Mädchen Vaginas. So hat Gott uns geschaffen, besonders und einzigartig."

Verwirrt runzelte sie ärgerlich die Stirn. „Danny, ist das denn kein Geheimnis?"

„Aber nee." Er schüttelte den Kopf. „So was weiß jeder. Na ja, fast jeder", räumte er ein. „Und mein Freund Nathan nennt seinen Penis eine Pfeife."

„Pfeife", wiederholte sie und versuchte, all die neuen Informationen zu verdauen. Warum hatte ihre Mutter das vor ihr verheimlicht? Und warum hatte Grandmère im Museum so seltsam reagiert und sie weggezerrt, als sie auf den nackten Mann gezeigt und sie danach gefragt hatte? Das ergab keinen Sinn.

Glory sah Danny an, und ihr kam eine Idee. „Kann ich deinen sehen?" fragte sie und erstaunte sich selbst damit. „Ich meine, ich habe noch nie einen ... einen Penis gesehen." Das Wort kam ihr merkwürdig vor, und sie errötete. „Wenn du mir deinen Penis zeigst, zeige ich dir meine Vagina."

„Ich weiß nicht", sagte er und schürzte die Lippen. „Du machst dich vielleicht lustig über mich. Und wenn wir überrascht werden?"

Glory schüttelte den Kopf. „Ich mache mich nicht lustig, das verspreche ich. Du bist mein Freund, und das wäre nicht nett. Und wir werden nicht erwischt. Ich will ihn nur sehen."

Er überlegte einen Moment und nickte dann. „Okay."

Er zog seine Shorts und die Unterhose herunter. Glory stieß einen erstaunten Laut aus und hockte sich vor ihn hin, um besser sehen zu können. Er hatte tatsächlich einen. Aber der sah anders aus als in dem Kunstband. Nicht wie Obst und ein Cannelloni. Sie lehnte sich etwas vor und betrachtete ihn genauer. Er war kleiner. Und knubbeliger. Wie ein knubbeliges kleines Cocktailwürstchen.

Ein entsetztes Japsen durchbrach die Stille. Glory riss den Kopf hoch. Ihre Mutter stand in der Tür, das Gesicht weiß und eingefallen, die Augen groß und wild blickend. Selbst auf die Entfernung sah Glory, dass sie bebte.

Glory schluckte trocken, und Angst überkam sie wie eine gewaltige Flutwelle. Das Buch entglitt ihren Händen, fiel zu Boden und öffnete sich verräterisch auf der Seite des David. „Mama, ich habe nicht ..."

„Hure!" unterbrach ihre Mutter sie und kam rasch näher. „Dreckige kleine Schlampe!"

Glory schüttelte den Kopf. So außer sich hatte sie ihre Mutter sonst nur nachts gesehen, wenn sie neben ihrem Bett stand und sie anstarrte. Nie zuvor hatte sie solche Worte gehört. Sie klangen hässlich und machten ihr Angst.

„Mama", flüsterte sie, und Tränen rannen ihr über die Wangen. „Ich habe nichts gemacht. Ich wollte nicht ..."

Hope packte sie am Arm und riss sie aus dem Sessel. Glory landete auf den Knien, und ihre Mutter zerrte sie hoch. Schmerzen durchzuckten ihre Schulter, und Glory schrie auf.

Ihr Schreien schien Hopes Wut jedoch anzustacheln, anstatt sie zu dämpfen. Sie schloss die Hände um Glorys Oberarme und schüttelte sie so heftig, dass ihr die Zähne klapperten. „Ich dulde so ein sündiges Verhalten nicht in meinem Haus! Hast du mich verstanden? Es ist böse und schmutzig! Ich lasse das nicht zu."

„Mama, ich wollte nicht. Ich ... es war Dannys Idee. Er hat mich dazu verleitet ... er hat mich ... Bitte, Mama ... bitte ..."

Danny, die Shorts um die Beine, begann ebenfalls zu weinen, ein lautes, verzweifeltes Geheule.

Mrs Cooper eilte in die Bibliothek. „Madam, was ..." Sie hielt inne und erfasste entsetzt die Situation. „Ach du liebe Zeit.“ Sie kam näher. „Danny, Liebling, was hast du angestellt?“

Danny heulte: „Ich hab's nicht getan, Granny! Ich war's nicht. Ich war's nicht!“

Hope wirbelte herum, die Hand erhoben, als wolle sie ihn schlagen. Mrs Cooper stellte sich vor ihn, zog ihm die Hose hoch und nahm ihn in die Arme. „Beruhigen Sie sich, Mrs St. Germaine. Kinder sind Kinder. Sie waren bloß neugierig. Es ist doch nichts geschehen.“

„Hinaus!“ wütete Hope. „Und nehmen Sie dieses bösartige kleine Biest mit. Ich will keinen von Ihnen je wieder hier sehen. Ist das klar?“

Mrs Cooper wich erschrocken zurück. „Aber Madam, Sie meinen doch sicher nicht ...“

„O doch!“ Hope machte zornig einen Schritt auf die ältere Frau zu. „Hinaus jetzt! Hinaus mit Ihnen! *Gottes Diener ist ein Bote des Zorns, der die Missetäter strafen wird. Mit Augen wie loderndes Feuer wird er ihre Kinder niederstrecken.*“

Mrs Cooper erbleichte. Sie wich noch einen Schritt zurück, drehte sich um und lief mit dem heulenden Danny auf dem Arm davon.

Glory sah ihnen nach, und blankes Entsetzen erfasste sie. Diesmal hatte sie etwas wirklich Schlimmes angestellt. Diesmal würde ihre Mutter ihr nicht verzeihen, niemals. Sie begann zu zittern.

Ihre Mutter wandte sich ihr zu, plötzlich erschreckend ruhig. „Also dann, Glory, komm mit mir.“

Sie schüttelte den Kopf. Krank vor Furcht, zitterte sie so heftig, dass sie es kaum noch aushielt.

Helle rote Flecken brannten auf Hopes Wangen. „Nun gut.“ Sie krallte die Finger um Glorys Arm und schob und zerrte sie aus der Bibliothek und die Treppe hinauf. Sie brachte sie in ihr Schlafzimmer, aber nicht in die Strafecke, wie Glory erwartet hatte, sondern in ihr Bad. Dann schloss und verriegelte sie die Tür hinter sich.

Glory huschte in die Ecke und kauerte sich nieder, die Arme fest um sich geschlungen. Ihre Mutter ging zur Wanne, schob den rosa Duschvorhang beiseite und drehte den Wasserhahn auf. Einen Moment später quoll heißer Dampf in die Luft.

„Mama", flüsterte Glory, „ich werde artig sein. Ich verspreche es. Ich werde artig sein."

„Du hast dich gegen den Herrn versündigt. Du musst bestraft werden. Du musst gereinigt werden." Hope wandte sich ihrer Tochter zu, und der Ausdruck ihrer Augen war wie in Glorys Albträumen. „Steig in die Wanne."

Glory schüttelte zitternd den Kopf und schlang die Arme fester um sich. „Es war nicht meine Schuld, Mama. Es war Dannys Idee. Er hat mich verleitet. Wir haben nur gespielt."

Ihre Mutter kam auf sie zu. „Man kann dir so wenig trauen wie Eva. Sie nahm den verbotenen Apfel und kostete ihn. Du trägst die Sünde in dir, Glory."

Glory presste sich enger in die Ecke. „Bitte, Mama", wiederholte sie mit tränenüberströmtem Gesicht. „Es war nicht meine Schuld, es war Dannys. Bitte, Mama, du machst mir Angst."

„Ich werde dich von der Sünde reinigen", sagte Hope beängstigend emotionslos. Sie riss Glory hoch, entkleidete sie grob, zerrte sie zur Wanne und zwang sie, in das dampfende Wasser zu steigen.

Glory schrie, ihre Mutter drückte sie nieder. „Das ist nichts, verglichen mit dem Brennen des Höllenfeuers. Denk daran, Tochter."

Hope beugte sich hinunter und durchsuchte den Korb neben der riesigen Marmorwanne. Sie holte eine Nagelbürste. „Ich werde dich reinigen", wiederholte sie. „Wenn nötig, schrubbe ich dir das Fleisch von den Knochen. Du wirst rein sein, Tochter."

Die nächsten Minuten waren ein Albtraum. Ihre Mutter bürstete sie grob zwischen geflüsterten Gebeten und lauten Wutausbrüchen. Glory erkannte biblische Passagen, in die Hope Worte einflocht, die sie nie zuvor gehört hatte. Es entstanden zusammenhanglose, beängstigende Gedanken, die sie nicht verstand. Ihre Mutter redete immer wieder von böser Saat und Sünde, von Finsternis und Licht, sie sprach von Glorys Geburt, von „Dem Bösen“ und einer Mission.

Glorys Haut brannte, ihre zartesten Stellen bluteten. Ihr war heiß, doch sie zitterte vor Kälte. Taubheit breitete sich allmählich aus und linderte die Schmerzen. Ihr Schluchzen wurde zum Wimmern, das Wimmern zum stillen Schaudern der Verzweiflung.

Nachdem Glory schließlich nicht mehr sitzen konnte, zerrte Hope sie aus der Wanne, trocknete sie grob ab, zog ihr ein schlichtes Baumwollnachthemd über und führte sie zur Ecke in ihrem Schlafzimmer. Dort zwang sie sie, sich hinzuknien.

„Du musst das Böse in deinem Verhalten erkennen.“ Sie packte Glorys Schultern mit den Händen. „Du musst das Böse erkennen und deine Torheit, dass du seinem Ruf gefolgt bist.“

Zitternd hob Glory den Blick zum Gesicht ihrer Mutter. Es verschwamm vor ihren Augen.

„Das Böse wird dich nicht bekommen, Glory Alexandra St. Germaine. Verstehst du mich? Ich werde nicht zulassen, dass es dich beherrscht.“

Ohne ein weiteres Wort verließ ihre Mutter das Schlafzimmer und schloss die Tür hinter sich.

11. KAPITEL

Glory hatte keine Ahnung, wie lange sie in der Ecke kniete, erstarrt vor Schock und Trauer und vor Angst, ihre Mutter könnte mit einem weiteren Wutausbruch über sie herfallen, sobald sie sich nur bewegte.

Ihre Haut brannte wie Feuer. Der Holzboden quetschte ihre Knie, ihr Rücken schmerzte und ihr Kopf pochte.

Doch am meisten schmerzte ihr Herz.

Ihr Vater kam nach ihr sehen, nicht ihre Mutter. Schweigend nahm er sie auf und trug sie zum Bett. Er setzte sich auf die Bettkante, wiegte sie in den Armen und murmelte liebevolle, tröstende Worte.

Glory sank gegen ihn, zu schwach, für irgendetwas anderes. Sie hätte ihm gern gesagt, dass es ihr Leid tat, dass sie kein böses Mädchen hatte sein wollen, doch sie konnte ihren Mund nicht dazu bringen, die Worte zu formen. Genauso wenig, wie sie weinen konnte, obwohl ihr zum Heulen war. Ihre Tränen waren schon vor Stunden versiegt.

Im Raum wurde es dunkel, und ihr Vater wiegte sie immer noch. Glory presste die Augen zu und wünschte, das Bild ihrer wutentbrannten Mutter und den Ausdruck ihrer Augen, der sie zu Tode erschreckt hatte, zu löschen.

Und später, sehr viel später, als sie allein und – bis auf die kleine Leuchte, die ihr Vater für sie angelassen hatte – im Dunkeln lag, wünschte sie, die zornigen Stimmen ihres Vaters und ihrer Mutter ausblenden zu können.

Glory zog sich die Decke über den Kopf. Sie hatte noch nie gehört, dass sich die beiden so anschrien, wie sie es heute taten. Obwohl sie fast nichts verstand, hörte sie mehrfach ihren Namen. Dann hörte sie ihren Vater Scheidung sagen und ihre Mutter daraufhin lachen.

Glory verbarg das Gesicht im Kissen, und ihre Schuldgefühle überlagerten ihren körperlichen Schmerz. Sie war schuld am Streit ihrer Eltern. Wenn sich ihre Eltern scheiden ließen, war auch das ihre Schuld. Sie war schuld, dass die freundliche Mrs Cooper gefeuert wurde. Und es war ihre Schuld, dass Danny geweint hatte.

Alles war ihre Schuld. Sie hatte ihre Mutter angelogen wegen Danny. Sie hatte behauptet, es sei seine Idee gewesen, sich das Buch anzusehen und sich die Hose herunterzuziehen.

Glory holte zittrig Atem. Sie hatte Danny versprochen, dass alles in Ordnung gehen und sie nicht erwischt werden würden.

Aber man hatte sie erwischt, und dann hatte sie auch noch gelogen.

Sie war böse und sündig, genau wie ihre Mutter gesagt hatte. Sie konnte es Danny nicht verübeln, wenn er nie mehr ihr Freund sein wollte.

Die übrigen Hausangestellten wollten auch nicht mehr ihre Freunde sein, wie sie am nächsten Morgen erfuhr, als sie allein am Frühstückstisch saß. Sie kamen und gingen schweigend, den Blick abgewandt oder zu Boden gerichtet. Wenn sie ihr zufällig in die Augen sahen, schauten sie rasch wieder weg.

Den Tränen nahe, schlang Glory die Arme um sich. Gewöhnlich scherzten und lachten die Hausangestellten mit ihr. Das war vorbei. Die wussten alle, dass sie gelogen hatte, dass sie für Mrs Coopers Rausschmiss verantwortlich war. Die mochten sie nicht mehr, weil sie glaubten, dass sie böse war.

Glory blickte auf ihren Teller mit gebratenem Ei, und der Magen tat ihr weh. Die Arme fest um sich gelegt, musste sie daran denken, wie Danny sie angesehen hatte. Er war ihr Freund gewesen. Er hätte nie gelogen, um sich selbst zu retten. Sie hatte ihn verraten.

Sie ließ den Kopf hängen und erinnerte sich an die gemeinsamen Spiele, wie er sie zum Lachen gebracht hatte, wenn sie traurig gewesen war. Sie dachte auch daran, dass Mrs Cooper ihr immer einen Imbiss gebracht hatte, wenn sie wegen der Bestrafungen durch ihre Mutter eine Mahlzeit auslassen musste. Zwei Tränen kullerten ihr über die Wangen. Was sie getan hatte, war falsch gewesen. Sie wollte ihre Mutter bitten, dass die beiden zurückkommen durften.

Jetzt hörte sie ihre Mutter im Foyer. Sie kehrte von der Morgenmesse zurück. Sie wischte sich die Tränen ab. Wenn sie ihrer Mutter sagte, dass Danny keine Schuld traf, würden er und Mrs Cooper sicher zurückkommen dürfen. Sicher würde Mama die beiden nicht für die Schuld ihrer Tochter strafen wollen.

Glory straffte sich. *Ich muss nur zu Mama gehen und ihr die Wahrheit sagen.*

Sie begann zu zittern, als sie an den Wutausbruch ihrer Mutter und an die Bestrafung dachte. Sie hörte noch das Schnarren ihrer Stimme, als sie über das Böse und die Sünde gepredigt hatte.

Ihre Mutter bestrafte sie vielleicht erneut.

Glory sank wieder in den Stuhl und machte sich ganz klein. Vielleicht sollte sie zuerst mit Daddy reden. Er konnte dann mit Mama sprechen, dass sie Mrs Cooper wieder einstellte.

Glory dachte an den Streit ihrer Eltern. Daddy hatte von Scheidung gesprochen. Sie kniff die Augen zu. Was sollte sie tun, falls ihre Eltern sich scheiden ließen? Sie wusste, wie so was ablief. Sie würde bei ihrer Mutter leben müssen. Wie sollte sie das aushalten?

Sie straffte sich wieder. Ängstlich zwar, beschloss sie, die Sache nicht zuerst mit Dad zu besprechen. Sie musste mit Mama reden. Wenn sie jetzt kniff, würde sie Danny und Mrs Cooper nie wieder sehen.

Glory schluckte trocken. Mit wildem Herzklopfen glitt sie vom Stuhl und schlich zur Tür. Vorsichtig spähte sie ins Foyer. Es war leer. Sie hatte jedoch eine Ahnung, wo ihre Mutter war. Jeden Morgen nach der Messe trank sie eine Tasse Tee im Gartenzimmer und las die Zeitung.

Tatsächlich fand sie sie dort. Glory blieb unsicher an der Tür stehen. Ihre Mutter sah hübsch aus. Das Sonnenlicht milderte die

Strenge ihrer Züge und ließ die weiße Spitzenbluse wie ein Engelshemd strahlen.

Sie sieht aus wie ein Engel, dachte Glory und bekämpfte ihre Angst. Ein Engel mit dunklen Haaren.

„Mama?“ sagte sie leise mit zittriger Stimme.

Ihre Mutter blickte auf, und das himmlische Bild löste sich auf. Ihre Augen hatten nicht jenen fiebrigen Glanz verloren, und der Mund war zu einer schmalen, harten Linie gepresst. Glory hielt kurz den Atem an und wich unwillkürlich zurück.

Hope wirkte ungeduldig. „Was ist, Glory?“

Glory verkrampfte die Finger ineinander, dass die Knöchel weiß hervortraten. „Darf ich ... darf ich mit dir sprechen, bitte?“

Ihre Mutter zögerte einen Moment, nickte dann und faltete die Zeitung zusammen. Danach sah sie Glory wieder in die Augen. „Du darfst.“

„Mama“, begann sie bebend, „ich wollte ... ich muss ...“ Sie räusperte sich. „Mama, ich habe dich angelogen.“ Ihre Mutter zog schweigend die Brauen hoch, und Glory fuhr fort: „Ich habe wegen Danny gelogen. Es war nicht seine Idee, das Buch zu nehmen und es sich anzusehen. Es war meine.“

Ihre Mutter schwieg weiter. Tränen stiegen Glory in die Augen. „Ich will, dass du weißt, dass alles meine Schuld war.“

„Verstehe.“

Der Ton verriet Missfallen und Enttäuschung, und Glory senkte den Kopf. „Es tut mir Leid, Mama. Ich schäme mich.“

Ihre Mutter führte die Teetasse an die Lippen, nippte und stellte sie auf den zarten Unterteller zurück. Dann betupfte sie sich die Lippen mit einer Serviette. „Ist das alles?“

„Nein.“ Glory machte einen Schritt in den Raum hinein, und ihre Angst ließ ein wenig nach. Ihre Mutter bekam keinen Wutanfall, ihr Gesicht verzerrte sich nicht in Hass, dass ihr angst und bange wurde. „Ich dachte ... ich habe gehofft, dass du Mrs Cooper bitten könntest, zurückzukommen."

Abgesehen davon, dass Hope mit einem Fingernagel gegen die Teetasse trommelte, bewegte sie sich nicht. Sie schien nicht mal zu atmen. Schließlich hob sie den Blick und sah ihre Tochter nachdenklich an. „Warum sollte ich?"

„Weil ... weil ich es war, die gelogen hat." Glory presste eine Hand an ihre Brust. „Es war nicht Dannys Schuld und auch nicht die seiner Großmutter. Sie sollten nicht bestraft werden für mein Verhalten. Bitte, Mama. Es tut mir Leid, und ich schäme mich. Bitte frag sie, ob sie zurückkommen."

Ihre Mutter stand auf und ging ans Fenster. Sie blickte lange in den heißen, sonnigen Tag hinaus und wandte sich dann wieder ihrer Tochter zu. Ein kleines Lächeln spielte um ihren Mund. „Es ist gut, dass du dich für dein Benehmen schämst, und es ist auch gut, dass es dir Leid tut. Aber woher soll ich wissen, dass es dir ernst damit ist?"

„Es ist mir ernst." Glory machte hoffnungsvoll einige Schritte auf ihre Mutter zu. „Ich verspreche es. Bitte frag Mrs Cooper, ob sie zurückkommt."

„Vielleicht", erwiderte Hope. „Vielleicht."

Glory legte die gefalteten Hände an die Brust. Ihre Mutter würde Mrs Cooper bitten zurückzukommen. Danny würde wieder ihr Freund sein. Die Hausangestellten würden sie wieder mögen. „O Mama, danke! Vielen, vielen Dank ..."

„Ich bitte sie zurückzukommen", fiel ihre Mutter ihr ins Wort, „wenn du mir beweist, dass du ein braves Mädchen bist. Wenn du so brav bist, wie der Herr es von dir erwartet."

Glory brach in ein Lächeln aus. „Das kann ich, Mama. Wart's nur ab, ich zeig's dir. Ich bin das bravste Mädchen, das es je gegeben hat."

12. KAPITEL

Hope kannte Orte im French Quarter, wo sie alles bekam, was sie brauchte, wo sie jedes dunkle, unkontrollierbare Verlangen stillen konnte, das in ihr wütete. Viele dieser Orte waren öffentlich und schienen nichts weiter zu sein als Bars, Geschäfte oder Stripclubs. Viele wurden von staunenden Touristen frequentiert, die keine Ahnung hatten, was sich hinter den öffentlichen Shows abspielte.

Heute Nacht hatte die Sünde sie zu einem dieser Orte getrieben.

Hope schlüpfte durch eine Hintertür und einen schmalen, schwach erleuchteten Flur entlang. Die Wände waren feucht, die Luft roch muffig. Zwischen hundertjährigen Gipswänden hörte sie Kakerlaken krabbeln. Ein Ort, so alt wie das French Quarter, beherbergte viele niedrige Kreaturen. Manche davon menschlicher Natur.

Sie hatte sich getarnt. Nicht, dass jemand aus ihren Kreisen sie hier entdecken würde. Aber sie ging kein Risiko ein. Sie hatte diesen Ort und andere seiner Art häufig besucht.

Mit jedem Schritt wurde das finstere Verlangen in ihr stärker und pulsierte fiebrig. Hope St. Germaine war nur noch eine Hülle. In ihr brannte ein Inferno, das gelöscht werden musste, ehe es sie lebendig verschlang.

Morgen würde sie sich dafür hassen. Sie würde ihre Mutter, ihre Vergangenheit und alle Pierron-Frauen verfluchen. Sie würde sich strafen und Buße tun.

Aber wenigstens würde das finstere Verlangen gestillt sein. Zumindest für eine Weile würde es in ihr schlummern. Und diesmal vielleicht für immer.

Dann würde sie endlich frei sein.

Sie blieb vor der Tür mit der Nummer drei stehen. Das Blut pulsierte heftig durch ihre Adern. Sie griff nach dem Knauf, das Metall fühlte sich kalt an auf ihrer fiebrigen Haut. Sie drehte und drückte. Die Tür ging auf.

Auf dem Bett wartete nackt ein Mann auf sie.

13. KAPITEL

Glory tat, was sie ihrer Mutter versprochen hatte. Jeden Augenblick ihres Lebens widmete sie dem Vorsatz, ein braves Mädchen zu sein. Sie ging, anstatt zu laufen, betete, anstatt zu singen, sie lachte weder zu häufig noch zu laut. Sie beklagte sich nie, gab keine Widerworte und äußerte keinen Wunsch, der den Vorstellungen ihrer Mutter zuwiderlief.

Aus Tagen wurden Wochen. Ihre Mutter bat weder Mrs Cooper noch Danny, zurückzukommen. Dennoch erwachte Glory manchmal nachts, und ihre Mutter stand neben dem Bett und starrte sie auf diese unheimliche Weise an.

Zunächst verstand Glory das alles nicht. Dann erkannte sie, dass ihre Mutter etwas plante. Mrs Coopers Rückkehr sollte sicher ein Geburtagsgeschenk werden.

Also wartete Glory gespannt auf ihren achten Geburtstag. Sie zählte die Tage, dann die Stunden und war immer noch so brav, wie sie nur sein konnte.

An ihrem Geburtstag rannte sie hinunter in den Frühstücksraum, um Mrs Cooper zu begrüßen. Sie freute sich auf das sanfte Lächeln und die freundlichen blauen Augen. Und sie freute sich darauf, nach Danny zu fragen.

Stattdessen wurde sie von der strengen Mrs Hillcrest begrüßt, ihrer neuen Haushälterin.

Tief enttäuscht rannte Glory in ihr Schlafzimmer zurück und schloss sich ein. Sie warf sich aufs Bett und weinte. Sie war so sicher gewesen, dass ihre Mutter sie überraschen wollte. Und sie hatte sich doch so bemüht, sich dieser Überraschung würdig zu erweisen.

Jetzt kenne ich die Wahrheit.

Ihre Mutter dachte gar nicht daran, Mrs Cooper wieder einzustellen. Gleichgültig, wie sehr sie sich bemühte und wie hart sie daran arbeitete, sie genügte den Ansprüchen ihrer Mutter einfach nicht. Sie würde ihre Mutter nie glücklich oder stolz machen. Sie würde nie die Tochter sein, die ihre Mutter sich wünschte.

Glory schlang die Arme um sich. Sie verstand nicht, was sie angestellt hatte. Sie verstand nicht, warum sie immer scheiterte. Aber das würde sich nie ändern.

Und Mama hatte das die ganze Zeit gewusst. Glory wurde plötzlich zornig. Selbst als ihre Mutter auf den Handel eingegangen war, hatte sie gewusst, dass sie mit ihrer Tochter nie zufrieden sein würde. Sie hatte gar nicht die Absicht gehabt, Mrs Cooper wieder einzustellen.

Glory geriet außer sich vor Wut. Ihre Mutter hatte gelogen und sie auszutricksen versucht.

Der Zorn ließ Glorys Tränen versiegen, überwand ihren Kummer und ihre Enttäuschung und brachte ihr seltsamerweise ein wenig inneren Frieden.

Viel später, als sie die flackernden Kerzen auf ihrem Geburtstagskuchen betrachtete und die letzten Noten von Happy Birthday verklangen, dachte sie daran, dass sie sich zu jedem Geburtstag dasselbe gewünscht hatte: Mama sollte sie lieb haben.

Ab jetzt nicht mehr, entschied sie trotzig, das Herz schwer vor Enttäuschung. Nie wieder würde sie einen Wunsch an ihre Mutter verschwenden.

Glory holte tief Luft und blies die Kerzen aus.

TEIL 4

Familie

14. KAPITEL

New Orleans, 1980

Ich habe es satt. Santos nahm seinen Seesack vom Schlafzimmerschrank. Er hatte genug von der bezahlten Fürsorge und dem falschen Verständnis. Er wollte hier weg.

Und diesmal würde der Staat ihn nicht finden. Diesmal würden sie ihm keine neue Ersatzfamilie aufzwingen.

In den fünfzehn Monaten seit der Ermordung seiner Mutter hatte der Staat ihn in vier Pflegefamilien eingewiesen. In jeder hatte er eine Lektion gelernt. Die erste hatte ihn gelehrt, sie keinesfalls als echte Familie, als seine Familie zu betrachten. Für die war er nichts weiter als ein Job, eine Einkommensquelle.

Die zweite hatte ihn gelehrt, nicht zu weinen, gleichgültig, was ihm gesagt oder getan wurde und wie sehr er litt. Sein Schmerz war seine Privatangelegenheit, etwas, das nur ihn anging. Er lernte rasch, dass er sich der Lächerlichkeit preisgab, sobald er seine wahren Gefühle zeigte.

Die dritte Familie hatte ihn gelehrt, nichts von anderen zu erwarten, nicht mal grundlegende menschliche Anständigkeit. Von dieser, seiner vierten Familie, hatte er nichts gelernt, weil er einfach keine Schwachstelle mehr hatte, die nicht schon verletzt worden wäre. Er hatte keine Hoffnung, keine Illusionen und keinen geheimen Wunsch, von ihnen geliebt zu werden. Er hatte sich vor seiner Pflegefamilie und seiner Umwelt verschlossen.

Folgerichtig galt er bei den Familien, bei Sozialarbeitern, Lehrern und der Schulverwaltung als schwierig und unkommunikativ.

Santos ballte die Hände zu Fäusten. Seit über einem Jahr litt er unter den Folgen der Ermordung seiner Mutter, hatte in vier verschiedenen Familien, in vier verschiedenen Stadtteilen gelebt und vier verschiedene Schulen besucht. Er hatte alle alten Freunde verloren und keine neuen gewonnen. Sein ganzes Leben hatte sich verändert, und trotzdem wurde er als schwierig und verstockt abgestempelt. Es war genau so, wie seine Kumpels immer gesagt hatten: Das System macht dich fertig.

Diesmal werden sie mich nicht finden.

Santos leerte seine Schubladen und stopfte seine mageren Besitztümer in den Seesack. Man würde ihn nicht finden, weil er jetzt wusste, was er bei seinen vorherigen Fluchtversuchen falsch gemacht hatte.

Ich bin nicht weit genug weggelaufen.

Er musste fort von New Orleans. Er würde es nicht ertragen, wenn man ihm noch mal eine neue Familie, eine neue Schule und eine neue Umgebung aufzwang. Er war jetzt sechzehn, fast erwachsen. Er schaffte es aus eigener Kraft.

Seine Flucht war sorgfältig geplant. Er hatte jeden Dollar gespart, insgesamt zweiundfünfzig, sich die Karte von Louisiana angesehen und sich für Baton Rouge entschieden. Die Stadt war groß genug, um in ihr unterzutauchen, sie war Universitätsstadt mit einer Menge junger Leute, und sie war nah an New Orleans. Nur neunzig Meilen oder so entfernt.

Santos hatte den Schwur, den Mörder seiner Mutter zu finden, nicht vergessen. Sobald er alt genug war, dass die staatliche Fürsorge ihn nicht mehr schnappen konnte, würde er zurückkommen und seinen Schwur einlösen.

Der Gedanke an seine Mutter tat ihm im Herzen weh. Er nahm

ein kleines Schmuckkästchen aus seiner Kommodenschublade und ließ die Schulsachen, die er nun nicht mehr brauchte, zurück. Er öffnete das Kästchen und nahm die Ohrgehänge aus bunten Glasperlen heraus.

Vorsichtig, fast ehrfürchtig, legte er sie in seine Hand. Sie waren billig und ein wenig kitschig, aber seine Mutter hatte sie geliebt. „Österreichisches Kristall", hatte sie ihm an dem Tag erklärt, als sie sie kaufte, und sie lachend angesteckt. Sie waren so lang, dass sie fast ihre Schultern berührt hatten. Deshalb nannten sie sie Schulterabstauber.

Vor seinem geistigen Auge sah er sie an seiner Mutter, wie das Licht sich in ihnen brach wie in bunten Diamanten.

Die Erinnerung war süß und schmerzlich zugleich. Er legte die Ohrgehänge wieder auf ihr Wattebett und stopfte das Kästchen zusammen mit den anderen Sachen in seinen Seesack. Er wollte ihn gerade schließen, zog das Kästchen aber noch einmal heraus und schob es in seine Jeanstasche. Dort würde es sicherer sein.

Seine Mutter hatte nichts Wertvolles besessen. Aber diese Ohrgehänge bedeuteten ihm mehr als Diamanten. Er durfte sie nicht verlieren.

Er schloss den Sack und sah sich noch einmal in dem Zimmer um, in dem er sich nie wirklich heimisch gefühlt hatte. Er bedauerte nichts, weder, dass er die Familie ohne Abschied verließ, noch, dass er sich mitten in der Nacht hinausschlich und sich zwanzig Dollar aus der Kaffeedose borgte. Der Familie tat es nicht Leid, wenn er weg war. Und das Geld gab er zurück, sobald er konnte.

Santos ging zum Fenster und schob es vorsichtig hoch. Er warf den Sack hinaus und folgte ihm in die Nacht.

Dreißig Minuten später kletterte Santos auf den Beifahrersitz eines fast neuen Chevy-Van. „Danke, Mann", sagte er zu dem Fahrer, der ihn aufgelesen hatte. Er rieb sich die kalten Hände vor der Lüfterdüse. „Ich dachte schon, ich würde da draußen erfrieren, ehe mich einer mitnimmt."

„Freut mich, dass ich helfen kann." Der Bursche streckte ihm lächelnd eine Hand hin. „Ich bin Rick."

Santos schüttelte ihm die Hand, obwohl ihn ein leicht ungutes Gefühl dabei beschlich. „Ich bin Victor."

„Schön, dich kennen zu lernen." Rick legte den Gang ein und fädelte sich wieder in den Verkehr ein. „Wohin willst du, Victor?"

„Nach Baton Rouge. Meine Großmutter ist im Krankenhaus." Santos beugte sich wieder zum warmen Luftstrom der Heizung vor. „Es geht ihr ziemlich schlecht."

„Tut mir Leid, das zu hören. Aber du hast Glück ..." Er streifte Santos mit einem Lächeln. „Ich muss zurück an die Uni. Ich kann dich den ganzen Weg mitnehmen."

Ich bin unterwegs! Santos lächelte: „Großartig. Ich hätte wirklich nicht gern wieder in der Kälte gestanden."

„Ich habe eine Thermoskanne mit Kaffee hinten, falls du welchen möchtest."

„Nein danke. Ich kann das Zeugs nicht ausstehen." Santos sah sich im Wagen um. Von innen wirkte er noch neuer als von außen. „Wie lange sind Sie schon an der Uni?"

Rick sah ihn flüchtig an, dann wieder auf die Straße. „Ich mache dieses Jahr meinen Abschluss. In Psychologie. Dann habe ich wohl einen ‚Doktor' vor meinem Namen."

Santos dachte bedauernd an den Wunsch seiner Mutter, er solle in der Schule bleiben. Er fühlte sich schuldig, weil er sein Versprechen nicht gehalten hatte. Die Schuldgefühle zu verdrängen war nicht leicht. „Was macht ein Doktor der Psychologie?"

„Er arbeitet zum Lebensunterhalt am Seelenzustand anderer. Er hilft Leuten, ihre psychischen Probleme aufzuarbeiten. Wir haben alle möglichen Abnormitäten studiert. Du würdest es nicht fassen, Victor. Es ist total unglaublich, was es alles gibt."

Santos war ziemlich sicher, es zu fassen. Trocken schluckend, dachte er an das im Tod verzerrte Gesicht seiner Mutter und fürchtete, alles glauben zu können. „Ich bin ein bisschen müde", sagte er. „Haben Sie was dagegen, wenn wir eine Weile schweigen?"

„Kein Problem. Du siehst erledigt aus. Wenn du 'ne Runde pennen möchtest, tu's ruhig. Ich verspreche, am Steuer nicht einzuschlafen."

Santos sah ihn kurz an und fand irgendetwas an dem Typ beunruhigend. „Danke, aber ich bin okay."

Rick zuckte die Schultern. „Wie du willst. Wir haben noch 'ne gute Stunde Fahrt vor uns." Er schaltete das Radio ein und ließ die Stationen durchlaufen, bis er die richtige fand. Plötzlich ertönte der Stones-Klassiker „Satisfaction".

Santos lehnte sich im Sitz zurück und sah aus dem Fenster auf den um diese Zeit schwachen Verkehr und die vorüberziehenden dunklen Gebäude.

Die Minuten vergingen, und der Van legte ruhig Meile um Meile auf der Interstate zurück. Santos begann sich zu entspannen. Die Glieder wurden ihm schwer, und sein Kopf fiel gegen die Lehne. Zum ersten Mal seit einem Jahr schienen sich seine Muskeln zu lockern. Es war ein schönes Gefühl.

Santos atmete tief und gleichmäßig, eingelullt von den Fahrgeräuschen des Van und des Highway. Diesmal kriegen sie mich nicht, dachte er schläfrig. Und wenn er älter war, würde er zurückkehren und den Mörder seiner Mutter finden.

Santos erwachte mit einem Schrecken. Wie so oft hatte er von seiner Mutter geträumt. Und von Tina. Er rieb sich mit einer Hand über die Stirn und merkte, dass er schwitzte. In seinem Traum hatten ihn beide um Hilfe angerufen. Er hatte versucht, sie rechtzeitig zu erreichen, aber er war zu spät gekommen. Beide waren seinen Fingern entglitten und in einen tiefen dunklen Abgrund gestürzt, der ihr Tod gewesen war.

Der Van fuhr durch ein Schlagloch. Santos wurde hellwach. Verwirrt und desorientiert sah er sich blinzelnd um.

„Willkommen daheim, Mann."

Santos lächelte verlegen. „Tut mir Leid. Ich wollte nicht einschlafen." Er gähnte. „Wie lange war ich weg?"

„Nicht lange. Dreißig Minuten."

Es kam ihm länger vor, viel länger. Er rollte die verspannten Schulter und dehnte den Nacken. Die Muskeln waren verkrampft, als hätte er lange fest geschlafen.

Er sah aus dem Fenster. Sie schienen auf einer einsamen Landstraße zu sein. Er runzelte die Stirn, und eine leichte Unsicherheit befiel ihn. *Hier stimmt etwas nicht.* Bemüht, die restliche Schläfrigkeit loszuwerden, fragte er: „Wo sind wir?"

„Auf der River Road. Nähe Vacherie."

„River Road", wiederholte Santos. Er hatte die Karte studiert und seine Route geplant. Nach Baton Rouge ging es von New Orleans geradeaus – Interstate 10 nach Westen, die ganze Zeit.

Warum sind wir auf der River Road?

Als erriete er seine Gedanken, erklärte Rick: „Auf der Interstate ist vor uns ein Chemielaster umgekippt. Sie haben die verdammte Brücke gesperrt. Ich dachte, wir könnten die River Road direkt bis nach Baton Rouge nehmen."

Santos versuchte sich zu erinnern, ob die River Road überhaupt bis nach Baton Rouge führte. Er war sich nicht sicher, sie auf der Karte gesehen zu haben.

„Hast du mal eines der alten Plantagenhäuser besucht, Victor?" Santos schüttelte den Kopf, und Rick fuhr fort: „Sie stehen alle an der River Road und sind sehenswert. Seinerzeit brauchte man den

Fluss als Hauptverkehrsader, um Lebensmittel zu holen, die Ernte wegzubringen und zum Reisen. Du solltest dir irgendwann eines ansehen."

Santos rieb sich die Stirn. Wie habe ich nur einschlafen können, schimpfte er im Stillen. Warum war ich so dumm, so vertrauensselig und naiv? Jetzt weiß ich nicht, ob er die Wahrheit gesagt hat. „Ist die River Road nicht ein ziemlicher Umweg?"

„Jedenfalls dauert es nicht länger, als im Stau zu stehen und darauf zu warten, dass sie dieses Chemiezeugs wegschaffen. Ich weiß nicht, wie es dir geht, aber ich lege keinen Wert darauf, vielleicht auch noch diesen giftigen Scheiß einzuatmen."

„Guter Gedanke", erwiderte Santos leise und wollte seine Verunsicherung verdrängen. Rick war ganz okay. Die River Road zu nehmen war vernünftig.

Warum werde ich dann das Gefühl nicht los, dass hier was nicht stimmt?

„Alles okay mit dir, Victor?" Rick sah ihn besorgt an. „Du siehst ein bisschen blass aus."

„Mir geht's gut." Santos rückte ein wenig mehr zur Tür. „Ich bin nur müde."

Rick begann zu erzählen und berichtete mehr von der Louisiana State University und seinem Fach, der Psychologie. Dann und wann fragte Rick Santos nach seiner Familie und seinem Privatleben. Doch jedes Mal lenkte Santos die Unterhaltung weg von sich und wieder auf Rick.

Und während der andere redete, sagte Santos sich immer wieder, dass Rick okay und die Fahrt cool sei.

Allerdings glaubte er seinen eigenen Beteuerungen nicht. Etwas war hier faul. Obwohl er nicht sagen konnte, was, drängte ihn eine innere Stimme zur Flucht.

„Du kannst ehrlich zu mir sein", meinte Rick. „Deine Großmutter ist nicht krank. Und es wartet niemand auf dich. Kein Mensch auf der Welt."

Santos sah Rick an, und die Haare in seinem Nacken begannen sich zu sträuben. Rick nahm den Blick von der Straße und lächelte Santos an, ein offenes Du-kannst-mir-vertrauen-Lächeln.

Menschen sind nicht immer, was sie zu sein scheinen.

Diese Lektion hatte er im letzten Jahr gelernt. Santos bemühte sich, überrascht, ja sogar leicht pikiert auf Ricks Bemerkung zu reagieren. „Natürlich ist meine Großmutter krank, sehr sogar. Und sie wartet auf mich." Neugierig fragte er: „Warum haben Sie das gesagt?"

„Schau, ich bin rumgekommen." Rick steuerte den Van mühelos und achtete kaum auf die gewundene Straße. „Ein Junge in deinem Alter nachts allein auf der Straße. Das ergibt keinen Sinn. Du bist allein, nicht wahr?" Ohne auf Victors Antwort zu warten, fügte er hinzu: „Ich könnte dir helfen. Ich könnte dir eine Unterkunft für eine Nacht geben oder so."

„Warum sollten Sie? Sie kennen mich doch gar nicht."

„Weil ich schon da war, wo du jetzt bist, Victor. Ich weiß, wie schwer das ist. Glaube mir, es ist noch viel schwerer, als du es dir vorstellst."

Santos schwankte. Einerseits wollte er kapitulieren, reinen Tisch machen und Ricks Hilfe annehmen. Das Angebot klang aufrichtig und verlockend. Der vorsichtige Teil von ihm, der mehr über die Motive der Menschen gelernt hatte, als ihm lieb war, glaubte jedoch, dass das Angebot ein Trick war. Die meisten Menschen halfen anderen nicht ohne Grund.

„Ich wette, dass es schwer ist", erwiderte Santos scheinbar unbekümmert. „Aber ich weiß darüber nichts. Ich bin nicht allein. Und meine Großmutter wartet auf mich in Baton Rouge."

„Wie du willst." Rick zuckte grinsend die Schultern.

Etwas an der Miene dieses Mannes war kalt und unheimlich, doch Santos verbarg sein Unbehagen. „Trotzdem danke."

Rick hielt den Van am Randstreifen an. „Ich muss mal pinkeln."

Santos nickte und blickte aus dem Fenster zum dunklen Uferdamm. Er hörte, wie Rick den Sicherheitsgurt löste, dann sah er aus den Augenwinkeln, dass er unter den Sitz griff.

Sofort raus hier!

Die Warnung schoss Santos durch den Kopf und er reagierte. Ohne Zögern langte er nach dem Türgriff. Im selben Moment warf Rick sich auf ihn. Santos flog mit der Schulter gegen die Tür, und die Verriegelung ging auf. Licht erhellte das Wageninnere.

Etwas fiel zu Boden. Santos schwang die Faust und erwischte Rick seitlich im Gesicht. Erstaunt aufstöhnend fiel der Mann hintenüber. Erst da entdeckte Santos das lange gelbe Nylonseil auf dem Boden zwischen den Sitzen und das Messer mit kalt glänzender Klinge.

Das blutig geschlagene Gesicht seiner Mutter kam ihm in den Sinn. Blanke Panik beraubte ihn sekundenlang seiner Fähigkeit, zu denken und zu handeln. Rick erholte sich von dem Schlag und griff nach dem Seil. Mit einem Aufschrei warf Santos sich gegen die Tür, die ganz aufflog. Kalte Nachtluft und der Geruch des Flusses schlugen ihm entgegen.

Ich bin fast draußen!

Rick erwischte ihn am Fuß. Wie Klammern schloss er die Finger um Santos' Knöchel und zog. Santos spürte das Seil einschneiden, als Rick es um sein Fußgelenk band.

Fast hysterisch vor Angst, blickte er zu seinem Angreifer. Er konnte nicht mehr denken. Sein Herz schlug so wild, dass er kaum noch Luft bekam. Seine Gedanken rasten von einer Sache zur anderen, von einem Bild zum anderen. Seine Mutter, der Mord, ihr schönes Gesicht, gefroren zu einer schrecklichen Totenmaske.

Der Mann lächelte, als verstehe – und genieße – er Santos' Panik. „Du kannst es auf die leichte Tour haben, Santos, oder auf die harte. Die leichte ist immer schöner." Er schnappte sich Santos' zweiten Knöchel. „Warum bist du nicht ein guter Junge für deinen Onkel Rick und machst mit?"

Ich werde nicht auf diese Weise sterben! Ich werde nicht zulassen, dass Mutters Tod ungesühnt bleibt!

Mit einem lauten Wut- und Angstgebrüll riss Santos den Fuß los und trat nach dem Mann. Er traf Rick so fest am Kinn, dass dessen Kopf nach hinten flog.

Rick ließ los, und Santos flüchtete aus dem Van. Er strauchelte auf dem matschigen Seitenstreifen, rappelte sich hoch, glitt aus und fiel auf die Knie. Halb kriechend, versuchte er es wieder und stand schließlich.

Hektisch sah er sich um. Sein heftiger Atem kondensierte in der Luft zu kleinen Dampfwolken. Der Van stand genau zwischen dem Flussdamm des Mississippi auf der einen Seite und einem eingezäunten, stark bewachsenen Grundstück auf der anderen.

Die Tür der Fahrerseite flog auf, Rick sprang heraus. Ohne nachzudenken, rannte Santos los, die Straße hinunter.

Scheinwerfer durchschnitten die Dunkelheit. Ein Wagen kam um die Kurve, zu schnell, um anzuhalten, zu schnell, als dass er hätte ausweichen können. Wie aus weiter Ferne hörte Santos das Hupen, dann das Kreischen von Reifen.

Stechende Schmerzen durchfuhren ihn. Blendend weißes Licht erfüllte seinen Kopf, gefolgt vom Gefühl der Schwerelosigkeit, des Fliegens, des Schwebens wie ein Adler.

Einen Moment später wurde es schwarz um ihn herum.

15. KAPITEL

Großer Gott, ich habe ihn umgebracht!

Aufgeregt kauerte Lily Pierron neben der reglosen Gestalt des Jungen. Sie berührte seine Stirn und war etwas beruhigt, da sie sich warm und feucht anfühlte. Sie schob ihm das dunkle Haar aus dem Gesicht, und er stöhnte und bewegte sich leicht.

Er lebt, dachte sie, geradezu schwindelig vor Erleichterung. Dem Himmel sei Dank. Sie blickte die dunkle Straße entlang, unsicher, was sie tun sollte. Sie bezweifelte, dass zu dieser Nachtzeit zufällig ein Auto vorbeikam. Und abgesehen von ihrem eigenen gab es im Umkreis von einer halben Meile kein Haus. Sie legte die zitternde Hand an die Stirn. Sollte sie versuchen, ihn zu bewegen, oder ihn liegen lassen und Hilfe holen?

Keines von beidem schien ihr angebracht. Abhängig von der Schwere seiner Verletzungen konnte sie seinen Zustand verschlimmern, wenn sie ihn bewegte. Sie war weder jung noch stark, und ohne seine Mithilfe könnte sie ihn bestenfalls zum Auto zerren.

Bliebe noch, ihn liegen zu lassen und Hilfe zu holen. Lily dachte an den Fahrer des Van. Als sie ihm zugerufen hatte, er solle ihr helfen, war er in sein Auto gesprungen und losgeprescht, dass der Kies hochspritzte. Was immer der versucht hatte, als sie zufällig vorbeigekommen war, dieser Junge war auf der Flucht gewesen. Warum sonst hätte er so über die Straße rennen sollen?

Ein weiterer unangenehmer Gedanke kam ihr. Und wenn der Fahrer nun ein Stück entfernt wartete und beobachtete, ob sie den Jungen allein und hilflos zurückließ?

Weit hergeholt, dachte sie bei sich und rieb sich fröstelnd die Arme. Die meisten Kriminellen blieben nicht am Tatort, um zuzusehen, was weiter geschah. Die meisten Kriminellen brachten möglichst viel Abstand zwischen sich und ihre Tat. Trotzdem konnte sie den Verletzten nicht allein hier zurücklassen.

Der Junge stöhnte wieder und öffnete flatternd die Lider. Er sah sie verständnislos an.

„Alles in Ordnung mit dir?“ fragte sie eilig. „Ich habe dich nicht gesehen. Ich kam um die Kurve, und da warst du plötzlich. Ich habe versucht zu bremsen, wirklich. Es ... es tut mir so Leid.“

Ihm fielen die Augen wieder zu, sein Gesicht war schmerzverzerrt.

„Großer Gott!“ Lily legte eine Hand an ihre Brust. „Wo tut es dir weh? Wie schlimm ist es?“ Resigniert raunte sie: „Als könnte ich dir helfen, selbst wenn du etwas sagen würdest. Verdammt, wo ist ein Arzt, wenn man ihn braucht? Überbezahlte Quacksalber.“ Sie amtete tief durch, um ruhiger zu werden. „Mach dir keine Sorgen. Ich hole Hilfe.“

Als sie aufstehen wollte, griff er erstaunlich kraftvoll nach ihrer Hand. Verblüfft sah sie auf ihn hinab. Er hatte die Augen geöffnet und blickte sie so durchdringend an, dass sie erschrak. Dann richtete er den Blick auf die andere Straßenseite.

Lily verstand. „Fort“, erklärte sie. „Er haute einfach ab, als ich anhielt. Falls er ein Freund von dir war, solltest du dir deine Freunde ein bisschen sorgfältiger auswählen.“

„War ... er nicht ...“

Er sprach schleppend, und seine Augenlider flatterten, als sei ihm schwindelig. Lily schimpfte leise vor sich hin. „Du brauchst Hilfe, Junge. Ich lasse dich nicht gern allein, aber ich wohne ein Stück die Straße hinunter.“ Sie wies in die Richtung. „Ich rufe die 911 und bin gleich ...“

„Nein ... nein. Mir ... mir geht es gut.“

Entsetzt sah Lily zu, wie er sich mühsam aufsetzte, das Gesicht von Schmerzen verzerrt. „Dir geht es gar nicht gut.“ Sie streckte eine Hand aus, um ihn aufzuhalten. „Junge, du könntest schwer verletzt sein ..."

„Ich bin nicht Ihr Junge."

Obwohl es kaum mehr als ein raues Flüstern war, hörte sie den Trotz und die Bitterkeit heraus. Worte und Tonfall verrieten viel über ihn, Dinge, von denen er nicht gewollt hätte, dass sie sie erfuhr.

Obwohl sie Mitleid mit ihm hatte, wusste sie doch, dass sie einem Jungen wie ihm keinesfalls nachgeben durfte. „Du bist verletzt", sagte sie in einem Ton, der keinen Widerspruch duldete. „Ich weiß nicht, wie schwer. Wenn du mir hilfst, dass ich dich ins Auto bringen kann, fahre ich dich ins Krankenhaus. Wenn das nicht geht, rufe ich die 911 an."

Sein Blick war ängstlich. Der Junge griff nach ihrer Hand. „Rufen Sie niemand", brachte er schwach hervor. „Es geht mir gut. Wirklich." Wie zum Beweis seiner Behauptung, begann er aufzustehen.

Und endete zusammengesackt auf den Knien.

Lily geriet in Panik. „Und wenn du noch so starrköpfig bist. Ich kann und werde dich nicht hier zurücklassen. Da ich dich angefahren habe, bin ich für dich verantwortlich."

Er sah sie an, und die Verzweiflung in seinem Blick verriet ihr alles. „Nein ... bitte, vergessen Sie's", sagte er, als er wieder zu Atem gekommen war. „Es geht mir gut. Versprechen Sie mir, dass Sie niemand ... anrufen."

Zwischen Pflicht- und Mitgefühl schwankend, faltete Lily die Hände. Der Junge steckte in irgendwelchen Schwierigkeiten. Er lief vor jemand oder etwas davon. Vielleicht vor dem Gesetz, doch das bezweifelte sie. Er hatte den Blick des Gejagten, des Außenseiters, nicht des Kriminellen.

Aber er war verletzt, vielleicht auch innerlich. Er sprach leicht schleppend, und er konnte kaum stehen vor Schwindel oder

Schmerzen. Wie sollte sie seiner Bitte nachgeben? Das war unmöglich.

Allerdings kannte sie jemand, den sie konsultieren konnte. Ein alter Freund, der keine Fragen stellte. Doch das wollte sie dem Jungen noch nicht mitteilen.

„Von mir hast du nichts zu befürchten", tröstete sie leise. „Und ich benachrichtige niemand, wenn du mit mir kommst." Als er etwas einwenden wollte, schnitt sie ihm das Wort ab. „Ich kann dich nicht hier zurücklassen, also hast du folgende Wahl. Entweder du kommst mit mir, oder ich hole die Polizei. Ich denke, du hast nicht die Kraft, vor denen zu flüchten. Falls doch, probier es."

Sie nahm sein Schweigen als Zustimmung. „Freut mich, dass wir einer Meinung sind. Und jetzt werde ich versuchen, dich zu meinem Wagen zu bringen. Du musst mir helfen, denn ich bin zu alt und zu schwach, um dich zu tragen." Sie griff ihm unter den Arm und stützte ihn. „Wie schon gesagt, ich lebe ein Stück die Straße hinunter. Ich werde mich vergewissern, dass alles in Ordnung ist mit dir. Bei mir bist du sicher, bis du dich kräftiger fühlst, deinen Weg fortzusetzen."

Er zögerte, als erwäge er Protest, dann nickte er jedoch. Sie gingen zum Wagen, und bei jedem Schritt stützte er sich schwerer auf sie, obwohl sie spürte, dass er es ungern tat.

Sie brauchten einige Minuten. Schließlich erreichten sie das Auto. Lily half ihm, sich auf den Beifahrersitz zu setzen. Danach stieg sie auf der Fahrerseite ein, und sie fuhren die paar Hundert Meter zu ihrem Haus. Als sie in ihre Einfahrt bog, gestattete sie sich einen genaueren Blick auf ihren unfreiwilligen Begleiter.

Er sah stur geradeaus und hielt sich starr, als sei er auf der Hut, um notfalls sekundenschnell zu flüchten. Seine Lippen waren zu einer schmalen Linie gepresst, und Lily spürte, wie viel Mühe es ihn kostete, nicht im Sitz zusammenzusacken.

Armer Junge, dachte sie und verstand ihn besser, als er es für möglich gehalten hätte. Sie wusste, was es hieß, ein Außenseiter zu sein, der nirgendwohin gehörte.

Allein und immer allein.

Lily atmete tief durch. Der Herr hatte sich eine harte und angemessene Strafe für ihre Sünden ausgedacht. Wie viel schlimmer konnte doch diese irdische Hölle sein als die Feuer, die sie erwarteten.

Voller Schmerz und Sehnsucht umklammerte sie das Lenkrad fester. *Mein Darling Hope. Meine hübsche Glory.* Sie sehnte sich danach, bei ihnen zu sein und ihr Leben zu teilen. So sehr, dass sie den ganzen Tag gewartet hatte, um nur einen Blick auf die beiden zu werfen. Sie hatte in ihrem Wagen vor dem St. Charles gesessen, den Blick auf den großen Eingang gerichtet. Abwechselnd war ihr warm und kalt geworden.

Es war nicht das erste Mal gewesen, und es würde nicht das letzte Mal sein.

Heute war ihr Warten belohnt worden. Hope und Glory waren im Sonnenschein aus dem Hotel gekommen, und sie hatte die Freude gehabt, sie anzusehen. Lily schluckte trocken. Die Sehnsucht nach den beiden fraß Tag und Nacht an ihr, bis sie nur noch Hoffnungslosigkeit empfand.

Sie entspannte die Finger. Alles, was sie sich für ihre Tochter gewünscht hatte, dass sie ein gutes, anständiges Leben führte, unbelastet von den Sünden der Mutter, war in Erfüllung gegangen. Sie verstand sogar, warum Hope keinen Kontakt zu ihr haben wollte, warum sie sich aufgeregt hatte, als sie darum bat, sie sehen zu dürfen. Und sie verstand, warum Glory nicht erfahren sollte, wer und was ihre weiblichen Vorfahren waren.

Lily schämte sich und bereute ihren Lebenswandel zutiefst.

Doch all ihr Verständnis linderte nicht die Sehnsucht nach Tochter und Enkelin. Bis zu ihrem Todestag würde sie trauern, weil sie die beiden verloren hatte. Und so einsam, wie sie die letzten Jahre gelebt hatte, würde sie auch sterben.

Lily hielt den Wagen am Ende der Zufahrt an. „Wir sind da", sagte sie unnötigerweise. „Ich komme auf deine Seite, um dir zu helfen."

„Ich schaffe es allein."

„Fein." Sie kam trotzdem um den Wagen. Der Junge sah sie an, schwieg jedoch.

Halsstarrig, dachte sie, als sie ihn bei jedem Schritt vor Schmerz das Gesicht verziehen sah. Stolz und halsstarrig. Trotzdem nötigte ihr seine Willenskraft Respekt ab. Zweifellos war es schwer, allein zu gehen und keine Hilfe anzunehmen, obwohl er verletzt und sicher auch verängstigt war.

Sie kannte Jungen seines Typs und hatte ihnen geholfen. Kinder, die sich auf niemand verlassen konnten außer auf sich selbst. Kinder, die misshandelt und immer wieder im Stich gelassen worden waren. Dieser Junge hatte lange Zeit niemand mehr auf seiner Seite gehabt. Sie verübelte ihm seine Abwehrhaltung nicht. Er hatte sie wahrscheinlich durch Lebenserfahrung erworben.

Sie betraten das Haus durch den Seiteneingang, den Dienstboteneingang, der in die Küche führte. Lily schaltete die Deckenleuchte ein und sah, dass der Junge blutete. Das Hosenbein seiner Jeans hatte einen hässlich dunklen, feuchten Fleck.

„Setz dich hierhin", forderte sie ihn leise auf und führte ihn zu einem der Stühle, die um den großen Eichentisch standen. „Ich hole Verbandszeug."

Er ergriff ihre Hand. „Sie haben versprochen, niemand zu benachrichtigen."

Sie sah ihm in die Augen. „Ich weiß, was ich versprochen habe."

Kurz darauf kehrte sie mit Antiseptikum, Verbandszeug und einem Badetuch zurück. Sie füllte eine Schüssel mit warmem Seifenwasser und holte einen Waschlappen. „Du musst die Hose ausziehen, sonst komme ich nicht an die Wunde."

Er errötete. „Lady, ich ziehe die Hose nicht aus."

Seine Verlegenheit, die nicht recht zu seinem Image des harten Burschen passen wollte, ließ sie schmunzeln. „Ich habe den männlichen Teil der Gattung Mensch ziemlich oft ohne Hosen gesehen. Von einer alten Frau wie mir hast du nichts zu befürchten." Sie reichte ihm das Badetuch. „Hier, wenn du dich damit besser fühlst."

Er riss es ihr aus der Hand, und sie drehte ihm schmunzelnd den Rücken zu, damit er ungestört war.

„Okay."

Sie wandte sich ihm wieder zu. Er war zum Stuhl zurückgekehrt, dass Badetuch fest um die Taille gewickelt. Als sie die Jeans aufhob, sah er sie finster an. „Die werfe ich nur schnell in die Waschmaschine. Geh nicht weg." Bei ihrer Rückkehr in die Küche sah er sie immer noch finster an. „Du brauchst mich nicht so giftig anzustarren. Ich habe versprochen, dass du die Hose zurückbekommst." Lily kniete vor ihm und untersuchte die Wunde. Erleichtert stellte sie fest, dass sie zwar lang, aber nicht tief war. Sie tauchte den Waschlappen in das Seifenwasser. „Das könnte jetzt brennen. Tut mir Leid."

„Jede Wette." Er saß steif da und biss die Zähne zusammen, während sie mit dem Lappen über den Riss fuhr.

„Ein Freund von mir ist ein pensionierter Arzt ..."

„Nein."

„Er wohnt in der Nähe", fuhr sie ungerührt fort. „Wenn ich dich als meinen Neffen vorstelle, akzeptiert er das. Wir beide haben viele Geheimnisse miteinander. Ich würde ihm mein Leben anvertrauen."

„Es ist nicht *Ihr* Leben, das Sie ihm anvertrauen."

„Du könntest innere Verletzungen haben. Du könntest eine Gehirnerschütterung haben. Oder vielleicht muss die Wunde genäht werden."

„Da muss nichts genäht werden." Er stöhnte auf. „Außerdem haben Sie versprochen, niemand zu benachrichtigen."

„Ich weiß, und ich bedaure das. Aber lieber breche ich ein Versprechen, als zuzulassen, dass du stirbst." Sie hob den Blick und sah ihm in die Augen. „Du bist viel zu jung zum Sterben."

„Was sagen Sie da?" fragte er voller Panik.

„Ich heiße Lily Pierron. Du darfst mich Miss Lily nennen. Oder Tante Lily."

„Ich werde nicht lange genug hier sein, um Sie irgendetwas zu nennen!" Er stand auf und stieß einen Schmerzenslaut aus, als er sein rechtes Bein belastete. Leise fluchend setzte er sich wieder. Die Türglocke läutete und kündigte die Ankunft des Doktors an.

„Machen Sie nicht auf." Er griff wieder nach ihrer Hand. „Bitte ... Lily."

Sie drückte ihm die Hand und stand auf. „Tut mir wirklich Leid, aber du wirst mir dankbar sein, das verspreche ich dir."

Er schimpfte leise: „Und wir wissen ja beide, wie viel Ihre Versprechen wert sind, nicht wahr?"

Sie ignorierte seinen Sarkasmus und ihre gefühlsmäßige Reaktion darauf. „Sag mir deinen Namen."

Er verschränkte wütend die Arme vor der Brust. „Fahren Sie zur Hölle!"

Die Türglocke läutete wieder. „Du musst einen Namen haben. Wenn ich das durchziehen soll, muss ich dich irgendwie nennen. Fahren Sie zur Hölle wird wohl nicht gehen."

„Todd", sagte er unwirsch und senkte den Blick. „Todd Smith."

Sie nickte. „Ich bin gleich zurück, Todd Smith. Ich hoffe, du bist klug genug zu bleiben."

16. KAPITEL

Sobald Lily die Küche verließ, stand Santos auf. Er sah an sich hinab. Verdammt, die alte Lady hatte ihn gründlich ausgetrickst. Wie weit würde er wohl kommen, verletzt und ohne Hose.

„Verdammt!“ schimpfte er und stellte sich vor, wie er mit einem Badetuch um die Hüften die River Road hinunterhinkte. Er musste ihr vertrauen. *Na klar doch.* Er hatte im letzten Jahr schon zu vielen vertraut, angefangen mit diesen nichtsnutzigen Ermittlungsbeamten.

Santos setzte sich wieder mit heftigem Herzklopfen und dem unguten Gefühl, dass gleich ein Polizeibeamter durch die Tür kam und ihn wieder nach New Orleans zurückverfrachtete.

Nein, das würde sie ihm nicht antun. Er wusste das instinktiv. Diese Lily nahm kein Blatt vor den Mund, aber sie hatte freundliche Augen. Sie hatte etwas an sich, dass er ihr irgendwie vertraute. Trotzdem war er ein Narr. Ob er ihr vertraute oder nicht, er saß in der Falle.

Sie hatte nicht gelogen. Einen Moment darauf geleitete seine *Tante Lily* einen älteren Herrn ins Zimmer. Statt eines Abzeichens und einer Waffe trug er einen schwarzen Arztkoffer.

Zwanzig Minuten später erklärte der Arzt, Santos werde es überleben. „Du wirst am Morgen ein paar hässliche Prellungen spüren und dich überall wund fühlen, aber du kommst wieder in Ordnung.“ Er ließ seinen Koffer zuschnappen.

Er riet Lily, ihren „Neffen“ sechs Stunden lang genau zu beobachten, ihn alle zwei Stunden zu wecken, falls er schlief, und ihn sofort zu benachrichtigen, sollte sich sein Zustand verschlechtern.

Sie hatte gesagt, sie teile mit dem Arzt viele Geheimnisse. Welche? fragte Santos sich, als er sah, wie sie den Arzt zur Tür begleitete. Sie hakte sich bei ihm unter, und ihre Schultern berührten sich, während sie gingen. Das verriet eine Vertrautheit, die weit über die von Nachbarn oder alten Freunden hinausging.

Lily kehrte geschäftig in die Küche zurück. „Möchtest du auf der Couch im Wohnzimmer schlafen oder in einem der Schlafzimmer oben?“

Er betrachtete sie einen Moment. „Auf der Couch.“

„Fein. Brauchst du Hilfe beim Gehen, oder ...“

„Ich schaffe es allein.“

„Natürlich.“ Ohne ein weiteres Wort ging sie voran. Sein finsterer Blick bohrte sich in ihren Rücken, als er ihr hinkend folgte. Im Wohnzimmer angelangt, wartete sie auf ihn, die Hände vor sich gefaltet.

„Wenn Sie auf eine Entschuldigung hoffen, können Sie lange warten“, maulte er.

„Habe ich eine Entschuldigung verlangt? Schließlich habe ich *dich* umgefahren.“ Sie deutete auf die Couch, die schon zum Bett hergerichtet war. „Ich hoffe, das geht.“

„Wenn Sie schon geplant hatten, dass ich auf der Couch schlafen soll, warum haben Sie mich dann noch nach meinen Wünschen gefragt?“ erkundigte er sich ärgerlich.

„Ich hatte nicht geplant, dass du hier schläfst. Aber ich wusste einfach, wie du dich entscheiden würdest. Trotzdem habe ich dir die Wahl gelassen.“

„Tatsächlich?“ erwiderte er zweifelnd. Wie jeder Erwachsene, den er im letzten Jahr kennen gelernt hatte, steckte Lily Pierron voller Überraschungen. „Und woher wollen Sie das gewusst haben?“

„Weil die Couch näher an der Haustür ist, natürlich.“

Dass sie Recht hatte, ärgerte ihn. „Also, was ist das mit Ihnen und diesem alten Knaben? Ist er Ihr Freund oder so was?“

„Smith“, erwiderte sie leise, aber ruhig, ohne auf seine Frage einzugehen. „Das ist ein ziemlich gewöhnlicher Name, was?“

Er reckte trotzig das Kinn vor. „Sie glauben mir nicht?“

„Das habe ich nicht gesagt, oder?“

„Das war auch nicht nötig.“ Er ließ den Blick durch den großen, opulent ausstaffierten Raum wandern. „Ein bisschen schrill, wie?“

„Es diente seinem Zweck.“ Sie ging zur Tür. „Ich habe noch eine zusätzliche Decke hingelegt, falls dir kalt werden sollte. Ich werde alle zwei Stunden nach dir sehen, also erschreck dich nicht, wenn du aufwachst und ich im Zimmer stehe.“

Santos schimpfte leise vor sich hin. Die Frau war unerschütterlich. Wenn er etwas gelernt hatte auf seiner Odyssee durch das Pflegeeltern-System, dann, wie man jemand aus der Reserve lockte. Oft war ihm das als einzige Waffe geblieben, um zurückzuschlagen oder seine Unabhängigkeit zu beweisen, wenn er in Ruhe gelassen werden wollte.

Es reizte ihn, diese Frau aus der Fassung zu bringen. Er schaute sich noch einmal gründlich um und sah Lily dünn lächelnd an. „Leben Sie allein, Lily?“

Sie erwiderte ruhig: „Ja, Todd, das tue ich.“

Er hatte erwartet, dass sie log, dass sich Angst oder Misstrauen in ihren Blick schlichen. Beides hatte er nicht entdeckt. Sie war ehrlich. Er senkte den Blick und hatte unwillkürlich Respekt vor ihr.

„Warum willst du das wissen, Todd? Willst du mich im Schlaf ermorden oder nur ausrauben?“

„Das dürfen Sie raten.“

Sie lachte in einer Mischung aus Belustigung und Verzweiflung. „Materielle Werte bedeuten mir nichts, Todd. Und wenn du mich umbringst. Nun ja, ich habe eigentlich nichts, für das sich zu leben lohnt.“ Ohne auf seine Antwort zu warten, ging sie zu den Doppeltüren des Salons und drehte sich dort noch einmal zu ihm um. „Lass uns einen Handel schließen, Todd Smith. Ich erwarte nichts von dir, und du erwartest nichts von mir. Du stellst keine Fragen, und ich stelle auch keine. Und wenn Todd Smith nicht dein richtiger Name ist, ist mir das auch egal."

Santos erwachte von dem appetitanregenden Duft von gebratenem Speck. Er öffnete die Augen, und die Erinnerung an die Ereignisse der letzten Nacht kehrte schlagartig zurück. Er war mitgenommen worden, der Fahrer hatte ihn angegriffen. Er war weggelaufen, direkt in die Scheinwerfer eines herankommenden Autos. Ein Schlag, dann das Gefühl zu fliegen.

Angstvoll überlegte er einen Moment, was hätte geschehen können, wenn Lily Pierron nicht vorbeigekommen wäre. Oder wenn sie schneller gefahren wäre und ihn härter getroffen hätte. Wenn sie die Polizei gerufen hätte. Santos schauderte. Oder wenn er dem Van, dem Seil und dem Messer des Fahrers nicht entkommen wäre.

Er unterdrückte die beängstigenden Gedanken. Von heute an musste er besser auf sich aufpassen. Er musste kämpfen, wenn er überleben wollte. Vor allem konnte er es sich nicht leisten, in der Vergangenheit zu schwelgen. Er musste sich mit der Zukunft befassen. Für den Augenblick war er hier jedenfalls sicher, und er war in Freiheit.

Santos zog sich zum Sitzen hoch und stöhnte. Wie der Arzt vorausgesagt hatte, tat ihm alles weh. Die Muskeln protestierten bei jeder Bewegung. Kopf und Bein pochten schmerzhaft. Er kam sich vor, als wäre er unter einen Laster geraten anstatt vor eine fünfundzwanzig Jahre alte Mercedes-Limousine.

Santos schwang die Beine auf den Boden. Seine Hose war gewaschen und hing ordentlich über der Sofalehne, zusammen mit einem getragenen Arbeitshemd. Obenauf lagen ein kleines weißes Kästchen und ein paar zerknüllte Banknoten.

Seine Reisetasche! Er hatte sie im Van gelassen!

Stöhnend ließ er den Kopf in die Hände sinken. Das meiste von seinem Geld und all seine Kleidung waren in der Reisetasche gewesen. Jetzt hatte er nichts mehr.

Ausgenommen sechs Dollar und einundfünfzig Cent. Und die Ohrgehänge seiner Mutter. Gott sei Dank habe ich die nicht verloren.

Santos stand auf und zog sich so schnell an, wie seine schmerzenden Muskeln es gestatteten. Er hinkte in die Küche, und der Duft von gebratenem Speck ließ seinen Magen knurren. Als ihm das Wasser im Mund zusammenlief, merkte er erst, wie lange er nichts gegessen hatte.

Miss Lily stand vor einem großen, altmodischen Herd und wendete Speck in einer schwarzen Gusseisenpfanne. Sie sah ihn über die Schulter hinweg lächelnd an. „Wie ich sehe, bist du noch da."

Gestern Nacht hatte er nicht auf ihr Aussehen geachtet. Er hatte ihre Augen und ihr ungefähres Alter wahrgenommen, aber mehr nicht. Im Morgenlicht fragte er sich nun, wie ihm hatte entgehen können, was für eine gut aussehende Frau sie war? Vor Jahren musste sie einmal eine hinreißende Schönheit gewesen sein.

Santos verschränkte die Arme vor der Brust. „Und Sie leben noch. Das Familiensilber ist auch noch an seinem Platz."

Sie schüttelte lachend den Kopf. „Ich wusste, dass du mich nicht umbringen würdest."

„Tatsächlich?" Er kam weiter in die Küche. „Und woher?"

„Erfahrung, glaube ich. Mit der Zeit bekommt man ein Gespür für Menschen. Schnapp dir einen Teller. Es ist alles fertig."

Sein Blick wanderte zu dem Berg gebratenem Schinken, der auf Küchenkrepp abtropfte.

Lily folgte seinem Blick. „Ich hatte so ein Gefühl, dass du hungrig sein würdest. Es gibt auch noch Brötchen und Sauce. Aber ich warne dich, meine Sauce ist etwas Besonderes."

Santos maulte: „Sie müssen mich nicht päppeln."

„Nein?“ Sie zog ein Blech aus dem Ofen und stellte es auf die Herdplatte. „Ich dachte, ich schulde dir etwas. Schließlich habe ich dich mit meinem Wagen angefahren.“

Santos dachte an die staatliche Fürsorge. Ein Sozialarbeiter hatte ihm gesagt, der Staat schulde ihm eine Familie, weil er keine mehr habe. Seine zweite Pflegemutter hatte ihm gesagt, er schulde ihr und ihrem Mann etwas, weil sie ihn aufgenommen hatten. Er wollte nichts schuldig sein, und er wollte nicht, dass man ihm etwas schuldete. Das sagte er Lily.

Lily rührte im Saucentopf. „Nun denn“, erwiderte sie nachdenklich. „Dann kannst du mir das Essen bezahlen.“

„Bezahlen?“ wiederholte er und dachte an die paar Dollar, die ihm geblieben waren. „Für das Essen?“

„Natürlich erwarte ich das nicht von dir.“ Sie wischte sich die Hände an der Schürze ab. „Aber wenn du mir wirklich nichts schuldig bleiben willst, bezahl für die Mahlzeit.“

Santos machte ein verbissenes Gesicht. „Wie viel?“

Sie zuckte die Schultern. „Ich weiß nicht, ein paar Dollar. Wie viel kostet heutzutage ein hausgemachtes Frühstück?“

Er schwieg, und sie wandte sich wieder dem Herd zu. „Du könntest es auch abarbeiten. Es gibt hier einiges zu tun. Reparaturen an der Garage. Eingerissene Fliegengitter. Solche Dinge. Der Mann, der sich vierzig Jahre lang ums Haus gekümmert hat, kommt nicht mehr.“

Sie schnitt ein Brötchen in zwei Hälften, gab Sauce darauf und häufte gebratenen Schinken auf den Teller. Sie drehte sich um und hielt ihm den Teller hin. „Du entscheidest, was die Mahlzeit wert ist. Und wenn du ein paar Tage bleiben möchtest, um wieder zu Kräften zu kommen, zahle ich dir noch ein wenig obendrauf zusätzlich zu Kost und Logis.“

Santos blickte auf den vollen Teller, und das Wasser lief ihm im

Mund zusammen. Er mochte nicht bleiben, er wollte nicht ausgehalten werden, weder von dieser Frau noch von jemand anders. Doch er hatte kein Geld, keine Kleidung, und er wurde nirgendwo erwartet. Lily Pierrons Angebot war ein Gottesgeschenk. Und auch das missfiel ihm.

Er richtete sich auf und nahm den Teller entgegen. „Ein paar Tage. Dann bin ich wieder weg."

17. KAPITEL

Santos blieb. Tage wurden zu Wochen, Wochen zu Monaten. Heute, ein Vierteljahr, nachdem Lily ihn aufgenommen hatte, saß er auf den Stufen zur Veranda, starrte zum Uferdamm und fragte sich, wie das alles geschehen war. Er hatte nicht lange bleiben wollen, nur ein paar Tage, um sich zu erholen und ein wenig Geld zu verdienen.

Santos nahm ein Stück Muschel auf, das wohl jemand mit den Schuhen von der Einfahrt hereingetragen hatte. Er drehte das Bruchstück in seiner Hand. Wie lautete überhaupt ihre Abmachung? Welchen Nutzen zog Lily aus dieser Situation? Dass sie keinen Handwerker fand, der ihr das Haus in Ordnung hielt, glaubte er nicht. Und dass sie ihn mochte, ebenso wenig.

Nein, sie hatte einen anderen Grund, ihn hier zu behalten. Die Erfahrung hatte ihn gelehrt, dass niemand etwas umsonst tat. Er hatte bloß noch nicht herausgefunden, was Lily bezweckte.

Stirnrunzelnd überlegte er, dass sie, nach Haus und Auto zu urteilen, reich sein musste. Aber reiche Leute hatten keine Verwendung für Arme, außer als Dienstboten oder um anderweitig ihren Zwecken zu dienen. Allerdings behandelte Lily ihn nicht herablassend. Sie behandelte ihn als ebenbürtig und mit Respekt. Sie wollte nicht, dass er aus einem Pflichtgefühl heraus etwas tat, sondern zahlte ihm für jede erledigte Aufgabe einen angemessenen Betrag. Sie gab ihm Freiraum, bedrängte ihn weder mit Fragen über sich und seine Vergangenheit, noch erstickte sie ihn mit falschem Mitleid und Verständnis.

Auf was ist sie aus?

Santos blickte zum dunkler werdenden Himmel empor. Er spürte in Lily eine tiefe Sehnsucht nach Liebe und Zusammengehörigkeit. Er konnte ihre Einsamkeit fast fühlen. Und trotz der großen Unterschiede zwischen ihnen spürte er, dass sie ihn verstand wie seit langer Zeit niemand mehr. Und so ungern er es zugab, er mochte sie.

Verstand ihn? Mochte sie? Er wunderte sich über seine Gedanken. Lächerlich. Er wurde weich und zu vertrauensselig. Lily Pierron war wie alle anderen und bezweckte etwas. Er wusste nur nicht, was. Er wäre jedoch ein Narr, es außer Acht zu lassen.

Santos blickte auf das Muschelstück und warf es, so weit er konnte. Weder mochte er Lily noch vertraute er ihr. Er verabscheute, dass er so lange auf sie angewiesen war, und verachtete sich, weil er ihre Hilfe annahm.

Es war Zeit für ihn zu gehen.

Lily kam hinter ihm auf die Veranda. Sie ging leise, wie es ihre Art war. Er hatte sich daran gewöhnt, dass sie wie aus dem Nichts auftauchte. Sie war der selbstgenügsamste Mensch, der ihm je begegnet war. Sie schien genau zu wissen, wer sie war. Obwohl man vielleicht nicht sagen konnte, dass sie in Frieden mit sich lebte, so konnte man auch nicht behaupten, dass sie mit sich auf Kriegsfuß stand. Sie hatte sich ihrem Leben ergeben.

Unwillkürlich spürte er einen Kloß im Hals und schluckte trocken. Ihr Leben war ihre verdammte Angelegenheit, es ging ihn nichts an.

Lily kam zu ihm. „Ein schöner Abend“, sagte sie leise und blickte zum Uferdamm und dem Fluss dahinter. „Ich habe diese Tageszeit immer sehr geliebt: die Farben, die Gerüche, das Gedämpfte.“

Santos ballte die Hände zu Fäusten und wünschte, sie würde verschwinden und ihn in Ruhe lassen. Doch insgeheim hoffte er, sie würde sich neben ihn setzen.

Ich brauche ihre Gesellschaft nicht. Ich brauche niemand!

Lily seufzte, anscheinend unbeeindruckt durch sein Schweigen. „Ich erinnere mich, dass ich als Mädchen genau das getan habe, was du jetzt machst.“

„Und was ist das?“ fragte er scharf und ärgerte sich, weil er hier auf der Veranda saß und den Gedanken verabscheute, gehen zu müssen. Noch mehr ärgerte ihn, dass Lily ihn an das Leben mit seiner Mutter erinnerte und daran, welch großen Verlust er erlitten hatte.

Sie ließ sich auf der Stufe neben ihm nieder. „Auf den Fluss blicken und an all die Orte denken, wo ich jetzt lieber wäre.“ Sie lachte leise. „Seltsam, wie sehr sich manche Dinge verändern und wie wenig andere.“

Wieso kannte sie ihn so gut? Wie war es ihr in drei kurzen Monaten gelungen, seine Gedanken zu lesen?

Er wandte sich ihr ruckartig zu, bereit, es mit dem ganzen verdammten Universum aufzunehmen, beginnend mit ihr. „Warum sind Sie so verdammt nett zu mir?“

„Sollte ich das nicht sein?“

„Nein.“ Santos sprang auf, ging zum anderen Ende der Veranda und drehte sich wieder zu ihr um. „Nein!“ wiederholte er. „Sie haben keinen Grund, nett zu mir zu sein. Es sei denn, Sie wollen etwas. Sagen Sie es mir, Lily. Sagen Sie mir einfach, was Sie von mir wollen.“

„Ich will gar nichts von dir, Todd.“

„Bockmist!“ Er kam frustriert einige Schritte auf sie zu und ballte seitlich die Hände. „Sie benutzen mich, ich weiß bloß nicht, wozu."

Sie stand langsam auf und stützte sich am Treppengeländer ab. Sie trat vor ihn hin und sah ihm ruhig in die Augen. „Warum gehst du dann nicht?"

Ich sollte gehen, auf der Stelle, ohne zurückzublicken.

Er wandte sich ab und ging zum Geländer. Alles in ihm wehrte sich gegen die Vorstellung zu gehen. Die Hände um das Geländer gekrampft, starrte er lange ins Leere. *Ich will nicht weg, verdammt, ich fühle mich hier sicher und geborgen.*

Santos atmete noch einmal tief durch und drehte sich zu Lily um. „Warum haben Sie keine Freunde, Lily?" Da sie schwieg, kam er näher und sah sie durchdringend an. „Sie haben nie Besuch. Niemand ruft an. Außer zur Messe und um Besorgungen zu machen, gehen Sie niemals aus? Warum?"

Sie faltete die Hände vor sich. Er merkte, dass sie zitterte, obwohl sie ihn ungerührt ansah. „Hast du damit ein Problem, Todd?"

„Warum werden Sie wie eine Aussätzige behandelt, Lily Pierron? Warum tuscheln die Kinder hinter Ihrem Rücken, wenn Sie vorbeigehen? Warum zerren ihre Mütter sie auf die andere Straßenseite? Warum sitzen Sie bei der Messe immer allein?"

Ihre Miene verriet Kummer, doch Lily wich weder zurück, noch wandte sie den Blick ab. Sie ging auch nicht trotzig zum Gegenangriff über. „Sag du es mir."

„Okay, das werde ich." Er machte eine allumfassende Geste mit dem rechten Arm. „Dieses Haus hier war ein Bordell. Und ich vermute, Sie waren die Puffmutter."

Sie zuckte kaum merklich zusammen. Er wollte sich davon nicht beeindrucken lassen und fuhr fort, obwohl er die Worte schon bedauerte, während er sprach. „Nach den Erinnerungsstücken zu urteilen, die ich gesehen habe, hatten Sie hier ein ziemlich heißes Geschäft am Laufen. Kein Wunder, dass Sie bei Ihren Nachbarn so beliebt sind. Und kein Wunder, dass Sie mich hier behalten wollen, denn alle anderen meiden Ihre Gesellschaft."

Sekundenlang sah sie ihn nur schweigend an, und ihr Blick verriet nicht nur, wie sehr er sie kränkte, sondern auch, wie sehr sie ein Leben lang gekränkt worden war. „Ist das alles, Todd?"

Er wollte, dass sie sich wehrte, dass sie zum Gegenangriff überging, vielleicht hätte er dann nicht dieses schlimme Gefühl in der Magengrube gehabt. Vielleicht würde er sich dann nicht wie ein Stück Dreck vorkommen.

Er machte einen Schritt auf sie zu. „Nein, ist es nicht." Er schob aufsässig das Kinn vor. „Wo ist Ihr Kind, Lily? Ich weiß, dass Sie eins haben, ich habe die Bilder gesehen. Hält sie Sie auch für eine Aussätzige?"

Er sah ihren grenzenlosen Schmerz. „Du hast eine gute Menschenkenntnis", sagte Lily mit tränenerstickter Stimme. „Ich war genau das, was du gesagt hast, eine Nutte. Ich bin völlig allein. Und ja, auch meine Tochter hat mich verlassen." Sie holte schluchzend Atem. „Ich gehe dann wohl besser hinein."

Ohne ein weiteres Wort wandte sie sich ab und ging erhobenen Hauptes ins Haus.

Santos starrte ihr entsetzt nach. Er hatte ihr absichtlich wehgetan, weil er sie mochte und weil er fürchtete, sie zu brauchen. Weil er nicht Gefahr laufen wollte, selbst wieder verletzt zu werden, hatte er das Einzige getan, was ihm einfiel, um sie zurückzuweisen, damit sie nicht zu nahe an ihn herankam.

Santos schluckte trocken. Und das nach allem, was sie für ihn getan hatte. Sie hatte nichts von ihm erwartet, außer dass er ehrliche Tagesarbeit verrichtete.

Und ich habe ihr nicht mal genug vertraut, um ihr meinen richtigen Namen zu sagen.

Er kam sich gemein und niederträchtig vor. Er war schon so schlimm geworden wie die, vor denen er floh.

Santos folgte Lily hinein. Das große Foyer war leer. Er rief sie, sie antwortete nicht. Er ging sie suchen und fand sie im vorderen Salon. Sie stand mitten im Raum und starrte offenbar ins Leere. Lange sah er voller Mitgefühl nur auf ihren Rücken.

„Miss Lily?"

Sie drehte sich nicht um. „Bitte geh, Todd. Ich möchte jetzt lieber allein sein."

Er räusperte sich. „Miss Lily, bitte ... es tut mir Leid."

Sie senkte den Kopf. „Was? Dass du die Wahrheit gesagt hast?"

„Es ist nicht die Wahrheit. Ich wollte bloß ..."

„Es ist die Wahrheit. Du hast ganz Recht, mich zu verachten." Ihre Stimme wurde so leise, dass er sie nur mühsam verstand. „Sogar meine Tochter verachtet mich."

Er kam einen Schritt näher und blieb stehen. „Aber ich nicht, ich ..." Er konnte nicht weitersprechen. Es machte ihm panische Angst, seine Gefühle zu offenbaren. „Ich war einfach nur gemein", fügte er leise hinzu. „Es tut mir Leid."

„Geh, Todd. Ist schon gut. Ich bin in Ordnung."

„Nichts ist in Ordnung." Er schob die Hände in die Jeanstaschen. „Sie haben das nicht verdient. Genauso wenig wie meine Lügen."

Sie drehte sich zu ihm um, und er sah, dass sie geweint hatte. Er senkte den Blick und hob ihn wieder, beschämt. „Ich heiße nicht Todd Smith", gestand er leise, „sondern Victor Santos. Alle haben mich immer nur Santos genannt außer meiner Mutter, und die ist tot." Er holte noch einmal tief Luft, um sich Mut zu machen. „Ich wollte Ihnen wehtun ... um Sie zurückzuweisen. Weil ich ... gern hier bin. Weil ich ... Sie mag. Und das ..." Rührung übermannte ihn, und er wandte den Blick ab.

Lily kam zu ihm, doch er konnte sich nicht überwinden, sie anzusehen. Sie berührte sacht seine Wange. „Ist schon gut, Victor, ich verstehe das."

Endlich hob er den Blick und las in ihren Augen Verständnis, echtes Mitgefühl und eine Weisheit, geboren aus einem Leben voller harter Schläge. In ihren Augen sah er sich.

Wie hat ihre Tochter sie nur verlassen können?

Als könnte sie seine Gedanken lesen, füllten sich ihre Augen mit neuen Tränen. „Meine Tochter wünschte sich ein neues und anständiges Leben. Eines, das mit der Vergangenheit der Pierrons nichts zu tun hatte. In ihrem Leben ist für mich kein Platz." Lily holte zittrig Atem. „Sie hat mich allein gelassen."

„Das ist der Gipfel!" empörte Santos sich. Lily hatte ihre Tochter genauso geliebt wie seine Mutter ihn. Und er hätte ihr niemals so etwas angetan. Nie.

„Ich verstehe das schon", sagte Lily mit leichtem Kopfschütteln. „Ich weiß, was ich bin."

Santos war verblüfft. Lily tat, als verdiene sie es, verletzt und verlassen zu werden. Stirnrunzelnd dachte er daran, was er zu ihr gesagt hatte, und hasste sich dafür.

„Du musst dir keine Sorgen machen", fügte sie leise hinzu. „Ich will nichts von dir. Und ich werde dich nicht im Stich lassen." Sie räusperte sich. „Aber ich habe dich gern bei mir. Vielleicht ist das selbstsüchtig, doch ich war so einsam."

Santos nahm ihre Hand und spürte zum ersten Mal seit dem Tod seiner Mutter, dass er nicht allein war. Da war jemand, der sich um ihn sorgte, an den er sich wenden konnte. Irgendwo nagte noch Misstrauen an ihm und warnte, vorsichtig zu sein, doch er ignorierte das.

Dann erzählte er ihr alles. Von seinem Vater und seiner Mutter, von ihrer Ermordung, von den Pflegeeltern, bei denen er gewesen war, von seiner Flucht. Er erzählte von seinen Ängsten und Enttäuschungen und den Versprechen, die er seiner Mutter und sich selbst gegeben hatte.

Er öffnete sein Herz, und sie hörte zu und tröstete. Santos redete bis tief in die Nacht, bis er völlig erschöpft war. Doch seine Offenheit nahm ihm einen Teil der Last seiner Vergangenheit und seines Kummers.

Und als sie später einander eine gute Nacht wünschten, seine Augen brennend vor Müdigkeit, die Kehle rau, wussten beide in stillschweigender gegenseitiger Übereinkunft, dass Santos für immer blieb.

TEIL 5

Liebende

18. KAPITEL

New Orleans, Louisiana, 1984

Mit sechzehn hatte Glory die Tatsache akzeptiert, dass ihre Mutter sie nie lieben würde. Sie wusste nicht, welche unverzeihliche Sünde sie begangen hatte, und es war ihr auch gleichgültig. Es tat ihr nicht mehr weh, dass sie weder die Liebe noch die Zustimmung ihrer Mutter gewinnen konnte. Dafür waren ihr Zorn und ihr Trotz zu groß geworden.

Zwischen dem achten und dem sechzehnten Lebensjahr hatte Glory sich nicht nur körperlich verändert. Ihr scharfer Verstand befähigte sie zu beißendem Sarkasmus, und ihre Energie und Begeisterungsfähigkeit zu unermüdlichem Trotz.

Trotzreaktionen zogen natürlich Bestrafungen nach sich, das verstand Glory nur zu gut. Sie begriff auch, dass sie immer eine Wahl hatte. Doch lieber ertrug sie die heftigsten Strafen ihrer Mutter, als sich ihrem Willen zu beugen.

Es war ein Spiel für sie geworden, die unerträglichen Regeln ihrer Mutter zu brechen. Ein gefährlicher, Schwindel erregender Kampf der Willenskraft und des Verstandes. Sie kannte die Reizthemen ihrer Mutter ganz genau: alles, was mit Jungen, ihrem Körper oder Sex zu tun hatte. Und sie wusste genau, wie weit sei bei ihr gehen durfte. Es machte ihr Spaß, ihre Mutter auszutricksen. Und nichts war so befriedigend, als es direkt unter ihrer Nase zu tun.

Wenn sie ertappt wurde, war die Strafe stets heftig, abhängig von der Schwere ihres Vergehens. Einmal war sie eingeschlossen worden, bis sie das gesamte Buch der Richter auswendig gelernt hatte. Ein anderes Mal hatte sie alle Böden im Haus mit einer Zahnbürste schrubben müssen. Dann wieder, als sie auf dem Parkplatz hinter der Kirche beim Knutschen mit einem Jungen ertappt worden war, hatte ihre Mutter sie mit einer Weidenrute geschlagen, so geschickt, als hätte sie es ihr Leben lang geübt.

Die Schläge schmerzten und straften, hinterließen jedoch keine Narben. Dennoch war ein Muster sich überkreuzender roter Linien auf Glorys Rücken zurückgeblieben, das erst nach einem Monat abheilte.

Glory hatte sich jedoch auch dabei nicht gebeugt. Weder hatte sie ihre Mutter gebeten aufzuhören, noch hatte sie um Verzeihung gefleht. Auch war sie hinterher nicht zu ihrem Vater gelaufen. Sie hatte die Strafe akzeptiert und sich geschworen, sich beim nächsten Mal nicht erwischen zu lassen.

Auf seltsame Weise freute es Glory sogar, von ihrer Mutter ertappt zu werden. Nicht weil sie die Strafen genoss, sondern weil es ihrer Mutter ein abartiges Vergnügen zu bereiten schien, ihre einzige

Tochter zu strafen. Als verschaffe es ihr eine stille Genugtuung, dass Glory sich so schändlich verhielt, wie sie es ihr unterstellte. Tatsächlich schien ihre Mutter nur dann Gefallen an ihr zu finden, wenn sie sie strafen konnte.

Die erstaunlichste Veränderung fand jedoch in Glorys Verhältnis zu ihrem Vater statt. Ihr Zorn hatte sich auf ihn ausgedehnt, und zwischen ihnen war eine tiefe Kluft entstanden. Früher hatte sie sich auf das Zusammensein mit ihm und ihre Besuche im St. Charles gefreut, heute vermied sie beides. Sie täuschte Gleichgültigkeit gegenüber den Belangen des Hotels vor. Sie erklärte laut und heftig, dass sie ihr Leben nicht damit verplempern wolle, das Dienstmädchen für einen Haufen Mörtel und staubiger Backsteine zu sein.

In solchen Momenten brach sie ihrem Vater das Herz.

Und jedes Mal brach auch ihres.

Insgeheim liebte sie ihren Vater und das St. Charles so wie früher. Insgeheim sehnte sie sich nach ihren gemeinsamen Ausflügen. Bei ihrem Vater hatte sie immer das Gefühl gehabt, etwas Besonderes zu sein und geliebt zu werden.

Sie konnte die Zeit jedoch nicht zurückdrehen, so sehr sie sich das manchmal auch wünschte. Alles hatte sich verändert, obwohl sie nicht genau wusste, warum. Diese Erkenntnis schmerzte mehr als die vorwurfsvollen Blicke ihrer Mutter.

Glory besuchte die Academy of the Immaculate Conception, die Akademie der unbefleckten Empfängnis, eine reine Mädchen-High-School in der Innenstadt, an der St.-Charles-Avenue. Seit 1888 gingen die Töchter der besten Familien von New Orleans auf diese Akademie. Die Mädchen wurden schon bei der Geburt auf die Warteliste gesetzt, und ein Abschluss von Immaculate Concept, wie Glory sie nannte, wurde hier ebenso geschätzt wie einer der anderen Eliteschulen. Zweifellos durfte sich die Akademie des größten „Snob-Appeals“ in der Stadt rühmen. Und in einer Stadt, die so alt, so reich und so hierarchisch strukturiert war wie New Orleans, bedeutete das einiges.

Glory beugte sich weiter zum Badezimmerspiegel vor und prüfte das hell strahlende Lipgloss, das sie gerade aufgetragen hatte. Zufrieden lächelnd verschloss sie den Stift und steckte ihn in ihre kleine Handtasche. Draußen auf dem Flur ertönte Mädchengekicher. Jeden Moment würde die Klingel ertönen, und gleich danach würde die Toilette überquellen von Mädchen, die einen letzten prüfenden Blick in den Spiegel warfen, ehe der Unterricht weiterging.

Mit dem Klingelzeichen stürmte tatsächlich eine große Mädchengruppe den Waschraum. Die Schülerinnen kamen auf sie zu. „Glory", sagte eine, „wir haben von dir und Schwester Marguerite gehört! Stimmt das? Hat sie dir wirklich verboten, am Sophomore-Ball teilzunehmen?"

„Tja, es stimmt." Glory zuckte gleichgültig die Achseln. „Manche Leute verstehen eben keinen Spaß."

Ein Mädchen namens Missy kicherte: „Ich hätte gern das Gesicht der Schwester gesehen, als sie dich in der Kapelle beim Schmökern eines Liebesromans und Knabbern von Hostien erwischt hat."

„Das war schon ziemlich ulkig." Glory warf sich das lange Haar über die linke Schulter zurück. „Das Schlimme war, dass sie mir das Buch weggenommen hat. Und ich kam gerade zum guten Teil."

„Eines Tages gehst du zu weit", meinte Missy kopfschüttelnd. „Ich meine Hostien knabbern, ist das nicht Sünde oder so was?"

Glory verdrehte die Augen. „Du redest schon wie die Schwester. Sie waren noch nicht geweiht. Und solange sie nicht geweiht sind, sind es bloß Cracker."

Eine zweite, kleinere Gruppe von Mädchen kam tuschelnd und kichernd herein. Als sie Glory und Missy sahen, schlenderten sie zu den beiden.

„Habt ihr gesehen, was unser *Sozialfall* heute trägt?" fragte eine.

„Die Bluse sieht aus, als wäre sie zehn Jahre alt.“ Das Mädchen zog die Nase kraus. „Und selbst als sie neu war, war sie hässlich. Sie ist aus Polyester.“

Glory wandte sich angewidert ab. Obwohl die meisten Mädchen hier aus den wohlhabendsten Familien der Stadt stammten, gewährte die Akademie Stipendien an besonders Begabte. Wie an das Mädchen, über das man sich gerade lustig machte. Glory hatte gehört, sie sei sehr intelligent.

„Bemitleidenswert“, sagte Bebe Charbonnet und drehte sich zur Spiegelwand, um sich bewundernd zu betrachten. „Ich kann nicht glauben, dass man Mädchen wie die in die Akademie aufnimmt. Ich meine, meine Eltern müssen zahlen. Das sollten alle.“

„Schließlich müssen wir unseren Standard aufrechterhalten“, erwiderte Glory sarkastisch. „Nur weil sie einen brillanten Verstand hat, heißt das noch nicht, dass sie auf die Akademie gehen darf.“

Ihr Sarkasmus war an Bebe völlig verschwendet. „Genau“, bestätigte die. „Die gehört nicht hierher. Ich jedenfalls werde sie nicht willkommen heißen.“

Die Tür ging auf, und das betreffende Mädchen trat ein. Die Unterhaltung verstummte, und man sah überallhin, nur nicht zu dem Mädchen. Glory hatte Mitleid mit ihr. Sie schien sich sehr elend zu fühlen, hielt jedoch den Kopf erhoben.

Sie ging auf die Toilettenkabinen zu, aber Bebe und ihre Gruppe versperrten ihr den Weg. Sie blieb an dieser Barrikade stehen und wollte um sie herumgehen. Doch sobald sie auswich, stellte sich die Gruppe wieder vor sie. „Entschuldigt bitte“, sagte das Mädchen schließlich errötend.

Bebe bemerkte mit aufgesetzter Unschuldsmiene: „Oh, tut uns Leid, wolltest du etwa vorbei?“

„Ja.“ Sie machten nicht Platz, und das Mädchen errötete noch mehr. „Bitte!“

Bebe trat beiseite, und das Mädchen ging vorbei. Hinter ihr schlossen sich die Reihen wieder, und Glory ahnte, was sie als Nächstes vorhatten.

Als das Mädchen aus der Toilettenkabine kam, war ihm der Weg zum Waschbecken versperrt. „Entschuldigt bitte", bat sie die anderen erneut.

Und wieder wandte Bebe sich in geheucheltem Erstaunen an sie. „Oh, tut uns Leid, wolltest du vorbei?"

Glory hatte genug. Tatenlos dabeizustehen, wenn andere grausam behandelt wurden, war schwach und feige, und sie verabscheute beides. Sie hatte sich nie ihre Feigheit verziehen, als sie vor vielen Jahren dem kleinen Danny die Schuld an dem Vorfall in der Bibliothek in die Schuhe geschoben hatte. Damals hatte sie sich geschworen, Verantwortung zu übernehmen und nie wieder schwach und feige zu sein.

„Ja, Bebe", mischte sie sich ein, „ich glaube, sie will vorbei. Im Gegensatz zu dir wäscht sie sich nach dem Pinkeln die Hände." Bebe wurde rot, trat jedoch beiseite. Glory lächelte das neue Mädchen an. „Das ist eine Frage der guten Erziehung. Unsere Bebe hier glaubt, sie hätte schon Klasse, weil sie Geld besitzt. Natürlich irrt sie sich."

Mehrere Mädchen tauschten unsichere Blicke, da Glory Bebes wunden Punkt berührte. Bebes Familie war, im Gegensatz zu Glorys und der vieler anderer Mädchen der Akademie, neu – neu in der Stadt und neureich. Trotzdem war Bebe die beliebteste und mächtigste in der Sophomore-Klasse, dem 2. Jahrgang, und die anderen ordneten sich ihr stets unter.

Wie Glory das sah, war Bebe zu ihrer Position gelangt, weil sie die gemeinste und arroganteste in der Klasse war. Und ihr war es völlig gleichgültig, ob Bebe sie schnitt.

„Das wird dir noch Leid tun, Glory!" drohte Bebe wütend. Sie rauschte zur Tür, blieb noch einmal stehen und sah zurück. „Ich verspreche dir, das tut dir noch Leid!"

Glory schauderte spöttisch. „Ich habe schon jetzt schreckliche Angst."

Gleich darauf war der Waschraum leer bis auf Glory und das neue Mädchen. Glory nahm eine Zigarette aus der Tasche und spürte den Blick des Mädchens. „Das hättest du nicht zu tun brauchen", sagte die Neue leise.

Glory zuckte die Achseln, zündete sich die Zigarette an und blies eine lange Rauchwolke aus. „Nun ja, ich habe es aber getan."

„Danke."

Glory zuckte wieder die Achseln. „Nichts zu danken. Die Mädchen sind nicht meine Freundinnen."

„Aber ich ..." Die Neue verkniff sich, was sie hatte sagen wollen. „Trotzdem danke."

Glory neigte den Kopf zur Seite und sah das Mädchen forschend an. „Was wolltest du sagen?"

„Es geht mich nichts an."

„Das sollte es aber."

„Also gut." Sie verschränkte die Arme vor der Brust. „Ich sehe dich dauernd mit denen zusammen. Warum hängst du mit ihnen rum, wenn sie nicht deine Freundinnen sind?"

Das war eine gute Frage, auf die Glory keine erschöpfende Antwort hatte. „Ich fürchte, weil es niemand anders gibt. Immaculate Concept bringt nur Typen wie Bebe hervor."

„Dann wäre ich lieber allein", sagte die andere voller Bitterkeit.

„Ich weiß, was du meinst." Glory betrachtete einen Moment ihre Zigarettenspitze, ehe sie das Mädchen wieder ansah. „Lass dich nicht von denen unterkriegen. Die sind nichts weiter als ein Haufen verwöhnter kleiner Luder."

„Und du bist das nicht?"

Glory lachte. Ihr gefiel die direkte Art des Mädchens. „Nein. Ich meine, ich glaube nicht. Ich bin nur einfach schlecht."

Das Mädchen lachte ebenfalls, wenn auch leicht verlegen. „Ich bin Liz Sweeney."

„Schön, dich kennen zu lernen, Liz. Ich bin Glory St. Germaine."

„Ich weiß, wer du bist." Errötend schob sie sich das Haar hinters rechte Ohr. „Jeder kennt dich."

„So ist das, wenn man böse ist." Glory setzte sich lächelnd schräg auf den Waschtisch mit den eingelassenen Becken und machte noch einen Zug an ihrer Zigarette. „Ich glaube, die meisten Menschen brauchen kleine Skandale, um ihr Leben aufzupeppen. Sonst wäre es viel zu langweilig. Findest du nicht?"

„Ich habe nie darüber nachgedacht. Aber vielleicht hast du Recht."

„Natürlich habe ich Recht." Glory lehnte sich an den Spiegel und betrachtete die neue Schülerin. Sie war nicht unattraktiv, aber auch nicht hübsch. Sie hatte ein unauffälliges, nettes Gesicht. Sie wirkte bodenständig und ehrlich wie jemand, dem man sein Leben anvertrauen konnte.

„Du bist auf Grund eines Stipendiums hier, richtig?"

Liz sah auf ihre Füße. „Ja."

„Warum macht dich das verlegen?"

„Ich weiß, wie man mich nennt: den Sozialfall."

Glory hörte wieder die Bitterkeit heraus und runzelte die Stirn. „Bist du hier, weil du arm bist? Oder weil du arm und klug bist."

Liz hob den Blick. „Arm und klug."

„Also weißt du, Liz, das scheint mir nichts zu sein, dessen man sich schämen müsste." Glory machte einen letzten Zug an der Zigarette, hüpfte vom Waschtisch, ging auf eine Toilettenkabine zu und warf den Stummel in die Toilettenschüssel. Danach wandte sie sich wieder an Liz. „Ich bin hier, weil meine Familie Geld hat. Im Gegensatz zu Bebe bin ich darauf nicht stolz, weil es, so wie ich das sehe, nichts mit mir zu tun hat."

Es klingelte erneut, und Liz sprang auf. „O nein! Ich komme zu spät." Sie schnappte sich ihre Büchertasche und eilte zur Tür. Von dort blickte sie zu Glory zurück. „Kommst du nicht?"

„Keine Eile", grinste die. „Ich will doch kein perfektes Image verderben."

Liz erwiderte lächelnd: „Nein, das würdest du sicher nicht. Bis dann." Sie ging zur Tür und verharrte noch einmal. „Glory?"

„Ja?"

„Danke, dass du mir geholfen hast. Ich revanchiere mich irgendwann."

Glory salutierte spöttisch. „Vergiss es. Wozu sind Freunde schließlich da?"

19. KAPITEL

Liz vergaß jedoch weder Glorys mutiges Auftreten an diesem Tag noch das in den nächsten Wochen. Sobald Liz in Bedrängnis geriet, war Glory zur Stelle, nahm es mit Typen wie Bebe und Missy auf und schlug sie mit ihrem eigenen Snobismus.

Nach dem dritten oder vierten Mal wurde Liz klar, dass Glory offenbar beschlossen hatte, sie unter ihre Fittiche zu nehmen. Sie hatte keine Ahnung, wieso. Sie war neu an der Akademie und außerdem ein Niemand. Glory war hübsch, reich und das coolste Mädchen ihrer Klasse. Sie galt als absolut furchtlos, sogar unter Schwester Marguerites Blick, und als tollkühn. Einige Mädchen tuschelten abfällig über ihre Wildheit, doch in Wahrheit hatten alle Ehrfurcht vor ihr. Liz hatte das ganz bestimmt.

Liz bewunderte außerdem ihr Aussehen. Sie war nicht nur das hübscheste Mädchen in der Akademie, sondern das hübscheste, das sie je gesehen hatte. Nicht niedlich puppenhaft wie viele andere High-School-Mädchen, sondern auf eine reife, umwerfend feminine Art.

Manchmal fragte sich Liz, wie es wohl war, nicht nur klug zu sein, sondern auch hübsch, mutig, reich und aus erstklassiger Familie zu stammen. Und manchmal fühlte sie eine nagende Sehnsucht, all das zu haben, was Glory hatte.

Liz lehnte sich, ungeachtet des Lärms ringsum, gegen den Tresen des Schulbüros, das Kinn in die Hände gestützt. Eine Bedingung ihres Stipendiums war, dass sie fünf Stunden wöchentlich im Schulbüro arbeitete. Und so verbrachte sie ihre tägliche Freistunde im Büro. Gewöhnlich beschäftigte die Sekretärin sie mit Kopieren, Ablage machen und anderen Assistenzarbeiten. Doch heute war die Sekretärin krank.

Seufzend dachte Liz an ihre Familie und verglich sie mit der von Glory. Liz stammte aus, wohlmeinend beschrieben, bescheidenen Verhältnissen, manche würden es auch sozial schwach nennen. Ihr Vater war ein hart schuftender Arbeiter, der leider zu viel trank. Unglücklicherweise machte Alkohol den gewöhnlich umgänglichen Mike Sweeney gemein. Ihre Mutter war eine gläubige Katholikin, die Geburtenkontrolle für eine Todsünde hielt und leider besonders fruchtbar war. Um die Familie durchzubringen, ging Katherine Sweeney nachmittags putzen.

Liz war die Älteste der Sweeney-Brut – insgesamt gab es sieben –, und seit sie alt genug war, Anweisungen zu befolgen, hatte ein Großteil der Verantwortung für ihre Brüder und Schwestern auf ihren Schultern geruht. Als sie das erste Mal eine Ahnung davon bekam, wie der andere Teil der Menschheit lebte, stand für sie fest, dass sie nicht den Rest ihres Lebens in einer überfüllten Wohnung im By-Water-Viertel der Stadt verbringen würde. Sie hatte sich geschworen, bei der nächsten Gelegenheit von dort zu fliehen.

Ihr war immer klar gewesen, dass ihre Intelligenz ihre einzige Fluchtmöglichkeit war, und als man ihr das Stipendium für Immaculate Conception anbot, hatte sie mit beiden Händen zugegriffen.

Das Stipendium und die Akademie, das war ihre Chance, ihr Weg dorthin, wo der andere Teil der Menschheit lebte.

Ihr Vater war dagegen gewesen. Er hielt nicht viel von den reichen Säcken, wie er sie nannte. Die waren selbstsüchtig, gierig und unehrlich, und das waren noch ihre besseren Eigenschaften, meinte er.

Liz hatte dieses Urteil seiner Unbildung, seiner Arbeiterklassenmentalität und leichtem Neid zugeschrieben. Um ihn zu beschwichtigen, hatte sie jedoch versprochen, gut auf sich Acht zu geben.

Nach einem Monat auf der Akademie hatte sie allerdings angefangen, zu glauben, dass seine Warnungen berechtigt gewesen waren. Dann hatte sie Glory kennen gelernt.

Und jetzt habe ich eine Freundin, dachte sie lächelnd. Zumindest betrachtete sie Glory als solche. Sie hatte sogar daran gedacht, sie zu fragen ...

„Liz?“

Liz erwachte aus ihrer Träumerei. Mrs. Reece, eine der Lehrbeauftragten an der Akademie, stand am Tresen. Liz hatte sie nicht kommen hören. Sie straffte sich verlegen. Es ging nicht an, dass man sie hier tagträumend erwischte. „Hi, Mrs. Reece. Was kann ich für Sie tun?“

Die Frau schmunzelte: „Du sahst aus, als wärst du meilenweit entfernt.“

„Tut mir Leid.“ Liz errötete. „Es kommt nicht mehr vor.“

„Keine Bange, ich erzähl’s nicht weiter.“ Mrs. Reece hielt ihr lächelnd einen Aktenordner hin. „Könntest du mir davon Kopien machen? Ich brauche den Inhalt in sechsfacher Ausfertigung, sortiert und gestapelt."

„Ich mache das sofort."

Liz nahm den Ordner, notierte die Arbeit auf ihrem Formular und trug ihn zum Kopierer. Sie begann gleich und war fast fertig, als der Kopierer kein Papier mehr hatte. Sie ging in die Hocke, nahm einen neuen Stapel aus dem Schrank und wollte sich wieder aufrichten, als sie verharrte, weil sie draußen auf dem Flur vor dem Büro Bebes Stimme erkannte.

„Ich habe sie gewarnt", sagte Bebe. „Ich habe ihr gedroht, mich zu revanchieren, und das tue ich jetzt."

Glory! Liz' Puls schlug schneller. *Bebe redet zweifellos über Glory.*

„Ich weiß nicht recht, Bebe", sagte eine andere Stimme, die Liz Missy zuordnete. „Und wenn sie herausfindet, dass du sie verpetzt hast?"

„Wen kümmert das?" schnaubte Bebe verächtlich. „Was kann sie schon machen? Im Gegensatz zu ihr habe ich nichts zu verbergen. Außerdem haben mindestens ein Dutzend von uns gesehen, wie sie aus dem Turnunterricht entwischt ist. Woher soll sie wissen, dass ich sie verraten habe?"

Die Mädchen betraten das Büro. Liz duckte sich tiefer hinter den Kopierer, um nicht gesehen zu werden. Sie gingen durch zu Schwester Marguerites Büro und klopften höflich an die halb offene Tür. Die Schulleiterin bat sie herein, und sie schlossen die Tür hinter sich.

Liz stand auf. Bebe plante, Glory zu verraten, weil sie den Unterricht schwänzte. Sie musste Glory warnen.

Ohne einen weiteren Gedanken an den Kopierauftrag oder die Schwierigkeiten zu verschwenden, in die sie selbst geraten konnte, lief Liz los zu den Toiletten gegenüber dem Kunstatelier. Es war die am wenigsten frequentierte und von Glory bevorzugte. Liz vermutete, dass sie dort war. Und hatte Recht.

Sie fand Glory in der letzten Kabine, wo sie gemütlich eine Zigarette rauchte. Liz kam schlitternd zum Stehen und keuchte: „Glory! Du musst sofort hier raus und zurück in deine Klasse!“

Glory lächelte, traf jedoch keine Anstalten, sich zu erheben. „He, Mädchen, was ist los?“

„Ich habe Bebe und Missy reden hören“, japste Liz. „Bebe verpetzt dich, weil du die Stunde verlassen hast. Sie ist gerade in Schwester Marguerites Büro.“

„Na und?“ Glory blies eine lange Rauchfahne aus.

„Na und?“ wiederholte Liz verblüfft. „Sie könnte jeden Moment hier sein. Du könntest fliegen! Und bitte mach das Ding aus. Wenn die Schwester den Rauch riecht ...“

„Ich fliege nicht“, erklärte Glory, stand jedoch auf und warf die Zigarette in die Toilettenschüssel. Sie spülte und wedelte mit der Hand, um den Rauch zu vertreiben. „Ich werde nicht mal suspendiert. Meine Familie ist viel zu wichtig, sitzt in zu vielen Aufsichtsräten und spendet diesem Verein hier zu viel Geld. Komm, ich will mir die Hände waschen.“

Liz folgte ihr, völlig perplex über Glorys Gelassenheit, die im völligen Gegensatz zu ihrer eigenen Aufregung stand. „Aber was ist mit deinen Eltern? Ich meine, hast du keine Angst, Schwierigkeiten mit ihnen zu bekommen?“

Glory spülte sich die Hände ab. „Du kennst meine Familie nicht.“

„Was soll das heißen?“ fragte Liz stirnrunzelnd. „Ist es ihnen gleichgültig, was du tust?“

„Ganz im Gegenteil.“ Glory lachte, angespannt und unglücklich, wie Liz fand. „Meine Mutter kümmert sich um alles, was ich tue. Und was ich tue, ist falsch. So war es immer. Meine Mutter hält mich für den Leibhaftigen persönlich. Also ist es schon gleich, was ich tue."

Liz war schockiert. „Ich ... ich kann das nicht glauben."

„Glaub's nur. Aber es ist nicht schlimm." Glory holte ihren Lipgloss aus der Tasche und legte eine Lage Rosa auf.

Natürlich ist es schlimm, dachte Liz und beobachtete Glory, die sich völlig ungerührt gab. Wie sie Liz' Blick auswich, verriet allerdings, dass sie es nicht war. Etwas an der Rolle des toughen Mädchens wirkte plötzlich aufgesetzt.

„Also, das macht mich richtig wütend", empörte Liz sich. „Ich meine, du bist das netteste, mutigste Mädchen, das ich kenne!"

„Ich?" fragte Glory spöttisch. „Nett und mutig? Meine Mutter würde sich kranklachen."

„Es stimmt aber. Du bist für mich eingetreten, und ich bin ein Niemand. Du hättest das nicht tun müssen. Du hättest mich einfach ignorieren können. Du bist die Erste hier, die mich nicht behandelt hat, als hätte ich eine ansteckende Krankheit, obwohl dich das bei den anderen nicht gerade beliebt gemacht hat."

Glory hob kurz die Schultern. „Wer braucht die schon."

„Genau das meine ich ja. Es braucht Mut, um sich nichts aus der Meinung anderer zu machen."

„Nicht wirklich." Glory lockerte sich das Haar. „Mir gefällt ihr Verhalten nicht, und es sind nicht meine Freundinnen."

„Wer sind deine Freundinnen?" Die Frage war heraus, ehe Liz sie zurückhalten konnte. Sie errötete. „Ich meine, hast du welche ..." Liz legte verlegen eine Hand an den Mund. „Entschuldige, so war das nicht gemeint. Ich meinte ..."

„Schon gut." Glory sah sie leicht trotzig an. „Nein, ich habe keine Freundinnen, keine echten jedenfalls. So war es immer. Und das passt mir gut."

„Wirklich?"

„Ja.“ Glory reckte das Kinn vor. „Hast du ein Problem damit?“

Ihre Heftigkeit überraschte Liz so, dass sie einen Schritt zurückwich. „Nein, natürlich nicht. Ich dachte ...“ Liz verstummte, weil sie sich töricht vorkam. „Egal, ich muss ins Büro zurück.“

„Warte.“ Glory berührte sie am Ärmel. „Tut mir Leid, dass ich so giftig war. Was wolltest du sagen?“

Liz errötete und holte tief Luft. „Ich wollte dich nicht kritisieren. Es ist nur ... ich meine, ich wäre gern deine Freundin. Ich mag dich wirklich, Glory.“

Glory sah Liz schweigend einen Moment an, räusperte sich und wandte sich ab. Sie hantierte mit dem Riegel ihrer Handtasche und öffnete und schloss mehrmals den Verschluss.

Wahrscheinlich, um nicht laut loszulachen.

Liz kämpfte mit den Tränen. Wie hatte sie ihr nur sagen können, dass sie ihre Freundin sein wollte und sie mochte. Das klang Mitleid erregend und verzweifelt. Sie sah auf ihre Füße, entsetzt, wie nahe sie den Tränen war. Sie wollte sich keinesfalls weiter demütigen, indem sie den Tränen freien Lauf ließ. Glory St. Germaine bedauerte sie zweifellos auch so schon genug.

Liz schluckte trocken und machte einen Schritt auf die Tür zu. „Vergiss einfach, was ich gesagt habe. Es war wirklich ... dumm.“ Sie machte noch einen Schritt, um nur ja den Raum zu verlassen, ehe sie losheulte. „Wir sehen uns ja noch.“

Dann wandte sie sich ab und lief zur Tür.

„Warte!“ Liz blieb stehen, drehte sich jedoch nicht zu Glory um. „Willst du die Wahrheit wissen?“ fragte Glory. „Was du vorhin gesagt hast, stimmt nicht. Du bist die Mutige, nicht ich. Ich war nie Zielscheibe der Verachtung der anderen. Mein Familienname und unser Geld haben mich immer beschützt. Ich kann mir nicht mal vorstellen, wie viel Mut du hast.“

Liz drehte sich langsam um und sah eine völlig veränderte Glory. Nicht die Kühne, die alle Regeln brach und auf die Meinung der anderen pfiff. Glory stand da mit gesenktem Blick, die Arme fest um sich geschlungen, ein Bild der Verletzlichkeit, Unsicherheit und Einsamkeit.

„Du hattest Recht", fuhr sie fort und versuchte zu lachen, was kläglich misslang. „Ich habe keine echten Freunde, weil ich niemand an mich heranlasse."

„Aber warum nicht?" fragte Liz forschend. „Warum willst du nicht, dass dir jemand nahe kommt?"

„Weil mich alle für mutig halten. ‚Glory St. Germaine hat vor nichts Angst', sagen alle. Das gefällt mir. So bin ich eben." Achselzuckend fügte sie hinzu: „Wenn ich jemand an mich heranlasse, erkennt er die Wahrheit."

„Du bist viel mutiger, als du denkst."

„Ja?" Glory lächelte. „Du aber auch."

Von draußen hörten sie jemand näher kommen. Nicht irgendjemand, sondern Schwester Marguerite und ihre Assistentin Schwester Josephine. Glory gab Liz ein Zeichen und legte einen Finger an die Lippen. Dann verschwand sie in der letzten Kabine, kletterte auf die Toilettenschüssel und hielt die Tür fest zu. Eine Sekunde später kamen die Schwestern herein.

Liz lächelte den Nonnen zu.

„Wir suchen Glory St. Germaine. Hast du sie gesehen?" fragte die Schulleiterin.

Liz spürte, wie ihre Wangen heiß wurden, und betete, die Nonnen mögen es nicht bemerken. „Ja, Schwester, sie ist gerade gegangen."

„Wirklich?" Beide Nonnen äugten argwöhnisch zu den Kabinen und sahen dann Liz an. „Sie ist uns im Flur nicht begegnet."

„Seltsam. Sie ist erst ein paar Minuten weg. Sie fühlte sich grässlich. Als ich hereinkam, saß sie auf dem Boden, die Arme um sich geschlungen." Liz senkte die Stimme. „Sie hatte schreckliche Krämpfe."

„Krämpfe", wiederholte Schwester Josephine. „Armes Ding."

„Ich riet ihr, das Büro ihrer Mutter anrufen zu lassen, aber sie sagte, sie hätte heute Nachmittag eine Klassenarbeit, die sie nicht versäumen wolle. Ich glaube, sie ist wieder in den Unterricht zurück."

„Verstehe", sagte Schwester Marguerite. „Danke. Wir werden das überprüfen." Beide Nonnen gingen zur Tür, Schwester Marguerite blieb jedoch noch einmal stehen und drehte sich zu Liz um. „Solltest du nicht zu dieser Zeit im Büro sein?"

„Ja, Schwester", murmelte sie, fast benommen vor Angst. „Ich wollte gerade zurückgehen. Aber ich ... ich muss mir noch die Hände waschen."

„Dann sehe ich dich gleich."

„Danke, Schwester."

Sobald die Nonnen fort waren, kam Glory aus der Kabine und lief auf Liz zu. „Du warst großartig!" flüsterte sie. „Sie haben dir jedes Wort geglaubt."

Liz streckte ihre Hände aus, sie zitterten. „Arme, aber kluge Stipendiaten haben eine Menge zu verlieren. Ich hatte solche Angst, ich war sicher, sie wissen, dass ich lüge."

Glory umarmte sie. „Aber du warst großartig."

„Und warum fühle ich mich dann, als würde ich gleich ohnmächtig?"

Glory lachte: „Halte dich an mich. Ich zeige dir, wie man der Angst die Stirn bietet. Pass auf, es wird dir gefallen."

„Mir nicht. Ich wollte nie ..." Liz brach ab, legte entsetzt die Hände an die Wangen und erinnerte sich plötzlich an ihren Bürojob und Mrs. Reece' Kopien. „O nein! Wie spät ist es?" Als Glory es ihr sagte, stöhnte Liz auf und lief zur Tür. „Ich muss los."

Glory folgte ihr und packte sie am Arm. „Liz, warte. Ich möchte dir danken, dass du mir geholfen hast. Niemand hat je so etwas für mich getan. Es bedeutet mir viel."

Liz lächelte: „Vergiss es, Glory. Wie ich das sehe, schulde ich dir immer noch was." Sie ging durch die Tür.

„He, Liz?"

Liz blieb stehen und sah über die Schulter zurück. „Ja?"

„Ich mag dich auch. Und ich glaube, es wäre echt cool, deine Freundin zu sein."

Strahlend stürmte Liz den Flur entlang.

20. KAPITEL

Glory und Liz wurden unzertrennlich. Sie trafen sich zwischen den Unterrichtsstunden und aßen Lunch zusammen. Nachts redeten sie am Telefon, und am Morgen stiegen sie fünf Haltestellen früher aus dem Bus, damit sie den Rest des Weges zusammen gehen konnten.

Glory und Liz teilten einander ihre tiefsten Geheimnisse, ihre Hoffnungen und Ängste mit. Ihre Einstellungen zum Leben, zu Familie und Herkunft waren völlig verschieden. Und doch verstanden sie sich so vollkommen, dass sie einander nur stumm ansehen mussten, um zu wissen, was die andere dachte oder fühlte.

Eine wirkliche Freundin zu haben war eine neue und beglückende Erfahrung für Glory, die sie in vollen Zügen genoss. Sie hätte nie vermutet, dass man sich mit Freunden so gut fühlte und so viel Spaß hatte. Erst jetzt wurde ihr bewusst, wie einsam sie ohne Liz gewesen war.

Glory lebte allerdings auch in der Angst, dass ihrer Mutter die Freundschaft mit Liz missfiel und sie einen Weg finden könnte, sie zu beenden. Schlimmer noch, dass sie Liz vielleicht gegen sie aufbrachte. Sie hätte nicht gewusst, was sie ohne Liz' Freundschaft tun sollte. So zu leben wie zuvor wäre ihr nicht mehr möglich gewesen.

Sie hätte sich allerdings keine Sorgen machen müssen. Hope wusste um die Freundschaft ihrer Tochter mit der Stipendiatin. An der Akademie geschah wenig, das Hope nicht erfuhr. Sie hatte etwas nachgeforscht und alles erfahren, was sie über Liz Sweeney wissen musste: Liz war zurückhaltend, höflich und eine eifrige Studentin. Außerdem war sie schrecklich schüchtern und ziemlich unauffällig. Nicht der Typ, der Jungen jagte oder von ihnen gejagt wurde.

Am besten gefiel Hope jedoch Liz' heikler Status an der Schule. Ihr Stipendium konnte jederzeit widerrufen werden, aus jedem Grund, den die Verwaltung für angemessen hielt. Als größte Wohltäterin der Akademie wusste Hope, dass sie die Freundin ihrer Tochter notfalls unter Druck setzen konnte, indem sie ihr damit drohte, das Stipendium zurückzuziehen.

Allerdings hoffte sie, dass es nicht nötig werden würde, auf solche Maßnahmen zurückzugreifen.

Vorläufig fand Hope, dass Liz Sweeney einen guten Einfluss auf ihre Tochter hatte. Seit die zwei befreundet waren, hatten sich Glorys Benehmen, ihre Noten und ihre Einstellung gebessert. Hope gab dieser Freundschaft ihren Segen. Sie tat das kund, indem sie Glory gestattete, ihre Freundin jederzeit mit nach Hause zu bringen.

Wirklich jederzeit.

21. KAPITEL

Philip St. Germaine saß an seinem massiven Schreibtisch, der, über achtzig Jahre alt und aus Louisiana-Zypressen gearbeitet, bereits vier Generationen von St. Germaines gedient hatte. Damals, als sein Großvater den Tisch entwarf, waren alle feinen Möbel aus importiertem Mahagoni, aus Walnuss oder Kirsche gearbeitet worden. Zypresse galt als Abfallholz.

Sein Großvater hatte jedoch darauf beharrt, einheimische Zypresse zu benutzen. Wenn du die Wahl hast, hatte Großvater stets gepredigt, schweife nicht in die Ferne, um deine Wünsche zu erfüllen. Denn dein Herz ist in deiner Heimat, und dort findest du Kraft.

Heimat. Herz. Philip fuhr mit einer Hand über die polierte Platte. Hier lagen weder Unterlagen noch Aktenordner, noch Kataloge oder Berichte. Das kam nur selten vor. Das Heim gehört der Familie. Auch das hatte er von seinem Vater gelernt, und der wiederum von seinem.

Etliche gerahmte Familienfotos standen auf dem Schreibtisch, und sein Blick blieb an einem von Hope aus den frühen Jahren ihrer Ehe haften. Bitterkeit stieg in ihm auf. Was war aus der sanften, freundlichen jungen Frau geworden? Was war aus dem Mädchen geworden, das sein Herz zum Überquellen gebracht hatte und ihn an Engel aus Fleisch und Blut glauben ließ?

Er hatte alle Illusionen über seine Frau verloren. Es hatte wohl an dem Tag begonnen, als sie ihr Neugeborenes zurückwies. Lange hatte er sich eingeredet, dass alles wieder gut werden und sein sorgenfreies Leben andauern würde.

Diese Zeiten sind längst vorbei.

Es schmerzte ihn, das Foto zu betrachten. Er drehte sich mit seinem Sessel weg und blickte durch das Fenster hinter seinem Schreibtisch in den absterbenden Garten.

Ich liebe meine Frau nicht mehr. Schon lange nicht mehr.

Trotzdem hatte sie Macht über ihn, eine Macht, der er sich nicht entziehen konnte.

Philip presste die Handballen auf die Augen und ließ die Hände in den Schoß fallen. Angewidert lehnte er den Kopf auf die Sessellehne. Ihre Macht über ihn hatte nichts mit Vertrauen, Liebe, Familie oder gar Respekt zu tun. Es war viel primitiver – rein sexuell. Es war diese verzehrende Lust eines Halbwüchsigen, die er nicht überwinden konnte, der er nicht entwuchs.

Er hatte es versucht. Er hatte mit anderen Frauen geschlafen, sogar eine Affäre gehabt. Nicht weil er von seiner Frau und ihrem Sexualleben gelangweilt gewesen wäre. Im Gegenteil. Er hatte gehofft, andere Frauen könnten ihn von den sexuellen Fesseln befreien, die Hope ihm anlegte.

Doch seine Eskapaden hatten das Verlangen nach Hope nicht gelöscht, sondern es nur noch angefacht und ihn sehnsüchtiger gemacht nach den Wonnen, die sie ihm bot.

Philip ballte die Hände zu Fäusten. Großer Gott, sogar Hopes widerwärtige Misshandlungen ihrer Tochter hatten sein Verlangen nach ihr nicht abgetötet – allerdings jedes Gefühl von Liebe.

Und meine Selbstachtung.

Wenn es um seine Frau ging, war er kein Mann, sondern ein unfähiger Schwächling. Wegen seiner Unfähigkeit, sich aus der sexuellen Hörigkeit zu lösen, hatte er nicht nur seine Selbstachtung, sondern auch den Respekt und die Liebe seiner Tochter verloren.

Glory. Philip presste noch einmal die Handballen auf die Augen und wünschte, der bitteren Wahrheit zu entrinnen. Er liebte seine Tochter über alles. Er sehnte sich danach, ihre innige Beziehung von früher wieder aufleben zu lassen, sehnte sich nach ihrem anbetenden Blick.

Doch auch diese Zeiten waren längst vorbei. Heute tolerierte Glory lediglich seine Gegenwart. Sie sah ihn kaum noch an, und wenn, dann mit Zorn und, wie er glaubte, Mitleid.

Auch sie weiß, dass ich kein Mann bin.

Philip stand auf und durchquerte den Raum aus reinem Bewegungsdrang. Er blieb an der offenen Tür stehen, drehte sich um und kehrte zum Schreibtisch zurück. Wieder betrachtete er die blank polierte Platte, auf der nichts lag. In all dem Kummer hatte er wenigstens immer noch das St. Charles zu seinem Trost gehabt. Es gehörte ihm und war ein Ort, in dem er sich verlieren, wo er sein Versagen vergessen konnte. Das Hotel war sein Erfolg, auf den er stolz sein durfte.

Und nun lief er Gefahr, auch das St. Charles zu verlieren.

Er fuhr sich mit einer Hand durchs Haar und merkte, dass sie zitterte. Leise fluchend straffte er sich, zornig mit sich selbst. Die Klemme, in der er steckte, war selbst verschuldet. Er konnte weder Hope noch sonst wem einen Vorwurf machen. Er hatte die wichtigen Ratschläge seines Vaters ignoriert, sich nie über Gebühr zu verausgaben, nie auf Kredite zu bauen, nur vorsichtig zu investieren und das Privatvermögen nicht anzugreifen.

Als er mit der Renovierung des St. Charles begonnen hatte, erlebte New Orleans gerade eine Art Renaissance, einen nie gekannten finanziellen Boom. Die Öl und Gasindustrie blühte, die Ölpreise hatten einen Höchststand erreicht, und es wurde immer mehr gefördert. Die Weltausstellung stand bevor und versprach eine Touristenflut aus der ganzen Welt.

Alle hatten verdient, viel Geld sogar. Der Champagnerlunch am Mittag war zur Norm geworden. Alles, was sich zu tun lohnte, war bis zum Exzess getrieben worden.

Damals war das Investieren von einer halben Million Dollar in die Renovierung und Modernisierung eines Hotels einfach und risikolos erschienen.

Außerdem war es notwendig geworden. Der Konkurrenzdruck war groß gewesen. Mit der bevorstehenden Weltausstellung waren neue Hotels wie Pilze aus dem Boden geschossen – das Sugar House, Le Meridian und das Intercontinental waren nur einige. Alle waren luxuriös und elegant und konnten den Gästen bieten, was das St. Charles nicht hatte: Modernität und einen Standort im Zentrum der Aktivitäten um die Weltausstellung und des French Quarter. Er hatte konkurrieren müssen, sonst wäre er untergegangen.

Einige hatten ihn gewarnt, doch die warnenden Stimmen, die seines Vaters eingeschlossen, waren in der Minderheit gewesen. Mehr als ein Dutzend Geldgeber hatten ihm begierig Darlehen gewährt.

Er hatte es sich ausgerechnet – er konnte die Darlehen aus den erhöhten Einnahmen zurückzahlen, die sich aus mehr Gästen und höherer Belegungsrate ergaben.

Ja, ich habe es mir genau ausgerechnet.

Philip sank wieder in seinen Sessel. Allerdings blieb das erhöhte Einkommen zur Darlehenstilgung aus. Wer hätte ahnen können, dass der Boom schlagartig vorüber war? Der Markt wurde geradezu überschwemmt mit Öl. Die Preise sanken in den Keller, und die Öl- und Gasförderung wurden eingestellt.

Zur Krönung wurde die viel gepriesene Weltausstellung in New Orleans ein finanzielles Desaster ersten Ranges.

Geschäfte schlossen täglich, Entlassungen sorgten für tiefe Einschnitte. Die hoch bezahlten leitenden Angestellten der Ölfirmen und ihre Familien verließen Louisiana in Lichtgeschwindigkeit, und die Touristen blieben aus. Anstelle des erhofften erhöhten Einkommens durch mehr Übernachtungen im St. Charles war die Belegungsrate auf dreißig Prozent und weniger gesunken.

Philip ließ den Kopf in die Hände sinken. Zwei Rückzahlungstermine für das Darlehen hatte er schon verstreichen lassen müssen. Die Gläubiger hatten sich mit einer Verlängerung einverstanden erklärt. Doch diesmal hatten sie sich geweigert. Sie wollten ihr Geld, und er hatte es nicht.

„Philip?"

Er hob den Kopf. Hope stand an der Tür seines Arbeitszimmers. Sie hatte ihr Haar aus dem üblichen Knoten gelöst und es glänzend gebürstet. Es fiel ihr wie eine dunkle Wolke auf die Schultern.

Der transparente Stoff ihres Hausmantels und das helle Flurlicht ließen die sinnlichen Konturen ihres Körpers erkennen. Philip starrte sie an, sein Mund wurde trocken, und sein Verlangen regte sich. Leise fluchend wandte er den Blick ab.

„Du verkriechst dich hier schon seit Stunden."

„Tue ich das?"

„Das weißt du selbst." Sie kam bis in die Raummitte. „Was ist los?"

Er streifte sie mit einem kurzen Blick. „Wir stecken in Schwierigkeiten", erklärte er emotionslos. „Finanziellen Schwierigkeiten."

Hope wurde blass. „Was meinst du damit? Wie kann das sein?"

„Das Darlehen für die Renovierung des Hotels ist fällig. Die Gläubiger wollen es nicht mehr verlängern, und wir haben das Geld nicht."

Sie legte eine Hand an die Kehle, und er sah, dass sie zitterte. „Wie viel?" fragte sie.

„Fünfhunderttausend."

„Aber das ist doch nicht so viel. Die haben wir doch sicher. Irgendwo müssen wir die ..."

Philip stand auf und ging zum Fenster. Er blickte einen Moment in die Dunkelheit und drehte sich dann zu Hope um. „Wir haben sie nicht."

„Wirklich nicht?" fragte sie zurück, als verstehe sie nicht ganz, was er sagte. Sie kam einen weiteren Schritt näher. „Bestimmt können wir doch irgendetwas zu Geld machen. Aktien, Wertpapiere. Auf einem der Konten ist doch sicher ..."

„Da wäre unser Haus", fiel er ihr ins Wort. „Dein Schmuck. Die Kunstgegenstände. Einige Grundstücke in der Stadt." Er dachte an die schlechten Geschäfte, die er in den letzten Jahren gemacht hatte.

„Ich habe kräftig in Immobilien investiert, vorwiegend gewerbliche. Der Vermietungspreis für einen Quadratfuß Gewerbefläche lag seinerzeit bei achtzehn Dollar. Achtzehn Dollar, Hope! Und die Gebäude waren zu neunzig Prozent oder mehr belegt. Natürlich habe ich Höchstpreise für die Immobilien bezahlt und damit unsere Finanzkraft so gut wie ausgeschöpft. Heute haben die meisten Gebäude eine geringere Belegungsrate als unser Hotel."

Er wagte einen Blick auf seine Frau. Sie wirkte erschüttert, am Boden zerstört. So hatte er sie noch nie gesehen.

„Verkauf sie, Philip", sagte sie leise. „Verkauf sie sofort."

„Hältst du mich wirklich für so dumm, dass ich daran nicht auch schon gedacht hätte?"

„Stellst du mir die Frage im Lichte dieser Unterhaltung ernsthaft?"

Er sah sie einen Moment an, und sein Puls schlug schneller. „Sie sind nicht mehr das wert, was ich für sie bezahlt habe." Er wandte sich wieder dem Fenster zu. Langes Schweigen, dann: „Ein Kapitalgeber hat sich erboten, als Gegenleistung für das halbe Hotel, die Renovierungskosten zu übernehmen."

„O mein Gott!" Hope hielt sich an einer Stuhllehne fest. „Was werden die Leute von uns denken? Wir werden die Lachnummer der ganzen Stadt."

„Ich habe schon abgelehnt."

„Du hast ... abgelehnt?" Sie schüttelte verwirrt den Kopf. „Aber was sollen wir dann wegen dieses Darlehens unternehmen?"

Er drehte sich wieder zu ihr um. „Das Hotel ist alles für uns, Hope. Wir dürfen es nicht verlieren. Auch nicht teilweise. Das wäre die endgültige Schande." Er kam um den Schreibtisch herum auf sie zu und blieb vor ihr stehen. „Es bleiben der Schmuck, die Kunstsammlung, der Rolls, unser Haus, das Sommerhaus. Dinge, die uns persönlich gehören."

„Was sagst du da?“ fragte sie bebend.

„Wir müssen zu Geld machen, was wir können.“

„Großer Gott!“ japste sie. „Wie soll ich unseren Freunden gegenübertreten? Was soll ich ihnen sagen?“

„Es interessiert mich nicht, was du unseren Freunden erzählst!“

„Schrei mich nicht an, Philip! Ich habe uns nicht in diese Schwierigkeiten gebracht.“

„Natürlich nicht“, schnauzte er. „Nicht unsere heilige Hope St. Germaine.“

„Du hast gesagt, du würdest für mich sorgen, Philip. Wie kannst du dastehen und vom Verkauf unseres Hauses und der Juwelen reden? Wo sollen wir leben? Und was ist mit Glory? Und mit ihrer Zukunft?“

Ihre Worte schnitten ihm ins Herz, und er wandte sich wieder ab. Er ging zum Schreibtisch, starrte lange darauf und drehte sich erneut zu Hope um. „Ich habe bisher für dich gesorgt und für Glory, und das werde ich auch weiter tun.“

„Wie?“ fragte sie herausfordernd. „Indem du unser Haus verkaufst?“

„Wir würden es nicht gleich verkaufen, sondern nur eine Hypothek darauf aufnehmen. Wir stehen nicht sofort auf der Straße.“

„Bis du auch für diese Hypothek die Zahlungen nicht mehr leisten kannst. Und wie lange wird das dauern, Philip?“ Sie kam zu ihm und legte ihm die Hände auf die Brust. „Zwei Wochen? Zwei Jahre? Zehn?“

Er straffte sich. „Das reicht, Hope.“

„Wie konntest du das nur alles zulassen?“ fragte sie und krallte die Finger in seinen Kaschmirpullover, dass die Knöchel weiß hervortraten. „Du dummer Schwächling, wie konntest du nur so ... sorglos sein? So kurzsichtig?“

Ihre Vorwürfe trafen ihn wie Schläge. Er nahm ihre Hände und sah Hope durchdringend an. „Hast du dein Ehegelübde vergessen, Darling?" Er verstärkte den Druck auf ihre Finger. „Gab es da nicht etwas von lieben und ehren in guten wie in schlechten Zeiten? Lauf lieber gleich zur Beichte. Deine unsterbliche Seele könnte jeden Moment in Flammen aufgehen."

„Nur weiter so mit deiner Blasphemie", tadelte sie leise. „Ich bete trotzdem für dich, Philip."

Er schnaubte angewidert und entschied: „Wir werden eine Hypothek auf das Haus aufnehmen, und das Sommerhaus werden wir verkaufen. Der Rolls muss weg, und wenn nötig, sehen wir uns die Kunstkollektion und deine Juwelen an. Wir haben keine andere Wahl."

Er ließ ihre Hände los und wandte sich ab.

„Was ist mit diesem Kapitalgeber? Könnten wir nicht ..."

„Nein, Hope." Er fuhr sich mit der Hand durchs Haar und fühlte sich älter als seine einundfünfzig. Viel älter. Er war ausgebrannt und verbraucht. „Gute Nacht."

„Philip?" hauchte sie kehlig. „Sieh mich an."

Er kannte diesen Tonfall. So schnurrte sie nur, wenn sie etwas von ihm wollte. Trotzdem sah er sie an. Er konnte nicht anders.

Sie schob sich den Hausmantel von den Schultern und ließ ihn zu Boden schweben. Das durchsichtige Nachthemd überließ nun nichts mehr der Fantasie – die vollen Brüste mit den dunklen Spitzen, die schmale Taille, der verlockende Schwung ihrer Hüften und das schwarze Dreieck zwischen den Schenkeln waren deutlich zu sehen.

Die Kehle wurde Philip trocken, und sein Puls hämmerte geradezu.

„Komm her."

Er tat es, und sie schmiegte sich an ihn. Leicht streichelnd schob sie die Hände seinen Rücken hinauf bis zu den Schultern. Er spürte ihre weichen Brüste, den Venushügel, ihre Wärme und die Verlockung.

Wie von einem eigenen Willen gesteuert, schlangen sich seine Arme um Hope, die Hände lagen auf ihrem Gesäß. Augenblicklich erregt, presste er die Finger in ihr festes Fleisch und zog sie gegen seine Erektion.

Sie stieß jenen leisen kehligen Laut aus, der ihn verrückt machte. Er hörte ihn in seinen Träumen und seinen Albträumen und wollte ihn öfter hören, lauter und eindringlicher.

Sie stand auf Zehenspitzen und drängte ihr Becken an seines. „Aber wir haben eine Wahl", flüsterte sie an seinem Ohr. Sie ließ die Zungenspitze über die Ohrmuschel wandern und schob sie ins Innere. Philip erschauerte.

„Nimm das Angebot dieses Kapitalgebers an."

Ihr Vorschlag durchdrang zwar die Benommenheit seines Verlangens, ohne es jedoch zu dämpfen. Philip wollte Nein sagen, unterließ es aber, weil Hope dann sofort abweisend und vorwurfsvoll reagierte und sich zurückzog. Er verachtete sich für seine Schwäche.

„Dann hättest du immer noch die Hälfte des Hotels." Sie schob eine Hand in seine Hose, massierte und streichelte, dass es ihm fast den Verstand raubte. „Das wäre nicht so schlimm." Sie küsste ihn auf den Mund, tief, feucht, rhythmisch und viel versprechend. Sie beknabberte seine Unterlippe und sog leicht daran. „Was kann ich tun, um dich zu überzeugen?"

Philip atmete tief durch. Obwohl er wusste, dass sie ihn manipulierte, war ihm danach, sie gleich hier auf dem Zypressentisch zu nehmen. Er wollte nachgeben, um in sie einzudringen.

Ein Schauer durchrann ihn, als sie ihn fest umschloss. Wenn er tat, was sie wollte, gewährte sie ihm alles. Und nicht nur einmal oder heute Nacht, sondern immer wieder, wochen-, vielleicht monatelang.

Er bog den Rücken durch, ließ den Kopf nach hinten fallen und schloss die Augen. Sie würde sich zurückziehen, sobald sie glaubte, ihm nichts mehr zu schulden. Das Ende würde Qual bedeuten, doch bis dahin war es reines Glück.

Er hasste Hope fast so sehr, wie er sie begehrte.

Doch sich selbst hasste er mehr.

Er konnte sich ihr so wenig entziehen wie ein Junkie seiner Droge. Sie streichelte ihn geschickt. „Wir könnten sagen, dass du die tägliche Tretmühle leid bist", schlug sie leise vor und sank auf die Knie. „Da du keinen Sohn hast, der dein Nachfolger wird, hast du beschlossen, dir die Last der Verantwortung zu erleichtern." Er spürte ihren Atem auf seiner Haut. Stöhnend legte er die Hände auf ihr dunkles Haar, und sie fuhr fort: „Es ist geradezu ideal, siehst du das nicht? Wir könnten zusammensein wie jetzt ... die ganze Zeit."

„Ja", raunte er, bog den Rücken stärker durch und sehnte sich verzweifelt, ihren Mund zu spüren. Ihr Atem war näher, heißer. Zitternd vor Verlangen, vergrub Philip die Hände in ihrem Haar.

„Sag es noch einmal, Darling", bat sie. „Sag mir, was ich hören will, damit wir glücklich sein können."

Er hörte eine Spur Genugtuung in ihrer Stimme, der Triumph der Überlegenen. Er öffnete die Augen und sah auf sie hinab. Als sie ihn mit dem Mund aufnahm, hob sie den Blick, und was er in ihren Augen las, erschreckte ihn zutiefst: Kälte und Berechnung ohne jeden Anstand.

Ernüchtert, wich er erschrocken zurück.

„Philip, Darling, was ist los?"

Er drehte ihr den Rücken zu und verfluchte sich. Es widerte ihn an, zu was er geworden war und wie er ihr immer wieder nachgab.

„Philip?" flüsterte sie. „Was habe ich getan?"

Ihr sanftes Flehen, die Andeutung der Kränkung gingen ihm dennoch unter die Haut. Erinnerungen wurden wach an wundervolle Zeiten des Glücks und an das Mädchen, das er sehr geliebt hatte.

Früher einmal hätte er Drachen für sie getötet.

„Philip“, flüsterte sie wieder. „Bitte, sieh mich an.“

Er tat es nicht. Er konnte nicht, wenn er nicht Gefahr laufen wollte, ihr doch wieder nachzugeben. Er zog den Reißverschluss hoch und ging zur Tür. Dort blieb er noch einmal stehen, ohne sich umzudrehen. „Das St. Charles ist seit fast hundert Jahren im Besitz meiner Familie. Es ist mir gleichgültig, was ich dafür tun muss oder was es mich kostet, aber ich werde nicht einen Stein verkaufen. Bitte mich nie mehr darum.“

22. KAPITEL

Hope lief aufgeregt in ihrem Zimmer hin und her. Das Böse forderte sie wieder heraus und diesmal durch Philip. Sie rang die Hände und steigerte sich mit jeder Minute mehr in ihre Aufregung hinein. Wie hatte sie nur so dumm sein können, eine solche Attacke nicht vorauszusehen? Der schwache, nachgiebige Philip war das ideale Ziel.

In der Woche seit Philips Offenbarung in der Bibliothek hatte sie einige diskrete Anrufe getätigt: bei Banken, Unternehmensberatern und einem Freund im Immobiliengeschäft. Was Philip ihr erzählt hatte, stimmte. Er hatte sie in ein tiefes, finanzielles Loch manövriert, aus dem sie nicht mehr herauskamen.

Sie war sehr dumm und vertrauensselig gewesen. Finanzen war der eine Bereich, in den sie sich nie eingemischt hatte. An jenem Abend in der Bibliothek hatte sie versucht, Philip den richtigen Weg zu zeigen, aber es war zu spät gewesen. Er hatte sich abgewandt und sie auf den Knien zurückgelassen. Und das Gelächter des Herrn der Finsternis hatte ihr in den Ohren geklungen.

Hope blieb stehen, und ein Schauer der Angst durchrann sie. Sie legte die Hände ans Gesicht. Jetzt nur nicht die Nerven verlieren und schwach werden, sondern einen Ausweg finden. Sie hatte zu hart und zu lange gearbeitet, um sich jetzt alles entreißen zu lassen.

Ein Hinweis auf ihre finanziellen Schwierigkeiten und wie tief Philip sie hineingeritten hatte, genügte, und sie standen plötzlich außerhalb von New Orleans' einflussreichstem Kreis.

Sie hörte schon die Spekulationen und den getuschelten Spott. Die Einladungen zu den großen gesellschaftlichen Ereignissen blieben aus. Posten in verschiedenen Gremien wurden von anderen besetzt, deren Kassen sich nicht durch Unfähigkeit geleert hatten. Türen würden sich schließen. Man würde ihnen den Rücken zukehren.

Sie würde nur noch Zuschauerin sein, eine Ausgestoßene wie in ihrer Jugend. Ein leiser Schrei kam über ihre Lippen. *Ich war einmal eine Außenseiterin, das passiert mir nie wieder, egal, was ich dafür tun muss.*

Hinter den Glastüren heulte der Wind. Hope ging hinüber, öffnete sie und trat in der dunklen Oktobernacht auf den Balkon hinaus.

Zuerst bemerkte sie die Kälte, dann den Wind. Sie hob das Gesicht empor. Ein Sturm braute sich zusammen. Die Wipfel der Eichen beugten sich bereits seiner Kraft. Wolken flogen über den dunklen Himmel und verdeckten immer wieder den Mond. Hope trat ans Geländer und umklammerte es mit den Händen. Der Wind erfasste ihr Haar, zerrte es aus den Nadeln und presste ihr seidiges Nachthemd und den Morgenmantel abwechselnd an den Körper oder blies beides auf.

Sie lehnte sich hinaus, bis ihr schwindelig wurde. Der Swimmingpool schien ihr entgegenzukommen und nach ihr zu greifen. Das Böse in ihr stieg empor, zerrte sie mit durch die Baumwipfel und am Mond vorbei. Äste rissen an ihrer Haut und an ihrem

Nachthemd. Ein riesiger Vogel schrie ihr ins Ohr, und seine schlagenden Flügel verfehlten nur knapp ihre Augen.

Und dann sah sie ihre Mutter. Das Bild formte sich aus einer dunklen Wolke, umgeben von Gold. Die Wolken ließen wieder Mondlicht durch, und das Gold glänzte lockend.

Fasziniert und entsetzt starrte Hope das Bild an. Wenn sie nach dem Gold griff, gehörte es ihr, und sie gehörte dem Bösen.

Aufjapsend kehrte sie aus ihrer Fantasiewelt in die Realität zurück. Weit hing sie über der Balkonbrüstung. Ihr war so kalt, dass sie ihre Glieder nicht mehr spürte. Was, wenn sie losgelassen und nach dem winkenden Gold gegriffen hätte?

Sie wäre abgestürzt und tot.

Mit hämmerndem Herzen richtete sie sich langsam auf, löste die Finger einen nach dem anderen vom Geländer und wich zurück.

Wieder in ihrem Schlafzimmer, schlug sie die Türen zu, verschloss sie und sank erschöpft zu Boden. Unkontrollierbar zitternd, zog sie die Beine an, schlang die Arme darum und legte das Gesicht auf die Knie.

Die Minuten verstrichen, das Zittern ließ nach, und ihr wurde langsam warm. Sie kniff die Augen zusammen und sah gleich wieder die wirbelnde schwarze Wolke, umgeben von Gold. Hope atmete tief durch. Ihre Angst schwand, und sie konnte wieder klar denken. Sie wusste plötzlich, was sie tun musste. Die Antwort hatte ihr vor Augen gestanden.

Ihre Mutter würde ihr das Geld geben, das sie brauchte. Es war sündiges Geld, dennoch gehörte es ihr. Es war ihr Erbe, genau wie die Sünde. Sie würde ihren Hass und ihren Stolz verdrängen und zu ihrer Mutter gehen.

Eine Außenseiterin werde ich nie wieder, gleichgültig, was ich dafür tun muss.

Hope stand auf und ging zum Telefon. Sie hatte Lily Pierrons

Leben immer verfolgt. Daher wusste sie auch, dass sie vor fünf Monaten mit einem jungen Mann in die Stadt gezogen war. Sie bewohnten ein Apartment im French Quarter.

Hope fand die Nummer und rief an. Ihre Mutter war am Apparat. Hope legte genau die richtige Mischung aus Verzweiflung und kindlicher Unterwürfigkeit in ihre Stimme und setzte auf den Überraschungseffekt. Sie machte Lily vage Versprechungen, dass sie sie besuchen werde, sobald dies alles geklärt sei, und dass sie das Darlehen zurückzahle, dafür gebe sie ihrer Mutter einen Schuldschein.

Wie erwartet, versprach Lily, ihr alles zu geben, was sie brauchte, obwohl es einige Zeit dauern werde, die ganzen fünfhunderttausend zu beschaffen. Dafür müsse sie alle Guthaben liquidieren, und es blieben ihr dann gerade noch das Haus an der River Road und genug zum Leben.

Lächelnd legte Hope den Hörer auf. Am Dienstag würde der junge Mann ihrer Mutter das erste Drittel des Betrages im Hotel abliefern. Lily versprach, den Inhalt des zu überbringenden Umschlags und Hopes Identität geheimzuhalten, auch vor ihrem Boten. Hope sah das Hotel, ihr Haus, ihre Sammlung und ihre gesellschaftliche Position erneut gesichert. Und Philip würde auf ewig dankbar und in ihrer Schuld sein.

Sie legte den Kopf zurück und lachte. Wieder einmal hatte sie dem Bösen ein Schnippchen geschlagen.

23. KAPITEL

Santos stand in der Lobby des St. Charles und ließ den Blick ehrfürchtig über das Interieur wandern. Es war das Schönste, was er je gesehen hatte. Nicht auf die überladene Art von Lilys Haus an der

River Road oder dem verfallenden Charme des French Quarter. Das St. Charles besaß eine unaufdringliche Eleganz und Würde. Das Holz glänzte, das Messing funkelte, und das Personal sprach gedämpft, fast ehrfürchtig. Das alles zeugte nicht nur von Geld, sondern von Klasse, guten Manieren und ererbter Tradition.

Dinge, von denen jemand wie er keine Ahnung hatte.

Santos durchquerte die Lobby. Sein Blick wanderte über die Menschen, von den Frauen, die ihren Tee tranken, zu denen, die, beladen mit Tüten von Saks, Lord & Taylor oder Adler, dem Pagen folgten.

Die Menschen ringsum funkelten fast so wie die bleiverglasten Türen und Fenster des Hotels. Die Frauen an Hals, Ohren und Fingern, die Männer an Handgelenken und Manschetten. Und alle waren vom Scheitel bis zur Sohle makellos herausgeputzt.

Das ist eben echter Reichtum, dachte er, die Art Reichtum, die Macht verleiht. Leute wie diese hier, das wusste er, konnten mit Menschen wie ihm nichts anfangen. Er mit seiner fragwürdigen Abstammung gehörte nicht hierher, nicht das Halbblut einer Hure aus dem French Quarter, dessen einzige Ruhmestat es war, den High-School-Abschluss geschafft zu haben, und das auch noch an einer öffentlichen Schule. Er hörte die Ablehnung am strengen „Kann ich Ihnen helfen?“ des Portiers. Er sah sie im strafenden Blick des Türstehers und im Verhalten der Hotelgäste, die einen Bogen um ihn machten, als hätte er die Pest.

Santos fragte sich, ob sie ihm mehr Respekt entgegenbringen würden, wenn er erst mal Polizist war. Nein, aber wenigstens werden sie Respekt heucheln, dachte er amüsiert.

Dabei hätten sie ihre wertvolle Welt gar nicht so ängstlich behüten müssen. Er wollte nicht dazugehören. Er wollte nichts von diesen schönen weißen Plastikmenschen mit ihren unheiligen Ängsten und ihren unbegründeten Vorurteilen. Am Fahrstuhl angelangt, drückte er den Knopf und dachte, während er wartete, an Lily. Sie gehörte genauso wenig hierher wie er. Doch aus ihren Erzählungen wusste er, dass solche privilegierten Leute wie die hier ihre Kunden gewesen waren.

Was mochte Lily mit dieser Mrs. St. Germaine zu tun haben? Stirnrunzelnd legte er eine Hand an die Brusttasche seines Hemdes, in der der Umschlag steckte, den er ausschließlich an Mrs. St. Germaine übergeben sollte.

Kannte Lily diese Frau aus ihrer aktiven Zeit? War sie vielleicht eine von ihren Mädchen gewesen? Das erschien ihm allerdings unwahrscheinlich. Nach Lilys Worten verbrüderten sich die unterschiedlichen gesellschaftlichen Kreise ausschließlich zu gegenseitigem Nutzen und Vergnügen, vermischten sich jedoch nie miteinander. In all ihren Jahren war nicht eines der Mädchen durch einen verliebten Freier aus ihrem Leben befreit worden. Einige waren aus dem Geschäft ausgestiegen, um sich selbst respektable Leben aufzubauen, doch diese besondere Mär vom verliebten Freier und Retter war reine Erfindung.

Also, wer war diese Frau? Als er Lily danach gefragt hatte, war sie mit der Erklärung gekommen, es handele sich um eine alte Bekannte und in dem Umschlag befinde sich persönliche Korrespondenz. Keine große Sache.

Dabei war Lily nervös und aufgeregt wie ein Schulkind gewesen. Erhitzt hatte sie die Hände gerungen, und als er sie darauf aufmerksam machte, hatte sie glatt behauptet, er bilde sich das ein.

Hier geht irgendetwas vor.

Der Fahrstuhl kam, und Santos drückte den Knopf für die dritte Etage. Die Türen begannen sich zu schließen.

„Warten Sie! Halten Sie den Fahrstuhl an!"

Santos hielt die Tür fest. Sie glitt quietschend wieder auf, und ein Mädchen sprang in die Kabine. Sie schob sich das dunkle Haar aus dem Gesicht und lachte ihn an. „Danke. Diese Dinger sind uralt. Ich hätte ewig auf einen anderen warten müssen.“

Er erwiderte ihr Lächeln und gestand sich ein, so etwas Hübsches wie sie wahrscheinlich noch nie gesehen zu haben. Nach ihrer Schuluniform zu urteilen, war sie jedoch zu jung für ihn. „Kein Problem. Welche Etage?“

„Sechste.“ Sie betrachtete ihn ungeniert mit leicht schief gelegtem Kopf. „Ich hasse es zu warten. Du auch?“

Ein Lächeln zuckte um seinen Mund. „Kommt darauf an.“

„Worauf?“

„Auf was ich warte.“

Sie warf sich das Haar über die Schulter zurück. „Ach, so einer bist du.“

Er zog fragend eine Braue hoch, amüsiert über ihr Flirten und gewillt mitzumachen. „So einer? Und was für einer ist das?“

Sie strich mit einer Hand den karierten Faltenrock über den Hüften glatt. „Einer, der glaubt, dass es sich lohnt, auf die besten Dinge im Leben zu warten.“

„Und du glaubst das nicht?“

„Nein.“ Sie zuckte unbekümmert die Achseln. „Wer mag schon warten? Wenn ich etwas haben möchte, hole ich es mir.“

Santos lachte. Er kannte diesen Typ ganz genau: verwöhnt, kess, selbstsicher. Trotzdem machte ihn die Kleine neugierig. „Das scheint mir eine sehr forsche Lebensweise zu sein.“

Sie sah unter leicht gesenkten Lidern zu ihm auf. „Und du hältst das nicht für gut?“

„Das habe ich nicht gesagt.“

„Stimmt.“ Sie schmunzelte. „Wie heißt du?“

„Santos.“ Er lehnte sich an die Rückwand der Kabine und fragte das Mädchen absichtlich nicht nach seinem Namen. Anstatt zu schmollen, wie er erwartet hatte, sah sie ihn jedoch herausfordernd an.

„Santos", wiederholte sie. „Das ist ein ungewöhnlicher Name."

„Ich bin auch ein ungewöhnlicher Typ."

Sie wollte offenbar noch mehr sagen, doch der Fahrstuhl kam ruckelnd zum Stehen. „Das ist meine Etage." Santos stieß sich von der Wand ab, und trat durch die geöffnete Tür in den Flur. „War nett."

Er ging los, blieb jedoch stehen, als sie seinen Namen rief. Er sah sich um. Sie lehnte sich aus dem Fahrstuhl und hielt die Tür mit der rechten Schulter offen. „Ich heiße Glory."

„Glory", wiederholte er lächelnd. „Das ist ein ungewöhnlicher Name."

„Nun ja, ich bin auch ein ungewöhnliches Mädchen." Sie lächelte: „Bis dann, Santos."

Ohne auf eine Antwort zu warten, trat sie in den Fahrstuhl zurück, und die Türen glitten zu.

Santos lachte leise vor sich hin. Wer immer sie war, sie war ein echter Knaller. Er ging jede Wette ein, dass sie ihren Eltern die Hölle heiß machte, worin vermutlich ein Großteil ihres Tagesprogramms bestand.

Er hatte jede Menge Erfahrung mit diesem Typ. Mädchen wie Glory wollten immer dasselbe von ihm: ein Abenteuer, einen trotzigen kleinen Ausflug auf die wilde Seite des Lebens, eine Möglichkeit, gegen die Eltern zu rebellieren.

Solche Arrangements gefielen ihm. Die Mädchen benutzten ihn, und er benutzte sie. Jeder war glücklich. In seinem Leben war kein Platz für alberne, verwöhnte kleine Gören.

Santos nahm Lilys Umschlag aus der Brusttasche, prüfte die Nummer, die auf der Vorderseite stand, steckte ihn zurück und ging den Flur zur Rechten hinunter. Etliche Türen weiter fand er das Büro und trat ein. Eine Sekretärin saß an einem großen Schreibtisch, das Gesicht zur Tür, den Kopf über die Schreibmaschine gebeugt.

Er räusperte sich, und sie warf ihm einen argwöhnischen Blick zu. „Kann ich Ihnen helfen?“ fragte sie kühl.

„Ich möchte gern zu Mrs Hope St. Germaine.“

„Werden Sie erwartet?“

„Ich habe etwas abzugeben.“ Er nahm den Umschlag aus seiner Tasche.

Sie streckte die Hand aus. „Ich sorge dafür, dass sie ihn bekommt.“

„Tut mir Leid. Ich muss ihn ihr persönlich aushändigen. Wenn sie nicht da ist, warte ich.“

Die Frau stieß einen gereizten Laut aus. „Ihr Name?“

„Victor Santos.“

„Einen Moment.“ Die Frau stand auf und ging zu einer der Türen an der gegenüberliegenden Wand des reich ausgestatteten Büros. Sie klopfte an, schlüpfte ins Zimmer und schloss sorgfältig die Tür hinter sich.

Einen Augenblick später kam sie zurück und winkte Santos herein. „Mrs St. Germaine wird Sie jetzt empfangen.“

Er nickte und ging in die angegebene Richtung. Das Büro war groß und beeindruckend. Ein Panoramafenster zur St.-Charles-Avenue dominierte die gegenüberliegende Seite. Davor stand eine Frau, den Rücken zu ihm. Sobald die Sekretärin den Raum verließ und die Tür hinter sich schloss, drehte die Frau sich um.

Santos empfand augenblicklich eine tiefe Abneigung. Wie sie ihn ansah, als sei er irgendein ekeliges Getier, machte ihn wütend.

Sie kam mit leicht zur Seite geneigtem Kopf auf ihn zu und betrachtete ihn neugierig. Obwohl sie keine unattraktive Frau war, hatte sie etwas Kaltes, sogar Gnadenloses. Er hielt ihrem Blick gelassen stand. Diese Frau trug die Nase vor Hochmut in den Wolken. „Mrs St. Germaine?“ fragte er, als sie vor ihm stehen blieb.

„Ja.“ Sie streckte die Hand aus. „Sie haben etwas für mich.“

Er übergab ihr den Umschlag. Sie nahm ihn und zog die Hand zurück, als fürchte sie, Santos könne sie verseuchen. Eine ungeheuerliche Beleidigung.

Sie kehrte an ihren Schreibtisch zurück, wo sie den Umschlag mit einem Öffner aufschlitzte und den Inhalt kontrollierte. Offenbar zufrieden mit dem, was sie sah, entnahm sie nun ihrerseits der Schreibtischschublade einen Umschlag und hielt ihn Santos hin, als erwarte sie, dass er ihn holte wie ein Hund.

Santos biss die Zähne zusammen. Er wollte verdammt sein, wenn er für diesen oder einen anderen diamantengeschmückten Gesellschafts-Pitbull apportierte. Er verschränkte die Arme vor der Brust und wartete.

Sekunden verstrichen. Röte zeigte sich auf den Wangen der Frau. Sichtlich gereizt, kam sie schließlich um den Schreibtisch herum auf ihn zu.

Santos schmunzelte kaum merklich über seinen Sieg. Noch nie war ihm ein Mensch so unsympathisch gewesen wie diese Frau.

Sie hielt ihm den Umschlag hin, auf dem Lilys Name stand. „Nehmen Sie ihn und gehen Sie."

Er bewegte sich nicht, hob den Blick vom Umschlag und sah der Frau ruhig in die Augen. Sie war wütend. Sie bildete sich tatsächlich ein, ihn behandeln zu können, wie es ihr beliebte, weil sie etwas Besseres war. Nun, das stimmte vielleicht, aber er ließ sich nicht wie einen Dienstboten abkanzeln, weder von ihr noch von sonst wem. Nicht mal für Lily.

„Nehmen Sie endlich", wiederholte sie mit unverhohlener Verachtung, „oder Sie gehen ohne."

Santos nahm den Umschlag, jedoch ohne Eile. Nachdem er ihn in seiner Brusttasche verstaut hatte, sagte er frech lächelnd: „Danke, Baby. Tut mir Leid, dich zu enttäuschen, aber ich muss jetzt gehen."

Empört und schockiert, wurde ihr Gesicht rotfleckig vor Zorn.

Ohne eine Antwort abzuwarten, drehte Santos sich um, verließ das Büro und bemerkte den feindseligen Blick der Sekretärin, als er den Empfangsbereich durchquerte. Im Flur suchte er das Treppenhaus, um nicht auf den Fahrstuhl warten zu müssen. Er joggte die drei Etagen hinab, durchquerte die Lobby, froh, diese Herberge der feinen Pinkel verlassen zu können.

Santos drückte die massiven Bleiglastüren auf und war draußen. Sonnenlicht begrüßte ihn, warm für einen späten Oktobernachmittag. Er atmete auf, und die Schönheit des Tages verscheuchte etwas von seinem Ärger, seinem Abscheu und seinem Frust. Obwohl er gewonnen hatte, hinterließ dieses Treffen mit Hope St. Germaine einen bitteren Nachgeschmack. Sie und dieser Ort repräsentierten alles, was falsch war an dieser Stadt und am System der Besitzenden und der Habenichtse. Es war das System, diese Scheißunterteilung in Wertvolle und Wertlose, das dafür gesorgt hatte, dass der Mord an seiner Mutter ungesühnt geblieben war.

Er überquerte die Straße zur Bushaltestelle. Wo hatte Lily diese kalte, arrogante Frau bloß kennen gelernt? Und was hatte Lily mit ihr zu schaffen? Um welche Art von Korrespondenz ging es da, die nicht per Post erledigt werden konnte?

Er grübelte nach, was ihm an Hope St. Germaine so vertraut vorkam, obwohl sie sich zweifellos nie zuvor begegnet waren. Diese Frau war so unerfreulich, die konnte man nicht vergessen.

„Santos!“

Er drehte sich in die Richtung, aus der sein Name gerufen wurde. Ein kirschrotes Kabrio hielt am Straßenrand, das Verdeck heruntergelassen und am Steuer der Knaller aus dem Fahrstuhl.

Sie winkte ihm lächelnd zu. „Was hältst du von einer kleinen Spritztour?“

Sie ist zu jung und zu verwöhnt für mich. Aber ich mache nur eine Spritztour mit ihr.

Santos schlenderte über die Straße, sich des strengen Blickes des Türstehers bewusst. Der Page wirkte auch nicht allzu glücklich.

Er blieb neben dem Wagen stehen und ließ die Hand über einen Kotflügel gleiten. „Nette Räder. Bist du sicher, dass du das Maschinchen handhaben kannst?"

Sie hob den Kopf, und er sah sich in den Gläsern ihrer Sonnenbrille. „Warum findest du es nicht heraus? Spring rein."

„Warum nicht." Santos ging auf die Beifahrerseite und stieg ein. Er deutete mit dem Kopf in die Richtung des Pagen und des Türstehers. „Was ist mit den Leibwächtern?"

„Die wollen mich nur beschützen." Sie winkte den Männern zu und fuhr mit durchdrehenden Reifen an. „Du weißt sicher, wie das ist."

„Na klar", erwiderte Santos gedehnt und schnallte sich an. „Ich weiß bestimmt, wie das ist. Möchtest du mir sagen, wohin wir fahren?"

„Nein, ich möchte dich lieber überraschen." Sie fädelte sich in den Verkehr ein und schnitt einen Lincoln. Der Fahrer hupte, doch sie winkte nur lachend ab. Santos rückte sich kopfschüttelnd in seinem Sitz zurecht. Zweifellos hatte er eine wilde Fahrt vor sich.

Einige Blocks fuhren sie schweigend. Glory lenkte den kleinen Flitzer geschickt durch den Verkehr und wechselte schließlich auf die Interstate Richtung Westen.

Santos sah sie an. „Ein Geburtstagsgeschenk?" fragte er laut, um Motoren- und Windgeräusche zu übertönen.

„Was?"

„Der Wagen. Dein sechzehnter Geburtstag, vermute ich."

Sie sah ihn an und schnitt eine Grimasse. „Das klingt, als wäre es ein Verbrechen."

„Tatsächlich?" Er wollte schon sagen, dass es ihm Leid tue, unterließ es jedoch, denn es wäre gelogen.

„Was hast du im Hotel gewollt? Ich habe dich noch nie da gesehen."

„Ich habe etwas abgeliefert. Für eine Freundin."

„Es gehört mir, weißt du. Jedenfalls eines Tages."

„Das Hotel?" fragte er ungläubig. Das Mädchen hatte sich gerade von bloß reich in lächerlich verwandelt. „Und dann haben sie dir nur einen Fiat gekauft? Ich wäre beleidigt. Du hättest einen Porsche bekommen müssen."

Sie legte den Kopf in den Nacken und lachte: „So reich sind wir auch nicht."

Er schob sich das Haar aus den Augen. „Na klar. Du bist bloß ein eingetragenes, geldkartenbesitzendes Mitglied im Club der glücklichen Erben."

„Club der glücklichen Erben?" wiederholte sie lachend. „Du bist lustig."

„So bin ich nun mal. Der reinste Witz."

Sein Sarkasmus entging ihr. „Aber wir sind wirklich nicht so reich, weißt du." Sie sah ihn ernst an. „Es gibt viele Mädchen auf der A. I. C., deren Familien wesentlich reicher sind als wir."

Das Auto vor ihnen bremste. Santos deutete nach vorn. „Vielleicht solltest du besser auf die Straße sehen."

Sie trat aufs Gas, rauschte an dem bremsenden Fahrzeug vorbei und sah wieder zu Santos hinüber. „Warum? Ich sehe lieber dich an."

Er schüttelte den Kopf, und ein Lächeln zuckte um seine Mundwinkel. Ihre Sicht der Welt war vermutlich eingeschränkt und naiv und auf Grund ihrer privilegierten Herkunft vorurteilsbeladen. Zugleich war sie unverhohlen keck, wild und sexy wie der Teufel.

Unwillkürlich genoss er ihr Spiel, obwohl er wusste, dass ihr Flirten nichts weiter war als Rebellion. Doch ihm gefiel ihre Offenheit. Sie machte kein Getue um ihr Spiel und tat nicht so, als existiere es nicht, sondern zeigte unverblümt, was sie wollte.

„Du bemühst dich zu sehr, Puppe. Außerdem möchte ich dort, wo wir hinfahren, lebend ankommen."

Er erwartete ein geheucheltes Schmollen, stattdessen lachte sie wieder. „Ist das so?" Sie fuhr vom Highway in atemberaubendem Tempo ab. „Und worum genau bemühe ich mich zu sehr?"

„Mir zu beweisen, was für ein großes, böses Mädchen du bist. Mich zu erschrecken. Aber ich bin nicht leicht zu beeindrucken oder zu erschrecken. Also kannst du es auch lockerer angehen lassen."

Sie schüttelte den Kopf, dass ihr dunkles Haar flatterte. „Prima. Ich liebe Herausforderungen."

Santos legte den Kopf lachend auf die Sitzlehne. Mit geschlossenen Augen genoss er das Streicheln des Windes und lauschte dem Surren des Motors.

Nach einem Moment öffnete er die Augen und beobachtete Glory eine Weile beim Fahren. Ihre Wangen waren erhitzt, der Mund war zu einem kaum merklichen Lächeln verzogen, und ihre herrlichen blauen Augen, obwohl hinter einer Sonnenbrille verborgen, funkelten wahrscheinlich vor Aufregung, jede Wette.

Er senkte den Blick zu ihrem Karorock und der weißen Bluse mit dem aufgestickten Namenszug der Schule. Die Bluse spannte ein wenig über ihren Brüsten, als wären sie in letzter Zeit gewachsen. Sein Verlangen regte sich, und er verwünschte sich dafür. Herrje, sie war erst sechzehn! Dafür landete man im Knast.

Er würde sich von diesem kleinen Knaller nicht verbrennen lassen. Auch von keinem anderen, was das betraf.

Sie streifte ihn mit einem Seitenblick. „Du hast mich gemustert."

Das war keine Frage, sondern eine Feststellung. Er genierte sich nicht, es zuzugeben. „Ja."

Sie ging vom Gas und bog in den Lakeshore Drive ein. „Warum? An was hast du gedacht?"

„Ich habe mich gefragt, ob deine Eltern nachts noch schlafen können."

Sie schwieg eine Weile, und er glaubte schon, sie mit seiner Frage beleidigt zu haben. „Soweit ich weiß, ja", erwiderte sie schließlich, und ihre Unbekümmertheit wirkte gezwungen. Sie bog in eine Parkbucht, stellte den Motor ab und wandte sich Santos zu. „Warum sollten sie nicht?"

„Wärst du meine Tochter, könnte ich nicht mehr schlafen."

„Das klingt, als wäre ich ein Baby. Das bin ich aber nicht."

„Nein, du bist ganze erwachsene Sechzehn."

„Ich denke schon." Ihre Wangen röteten sich, und sie reckte trotzig das Kinn vor. „Warst du nicht erwachsen mit sechzehn?"

Santos dachte an die Ermordung seiner Mutter, an die verschiedenen Pflegefamilien und an seinen gefährlichen Fluchtversuch. Er war ein Leben lang erwachsene Sechzehn gewesen. Diese verwöhnte Prinzessin hatte vermutlich noch nicht mal einen Augenblick des Unbehagens erlebt, geschweige denn des Entsetzens.

„Du vergleichst Äpfel mit Birnen, Baby."

Sie sah ihn forschend an. „Du magst mich nicht besonders, was?"

„Ich kenne dich nicht, Glory."

„Nein, allerdings."

Sie wandte den Blick ab. Doch kurz zuvor entdeckte er in ihrer Mimik etwas Sanftes, Ängstliches, das nicht zu dem Typ Mädchen passte, der sie angeblich war. Ihre Verletzlichkeit ließ ihn zweifeln, ob sie nicht vielleicht doch Erfahrungen mit einer anderen Version des Horrors gemacht hatte.

Der Gedanke behagte ihm nicht, und Santos öffnete die Wagentür. „Was sagtest du? Wir machen einen Spaziergang?"

Glory nickte, und sie stiegen aus. Minutenlang gingen sie schweigend an der Kaimauer entlang. Segelboote tupften die wellige

Wasserfläche des Lake Pontchartrain. Möwen kreisten über ihren Köpfen. Ein Auto fuhr vorüber, dessen offenen Fenstern Musik entströmte, und vom Spielplatz auf der anderen Straßenseite erklang Kinderlachen.

Während sie gingen, strichen ihre Arme oder Hände gelegentlich aneinander. Manchmal berührte Glory Santos auch am Arm, um ihn auf etwas aufmerksam zu machen. Mit jeder unschuldigen oder zufälligen Berührung wurde er sich ihrer Anziehung deutlicher bewusst, und sein Verlangen wurde heftiger.

Santos sagte sich, dass er die Situation vollkommen beherrschte. Er konnte diese Sache jederzeit beenden. Glory war ein kesser kleiner Flirt und weiter nichts. Er tat gut daran, das nicht zu vergessen.

„Mir hat es hier immer sehr gefallen", sagte Glory leise und tief durchatmend. „Der See scheint nicht nur am anderen Ende der Stadt zu liegen, sondern irgendwie Welten entfernt von der City. Ich weiß noch, als mich mein Vater das erste Mal herbrachte, dachte ich, wir wären im Urlaub." Sie fuhr sich mit den Fingern durchs Haar. „Es war Sonntag, und Mutter hatte mal wieder eine ihrer Kopfschmerzattacken. Daddy und ich verabschiedeten uns zur Messe. Stattdessen fuhren wie hierher. Mutter war wütend, als sie es herausfand."

„Weil ihr die Kirche geschwänzt habt?"

„Sie nimmt die Messe sehr ernst."

Er zog die Brauen zusammen. „Das klingt, als würdest du sie nicht besonders mögen."

„Mutter?" Glory verzog das Gesicht. „Es ist wohl eher andersherum. Hope St. Germaine kann man kaum etwas recht machen."

Die Eiskönigin ist die Mutter dieses Mädchens! In gewisser Weise konnte er das kaum glauben, doch irgendwie ergab es absolut Sinn.

Sie kamen in Sichtweite des Pontchartrain Beach – ein Vergnügungspark auf einer Landzunge zwischen dem Lakeshore Drive und dem Wasser. Der Park war ein Opfer der Zeit, der Ängste der Menschen und einer sich zu rasch wandelnden Welt geworden.

„Warst du jemals im Beach?“ fragte sie und nannte den Park wie es bei den Einheimischen üblich war.

„Einmal mit meiner Mutter. Ich war wohl zehn damals. Es war der schönste Ausflug, den ich je gemacht habe.“ Die Erinnerung ließ ihn lächeln und sie schmerzte. Stirnrunzelnd ärgerte er sich, dass er darüber gesprochen hatte. „Wir sollten zurückfahren.“

Er drehte sich um, Glory hielt ihn am Arm zurück. Keck und unverblümt flirtend, sah sie ihn provozierend an. „Darf ich dir eine Frage stellen, Santos?“

Er hielt ihrem Blick ruhig stand. Wenn sie flirtete, fühlte er sich wieder sicher. Das Gespräch von eben war zu persönlich gewesen. Er wollte nur Oberflächliches von ihr erfahren und auch nur Oberflächliches über sich preisgeben, nichts Wichtiges, nichts Vertrauliches. Es sollte ein nettes unverbindliches Spielchen bleiben. So, wie er es mochte. Niemand wurde verletzt, und alle waren glücklich.

„Dies ist ein freies Land.“

„Wenn du etwas siehst, das du haben möchtest, was machst du dann?“

Er wusste genau, wohin das führte. Lächelnd ließ er seinen Blick über sie gleiten und sah ihr dann, eine Braue hochziehend, wieder in die Augen. „Im Gegensatz zu: es sich einfach nehmen?“

„Hm.“

Er beugte sich so weit hinunter, bis er ihren Atem auf seiner Wange spürte und flüsterte: „Ich wäge die Konsequenzen ab, was passiert, wenn ich es bekomme. So machen Erwachsene das, Glory.“

Sie legte ihm die Hände auf die Brust. „Ich bin erwachsen.“

„Das glaube ich nicht.“

Er wollte sich wieder aufrichten, doch sie hielt ihn fest, indem sie die Finger in seine Hemdbrust krallte. „Ich könnte es beweisen.“

Heftiges Verlangen durchzuckte ihn, aber er unterdrückte es. „Was willst du von mir, Glory St. Germaine?"

Mit treuherzigem Augenaufschlag erwiderte sie: „Was glaubst du wohl?"

Er berührte ihre erhitzte Wange. „Ich glaube", raunte er heiser, „dass ich zu alt bin für dich. Du solltest heimlaufen zu Mama."

„Wirklich zu alt?" wiederholte sie herausfordernd.

„Und zu erfahren. Ich spiele nicht in deiner Liga, kleines Mädchen."

„Probier es aus." Sie spreizte die Hände auf seiner Brust, lehnte sich vor und hielt ihm ihr Gesicht hin. „Wage es, mich zu küssen."

Santos zögerte nur kurz und nahm ihre süßen, heißen, leicht geöffneten Lippen. Er küsste sie innig und ließ keinen Zweifel, was ein Mann von einer Frau wollte.

Glory stieß einen leisen hilflosen Laut aus, spreizte die Finger auf seiner Brust, schob ihn kurz weg und zog ihn gleich wieder an sich. Santos wurde leidenschaftlicher und erkundete hemmungslos ihren Mund mit der Zunge. Er ließ die Hände ihren Rücken hinabwandern zum Po und drückte sie an sich. Er presste die Hüften an sie, damit sie seine Erektion spürte und genau wusste, wie weit sie ihn getrieben hatte.

Dann zog er sich zurück. Glory sah ihn benommen an, die Lippen immer noch leicht geöffnet. Er wusste, dass sie noch nie so geküsst worden war. Er hatte dieser kecken Kindfrau weit mehr gegeben, als sie erwartet hatte.

Leise lachend fuhr er mit dem Daumen über ihre feuchte, leicht geschwollene Unterlippe. „Siehst du, kleines Mädchen, ich habe dir gesagt, ich bin zu alt für dich."

Er wollte sich abwenden, doch sie hielt ihn am Arm fest, dass er sie erstaunt ansah.

„Nein", widersprach sie mit leicht bebender Stimme. „Ich habe dir gesagt, ich bin erwachsen."

Sie stellte sich auf die Zehenspitzen und küsste ihn ebenso leidenschaftlich zurück. Mit Hingabe erkundete sie seinen Mund mit der Zunge und schmiegte sich fest an ihn.

Santos nahm sich vor, zurückhaltend zu bleiben, reagierte jedoch unwillkürlich auf sie. Noch während er sich beschwor, Selbstbeherrschung zu üben, spürte er, wie sie ihm entglitt.

Glory erregte ihn in einer Weise und mit einer Heftigkeit, wie es kein Mädchen bisher geschafft hatte. Sie ließ seine Leidenschaft auflodern und ihn vergessen, was falsch und richtig, was klug und unklug war. Und das alles nach einem einzigen hungrigen Kuss und einer Umarmung.

Sie war atemberaubend.

Diese Erkenntnis drängte sich durch die Benommenheit seines Verlangens, und er schob Glory grob von sich. Er hatte ihr eine Lektion erteilen wollen und nun bekam er eine. Das gefiel ihm nicht. Auch wenn sie nie erfahren würde, wie sehr sie ihn aus dem Gleichgewicht gebracht hatte.

„Es ist vorbei", sagte er mit belegter Stimme. „Es hat Spaß gemacht, Kleines, aber es ist Zeit heimzufahren."

Glory starrte ihn verständnislos an und blinzelte dann, als begriffe sie plötzlich. „Werde ich dich wieder sehen?"

„Nein."

Er wollte sich erneut abwenden, doch sie hielt ihn abermals am Arm zurück und sah ihm in die Augen. „Du hast Angst", stellte sie erstaunt fest. „Du läufst weg."

„Du bist noch jung, Glory St. Germaine." Er tätschelte ihr die Wange, um so herablassend wie möglich zu wirken. „Wie gesagt, es hat Spaß gemacht. Aber es ist Zeit, dass du heimläufst zu Mommy und Daddy."

Sie schüttelte nachdrücklich den Kopf. „Du läufst aus Angst weg."

„Hör zu, Kleines", begann er und fragte sich, wieso sie ihn nach so kurzer Zeit durchschaute, „ich laufe ganz entschieden nicht ..."

„Tust du doch", unterbrach sie ihn aufmüpfig. „Ein großer Mann wie du sollte sich nicht fürchten, zu einem kleinen Mädchen wie mir ehrlich zu sein."

Er presste die Kiefer zusammen, ärgerlich, weil sie ihn drängte, und sauer, weil sie ihn nicht kalt ließ. „Schau, Puppe, du bist erst sechzehn und ein männermordendes Bündel Probleme. Ich habe keine Lust, deinetwegen in den Knast zu wandern. Wenn du also auf einen aufregenden Rücksitzfick mit einem älteren Knaben aus bist, musst du dich anderweitig umsehen. Ist das ehrlich genug für dich?"

Ihre Augen füllten sich mit Tränen, doch sie wich nicht zurück. Er zollte ihr widerwillig Respekt dafür, ärgerte sich aber auch darüber. Sie war vielleicht aus härterem Holz geschnitzt als die anderen Mädchen ihres Typs, doch das änderte nichts, und es machte sie nicht aufrichtiger.

„Du Mistkerl!" schimpfte sie trotzig, aber er sah, dass ihr Kinn bebte. „Fühlst du dich jetzt besser? Fühlst du dich jetzt überlegen, du großer Mann?" Ohne eine Antwort abzuwarten, wandte sie sich ab und ging auf ihren Wagen zu. Nach kurzem Zögern folgte Santos. Er rief sie, doch sie reagierte nicht. Schließlich überholte er sie, blieb vor ihr stehen und versperrte ihr den Weg.

„Bitte geh mir aus dem Weg", sagte sie ruhig, aber er sah, dass sie geweint hatte.

Ein warmes, zärtliches Gefühl regte sich in ihm, das er lange nicht empfunden hatte. Er verfluchte es und wollte es zugleich als etwas Wertvolles bewahren.

„Tut mir Leid", sagte er rau. „Ich hätte nicht so ..."

„Gemein sein sollen?“ beendete sie seinen Satz mit zornig geröteten Wangen. „Kein solcher Bastard?“

„Ja.“ Sie sahen sich an. Nach einem Moment biss Glory sich auf die Unterlippe, senkte jedoch nicht den Blick.

Wieder empfand er unwillkürlich Respekt. Aber Respekt brachte sie ihm zu nahe, machte sie zu vertraut, und das wollte er nicht.

„Du drängst zu sehr“, sagte er leise. „Du hast mich zu sehr unter Druck gesetzt. Da blieb mir keine Wahl, als auch Druck auszuüben. Ein Mann wie ich belässt es nicht bei netten Spielchen, Glory St. Germaine. Du solltest schnell weit weg laufen.“

„Ich will nicht weglaufen und ich werde nicht.“ Sie straffte sich. „Ich will dich wieder sehen.“

„Du bist sehr entschlossen, das muss ich dir lassen.“ Er verschränkte die Arme vor der Brust. „Aber dazu gehören zwei. Ich bin zu alt und zu erfahren für dich.“

„Wie alt bist du?“ fragte sie mit übertrieben unschuldigem Augenaufschlag. „Vierzig?“

„Sehr süß. Ich bin neunzehn.“

Sie schüttelte sich schockiert. „Uralt.“

Er lachte, und sie gingen in stummem Einvernehmen weiter. „Nicht uralt, aber immerhin volljährig, was du nicht bist. Allerdings geht es nicht nur darum. Uns trennen mehr als nur ein paar Jahre.“ Sie öffnete den Mund, offenbar um ihn zu fragen, was er damit meinte, doch er ließ sie nicht zu Wort kommen. „Beantworte mir eine Frage.“

„Schieß los.“

„Warum willst du mich wieder sehen?“

„Warum?“ wiederholte sie überrascht. „Weil ich es möchte.“

„Die alte Geschichte: Weil du etwas haben willst. Tut mir Leid, das ist mir nicht gut genug.“

Sie runzelte die Stirn, und er war sich nicht sicher, ob aus Verärgerung oder Nachdenklichkeit. Dann sagte sie: „Nun ja, du bist süß ... und kannst großartig küssen."

Er lachte und war erfreuter über diese Antwort, als er sein sollte. „Süß und ich kann großartig küssen. Ich bin überwältigt." Sie erreichten das Ende des Seedammes. Santos nahm Glory am Ellbogen und führte sie zu ihrem Wagen.

Eine Weile gingen sie schweigend. Santos beobachtete sie jedoch aus den Augenwinkeln. „Welche Schule?" fragte er mit Hinweis auf ihre Uniform.

„Akademie der unbefleckten Empfängnis."

Er blieb stehen. „Du machst Witze."

„Mache ich nicht."

Er legte den Kopf zurück und lachte. „Sind alle Mädchen von der unbefleckten Empfängnis so keusch wie du?"

„Nein", erwiderte sie lächelnd, „ich rühme mich, die Unkeuscheste zu sein, zumindest im zweiten Jahrgang. Und ich bin sicher, Schwester Marguerite stimmt mir zu."

„Die Schuldirektorin?" Als Glory nickte, sagte er mitfühlend: „Das klingt, als wäre sie streng."

„Ist sie. Und sie hasst mich." An ihrem Wagen angelangt, reichte Glory Santos den Schlüssel. „Möchtest du fahren?"

„Sicher." Er nahm ihn, öffnete Glory die Tür und ließ sie einsteigen. Dann ging er um den Wagen herum und setzte sich hinters Steuer. Als er den Motor anließ, sah er zu Glory hinüber. „Zum Hotel?"

„Wenn es dir recht ist?"

Er nickte und fuhr los. Eine Weile schwiegen sie, doch Santos merkte, dass Glory ihn betrachtete. Ein paar Mal streifte er sie mit einem Seitenblick und bedauerte es prompt. Ihr Mienenspiel, resigniert, hoffnungsvoll und sehnsüchtig zugleich, brachte seinen Entschluss, sie auf Distanz zu halten, fast ins Wanken.

In Sichtweite des Hotels brach sie ihr Schweigen. „Sehe ich dich wieder?“

„Nein.“

„Ich kann dich nicht umstimmen?“

Du kannst. Sehr leicht sogar. Und das macht mir Angst. „Tut mir Leid.“

„Das habe ich befürchtet.“ Sie wandte seufzend den Blick ab. „Halt bitte gleich hier an.“

Er tat es, schob die Schaltung in den Leerlauf und stieg aus. Glory rutschte auf den Fahrersitz. „Es hat Spaß gemacht, Glory“, sagte er lächelnd.

Sie sah so enttäuscht aus, dass er lachen musste. „Bin ich der erste Fisch, der entkommt?“

Sie erwiderte lachend: „Der erste, den ich wirklich wollte.“

Er stemmte die Hände auf das heruntergelassene Fenster und neigte den Kopf. „Wenn es dich tröstet, du küsst auch großartig.“

„Ja?“

„Ja.“

Sie legte eine Hand auf seine. „Warum küsst du mich dann nicht noch mal?“

Santos sah über die Straße zum Hoteleingang. Türsteher und Page standen am Straßenrand und starrten unfreundlich zu ihm herüber. Santos deutete mit dem Kopf auf die beiden. „Hier? Wo die Wachhunde es sehen?“

„Warum nicht?“

„Du bist wirklich ein kleiner Knaller“, raunte er und neigte sich hinunter.

Er küsste sie rasch und hart, und ihr leises Stöhnen bescherte ihm eine heftige körperliche Reaktion. Erschrocken wich Santos zurück. Dieser kurze Kuss hatte ihn mehr erregt als der leidenschaftliche vorhin.

Sie ist wirklich ein kleiner Knaller. Und wenn ich nicht aufpasse, explodiert sie mir ins Gesicht.

Er tippte ihr mir dem Zeigefinger auf die Nasenspitze. „Danke für die Spritztour." Dann richtete er sich auf und ging auf die Bushaltestelle zu.

„Santos!" Er blieb stehen und sah über die Schulter zurück. Sie grinste: „Wir sehen uns noch."

Sie gab ein hinreißendes Bild ab, wie sie auf dem Sitz kniete, die Ellbogen auf die Rückenlehne gestemmt, das Haar ins Gesicht fallend. Er bedauerte, sie gehen lassen zu müssen, und hob die Hand zum Abschiedsgruß. „Lebe wohl, Glory."

Er drehte sich um, ging davon und schwor sich, sie nie wieder zu sehen.

24. KAPITEL

Ein Tag verging, ehe Glory merkte, dass sie von Santos nichts wusste, außer seinem Namen. Das überraschte sie nicht mal. Sie war so damit beschäftigt gewesen, ihn anzuhimmeln und sich an seinen umwerfenden Kuss zu erinnern, dass sie an gar nichts anderes denken konnte.

Das konnte sie immer noch nicht. Jemand wie er war ihr noch nie begegnet. Die anderen Jungs, die sie gekannt und geküsst hatte, waren verglichen mit ihm langweilig, hohl und unreif.

Santos hatte ihr Herz gestohlen. Sie würde sterben, wenn sie ihn nicht wieder sah. Es musste eine Möglichkeit geben.

Der Bus, in dem Liz saß, hielt, und Glory wäre vor Aufregung beinah auf und ab gehüpft. Sie hatte gestern Abend nicht mehr mit ihrer Freundin reden können. Bei ihrer Rückkehr hatte sie die Eltern in seltsam heiterer Stimmung vorgefunden. Ihre Mutter hatte sich lediglich erkundigt, wo sie gewesen sei, und ihre Antwort, mit Liz in der Bibliothek, hatte sie zufrieden gestellt.

Das war schon seltsam genug. Ihre Antworten genügten ihrer Mutter nie, sie nahm sie nie einfach so hin. Doch gestern Abend tat sie es, Gott sei Dank. Wenn sie nachgefragt oder ihre Tochter genauer angesehen hätte, wäre ihr wohl aufgefallen, dass etwas im Busch war.

Glory kam zu dem Schluss, dass ihre Begegnung mit Santos Schicksal sein musste. Sie waren füreinander bestimmt.

Ihre Mutter hatte darauf bestanden, dass sie alle zum Dinner in den Renaissanceraum gingen, eine weitere Merkwürdigkeit. Während der gesamten Mahlzeit hatte ihre Mutter munter geplaudert und mädchenhafter gewirkt als Glory.

Auch das Verhalten ihres Vaters war ihr aufgefallen. Er hatte weniger getrunken und ihre Mutter öfter – und mit Zuneigung – angesehen.

Glory wusste nicht, was zwischen den beiden ablief. Seit einer Woche hatten sie kaum miteinander gesprochen.

In sechzehn Jahren hatte sie viele Streitereien und das zornige und strafende Schweigen danach miterlebt. Trotzdem hatte sie stets geglaubt, dass die zwei heiße und starke Gefühle füreinander hegten. Sie war überzeugt gewesen, dass sie im Guten wie im Schlechten für immer zusammenblieben, obwohl ihr Vater nicht glücklich dabei war.

Diesmal war ihr Schweigen jedoch anders gewesen. Nicht nur zornig und strafend, sondern kalt und hässlich, dass es sie manchmal beim Anblick ihrer Eltern geschaudert hatte. Sie hatte befürchtet, ihre Ehe sei am Ende.

Nach einem Gespräch mit Liz hatte sie dann sogar gehofft, die Ehe sei am Ende. Liz hatte ihr versichert, dass sie mit sechzehn wählen dürfe, bei welchem Elternteil sie leben wolle. Sie hatte sogar schon davon geträumt, wie es wäre, nur mit ihrem Vater zu leben, ohne den ständigen Argwohn und die Kritik ihrer Mutter.

Das Dinner gestern Abend hatte diesen Fantasien ein Ende bereitet. Ihre Eltern waren so glücklich erschienen wie seit langem nicht mehr.

Ein Teil von ihr war zornig gewesen auf ihren Vater. Sie verstand nicht, was er in ihrer Mutter sah oder welche Macht sie über ihn hatte. Ein anderer Teil war jedoch erleichtert gewesen. Indem die zwei sich aufeinander konzentrierten, hatte sie ungestört an Santos denken können.

Liz stieg aus und kam auf sie zu. „He, Glo. Was ist los? Du hast mich gestern Abend nicht angerufen."

Glory zerrte Liz von den anderen, ebenfalls dem Bus entstiegenen Mädchen ihrer Schule fort. „Ich muss mit dir reden. Allein. Es ist wirklich wichtig."

Liz blickte kurz über die Schulter und fragte mit gesenkter Stimme: „Was ist? Deine Eltern?"

Glory verneinte und beugte sich aufgeregt zu ihrer Freundin. „Liz, du wirst es nicht glauben. Ich habe einen wunderbaren Jungen kennen gelernt. Ich glaube, ich bin verliebt."

Liz blieb stehen und sah Glory mit aufgerissenen Augen an. „Verliebt?" wiederholte sie flüsternd. „Wer ist er? Wo hast du ihn kennen gelernt?" Sie nahm Glorys Hände. „Erzähl mir alles."

Glory tat es und ließ kein Detail aus. Sie beschrieb Santos: sein Gesicht, die Haarfarbe, die Statur, die tiefe Stimmlage und sein Lachen, das ihr unter die Haut ging. Schließlich erzählte sie von seinen Küssen und ihrer überwältigenden körperlichen Reaktion darauf. „Ich habe viele Jungs geküsst, Liz. Aber das war anders, es war etwas Besonderes."

„Wie kannst du sicher sein, dass es Liebe ist? Ich meine, du weißt nichts von ihm."

Der Verkehr ließ nach, und sie überquerten die St.-Charles-Avenue. „Ich weiß, aber ich habe noch nie solche Gefühle gehabt. Es ist sonderbar, und dabei haben wir nur ein paar Stunden miteinander verbracht. Er hatte etwas an sich ... etwas ..."

Sie verstummte, weil sie keine Worte fand, ihren Eindruck zu beschreiben. Und sie wollte Liz so gern mitteilen, was sie empfand. Liz sollte zustimmen. Sie war ihre beste Freundin, und ihre Meinung war ihr wichtig.

„Als ich mit ihm zusammen war, habe ich vergessen, wer ich war und wo ich war. Ich war mit jeder Faser auf ihn konzentriert, auf die Berührung seiner Lippen und Hände. Irgendwie war mir, als hätte ich mein ganzes Leben darauf gewartet. Das klingt dumm, wie irgendein Märchen. Aber so war das nun mal." Glory verstummte, um ihre Gedanken zu sammeln, und sah ihre Freundin mit strahlenden Augen an. „Du wirst mich für verrückt erklären, doch ich hatte dieses überwältigende Gefühl, diese Gewissheit ... dass er der Richtige ist."

Liz schluckte hörbar und riss die Augen auf. „Der Richtige?"

„Ja." Glory drückte ihre Bücher fester an sich. „Der Richtige. Der Mann ... fürs Leben. Mein Schicksal oder so etwas."

„Du meinst so etwas wie dein Seelenverwandter."

Sie passierten das schmiedeeiserne Tor der Akademie. Glory nickte und seufzte tief. „In dem Augenblick hätte ich alles für ihn getan."

„Das ist absolut cool. Und es klingt so romantisch." Liz erschauerte. „Aber es macht mir auch Angst, Glory."

„Mir nicht." Sie drehte sich lachend. „Ich gehe wie auf Wolken!"

„Während du da oben bist", meinte Liz trocken, „tritt vorsichtig auf. Schwester Marguerite hat dich gerade im Visier."

Tatsächlich stand die Schulleiterin vor dem Hauptportal, die Augen auf Glory gerichtet. Sie blieb stehen und wandte sich ihrer

Freundin zu, um nicht von der Schulleiterin belauscht zu werden. „Ich muss ihn wieder sehen, Liz. Ich muss einfach."

Liz drückte ihre Bücher fester an die Brust. „Aber wie? Ich meine, wie willst du ihn finden?"

„Ich werde mich im Hotel umhören. Vielleicht weiß jemand, warum er dort war. Er hat etwas in der dritten Etage abgegeben. Da sind die Büros der Hotelleitung. Vielleicht hat er sogar Daddy etwas gebracht. Ich werde mit seiner Sekretärin reden."

Die Glocke läutete, und mehrere Mädchen liefen grüßend an ihnen vorbei. Glory ging weiter, aber Liz hielt sie an der Hand fest.

„Sei vorsichtig, Glory. Santos scheint mir nicht der Typ Junge zu sein, mit dem deine Mutter einverstanden wäre. Wenn sie Wind von der Sache bekommt ..."

Glory sah, wie besorgt ihre Freundin war. „Das wird sie nicht. Ich werde sehr vorsichtig sein."

„Versprochen? Ich habe ein ungutes Gefühl."

„Ja, versprochen." Auch Glory wurde plötzlich bang, doch sie schüttelte ihre dunklen Vorahnungen lächelnd ab. „Du machst dir zu viele Sorgen, Liz. Alles wird wunderbar laufen."

Nach drei enttäuschenden Tagen verlor Glory die Hoffnung, Santos noch einmal wieder zu sehen. Sie hatte alle befragt, die an jenem Tag Dienst im Hotel hatten, und die wenigen, die sich an ihn erinnerten, wussten nicht, wer er war oder warum er hier gewesen war. Als sie die Sekretärin ihres Vaters befragte, hatte die sie angesehen, als hätte sie den Verstand verloren.

Seufzend lehnte Glory sich an die Tür des Nachbarspindes neben dem, den sie sich mit Liz teilte. „Mir fällt nichts mehr ein, Liz. Ich habe mit allen geredet."

„Lass dich nicht unterkriegen, Glo." Liz machte die Spindtür zu und ließ das Schloss einschnappen. „Wenn er wirklich dein Seelenverwandter ist, musst du ihn schließlich wieder sehen."

Die Schlussglocke hatte schon vor einigen Minuten geläutet, und sie gingen den Flur hinunter zum Ausgang. „Und warum das?" fragte Glory frustriert.

„Wenn er dein Seelenverwandter ist, gibt das Schicksal dir nicht nur eine Chance. Das wäre grausam."

„Glaubst du wirklich?" Sie gingen um eine Mädchentraube herum, die ihnen den Weg versperrte.

„Ganz bestimmt."

Glory lachte, und ihre Stimmung hob sich. „Und wenn er nun zwar mein Schicksal ist, aber ich nicht seins bin?"

Liz lachte auch: „Ich glaube, so funktioniert das nicht."

Sie traten durch das Hauptportal in den hellen kühlen Nachmittag hinaus. Glory blinzelte gegen das plötzlich grelle Licht.

Sobald ihre Augen sich daran gewöhnten, entdeckte sie Santos. Er stand hinter dem Schultor, den Kopf abgewandt, und betrachtete jedes Mädchen, als suche er ein bestimmtes.

Er ist meinetwegen hier! Er fühlt genau wie ich. Er muss genauso fühlen!

Glorys Herz begann zu hämmern, dass es ihr für Augenblicke den Atem nahm. Sie packte Liz am Arm. „Das ist er, Liz. Da ist Santos."

Liz blieb stehen. „Wo?"

„Da. Rechts hinter dem Tor. In dem schwarzen T-Shirt mit der Sonnenbrille."

„Bist du sicher? Ich kann sein Gesicht nicht erkennen."

„Er ist es. Ich würde ihn überall erkennen. O Gott, was soll ich nur tun?" Sie zerrte Liz in die Schule zurück. „Ich kann nicht atmen. Ich glaube, ich werde gleich ohnmächtig."

„Beruhige dich. Du willst doch nicht, dass dich jemand hört, oder?“ Liz sah sich rasch um, ob jemand in der Nähe war. „Wenn du kein gutes Gefühl wegen dieser Sache hast, geh da nicht hinaus. Wenn du Angst hast ...“

„Das ist es nicht. Es ist ...“ Glory holte tief Luft, wie benebelt vor Glück. „Er ist hier, also ... also empfindet er vielleicht wie ich. Wie du sagtest, das Schicksal gibt mir eine zweite Chance.“

„Dann schieb deinen Hintern da raus.“

„Komm, ich stelle dich vor.“ Glory lachte wieder und nahm Liz bei der Hand. „Ich möchte, dass du ihn kennen lernst.“

„Besser nicht.“ Liz entzog sich ihr. „Im Gegensatz zu dir machen Jungs mir Angst. Ich weiß nie, was ich sagen soll, und es ist mir unangenehm, so ungeschickt und hässlich zu wirken.“

„Du bist nicht hässlich, du bist ...“

„Geh.“ Liz versetzte ihr einen Schubs. „Du willst doch nicht, dass er weg ist.“

„Danke, Liz. Du bist die Beste.“ Glory lächelte ihr zu, wandte sich ab und rannte hinaus, um ihrem Schicksal zu begegnen.

Sie kam zu spät.

Santos war fort.

25. KAPITEL

Diesmal erfüllte das St. Charles Hotel Santos nicht mit Ehrfurcht. Diesmal hatte er keinen Blick für Menschen und Umgebung. Diesmal dachte er nur an eine dunkelhaarige Schönheit, einen Wirbelwind von Mädchen, das ihm mit einem herausfordernden Kuss das Innerste nach außen gekehrt hatte.

Er hatte mit vielen klugen Argumenten versucht, sie sich aus dem Kopf zu schlagen. Er war sogar mit einem anderen Mädchen ausgegangen. Doch sogar beim Abschiedskuss mit ihr hatte er an

Glory gedacht. Er ärgerte sich darüber. Drei Wochen waren seit ihrer stürmischen, heiteren, leidenschaftlichen Begegnung vergangen.

Warum kann ich sie nicht vergessen?

Den absoluten Tiefpunkt der letzten Wochen hatte er vier Tage nach ihrem Treffen erlebt. Er war in die Stadt gefahren und hatte vor ihrer Schule gewartet wie ein liebeskranker Pennäler. Er war sich fast wie ein Kinderschänder vorgekommen, als Trupps von kichernden Mädchen offenkundig starrend an ihm vorbeigegangen waren. Gerade rechtzeitig, ehe Glory ihn entdecken konnte, war er wieder zur Vernunft gekommen. Noch bevor er sie sah und nicht mehr imstande gewesen wäre zu gehen.

Santos erreichte die Treppe und stieg zur dritten Etage hinauf. Er fand das Büro von Mrs St. Germaine, überreichte Lilys Korrespondenz, nahm im Gegenzug die andere mit und verließ das Büro. Die gesamte Transaktion verlief in völligem Schweigen und gegenseitiger Verachtung.

Die Abneigung gegen Glorys Mutter war in den Wochen seit ihrer ersten Begegnung noch gewachsen. Sie war die kälteste, unangenehmste Frau, die er kannte. Er fragte sich, wie jemand so voller Leben und Feuer wie Glory die Tochter von Hope St. Germaine sein konnte.

Santos nahm wieder die Treppe, erreichte die Lobby in wenigen Sekunden und ging zur Tür. Unterwegs sagte er sich, dass es so besser war und es ein Fehler wäre, Glory zu begegnen.

Trotzdem hielt er Ausschau nach ihr. Entgegen besserer Einsicht hoffte er, ihr über den Weg zu laufen. Dass er seine eigenen Wünsche nicht unter Kontrolle hatte, ärgerte ihn über alle Maßen. Es war lächerlich. Er war besessen von diesem verwöhnten, flirtenden kleinen Ding, das vermutlich keinen zweiten Gedanken an ihn verschwendet hatte.

Santos trat nach draußen und atmete auf. Geschafft. Er hatte Lilys Botengang erledigt, ohne Glory zu sehen. Allerdings war er sich nicht sicher, ob er darüber erleichtert oder enttäuscht war.

Santos lächelte dem Türsteher zu und ging weiter zu seinem Wagen, den er einige Blocks entfernt in einer Seitenstraße abgestellt hatte. Er bog in die Straße ein und hielt erstaunt inne.

Glory lehnte an der Beifahrerseite seines Camaro. Sie trug Jeans, einen weißen Pullover und eine kurze Lederjacke und genoss offensichtlich die Sonne.

Sie ist unglaublich schön.

Das Herz trommelte ihm geradezu in der Brust, und er machte ein finsteres Gesicht. Verdammt, ihr Anblick verschlug ihm die Sprache. Tief durchatmend, ging er weiter. Er wusste nicht, wie sie ihn gefunden hatte, aber er würde sie loswerden, und zwar schnell.

„Hallo, Glory", sagte er, als er zu ihr kam.

Ohne den Kopf zu wenden, erwiderte sie lächelnd: „Hallo, Santos."

Er fischte die Autoschlüssel aus seiner Hosentasche. „Ein merkwürdiger Platz für ein Sonnenbad."

Diesmal wandte sie sich ihm zu. „Wirklich?"

„Hm." Sein Blick wanderte über ihr Gesicht. „Und eine merkwürdige Jahreszeit, Ende November."

Sie wandte sich wieder der Sonne zu. „Ich war auf dem Weg ins Hotel, als ich dich vorbeifahren sah."

„Also bist du mir gefolgt."

„Im Prinzip." Sie richtete sich auf. „Ich wollte dich wieder sehen."

Er ließ die Wagenschlüssel unentschlossen in seiner rechten Hand klimpern. Glory machte ihn neugierig, und sie machte ihn an. Er täte nichts lieber, als auf ihre Herausforderung einzugehen, sie in die Arme zu ziehen und besinnungslos zu küssen.

Er war nicht selbstzerstörerisch. Und sich mit Glory St. Germaine einzulassen wäre genau das. Er deutete auf ihre saloppe Kleidung. „Keine Schule heute?"

Sie verneinte. „Feiertag für irgendeinen Heiligen."

„Ihr Glücklichen." Er klimperte wieder mit den Schlüsseln. „War nett, dich wieder zu sehen, Glory, aber ich muss jetzt los."

Sie ergriff seinen Arm und hielt ihn fest. „Ich habe an dich gedacht. An uns."

„Uns?" Er zog übertrieben die Brauen hoch. „Ich wusste nicht, dass es ein ‚uns' gibt. Ich erinnere mich an ein paar Küsse und eine Fahrt zum See. Das ist kein ‚uns', Baby. Bedaure."

„Es könnte aber ein ‚uns' werden."

Sie war verbissen wie eine Bulldogge, allerdings tausend Mal hübscher. Er fühlte sich geschmeichelt und war ehrlich beeindruckt von ihrem Mut. Aber genug war genug.

Er schüttelte ihre Hand ab. „Ich weiß, was du für eine bist, Glory St. Germaine. Doch mir ist nicht nach Spielchen zu Mute."

„Was meinst du?" fragte sie stirnrunzelnd.

Er dachte an Hope St. Germaine und ihre abfälligen Blicke und stellte sich ihre Reaktion darauf vor, dass er mit ihrer Tochter auch nur sprach.

O ja, er verstand Glory St. Germaine sehr gut. „Du rebellierst gegen Mommy und Daddy und gegen die Beschränkungen deines privilegierten Lebens. Du möchtest ihnen oder dir selbst etwas beweisen. Du möchtest ein bisschen rücksichtslos sein und die wilde Seite des Lebens kosten. Wie könnte das besser gelingen, als hinter einem bösen Jungen wie mir herzujagen?"

Glory erbleichte. „Das ist nicht wahr."

„Ich habe das schon mal erlebt, Kleines. Ich kenne Mädchen deines Schlages. Viele sogar. Und ich weiß, es steckt nichts dahinter."

„Nein, Santos. Da ist etwas zwischen uns, ich fühle es, und ich glaube, du fühlst es auch." Er wollte ihr widersprechen, doch sie schnitt ihm das Wort ab. „Und ich bin nicht wie die anderen Mädchen, die du kennst."

„Doch, das bist du, Süße. Tut mir Leid."

Er wollte sich abwenden, aber sie ergriff wieder seinen Arm. „Du treibst hier die Spielchen, nicht ich. Warum machst du das? Warum das großartige Getue?"

„Es ist kein ..."

„Ich habe dich gesehen", unterbrach sie ihn ruhig. „An meiner Schule." Sie sah ihm forschend in die Augen. „Wenn nichts zwischen uns ist, warum warst du dann dort?"

Er hielt ihrem Blick ruhig stand, doch er war wütend auf sie und vor allem auf sich selbst, weil er sich in diese Lage gebracht hatte. Und weil er Glory, trotz all der guten Gründe, die dagegen sprachen, wollte. „Vielleicht habe ich auf einen anderen minderjährigen Wirbelwind gewartet."

Einen Moment wirkte sie, als hätte er sie geohrfeigt. „Hast du nicht", widersprach sie bestimmt. „Du hast auf mich gewartet. Und du hast gekniffen."

„Gekniffen? Träum nur weiter. Zur Schule zu fahren war ein Fehler, deshalb bin ich wieder gegangen."

„Aber es war kein Fehler." Sie grub die Finger in seinen Arm. „Ich glaube, wir wären gut füreinander."

„Glaubst du wirklich?" Er lachte freudlos. „Du bist zu jung, und ich bin zu erfahren, daran hat sich nichts geändert."

Zu jung wirkte sie jedoch nicht, das musste er zugeben. Wenn er in ihre Augen schaute, sah er jemand, der über seine Jahre hinaus weise war, jemand, der mehr als sein Maß an Schmerz erlitten hatte. Wenn er in ihre Augen schaute, sah er sich. Er verstand es nicht, und doch war es so. Genauso wenig verstand er, warum es so schön war, hier mit ihr zu stehen und zu reden.

Verunsichert durch die eigenen Gedanken, wandte er sich ab

und erkannte verblüfft, dass er in gewisser Weise Angst vor Glory hatte. Obwohl er genau wusste, dass es falsch war, lief er Gefahr, sich mit ihr einzulassen. Er könnte sich sogar in sie verlieben. Und wenn das geschah, würde sie ihm wehtun.

Er sah sie noch einmal an. „Du willst die ganze Wahrheit, Glory St. Germaine? Ich glaube nicht, dass wir gut füreinander wären. Im Gegenteil. Und der Altersunterschied ist dabei nur ein Teil des Problems." Verärgert fuhr er sich mit einer Hand durchs Haar. „Es geht nicht nur um dich persönlich, Puppe, sondern um deinen Typ."

„Meinen Typ", wiederholte sie kleinlaut und gekränkt. „Du meinst, reich und verwöhnt."

„Ja", bestätigte er zögernd. „Reich, verwöhnt und behütet. Du kannst dir diese rebellischen Spielchen mit den Gefühlen anderer erlauben, weil du nie Rücksicht auf andere nehmen musstest."

Diesmal hatte er sie bis ins Mark getroffen, das sah er. Obwohl das seine Absicht gewesen war, empfand er keine Genugtuung darüber.

„Woher willst du das wissen?" fragte sie, den Tränen nahe. „Wieso glaubst du zu wissen, was ich schon gesehen und gefühlt habe? Du weißt nichts von mir."

„Sieh dich doch nur an, dann weißt du alles. Du gehst auf diese Privatschule für feine Pinkel. Ich wette, deine Eltern haben dich gleich nach der Geburt angemeldet und das Schulgeld beträgt mehr, als die meisten Leute in einem Jahr verdienen. Außerdem wette ich, dass du im Garden District lebst, in einem Herrenhaus, das auf der Route der historischen Wanderung durch New Orleans liegt. Ihr habt zwei oder drei Bedienstete, und Leute wie ich werden ausschließlich durch den Hintereingang als Dienstbote eingelassen. Daddy fährt vielleicht einen Rolls, Mommy hat jede Menge Diamanten und mindestens vier Pelze."

Diesmal versuchte Glory, sich abzuwenden, doch Santos hinderte sie daran. Er zwang sie, ihn anzusehen. „Für dich ist alles, was du besitzt, selbstverständlich. Mir gehört eines Tages das St. Charles, hast du mir bei unserer ersten Begegnung gesagt. Du hast keine Ahnung, was das bedeutet. Du bist so eingeschränkt in deiner Sichtweise, dass du gar keine Vorstellung hast, was für ein Leben du führst. Du und ich, Prinzessin, wir haben nichts gemeinsam."

Ihr Kinn bebte, und Tränen glitzerten in ihren Augen. Doch sie kullerten ihr nicht über die Wangen, das ließ sie nicht zu. Er wünschte, sie würde weinen, wäre genau das Mädchen, das er ihr vorwarf zu sein. Dann wäre alles leichter.

„Du bist derjenige, der Vorurteile hat", sagte sie leise. „Du beurteilst Menschen nach dem, was sie haben oder nicht haben. Nicht ich."

„Wenn ich das tue, dann aus Erfahrung."

„Vielleicht, aber ich bin nicht das Mädchen, das du beschreibst. Der Besitz meiner Eltern bedeutet mir nichts." Sie streckte eine Hand aus. „Und ich bin nicht, was sie sind."

Santos ergriff die Hand ärgerlich. Er wollte nicht zulassen, dass Glory ihn rührte. Weil er genau wusste, dass seine Sichtweise richtig war, wünschte er irrwitzigerweise, sie wäre falsch.

Sobald Glory ihn verstand, würde sie ihn in Ruhe lassen und sich schleunigst verziehen. Bei Gott, er würde sich ihr verständlich machen.

Er zog Glory vom Wagen weg und öffnete hinter ihr die Beifahrertür. „Steig ein, ich will dir etwas zeigen."

„Was?" Sie rieb sich das Handgelenk.

„Das wirst du schon sehen. Steig ein."

„Nicht bevor du mir sagst, wohin wir fahren."

„Du bist doch nicht ganz so vertrauensselig, was Glory? Willst du einen Rückzieher machen? Vielleicht solltest du lieber heimlaufen zu Mama."

Sie nagte unsicher an ihrer Unterlippe.

„Siehst du, Baby, ich bin ein Typ zum Fürchten. Da kannst du jeden fragen." Er warf die Wagentür heftig zu. „Lauf nach Hause, kleines Mädchen, ehe du etwas Dummes tust."

Ohne abzuwarten, ging er auf die Fahrerseite und stieg ein. Er stieß den Schlüssel ins Zündschloss und ließ den Motor aufheulen. Als er den Gang einlegte, flog die Beifahrertür auf, und Glory warf sich auf den Nachbarsitz. Santos fluchte leise.

„Okay", sagte sie trotzig. „Zeig's mir."

Schweigend fuhr er mit ihr durch den Mittagsverkehr in Richtung French Quarter und umfasste das Lenkrad so fest, dass die Fingerknöchel weiß wurden.

Kurz vor dem Quarter begann er zu reden. „Ich verbrachte die ersten sieben Jahre meines Lebens in einem Wohnwagen, der nach Schweiß und Fusel stank. Mein Dad war ein Stück Scheiße, ein Trinker, der meine Mama und mich schlug. Ich freute mich auf seine Sauftouren, weil er dann meistens bewusstlos wurde oder kotzte, ehe er mehr tun konnte, als mir eine blutige Nase oder ein blaues Auge zu schlagen. Er war ein brutaler Kerl, der keine Hemmungen kannte, einem ein oder zwei Knochen zu brechen, wenn die Situation es verlangte."

Nach kurzer Pause fuhr er fort: „Ich hatte keine Freunde, weil ich Abschaum war und ein Halbblut noch dazu. Die Menschen in Big Bass, Texas, hielten nicht viel von Indianern und Mexikanern, schon gar nicht, wenn sie sich mischten. Mein Dad war Weißer, und er fühlte sich auch so. Ich glaube, ich habe in jenen sieben Jahren mehr rassistische Anspielungen gehört als in all den Jahren danach." Er warf ihr einen Seitenblick zu. „Von meinem eigenen Vater. Ist das nicht zum Brüllen?"

Sie schüttelte den Kopf und kauerte sich tiefer in den Schalensitz. „Nein", flüsterte sie. „Ist es nicht."

Achselzuckend wandte er sich wieder der Straße zu. „Jemand machte ihn für mich und Mama fertig. Obwohl die, die ihm die Kehle durchschnitten, bestimmt keine Ahnung hatten, wie erleichtert seine Lieben daheim sein würden."

Glory zuckte zusammen, und er lächelte: „Warte nur, Baby, es wird noch besser." Er überquerte die Canal Street und fuhr ins French Quarter. Nach einigen Blocks kreuz und quer waren sie nahe an der Bourbon Street. Santos fand einen Parkplatz, nahm ihn und öffnete seine Tür. „Bitte alles aussteigen für die nächste Station unserer Tour."

Glory stieg aus, und er merkte, wie verunsichert sie war. Er folgte ihrer Blickrichtung. Bewusst hatte er einen der raueren, weniger von Touristen frequentierten Teile des Quarters gewählt, voller gefährlich wirkender Bars und verfallender Gebäude. Dieses Stück New Orleans war so weit weg vom Garden District, wie es nur sein konnte.

„Netter Ort, was? Komm." Er führte sie an der Hand den Block hinunter. Adrenalin pumpte durch seine Venen. Er ging so schnell, dass sie laufen musste, um Schritt zu halten.

„Unsere kleine Saga wird fortgesetzt, gleich hier, im weltberühmten French Quarter. Nach der unglücklichen Begegnung meines Alten mit einem Messer zogen Mama und ich hierher. Sie hatte eine Cousine hier, die behauptete, hier gäbe es jede Menge Arbeit und das Leben sei leicht. Als wir ankamen, war die Cousine natürlich weg, und Jobs für ungebildete, ungelernte Frauen Mangelware."

Sie bogen in die Bourbon Street ein. „Da wären wir. Die Straße, die niemals schläft. Heimat für Bars, Stripclubs und Sexshops. Heimat des Club 69." Er entdeckte ihn vor sich und zog Glory hin. „Da ist er."

Der Anheizer öffnete die Tür in Intervallen und ließ sie wieder zuschwingen. Glory, Santos und alle, die auf der Straße standen und glotzen wollten, erhaschten einen Blick auf eine fast nackte Frau, die sich provozierend vor einem betrunkenen Publikum drehte.

Santos war nie zurückgekommen, weder zur Bourbon Street noch zum Club 69. Er hatte beides gemieden wie seine Erinnerungen daran, doch meistens überfielen sie ihn einfach.

„Siehst du das, Glory? Schau es dir genau an. Das war die Arbeit meiner Mutter. So hat sie uns durchgebracht."

„Tu das nicht, Santos." Sie wollte sich abwenden. „Bitte, es ist nicht nötig. Es ist ..."

„Doch, es ist nötig." Er drehte sie an den Schultern zur Tür. Der Anheizer warf ihr lüsterne Blicke zu, und Santos schauderte. „Sieh dir das an, Glory. Kann man das glauben? Noch nicht mal zwei am Nachmittag, und der Laden ist gerammelt voll. Natürlich arbeitete meine Mutter in der Spätschicht. Da waren die Trinkgelder besser."

Er legte das Kinn auf Glorys dunklen Kopf und atmete tief durch. Der hässliche Geruch der Bar drang ihm in die Nase, aber auch der süße Duft von Glorys Shampoo. Beides grub sich in seine Erinnerung ein.

„Riechst du das, Glory? So hat sie immer gerochen, wenn sie von der Arbeit kam: nach Schnaps, Zigaretten und dreckigen alten Männern. Ich weiß noch, wie ich den Sonntagmorgen geliebt habe, dann duftete sie immer nach Blüten."

Glory stieß einen Laut aus, der teils Ekel, teils Mitleid verriet. Er wusste nicht, was ihn mehr schmerzte, umfasste ihre Schultern fester und sah all dies mit ihren Augen: schmutzig, krass und herabwürdigend. Er stellte sich vor, wie Glory seine Mutter angesehen, was sie von ihr gehalten hätte. Und er wurde zornig. „Komm weiter."

Er packte sie am Arm und zog sie mit sich zum Wagen.

„Lass mich los, du tust mir weh." Glory wollte sich ihm entwinden.

Er ließ sie los, und sie wich zurück. „Möchtest du unsere kleine

Tour fortsetzen, Prinzessin, oder willst du lieber zurück in die Stadt?"

„Du Bastard!" Sie presste kurz die Lippen zusammen, damit sie nicht bebten. „Warum tust du das?"

„Damit du begreifst."

Er wandte sich schweigend ab und ging zum Wagen, allerdings langsamer, damit sie Schritt halten konnte. Santos schloss auf, und sie stiegen ein.

Sie fuhren zum anderen Ende des Quarters. Das Herz schlug ihm im Hals, als er in die Ursuline Street einbog. Seit die Sozialarbeiter ihn vor vier Jahren weggebracht hatten, war er nicht mehr hier gewesen. Er begann zu schwitzen, zitterte leicht, und das Gefühl des Grauens war einen Moment so stark, dass er kaum atmen konnte.

„Santos?" Glory berührte ihn, doch er war sich dessen kaum bewusst. „Alles in Ordnung?"

Er antwortete nicht. Er konnte nicht.

Sie erreichten das Gebäude. Er hielt den Wagen mitten auf der schmalen Straße an und stieg aus. Santos starrte das Apartmenthaus an und sah, wie es in jener letzten Nacht gewesen war: die Menge, die Einsatzwagen, die Ambulanz, die Polizeiwagen mit ihren pulsierenden Lichtern.

Santos schloss die Augen und durchlebte noch einmal die feuchte Hitze jener Nacht, den Geruch von Schweiß und Angst, seine eigene Panik und wie sich das alles zu einem irrealen Schwindel erregenden Albtraum vermengte.

Es war jedoch kein Traum gewesen.

Er hörte das Raunen der Menge, als die Sanitäter mit der Bahre aus dem Haus kamen.

Glory trat neben ihn und umfasste sein Handgelenk. Er blickte sie an, ohne sie zu sehen. Er sah zwei Männer in Weiß und eine Bahre mit einer stillen Gestalt unter einem Laken.

„Mein Gott.“ Glory musterte ihn besorgt. „Was ist das für ein Ort?“

„Hier haben wir gelebt“, antwortete er und wandte sich wieder dem Gebäude zu. „Meine Mutter und ich.“ Er ging zum Eingang, und das Herz war ihm unerträglich schwer. Vor Kummer atmete er flach und hörte sein Blut in den Ohren rauschen. „Hier ist sie gestorben. Sie wurde ... ermordet. Von einem Freier, sagte man. Durch sechzehn Messerstiche. Hier“, fuhr er mehr zu sich selbst fort und blieb stehen. „Genau hier habe ich sie gesehen. Hier habe ich das Laken zurückgeschlagen und ... ihr Gesicht gesehen.“

Vor seinem geistigen Auge sah er, wie sie in jener Nacht gewesen war: totenbleich, leblos, brutal rot. Er unterdrückte einen Aufschrei und die Tränen, die ihm in die Augen traten. „Sie war so schön. Und ihr Tod war so ... hässlich. Sie hatte nicht verdient, auf diese Weise zu sterben. Es war nicht fair. Es war nicht ...“ Er verschluckte die Worte, verdrängte seinen Schmerz und schwor zornig: „Ich werde den Bastard finden, der das getan hat. Ich werde ihn finden und zur Rechenschaft ziehen.“

Glory führte seine Hand an ihre Lippen, und ihre Tränen benetzten seine Finger.

Von der Straße ertönte lautes Hupen und Schimpfen. Santos blockierte mit seinem in der Mitte stehenden Wagen die schmale Fahrbahn. Er ignorierte den aufgebrachten Fahrer noch einen Moment und schloss die Finger um Glorys. „Verstehst du jetzt, wie wenig wir gemeinsam haben, Prinzessin? Siehst du, wer ich bin?“

Anstatt sich entsetzt abzuwenden oder nur Mitgefühl zu bekunden, umschlang sie ihn mit beiden Armen. Sie legte Santos die Wange an die Brust und hielt ihn fest. „Tut mir Leid“, sagte sie leise mit tränenerstickter, aber fester Stimme. Sie drückte ihn an sich. „Es tut mir so schrecklich Leid.“

Einen Moment blieb Santos starr, wollte ihren Trost zurückweisen und die Gefühle leugnen, die sie weckte. Dann umarmte er sie und vergrub sein Gesicht in ihrem duftenden Haar. „Ich habe sie geliebt“, sagte er mit leiser, erstickter Stimme.

„Ich weiß.“

Zum Hupen der Autos hielten sie einander umschlungen.

26. KAPITEL

Jene Momente im French Quarter änderten alles zwischen Glory und Santos. Aus zwei Fremden waren zwei Vertraute geworden, verbunden durch zarte, aber machtvolle Bande.

Glory akzeptierte diese neue Verbindung fraglos, Santos konnte das nicht. Er bekämpfte sie innerlich und sagte sich, seine Gefühle für Glory seien verrückt, irrational und gefährlich, und vor allem nicht echt. Er betonte immer wieder, sie hätten nichts gemeinsam. Zugleich hatte er das Gefühl, sie entwickelten eine aufrichtige Beziehung.

Am Anfang gaben sie sich damit zufrieden, sich zwei, drei Mal die Woche zu sehen, oft nicht länger als ein oder zwei Stunden. Sie trafen sich an der Schule, in der Bibliothek oder im Einkaufscenter und gingen zusammen weg. Zuerst genügte es ihnen, sich zu küssen, zu umarmen und nur zusammen zu sein.

Doch je häufiger sie zusammen waren, desto mehr Zeit wollten sie miteinander verbringen. Je häufiger sie sich berührten, desto heftiger wurde das gegenseitige Verlangen. Sie wurden gierig und tollkühn. Glory ging Risiken ein, die selbst sie früher für zu groß gehalten hätte.

Dabei wuchs die Angst vor Entdeckung ständig. Nicht mehr lange, und ihre Mutter kam ihnen auf die Schliche. Und dann würde sie garantiert einen Weg finden, sie beide auseinander zu bringen.

Trotzdem konnte Glory sich nicht überwinden, auf Nummer Sicher zu gehen. Länger als vierundzwanzig Stunden ohne Santos zu sein schien ihr unvorstellbar. Er war ihre Sonne, ohne die sie verkümmern und sterben würde.

Deshalb bat sie Liz um Hilfe. Und Liz deckte ihre Rendezvous, wenn Glory mit Santos allein sein wollte, einer in den Armen des anderen.

So wie heute Abend.

Santos hatte Glory hinter jenem Kino aufgelesen, in dem sie sich angeblich mit Liz einen Film ansah, und war mit ihr in einen abgelegenen Teil des Lafreniere Parks gefahren.

Er parkte den Wagen und schaltete die Scheinwerfer aus. Sofort fiel Glory ihm lachend um den Hals und hielt ihm auffordernd das Gesicht hin. Er bedeckte es mit Küssen, so hungrig nach ihr, wie sie nach ihm.

Während er sie küsste, streichelte sie ihn. Doch Berührungen durch die Kleidung reichten ihr nicht mehr. Sie zog ihm das Hemd aus der Jeans und ließ ihre Hände über seinen muskulösen Oberkörper wandern. Der war glatt, warm und unwiderstehlich. Seine Haut zu berühren war ein himmlisches Gefühl.

„Ich habe dich so vermisst", flüsterte sie zwischen zwei Küssen. „Der Tag kam mir endlos lang vor."

„Mir auch." Er küsste sie leidenschaftlich und wich kurz zurück. „Du schmeckst so gut, du fühlst dich so gut an ..." Leise stöhnend küsste er sie wieder.

Sie küssten sich innig, benommen vor Erregung und der Sehnsucht nach Erfüllung. Glory öffnete ihm das Hemd, Santos ihr die Bluse. Sie schob ihm das Hemd über die Schultern herunter. Er zog ihr die Bluse über den Kopf.

„Du bist sehr schön", flüsterte er, und seine Finger wanderten über ihre Schultern und ihre von zarter weißer Baumwolle bedeckten Brüste. Er spürte ihre Gänsehaut und sehnte sich erschauernd nach intimerer Berührung.

Sie legte ihm die Hände und die Stirn an die Brust. Sein Herz pochte kräftig unter ihren Handflächen.

Weiter waren sie im Austausch von Zärtlichkeiten nie gegangen. Santos hatte es so gewollt. Doch diesmal mochte Glory nicht aufhören und sagte es ihm.

„Du weißt nicht, was du redest."

„Doch." Sie griff nach hinten, öffnete ihren BH und ließ ihn über die Arme hinuntergleiten. Kühle Luft streifte ihre Brüste und machte die Spitzen hart.

Santos starrte eine Weile darauf, dann hob er den Blick. „Glory", sagte er, die Stimme rau vor Erregung. „Liebes, das ist keine gute Idee."

„Doch." Sie nahm seine Hände und legte sie auf ihre Brüste. „Bitte, Santos, streichle mich."

Er tat es, umfasste ihre Brüste, und seine Wärme vertrieb die Kälte. Glory erschauerte vor Verlangen und vor Sehnsucht nach mehr. Sie schmiegte sich an ihn. Aufstöhnend vergrub sie die Hände in seinem Haar, als er mit den Lippen ihre Brüste berührte und die Brustspitzen umschloss.

Die reine Wonne, dachte Glory benommen. So wunderbar hatte sie es sich nicht vorgestellt. Sie verstand ein wenig besser, welche Macht ihre Mutter über ihren Vater und Eva einst über Adam hatte. Es hatte mit diesem berauschenden, Sinne benebelnden Glücksgefühl zu tun, das befreien oder fesseln, positiv oder negativ sein konnte. Mit Santos war es befreiend. Sie fühlte sich wie auf Engelsflügeln getragen. Mit ihm zusammen zu sein war richtig, er war ihr Schicksal. Wenn sie daran je einen Zweifel gehabt hätte, wäre er spätestens jetzt getilgt.

Keuchend wich Santos zurück, ließ sich hintenüberfallen, landete auf dem Rücksitz und zog sie mit sich. Sie lag auf ihm, ausgestreckt, die Brüste auf seine Brust gedrückt, ihr Geschlecht auf seinem.

„Santos, mach weiter." Sie presste die Lippen auf seine Brust und spürte seinen wilden Herzschlag. Obwohl es kühl war im Auto und ihr warmer Atem sich an den Scheiben niederschlug, schwitzte Santos. Sie berührte seine salzige Haut mit der Zungenspitze. „Ich will nicht, dass du aufhörst."

Er seufzte: „Wir müssen aber."

„Warum? Ich liebe dich." Sie drückte ihre Hüften gegen seine. „Wir sehen uns jetzt drei lange Wochen nicht." Sie dachte an die Reihe von Karnevalspartys, Bällen und Dinners, die sie von Santos fern halten würden. „Ich will dich so sehr."

„Ich hasse Mardi Gras", stöhnte er. „Ich werde verrückt ohne dich."

„Dann hör jetzt nicht auf." Sie drängte sich wieder an ihn. „Bitte, Santos."

Er hinderte sie an weiteren Bewegungen, indem er ihr die Hände auf den Po legte und festhielt. „Du spielst mit dem Feuer", warnte er mit belegter Stimme.

Sie beknabberte sein Ohrläppchen und schnurrte neckend: „Und mir gefällt das."

„Glory", warnte er wieder, „du solltest ..."

„Was?" Sie lachte leise, und es gelang ihr trotz seines festen Zugriffs, ihr Becken gegen seines zu schieben.

Es ging so schnell, dass es ihr den Atem raubte. Santos richtete sich plötzlich auf, und sie saß rittlings auf seinem Schoß. Ihr kurzer Jeansrock schob sich zu den Hüften hoch und gab ihren weißen Slip und ihren Venushügel preis.

„Mein kleiner Wirbelwind", raunte Santos und strich mit den Händen ihre Schenkel hinauf. „Was soll ich nur mit dir machen?"

Er schob die Hände auf ihren Po, streichelte, massierte, und es war ein herrliches Gefühl. Glory bog den Rücken durch und schnurrte leise, diesmal ohne ihn zu necken.

Santos nahm eine Hand fort und schob sie auf den dünnen weichen Stoff zwischen ihren Schenkeln. Glory schnappte überrascht nach Luft, und er zog die Hand weg.

„Nein ..." Sie legte seine Hand wieder zurück und hob sich ein wenig an, um ihm mehr Platz zu geben. „Nicht aufhören."

Er umschloss sie mit den Fingern, und wieder japste sie. So war sie noch nie berührt worden, und sie war froh, dass Santos der Erste war. Sie bog den Rücken durch, rieb sich an ihm, seiner Hand, seiner Härte, voller Verlangen nach etwas, das sie nicht benennen konnte.

Er schob die Hand unter ihren Slip und fand ihre intimste Stelle. Glory stieß einen kehligen Laut aus, und vergrub die Hände in seinem Haar. „Nicht ... aufhören. Nicht ..." Leise aufstöhnend, legte sie den Kopf zurück und schloss die Augen.

Santos streichelte, zart und leicht, dann kräftiger. Sie merkte überrascht, dass er in ihr war, zärtlich pressend. Es war ein unbeschreibliches Gefühl – hart und gebend, eindringend und willkommend. Er gehörte zu ihr, als wären sie ewig so verbunden gewesen.

Ihr Atem ging keuchend. Sie fühlte sich plötzlich außer Kontrolle, jedoch völlig konzentriert und furchtlos. Sie bewegte sich schneller, ihr Herz pochte wild. Plötzlich schienen Sterne in ihrem Kopf zu explodieren. Sie seufzte seinen Namen, sank nieder und küsste Santos mit hemmungsloser Leidenschaft.

Ihr Herz hämmerte wie nach einem Langstreckenlauf, und ihr Körper pulsierte. Sie fühlte sich wunderbar und herrlich lebendig.

Sie schmiegte den Kopf in seine Halsbeuge und raunte leise zärtliche Worte des Dankes. Nach einigen Minuten kam ihre Welt allmählich wieder ins Lot, und sie merkte, dass er zitterte.

Glory hob den Kopf, sah ihm in die Augen und verstand plötzlich. „O Santos, entschuldige ..."

Er wischte ihr mit einem Finger sanft eine Träne von der Wange, die sie gar nicht bemerkt hatte.

„Was?" fragte er leise, ein Lächeln um die Mundwinkel. „Dass du mich glücklich gemacht hast?"

„Aber wie habe ich ..." Errötend wandte sie kurz den Blick ab, sah ihn aber wieder an. „Wie habe ich dich glücklich machen können? Du hast keinen ..." Verlegen brach sie den Satz ab.

Er lachte leise und intim und nahm ihr Gesicht zwischen beide Hände. „Indem du dich mir völlig hingegeben hast."

„Ich würde dir alles geben, Santos", erwiderte sie inbrünstig. „Alles."

„Nein", widersprach er entschieden. „Das wäre nicht richtig."

Sie legte die Hände auf seine. „Warum nicht?"

„Wegen ..." Er seufzte tief. „Wegen der ganzen Situation. Schau nur, wo wir sind und wie wir uns verstecken. Das ist falsch. Es kommt mir vor wie ein Betrug."

„Es ist kein Betrug." Sie hielt seine Hände fester. „Ich liebe dich, Santos. Wie kann das falsch sein? Wie kann es Betrug sein, jemanden zu lieben?"

„Sag du es mir." Er entzog sich ihr sacht. Ihr kam es wie eine Zurückweisung vor.

Sie nahm erneut seine Hände und wiederholte eindringlich: „Es kann nicht falsch sein. Ich liebe dich mehr als alles auf der Welt. Das glaubst du doch, oder?"

Santos sah sie lange schweigend an, dann senkte er den Blick.

„Santos?" sagte sie tief gekränkt. „Sag mir, dass du mir glaubst. Sag mir, dass du mir glaubst, dass ich dich liebe."

„Tut mir Leid, das kann ich nicht."

Glory wich fassungslos zurück. Das konnte nicht wahr sein. Sie musste sich verhört haben. Er hatte doch nicht gesagt – aber doch, er hatte. Laut und deutlich.

Er glaubte nicht, dass sie ihn liebte. Er glaubte nicht an sie.

Glory rutschte von seinem Schoß, richtete sich den Slip und zog den Rock über Hüften und Schenkel herunter. Plötzlich fühlte sie sich nackt und war verlegen. Was noch vor Augenblicken richtig gewesen war, war jetzt falsch. Tränen verschleierten ihren Blick, als sie ihren BH suchte. Sie fand ihn, drehte Santos den Rücken zu und zog ihn an.

„Ich wollte dich nicht verletzen, Glory", sagte er ruhig und reichte ihr die Bluse.

Sie entriss sie ihm und zog sie über. Sie zitterte so stark, dass sie Mühe hatte, die Knöpfe zu schließen. „Du hast nur die Wahrheit gesagt, richtig? Du warst bloß ehrlich. Nach allem, was zwischen uns war, glaubst du immer noch ... Ach, vergiss es."

„Vielleicht will ich es nicht vergessen. Wenigstens war ich ehrlich."

„Wohl kaum."

„Und das heißt?"

„Das heißt, dass du nicht mal sagst, was du denkst. Dass die große böse Glory für dich nichts weiter ist als ein Hühnerdreck." Sie redete sich in Wut. „Du Halunke. Du warst kein bisschen ehrlich. Du glaubst immer noch, ich treibe Spielchen mit dir. Du hältst mich immer noch für die verwöhnte kleine Prinzessin, die sich nicht um die Gefühle anderer kümmert."

„Gib mir einen Grund, das nicht zu glauben."

Sie holte aus, er hielt ihr die Hand fest. Sie holte mit der anderen aus, er packte auch die und drückte sie an seine Brust. „Werde erwachsen. Nur Kinder drücken sich so herum, wie wir es hier tun. Ich bin kein Kind mehr."

„Trotzdem weißt du nicht so viel, wie du dir einbildest."

„Dann klär mich auf."

Tief verletzt, entriss sie ihm ihre Hände. „Warum sollte ich? Du hältst mich für eine verwöhnte Prinzessin? Gut, wunderbar. Ich werde dir nichts anderes beweisen."

Sie sah ihn wütend an, wollte, dass er klein beigab, sich entschuldigte, aber vor allem, dass er sie liebte wie sie ihn. Doch Santos erwiderte ihren Blick nur entschlossen und ebenso zornig wie sie.

Schließlich senkte er leise fluchend kurz den Blick, sah sie jedoch gleich wieder an. „Wenn du mich so liebst, wie du vorgibst, würdest du deinen Eltern von uns erzählen."

Sie ergriff ängstlich seine Hände und bat ihn zu verstehen. „Du weißt, warum das nicht geht. Ich habe dir von meiner Mutter erzählt. Du kannst alles von mir verlangen, Santos, nur das nicht."

„Alles außer dem? Es ist aber das Einzige, woran mir liegt. Also, was wirst du tun?"

„Sie wird uns vernichten, sie findet einen Weg dazu."

Er wollte widersprechen, überlegte es sich jedoch und sagte bloß: „Und diese Heimlichtuerei vernichtet uns nicht?"

Schließlich kullerten doch Tränen über ihre Wangen. Santos zog Glory in die Arme, und sie legte den Kopf an seine Brust. „Ich mag diese Heimlichtuerei nicht", raunte er zärtlich. „Ich mag keine Lügen. Ich mag nicht, was sie bedeuten."

„Aber es hat nichts zu bedeuten, Santos. Wirklich nicht."

„Es bedeutet, dass du meinst, ich sei nicht gut genug für dich."

„Nein!" Sie befreite sich aus seinen Armen. „Es liegt an meinen Eltern. Sie sind diejenigen ..."

„Die glauben, dass ich nicht gut genug bin für dich?" Sie hörte, welchen Zorn er nicht nur auf ihre Eltern, sondern auch auf sie entwickelte. Als sei es ihr Makel, dass sie deren Tochter war, ob sie deren Ansichten nun teilte oder nicht.

Santos schnaubte verächtlich: „Wenn mein Vater zu den Honoratioren der Stadt gehört hätte, wäre ich gut genug. Wenn ich zum Medizinstudium nach Tulane ginge und so eine helle Haut hätte wie sie, würden sie unsere Gefühle verstehen und sogar gutheißen."

„Daddy ist nicht so. Er ist lieb und verständnisvoll. Aber er ergreift ihre Partei." Bitterkeit und Zorn wallten in ihr auf. „Er hat immer ihre Partei ergriffen, gleichgültig, was sie tat oder sagte."

„Ich mag nicht mehr lügen, Glory. Unsere Gefühle sind nicht falsch, aber was wir tun, ist falsch." Er fuhr ihr mit der Hand durchs Haar und schob ihr eine Strähne aus dem Gesicht. „Wir empfinden etwas füreinander, dafür sollten wir uns nicht schämen. Und wir sollten es nicht verbergen."

„Dräng mich nicht, Santos. Gib mir noch etwas Zeit."

„Ich möchte, dass du Lily kennen lernst. Gleich morgen."

Er hatte ihr von Lily erzählt, der Frau, die ihn von der Straße gelesen hatte. Geradezu trotzig hatte er auch von Lilys Vergangenheit berichtet, als erwarte er, dass sie abfällig über sie urteilen würde. Das tat sie natürlich nicht. Warum auch? Diese Lily schien nett zu sein und war Santos offenbar ebenso zugetan wie er ihr. Ohne sie wäre er vielleicht gestorben. Trotzdem hatte Glory Bedenken, sie kennen zu lernen.

Sie spürte eine tief sitzende Angst, die ihr aufs Herz drückte. Angst vor der Macht ihrer Mutter, vor der Zukunft und davor, ihn zu verlieren. „Wenn ich Lily träfe, wäre das ..." Glory kniff kurz die Augen zusammen. „Ich weiß, du verstehst das nicht, aber ich habe dieses schreckliche Gefühl, dass es mit uns aus ist, sobald jemand von unserer Beziehung erfährt. Sie finden einen Weg, uns auseinander zu bringen. Ich weiß es."

„Das ist doch ein einziger Riesenmist!" explodierte Santos so heftig, dass sie erschrak. Er schob ihre Hände weg, rutschte über den Sitz und stieg aus. Glory folgte ihm fröstelnd in die kühle Nachtluft.

Er stand starr mit dem Rücken zu ihr. Sein Atem kondensierte in der Kälte. „Ich mache so nicht weiter", sagte er ruhig, ohne sich umzudrehen. „Wenn du mich wirklich willst, wenn du dich meiner nicht schämst, musst du deinen Eltern von uns erzählen."

„Ich schäme mich deiner nicht. Das musst du mir glauben." Sie ging zu ihm und wollte ihn umarmen, doch er schüttelte sie ab. Die Zurückweisung kränkte sie tief. „Ich würde gern allen von uns erzählen. Ich möchte dich herumzeigen und stolz sein, dass du mir gehörst."

„Beweise es." Er drehte sich um, und sein Ausdruck stimmte sie hoffnungslos. *Ich verliere ihn, und Mutter gewinnt.*

Das durfte nicht geschehen. Diesmal sollte ihre Mutter ihr das Glück nicht stehlen. Glory straffte sich. „Ich werde mit meinem Vater reden und ihn auf unsere Seite ziehen. Aber zuerst muss ich dir unbedingt ... etwas erzählen. Über meine Mutter. Ich möchte ... dass du verstehst, warum ich sie so fürchte. Wirst du mir zuhören?"

Santos nickte, und sie berichtete mit tränenerstickter Stimme von dem Vorfall in der Bibliothek, vom kleinen Danny, von der irrwitzigen Wut ihrer Mutter, als sie sie überraschte und von ihrer brutalen, unvorstellbaren Strafe.

Obwohl Glory Santos zugewandt war, sah sie das zur grotesken Grimasse verzerrte Gesicht ihrer Mutter. Sie spürte das strafende Kratzen der Nagelbürste, das Brennen des heißen Wassers auf der wunden Haut und hörte die hässlichen, beängstigenden Worte. Und sie sah das Blut aus ihren Schürfwunden ins Wasser tropfen und es rosa färben.

Ich werde dich reinigen, Tochter, und wenn ich dir das Fleisch von den Knochen schrubben muss! Ich werde dich reinigen!

Während Glory erzählend die Schrecken jenes Tages noch einmal durchlebte, baute sich Hysterie in ihr auf und drohte sie zu übermannen. Sie spürte es, wusste jedoch nicht, wie sie es beherrschen oder verhindern sollte.

Sie begann so heftig zu zittern, dass sie kaum noch stehen konnte. Weinend und schluchzend schlang sie die Arme um sich und sank zu Boden.

Santos nahm sie auf die Arme und trug sie zum Auto. Er legte sie vorsichtig auf den Rücksitz, schloss die Tür und stieg auf der anderen Seite neben ihr ein. Dann zog er sie auf den Schoß, in seine Arme, hielt sie lange, wiegte sie und flüsterte leisen Trost.

Glory weinte, bis keine Tränen mehr kamen. Bis das Entsetzen jenes Tages vor acht Jahren wieder in einer dunklen Ecke ihrer Erinnerung verschwand.

„Ich habe das noch nie jemandem erzählt", flüsterte sie ausgelaugt. „Nicht mal Liz. Ich wünschte, ich könnte das alles vergessen."

„Tut mir Leid, Kleines. Es tut mir sehr Leid, dass du dich meinetwegen daran erinnern musstest." Sie sah, welche Vorwürfe er sich machte.

„Ist schon gut. Ich bin froh, dass ich es dir erzählt habe. Ich wollte, dass du es erfährst." Sie legte die Wange an seine Brust, getröstet durch den gleichmäßigen Herzschlag. „Was ich liebe, nimmt sie mir weg. Jede Freude, die ich habe, zerstört sie. So war es immer." Schaudernd schmiegte sie sich enger an ihn. „Sie zerstört unsere Beziehung, sobald sie davon erfährt."

„Das lasse ich nicht zu", raunte er entschlossen. „Ich verspreche dir, sie wird sich nicht zwischen uns stellen, egal, was passiert."

Du wirst sie nicht aufhalten. Das kann niemand.

Doch Glory mochte nicht weiter darüber nachgrübeln. Sie genoss den Augenblick und küsste Santos.

27. KAPITEL

Die Sünde rief ihren Namen laut und deutlich. Das Rufen hallte in ihrem Kopf und übertönte alles. Hope ließ den Hörer auf die Gabel fallen und legte die Hände auf die Ohren. *Ich werde dem Ruf nicht folgen. Ich werde ihm nicht erliegen. Diesmal nicht!*

Das Rufen wurde zum Donnerhallen. Hope sank auf die Knie, krümmte sich und keuchte wie ein Tier. Sie presste das Gesicht auf die Knie. Sie hatte einen Pakt mit dem Teufel geschlossen, und jetzt verlangte er Bezahlung.

Das Vaterunser ging ihr durch den Kopf, die Worte des Rosenkranzes und der 23. Psalm. Sie vermischten sich und schufen einen zusammenhanglosen Mix aus Versprechen und Bitte. Hope klammerte sich an die Worte und benutzte sie, um das Böse zurückzudrängen.

„Nein“, raunte sie und wiederholte es lauter. Sie ballte die Hände so fest zu Fäusten, dass sich ihre Nägel in die Handflächen bohrten. Mit aller Willenskraft stemmte sie sich dem Ruf des Bösen entgegen, und schließlich wurde er leiser. Das Donnern wurde zum Grummeln, das Grummeln zum Murmeln.

Dann war es weg.

Hope hockte noch minutenlang zusammengekauert auf den Knien, erschöpft vom Kampf. Ihr Herzschlag beruhigte sich allmählich. Die Atmung wurde tief und gleichmäßig, ihre schweißnasse Haut trocken. Triumphierend erkannte sie, dass sie vorerst sicher war. Sie hatte das Böse wieder mal geschlagen.

Sie straffte sich und stand unsicher auf. Sie setzte sich vor ihren Frisierspiegel und suchte nach Spuren des Kampfes, fand jedoch keine.

Ein leichtes Lächeln auf den Lippen, löste sie ihr Haar und begann es zweihundert Mal zu bürsten, wie sie es seit der Kindheit tat.

Sie zog die Bürste durchs Haar, und ihre Handballen brannten. Hope dachte an die Augenblicke, ehe die Sünde zu rufen begonnen hatte. Ihre Mutter hatte angerufen und gejammert, sie habe Schwierigkeiten, das letzte Geld aufzutreiben. Ob Hope wirklich die gesamten Fünfhunderttausend brauche. Ihr Buchhalter habe sie davor gewarnt, alle Vermögenswerte zu liquidieren.

Hope verengte ungehalten die Augen. Sie hatte ein Leben lang gegen das Böse gekämpft. Immer wieder hatte sie den Preis für die Sünden ihrer Mutter gezahlt.

Dennoch besaß Lily die Kühnheit zu zögern, ihr einen Gefallen zu tun. Glaubte die wirklich, sie könnte zu Philip gehen, nachdem er die Geschichte von einem Darlehen eines alten Freundes der Familie geschluckt hatte, und sagen, tut mir Leid, ich bekomme nun doch nicht die ganze Summe?

Nein, sie brauchte den Restbetrag. Das hatte sie ihrer Mutter gesagt, allerdings in so Mitleid erregendem Tonfall, dass ihr selbst fast schlecht dabei wurde.

Hope riss an der Bürste und gab einen Schmerzenslaut von sich, da sie sich an den Haaren zog. Ihre Gedanken wanderten zu Philip. O ja, er hatte sich auf die Geschichte von dem alten Freund der Familie gestürzt wie auf einen Rettungsring. „Du erinnerst dich, der, der uns die Baccaratgläser zur Hochzeit geschenkt hat. Die schrecklichen, die wir umgetauscht haben." Passenderweise hatte er sich erinnert.

Hope schnaubte verächtlich. Er war so dankbar gewesen für diese Rettung vor der eigenen Dummheit, dass er keine Fragen gestellt hatte. Obgleich er welche gehabt hatte, das hatte sie ihm angesehen.

Hope lächelte in der Erinnerung. Sie war erleichtert gewesen und angewidert. Philip war ein rückgratloser Narr.

Im Spiegel erkannte sie Glory, die an ihrer halb offenen Schlafzimmertür vorbeizuhuschen versuchte. Hope schwang sich zu ihr herum. „Glory Alexandra, bist du das?"

Hope hörte sie seufzen und lächelte. Ihre Tochter hatte etwas vor, wenn sie auch nicht wusste, was. Bis sie es erfuhr, würde sie das Mädchen in dem Glauben lassen, es käme damit durch. Genau wie Philip war auch Glory leicht zu kontrollieren.

„Ja, Mutter."

„Komm bitte her."

Glory erschien im Türrahmen, kam jedoch nicht ins Zimmer. Sie verschränkte die Arme vor der Brust, die Miene trotzig. „Was?"

„Wie war ‚Mask'?" Glory schien verwirrt, und Hope sah sie forschend an. „Der Film?"

„Oh, ganz okay", erklärte sie achselzuckend. „Liz gefiel er besser als mir."

„Tatsächlich." Hope zog eine Braue hoch. „Und wieso?"

Glory zögerte, und ihre Wangen bekamen einen rosa Hauch. Hope gab vor, es nicht zu bemerken. „Es war einfach so," erklärte Glory. Ihr Blick schweifte durch den Raum, dann sah sie ihre Mutter wieder an. „Wo ist Daddy?"

„Im Hotel." Hope machte eine abfällige Geste mit der Bürste. „Einer dieser kleinen Notfälle."

„Mutter, dein Handgelenk!" sagte Glory erschrocken. „Du blutest!"

Hope sah hin. Vom Bürstengriff lief ein Blutstropfen am Handgelenk hinab. Die Manschette ihres weißen Bademantels war rot verschmiert. Sie starrte darauf, für Sekunden aus dem Gleichgewicht gebracht.

Glory kam einen Schritt näher. „Ist alles in Ordnung mit dir?"

Hope schluckte trocken und rang um Fassung. „Es ist nichts", wehrte sie ab und legte die Bürste beiseite. „Nur ein Kratzer."

Sie wischte sich das Blut mit einem Papiertuch ab und sah ihre

Tochter wieder an. „Du hast nicht vergessen, dass wir nächste Woche verschiedene gesellschaftliche Verpflichtungen haben, beginnend mit dem Krewe-Bankett?"

„Nein, Mutter, habe ich nicht."

„Bis dahin läuft der Mardi Gras auf vollen Touren. Ich fürchte, dein kleiner Liebling wird die nächsten Wochen ohne dich auskommen müssen."

Glory erbleichte. „Mein kleiner Liebling?"

„Na, Liz natürlich." Sie betrachtete ihre Tochter argwöhnisch. „Wen sollte ich denn sonst meinen?"

„Niemand", erwiderte Glory rasch. „Ich würde sie nur nicht als meinen ‚kleinen Liebling' bezeichnen. Das klingt, als wäre sie ein Kind."

Hope musterte ihre Tochter noch einen Moment und nahm dann die Bürste wieder auf. „Du weißt, Glory, wenn ich herausfinde, dass du mich anlügst, werde ich dich bestrafen. Sollte ich jedoch herausfinden, dass du gegen den Herrn gesündigt hast ...", sie fing den Blick ihrer Tochter im Spiegel auf, „... wirst du es zutiefst bedauern."

Glory versicherte ängstlich: „Ich tue nichts Unrechtes, Mutter, wirklich, ich ..."

„Ich könnte dich wegschicken", fuhr Hope fort und sah mit Freude, wie Glory sich wand. „An Orte, wo du nicht ständigen Versuchungen ausgesetzt bist. Orte, an denen es Menschen gibt, die wissen, wie man mit widerspenstigen Mädchen umgeht."

Glory wich zurück, das Gesicht kreidebleich. „Du würdest mich ... wegschicken?"

„Ich würde es natürlich nicht gern tun. Ich weiß, wie deine Freunde und dein Zuhause dir fehlen würden. Aber wenn es sein muss, tue ich es." Hope lächelte über die Angst ihrer Tochter. „Verstehst du mich?" Glory nickte, und Hopes Lächeln wurde breiter.

„Du siehst müde aus, und die Messe beginnt früh. Du solltest zu Bett gehen."

Glory zog sich in den Flur zurück und blieb noch einmal stehen. „Sag ... Daddy, dass ich gute Nacht gesagt habe. Und dass ich ... dass ich mit ihm ..." Sie bekam offenbar Panik. „Ach, egal."

Hope wandte sich wieder dem Spiegel zu. „Schließ bitte die Tür hinter dir."

Glory tat es. Sobald das Schloss zuschnappte, entglitt Hope die Haarbürste und stieß auf der Kommode ein Parfümfläschchen um. Der Duft von *Poison* strömte durch den Raum. Hope öffnete ihre bebenden Hände und starrte auf die roten Flächen.

Opferblut. Wie das Blut Jesu am Kreuz. Die Sünde verlangt ihr Opferlamm.

Hope schlug die Hände vors Gesicht. Sie waren feucht und klebrig vom Blut. Ein schwacher Moschusgeruch mischte sich mit dem des verschütteten Parfüms. Ihr Magen rebellierte, sie sprang auf und stürzte ins Bad.

28. KAPITEL

Liz wurde mit jeder Minute unruhiger. Stirnrunzelnd sah sie auf ihre Uhr. Sie war um genau Viertel nach neun hier, in der Damentoilette des Fairmont Hotels, mit Glory verabredet. Wo steckte sie?

Liz begann nervös hin und her zu gehen. Was tat sie bloß hier? Was war in sie gefahren, diesem verrückten, gefährlichen Plan zuzustimmen? Sie würde in Glorys Rolle schlüpfen und vor vierhundert oder noch mehr Menschen so tun, als wäre sie Glory St. Germaine. Sie musste den Verstand verloren haben.

Liz betrachtete ihr blasses Gesicht in einem der Spiegel über den Waschbecken. Sie zitterte. Als Glory ihr den Vorschlag unterbreitet hatte, sie sollten auf diesem *bal masqué* die Rollen tauschen, war sie skeptisch gewesen, aber neugierig. Glory hatte nicht lange gebraucht, sie für den Plan einzunehmen, und beteuert, es sei nicht so riskant, wie sie glaube. Sie und Liz hatten dieselbe Größe und Schuhgröße und etwa dieselbe Figur. An dem Ball nahm immer eine riesige Menschenmenge teil, und der Saal war nur schwach erleuchtet. Ihre Mutter kümmerte sich nicht um sie, und ihr Vater hatte an der Bar zu tun. Wenn Liz die Maske aufbehielt und am Rande des Raumes blieb, würde alles glatt gehen.

Liz hatte sich nicht nur erwärmt für den Plan, sie war ganz begeistert gewesen. Sie hatte schon immer auf einen richtigen Maskenball gehen wollen, wie sie ihn aus historischen Erzählungen des alten Südens kannte. Außerdem war sie begierig, zu sehen, wie die andere – Glorys – Hälfte der Menschheit lebte. Den Ausschlag hatte jedoch ihr Wunsch gegeben, einmal Glory zu sein, wenn auch nur für eine Nacht.

Ihre Wangen röteten sich. Liz berührte sie und schämte sich ihrer Gedanken. Für was hielt sie sich? Für Aschenbrödel? Glaubte sie etwa, eine andere zu sein, wenn sie deren Kleider trug, oder gar den Prinzen zu bekommen?

Na sicher. Liz wandte sich vom Spiegel ab. Einmal die hässliche Stiefschwester, immer die hässliche Stiefschwester.

Sie ging zur Tür und lugte in den Flur. Sie konnte den ganzen Korridor bis zu den Fahrstühlen hinunterblicken. Keine Glory. Seufzend schloss sie die Tür wieder und ging zum Sofa im Schminkraum. Sie setzte sich und stützte das Kinn auf eine Faust.

Sie hätte wissen müssen, dass Glory sich verspätete. Das tat sie in letzter Zeit oft. Und sie, Liz, blieb immer öfter allein und deckte Glory, damit sie mit Santos zusammen sein konnte. Zuerst hatte Glory sie nur gelegentlich darum gebeten, und sie hatte gern geholfen. Doch in letzter Zeit geschah es fast täglich. Glory war ihre beste

Freundin, und sie würde alles für sie tun, aber sie wurde der Sache allmählich überdrüssig und begann sich zu ärgern.

Früher hatten sie zusammen etwas unternommen, hatten gelernt, Filme gesehen, waren zum Einkaufen oder in die Bibliothek gegangen oder im Audobon Park Rad gefahren. Heute verbrachte sie nur noch *angeblich* Zeit mit Glory. Das war wohl der Preis, den man zahlen musste, wenn die beste Freundin bis über beide Ohren verliebt war.

Liz stieß mit der Spitze ihres Turnschuhs in den dicken Orientteppich. Je verliebter Glory war, desto größer wurde Liz' Sorge, dass sie ertappt wurden. Sie hatte Glory noch nie so tollkühn erlebt und nicht geglaubt, dass sie im Hinblick auf ihre Mutter so sorglos sein könnte.

Nicht mehr lange, und Glorys Mutter würde die Veränderung an ihrer Tochter feststellen.

Falls sie das nicht schon getan hatte.

Bei dem Gedanken rieb Liz sich fröstelnd die Arme. Hope St. Germaine machte ihr Angst, obwohl sie ihr immer nur freundlich begegnet war.

Liz kaufte ihr die Freundlichkeit jedoch nicht ab und durchschaute, was dahinter steckte. Hope St. Germaine glaubte, dass Liz Sweeney einen guten Einfluss auf ihre Tochter hatte, also sanktionierte sie die Freundschaft vorläufig. Das konnte und würde sich ändern, sobald Hope fand, dass Liz nicht mehr die geeignete Freundin für ihre Tochter sei.

Hope St. Germaine war eine mächtige Frau. Mächtig und kalt. So kalt, dass es Liz manchmal bei ihrem Anblick fröstelte. Sie bezweifelte nicht, dass sie diese eisige Macht notfalls rücksichtslos gegen sie einsetzen würde.

Sie wusste auch, dass sie dann keine Möglichkeit mehr hatte, sich zu schützen. Als Stipendiatin musste sie den höchsten Anforderungen an Anstand und Moral genügen. Ein Fehltritt, und sie war draußen. Daran hatte die Akademie keinen Zweifel gelassen.

Eine Mutter kam mit zwei Kleinkindern herein, beide müde und quengelig. Sie schob sie durch den Toilettenraum in eine Kabine. Liz sah ihnen nach, doch ihre Gedanken weilten bei Glorys Mutter. Als sie Glory ihre Sorgen mitgeteilt hatte, hatte die gemeint, sie mache sich zu viele Gedanken. Ihre Mutter habe keine Ahnung, und bekäme sie dennoch Wind von der Romanze, dann würde sie sie bestrafen und nicht Liz.

Trotzdem wurde Liz das Gefühl drohenden Unheils nicht los. Glory hatte ihr von dem Streit mit Santos erzählt und wollte nun bald ihren Vater ins Vertrauen ziehen. Wenn sie das tat, kam alles heraus. Glory hatte Angst, das wusste Liz, aber nicht genug, um Vorsicht walten zu lassen oder gar Santos nicht mehr zu sehen.

Sie verstand Glory durchaus, mehr als sie sollte. In den letzten zwei Monaten hatte sie einige Zeit mit Glory und Santos verbracht. Glory hatte darauf bestanden, dass sie ihn kennen lernte. Sie wollte, dass Liz ihn auch fabelhaft fand.

Und das tat Liz. Sie hielt ihn für den wunderbarsten Burschen, der ihr je begegnet war. Er war klug und lustig und sah umwerfend gut aus. Er brachte sie zum Lachen und gab ihr das Gefühl, hübsch zu sein. Außerdem fand er es nicht abschreckend, dass sie so klug war. Er bewunderte ihre Intelligenz, sagte er jedenfalls. Sie verstanden einander auf eine Art, wie er und Glory das nie könnten. Weil sie einen ähnlichen familiären Hintergrund hatten und beide in gewisser Weise ihren eigenen Weg ins Leben finden mussten.

Sie war mehr als nur ein bisschen in Santos verliebt.

Liz nagte an ihrer Unterlippe. Sie verabscheute, dass sie so für Santos empfand. Und sie verabscheute diese quälende, hassenswerte Hoffnung, dass er und Glory sich irgendwann trennten. Das war illoyal und unehrlich. Außerdem würde sie ihren Gefühlen für Santos nie nachgeben. Ihre Freundschaft zu Glory war wichtiger, die würde sie nie verraten.

Nicht, dass Santos einen zweiten Blick auf sie verschwenden würde. Liz fuhr mit dem Finger über den Polsterstoff. Selbst wenn es Glory nicht gäbe, wäre Santos für sie unerreichbar. Er sah zu gut aus, er war zu cool für einen kleinen Bücherwurm wie sie.

Grübelnd sank Liz gegen die weichen Kissen und dachte an ihre Zukunft. Eines Tages würde sie reich, respektiert und erfolgreich sein. Sie würde ein Mittel gegen Krebs erfinden oder etwas anderes, das die Welt veränderte. Dann machte es nichts mehr, dass sie weder hübsch noch kurvenreich, noch charmant war.

Die Akademie war erst der Anfang. Mit Bestnoten von dort konnte sie Stipendien fürs College bekommen. Sie würde alles haben, was sie sich erträumte.

Die Mutter mit den Kindern kam aus dem Toilettenraum und schob die Kleinen freundlich lächelnd durch den Sitzbereich an Liz vorbei. Liz erwiderte das Lächeln. Die Frau erinnerte sie an ihre eigene Mutter. Als sich die Tür hinter den dreien schloss, hörte sie ein kleines Mädchen rufen: „Schau, Mommy, eine Prinzessin."

Glory! Liz sprang auf. *Endlich.*

Glory wirbelte in den Schminkraum, und Liz hielt den Atem an. Ihr Kleid war aus zartem, in allen Schattierungen von Pfauenfedern changierendem Stoff gemacht und mit Goldlitzen abgesetzt. Glory war die Prinzessin, die Liz in ihren Träumen gern gewesen wäre.

Liz legte eine Hand an die Brust, fast schwindelig vor Aufregung. „Du bist spät dran", sagte sie atemlos.

„Ich wollte den idealen Moment abpassen, um aus dem Ballsaal zu entwischen."

„Deine Mutter?"

„Spielt die Bienenkönigin, sicher umschwärmt von einer Gruppe bewundernder Matronen. Sie hat mir den ganzen Abend noch keinen Blick zugeworfen." Glory holte tief Luft. „Das wird ein Spaß und ein Abenteuer."

„Ich habe solche Angst, ich mache mir gleich in die Hose."

Glory lachte und legte einen Finger an die Lippen. Auf Zehenspitzen schlichen sie zur Behindertentoilette. Vorsichtig und leise tauschten sie die Kleidung. Glory hatte das Problem ihrer unterschiedlichen Haarfarben mit einer perlenbesetzten Kappe gelöst. Sie half Liz beim Anziehen, zog ihr den Reißverschluss des Kleides zu und passte ihr sorgfältig die aufwendig gearbeitete Federmaske an. Obwohl Liz' Gesicht nur halb verdeckt war, erkannte man sie kaum.

„Du siehst fantastisch aus", flüsterte Glory mit strahlenden Augen.

„Wirklich?" Liz blickte an sich hinab, fuhr mit den Händen über Taille und Hüften und dachte wieder an Aschenbrödel. „Das ist das schönste Kleid, das ich je gesehen habe. Es muss ein Vermögen gekostet haben."

„Du kannst es behalten. Ich will nur Santos." Glory schlang die Arme um sich. „Heute ist die Nacht, in der alle meine Träume wahr werden."

Liz sah ihre Freundin scharf an. Glorys Wangen brannten, ihre Augen strahlten. *Etwas ist im Busch. Etwas, das weit über den Rollentausch hinausgeht.* Liz sagte stirnrunzelnd: „Okay, Glo, spuck's aus. Was verschweigst du mir?"

Glory wollte schon antworten, entschied jedoch anders. „Komm, du musst dich im Spiegel sehen." Sie öffnete die Tür der Toilettenkabine, vergewisserte sich, dass die Luft rein war, und zog Liz zum Spiegel.

„Bin das wirklich ich?" fragte Liz verblüfft.

„Ich sagte ja, du siehst fantastisch aus."

Liz neigte den Kopf zur Seite, um sich genauer zu betrachten. „Nicht mal mit Maske sehe ich aus wie du."

„Du ähnelst mir ausreichend. Du darfst nur Mutter und Daddy nicht zu nahe kommen.“

Liz schauderte bei der Vorstellung, Hope St. Germaine könnte sie enttarnen. „Keine Bange, ich habe nicht vor, irgendwem zu nahe zu kommen, ihr schon gar nicht.“

„Hier.“ Glory reichte Liz ihre Abendtasche, die aus dem gleichen Material gemacht war wie das Kleid. „Mein Lipgloss ist da drin und auch ein Taschentuch. Sollte dir jemand zu sehr auf die Pelle rücken, täusche einen Hustenanfall vor und lauf in die Toilette.“

Liz nahm zitternd die Tasche an. „Ich kann nicht glauben, dass ich das tue.“

Glory presste eine Hand auf ihren Magen. „Ich habe Schmetterlinge im Bauch.“

„Ich auch.“ Liz betrachtete sich im Spiegel und wünschte, Glory etwas ähnlicher zu sein. „Was, wenn ...“

„Kein Was und kein Wenn. Wir ziehen das jetzt durch.“

„Sei vorsichtig.“ Liz ergriff Glorys Hand. „Pass auf, dass dich niemand sieht.“

„Mach ich.“ Glory drückte ihr die Hand. „Bleib am Rand. Sieh zu, dass Mutter gelegentlich einen Blick auf dich erhascht, dann ist sie zufrieden.“

„Was ist mit deinem Vater?“

„Ich verspreche dir, dass er den ganzen Abend an der Bar ist. Geh nur nicht in seine Nähe.“

Liz kicherte nervös: „Ich habe zwar Angst, aber ich bin auch freudig aufgeregt.“

„Ich weiß, mir geht es genauso.“ Glory umarmte sie. „Ich hab dich lieb, Liz. Du bist die beste Freundin auf der ganzen Welt. Wir treffen uns um halb zwölf hier wieder.“

„Auf den Punkt. Verspäte dich nicht, Glory. Nicht heute Nacht.“

„Ich versprech's."

Sie gingen zur Tür, Liz lugte hinaus und trat in den leeren Flur. Glory zog sie noch einmal zurück. „Was?" fragte Liz erstaunt.

„Ich bin so ... glaubst du ..." Glory verstummte, und ihre Augen glitzerten feucht. „Glaubst du, Santos liebt mich? Ich ... ich muss einfach wissen, ob ich das Richtige tue."

Glorys Frage, ihre Unsicherheit machten Liz besorgt. „O Glo, natürlich liebt er dich. Ich weiß es. Wenn er dich ansieht ..." Liz konnte nicht weitersprechen. Wenn Santos Glory ansah, tat ihr das Herz weh, weil sie wünschte, jemand würde sie einmal so ansehen. Doch sie fürchtete, es kam nie dazu.

Ich werde nie die Prinzessin sein, und ich werde den Prinzen nicht bekommen. Er gehört Glory.

„Wenn Santos dich ansieht", wiederholte sie leise und wehmütig, „sehe ich, was er fühlt. Er ist verrückt nach dir."

„Warum sagt er es mir dann nicht?" fragte Glory mit tränenerstickter Stimme. „Wenn ich wüsste, dass er mich liebt, könnte ich es mit allen aufnehmen, Liz. Sogar mit meiner Mutter."

Liz wusste darauf keine Antwort. Und erst nachdem Glory zu ihrem Treffen mit Santos gegangen war und Liz den Ballsaal erreichte, fragte sie sich, was Glory gemeint hatte, ob sie das Richtige tue. Was hatte sie vor?

29. KAPITEL

Hope schlüpfte mit wildem Herzklopfen aus dem Ballsaal. Unter dem aufwendig mit Perlen bestickten Kleid trug sie ein altmodisches schwarzes Korsett, Strümpfe und sonst nichts. Die Korsettstangen bissen ihr strafend ins Fleisch, und sie war dankbar für den Schmerz.

Sie verdiente die Strafe. Sie war schwach und böse. Sie verdiente, von der Hand des Allmächtigen niedergestreckt zu werden. Sie hörte die Worte der Heiligen Schrift in ihrem Kopf, die sie baten, innezuhalten und zurückzugehen.

Sie versuchte es, doch die Stimme der Sünde trieb sie weiter und forderte Bezahlung. Das Böse verlangte nach Befriedigung.

Hope fuhr mit dem Fahrstuhl in die fünfte Etage. Sie ging den Flur ohne Angst vor Entdeckung entlang. Falls ihr jemand begegnen sollte, würde sie erklären, dass sie sich ein Zimmer genommen hatte, damit sie sich während des Balls ausruhen konnte. Wie sie überall kundgetan hatte, litt sie schon seit über einer Woche unter dem Wetter.

Sie näherte sich dem Raum. Das Flüstern des Kleiderstoffes an ihren Beinen war wie ein verbotenes Lied. Mit jedem Schritt schien das Korsett enger zu werden, und der Schmerz wurde irrsinnig erotisch. Das Rauschen des Blutes in ihren Ohren erreichte ein betäubendes Crescendo.

Nummer 513. Sie blieb vor der Tür stehen und holte tief und zittrig Atem. Ihr Zuhälter, ein grober, aber schlauer kleiner Mann, würde für alles gesorgt haben. Er hatte das schon viele Male für sie arrangiert.

Ein Schild „Bitte nicht stören“ hing an der Tür. Sie klopfte trotzdem, sie wurde erwartet.

Von drinnen kam ein Laut, der nicht eigentlich menschlich war. Hope ergriff den Türknauf und drehte. Die Tür schwang auf, und Hope schlüpfte ins Zimmer. Es war dunkel, aber nicht leer. Sie hörte das leise Keuchen des männlichen Wesens.

Während sie sich dem Bett näherte, erkannte sie seine Umrisse. Er war nackt, lag auf dem Bauch und war mit Bändern ans Bett gefesselt.

Mit einem kehligen Schrei fiel sie über ihn her.

30. KAPITEL

Santos stand in der Tür des Badehäuschens am Pool und fand ihn unglaublich schön im kalten Mondlicht. Vom erwärmten Wasser stieg leichter Dunst auf und hüllte die Umgebung in einen zarten Nebel, der eine magische, intime Welt schuf.

Santos hatte gezögert, hierher, ins Haus ihrer Eltern, zu kommen. Glory hatte jedoch beteuert, dass sie ungestört sein würden, da ihre Eltern auf dem Maskenball waren und die Bediensteten freihatten.

Er war froh, hergekommen zu sein. Es war wunderbar gewesen, unbekümmert bei ihr zu liegen, sich auszustrecken und das Beisammensein zu genießen.

Er atmete tief durch, fast betrunken von der Nachtluft, von Glorys Duft auf seiner Haut und dem Bewusstsein, dass sie nun wirklich ihm gehörte.

Ich liebe sie. Santos verengte nachdenklich die Augen. *Gütiger Himmel, wie hat das nur geschehen können?*

Er schaute über die Schulter. Die Tür war noch geschlossen. Er hörte das schwache Rauschen von Wasser. Sie war jetzt schon einige Minuten da drin. Länger, als sie brauchte, um Haar und Gesicht wieder in Ordnung zu bringen.

„Verdammt", raunte er und wusste, dass er sie gekränkt hatte. Sie sehnte sich nach einer Liebeserklärung von ihm. Schon lange. Er sah es ihr an, wenn sie zusammen waren, und hörte es an ihrem sehnsüchtigen Ton, wenn sie ihm ihre Liebe gestand. Nun, nachdem sie miteinander geschlafen hatten, sehnte sie sich umso mehr danach.

Unsere Liebesnacht. Noch so etwas, das er nicht hätte zulassen dürfen.

Er stopfte die Hände in die Jeanstaschen. Aber Glory hatte sich ihm so lieb und leidenschaftlich angeboten, dass er nicht mehr imstande gewesen war, ihr zu widerstehen. Noch während er sich eingeredet hatte, die Beherrschung zu bewahren, war sie ihm entglitten.

Er atmete tief ein. Sie war Jungfrau gewesen. *War.* Nun nicht mehr. Jetzt war sie sein, und er würde sie nicht mehr hergeben. Niemals. Nicht kampflos.

Sie öffnete die Tür. Glory stellte sich neben ihn. „Es ist eine schöne Nacht."

„Ja, das ist es." Er umschlang sie mit beiden Armen, zog sie an sich und legte das Kinn auf ihren Kopf. „Wenn ich hier leben würde, verbrächte ich viel Zeit an dieser Stelle. Zu viel vermutlich."

Sie murmelte etwas Unverständliches und lehnte sich stärker an. Er merkte, dass sie zitterte, und zog sie fester an sich. „Kalt?" fragte er und rieb seine Wange an ihrem seidigen dunklen Haar.

„Nicht mehr."

„Gut." Er ließ die Finger durch ihr Haar gleiten und spürte den heftigen Drang, sie immer zu beschützen. Er würde alles für sie tun, seinem bisherigen Leben den Rücken kehren und Zugeständnisse machen, die er vor einer Stunde noch nicht für möglich gehalten hätte. Er liebte sie so sehr, dass es ihm Angst machte.

Wenn er ihr doch nur völlig vertrauen könnte, wenn er bloß nicht diese nagenden Zweifel an ihr hätte. Sie war zu jung und zu privilegiert, sie waren zu verschieden, um jemals wirklich zusammenzugehören.

Wenn sie sich ihren Eltern gestellt und ihre Liebe gestanden hätte, würde er ihr rückhaltlos sein Herz schenken. Dann hätte er keine Angst, ihr zu trauen.

Teilweise verstand er ihre Bedenken, jedoch nicht ganz. Er wollte, dass sie sich zu ihm bekannte. Sie sollte allen, einschließlich ihren Eltern, stolz erklären, sie wolle nur ihn. Solange sie das nicht tat, konnte er ihr nicht die ersehnte Liebeserklärung geben.

Sie seufzte, und er beugte sich weiter hinunter. „Du bist still heute Abend."

„Ja, bin ich." Sie schmiegte sich enger an ihn.

„Tut es dir Leid?" Er sandte ein Stoßgebet zum Himmel, sie möge nicht Ja sagen. Er machte sich auch so schon genug Vorwürfe.

„Nein." Sie wandte ihm das Gesicht zu und sah ihn forschend an. „Dir etwa?"

„Nein, wie könnte es", erwiderte er sanft. „Es war noch nie so ... wunderbar."

Das stimmte. Es war fast unerträglich schön gewesen.

Sie drehte sich in seinen Armen zu ihm um. „Hattest du ... schon viele Mädchen?"

„Nicht viele." Er wählte seine Worte mit Bedacht. „Aber ein paar."

Sie krallte die Finger in sein Hemd. „Haben sie dir etwas bedeutet – oder eine besonders?"

„Nein. Nicht ..." Er musste sich räuspern. „Nicht so wie du."

Sie sah ihn einen Weile stumm an und wiederholte nachdrücklich: „Es tut mir nicht Leid. Kein bisschen."

Zärtliche Gefühle für sie überschwemmten ihn geradezu, und er bemühte sich tief durchatmend, seiner Rührung Herr zu werden. „Das freut mich", flüsterte er. „Es wäre schlimm für mich, wenn du jetzt traurig wärst."

Lange hielten sie einander nur schweigend fest. Santos hätte nicht gedacht, dass es so zwischen Mann und Frau sein kann: heiß und leidenschaftlich, zart und harmonisch. Er kannte bisher kein Paar, bei dem es so gewesen war.

Wenn Glory bloß älter wäre. Dann könnten sie heiraten und notfalls miteinander weggehen.

„Woran denkst du?" fragte sie und wich ein wenig zurück, um ihn ansehen zu können.

Er ließ den Daumen über ihre volle Unterlippe gleiten. „Warum fragst du?"

„Weil du geseufzt hast."

Er war sich dessen nicht bewusst gewesen und fürchtete schon, sie könnte seine Gedanken lesen. „Ich dachte über das Wenn nach."

„Verstehe ich nicht."

„Eine meiner Sozialarbeiterinnen sagte immer: ‚Tja, wenn das Wörtchen wenn nicht wär ... Werde erwachsen, Victor.' Sie war keine besonders mitfühlende Seele."

Glory schlang die Arme fester um seine Taille. „Ich glaube, ich hasse sie."

„Nicht nötig. Ich habe sie damals so gehasst, das reicht für zwei."

„Und ... über welches Wenn hast du eben nachgedacht?"

„Ich glaube, das weißt du."

Sie wusste es offenbar, denn ihre Augen füllten sich mit Tränen, und sie senkte den Blick.

„Ist schon in Ordnung, Glory."

„Wirklich?"

Er nickte nur. „Um welche Zeit musst du zurück sein?"

„Halb zwölf." Ihr war das Bedauern anzuhören. „Ich habe Liz versprochen, pünktlich zu sein."

„Es ist fast so weit."

Glory seufzte: „Dann gehen wir besser, sonst macht sie sich Sorgen."

Keiner bewegte sich, die Sekunden verstrichen. Santos vergrub die Finger in ihrem Haar und küsste Glory innig, um ihr zu zeigen, dass sie zu ihm gehörte. Schließlich gab er sie frei. „Ich wünschte, wir müssten jetzt nicht gute Nacht sagen."

„Wenn doch bloß ..." Sie sahen einander an und lachten über die Wortwahl.

In stillem Einvernehmen gingen sie zum Wagen. „Bist du sicher, dass dich niemand gesehen hat?“ fragte Santos nach einem Moment. „Dass deine Mutter keinen Verdacht schöpft?“

„Es hat mich niemand gesehen, und Mutter ist völlig ahnungslos. Sie hat heute Abend kaum Notiz von mir genommen, Gott sei Dank.“

Er blieb stehen und wandte sich ihr zu. „Glory, wir müssen über deine Eltern sprechen.“

Sie legte ihm einen Finger an die Lippen. „Nicht heute Nacht. Bitte, Santos. Der Abend ist etwas Besonderes gewesen. Es ist unsere Nacht, und die möchte ich nicht verderben.“

Er nickte, doch die Situation belastete ihn. Er wünschte, seine Zweifel überwinden und ihr völlig vertrauen zu können. Aber er konnte es nicht. Dafür waren seine Lebenserfahrungen zu bitter gewesen. „Okay“, gab er leise nach und wich einen Schritt zurück. „Wir reden nach Mardi Gras über alles.“

Sie nickte. „In Ordnung. Nach Mardi Gras.“

Santos schloss ihr den Wagen auf, doch bevor Glory einstieg, nahm er ihre Hände und führte sie an seine Lippen. Er sah, wie besorgt sie war. „Uns kann niemand etwas tun, Glory. Nicht wenn wir wirklich aneinander glauben. Dann sind wir sicher, das verspreche ich dir.“

31. KAPITEL

„Mrs St. Germaine, hier ist ein Mädchen, das mit Ihnen sprechen möchte. Eine Bebe Charbonnet. Sie sagt, sie ist eine von Glorys Freundinnen von der Akademie.“

Hope tippte mit dem Zeigefinger auf den Goldrand ihrer Teetasse. In den letzten zwei Tagen seit dem Maskenball benahm Glory sich eigenartig. Aufgeregt. Nervös. Schuldbewusst, aber heiter. Und jetzt das.

Mrs Hillcrest eskortierte den Teenager herein. Hope ließ ihren Blick über das Mädchen schweifen. Sie trug eine A. I. C.-Uniform und sah wie die sprichwörtliche Katze aus, die an der Sahne genascht hat. Hope stand lächelnd auf. „Hallo, Bebe, meine Liebe. Komm herein."

Bebe blieb vor ihr stehen, rang die Hände und hatte zwei rote Flecken auf den Wangen. „Hallo, Mrs St. Germaine."

„Wie geht es deiner Mutter?"

„Sehr gut, vielen Dank."

„Grüß sie von mir."

„Werde ich."

Hope setzte sich wieder, bot Bebe jedoch keinen Platz an. Sie trank einen Schluck Tee und betupfte die Lippen mit der Serviette. „Was kann ich heute Morgen für dich tun?"

„Nun ja, ich ..." Bebe räusperte sich, offenbar eingeschüchtert. „Ich weiß nicht, wie ich das sagen soll – und ich wäre sicher nicht hier, wenn ich Glory nicht so sehr mögen würde. Ich kann nicht mit ansehen, wie sie sich wegen eines *solchen* Jungen ruiniert."

Hope erstarrte. Das war es also – ein Junge. Sie hätte es wissen müssen. Glory war schließlich eine Pierron. Sie trug die Sünde in sich. „Fahre fort."

„Es war auf dem Ball Samstagnacht, und ich sah ..." Bebe holte tief Luft, „... ich sah, wie sie das Hotel verließ, um sich mit diesem Jungen zu treffen. Gegen neun. Sie sind in seinem Wagen weggefahren."

„Neun Uhr?" Hope dachte nach. „Das kann nicht sein, Bebe. Ich habe sie um Viertel nach neun gesehen und später auch noch."

„Das war nicht Glory. Das ..." Sie unterbrach sich und musste ein breites Grinsen unterdrücken. Dann räusperte sie sich und fuhr fort: „Ich glaube, das war Liz Sweeney. Denn ich habe Liz im Hotel gesehen, und sie wäre normalerweise nicht dort gewesen. Ich bin mir aber sicher, dass ich Glory gesehen habe, wie sie in Jeans das Hotel verließ. Minuten später habe ich Glory dann wieder gesehen." Triumphierend fügte sie hinzu: „Besser gesagt, ihr Kleid."

Rollentausch. Glory und ihre Freundin hatten sie sauber hinters Licht geführt. *Hinterhältige Gören!*

Ein solcher Betrug konnte nicht ungestraft bleiben.

„Dir ist Samstagnacht eine Menge aufgefallen, liebe Bebe."

Bebes Wangen röteten sich. „Wie gesagt, ich wäre nicht hier, wenn mir Glory nicht so am Herzen liegen würde."

„Da bin ich sicher", erwiderte Hope und verabscheute dieses verschlagene, wichtigtuerische Mädchen. Aber mit der würde sie sich später befassen.

Hope stand zornbebend auf, ging zum Fenster und sah in den hellen kühlen Tag hinaus. „Kennst du diesen Jungen? Geht er zu den Jesuiten oder den Christlichen Brüdern auf die Schule?"

Bebe schüttelte den Kopf. „Ich kenne ihn nicht. Und er ... er sieht älter aus. Ehrlich gesagt ..." Bebe blickte kurz über die Schulter, als fürchte sie Mithörer, „... er sieht nicht nach einem Jungen aus, der diese Art Schule besucht. Er ist ein völlig anderer Typ."

„Verstehe." Hope wandte sich dem Mädchen zu. „Kannst du ihn mir beschreiben?"

„Er ist groß, dunkelhaarig, sehr gut aussehend, wenn man den Typ mag. Er wirkt rau, wissen Sie. Irgendwie wild."

Hope erinnerte sich an etwas, das ihr Philips Sekretärin vor Wochen erzählt hatte. Glory hatte sich nach diesem abscheulichen Jungen erkundigt, den Lily geschickt hatte, diesem Vincent oder Victor Sowieso. Glory hatte die Sekretärin gefragt, ob sie ihn gesehen habe und wisse, wer er sei. Natürlich hatte sie verneint, aber Glory könnte es dennoch herausgefunden haben.

Hope verengte die Augen. Ob es sich nun um diesen Jungen handelte oder einen anderen, sie musste die Kontrolle über die Situation und ihre Tochter wiedererlangen. Offensichtlich war sie zu nachsichtig mit Glory gewesen.

„Du solltest in die Schule zurückkehren, liebe Bebe. Danke für die Informationen. Das war sehr hilfreich."

„Freut mich, dass ich helfen konnte." Das Mädchen konnte seine Freude nicht verhehlen. Fast hätte sie sich zufrieden die Hände gerieben.

„Ich hoffe, Glory und Liz bekommen keine zu großen Schwierigkeiten. Ich meine, es würde mich bedrücken, wenn ich dafür verantwortlich wäre."

„Mach dir darum keine Gedanken." Sie brachte Bebe an die Tür. „Ich kümmere mich um die Geschichte." Sie sah Bebe direkt an. „Und um alles andere."

32. KAPITEL

Zwei Tage nach dem *bal masqué*, während Schwester Mary Catherines Stunde über Shakespeares *Der widerspenstigen Zähmung*, wurden Liz' schlimmste Albträume Wirklichkeit.

Glory und sie waren aufgeflogen.

Sie wurde ins Büro der Schulleiterin beordert. Liz entdeckte Mrs St. Germaine, und ihr Entsetzen wuchs. Sie richtete den Blick auf Schwester Marguerite. „Sie ... Sie wollten mich sprechen, Schwester?"

Die Schulleiterin trat mit strengem Gesicht vor. „Komm herein, Liz, und schließ die Tür hinter dir."

Liz tat, wie befohlen, konnte vor Angst jedoch kaum atmen. Rasch suchte sie nach harmlosen Gründen, weshalb man sie hergebeten hatte, weshalb Glorys Mutter hier war und sie so grimmig ansah. Sie fand keine.

Sobald die Tür zu war, drehte Liz sich zu den beiden Frauen um, zitternd die Hände vor sich gefaltet. Sie blickte von Schwester Marguerite zu Hope St. Germaine und zurück. *Was werden sie mir antun?*

„Setz dich." Die Schwester deutete auf den Stuhl vor ihrem Schreibtisch, hinter den sie zurückgekehrt war, und nahm in ihrem Sessel Platz.

Liz setzte sich mit geradezu hämmerndem Herzschlag, faltete die Hände im Schoß und sah die Schwester an.

„Hast du eine Vorstellung, warum wir dich in mein Büro gebeten haben, Liz?"

Liz schüttelte den Kopf und verschränkte die Finger fester ineinander. „Nein, Schwester."

„Du bist hier, weil Mrs St. Germaine ein paar schwerwiegende Anschuldigungen gegen dich vorgebracht hat."

„Gegen mich?" flüsterte Liz mit hoher, ängstlicher Stimme.

„Sehr richtig." Die Schwester blickte zu Glorys Mutter, dann wieder zu Liz. „Kannst du dir vorstellen, worum es geht?"

Sie schüttelte abermals den Kopf, der Mund trocken, die Hände feucht. „Nein, Schwester."

Die Schulleiterin zögerte und nickte dann. „Also schön."

Hope wandte sich an Liz: „Die Zeit ist da, junge Lady, mit den Spielchen aufzuhören. Ich weiß, was vorgefallen ist. Ich weiß, dass du meiner Tochter geholfen hast, mich hereinzulegen. Ich weiß, dass du sie gedeckt und für sie gelogen hast."

Genau wie Liz befürchtet hatte: Glorys Mutter hatte alles herausgefunden, und nun steckten sie beide in Schwierigkeiten, in ganz großen sogar.

Liz sah hilflos zur Direktorin hinüber, merkte, dass von dort keine Hilfe zu erwarten war, und senkte, Tränen in den Augen, den Kopf. Warum hatte sie Glory bloß geholfen? Warum hatte sie ihre berechtigten Bedenken in den Wind geschlagen und getan, was Glory wollte?

„Du hast geholfen, die Romanze zwischen meiner Tochter und einem völlig unpassenden Jungen zu fördern. Stimmt's Liz?" Glorys Mutter wartete einen Moment und holte zum Todesstoß aus. „Vielleicht hast du sie sogar ermutigt. Vielleicht waren die Lügen und Tricks deine Idee."

„Nein!" Liz riss den Kopf hoch. „Das ist nicht wahr! So war das nicht!" Hope St. Germaine kam einen Schritt näher, ihr eisiger Blick schien Liz zu durchbohren. Sie presste sich gegen die Stuhllehne. „So war das nicht", wiederholte sie schwach. „Ehrenwort."

„Warum erzählst du uns dann nicht, wie es war, Liz?" Hope lächelte, allerdings ohne jede Freundlichkeit. „Wir möchten dich nicht irrtümlich beschuldigen."

Liz atmete tief durch, ihr Magen begann zu rebellieren. Hätte sie Glory doch bloß nie geholfen. Sie wünschte, Glory hätte ihr nicht gebeichtet, was sie und Santos in der Ballnacht getan hatten. Und sie wünschte, sie könnte über ihre Beteiligung an der ganzen Sache lügen.

Wenn Hope St. Germaine jedoch ohnehin alles wusste und sie bei einer weiteren Lüge ertappte, würde sie kaum eine Chance haben, weiter an der Akademie zu bleiben.

„Nun?" fragte Hope ungeduldig. „Hast du Glory bei ihrer Täuschung geholfen?"

Liz nickte stumm, ohne aufzusehen.

„Ist das ein Ja?"

„Ja, Ma'am", flüsterte sie.

„Bist du am letzten Samstag auf dem Maskenball so weit gegangen, das Kleid mit Glory zu tauschen und ihre Rolle zu spielen, damit sie aus dem Hotel entwischen konnte, um mit diesem Jungen zusammen zu sein?“

Liz nickte wieder. „Ja, Ma’am.“

Schwester Marguerite stieß einen Laut der Empörung aus. „Du warst so viel versprechend, Elizabeth. Wir haben an dich geglaubt. Wie hast du uns nur so enttäuschen können?“

Liz hob den tränenverschleierten Blick zur Schulleiterin empor. „Es tut mir Leid, Schwester. Ich wollte nicht ... ich wollte Sie nicht enttäuschen.“

„Die Bedingungen deines Stipendiums sind sehr klar. Moralische Verworfenheit wird nicht geduldet.“

Liz sprang in Panik auf. „Aber ich wusste es nicht! Ich habe nicht ...“

„Beruhige dich, Liz“, unterbrach Glorys Mutter sie sanft. „Wenn du uns alles erzählst, was du weißt, kann ich Schwester Marguerite vielleicht überzeugen, nachsichtig mit dir zu sein.“

Erleichtert sagte Liz sich, dass alles gut werden würde. Sie musste nur die Wahrheit sagen. Das war kein Verrat an Glory, die wussten ja sowieso schon alles.

Liz nickte und setzte sich wieder. „Also gut. Was wollen Sie wissen?“

„Beginne am Anfang, Elizabeth. Wie hat Glory den Jungen kennen gelernt?“

Liz nickte wieder und begann. Sie erzählte alles, woran sie sich erinnerte: von dem Morgen, als Glory sie am Bus abpasste und ihr von der Begegnung mit Santos berichtete, über den Rollentausch auf dem Maskenball bis zu dem, was Glory und Santos in jener Nacht gemacht hatten.

Als sie fertig war, legte Hope, leichenblass geworden, eine Hand an die Brust. „Soll das heißen, dass meine Tochter ... dass sie und dieser Junge, dass sie ...“

Da sie stammelnd verstummte, griff Schwester Marguerite ein. „Elizabeth Sweeney, sagst du, dass Glory und dieser Junge in ... unkeuscher Weise beisammen waren? Einer Weise, wie sie verheirateten Paaren vorbehalten ist?“

Glorys Mutter hat es nicht gewusst! Lieber Gott, was habe ich getan?

„Elizabeth, ist es das, was du sagst?“

„Ja“, flüsterte Liz, und ihr Magen wollte sich umdrehen.

Schwester Marguerite bekreuzigte sich, Glorys Mutter sank aschfahl in einen Sessel.

„Ich wusste es nicht“, sagte Liz, und Tränen kullerten ihr über die Wangen. „Ich habe erst ... hinterher davon erfahren. Wenn sie mir gesagt hätte, was sie vorhatte, hätte ich mich geweigert, ihr zu helfen.“ Sie wischte sich die Tränen von den Wangen. „Sie müssen mir glauben!“

„Und warum?“ fragte Hope streng und ballte die Händen. „Du hast dich bereits als Lügnerin entlarvt.“ Sie legte zitternd eine Hand an die Stirn. „Und jetzt haben meine Tochter und dieser ... dieser Halunke ...“

„Santos ist kein Halunke. Wirklich nicht, Mrs. St. Germaine. Er ist ein netter Junge, und er ist klug. Er besucht die Universität von New Orleans, und sobald er einundzwanzig ist, geht er auf die Polizeiakademie.“

„Das reicht, Elizabeth!“ warf Schwester Marguerite stirnrunzelnd ein. „Wir sollten besser ...“

„Aber Sie müssen mir glauben! Er liebt Glory.“ Liz rang die Hände und sah Glorys Mutter flehentlich an. „Er wollte es Ihnen und Ihrem Mann längst sagen. Er mochte diese Heimlichtuerei nicht. Er hielt das für falsch ...“

„Was ihn nicht daran gehindert hat, bei der Heimlichtuerei mitzumachen.“

„Weil Glory ihn darum gebeten hatte. Es gab deshalb sogar einen Streit." Liz wischte sich mit dem Handrücken die tropfende Nase, und die Direktorin reichte ihr ein Papiertaschentuch. „Ich habe Glory auch zu überreden versucht, Ihnen alles zu sagen."

„Aber sie hat nicht auf dich gehört." Glorys Mutter stand auf und nahm Handtasche und Mantel. „Wie bequem."

„Weil sie Angst hatte. Sie fürchtete, Sie wären mit dieser Freundschaft nicht einverstanden und würden sie und Santos auseinander bringen."

„Und wieso auch nicht?" wütete Hope. „Dieser Victor Santos ist noch mehr als ein Halunke. Er sucht sich junge, unerfahrene Mädchen als Opfer. Verachtenswert."

„Aber nein. Er ist nicht ..." Liz begann so heftig zu weinen, dass ihre Schultern bebten. „Wenn Sie ihn doch nur kennen und mit ihm reden würden."

„Das habe ich bereits. Ich weiß, was für ein Typ Junge dieser Santos ist." Hope zog mit heftigen Bewegungen die Lederhandschuhe an. „Hast du auch nur einmal daran gedacht, zu mir oder Schwester Marguerite zu kommen? Ist es dir auch nur einmal durch den Sinn gegangen, dass Glory sich vielleicht selbstzerstörerisch verhält und Führung braucht?"

Liz hob den tränenfeuchten Blick. „Sie ist meine Freundin. Ich konnte nicht anders ... ich musste ihr helfen. Sie liebt ihn so sehr."

Hope sah Liz feindselig an und beugte sich hinunter, bis ihr Gesicht nah vor ihrem war. „Ich dulde nicht, dass Glory den unkeuschen Weg so vieler anderer Mädchen geht. Hast du mich verstanden? Glory ist anders, sie erliegt leicht der Versuchung. Ich werde dafür sorgen, dass das nicht geschieht. Gleichgültig, was ich dafür tun muss."

Liz presste sich schaudernd fester an die Stuhllehne. Ihr war, als hätte sie der eisige Hauch des Todes gestreift. Arme Glory, dachte sie voller Mitgefühl. Was für eine Tortur musste es gewesen sein, bei einer solchen Mutter aufzuwachsen. Liz konnte sich so etwas nicht mal vorstellen.

Und nun habe ich ihr das angetan.

Hope richtete sich wieder auf. Sobald sie sich der Schwester zuwandte, nahm ihr hassverzerrtes Gesicht einen neutralen Ausdruck an. „Ich kann Ihnen gar nicht sagen, wie sehr mich diese Situation betrübt. Glory besucht die A. I. C., damit sie vor solchen Einflüssen geschützt wird. Philip und ich stiften dieser Institution eine Menge Geld, damit die Standards eingehalten werden. Ich erwarte von Ihnen, dass Sie diese ... Situation sofort bereinigen. Habe ich mich deutlich ausgedrückt?"

Schwester Marguerite seufzte: „Wir könnten zunächst andere Möglichkeiten prüfen. Ich möchte nicht übereilt handeln."

„Übereilt?" wiederholte Hope und zog missbilligend die Brauen hoch. „Ich glaube kaum, dass das, worüber wir reden, übereilt ist. Hoffen wir, dass ich nicht ‚übereilt' handele, wenn es Zeit für eine neue Spende ist."

Schwester Marguerite verneigte sich leicht. „Ich werde mich darum kümmern, Mrs St. Germaine."

Liz stockte der Atem. Fast hysterisch blickte sie von einer Frau zur anderen. Glorys Mutter hatte gesagt, sie würde die Schwester überreden, nachsichtig zu sein. Stattdessen bestand sie darauf, dass sie, Liz, hinausgeworfen wurde. Hope St. Germaine hatte kalt und gerissen gelogen und sie ausgetrickst, damit sie ihre beste Freundin verriet.

Was sollte sie tun?

Liz sprang erregt auf und wandte sich an Glorys Mutter. „Bitte, Mrs St. Germaine! Bitte, tun Sie das nicht! Glory ist meine beste Freundin. Ich wollte ihr nur helfen! Ich hätte nie etwas getan, ihr zu schaden. Bestimmt nicht."

„Dafür ist es jetzt zu spät, nicht wahr?“ Hopes Stimme bebte vor unterdrücktem Zorn. „Glory ist verdorben, ruiniert.“

„Ich brauche dieses Stipendium.“ Liz begann wieder zu weinen, geschüttelt von verzweifelten Schluchzern. „Ich bitte Sie, lassen Sie mich nicht von der Schule weisen!“

„Daran hättest du früher denken müssen“, schnaubte Hope St. Germaine verächtlich und wandte sich an die Schulleiterin. „Schwester?“

Die Nonne nickte, und Liz sah Glorys Mutter den Raum verlassen. Dann wandte sie sich der Schwester zu und erkannte an ihrem verschlossenen Gesicht, dass sie diese ganze Sache beunruhigend und abscheulich fand. Liz wusste, dass betteln sinnlos war, aber sie konnte nicht einfach aufgeben.

„Bitte, Schwester Marguerite!“ flehte sie. „Ich brauche dieses Stipendium. Ich verspreche, ich werde keine Schwierigkeiten mehr machen. Ich verdreifache meine Stunden im Büro, und die übrige Zeit widme ich ausschließlich dem Lernen.“

„Das reicht, Elizabeth. Bedaure, ich kann nichts für dich tun.“

„Aber ich habe nichts verbrochen! Sie sind die Schuldirektorin, sicher können Sie ...“

„Die Bedingungen deines Stipendiums sind eindeutig. Es verlangt von dir, dass du akademisch wie moralisch den höchsten Anforderungen genügst.“

„Aber ...“

„Das hast du nicht. Tut mir Leid, aber du bist auf der Akademie der unbefleckten Empfängnis nicht länger willkommen. Ich rufe deine Eltern an.“

Liz sank auf den Stuhl, bedeckte das Gesicht mit den Händen und weinte hemmungslos. Sie hatte alles verloren, ihr Stipendium, ihre Chance, auf eines der besten Colleges zu gehen, ihre Zukunft.

Die Schwester reichte ihr ein Papiertaschentuch. „Tut mir Leid,

Liz. Du hast einen brillanten Verstand, und ich weiß, du hast trotz dieses Rückschlags eine glänzende Zukunft vor dir. Ich hoffe, du hast aus alledem etwas gelernt."

Liz putzte sich die Nase. „Was ... was ist ... mit Glory?"

„Das geht dich nichts an."

Die Direktorin wollte sich abwenden, doch Liz hinderte sie, indem sie sie am Ärmel berührte. „Was passiert mit Glory? Wird sie auch von der Schule gewiesen?"

Die Schwester schwieg eine Weile und murmelte dann fast tonlos: „Ihre Mutter und der Herr werden sich mit ihrer Verfehlung befassen."

Liz starrte die Schwester fassungslos an. Sie mochte ihren Ohren nicht trauen. Sie wurde der Schule verwiesen, weil sie Glory gedeckt hatte, und Glory erhielt überhaupt keine Strafe? Wie konnte die Schwester so etwas tun? Es war so unfair, so ...

Dann verstand sie. Wenn ihre Familie der Akademie so viel Geld spenden könnte wie die St. Germaines, würde auch ihr nicht das Geringste geschehen. Tatsache war, dass Hope St. Germaine sie, Liz, aus Glorys Leben entfernen wollte. Und Hope verfügte über das Geld, ihre Wünsche durchzusetzen.

Zornig über diese Ungerechtigkeit, dachte sie verbittert: So viel zur christlichen Schule und ihren hohen moralischen Ansprüchen!

Der Schwester wurde es unbehaglich unter ihrem vorwurfsvollen Blick. „Tut mir Leid, Elizabeth, aber du musst das verstehen. Ich muss diese Schule leiten. Und ich muss das tun, was für die gesamte Schülerschaft am besten ist."

„Oh, ich verstehe sehr gut." Liz stand zitternd auf und hob stolz den Kopf. „Geld regiert die Welt, nicht wahr?"

„Ich sorge dafür, dass dein Zeugnis gut ausfällt. Mehr kann ich nicht für dich tun."

Die Hände geballt, kämpfte Liz gegen neue Tränen an. Sie hatte soeben eine schrecklich teure Lektion gelernt. Eine, die ihr Vater – ein ungebildeter Arbeiter – schon immer beherrscht hatte.

Im Leben wurde mit gezinkten Karten gespielt. Geld bedeutete Macht, und alles und jeder hatte seinen Preis. Sogar eine von guten Absichten geleitete Nonne.

33. KAPITEL

Santos wartete auf den alten Fahrstuhl im St. Charles. Er schlug Lilys Umschlag gegen die Handfläche, und es juckte ihn hineinzusehen. Er musste wissen, was Lily Hope St. Germaine schickte. Er musste herausfinden, welcher Art die Beziehung der beiden Frauen war.

Erst dann würde er wissen, wie er weiter vorgehen musste.

Der Fahrstuhl kam, und Santos trat in die Kabine. Er drückte den Knopf für die dritte Etage und schob den Umschlag in seine Tasche. Am Morgen hatte er Lily gebeten, ihm seine Fragen zu beantworten. Sie hatte sich geweigert. Wieder mal. Stattdessen hatte sie erklärt, dies sei das letzte Mal, dass er etwas bei Hope St. Germaine abgeben müsse.

Auch das hatte er merkwürdig gefunden. Etwas an dieser ganzen Sache gefiel ihm nicht. Da passte etwas nicht zusammen, und er wollte herausfinden, was das war. Heute.

Heute würde er vielleicht auch Hope St. Germaine mitteilen, dass er ihre Tochter liebte. Vielleicht.

Santos atmete tief durch, beunruhigt durch widerstreitende Gefühle. Er hatte Glory versprochen, nicht mit ihren Eltern zu reden, ihr noch Zeit zu lassen und bis nach Mardi Gras zu warten. Doch nach den Ereignissen der vorletzten Nacht glaubte er, nicht länger warten zu können. Sie hatten einen großen Schritt in ihrer Beziehung getan, der nach Ehrlichkeit verlangte. Sie waren eine gegenseitige Verpflichtung eingegangen, und es war Zeit, offen für ihre Liebe einzutreten.

Falls Glory mich wirklich liebt.

Der Fahrstuhl kam zum Stehen. Santos ging in den Flur und um eine wartende Menschengruppe herum. Ich bin selbstsüchtig, dachte er plötzlich. Ich will unsere Liebe öffentlich machen, um meine Zweifel loszuwerden.

Es wurde ihm eng in der Brust, die Hände schwitzten. Angst. Er kannte die Symptome. Er hatte keine Angst vor Hope St. Germaine, aber er fürchtete ihre Macht über Glory.

Beklommen ging er auf Hope St. Germaines Büro zu und straffte sich. Er war schon mit Schlimmerem fertig geworden.

Wie immer erwartete sie ihn, und ihr kalter, triumphierender Ausdruck verursachte ihm Gänsehaut. Er schrieb das jedoch seinem Abscheu vor dieser Frau zu.

Sie kam um den Schreibtisch herum. „Haben Sie den Umschlag?"

„Natürlich." Er zog ihn aus der Tasche. Sie nahm ihm den Brief ab, und Santos empfand es als äußerst unangenehm, dass ihre Finger dabei seine berührten. Ihrer Gewohnheit entsprechend, prüfte sie den Inhalt und überreichte ihm dann ihren vorbereiteten Umschlag, den er mit zu Lily nehmen sollte.

Santos blickte verunsichert auf den Umschlag. Sollte er sein Versprechen brechen und mit Hope reden? Dann dachte er daran, welche Misshandlungen Glory von ihrer Mutter erduldet hatte. Sie hatte allen Grund, sich vor Hope zu fürchten, und er würde ihre Wünsche vorerst respektieren.

„Haben Sie mir etwas zu sagen?" fragte Hope, und ein Lächeln zuckte um ihre Mundwinkel. Wieder bekam er eine Gänsehaut, sah sie jedoch gelassen an. „Nein, ich glaube nicht."

Er nahm den Umschlag, wandte sich ab und ging zur Tür.

„Ich weiß es“, sagte sie ruhig.

Santos erstarrte, die Hand auf dem Türgriff.

Sie lachte: „Es stimmt, Victor Santos, ich weiß alles.“

Er sah sie über die Schulter an, nicht ganz sicher, ob er sie richtig verstanden hatte. „Wie bitte?“

„Ich weiß von der Trotzhandlung meiner Tochter. Von dem Techtelmechtel mit Ihnen. Ich bin nicht amüsiert darüber.“

Santos war verblüfft, irgendwie erleichtert, aber auch entsetzt. Mit heftigem Herzklopfen ließ er die Hand sinken und wandte sich zu Hope um.

„Stellen Sie sich nicht dumm, und wagen Sie es nicht zu leugnen, Victor. Ich habe Beweise.“

Er straffte sich. „Ich werde nichts dergleichen tun. Ich bin froh, dass Sie es wissen.“

„Wirklich?“ Sie zog eine Braue hoch. „Warum? Wollen Sie die Beichte bei mir endlich hinter sich bringen?“

„Und wenn es so wäre.“

Sie lachte wieder: „Armer Junge. Sie hat Ihnen wirklich was vorgemacht, wie? Aber das überrascht mich nicht.“

Santos brannte darauf, sie zu fragen, was sie damit meinte. Falls er das tat, spielte er ihr jedoch in die Hände. „Wie haben Sie es herausgefunden?“

„Durch Glory natürlich. Am Ende erzählt sie mir immer alles. Sie kann wohl nicht anders. Sie trickst mich aus und trotzt mir, meistens aus Bockigkeit. Gestern war es nicht anders.“

Santos fühlte sich, als hätte die Frau ihm in die Magengrube geschlagen. Er hatte Mühe, seine Erschütterung nicht zu zeigen. „Ich glaube Ihnen nicht. Glory und ich ...“

„Haben uns gern?“ spottete sie. „Lieben uns vielleicht sogar?“

„Das tun wir tatsächlich.“

Sie schüttelte bedauernd den Kopf. „Sie bedeuten meiner Tochter nichts. Nicht das Geringste! Sie treibt ein falsches Spiel mit Ihnen, und tief im Innern wissen Sie das."

Zorn dämpfte seine Ängste und machte ihn kühn. Ihm wurde klar, dass er ohne Glory sowieso nichts zu verlieren hatte. Empört machte er einen Schritt auf Hope zu. „Sie möchten gern glauben, dass wir uns nicht lieben. Tut mir Leid, Mama, die Partie verlieren Sie. Wir werden zusammenbleiben, ob Ihnen das nun passt oder nicht."

Zornesröte überflutete ihre Wangen, als sie mit leicht verengten Augen erwiderte: „Das glauben Sie wirklich? Armer verblendeter Junge. Sie haben Glory Alexandra nur als Mittel für eine Trotzreaktion gedient, um ihre Mutter und ihren Vater zu strafen. Wofür? Weil wir sie verwöhnt haben? Weil wir wollten, dass sie in der richtigen Art und Weise aufwächst? Armes kleines, reiches Mädchen." Hope schnalzte mit der Zunge. „Und was macht sie? Sie lässt sich mit einem völlig unpassenden Jungen ein, von dem sie genau weiß, dass mein Mann und ich ihn nie akzeptieren würden. Sie schleicht herum wie ein Dieb, lügt und lässt ihr Treiben von ihrer Freundin decken."

Nach einer kurzen Pause fuhr sie fort: „Es ist wirklich tragisch. So war sie schon immer: rücksichtslos, trotzig und völlig selbstsüchtig. Sie denkt nie daran, wen sie mit ihren kleinen Spielchen verletzen könnte."

Nur mühsam konnte Santos weiter Vertrauen in Glory heucheln. Was Hope St. Germaine sagte, entsprach genau seinen Befürchtungen. Tapfer verdrängte er seine Zweifel. Nein, Glory war nicht so. Er glaubte an sie, und sie glaubte an ihn.

Er machte noch einen Schritt auf Hope zu. „Sie sind diejenige, die Menschen verletzt, nicht Glory. Sie dünken sich überlegen und halten sich für besonders gut und rechtschaffen." Er schüttelte sich vor Abscheu. „Glory hat mir erzählt, was Sie ihr angetan haben. Mit einer Nagelbürste! Sie machen mich krank."

Hope schwieg eine Weile, offenbar erstaunt und schockiert, dass Glory ihm die Geschichte gebeichtet hatte.

„Was hat sie Ihnen erzählt?" fragte Hope bedauernd. „Was immer es war, es steckte zweifellos die Absicht dahinter, Sie weiter für sich einzunehmen. Ich fürchte, das war wieder nur ein Manöver in ihrem kleinen Spiel. Damit Sie nicht zu viele Fragen stellen und nicht darauf beharren, mit uns zu reden. Ich bin sicher, sie hat richtige Tränen geweint und Sie überzeugt, dass ich ein echtes Monster bin."

Santos zuckte regelrecht zusammen, obgleich er sich um Gelassenheit bemühte. Er sah an ihrer Erleichterung, dass er nicht ganz erfolgreich gewesen war.

„Sie hat mir die Wahrheit erzählt", beharrte er, doch es klang nicht überzeugt. „Ich glaube ihr."

Hope kam näher und sah ihn durchdringend an. „Glauben Sie wirklich, meine Tochter könnte jemand wie Sie lieben? Glauben Sie wirklich, sie würde jemand wie Sie zum Lebenspartner wählen?" Jedes ihrer Worte war wie ein Schlag. „Glauben Sie wirklich, ich würde zulassen, dass sich meine Tochter mit jemand wie Ihnen abgibt? Also bitte", fügte sie spöttisch hinzu, „sie ist eine St. Germaine! Wer sind Sie? Ein Nobody, ein Nichts."

Alles, was sie sagte, hatte er selbst schon so oder ähnlich gedacht und befürchtet. Es entsprach genau seinen Erfahrungen mit den Besitzenden und den Habenichtsen. Trotzdem blieb er äußerlich ruhig und zuversichtlich, obwohl es ihn ungeheure Willensanstrengung kostete.

Innerlich bröckelte sein Glaube an Glory und an ihre Beziehung. Aber ehe er das vor dieser arroganten, gemeinen Frau zugab, würde er lieber sterben. „Sie werden sich auf eine Überraschung gefasst machen müssen", erwiderte er mit einer Überzeugung, die er nicht empfand. „Glory und ich bleiben zusammen. Warten Sie's nur ab." Damit drehte er sich um und wollte gehen.

„Wenn Sie sie wieder sehen, lasse ich Sie festnehmen."

Santos blieb stehen, erschrocken über diese kalte Drohung, und sah sich zu ihr um.

„Haben Sie je von Unzucht mit Minderjährigen gehört?" fragte sie mit bohrendem Blick. „Wie ich sehe, ja. Und das überrascht mich nicht."

„Diese Anschuldigung wäre wohl schwierig zu beweisen, da wir nicht ..."

„Oh, dafür gibt es Beweise", unterbrach sie ihn. „Ich lasse mir Ihren Kopf auf einem Tablett servieren."

„Das möchte ich erleben."

„Glauben Sie, dass die Polizeiakademie Sie noch aufnimmt, wenn Sie wegen Unzucht mit einer Minderjährigen vorbestraft sind? Und Sie werden bestraft, Victor Santos. Die Familie St. Germaine ist ziemlich mächtig."

An der Macht dieser Familie zweifelte er keine Sekunde. „Sagen Sie, was Sie wollen, Glory würde niemals ..."

„Glory wird sich den Wünschen ihrer Eltern fügen. Trotz ihrer Rebellion ist sie ganz eine St. Germaine. Und sie ist loyal gegenüber ihrer Familie. Vergessen Sie das nicht."

„Ich habe Ihnen nichts weiter zu sagen."

„Nicht einmal Lebewohl oder fahren Sie zur Hölle?"

Santos wandte sich ab und ging zur Tür.

„Richtig so", rief sie ihm nach. „Gehen Sie zu Ihrer dreckigen Hure zurück. Fragen Sie sie nach mir. Und dann fragen Sie sie, ob Sie gut genug sind für Glory."

Santos drehte sich ruckartig wieder um. „Was haben Sie da gerade gesagt? Wiederholen Sie das!"

„Welchen Teil?“ fragte sie lachend. „Den, dass Lily eine dreckige Hure ist? Oder den, dass Sie nicht gut genug sind für Glory? Und das sind Sie nicht. Sie sind so niedrig und so dreckig wie die Hure, mit der Sie leben!“

Santos ballte wütend die Hände. In diesem Moment hätte er Hope mit bloßen Händen erwürgen können. Er verstand plötzlich, wie es zu Affekthandlungen kam. Er ging zurück, baute sich vor Hope auf, das Gesicht nah vor ihrem, und starrte ihr in die Augen. „Sagen Sie über mich, was Sie wollen“, drohte er leise. „Aber reden Sie nie wieder schlecht über Lily! Sonst werden Sie es bereuen!“

34. KAPITEL

Glory wartete am Spind, den sie sich mit Liz teilte. Stirnrunzelnd blickte sie zum dritten Mal auf ihre Uhr. Zwanzig nach zwölf. Wo war Liz? Sie hatte nach der zweiten Stunde hier auf ihre Freundin gewartet und dann wieder nach der dritten. Das ließ sich noch erklären, denn die zehn Minuten Pause zwischen den Unterrichtsstunden waren nicht lang, falls man etwas für einen Lehrer erledigen oder zur Toilette musste. Aber den Lunch versäumen?

Beunruhigt blickte sie den Flur entlang. Das sah Liz alles nicht ähnlich. Gewöhnlich war sie geradezu zwanghaft pünktlich.

Ein Mädchen, von dem Glory wusste, dass es mit Liz den Kurs in der dritten Stunde belegt hatte, kam vorbei. „Pam!“ rief sie. „Warte!“

Das Mädchen blieb stehen und drehte sich um. „He, Glory. Was ist los?“

„Hast du Liz gesehen?“

„Liz Sweeney?“ Da Glory nickte, schüttelte das Mädchen den Kopf. „Tut mir Leid, sie war nicht in der Klasse.“

Glory dankte ihr und kehrte zum Spind zurück. Etwas war nicht in Ordnung. Es musste etwas passiert sein.

Mutter hat alles herausgefunden!

Während ihr dieser Gedanke noch durch den Kopf schoss, beschwichtigte sie sich bereits, das könne nicht sein. Wenn ihre Mutter ihnen auf die Schliche gekommen wäre, hätte sie als Erste davon gehört, nicht Liz.

Nein, Liz war vielleicht krank geworden und nach Hause gegangen. Oder eines ihrer Geschwister war krank geworden, und ihre Mutter hatte sie nach Hause gerufen, damit sie ihr half.

Das war schon früher mal vorgekommen. Glory schloss den Spind ab und ging ins Büro. Sie würde nachfragen. Und wenn Liz krank heimgegangen war, würde sie sie anrufen und sich erkundigen, wie es ihr ging.

Als sie das Büro betrat, aß die Sekretärin gerade einen Joghurt. „Hi, Mrs Anderson."

Die Frau blickte auf, und ein sonderbarer Ausdruck flog über ihr Gesicht. „Was kann ich für dich tun?"

„Ich suche Liz Sweeney. Haben Sie sie gesehen?"

Die Wangen der Frau färbten sich rot. „Nicht seit heute Morgen."

Glory fragte besorgt: „Hat sie sich krank gemeldet oder so etwas?"

„Nun ja ..." Die Frau hüstelte, nahm einen Schluck von ihrer Diätcola und hüstelte wieder. „Ich glaube nicht ..."

Schwester Marguerite öffnete die Tür. „Joyce, könnten Sie mir ..." Die Direktorin verstummte, als sie Glory sah. „Hallo, Glory. Was können wir für dich tun?"

„Hallo, Schwester." Glory presste ihre Bücher an die Brust. „Ich suche Liz Sweeney. Ist sie krank geworden und nach Hause gegangen?"

Die Schulleiterin runzelte die Stirn. „Solltest du jetzt nicht beim Lunch sein?"

„Ja, Schwester, aber ..."

„Ich schlage vor, du gehst. Alles andere hat dich nicht zu interessieren."

Alarmiert fragte Glory: „Was meinen Sie? Wo ist Liz? Ist alles in Ordnung mit ihr? Warum war sie nicht in der Klasse?"

Die Direktorin schnaubte ärgerlich: „Vermutlich hörst du es früh genug. Elizabeth Sweeney wird nicht an die Akademie zurückkehren. Und jetzt schlage ich vor ..."

„Was meinen Sie damit?" fiel Glory ihr entsetzt ins Wort und wich unwillkürlich zurück. „Warum kommt sie nicht wieder?" fragte sie hysterisch. „Ich verstehe das nicht."

„Das brauchst du auch nicht. Wie gesagt, es geht dich nichts an. Wenn du jetzt nicht in die Cafeteria zurückkehrst, sehe ich mich gezwungen, dich zu bestrafen und deine Mutter anzurufen."

Liz ist der Schule verwiesen worden! Warum? Glory legte zitternd eine Hand an den Mund. Was hatte Liz getan?

Außer, mir zu helfen.

Aufgeregt wandte Glory sich ab, rannte aus dem Büro und gleich aus dem Hauptportal nach draußen.

Schwester Marguerite rief hinter ihr her, doch Glory reagierte nicht. Sie musste zu Liz und sich vergewissern, dass es ihr gut ging. Sie musste erfahren, was geschehen war.

Mutter! Lieber Gott nur das nicht. Aber was kann es sonst sein?

Glory schloss ihr Auto auf und glitt hinters Steuer. Erst da blickte sie zurück, halb erwartend, dass eine Armee von Nonnen in Habit und mit fliegenden Rosenkränzen hinter ihr herjagte. Doch der Parkplatz blieb leer. Nicht mal Schwester Marguerite und Mrs Anderson waren ihr gefolgt.

Glory fuhr los und fädelte sich in den Verkehr ein, was ein ganzes Hupkonzert auslöste. Sie wusste, wie viel dieses Stipendium Liz bedeutete. Sie musste am Boden zerstört sein.

Verzweifelt umklammerte Glory das Lenkrad und fühlte sich völlig verloren und allein. Was sollte sie ohne ihre beste Freundin tun?

Unter Missachtung aller Geschwindigkeitsbegrenzungen schaffte sie den Weg in Rekordzeit. Sie war erst zwei Mal im Wohnblock der Sweeneys gewesen. Gewöhnlich las sie Liz am Straßenrand auf. Liz' Vater hatte kein Geheimnis aus seiner Abneigung gegen sie, die Tochter aus gutem Hause, gemacht. Und da sie ihn ebenso wenig mochte, waren sie sich aus dem Weg gegangen.

Am Ziel angekommen, sprang sie aus dem Wagen, lief ins Haus und die ausgetretene Haupttreppe hinauf. Liz' Familie bewohnte die halbe obere Etage des alten vierstöckigen Gebäudes. Als Glory sich der Wohnungstür näherte, hörte sie zornig erhobene Stimmen. Liz' Eltern, wie sie bedrückt erkannte. Sie verstand ihren und Liz' Namen, und sie hörte Weinen. Glory holte tief Luft und klopfte.

Der Streit verstummte sofort, und die Tür öffnete sich einen Spalt. Glory erkannte Liz' tränenüberströmtes Gesicht, und ihr Herz quoll über vor Mitgefühl. „Ich bin es. Glory", flüsterte sie.

Liz schlüpfte heraus und schloss die Tür hinter sich. Sie umarmten sich fest. Als sie sich voneinander lösten, betrachtete Glory Liz' Gesicht. Ihre Augen waren rot und geschwollen vom Weinen, und auf ihrer linken Wange prangte ein roter Abdruck.

Ihr Vater hat sie geschlagen!

Den Tränen nahe, nahm sie die Hände ihrer Freundin. „Als du nicht zum Lunch gekommen bist, habe ich dich gesucht, und Schwester Marguerite sagte, du würdest nicht an die Akademie zurückkommen. Ich konnte es nicht glauben. Was ist passiert?"

„Es war schrecklich." Liz weinte wieder, und Glory umarmte sie. „Was soll ich nur machen? Ich habe meinen Vater noch nie so wütend erlebt. Und Mama ist hysterisch. Ich will nicht an meine alte Schule zurück, Glory."

Glory weinte mit. „Wie konnten sie dich nur hinauswerfen? Du hast die besten Noten im ganzen zweiten Jahrgang."

Liz wich zurück und wischte sich die Tränen mit dem Handrücken ab. „Du weißt es nicht?"

„Nein." Glory sah ihre Freundin beklommen an. „Die Schwester sagte, es hätte mich nicht zu interessieren."

„Es hätte dich nicht zu interessieren?" Liz machte ein Geräusch, das halb Lachen, halb Schluchzen war. „Deine Mutter war es. Ich wurde aus der zweiten Stunde gerufen, und sie wartete auf mich."

„Meine Mutter?" wiederholte Glory, Schlimmes ahnend.

„Es war schrecklich, einfach schrecklich." Liz legte die Hände an die Wangen. „Sie weiß alles, Glo."

Glory starrte ihre Freundin an, und allmählich überzog ein Gefühl der Taubheit ihren Körper vom Kopf bis zu den Füßen. Unwillkürlich wich sie einen Schritt zurück. *Mutter weiß es! Lieber Gott, was soll ich nur tun?*

Liz wischte sich die Tränen fort. „Sie weiß alles. Von Santos, vom Rollentausch auf dem Maskenball und dass ich dich immer gedeckt habe. Deshalb wurde ich der Schule verwiesen." Liz holte zittrig Atem. „Die Schwester wollte mir eine zweite Chance geben, aber deine Mutter hat das nicht geduldet."

Glory wurden die Knie weich, und sie setzte sich auf eine Treppenstufe. *Mutter weiß es. Sie wird dafür sorgen, dass ich Santos nie wieder sehe.*

„Glory hast du mich gehört?" Liz hockte sich neben sie. „Es ist die Schuld deiner Mutter. Sie hat mich der Schule verweisen lassen."

„Wie hat sie es aufgenommen?" Glory ergriff wieder die Hände ihrer Freundin. „Was hat sie über Santos gesagt?"

„Über Santos?" wiederholte Liz mit hoher, blecherner Stimme.

„Ja. Hat sie was über ihn gesagt? Hat sie gesagt, was sie unternehmen will? Woher kannte sie seinen Namen?"

„Ich weiß nicht. Aber ich habe ihr gesagt, dass Santos ein guter Junge ist. Ich habe ihr gesagt, wie sehr ihr euch liebt, doch sie wollte nichts davon hören. Sie beschimpfte ihn und nannte ihn einen Halunken, Glo."

„Ich habe solche Angst, Liz." Glory legte eine Hand an den Mund. „Sie wird Santos und mich auseinander bringen. Sie hat mir angedroht, mich wegzuschicken, wenn ..."

„Wovon redest du?" fragte Liz mit erstickter Stimme. „Du hast mir versichert, sie würde es nicht an mir auslassen, Glo. Das hat sie aber getan. Ich habe versucht, dir das schon vorher klarzumachen, doch du hast nicht auf mich gehört."

Glory blinzelte und hatte Mühe, sich wieder auf Liz zu konzentrieren. „Was?"

„Du hast gesagt, sie würde mir nicht die Schuld geben, aber das hat sie. Sie gab mir sogar die Schuld daran, dass ihr ... dass ihr es getan habt. Ich habe ihr gesagt, ich hätte es vorher nicht gewusst, doch sie wollte mir nicht glauben."

„O mein Gott!" Für Glory stürzte eine Welt ein. *Nun schickt Mutter mich endgültig weg.* Sie faltete die Hände so fest, dass sie taub wurden, und wiegte sich auf der Stufe vor und zurück. „Sie weiß, was Santos und ich in jener Nacht getan haben?"

„Ich dachte doch, sie wüsste es", erwiderte Liz mit bebender Stimme. „So, wie die sich verhielten, glaubte ich, sie wüssten Bescheid."

„Du hast es Ihnen gesagt?" fragte Glory entsetzt. „Wie konntest du nur?"

„Wie ich konnte?" wiederholte Liz, Zornesflecken auf den Wangen. „Du warst nicht da drin. Du weißt nicht, wie das war. Du weißt nicht, wie sie ..."

„Ich weiß bloß, dass ich so was niemals über dich erzählt hätte."

„Vielen Dank!" Liz sprang auf. „Was weißt du schon? Ich bin gerade von der Schule geflogen. Ich habe mein Stipendium verloren, und alles, woran du denken kannst, ist dein wertvoller Freund!"

„Das ist nicht wahr! Du liegst mir am Herzen, Liz. Du bist meine beste Freundin." Glory stand ebenfalls auf. „Du weißt nur eben nicht, wozu meine Mutter fähig ist."

„Meinst du? Sie ließ mich heute von der Schule werfen, weil ich nichts anderes getan habe, als deine Freundin zu sein. Du warst die Übeltäterin, und du wurdest nicht mal ins Büro zitiert. Dir sagte man, es hätte dich nicht zu interessieren." Ihre Worte endeten in einem Schluchzer. „Mein Vater hat Recht mit seiner Meinung über die reichen Pinkel. Alles ist deine Schuld. Ich hasse dich!" Liz wandte sich ab und ging zur Tür.

Glory hielt sie am Arm fest. „Sag das nicht, Liz. Bitte ... du musst mich verstehen."

Liz schüttelte ihre Hand ab. „Ich verstehe sehr gut. Ich war nie deine Freundin. Du hast mich nur benutzt."

„Nein. Das ist nicht wahr! Verstehst du denn nicht? Sie tut es schon wieder. Sie nimmt mir alles, was mir wichtig ist: du, Santos. Sie ist so. Deshalb wollte ich nicht, dass sie von mir und Santos erfährt. Deshalb hatte ich Angst ..."

„Ich glaube das einfach nicht! Wir reden immer nur über dich!" Liz ballte die Hände. „Du bist genau wie Bebe, Missy und der ganze Rest: rücksichtslos und egozentrisch. Du machst dir um niemand Gedanken außer um dich. Und ich war so blöd, zu glauben, du wärst meine Freundin."

Glory schlang die Arme um sich. Sie fühlte sich so elend, dass sie fürchtete, krank zu sein. „Ich bin deine Freundin, Liz. Das musst du mir glauben."

„Du kennst nicht mal die Bedeutung des Wortes. Du hast mich

benutzt, das war bequem. Ich war als Einzige dumm genug ..." Liz verkniff sich den Rest, ging zur Tür und blickte noch einmal zu Glory zurück. „Ich habe alles verloren, meine Chance, auf ein gutes College zu gehen, meine Chance, aus einem Leben wie diesem herauszukommen. Hast du eine Ahnung, wie die öffentlichen Schulen in dieser Gegend sind? Natürlich nicht. Wie solltest du auch, kleines reiches Mädchen? A. I. C. war meine große Chance."

„Bitte, Liz", flüsterte Glory weinend, „tu mir das nicht an. Du bist meine beste Freundin."

„Und ich dachte, du wärst meine. Lebe wohl, Glory."

35. KAPITEL

Wie Hope St. Germaine vorgeschlagen hatte, ging Santos zu Lily und beichtete ihr alles: von seiner Begegnung mit Glory, wie er sich in sie verliebt hatte und von Glorys Mutter und den schlimmen Dingen, die sie gesagt hatte.

Er verhehlte seinen Zorn und seine Ängste nicht und stellte schließlich die Fragen, die Hope St. Germaine ihm mit auf den Weg gegeben hatte.

Erschüttert sank Lily bleich auf die Couch nieder und senkte den Kopf.

Santos setzte sich neben sie. „Lily?" fragte er leise und nahm ihre Hand. „Wer ist sie?"

Nach langem Schweigen hob Lily den Kopf. „Sie ist ... Hope ist ... meine Tochter." Santos starrte sie fassungslos an. Lily und Hope waren Mutter und Tochter?

Erst als er Lily so betrachtete, erkannte er eine gewisse Familienähnlichkeit, die jedoch vage war, und das nicht nur auf Grund des Altersunterschiedes. Hopes Gesicht war anders durch etwas, das tiefer ging als körperliche Merkmale und sich dennoch deutlich abzeichnete.

Es ist der Gegensatz von freundlich und grausam, Licht und Dunkel, gut und böse.

Er dachte schaudernd daran, was Lily ihm über ihre undankbare, herzlose Tochter erzählt hatte. Das passte zu der Frau, die er als Glorys Mutter kennen gelernt hatte.

Ich habe mich in Lilys Enkelin verliebt!

Die Erkenntnis traf ihn wie der Blitz. Kein Wunder, dass alles so schnell gegangen war mit ihm und Glory. Etwas von Lily lebte in Glory weiter, etwas Wesentliches, zu dem er sich hingezogen gefühlt hatte.

Er räusperte sich. „Warum hast du es mir nicht erzählt? Hast du mir nicht genügend vertraut?"

„Das war es nicht", erwiderte sie leise mit tränenerstickter Stimme. „Ich würde dir mein Leben anvertrauen, Victor. Aber ich konnte es dir nicht sagen, weil ich versprochen hatte zu schweigen. Sie wollte nicht, dass irgendjemand erfuhr ..."

„Dass du ihre Mutter bist", beendete Santos den Satz, voller Abscheu gegen Lilys Tochter. „Und das findest du richtig, Lily? Es macht dich nicht wütend?"

„Du verstehst das nicht." Sie legte eine Hand an den Mund, um ein Schluchzen zu unterdrücken. Nach einem Moment fuhr sie gefasst fort: „Sie hat sich ein eigenes Leben geschaffen, ein gutes, ein sauberes. Sie hat das Pierron-Erbe der Sünde hinter sich gelassen. Dieses Erbe hing wie eine dunkle Wolke über meinem Leben. Sie hat sich davon befreit."

„Glory weiß von dir, von meinem rettenden Engel." Er streichelte ihr lächelnd die Hand. „Das ist deine Chance, deine Enkelin kennen zu lernen. Du hast dir immer gewünscht, an ihrem Leben teilzunehmen, das kannst du jetzt." Lily schloss zitternd die Finger um seine. „Sie hält dich jetzt schon für wunderbar. Wenn sie dich erst kennen lernt, wird sie dich lieben wie ich."

„Nein." Lily zog ihre Hand zurück. „Niemals. Ich kann sie nicht kennen lernen."

„Aber warum nicht? Sie ist nicht wie deine Tochter. Sie ist warmherzig und liebevoll ... sie ist wie du."

Lily wurde noch bleicher und schwankte, als würde sie ohnmächtig werden. „Sag das nicht. Sag das nie mehr, Santos."

Er mochte seinen Ohren nicht trauen. Ihre Reaktion war frustrierend und machte ihn zornig. Ihm war nicht bewusst gewesen, wie tief die Scham in ihr saß. Und ihm dämmerte, dass Hopes Hass auf ihre Mutter in gewisser Weise Lilys Selbsthass widerspiegelte. „Aber das ist doch verrückt, Lily. Du sehnst dich nach deiner Enkelin, und jetzt hast du die Chance, mit ihr zusammenzukommen."

Sie schüttelte den Kopf und wich zurück wie abgestoßen. „Ich will nicht, dass sie erfährt, was ihre Großmutter war. Sie soll nicht erfahren, von wem sie abstammt. Niemals."

Santos kannte Lily gut genug, um zu wissen, dass ihre Entscheidung endgültig war. Dennoch versuchte er es noch einmal. „Das war in der Vergangenheit. Heute bist du anders. Dein gutes Herz zählt." Er stand auf und kniete sich vor sie. „Lily, ich kann Gut von Böse und Recht von Unrecht unterscheiden." Er nahm wieder ihre Hände und zwang Lily, ihn anzusehen. „Du bist ein guter Mensch. Du hast mich aufgenommen, du hast für mich gesorgt und mir ein Heim gegeben. Du hast mir Liebe gegeben. Das hast du getan, obwohl ich ein Niemand für dich war."

Tief durchatmend, fuhr er fort: „Was deine Tochter getan hat, wie sie dich behandelt, ist falsch. Deine Selbsteinschätzung ist falsch. Dich zu kennen würde Glorys Leben bereichern. Mit dir zusammen zu sein, würde auch das Leben deiner Tochter bereichern. Die beiden sind die Verlierer."

Lilys Augen füllten sich mit Tränen, ihre Lippen bebten. Als sie schließlich sprach, flüsterte sie nur: „Ich könnte es nicht ertragen, wenn sie mich ... auch zurückweisen würde. Ich könnte es nicht ertragen, wenn sie mich ... mit Geringschätzung behandelte. Ich will nicht, dass sie es erfährt. Das musst du mir versprechen."

„Das kann ich nicht, Lily. Ich gebe keine Versprechen, die ich nicht halten kann."

Eine Träne rollte ihr über die Wange. „Nutze deine Chance auf Liebe, Santos. Aber dann musst du mich verlassen. Vielleicht nicht heute oder morgen, doch du kannst nicht zu Glory gehören und zu mir. Du wirst wählen müssen."

36. KAPITEL

Glory saß lange auf der Treppe vor Liz' Wohnung, starr vor Entsetzen und in der erstickenden Gewissheit, dass Unheil drohte. Sie wusste nicht, was sie machen sollte, und konnte sich nicht genügend konzentrieren, um ihre nächsten Schritte zu bedenken.

Von draußen hörte sie Donnergrollen, in Liz' Wohnung war es still.

Glory ließ den Kopf in die Hände sinken. Sie hätte schreien mögen, weil ihre Mutter alles wusste. Wenn sie doch nur auf Santos und Liz gehört hätte. Doch das hatte sie nicht, und nun verlor sie die beiden Menschen, die ihr am wichtigsten waren.

Wie sollte sie ohne Santos und Liz weiterleben? Allein wie zuvor, schrecklich allein?

Es war unmöglich. Sie musste diese Sache aus der Welt schaffen. Es musste jemand geben, der ihr half, der auf ihrer und Santos' Seite war.

Vater! Wenn einer, dann er.

Glory hob den Kopf, stand auf und wischte sich die Tränen ab. Wenn sie ihren Vater auf ihre Seite ziehen konnte, indem sie ihn überzeugte, dass sie und Santos sich liebten und füreinander bestimmt waren, konnte alles gut werden. Ihr Vater würde ihr helfen. Aber sie musste zu ihm, bevor ihre Mutter ihn beeinflusste.

Sie rannte zu ihrem Wagen. Als sie hinter das Lenkrad glitt, begann es zu regnen. Dicke Wolken verdunkelten den Nachmittagshimmel und ließen es später erscheinen, als es war. Windböen peitschten die Äste der alten Eichen am Straßenrand und fegten Abfall und Blätter aus dem Rinnstein.

Auf dem Weg zum Hotel überlegte sie, wie sie ihren Vater überzeugen konnte. Sobald sie mit ihm geredet und ihn auf ihre Seite gezogen hatte, würde sie Santos anrufen. Sie wünschte jetzt, früher mit ihrem Vater gesprochen zu haben, gleich als Santos sie dazu gedrängt hatte.

Aber es würde auch so gehen. Ihr Vater würde ihnen helfen, und sie konnte mit Santos zusammenbleiben. Und ihr Vater würde ihre Mutter überzeugen, dass Liz ihr Stipendium zurückbekommen musste. Sie klammerte sich auf dem Weg in die Stadt an diese Hoffnungen.

Die Pagen waren beschäftigt, deshalb parkte Glory gegenüber vom Hotel. Sie stieg gerade aus, als der Himmel alle Schleusen öffnete. Ungeachtet des kalten Regens lief sie über die St.-Charles-Avenue ins Hotel und erwiderte weder den Gruß des Türstehers noch des Empfangschefs.

Sie nahm die Treppe zum Büro ihres Vaters in der dritten Etage und betete, dass er da war. Sie rannte grußlos an der Sekretärin vorbei in sein Büro und schlug die Tür hinter sich zu.

Mutter war schneller.

Glory blieb wie angewurzelt stehen. Atemlos kämpfte sie gegen Tränen der Enttäuschung an. Ihre Mutter hatte keine Zeit vergeudet, ihren Vater über alles zu informieren. Er sah aus, als wäre er seit heute Morgen um zehn Jahre gealtert.

Ihre Mutter hingegen wirkte strahlend.

„Glory Alexandra", sagte sie ruhig, jedoch mit Härte. „Wir haben gerade von dir gesprochen."

Glory richtete den Blick von der Mutter zum Vater, immer noch hoffnungsvoll. „Daddy, du musst mir helfen."

„Wobei?" fragte ihre Mutter scharf. „Bei weiterem Lug und Betrug? Dein Vater weiß von deinen Tricks. Er weiß, welche Schande du über uns gebracht hast."

Glorys Augen glitzerten vor Tränen. Sie streckte ihrem Vater flehend eine Hand hin. „Bitte, Daddy, hör mir zu."

Hope schüttelte den Kopf. „Wir haben etwas Besseres von dir erwartet. Keinesfalls das Verhalten einer ... Hure!"

„Das ist nicht wahr!" Glory wandte sich ruckartig ihrer Mutter zu. „Genau das hast du erwartet. Du bist sogar glücklich darüber, nicht wahr?"

Hope legte wie entsetzt und tief getroffen eine Hand an den Mund. Doch Glory durchschaute sie und sah wieder ihren Vater an. „Hör nicht auf sie, Daddy. Sie hasst mich, das hat sie immer. Sie will mir wehtun und mir alles wegnehmen, was ich liebe. Bitte, Daddy, hör dieses eine Mal auf mich!"

Einen Moment lang glaubte sie, er würde ihr beistehen. Doch dann begann er zu reden, und ihre ganze Hoffnung, die sie auf ihn gesetzt hatte, starb.

„Wie konntest du das nur tun? Wie konntest du uns nur so belügen? Wir sind deine Eltern, wir wollen dein Bestes. Und du zeigst weder Respekt noch Selbstachtung, indem du ... es mit Jungs treibst."

Tränen drohten sie zu ersticken. Sie hätte nicht geglaubt, dass ihr Vater jemals so mit ihr reden und sie so ansehen würde. „Ich habe es nicht mit Jungs getrieben. Es gab nur einen, Santos, und den liebe ich sehr."

Ihr Vater schnitt ihr angewidert das Wort ab. „Vergiss ihn, Glory. Er ist Abschaum. Die Sorte, die unschuldige Mädchen benutzt ..."

„Wie kannst du so etwas behaupten? Du kennst ihn nicht mal! Du hast nur auf *sie* gehört." Sie merkte, wie sie hysterisch wurde, konnte es jedoch nicht verhindern. „Er ist kein Abschaum! Er ist gut zu mir. Er ist ehrlich und klug. Und ich liebe ihn."

Hope trat vor sie hin, und ihr Blick schien Glory zu durchbohren. „Der Junge wollte nur eines von dir, und das hat er bekommen."

Glory zuckte vor dem bösartigen Ton und dem hasserfüllten Blick ihrer Mutter zurück. „Das ist nicht wahr! Er ..." Tränen überfluteten ihre Augen. Wenn Santos doch nur gesagt hätte, dass er sie liebte. Daran könnte sie sich jetzt klammern und es ihren Eltern als Beweis entgegenschleudern. *Er hat es mir nie gesagt.* „Ich liebe ihn", erklärte sie bloß, und Tränen rollten über ihre Wangen. „Von ganzem Herzen."

Ihre Mutter packte sie am Arm und schüttelte sie. „Wach auf, Glory. Dieser Junge benutzt Mädchen nur! Du bist bloß eine von vielen für ihn."

„Das ist nicht wahr!" Schluchzend versuchte sie, ihrer Mutter den Arm zu entreißen, doch die hielt fest und grub die Finger schmerzhaft in ihr Fleisch.

„Es ist wahr! Er hat andere Freundinnen, viele sogar. Ich habe ihn überprüfen lassen. Wenn wir das nur früher gewusst hätten ... ehe du dich an ihn weggeworfen hast."

„Nein. Ich glaube dir nicht! Er hatte andere Freundinnen, aber sie bedeuteten ihm nichts. Er liebt mich."

Ihr Vater seufzte, kam zu ihnen und nahm Glory tröstend in die

Arme. „Ich bin sicher, du glaubst, ihn zu lieben. Er ist älter und erfahrener als du. Ein junges Mädchen wie du ist leicht zu beeinflussen.“ Er zog Glory an sich. „Ich weiß, es ist meine Schuld. Ich hätte dich warnen müssen, wie Jungs sein können, was sie tun oder sagen werden, um zu bekommen, was sie haben wollen. Manche Jungs tun alles, um ein Mädchen herumzukriegen. Es tut mir so Leid, Püppchen. Ich weiß, wie weh das tut.“

„Nenn mich nicht Püppchen!“ Sie entzog sich heftig seinen Armen. „Du hast schon vor langer Zeit das Recht verloren, mich so zu nennen. Als du aufgehört hast, an mich zu glauben.“

Er wich gekränkt zurück. „Glory, ich ...“

„Du weißt nichts von Santos. Er ist gut und lieb, und er liebt mich. Ich weiß es!“ Sie wischte sich die Tränen ab. „Ich werde bei ihm bleiben. Es ist mir gleichgültig, was ihr sagt.“

„Ich habe ihn gewarnt“, erklärte Hope in scharfem Ton, „dass ich ihn wegen Verführung Minderjähriger verhaften lasse, sollte er es wagen, dich wieder zu sehen.“

Glory war entsetzt. *Mutter hat mit Santos gesprochen! Sie hat ihm gedroht.*

„Das ist zutreffend, Glory Alexandra. Du bist minderjährig. Er ist erwachsen. Er hat dich ausgenutzt. Es gibt Gesetze ...“

„Daddy! Bitte!“ Sie nahm flehend seine Hände. „Siehst du denn nicht, was sie macht? Sie hasst mich. Sie will mein Leben beherrschen.“

Philip schloss seufzend die Finger um ihre. „Deine Mutter und ich waren in der Vergangenheit nicht immer einer Meinung in puncto Disziplin. Aber diesmal bin ich auf ihrer Seite, Glory. Sie will nur dein Bestes, und dieser Junge ... er ist nicht ...“

Als Glory sich ihm entziehen wollte, hielt er sie fest. „Du willst das jetzt nicht hören, aber irgendwann wirst du einsehen, dass wir Recht hatten mit diesem Jungen.“

Glory sprang hysterisch zurück. „Ich hasse dich! Du ergreifst immer ihre Partei, egal, was sie tut oder sagt. Du bist nie auf meiner Seite. Ich hasse dich!"

Ihr Vater erbleichte, und einen Moment tat er ihr Leid. Doch sie konnte nicht verhindern, dass aller Zorn, alle Verbitterung und Enttäuschung aus ihr hervorbrachen. Sie wollte ihm wehtun, wie er ihr wehgetan hatte. Wollte ihn verletzen für all die Male, wo er, obwohl sie im Unrecht war, zu seiner Frau gehalten hatte.

„Wenn du mich lieben würdest, wenn du auch nur einen Funken Anstand im Leib hättest, würdest du ihr die Stirn bieten. Ich bedaure dich ebenso sehr, wie ich dich hasse. Ich wünschte, du wärst nicht mein Vater!"

Hope packte Glory am Arm, dass sich ihre Nägel klauenartig in ihr Fleisch pressten. „Du wirst diesen Jungen nicht wieder sehen!" drohte sie und schüttelte sie so fest, dass ihr die Zähne klapperten. „Hast du verstanden?"

„Hope!" rief Philip und versuchte, sie von Glory wegzuzerren. „Um Gottes willen! Vielleicht sollten wir ihr zuhören. Sie hat uns nie vorher belogen. Vielleicht ist dieser Junge nicht ..."

Hope schüttelte seine Hand ab, das Gesicht wutverzerrt. „Du weißt gar nichts, Philip! Wenn es um sie geht, bist du blind! Das warst du immer! Ich kümmere mich um diese Sache. Ich schicke sie weg auf eine Schule, die ein solches Benehmen nicht toleriert."

„Nein. Ich gehe nicht! Ihr könnt mich nicht zwingen!" Glory schlug mit beiden Armen auf ihre Mutter ein und traf sie an Schultern und Nacken. Hope stieß einen Schmerzenslaut aus, ließ Glory los und taumelte rückwärts.

Glory wandte sich ab und lief durch das Empfangsbüro zur Treppe. Ihr Vater rief etwas hinter ihr her, sie reagierte nicht. Sie hörte, dass er ihr folgte, und hörte ihre Mutter die Sekretärin beauftragen, den Sicherheitsdienst zu rufen.

Unbehelligt schaffte es Glory in die Lobby. Sie strauchelte, rappelte sich wieder hoch und schoss an dem schockierten Türsteher vorbei hinaus. Es war Abend geworden, das Gewitter tobte, und es goss in Strömen. Sie lief zum Rand des Gehwegs. Haare und Kleidung waren augenblicklich durchweicht und klebten an ihr. Sie blickte über die Schulter und sah ihren Vater. Er hatte sie gleich eingeholt.

„Glory!“ rief er. „Warte, ich höre dir zu. Wir werden eine Lösung finden, das verspreche ich.“

Sie zögerte, schüttelte den Kopf, und Tränen strömten über ihre Wangen. Nicht, solange ihre Mutter etwas zu sagen hatte. Hope würde dafür sorgen, dass sie weggesperrt wurde und Santos nie wieder sah.

Ihr Vater rief wieder nach ihr. Glory rannte auf die Straße und überquerte sie eilig.

Als sie die Verkehrsinsel erreichte, hörte sie lautes Hupen, dann das Kreischen von Bremsen. Sie wirbelte herum und sah, wie ihr Vater von einem Fahrzeug durch die Luft geschleudert wurde.

Die nächsten Minuten vergingen wie im Nebel. Glory hörte sich schreien und den Portier rufen, dann das hysterische Brabbeln des Fahrers, der ihren Vater angefahren hatte. Sie rannte zu ihrem Vater und fiel neben ihm auf die Knie.

Sein Kopf lag in einem sonderbaren Winkel zum völlig reglosen Körper. Die Augen waren offen. „Daddy“, flüsterte sie und strich ihm das Haar aus der Stirn. „Daddy, bist du ... okay?“

Sein Kopf war warm und klebrig. Sie riss die Hand zurück und sah das Blut. Es war überall und mischte sich mit dem Regen zu roten Rinnsalen. Sie starrte mit wachsendem Entsetzen darauf. Ein Schrei stieg in ihr auf, der in einem erstickten Schluchzer der Fassungslosigkeit und Trauer über ihre Lippen kam.

Sie beugte sich zu ihrem Vater hinunter, umschlang ihn mit beiden Armen und presste die Wange an seine Brust. Ihre verletzenden Worte hallten ihr noch in den Ohren. „Ich habe es nicht so gemeint. Ich ... habe dich immer geliebt, Daddy."

Als sich Sirenengeheul näherte, schlang sie die Arme fester um ihn. „Werde wieder gesund ... bitte, Daddy. Ich habe dich so lieb ... Verlass mich nicht ... bitte, du darfst nicht sterben!"

Ihre Mutter kam dazu. Glory hob den tränenfeuchten Blick. Hope sah gelassen und ruhig auf sie hinab. „Bist du jetzt zufrieden, Glory Alexandra? Siehst du, was du mit deiner Rücksichtslosigkeit angestellt hast? Das hier ist deine Schuld."

Glory hatte Mühe zu atmen. Sie fürchtete, an ihrer Verzweiflung zu ersticken. „Nein, Mama!" begehrte sie auf. „Nein ..."

„Doch." Ihre Mutter deutete mit dem Finger auf sie. „Er ist hinter dir hergelaufen. Es ist deine Schuld, dass er auf die Straße gerannt ist und den Wagen übersehen hat."

Schluchzend verbarg Glory das Gesicht an der Brust ihres Vaters und klammerte sich an ihn. „Nein ... Mama, bitte ... es ist nicht ..."

„Doch. Sieh dir an, was du getan hast!"

Ihre Mutter kniete neben ihr, löste ihr die Arme und zog Glory ein Stück zurück. Dann drehte sie sie an den Schultern so, dass sie in sein lebloses Gesicht und die Ströme von Blut sehen musste. Glorys Magen rebellierte. Sie schlang die Arme um sich und klappte zusammen.

„Ja", sagte Hope leise. „Du hast deinen Vater umgebracht."

37. KAPITEL

Trotz des andauernden Regens und überfluteter Straßen waren eine Menge Menschen zur Trauerfeier gekommen. Freunde, Familienangehörige, Hotelangestellte und langjährige Gäste, alle waren erschienen, ihren Respekt zu zollen. Philip St. Germaine war geliebt und respektiert worden.

Glory begrüßte jeden Gast wie betäubt und konnte doch an nichts anderes denken als an ihren Schmerz, ihre Trauer und ihr Schuldgefühl.

Sie hatte ihn so sehr geliebt. Und er war der einzige Mensch gewesen, der sie bedingungslos wiedergeliebt hatte. Und er war gestorben in dem Bewusstsein, sie hasse ihn. Er war gestorben mit ihren hässlichen Worten in den Ohren.

Glory holte zittrig Atem. Sie wollte ihren Daddy zurückhaben. Sie wünschte sich von ganzem Herzen, alles ungeschehen machen und die Zeit zurückdrehen zu können zu ihrem achten Geburtstag, an dem sich alles änderte.

Das war jedoch unmöglich. Ihr Vater war tot. Sie hatte ihn umgebracht. Es war ihre Schuld ... ihre! Der Vorwurf klang ihr immer wieder in den Ohren, und ihr Schuldgefühl schien sie von innen aufzuzehren.

Sie hätte von dem Auto angefahren werden sollen. Sie wünschte, sie wäre tot. In gewisser Weise war sie das auch.

Sie atmete schluchzend ein, und ihr Blick wanderte zum geschlossenen Sarg ihres Vaters. Ihre Mutter hatte Recht gehabt, dass ihre Rücksichtslosigkeit eines Tages ihr Untergang sein würde und sie sich und anderen wehtat. Das war nun geschehen. Und getroffen hatte es ausgerechnet Liz und ihren Vater.

Santos. Tränen traten ihr in die Augen. Sie hatte geglaubt, in den letzten beiden Tagen so viel geweint zu haben, dass keine mehr übrig waren. Doch an Schmerz und Tränen schien ihr Vorrat unerschöpflich zu sein.

Glory presste die Augen zusammen, innerlich zerrissen von Schuldgefühlen und Sehnsucht. Wenn sie doch nur auf ihre Mutter gehört hätte. Wenn sie doch nur nicht so rücksichtslos, störrisch und selbstsüchtig gewesen wäre. Sie hätte Santos nicht hinterherlaufen und ihn nicht wieder sehen dürfen.

Ich darf ihn nicht lieben. Es war falsch, ihn zu lieben.

Aus der Vorhalle hörte sie Unruhe, laute Stimmen, einen Fluch, dann fiel etwas zu Boden und zersprang.

Sie drehte sich um, und ihr Herz schlug plötzlich im Hals. In der Tür, bemüht, die Hände zweier ihr unbekannter Männer abzuschütteln, stand Santos.

„Glory!" rief er.

Das Blut stieg ihr zu Kopf, und sie begann zu zittern. Sie öffnete den Mund, um zu antworten, doch es kam kein Laut.

Entsetzt sah sie Santos einen der Männer schlagen und sich befreien. Eine Frau schrie auf. Der Leiter des Beerdigungsinstitutes drohte, die Polizei zu rufen. Santos ignorierte alle und drängte sich durch die Menge auf sie zu.

Pitschnass, unrasiert und mit wildem Blick sah er aus wie ein Irrer. Ein Wilder unter all den Zivilisierten in Seidenkleidern und dunklen Anzügen.

Alle starrten auf sie, flüsterten, spekulierten. Glory sank in sich zusammen. Alle wussten Bescheid. Alle gaben ihr die Schuld.

Sie hätte am liebsten losgeschrien. Sie konnte es nicht mehr ertragen. Wild um sich blickend, suchte sie vergeblich nach einem Versteck. Ihr Herz schlug so heftig, dass es schmerzte.

Ihre Mutter trat zu ihr und legte ihr einen Arm um die Schultern. Glory lehnte sich an sie, dankbar für die Unterstützung.

Santos blieb vor ihr stehen. Ihre Augen waren voller Tränen, und sie legte, innerlich zerrissen, eine Hand vor den Mund. Einerseits wollte sie in seine Arme sinken, damit er sie liebevoll tröstete. Andererseits schreckte sie vor Santos zurück. Wenn sie ihn ansah, dachte sie an ihren Vater und die Umstände seines Todes.

Ihretwegen war er gestorben. Wegen ihrer ungehörigen Liebe zu Santos.

„Dachtest du, ich würde nicht kommen?“ fragte er leise. „Wusstest du nicht, dass ich es notfalls mit Himmel und Hölle aufnehme, um dir beizustehen?“ Er streichelte ihr die Wange, und ihre Tränen kullerten. „Es tut mir so Leid, Baby. Ich weiß, wie sehr du ihn geliebt hast.“

„Sie sind hier nicht erwünscht“, sagte Hope schrill und zog Glory fester an sich, um sie seiner Berührung zu entziehen. „Verstehen Sie? Glory will Sie hier nicht sehen!“

Santos wandte den Blick nicht von Glorys Gesicht. „Baby“, lockte er, „sag ihr, was du fühlst. Sag ihr, was wir füreinander empfinden.“

„Sie Bastard!“ keifte Hope. „Alles ist Ihre Schuld. Es ist Ihre Schuld, dass Glory sich so aufgeführt hat. Es ist Ihre Schuld, dass ihr Vater tot ist!“

Glory begann zu schluchzen, und Santos kam einen Schritt näher. „Nein, Glory. Du weißt, was deine Mutter versucht. Wir haben ihn nicht auf dem Gewissen. Es war ein Unfall.“

Er streckte ihr die Hand hin, doch sie starrte nur entgeistert darauf.

„Nimm meine Hand!“ bat er. „Hier und jetzt, damit alle sehen, was wir einander bedeuten. Danach gehe ich.“

Santos streckte die Hand ein wenig weiter aus. Glory sah jedoch nur das Gesicht ihres Vaters, als sie ihm gesagt hatte, sie hasse ihn. Wenig später war es im Tode erstarrt, und sie hatte sein Blut an den Händen.

„Wenn du mich liebst, nimm meine Hand!" bat Santos leise. „Glaube an mich, Glory, bekenne dich zu mir. Alles, was du tun musst, ist, meine Hand nehmen."

Glory wimmerte leise. Ihr Kummer zerriss sie schier. Und plötzlich hörte sie die liebevolle Stimme ihres Vaters, wie er ihr vor langer Zeit gesagt hatte:

Familie und Erbe bedeuten alles, Glory. Sie sagen dir, wer du bist und was du sein wirst. Versprich mir, Püppchen, dass du das nie vergisst.

Sie hatte es vergessen. Doch von nun an würde sie seine Worte beherzigen. Ihr Platz war bei ihrer Mutter, bei ihrer Familie. Sie schuldete ihr und dem Namen St. Germaine Loyalität.

Glory schüttelte stumm den Kopf und bebte am ganzen Körper. Sie wandte sich ihrer Mutter zu und presste das Gesicht an ihre Schulter.

Augenblicke später war Santos fort

TEIL 6

Verbotene Früchte

38. KAPITEL

New Orleans, Louisiana, 1995

Der „Schneewittchen-Killer" hatte wieder zugeschlagen. Santos bekam die Mitteilung um 2 Uhr 57 morgens. Sechsundzwanzig Minuten später hielt er seinen Wagen vor der St.-Louis-Kathedrale. Die ersten Beamten am Tatort hatten den Bereich bereits abgesperrt. Der

Gerichtsmediziner war da und die Spurensicherung. Als Santos den Hebel der Automatikschaltung in die Parkstellung schob, kam der Übertragungswagen von Kanal vier an, und Hoda Kotb und ihre Mannschaft sprangen heraus.

Santos wartete, bis die Reporter gegangen waren, ehe er die Tür öffnete und ausstieg. Er betrachtete die Szene. Die Kathedrale war beleuchtet wie ein Weihnachtsbaum. Eine illustre Meute hatte sich versammelt: einige Bewohner des Quarters, Leute, die dort arbeiten, vor allem jedoch späte und fast volltrunkene Partygänger. Mindestens ein Dutzend Uniformierte standen an der Absperrung, sicherten den Tatort und hielten die Menge in Schach.

Santos atmete tief durch. In seinen zehn Dienstjahren war er Hunderte Male zu solchen Tatorten gekommen, das machte ihm nichts mehr aus. Das hier war jedoch etwas anders. Das war sein spezieller Fall, sein Baby, das war persönlich.

Er musste diesen kranken Bastard schnappen. Doch seine bisherigen Ermittlungen hatten zu nichts geführt. Der Typ war aalglatt, klug und organisiert. Ein Raubtier.

Santos zeigte seine Marke und überquerte die gelbe Linie. Die Touristen in der Nähe fotografierten ihn im blendenden Blitzlichtgewitter. Santos wandte sich an den nächsten Uniformierten. „Kümmern Sie sich darum, ja? Man sollte meinen, die wären zufrieden mit 'ner Ansichtspostkarte vom Mississippi oder so."

Der Polizist erwiderte achselzuckend: „Ein Besuch in der sündigen Stadt wäre nicht komplett ohne ein Foto von einem Mordtatort."

„Ja, stimmt. Und da denken wir immer, die Kriminellen wären verrückt."

„Detective Santos?"

Santos drehte sich um. Ein uniformierter Beamter, den er aus der Innenstadt kannte, kam heran. „Grady. Was gibt's?"

„Wieder eine tote Nutte. Es gibt noch keine Bestätigung, aber es scheint klar, dass wir es mit demselben Täter zu tun haben." Er räusperte sich. „Das ist die vierte in vier Monaten."

„Ich kann zählen", erwiderte Santos leicht gereizt. „Fahren Sie fort."

„Ein paar betrunkene Touristen haben sie gefunden. Stolperten fast über ihren Körper. Der Typ verlor dabei sein Gebiss. Mitleid erregend."

„Scheißtouristen", schnaubte Santos. „Der Bürgermeister wird uns Feuer unterm Hintern machen."

„Wie ich höre, ist er auf dem Weg hierher."

Santos fluchte leise. „Wo sind die Leute?" Der Beamte deutete auf ein Paar, das, unter einer Decke kauernd, auf einer Bank vor der Kathedrale saß. „Ich möchte mit ihnen reden."

„Okay."

„Die Leiche?"

„Der Täter hat sie direkt vor die Kirchentür gelegt. Kann man sich so was vorstellen? Heute hat wirklich keiner mehr Respekt."

Santos nickte, hörte den Ausführungen des Beamten jedoch nur noch mit halbem Ohr zu, als sie über den Gehweg und die Stufen hinauf zum Hauptportal der Kirche gingen.

Dort lag sie, hübsch wie ein Bild, genau wie die anderen drei, nur diesmal direkt vor der Kirche abgelegt. Die meisten Killer dieses Typs hinterließen ihre Leichen verstümmelt oder in übertriebenen, erniedrigenden Haltungen. Dieser nicht. Er hinterließ die jungen Frauen mit auf der Brust gefalteten Händen, die Augen geschlossen, die Beine zusammen, das frisch gewaschene Haar um den Kopf ausgebreitet. Wie Schneewittchen in ihrem Glassarg. Sie könnten schlafen oder beten.

Doch sie waren tot. Brutal ermordet.

Santos hockte sich neben die Leiche. Die Gerichtsmedizinerin, eine Frau mittleren Alters mit Sommersprossen und einem pausbackigen Gesicht, blickte auf. „Hallo, Detective. Unser Freund ist eifrig."

„Das sehe ich." Santos zog sich Gummihandschuhe an. „Was haben wir?"

„Weiße, weiblich. Dunkle Haare. Jung. Ich schätze, achtzehn bis zwanzig."

„Nutte?"

„Vermutlich, wenn wir es mit demselben Täter zu tun haben. Kennen Sie sie?"

Santos verneinte. Er hatte drei Jahre bei der Sitte im French Quarter gearbeitet, bevor er ins Morddezernat gegangen war. Aber die Straßenmädchen wechselten schnell, besonders die jungen. Außerdem wusch der Schneewittchen-Killer – er war von der Presse so getauft worden – seine Opfer, trocknete ihnen die Haare und entfernte Make-up und Schmuck. So gesäubert waren die Mädchen kaum wieder zu erkennen.

Santos blickte zu Grady auf. „Da drüben sind ein paar Straßenmädchen. Schauen Sie mal, ob eine von denen das Opfer kennt."

Grady nickte und eilte davon.

Santos betrachtete das Opfer und nahm jedes Detail auf. „Todesursache?"

„Vermutlich Ersticken. Nach der Autopsie weiß ich mehr. Aber der Körper ist unverletzt. Keine Prellungen, keine Kampfspuren."

„Sie sieht ziemlich frisch aus."

„Sie war noch nicht lange tot." Die Gerichtsmedizinerin schürzte die Lippen. „Unser Knabe wird ganz schön kess, sie hierher zu legen."

„Er fordert uns heraus." Santos sah sich suchend um. „Kein Apfel?"

„Wurde schon eingesammelt. Wie immer war er auf jeder Seite

einmal angebissen. Im Gegensatz zu den anderen Fällen sehe ich bei ihr jedoch keine Reste in den Zähnen. Sehen Sie sich das an."

Die Gerichtsmedizinerin löste vorsichtig die gefalteten Hände des Opfers. Die Totenstarre hatte bereits eingesetzt. Trotzdem sah Santos Teile des in die Handflächen eingebrannten Kreuzes. Genau wie bei den anderen Leichen. Diesen Teil des vom Killer zelebrierten Rituals hatten sie vor den Medien bisher geheim gehalten.

Santos nickte, und die Medizinerin legte die Hände vorsichtig wieder zurück. „Ist es möglich, dass wir es hier mit einem anderen Täter zu tun haben?"

„Meiner Ansicht nach nicht. Nach den Tests weiß ich mehr."

Santos stand auf. „Ich rufe Sie morgen an."

„Aber bitte spät", sagte sie und machte sich wieder an die Arbeit. „Ich muss noch andere Fälle vor diesem bearbeiten."

Santos antwortete nicht, er dachte bereits an die Touristen und die Fragen, die er ihnen stellen wollte.

Stunden später hielt Santos vor einem trendy aussehenden Lokal, schüttelte sich das Sakko von den Schultern und löste die Krawatte. Die Nachmittagssonne war heiß für März und brannte auf den Gehweg des French Quarter. Santos schwitzte, er war müde und frustriert. Die letzten vier Stunden hatte er mit Clubbesitzern und Barmännern gesprochen, das Bild der Toten herumgezeigt und gehofft, dass jemand etwas gesehen hätte. Fehlanzeige.

Und nun das hier. Der „Garten der irdischen Genüsse". Verdammt, sein Partner hatte es wieder getan und versuchte ihn mit Gesundheitskost zu vergiften.

Santos betrat das Restaurant, ein Yuppielokal mit seltsamen Wandgemälden und Pflanzen im Überfluss. Er sah sich um und entdeckte seinen Freund und Partner, was nicht schwierig war, da er außer dem Barmann der einzige Mann im Lokal war, außerdem sehr groß, glatzköpfig und schwarz wie die Nacht. Santos ging zu ihm, setzte sich ihm gegenüber, sah sich um und sagte übertrieben kritisch: „Ich verabscheue dieses Lokal."

Jackson lachte: „Es ist neu, und wie ich gehört habe, soll es sehr gut sein."

„Von Helga, der Schrecklichen, vermutlich."

„Das ist eine Kampfansage, mein Freund." Er sah Santos scharf an, und der unterdrückte ein Schmunzeln. „Du redest von meiner Frau."

„Nette Lady. Aber mieser Geschmack in puncto Restaurants."

„Mistkerl."

Santos nahm lachend die Speisekarte auf. „Ich hoffe, die haben noch etwas anderes als Kaninchenfutter."

Er und sein Partner – dessen Eltern hatten ihn tatsächlich Andrew Jackson getauft – waren absolute Gegensätze. Jackson, verheiratet, zwei Kinder, war Familienvater durch und durch. Er war praktisch und ging mit ruhiger Distanz an seine Arbeit. Ein ausgezeichneter Cop, der jedoch seine Fälle auf dem Revier zurückließ, wenn er abends nach Hause ging.

Santos hingegen war ein Workaholic und ein Einzelgänger. Abgesehen von Lily, hatte er keine Familie und niemand, um den er sich sorgen musste. Er ging mit Leidenschaft und manchmal mit Besessenheit an seine Fälle heran. Wenn sein Körper nicht nach Nahrung und Ruhe verlangen würde, könnte er rund um die Uhr arbeiten. Sein Eifer hatte ihn mehr als einmal bei seinen Vorgesetzten in Schwierigkeiten gebracht. Sie nannten ihn einen gefährlichen, verantwortungslosen Hitzkopf. Und es ärgerte sie gewaltig, dass er einer der höchstdekorierten Beamten im Polizeidienst war.

Trotz ihrer Verschiedenartigkeit waren er und Jackson ein gutes Team. Sie arbeiteten seit sechs Jahren zusammen, und jeder hatte dem anderen öfter das Leben gerettet, als sie zählen konnten. Lily ausgenommen, war Jackson der einzige Mensch, dem Santos genug traute, ihn Freund zu nennen.

Abgesehen davon, konnte Santos das gesunde Zeug nicht ausstehen, das Jackson gerne aß.

Er überflog die Speisekarte, wählte das, was am wenigsten unappetitlich klang, und legte die Faltkarte beiseite. „Bist du sicher, dass du an der Reihe warst, das Lokal auszusuchen?“

„Ja.“ Ein Lächeln zuckte um seine Mundwinkel. „Als wir letztes Mal im ‚Port of Call‘ waren, war mir hinterher eine Woche lang schlecht von dem vielen Fett.“

„Für einen toughen Polizisten klingst du sehr nach Mamasöhnchen.“

Jackson wippte lachend mit dem Stuhl nach hinten. „Mag schon sein, aber dieses Mamasöhnchen wird lange leben.“

Die Kellnerin kam, nahm ihre Bestellungen auf und ging wieder. Santos sah ihr nach, begutachtete das verführerische Schwingen ihrer Hüften und wandte sich wieder Jackson zu. „Hast du Glück gehabt heute Morgen?“

„Ein paar Nutten haben das Mädchen erkannt. Sie hieß Kathi. Kein Zuhälter, kein Freund, keine Drogen.“

„Unser Knabe macht mich langsam verrückt.“ Santos ging stirnrunzelnd noch mal die Details des Falles durch. „Wir übersehen etwas.“

„Aber was?“ Jackson beugte sich vor, und die vorderen Stuhlbeine prallten auf den Boden. „Wir haben vier Opfer. Alles Straßenmädchen. Alle jung, brünett, europäischer Typ. Alle aus dem French Quarter. Alle auf dieselbe Weise umgebracht, keine Abweichungen. Bei allen lag ein roter Apfel, ein Bissen fehlte auf jeder Seite. Und in allen Fällen stammte ein Biss vom Opfer, der andere vermutlich vom Mörder.“

„Und in die Handflächen jedes Opfers war ein Kreuz eingebrannt", endete Santos und fuhr sich mit dem Zeigefinger am Nasenflügel entlang. „Ich weiß. Trotzdem muss da etwas sein, das wir übersehen."

Die Kellnerin brachte ihre Eistees und lächelte Santos an, als sie sein Glas abstellte. Er erwiderte das Lächeln automatisch. Seine Gedanken schweiften Jahre zurück zu einem anderen Mord. Und er dachte an den Fünfzehnjährigen, der mit dem Tod der Mutter alles verloren hatte und selbst tot sein wollte.

„Wir kriegen ihn, Partner", versprach Jackson, als lese er Santos' Gedanken. „Eines Tages macht er einen Fehler, hinterlässt eine Spur oder einen Zeugen, und dann nageln wir ihn fest."

Santos sah seinem Freund in die Augen. „Und wie viele Mädchen müssen bis dahin sterben?"

Im Fernsehen über der Bar wurde die laufende Talk-Show von den Nachrichten unterbrochen. Der Nachrichtensprecher berichtete, dass der Schneewittchen-Killer wieder zugeschlagen habe. Dann wurde ein Mitschnitt der morgendlichen Pressekonferenz aus dem Büro des Bürgermeisters eingespielt. Der, ganz erboster Politiker, kritisierte, wie die Polizei den Fall handhabte, und versprach, die Stadt zu säubern.

Santos beobachtete den Politiker und schnaubte: „Was für'n Arschloch."

Jackson zählte kopfschüttelnd auf: „Täglich mehr als ein Mord in dieser Stadt, wir sind unterbesetzt, haben nicht genügend Mittel, und der beklagt sich, dass wir den Täter noch nicht gefangen haben? Manchmal hängt mir der Job wirklich zum Hals heraus."

Santos trank durstig von seinem Tee. „Was mir gehörig auf den Geist geht, ist, dass der Fall bisher auf kleiner Flamme gekocht wurde, weil die Opfer ausschließlich Nutten waren. Nur weil ein paar Touristen über eine Leiche stolpern, regen sich plötzlich alle auf."

Santos hörte selbst, wie verbittert das klang. Er bearbeitete den

Fall, weil es ihm etwas ausmachte, dass diese Mädchen abgeschlachtet wurden. Er fühlte mit ihren Familien. Er wusste, wie das war, jemand auf diese Weise zu verlieren und niemand kümmert sich darum.

Jackson schwieg einen Moment und gab zu bedenken: „Diese Mädchen sind nicht deine Mutter, Santos. Es ist nicht derselbe Täter."

„Woher willst du das wissen?"

„Der Modus Operandi stimmt nicht." Jackson zählte die Unterschiede auf: „Er erstickt sie, er benutzt kein Messer. Er hat Sex mit ihnen, nachdem er sie getötet hat, nicht vorher. Außerdem, wie lange liegt dein Mord zurück? Zwanzig Jahre?"

„Sechzehn." Santos fuhr eindringlich fort: „Es ist der Apfel, Mann. Was ist mit dem Apfel? Auch neben meiner Mutter lag ein Apfel."

„Zufall. Der Täter damals hatte Hunger."

„Du hast vielleicht Recht, aber ..." Santos unterbrach sich, als die Kellnerin ihre Mahlzeit brachte, und redete weiter, nachdem sie gegangen war. „Aber ich habe so ein Gefühl, Jackson. Denk an meine Ahnung in dem Ledet-Fall, ehe wir diesen Hurensohn festgenommen haben."

Jackson nickte und probierte seinen Salat. „Ich erinnere mich daran."

Santos nahm einen zaghaften Bissen von seinem vegetarischen Burger, fand ihn gar nicht übel und kehrte zu ihrer Unterhaltung zurück. „Ich weiß nicht, aber ich habe auch diesmal so ein komisches Gefühl."

„Wunschdenken, mein Junge."

„Nein, hör mir zu. Wir wissen beide, dass sich das Ritual eines Serienkillers langsam entwickelt, indem er lernt, was ihm am meisten Befriedigung verschafft. Wir wissen auch, dass Serienkiller durch das Land reisen, töten und weiterreisen. So kann das manchmal jahrelang gehen."

„Sechzehn Jahre?"

„Henry Lee Lucas war dreizehn Jahre aktiv. John Wayne Gacy zehn. Die Akten sind voll von solchen Fällen."

„Mann, du bist kurz davor, in diesem Fall deine Objektivität zu verlieren."

Santos verengte leicht die Augen und musterte seinen Partner. „Meinst du wirklich?"

„Allerdings."

„Scheißkerl."

„Ebenfalls Scheißkerl."

Sie sahen sich an und lachten. Für den Rest der Mahlzeit sprachen sie über ihre Fälle, Jacksons Familie und Lilys Gesundheit. Santos erwähnte den Schneewittchen-Killer nicht mehr und auch nicht seinen Verdacht, dass der bereits seine Mutter auf dem Gewissen hatte.

Nachdem sie gezahlt hatten und aufstanden, deutete Jackson zu den Toiletten. „Ich muss noch mal für Königstiger."

„Wir treffen uns draußen." Santos ging zur Tür, blieb jedoch stehen, als er seinen Namen hörte.

Er drehte sich um. Die Frau, die vor ihm stand, war auf eine unaufdringliche Art attraktiv. Sie hatte hellbraunes Haar und eine schlanke, knabenhafte Gestalt. Offenbar arbeitete sie im Restaurant. Er erinnerte sich, sie beim Hereinkommen gesehen zu haben. Aber er erkannte sie nicht.

Sie lächelte: „Santos? Bist du das wirklich?"

„Ich bin es." Er erwiderte das Lächeln. „Aber Sie haben mir etwas voraus. Tut mir Leid. Kennen wir uns?"

„Ich bin's, Liz. Liz Sweeney."

Trotzdem brauchte er einen Moment, sie wieder zu erkennen.

Dann mochte er seinen Augen nicht trauen. „Liz Sweeney! Du bist aber wirklich erwachsen geworden."

„Du auch", bestätigte sie lachend und gab ihm die Hand. „Schön, dich wieder zu sehen."

Er nahm lächelnd ihre Hand, und ihm gefiel die Frau, die sie geworden war. „Wie geht es dir?"

„Großartig." Sie machte eine allumfassende Geste mit der Hand. „Das ist mein Lokal."

„Wirklich?" Santos stieß einen leisen Pfiff aus. „Ich bin beeindruckt. Schön für dich."

Er merkte, dass er immer noch ihre Hand hielt, und ließ sie zögernd los. Es war schön gewesen, sie zu halten.

Liz räusperte sich. „Ich war froh, mal ein paar Männer hier zu sehen. Bisher scheint meine Kundschaft auf das weibliche Geschlecht beschränkt zu sein. Hoffentlich hat dir das Essen geschmeckt."

„Es war wunderbar. Du ..."

„Tatsache ist", warf Jackson ein, als er sich zu ihnen gesellte, „dass Sie für diesen Burschen hier dem Speiseplan etwas tote Kuh hinzufügen müssten." Er gab Liz die Hand. „Andrew Jackson, Victors einziger Freund."

„Hör nicht auf ihn", sagte Santos und verdrehte die Augen. „Er sagt so was immer, um sich wichtig zu machen. Mein Partner, Detective Andrew Jackson. Jackson, das ist Liz Sweeney, eine alte Freundin."

„Wirklich? Eine alte Freundin?" Er ließ den Blick spekulierend zwischen beiden hin und her wandern. „Schön, Sie kennen zu lernen, Liz."

„Ganz meinerseits."

„Also, woher kennt ihr zwei euch?"

Santos sah Liz kurz an und senkte den Blick. „Ich war damals mit einer Freundin von ihr zusammen." Er sah Liz wieder an. „Wie geht es Glory?" Noch während er sprach, verfluchte er sich für diese Frage.

Liz' Miene wurde verschlossener. „Ich weiß es nicht. Ich habe seit Jahren nicht mit ihr gesprochen."

Wahrscheinlich seit über zehn.

Santos beobachtete sie einen Moment und spürte ihre Feindseligkeit gegen Glory, die seiner eigenen entsprach. Seltsam, dass plötzlich mehr Erinnerungen auftauchten, als ihm lieb war.

Liz wirkte befangen, als fehlten ihr auf einmal die Worte, als würde auch sie von Erinnerungen überschwemmt. Sie räusperte sich und sagte: „Sie sind also Partner. Das muss bedeuten, dass du es geschafft hast, Santos. Du bist ein Cop, wie du es immer sein wolltest. Du hast dir deinen Traum erfüllt."

Jackson schnaubte: „Schöner Traum. Überstunden, niedrige Bezahlung, kein Respekt. Schöne Bescherung."

Santos ignorierte ihn. „Ja, das bin ich, Detective Santos, Supercop, Morddezernat. Zu Diensten."

Sie redeten noch einen Moment, dann unterbrach Jackson sie: „Junge, wir müssen zurück." Er lächelte Liz an. „War nett, Sie kennen zu lernen, Liz Sweeney. Ich hoffe, wir sehen uns mal wieder."

Ihr Blick wanderte zu Santos, dann zurück zu Jackson. „Das hoffe ich auch, Detective."

Santos hüstelte. „Ich glaube, wir müssen ... war wirklich schön, dich wieder zu sehen, Liz. Es freut mich, dass es dir so gut geht."

Sie trat einen Schritt zurück. „Ich habe mich auch sehr gefreut, dich wieder zu sehen."

Sie sagte Lebewohl, wandte sich ab und ging Richtung Küche davon. Santos ging mit Jackson zur Tür, blieb noch einmal stehen und blickte zurück.

Im selben Moment schaute Liz zurück, und sie sahen sich an.

„Warte, Jackson", raunte Santos. „Bin gleich wieder bei dir." Santos ging zu Liz zurück. „Würdest du irgendwann gern zum Dinner ausgehen?"

Sie betrachtete ihn forschend. „Mit dir?"

„Ja, mit mir." Lächelnd fügte er hinzu: „Tut mir Leid, aber Jackson ist schon vergeben."

Sie lachte: „Mit dir gehe ich jederzeit zum Dinner aus."

Er schmunzelte, erfreut über die Antwort, ihre Offenheit und ihre Selbstsicherheit. „Wie wär's mit heute Abend? Ich hole dich nach der Arbeit ab."

„Ideal. Aber nicht so früh. Wir schließen die Küche erst um neun."

„Großartig. Also abgemacht. Ich sehe dich dann um neun, Liz."

39. KAPITEL

Spätnachts schloss Santos die Tür zu seiner und Lilys Wohnung auf und lächelte vor sich hin. Er dachte an den Abend mit Liz und ihren Gutenachtkuss. Sein Lächeln verstärkte sich, als er sich erinnerte, wie sie sich an ihn geschmiegt und leise nach mehr verlangt hatte. Sie hätten heute Nacht miteinander schlafen können. Wenn er den ersten Schritt gewagt hätte, hätte sie den zweiten getan.

Santos schloss die Tür hinter sich ab, ging durch die Wohnung und löschte im Vorübergehen die Lichter. Er mochte Liz. Er fühlte sich wohl in ihrer Gegenwart, und ihre Unterhaltung war anregend gewesen. Es hatte kein beklemmendes Schweigen gegeben, wie bei ersten Verabredungen typisch. Liz zu küssen war neu und erregend gewesen. Er hatte sich nach mehr gesehnt, er hätte gern mit ihr geschlafen.

Trotzdem hatte er sich Zurückhaltung auferlegt.

Wegen der Vergangenheit. Wegen Glory. Sie ist heute Abend zu häufig durch meine Gedanken gegeistert.

Santos runzelte missmutig die Stirn. Wenn er heute Nacht mit Liz ins Bett gegangen wäre, hätte es nicht geklappt. Glory hätte zwischen ihnen gestanden. Außerdem konnte er sich Zeit lassen mit Liz. Sie würden zusammenkommen, dessen war er sicher. Aber er musste Glory aus dieser Sache heraushalten.

Die Schlafzimmerbeleuchtung brannte noch, obwohl er zweifelte, dass er Lily zu dieser Stunde wach antraf. Er ging zu ihrer Tür und sah vorsichtig ins Zimmer. Sie schlief halb sitzend. Das erstaunte ihn nicht. Er traf sie in letzter Zeit oft so an, schlafend, wo sie gerade saß. Manchmal nickte sie sogar während der Messe oder beim Tee oder Abendessen ein.

Santos betrachtete sie traurig. Die Jahre verlangten ihren Tribut. Ihre Gesundheit war nicht mehr stabil. Lily hatte wenig Energie und wenig Lebensmut.

Die Scham über ihren Lebenswandel und die Sehnsucht nach Tochter und Enkelin fraßen sie lebendig auf, das wusste er. Sie suchte in den Zeitungen unter Gesellschaftsnachrichten nach Informationen über die beiden, dass es ihn wütend machte. Und immer, wenn sie etwas über Hope oder Glory fand, schnitt sie es aus und sammelte es in einer Mappe.

Eines Tages würde sie nur noch in dieser Mappe blättern, wünschen, dass sie Kontakt gehabt hätte zu ihnen, und sich für die vertane Chance hassen. Er wagte kaum noch, mit ihr auszugehen. Wenn sie andere Familien sah, wurde ihre Sehnsucht so offenkundig, dass er es nicht ertrug.

Zorn und Hass wallten in ihm auf. Er hasste Hope für das, was sie Lily antat. Er hasste sie für ihre grausamen und selbstgerechten Urteile über Menschen und für ihre Vorurteile.

Glory hasste er für das, was sie ihm angetan hatte. Sie und ihre

Mutter waren es nicht wert, Lily – oder ihm – auch nur die Füße zu küssen.

Santos ging zum Bett, nahm Lily vorsichtig das Buch aus den Händen und zog ihr das Kissen hinter dem Kopf weg. Sie schlug die Augen auf, obwohl er sah, dass sie noch ganz schlaftrunken war.

„Santos?"

„Ja, Lily. Ich bin's."

Sie blinzelte und wurde wacher. „Ich hab's schon wieder getan, was?"

„Bei dem Tempo wirst du mit dem Buch nie fertig", neckte er lächelnd.

„Alt werden ist abscheulich." Sie blinzelte zur Uhr. „Wie spät ist es?"

„Nach eins."

„Wie war deine Verabredung?"

„Schön." Nach einem Moment fügte er sanft hinzu: „Sehr schön."

Sie rückte zur Seite und klopfte mit der Hand auf die Bettkante. „Erzähl mir von ihr."

Er setzte sich lächelnd und richtete sich auf ein bohrendes Verhör ein. Sie hatten das schon viele Male durchexerziert. „Sie ist sehr nett, sehr klug. Sie besitzt ein kleines Restaurant mit Bar im Quarter."

„Ist sie attraktiv?"

„Sehr." Er fuhr sich amüsiert mit dem Zeigefinger am Nasenflügel entlang. „Tatsächlich kenne ich sie von früher."

Lily quittierte das nickend, ohne zu fragen, woher. Dafür war er ihr dankbar. „Das kann von Vorteil sein", meinte sie leise. „Hast du vor, sie wieder zu sehen?"

„Ich glaube, ja. Doch, bestimmt."

„Gut." Sie faltete die Hände vor sich. „Du arbeitest zu viel. Du brauchst jemand."

„Ich habe dich."

„Ich bin alt und krank. Du brauchst einen Partner."

Er erwiderte grinsend: „Ich habe Jackson."

„Eine Partnerin, eine Lebenspartnerin!" Seine offensichtliche Belustigung wurmte sie. „Ich möchte, dass du glücklich wirst. Ich möchte nicht, dass du einsam bist." Ihre Augen füllten sich mit Tränen, und sie senkte rasch den Blick. „Der Herr hat nicht gewollt, dass wir einsam sind. Deshalb hat er Adam Eva an die Seite gestellt."

Santos küsste sie auf die Stirn. „Mach dir um mich keine Gedanken, Lily. Mir geht es gut. Ich bin glücklich."

Als er zurückwich, sah sie ihn zweifelnd an. „Bist du das, Santos? Bist du glücklich?"

Er verstand ihre Frage. Sie hatte genauso wenig vergessen wie er, dass er vor langer Zeit einmal geglaubt hatte, seine Liebe, seine Lebenspartnerin gefunden zu haben. Und er wusste auch, dass sie sich eine Mitschuld gab an seinem gebrochenen Herzen.

„Ja, ich bin sehr glücklich." Er zog ihr die Bettdecke zurecht und löschte die Nachttischlampe. „Und jetzt schlaf", flüsterte er, „sonst schaffst du es morgen nicht rechtzeitig zur Messe." Er ging zur Tür, blieb jedoch noch einmal stehen. „Ich bin da, falls du mich brauchst."

„Santos?"

„Hm?"

„Ich habe gehört, dieser Mann hat wieder ein Mädchen umgebracht. Es tut mir Leid."

„Mir auch, Lily. Aber wir werden ihn kriegen. Es ist nur eine Frage der Zeit."

„Ich weiß, du kriegst ihn", murmelte sie, und die Augen fielen ihr zu. „Ich habe völliges Vertrauen ... in ... dich."

Sie schloss die Augen und schlief bereits. Santos betrachtete sie noch einen Moment liebevoll. Er lebte weiterhin bei Lily, weil sie ihn brauchte und weil es ihn beruhigte, sie jeden Morgen aufstehen und jeden Abend friedlich einschlafen zu sehen.

Doch er wusste, er würde sie letztlich verlieren, gleichgültig, wie sehr er sie beschützte und bewachte. Eines Tages in nicht mehr allzu ferner Zukunft würde sie gehen. Er spürte einen Kloß im Hals und atmete tief durch, um seiner Rührung Herr zu werden. Er sollte sich auf jenen Tag vorbereiten, doch er wusste nicht, wie. Wie sollte er sich auf etwas vorbereiten, das er sich nicht mal vorstellen konnte? Ein Leben ohne Lily? Er würde einsam und am Boden zerstört sein.

Schließlich riss er den Blick von ihr los und ging. Schlafen konnte er jetzt nicht, das wusste er. Deshalb entschied er, ins Präsidium zu fahren, um zu hören, ob es etwas Neues zum letzten Fall gab. Er musste etwas übersehen haben, irgendetwas.

40. KAPITEL

Das Telefon weckte Glory aus tiefem, traumlosem Schlaf. Heftig atmend, richtete sie sich kerzengerade auf und griff nach dem Hörer. „Ja? Glory St. Germaine?"

Es war der stellvertretende Hotelmanager, ein leicht erregbarer Mann. So wie er brabbelte, konnte Glory ihn kaum verstehen. „Was?" Sie rieb sich mit einer Hand übers Gesicht. „Immer langsam, Vincent. Ich verstehe nicht ..." Doch plötzlich begriff sie, was er sagte, und war hellwach.

Der Schneewittchen-Killer hat wieder zugeschlagen!

Und diesmal hatte er den Leichnam auf dem Parkdeck des Hotels abgelegt.

Glory sprang fluchend aus dem Bett. „Bleiben Sie ruhig, Vincent. Und reden Sie nicht, ich wiederhole, reden Sie nicht mit der Presse. Ich informiere unsere PR-Abteilung und den Hotelanwalt."

Sie legte auf, ohne eine Antwort des Mannes abzuwarten, holte das Telefonbuch aus dem Nachttisch und überlegte sich bereits eine Strategie zur Schadensbegrenzung. Das Hotel verkraftete keinen zweiten Skandal, der mit einem Verbrechen in Verbindung stand. In der Vorwoche waren zwei Hotelgäste, ein Ehepaar aus Indiana, nur wenige Meter vom Hotel überfallen worden. Zwei Monate vorher war einen halben Block entfernt ein Mann angeschossen worden, gottlob kein Hotelgast, aber er war blutend in die Lobby gestolpert und dort zusammengebrochen. Der Vorfall hatte zu einer Sondersendung in den Lokalnachrichten geführt über die Kriminalität in der Innenstadt. *Sind die guten alten Viertel noch sicher?*

Glory war überzeugt, dass sich die Presse auf diesen neuen Fall geradezu stürzte. Und da es den Schneewittchen-Killer betraf, wurde das St. Charles vielleicht sogar in den landesweiten Nachrichten erwähnt.

Damit würde die Belegungsrate des Hotels weiter sinken.

Glory fand die Telefonnummern, holte zuerst den Mann für Öffentlichkeitsarbeit aus dem Bett, dann den Anwalt und beorderte beide schnellstmöglich zum Hotel. Danach lief sie unter die Dusche.

Einunddreißig Minuten später hielt sie vor dem St. Charles, ruhig, gefasst und völlig Herrin der Lage. Sie vermittelte das Bild unerschütterlicher Professionalität, ein schicker Geschäftsbarrakuda in Manolo-Blahnik-Pumps. Man hätte nicht vermutet, dass sie erst vor knapp einer Stunde geweckt worden war, und niemand käme darauf, welcher Aufruhr hinter der kühlen Fassade tobte.

So sollte es bleiben. Sie atmete noch einmal tief durch und bereitete sich auf chaotische Szenen vor. Es würde ihr ganzes Geschick erfordern, die Wogen zu glätten.

Santos. Sein Name und sein Bild gingen ihr durch den Sinn, und etwas in der Gegend ihres Herzens tat weh. Sie wusste aus der *Times Picayune* und aus dem Fernsehen, dass er der leitende Detective in diesem Fall war. In den beiden Monaten, seit man die letzte Leiche auf den Stufen der St.-Louis-Kathedrale gefunden hatte, war er aus dem Büro des Bürgermeisters und in den Medien unter Beschuss geraten. Sie hatte ihn sogar ein paar Mal im Fernsehen gesehen und sich selbst verabscheut, weil sie ihn angestarrt und in Erinnerungen geschwelgt hatte.

Er war ein hinreißend attraktiver Mann geworden, sehr männlich und auf eine raue, machomäßige Art sexy. Er war der Typ Mann, nach dem Frauen sich verzehrten und vergaßen, was gut für sie war.

Sie gehörte nicht zu diesen Frauen. Nicht mehr. Nein, sie hatte ihre Lektion gelernt. Sie war stolz darauf, ihren Verstand und ihre Gefühle jederzeit im Griff zu haben. Und wenn sie bei Santos' Anblick etwas wie Sehnsucht empfand, dann nur, weil man die Vergangenheit nicht vergessen konnte und Erinnerungen sich nicht leicht kontrollieren ließen.

Ein Page lief auf ihren Wagen zu und öffnete ihr die Tür. Er war offensichtlich erschüttert. „Miss St. Germaine, haben Sie es gehört? Pete hat sie gefunden, und jetzt ist die Polizei ..."

„Ich hab's gehört, Jim." Sie schenkte ihm ein knappes, zuversichtliches Lächeln. „Alles wird wieder gut. Tun Sie nur Ihren Job, und wenn jemand Fragen hat, dann schicken Sie ihn zu mir. In Ordnung?"

Der junge Mann erwiderte ihr Lächeln und wirkte auf fast komische Art erleichtert. „Die Polizei hat mich bereits alles Mögliche gefragt. So wie die mich ausgequetscht haben, könnte man denken, ich hätte es getan."

„Wirklich?" fragte sie ungehalten. „Was wurden Sie gefragt?"

„Wer ein und aus gegangen ist? Ob ich jemand oder etwas Ungewöhnliches gesehen habe. Ob einer der Gäste sich ungewöhnlich oder aufgeregt verhalten habe." Er beugte sich zu ihr vor, und sie merkte erst jetzt, wie viel Angst er hatte. „Und dann musste ich Rechenschaft ablegen über meine Zeit. Sie wollten wissen, ob ich während der Arbeit kommen und gehen könne, wie ich wolle, ohne dass es jemand merkt. Warum fragen die mich das, Miss St. Germaine? Sie glauben doch nicht, dass ich ... verdächtig bin?“

Glory verneinte und tätschelte ihm tröstend den Arm. „Das sind nur Routinefragen. Machen Sie sich keine Sorgen, Jim. Ich kümmere mich um alles. Wo ist Pete?“

„Bei der Polizei.“ Er deutete ins Haus. „Drinnen. Wie man so hört, geben sie ihm den dritten Grad.“

„Wirklich?“ Sie blickte kurz zum Hotel, dann wieder auf ihn. „Ist schon jemand von der Presse aufgekreuzt?“

„Noch nicht.“

„Gut. Wenn die kommen, holen Sie mich. Sofort. Sie können mich bei jeder Arbeit unterbrechen. Ich möchte diese Leute nicht im Hotel haben. Ist das klar?“

„Ja, Ma'am.“ Er straffte sich. „Ich hole Sie, sobald ich die Presseleute sehe.“

Glory lächelte: „Gute Arbeit, Jim. Ich danke Ihnen, wie Sie bei alledem kühlen Kopf bewahren.“

Sie ging ins St. Charles, und wie erwartet herrschte Chaos. Offenbar waren nicht nur Jim und Pete eingehend von der Polizei verhört worden, sondern etliche vom Hauspersonal, das Mädchen vom Empfang und der Nachtportier. Sogar zwei Hotelgäste, die kurz vor der Entdeckung der Leiche zurückgekehrt waren, wurden aus den Betten geholt und verhört. Glory kochte.

Der Hotelmanager kam geradezu hysterisch auf sie zu. „Die Polizei will von Tür zu Tür gehen und die Gäste befragen. Sie bestehen darauf, Miss St. Germaine, und ich weiß nicht, was ich tun soll.“

„Nur über meine Leiche“, sagte sie. „Keine Sorge, Vincent. Ich nehme mich der Sache an.“

„Miss St. Germaine!“ Der Page winkte von der Tür. „Sie sind da!“

Sie gab ihm ein Zeichen, dass sie verstanden hatte, und wandte sich wieder an den Manager. „Ich muss mich zuerst um das da kümmern. Lassen Sie keinen Gast wecken, ich bin gleich zurück.“

Sie eilte hinaus. Alle drei großen Nachrichtensender blockierten mit ihren Vans den Eingang. Sobald die Reporter sie sahen, riefen sie ihr Fragen zu. Sie lächelte und hielt eine Hand hoch. „Bitte, immer eine Frage nach der anderen. Ich versuche, alle zu beantworten. Hoda, beginnen wir mit Ihnen.“

„Stimmt es, dass der Schneewittchen-Killer wieder zugeschlagen und die Leiche hier, am St. Charles, abgelegt hat? Was denken Sie darüber?“

„Mein erster Gedanke war, dass es mir lieber gewesen wäre, er hätte die Leiche bei der Konkurrenz abgelegt, vielleicht beim Le Meridian oder Windsor Court.“ Gelächter ging durch die Gruppe. „Aber soweit ich weiß, stimmt es. Allerdings habe ich noch nicht mit der Polizei gesprochen, weiß also nicht mehr als Sie. Ich bin jedoch sicher, dass die Polizei bald eine Erklärung abgibt.“

„Wo wurde die Tote gefunden?“ fragte ein anderer. „Glauben Sie, dass sich der Täter noch hier im Gebäude aufhält?“

„Ausgeschlossen“, sagte Glory überzeugt. „Das Hotel ist völlig sicher. Wie Sie alle wissen, sucht sich der Täter einen x-beliebigen Ort, um sein Opfer abzulegen. Unglücklicherweise wählte er diesmal unsere Parkgarage. Der Mord hat jedoch nichts mit dem Hotel zu tun. Absolut nichts.“

„Aber Miss St. Germaine“, rief eine ihr unbekannte Reporterin von Kanal acht, „glauben Sie, dass sich Ihre Gäste jetzt noch sicher fühlen können, da der Täter auf dem Grundstück war?“

Ein Lächeln spielte um ihren Mund, und Glory wirkte absolut überzeugend, als sie erwiderte: „Sagen wir mal so: Das vorige Opfer wurde vor der St.-Louis-Kathedrale gefunden. Ich bin dort letzten Sonntag zur Messe gegangen, und ich versichere Ihnen, ich habe mich vollkommen sicher gefühlt. Mir scheint, dieser Typ sucht sich die besten Adressen in New Orleans aus. Obwohl ich sagen muss, dass das St. Charles bessere Sicherheitseinrichtungen hat als die Kathedrale. Hochmoderne.“ Sie sah den Mann für Öffentlichkeitsarbeit auf sich zueilen und erklärte den Reportern lächelnd: „Ich werde drinnen gebraucht, aber Gordon Mackenzie, unser Public-Relations-Direktor, wird Ihnen gern von unserem Sicherheitsteam erzählen und alle weiteren Fragen beantworten.“

Nachdem sie rasch mit Gordon ausgetauscht hatte, was bereits durchgesickert war, schlüpfte sie ins Hotel zurück, um Vincent zu retten, und kam keine Minute zu früh. Er war von zwei Uniformierten in die Enge getrieben worden, um seine Zustimmung für eine Durchsuchung aller Räume zu geben. Und sein Widerstand schwand schnell.

„Vielleicht kann ich Ihnen helfen, Officers?“ Glory gab ihnen die Hand. „Ich bin Glory St. Germaine, die Hotelbesitzerin.“ Wie sie vermutet hatte, wollten die zwei das Hotel durchsuchen und die Gäste wecken. Sie lehnte freundlich lächelnd ab. „Tut mir Leid, das wird nicht möglich sein.“

Die Männer tauschten einen Blick. „Wir haben unsere Anweisungen, Ma'am.“

„Wirklich?“ Sie lächelte wieder zuckersüß. „Nun, ich habe mit meinem Anwalt gesprochen, und ohne meine Erlaubnis oder einen Durchsuchungsbeschluss haben Sie kein Recht, das Hotel zu durchsuchen. Sie haben beides nicht.“ Sie blickte von einem Officer zum anderen. „Also, wer ist verantwortlich für diesen ganzen Zirkus?“

Der jüngere von beiden räusperte sich. „Das ist Detective Santos.“

Als sein Name fiel, ballte sie unwillkürlich die Hände. „Und wo kann ich den finden?"

„In der Garage. Mit dem Gerichtsmediziner. Ich fürchte, Sie werden hier warten müssen."

„Den Teufel werde ich, Officer. Das ist mein Hotel. Ich gehe, wohin ich will." Ohne ein weiteres Wort drehte sie sich um und ging zum Fahrstuhl. Der brachte sie in die dritte Etage und zur Brücke zwischen Hotel und Parkgarage.

Das Gebiet um den Fundort war durch ein gelbes Polizeiband abgesperrt. Verglichen mit dem Chaos in der Lobby war es hier oben jedoch ruhig. Ein Stück voraus sah sie eine Gruppe Leute. Einige hockten und betrachteten etwas auf dem Boden.

Nicht etwas, sondern jemand. Glory schauderte und bekreuzigte sich. Das arme Mädchen, dachte sie.

„Entschuldigen Sie!" Ein Polizist kam auf sie zu. „Sie dürfen sich hier nicht aufhalten."

„Ich muss mit Detective Santos sprechen."

Sie wollte an dem Mann vorbeigehen, doch er packte sie fest am Arm. „Tut mir Leid, Ma'am." Sein entschiedener Tonfall duldete keinen Widerspruch. „Detective Santos ist beschäftigt. Sie müssen im Hotel warten."

Glory entriss ihm ihren Arm und straffte sich. „Mein Name ist Glory St. Germaine. Dies ist mein Hotel, und ich verlange, Detective Santos zu sprechen! Jetzt!"

Für den Bruchteil einer Sekunde schien der Polizist widersprechen zu wollen, dann zuckte er die Achseln. „Wie Sie wollen, Miss St. Germaine."

Er eilte zu der Gruppe hinüber, und einen Moment darauf erhob sich jemand und kam auf sie zu. Nicht jemand, sondern Santos. *Mein Santos.* Ihr Herz begann zu hämmern, und der Mund wurde ihr trocken. Sie schalt sich eine Närrin und ermahnte sich, ihre

Pflicht nicht zu vergessen. Sie musste das Hotel, ihre Angestellten und die Gäste schützen, egal, was es kostete.

Santos blieb vor ihr stehen. Sie sah ihm zum ersten Mal seit über zehn Jahren in die dunklen Augen, und all ihre strengen Ermahnungen waren vergessen. Für kurze Zeit war sie wieder sechzehn und Hals über Kopf verliebt.

„Nun sieh sich einer den kleinen Wirbelwind an", sagte Santos gedehnt, jedoch mit Schärfe in der Stimme. „Ganz erwachsen und verantwortlich. Gewöhnt, Anweisungen zu erteilen und sich durchzusetzen. Was kann ich für dich tun, Ma'am? Aber beeil dich besser. Ich bin beschäftigt."

Sie straffte sich und sagte ohne Einleitung: „Ich dulde nicht, dass du mein Personal oder die Gäste belästigst. Wenn du etwas brauchst, wende dich an mich oder den Hotelanwalt. Wir stehen dir zur Verfügung."

„Wirklich?" Er ließ den Blick langsam und unverschämt vom Scheitel bis zur Sohle über sie wandern. „Du stehst mir zur Verfügung?"

„Treib es nicht auf die Spitze, Detective! Wenn du meinen Angestellten oder Gästen auch nur guten Morgen sagst, ohne mich vorher zu konsultieren, bist du deinen Job los. Hast du mich verstanden?"

„Tatsächlich?" Er zog amüsiert die Brauen hoch, ein schwaches Lächeln um den Mund. „Und wer soll mir den wegnehmen? Der Polizeichef?"

Sie verschränkte die Arme vor der Brust und spürte zu ihrem Leidwesen das Blut in die Wangen steigen. „Zufällig sind wir gute Bekannte. Der Gouverneur ist ebenfalls ein Freund der Familie."

„Tatsache?" Er kam einen Schritt näher, beugte sich zu ihr vor und starrte ihr in die Augen. „Hier ist eine Neuigkeit für dich, Prinzessin. Du kannst meinen Job haben. Aber inzwischen fülle ich ihn nach bestem Wissen und Gewissen aus. Und deshalb wirst du mir eine Liste der Gäste und Angestellten machen, und ich werde alle befragen. Und übrigens, wenn du nicht in jeder erdenklichen Weise mit mir kooperierst, lasse ich dich wegen Behinderung der Justiz belangen. Hast du mich verstanden?"

„Versuch es, Detective."

Er verengte leicht die Augen. „Fordere mich nicht heraus!" Er wandte sich zum Gehen, drehte sich aber noch einmal zu ihr um. „Wirklich, Glory, du bist die Frau geworden, die deine Mutter aus dir machen wollte. Sie muss sehr stolz auf dich sein."

Das traf sie wie Schläge. Glory atmete tief durch, um zu verbergen, wie verletzt sie war. Als sie den Mund zu einer beißenden Erwiderung öffnete, wandte Santos sich ab und ging.

41. KAPITEL

Gegen neun Uhr morgens hatte Glory mit jedem Reporter der Medien im Süden gesprochen. Jedenfalls kam es ihr so vor. Außerdem hatte sie zwei aufgeregte Planer von Firmenseminaren überredet, ihre Herbsttreffen nicht vom St. Charles abzuziehen oder es sich doch zumindest noch einmal zu überlegen. Leider war sie gezwungen gewesen, sie mit zusätzlichen Rabatten auf die Zimmer und das Essen zu locken, was sich das Hotel eigentlich nicht leisten konnte.

Erschöpft seufzend, hoffte sie, dass das Schlimmste nun vorüber sei. Doch sie machte sich keine Illusionen. Was sie und die PR-Abteilung geschafft hatten, war nicht mehr, als eine Blutung durch Abbinden zu stillen.

Das St. Charles hatte Probleme.

Sie sank in den alten Schreibtischsessel ihres Vaters zurück, legte den Kopf auf die Lehne und schloss die Augen. Sie würde bald ein paar harte Entscheidungen treffen müssen, vor denen ihr graute, die ihr Vater nicht gebilligt hätte und gegen die ihre Mutter sich mit Händen und Füßen wehren würde.

Aber etwas musste geschehen. Wenn sich Belegungsrate und Gewinne nicht besserten, mussten Service und Personal gekappt werden. Das führte dann zu weiterer Verminderung der Übernachtungszahlen. Dann konnten die Einrichtungen bald nicht mehr ordentlich gewartet werden, und das Hotel verfiel. Ein Teufelskreis.

Das durfte sie nicht zulassen.

Glory seufzte frustriert und stand auf. Sie ging zum Panoramafenster und blickte auf die St.-Charles-Avenue hinab. Die Einsatzwagen waren fort, ebenso die Vans der Nachrichtensender. Alles lief wieder normal: für sie, das Hotel, für New Orleans.

Sie berührte das kalte Glas. Nein, heute war nichts normal. Dieser Tag war anders, sie fühlte sich anders.

Santos.

Ihn wieder zu sehen hatte sie umgeworfen wie schon lange nichts mehr. Immerhin waren über zehn Jahre vergangen, und sie war eine erwachsene Geschäftsfrau, verantwortlich für ein 125-Betten-Hotel. Seine offenkundige Verachtung für sie hatte jedoch den Schutzwall eingerissen, den sie um sich errichtet hatte. Sie war verletzt.

Wirklich, Glory, du bist zu der Frau geworden, die deine Mutter sich gewünscht hat.

Sie blickte auf ihre zitternden Hände und ballte sie unwirsch zu Fäusten. War sie wirklich die Frau nach den Wünschen ihrer Mutter geworden? Ja und nein.

Sie straffte sich unmerklich. Was fiel Santos ein, sie so zornig anzufahren? Was stimmte nicht mit der Frau, die sie geworden war. Sie galt als führende Persönlichkeit in der Stadt, als angesehene Geschäftsfrau. Allerdings ließ sie sich nicht mehr wie früher von ihren Gefühlen leiten, sondern hielt sie im Zaum. Wenn sie mit einem

Mann ausging, dann mit dem richtigen. Keine wilden Jungs mehr, keine Abenteuer. Kein sinnloses, zerstörerisches Aufbegehren.

Niemand hatte das Recht, ihre Einstellung zu kritisieren. Immerhin war sie verantwortungsbewusst und erwachsen. Konnte er dasselbe von sich behaupten? Er rannte mit einer Waffe durch die Straßen und spielte Räuber und Gendarm oder den Macho-Superbullen. Sie hatte gehört, dass er ein Hitzkopf war, dessen Eskapaden ihn häufiger mit seinen Vorgesetzten in Konflikt brachten.

Er ist seinen Träumen und sich selbst treu geblieben. Kann ich dasselbe von mir behaupten?

Der Gedanke war ihr unangenehm, und sie verdrängte ihn. Selbst wenn Santos einer der höchstdekorierten Polizisten der Stadt war, war sie ohne ihn sicher besser dran.

Glory kehrte an ihren Schreibtisch zurück. Warum hatte sie Santos nie vergessen? Warum hatte sie nie vergessen, wie sie sich in seinen Armen gefühlt hatte: sicher, geborgen, vollkommen glücklich. Warum hatte sie nie wieder so empfunden?

Als Erwachsene sah sie ein, dass ihre damaligen Gefühle wohl nur kindische Illusionen gewesen waren. Nur weil man das Gefühl hatte, etwas sei richtig, musste es noch nicht richtig sein. Diese Lektion hatte sie immerhin gelernt und einen schrecklichen Preis bezahlt, was sie nie vergessen und sich nie verzeihen würde.

Sie vermisste ihren Vater immer noch sehr. Er hatte eine Lücke hinterlassen, die nicht zu füllen war. Körperlich und seelisch erschöpft, fuhr sie sich mit einer Hand übers Gesicht und blickte in den hellen Maitag hinaus. Nach etwas Schlaf und einer guten Mahlzeit würde sie sich wieder besser fühlen. Sie hatte zwar etwa sechs Tassen Kaffee getrunken, aber nichts gegessen. Kein Wunder, dass sie so melancholisch und gereizt war.

„Glory Alexandra, warum wurde ich nicht gerufen?"

Die Stimme ihrer Mutter riss sie unangenehm aus ihren Gedanken. Erschrocken drehte sie sich um. Hope stand im Türrahmen, das Bild der modischen Dame der Gesellschaft. Hinter ihr hob Glorys Sekretärin entschuldigend beide Hände. Wie oft Glory auch darum bat, ihre Mutter weigerte sich, anzuklopfen oder sich ankündigen zu lassen.

„Hallo, Mutter. Komm herein."

„Ich wiederhole." Hope kam über den taubenblauen Teppich auf sie zu. „Warum wurde ich nicht gerufen?"

„Du beziehst dich auf ...?"

„Diesen unglückseligen Polizeieinsatz natürlich." Hope setzte sich. „Wie widerwärtig, so ein Mädchen *hier* abzulegen. Also wirklich!"

Die Vorurteile ihrer Mutter gingen Glory gehörig gegen die Natur. Sie lehnte sich im Sessel zurück, in dem sie sich auf eigenartig kindliche Weise geborgen fühlte. „Dieses arme Geschöpf war Gottes Kind wie du und ich. Sie und ihre Familie tun mir Leid."

Ihre Mutter schwieg einen Moment und winkte dann mit der Rechten ab. „Natürlich. Das arme Ding verdiente es sicher nicht, zu sterben. Aber sie *hier* abzulegen. Schrecklich, einfach schrecklich."

Glory gab auf. Es hatte sowieso keinen Sinn, mit ihrer Mutter zu diskutieren. Stattdessen erklärte sie ruhig: „Ich sah keinen Grund, dich zu rufen. Du hättest nichts tun können, und es war mitten in der Nacht."

Ihre Mutter beugte sich vor und sah sie durchdringend an. „Nicht nur, dass mir das Hotel zur Hälfte gehört. Muss ich dich erinnern, dass es das Geld *meiner* Familie war, *mein* Erbe, das Philip seinerzeit vor dem Ruin bewahrte? Wir hätten das St. Charles damals verlieren können, aber wir haben es gehalten." Sie presste eine Faust auf die Brust. „Durch mich. Ich wiederhole, man hätte mich rufen sollen."

Als Glory vor fünf Jahren die Geschäftsführung übernommen

hatte, war ihr eine Diskrepanz in den Büchern aufgefallen: Darlehen waren zurückgezahlt worden, Schulden verschwanden wie durch Magie. Darauf angesprochen, hatte ihre Mutter ihr die Geschichte von damals erzählt. Doch seither spielte sie sich bei jeder Meinungsverschiedenheit über das Hotel als Retterin des St. Charles auf. Glory hatte es satt.

Zornig legte sie die Handflächen auf die Schreibtischplatte und stand auf. „Ich führe das Hotel, Mutter. Wenn du das lieber übernehmen möchtest, können wir darüber reden. Bis dahin stehe ich zu meiner Entscheidung. Es gab keinen Grund, dich zu informieren. Alles Notwendige wurde veranlasst."

Die Sekretärin meldete sich übers Telefon. Ein Reporter der *Times Picayune* rief wegen eines Zitats an. Glory entschuldigte sich bei ihrer Mutter und nahm den Anruf entgegen. Sie sah, wie ihre Mutter zum Schreibtisch kam und ein kleines gerahmtes Foto von Philip aufnahm, das kurz vor seinem Tode entstanden war. Als Hope liebevoll über das Glas strich, spürte Glory einen Kloß im Hals.

Nach Philips Tod hatten sich viele Männer um Hope bemüht, doch sie hatte alle abgewiesen. Zu Glory hatte sie gesagt, dass niemand den Platz ihres geliebten Philip einnehmen könne. Lange hatte Glory sich gewünscht, dass ihre Mutter eine neue Bindung einginge, denn deren Einsamkeit verstärkte nur ihre Schuldgefühle. Letztlich hatte sie die Entscheidung ihrer Mutter jedoch akzeptiert, und ihre Schuldgefühle blieben eine dauernde Last.

Glory schluckte trocken und richtete ihre Aufmerksamkeit wieder auf den Reporter. „Ja, das ist richtig. Zu dieser Sache dürfen Sie mich zitieren. Wenn Sie zusätzliche Informationen brauchen, zögern Sie nicht, mich anzurufen."

Als sie den Hörer ablegte, stellte ihre Mutter das Foto zurück. „Ich vermute, du hast ... *ihn* gestern Nacht gesehen."

Glorys Puls beschleunigte sich. „Wenn du Santos meinst, ja, den habe ich gesehen. Er bearbeitet diesen Fall."

„Das habe ich gehört." Hope lächelte dünn. „Dann ist er ja wohl ... Polizist geworden."

Sie betonte das, als sei Polizist werden gleichbedeutend mit dem Sturz in eine Jauchegrube. Glory spürte ihre Wangen brennen und begann Santos zu verteidigen. „Wie ich hörte, ist er sogar ein sehr guter Detective geworden. Einer der besten, um genau zu sein. Ich bin froh, dass er auf unserer Seite ist." Sie sah betont auf ihre Uhr. „Wenn sonst nichts anliegt, Mutter. Ich muss mich um einige Dinge kümmern."

„Natürlich. Du bist sehr beschäftigt." Hope ging zur Tür, blieb aber noch einmal stehen. „Da wäre noch etwas. Ich gebe Samstagabend eine kleine Dinnerparty. Warum bringst du nicht diesen netten plastischen Chirurgen mit, mit dem du dich triffst. Wie heißt er noch?"

„William." Glory fragte besorgt: „Mutter, wie klein ist dieses Dinner?"

„Nur zwanzig Personen." Sie winkte mit der rechten Hand ab. „Du brauchst dich um nichts zu kümmern. Ich habe schon alles mit dem Restaurantmanager und dem Küchenchef besprochen. Es ist alles erledigt. Du musst nur noch dazukommen."

Und für alles zahlen. Glory seufzte resigniert: „Wir haben darüber gesprochen, Mutter. Du kannst nicht dauernd Leute einladen. Du kannst nicht über Räume, Essen und Personal verfügen. Das Hotel kann sich diesen Lebensstil nicht länger leisten."

„Ich tue, was mir passt, Glory Alexandra", erklärte ihre Mutter ruhig, in gemessenem Ton. „Es ist mein Hotel."

„Du verstehst nicht. Wenn du so weitermachst ..."

„Ich verstehe sehr gut. Aber warum die Mühen mit dem Hotel, wenn wir nicht seine Vorteile genießen können?"

„Das Hotel ist unser Geschäft, Mutter, unser Lebensunterhalt. Aber es ist noch mehr. Es ist ..."

„Was?" spottete Hope. „Dein Erbe? Teil deiner Familie? Ohne die Schenkungen wäre es nichts weiter als ein Mühlstein um den Hals."

„Ein Mühlstein um den Hals?" wiederholte Glory verblüfft. „Wenn du so über das Hotel denkst, warum hast du es dann mit deinem Familienvermögen gerettet?"

„Weil dein Vater unseren Privatbesitz verkaufen wollte, um die Schulden zu tilgen. Er wollte unser Haus beleihen und das Sommerhaus, meine Juwelen und den Rolls verkaufen. Das war inakzeptabel." Angewidert fügte sie hinzu: „Die Leute hätten über uns geredet und hinter dem Rücken über uns gelacht. Das wollte ich nicht."

„Und jetzt, Mutter? Was ist, wenn jetzt Gerede entsteht?"

Hope sah ihrer Tochter entschlossen und kalt in die Augen. „Natürlich würde ich alles Notwendige veranlassen, das zu unterbinden." Damit verließ sie das Büro, und ihre Worte hallten in Glorys Kopf nach.

42. KAPITEL

Liz lag mitten in dem zerwühlten Bett, starrte an die Decke und machte sich Gedanken. Santos war schon vor Stunden, im Morgengrauen, gegangen. Seither hatte sie kein Auge mehr zugetan.

In diesem Moment könnte er mit Glory reden, ihr in die Augen sehen, sich an alles erinnern und sie zurückhaben wollen.

Sie musste daran denken, mit welcher Leidenschaft, welchem Hunger Santos und Glory sich früher angesehen und berührt hatten. Und ihre Fantasie gaukelte ihr vor, wie sie sich heute verhalten könnten: Zwei Erwachsene, die genau wussten, was sie voneinander wollten und was sie einander geben konnten.

Liz zog sich stöhnend ein Kissen über den Kopf und verwünschte ihre Unsicherheit und ihre verräterischen Gedanken. Er würde Glory nicht zurückhaben wollen. Er hasste sie genauso, wie sie es tat. Das hatte er gesagt.

Sie atmete tief ein. Das Kissen roch nach Santos. Sie presste das Gesicht tiefer hinein, begierig nach dem Geruch.

Sie liebte Santos so sehr.

Aber er liebte sie nicht.

Wieder stöhnend, setzte Liz sich auf. Er liebte sie noch nicht. Er mochte sie, sehr sogar, das hatte er gesagt. Er war gern mit ihr zusammen, und er schlief gern mit ihr. Doch er hatte keinen Wunsch nach Dauerhaftigkeit, nach Liebe oder der Art Bindung, die sie nach sich zog.

Liz erkannte an, dass er ehrlich mit ihr war. Sie spürte die Distanz, die er wahrte, die Mauern, die er um sich errichtete. Es gab Dinge in seinem Leben, die er nicht mit ihr teilte: seine Gefühle, seine Hoffnungen, seine Träume, sein Herz.

Schuld war Glory. So wie sie ihr die Zukunft gestohlen hatte, hatte sie Santos der Fähigkeit beraubt, zu lieben und zu vertrauen. Sie hatte sein Herz gestohlen.

Liz umarmte das Kissen und presste es an sich. Sie schliefen jetzt seit fast zwei Monaten miteinander, seit ihrer dritten Verabredung. Sie war die treibende Kraft gewesen, schamlos, lüstern. Aber sie hatte sich so sehr nach ihm gesehnt und nicht länger warten mögen. Ihr schien es ohnehin, als hätte sie schon eine Ewigkeit auf ihn gewartet. Weil sie ihn schon ewig liebte.

Sie zog die Knie ans Kinn. Santos brauchte Zeit. Allmählich würde er erkennen, wie gut sie füreinander waren.

Wenn Glory ihn nicht vorher wieder stahl.

Liz presste das Gesicht auf die angezogenen Knie. Sie dachte an Santos' Reaktion vor zwei Stunden, als er erfahren hatte, dass er zum St. Charles musste. Sie versuchte sich an jedes Wort und an jede Nuance seines Mienenspiels zu erinnern. Das Morddezernat hatte wegen eines neuen Falls angerufen. Sie war durch das Telefon geweckt worden und hatte plötzlich gemerkt, dass er nicht mehr neben ihr lag.

Beim Augenöffnen hatte sie gesehen, wie er in seine Jeans sprang. Seine Miene war angespannt und zornig gewesen, und sie hatte ein ungutes Gefühl bekommen ...

„Santos? Was ist los?"

Er hatte sie nur kurz angesehen. „Ich muss weg." Er setzte sich auf die Bettkante und zog seine Schuhe an. „Sie haben wieder eine Leiche gefunden."

Sie setzte sich auf und strich das Haar zurück. „Der Schneewittchen-Killer?"

„Derselbe."

Sie streichelte seinen Schenkel. „Tut mir Leid."

„Mir auch." Er schien noch mehr sagen zu wollen, unterließ es jedoch. Er stand auf und zog sein Schulterholster über.

„Ich mache dir Kaffee."

„Keine Zeit." Er beugte sich hinunter und küsste sie. „Schlaf weiter."

„Kommst du zurück?" fragte sie schläfrig, legte sich wieder hin und umarmte sein Kissen.

Santos schüttelte den Kopf. „Ich schaue später im Restaurant vorbei."

Sie nickte, den Tränen nahe. Sie liebte ihn so sehr, dass es ihr körperlich wehtat, ihn weggehen zu sehen. „Warte!" Er blieb an der Tür stehen und blickte zurück. „Wo hat er die Leiche ... diesmal abgelegt?"

Santos hatte mit der Antwort lange gezögert, fast als wolle er ihr die Wahrheit verschweigen. Und da hatte sie gewusst, dass er noch Gefühle für Glory hatte ...

Liz sprang aus dem Bett, zu unruhig, um weiter still zu liegen. Wenn sie sich nicht sofort in Aktivitäten stürzte, würden ihre Gedanken sie noch verrückt machen. Sie würde sofort ins Restaurant fahren, obwohl eigentlich Darryl, ihr Barmann und Stellvertreter, es öffnen wollte. Später würde Santos vorbeikommen, und wenn sie ihm in die Augen sah, würde sie feststellen, dass alles in Ordnung war.

Ganz sicher. Mit diesem tröstlichen Gedanken eilte sie unter die Dusche.

Es war fast drei, als Santos sich endlich im „Garten der irdischen Genüsse" zeigte. Bis dahin war Liz' Stimmung auf den Nullpunkt gesunken. Ihre Ängste, ihre Unsicherheiten hatten sie tagsüber fast aufgezehrt.

Wenn Santos sie doch bloß lieben würde. Und wenn sie bloß nicht so genau gewusst hätte, wie eng die Verbindung zwischen ihm und Glory einst gewesen war.

„Hallo." Santos umschlang sie von hinten mit beiden Armen. „Junge, du bist mal ein hübscher Anblick."

Liz duckte sich unter seinem Arm hindurch und entwand sich der Umarmung. „Bin ich das?"

„Ich hätte es nicht gesagt, wenn es nicht stimmen würde", erwiderte er stirnrunzelnd.

„Natürlich nicht, nicht ein aufrechter Kerl wie du. Nicht Mr. Ehrlich persönlich." Sie bebte vor Zorn. Zorn auf ihn, auf Glory und vor allem auf sich selbst, weil sie ihre Gefühle nicht unter Kontrolle bekam.

Er stemmte die Hände auf die Hüften. „Was ist los, Liz?"

„Nichts." Sie zuckte gleichgültig die Achseln. „Ich bin froh, dass du trotz deines vollen Terminplans vorbeischaust."

„Das ist es also." Er sah sie aus leicht verengten Augen an. „Ich arbeite an einem Fall. Du weißt, was das bedeutet."

„Aber dieser Fall ist anders, nicht wahr? Dieses Opfer war anders." Sie verschränkte die Arme vor der Brust und verabscheute sich, weil sie eifersüchtig, jammernd und besitzergreifend klang. Das war gar nicht ihre Art.

Und Santos war nicht der Mann, der so etwas ertrug. Er brauchte Freiraum. Und sie sah förmlich, wie er sich von ihr zurückzog.

„Schau, Liz ..." Er fuhr sich ungeduldig mit einer Hand durchs Haar. „Ich war die halbe Nacht auf. Ich bin müde, ich bin hungrig, und ich habe die Schnauze voll. Also sag, was du willst, denn ich bin ehrlich gesagt nicht in der Stimmung für kindische Anspielungen."

Liz hob herausfordernd das Kinn. „Du hast sie gesehen, nicht wahr?"

„Wenn du Glory meinst, ja, ich habe Ihre Hoheit, Königin des St. Charles, gesehen, und es hat mir nicht sonderlich gefallen."

„Bist du sicher? Ich meine ..." Liz blinzelte ihre Tränen fort und kam sich lächerlich vor.

„Tu das nicht, Liz." Er trat einen Schritt näher und nahm ihr Gesicht zwischen beide Hände. „Lass uns das Hier und Jetzt genießen, so, wie wir sind. Lass die Vergangenheit ruhen."

„Das möchte ich ja." Sie holte zittrig Atem. „Aber ich kann es irgendwie nicht. Ich muss immer wieder daran denken, wie es mit euch beiden war. Und ich weiß, wie selbstsüchtig und egozentrisch sie ist. Sie würde nicht zögern ..." Liz brach kopfschüttelnd ab. „Ich hasse sie so sehr. Sie hat mir meine Zukunft ruiniert, und das war ihr völlig egal. Wer weiß, was aus mir hätte werden können, wenn sie nicht gewesen wäre."

„Du hast dein eigenes Geschäft. Du hast dich so gut gemacht. Gefällt dir denn nicht, was du tust, Liz?"

Sie suchte nach den richtigen Worten. „Doch, aber ich hatte große Träume, Santos." Ihre Augen schwammen in Tränen. „Ich wollte etwas Bedeutendes aus meinem Leben machen. Ich wollte Wissenschaftlerin oder Ärztin werden. Ich wollte etwas entdecken oder entwickeln, das das Leben der Menschen, vielleicht die ganze Welt verändert hätte."

„Aber das tust du doch", sagte er leise. „Mit deinem Lokal, deinem Essen machst du die Menschen gesünder."

„Das ist nicht der Punkt, Santos. Ihr war egal, was ich verloren hatte. Sie dachte nur an sich, immer nur an ihren eigenen Kummer. Ich hielt sie für meine Freundin", fuhr sie verbittert fort, „ich hätte alles für sie getan, Santos. Und natürlich habe ich geglaubt, umgekehrt wäre es genauso. Das hat sie zwar beteuert, aber es war gelogen." Liz bedeckte seine Hände mit ihren. „Verstehst du, warum ich ihr nicht traue?"

Santos beugte sich zu ihr herunter. „Ja, ich verstehe. Sie hat auch mich verletzt und verraten. Aber ich bin es, dem du vertrauen musst. Ich bin nicht interessiert an Glory St. Germaine. Was wir angeblich füreinander gefühlt haben, war ein einziger Betrug. Sie war nicht der Mensch, für den ich sie gehalten habe."

„Aber deine Erinnerungen ..."

„Sind alle schlecht." Er sah ihr tief in die Augen. „Sie wird sich nicht zwischen uns drängen. Sie wird mich nicht daran hindern, dich zu lieben."

„Nur du selbst kannst dich daran hindern, nicht wahr?"

Er zögerte. „Tut mir Leid, Liz. So war das nicht gemeint."

„Doch, das war es." Sie wandte sich ab. „Ich muss an die Arbeit zurück."

Er hielt sie am Arm fest. „Lass uns nicht streiten. Lass nicht zu, dass sie sich zwischen uns stellt. Wir haben eine gute, schöne Beziehung. Verderben wir sie nicht."

Gut und schön, aber eben nicht großartig. „Ich will nichts verderben. Ich will dich nicht verlieren", erwiderte sie traurig.

Santos beugte sich hinunter und küsste sie. „Ich muss los."

Sie hielt ihn an den Revers fest. „Bleib und iss", bat sie lächelnd. „Extra für dich habe ich Kuh auf die Speisekarte gesetzt."

Er erwiderte lächelnd: „Ich möchte, aber ich kann nicht."

„Sehen wir uns später?"

„Ich versuch's."

Er zog sich bereits von ihr zurück, fühlte sich gefangen. Sie erkannte es in seinem Blick und am strengen Zug um den Mund. Sie verfluchte ihre eigene Unsicherheit, Glory St. Germaine und das, was sie ihm vor Jahren angetan hatte. „Ruf mich an. Lass es mich wissen."

„Mach ich." Er küsste sie wieder und ging davon. Sie sah ihm nach, mit dem Gefühl, ihn für immer zu verlieren. Nein, das ist nicht so, beschwichtigte sie sich und ging an die Arbeit.

43. KAPITEL

Santos und Jackson saßen sich an dem verkratzten Schreibtisch gegenüber, dessen Oberfläche mit Papieren, Aktenstapeln und benutzten Kaffeebechern übersät war. Um sie herum schwoll die chaotische Geräuschkulisse des Morddezernats mal an und mal ab. Sie hatten so viele Jahre in diesem Lärm gearbeitet, dass sie ihn nicht mehr wahrnahmen.

Santos räumte einen Platz in der Tischmitte frei und legte die Fotos von sechs Opfern des Schneewittchen-Killers aus. Ein Foto des letzten Opfers reichte er Jackson. „Der Autopsiebericht ist da."

Jackson betrachtete das Foto einen Moment und hob den Blick. „Also, was haben wir?"

„Zuerst mal, sie hat sich heftig gegen ihn gewehrt." Santos gab Jackson zwei weitere Fotos, auf denen die dunklen Blutergüsse an Armen, Schultern und Rücken deutlich zu erkennen waren. „Sie muss gemerkt haben, was los war, bevor unser Knabe sie fertig machen konnte."

Jackson studierte die Aufnahmen und warf sie auf den Tisch. „Und der Apfel?"

„Die letzten beiden Opfer haben nicht freiwillig abgebissen. Er musste selbst den Bissen nehmen, und sie ihnen in den Schlund stopfen, als sie tot waren."

„Charmant."

Santos schürzte die Lippen. „Jede Wette, dass unserem Knaben das nicht gefallen hat. Noch weniger dürfte ihm gefallen haben, dass das letzte Mädchen gekämpft hat. Er will sie unverletzt, engelgleich und unberührt." Santos runzelte die Stirn. „Unberührt. Trotzdem sucht er sich Prostituierte aus."

„Und säubert sie."

„Reinigt sie."

„Richtig." Jackson legte die Fingerspitzen aneinander. „Er macht sie bereit für Gott."

„Aber er hat Sex mit ihnen, nachdem sie tot sind. Nachdem er sie zu Gott geschickt hat. Das begreife ich nicht. Dieses Stück des Puzzles passt für mich nicht hinein."

„Vielleicht hält er sich für Gott. Er kennzeichnet sie mit dem Kreuz, gibt ihnen sein Brandzeichen."

„Und der Apfel ist die verbotene Frucht."

„Bingo."

Santos sprang rastlos auf. Der Drang, etwas tun zu müssen, machte ihn schier verrückt. „Gott erklärte den Apfel zur verbotenen

Frucht. Die Schlange führte Eva in Versuchung, den Apfel zu kosten. Sie tat es und reichte den Apfel an Adam weiter."

„Lebe wohl Paradies, hallo Ursünde."

„Und diese Mädchen machen das auch", fuhr Santos fort. „Sie kosten den Apfel, sie sündigen. Sie müssen gereinigt werden von ihren Sünden. Das tut er, indem er sie umbringt. Er glaubt, er tut ihnen einen großen Gefallen, der kranke Bastard."

Santos ging zum Wasserspender, kam zurück und spannte die Finger. Er blieb vor Jackson stehen. „Also, wo ist das Sperma? Wo ist der biologische Beweis, der zu einem Sexualverbrechen gehört?"

Jackson verschränkte die Finger. „Du denkst an einen Fremdkörper?"

„Ja, vielleicht." Santos verengte nachdenklich die Augen. „Oder ... unser Typ könnte eine Frau sein."

Jackson schwieg verblüfft. „Nein, das glaube ich nicht", widersprach er nach einer Weile.

„Aber es ist eine Möglichkeit."

„Ja natürlich. Bei unserem Ermittlungsstand ist allerdings alles möglich."

Jackson hatte Recht. Sie hatten praktisch nichts außer sechs Leichen. *Verdammt!*

Santos fuhr sich mit beiden Händen durchs Haar. „Die Mädchen passen auf, sie werden vorsichtiger. Sie kennen seine Arbeitsweise. Das Problem ist, wenn er hier nicht mehr zum Zuge kommt, zieht er weiter."

„Und wir kriegen ihn nicht."

„Wir müssen aber. Wir haben ihn direkt vor der Nase." Santos zögerte und dachte laut nach: „Er kommt regelmäßig ins Quarter, da bin ich sicher. Er ist jemand, den diese Mädchen kennen. Sie vertrauen ihm, sonst hätten wir früher schon Kampfspuren an den Opfern bemerkt. Ich habe da so ein Gefühl."

Jackson wippte mit seinem Stuhl zurück, die Arme vor der Brust verschränkt. „Sehen wir uns noch mal dieses Kruzifix an."

Santos zog auf seiner Schreibtischseite die rechte obere Schublade auf, holte ein halbes Dutzend Schmuckkästchen heraus und warf sie auf den Tisch. Sie enthielten billige Blechkruzifixe, wie der Killer sie benutzte, um seine Opfer zu brandmarken. Alle waren im French Quarter hergestellt.

In einer so katholischen Stadt wie New Orleans, wo die Vorstellungen von Sünde und Erlösung so tief in den Menschen verwurzelt waren, durchdrang die Religion alle Lebensbereiche. Sogar das Bacchanal des Mardi Gras hatte seine Wurzeln im Katholizismus. Religiöse Dinge wie Kruzifixe wurden in jedem Touristenladen angeboten, manchmal auf demselben Regal mit Kaffeebechern in Busenform oder Reizwäsche.

Santos nahm ein Kruzifix und hielt es betrachtend hoch. „Das hier habe ich neulich bei einem Bibelverkäufer an der Ecke Royal und St. Peter gekauft." Er legte es ins Kästchen zurück und nahm ein anderes, das sich kaum vom ersten unterschied. „Das hier ist aus dem Cabildo-Geschenkeshop ..." Er nahm ein weiteres. „Und das hier ist aus dem Voodooladen auf der Bourbon." Santos ließ es über die Finger gleiten und legte es zurück. „Keine Zeugen, keine Hinweise. Verdammt."

„Was ist mit diesen Burschen aus dem St. Charles?" Jackson studierte die Fotos. „Ich bin nicht sicher, ob ich die Alibis abkaufe."

„Wurden überprüft."

„Ja, aber wenn du mich fragst, stinken zwei wie die Krabbenbrote von letzter Woche." Jackson beugte sich mit eindringlichem Blick vor. „Einer hatte die Möglichkeit. Er geht zu Nutten, und er ist oft im Quarter."

„So wie der bei der Befragung zusammengeklappt ist? Der Junge ist kein Killer." Santos kehrte an seinen Tisch zurück, setzte sich und nahm eines der Fotos auf. Er betrachtete es stirnrunzelnd und legte es wieder hin. „Wie der auseinander fiel, als wir die Daumenschrauben angelegt haben, ich sage dir, der hätte gestanden, wenn er es gewesen wäre. Der Bursche ist nicht unser Typ."

„Ich bin nicht überzeugt. Ich denke immer noch, wir hätten ..." Jackson verstummte. „Dreh dich nicht um, Partner, aber da kommt Ärger auf dich zu."

Santos drehte sich trotzdem um. Glory schritt durch den Raum, die Augen auf ihn gerichtet, die Wangen gerötet vor Zorn. Er bemerkte, dass sie die Blicke aller anwesenden Männer auf sich zog. Selbst als er sich sagte, dass in dieser schönen Hülle ein Herz aus Stein schlug, musste er sie bewundern. Sie war hinreißend, ein Diamant unter Glasperlen, ein geschmeidiges, rassiges Zuchttier in einem Raum voller gewöhnlicher Promenadenmischungen.

Sie sah aus, als wolle sie jemandes Kopf auf dem Tablett serviert haben. Und Santos dachte amüsiert, dass er ziemlich genau wusste, wessen.

Sie blieb vor seinem Schreibtisch stehen, ganz in Empörung. „Was fällt dir ein?" begann sie ohne Einleitung. „Wie kannst du es wagen ... meine Angestellten in dieser Weise zu verhören?"

„Guten Morgen, Miss St. Germaine", erwiderte Santos lächelnd und bewusst herausfordernd. „Welchem Umstand verdanken wir das Vergnügen Ihres Besuches?"

„Hör auf mit dem Mist!" Sie stemmte die Handflächen auf den Schreibtisch und lehnte sich wütend zu Santos vor. „Ich habe dir verboten, ohne meine Erlaubnis mit meinen Angestellten zu sprechen. Woher nimmst du dir das Recht, meinen Anweisungen zu trotzen?"

„Du hast mir verboten?" Santos stand langsam zornig auf. „Deinen Anweisungen trotzen?"

„Ich glaube, ich schiebe meinen Stuhl besser zurück", raunte

Jackson und rollte einen Schritt nach hinten. „Ich möchte nicht ins Kreuzfeuer geraten. Schrapnellsplitter können eklig sein."

Santos streifte ihn mit einem wütenden Blick und widmete sich wieder Glory. Er nahm ihre Haltung ein, stemmte die Handflächen auf den Tisch und beugte sich vor, bis sich ihre Nasen fast berührten. „Zunächst mal, Miss St. Germaine, hast du keinerlei Recht, mir irgendwelche Anweisungen zu erteilen. Ich tue, was nötig ist, um diesen Fall zu lösen. Zweitens haben wir mit Pete in seiner Freizeit gesprochen, nicht während der Dienststunden." Er fügte wütend hinzu: „Verzieh dich!"

Ihre Wangen brannten. „Nur weil du den Täter nicht finden kannst, Detective, hast du noch lange kein Recht, dir einen unschuldigen Jungen herauszupicken. Dürfte ich vorschlagen, dass du, anstatt hart arbeitende Menschen zu belästigen, auf die Straße gehst und den Irren suchst, der diese Mädchen abschlachtet?"

Alle Arbeiten im Raum ruhten. Für Sekunden herrschte Stille. Nur Jacksons Stuhlrollen quietschten, als er noch ein Stück zurückrollte. Santos richtete sich wutentbrannt auf.

Er kam um den Tisch herum und blieb so nah vor Glory stehen, dass sie den Kopf ein wenig in den Nacken legen musste, um Santos ansehen zu können. Aber sie behauptete sich und wich keinen Millimeter zurück. O ja, sie war zu einer harten, eiskalten Braut geworden.

„Und woher willst du wissen, dass dein Pete nicht unser Mann ist, Prinzessin St. Germaine? Was, wenn ein Killer für dich arbeitet?"

Sie schnaubte verächtlich: „Das ist lächerlich. Pete ist ein netter junger Mann, verantwortungsbewusst und vorbildlich."

„Und ich wette, die Hotelgäste mögen ihn und vertrauen ihm."

„Das tun sie in der Tat. Sehr sogar."

„Besonders die Frauen. Sie mögen ihn ... und vertrauen ihm sehr. Nicht wahr?"

Glory erbleichte. Offenbar hatte er einen empfindlichen Nerv getroffen. Dennoch machte sie eine abwinkende Geste. „Du hattest ihn vier Stunden im Verhörzimmer. Du hast ihm weder seine Rechte vorgelesen, noch hast du ihm einen Anwalt zur Seite gestellt. Du hast ihn regelrecht beschuldigt, der Killer zu sein."

Santos zog in übertriebener Unschuldsmiene die Brauen hoch. „Warum sollte ich ihm seine Rechte vorlesen? Er wurde ja nicht angeklagt. Wir haben ihn nur befragt. Richtig, Jackson?"

„Richtig."

„Siehst du?" Santos fuhr sich mit dem Zeigefinger am Nasenflügel entlang. Ein Lächeln zuckte um seinen Mund. „Er hat weder um einen Anwalt gebeten noch verlangt, mit einem telefonieren zu dürfen. Wenn er es verlangt hätte, hätten wir ihm selbstverständlich einen gestellt. Das ist das Gesetz, Miss St. Germaine."

Diesmal sah sie ihn wütend an. „Wenn ich du wäre, würde ich nicht so verschlagen grinsen. Du weißt so gut wie ich, dass du ihm sehr deutlich zu verstehen gegeben hast, es würde nicht gut aussehen und ihn nur verdächtig machen, wenn er auf einem Anwalt bestünde. Und wir wissen beide, dass du ihn einfach schutz- und hilflos vor dir haben wolltest."

Santos sah Jackson geheuchelt schockiert an. „Haben wir das getan, Jackson?"

„Nicht, dass ich mich erinnere, Partner. Vielleicht denkt sie an einen anderen Kriminalbeamten oder vielleicht an einen aus einem Fernsehspiel."

„Ja", meinte Santos. „Das ist es bestimmt. Zu viel Fernsehen."

„Beleidige meine Intelligenz nicht!" stieß sie heftig hervor. „Ich habe genug von deinen Einschüchterungsspielchen. Das nächste Mal gehe ich direkt zu Chief Pennington."

„Nicht so eilig, Prinzesschen. Fühlt sich dein Angestellter wegen irgendetwas schuldig? Warum ist er so nervös?"

„Er ist nicht nervös. Er war nur erschüttert von deinen Anschuldigungen."

„Entschuldigung, Ma'am", wandte Jackson leise, aber entschieden ein. „Wir haben keine Anschuldigungen vorgebracht. Wir haben ihn befragt. Das ist unser Job."

„Dann haben Sie es eben angedeutet. Jeder wäre nervös nach einem solchen Verhör."

Santos betrachtete sie mit leicht zur Seite geneigtem Kopf. „Hast du vielleicht eine Schwäche für den Knaben, Miss St. Germaine?"

Sie schnappte empört nach Luft. „Was fällt dir ein! Wie kannst du es wagen ..."

Santos schnitt ihr das Wort ab. „Und was macht dich so sicher, dass er nicht unser Killer ist?" Er verfolgte aufmerksam ihre Reaktion. „Vielleicht kennst du den Schneewittchen-Killer. Vielleicht bist du es selbst."

„O bitte." Sie wollte sich von ihm abwenden, doch er hielt sie am Arm fest.

„Du ahnst nicht mal, mit was du es hier zu tun hast", sagte er leise, aber eindringlich. „Du glaubst, man kann einen Serienkiller aus der Menge herauspicken. Man sieht ihn an und erkennt das Monster." Er beugte sich grimmig lächelnd zu ihr vor. „Denn er ist ein Monster, Miss St. Germaine. Kalt, brutal und berechnend. Eine Killermaschine ohne Mitgefühl und Achtung vor dem menschlichen Leben." Er sah mit Genugtuung, dass sie Angst bekam. Das wollte er. Ihre Anschuldigungen und Forderungen waren so arrogant, dass sie es verdiente, zu schmoren. Er wollte sie strafen für ihr Verhalten – nicht nur für das von heute, sondern auch für die Vergangenheit.

„Aber wir sehen das Monster nicht", fuhr er fort. „Es trägt eine Maske, es narrt uns. Es will uns glauben machen, dass es ein netter Junge ist ... ein vorbildlicher Angestellter."

Glory war leichenblass. Jackson räusperte sich. „Santos ..."

Santos brachte ihn mit einer abwinkenden Geste zum Schweigen. „Dein Pete hatte die Gelegenheit. Er lebt im Quarter. Er mag ... Nutten. Und bedenke, Miss St. Germaine, er ist die ganze Nacht mobil. Er parkt Autos. Er könnte eines benutzen, weil er genau weiß, dass es in den nächsten Stunden nicht gebraucht wird."

Ihr Blick wanderte von Santos zu Jackson und zurück. Sie befeuchtete sich nervös die Lippen. „Was sagst du da? Behauptest du, dass Pete ... dass er ..."

„Was ich sage, ist: Komm nie wieder hierher, um mir zu erzählen, wie ich meinen Job zu machen habe. Ich nehme meinen Job ernst, und ich mache ihn verdammt gut. Wenn also weiter nichts anliegt, Prinzessin, ich muss noch einen Killer finden."

„Nenn mich nicht so!" Bebend entriss sie ihm ihren Arm.

„Warum?" fragte er gespielt verwundert. „Bevorzugst du, Eure Hoheit?"

„Fahr zur Hölle!" zischte sie und wandte sich ab. In der Bewegung schweifte ihr Blick über die auf dem Tisch liegenden Fotos. Unwillkürlich wich sie erschrocken zurück und legte eine Hand an die Kehle.

„Miss St. Germaine." Jackson sprang auf und stützte sie am Ellbogen. „Setzen Sie sich einen Moment."

Sie riss den Blick von den Fotos los und rang, wie Santos sah, um Fassung. Doch er sah auch, wie ihr Schutzpanzer allmählich wieder seine Funktion erfüllte. Vor wenigen Momenten jedoch, als sie zornig gewesen war, hatte sie geradezu Funken gesprüht. In solchen Momenten erinnerte sie ihn an das Mädchen, das sie einmal gewesen war.

„Danke, Detective", sagte sie steif zu Jackson und entzog ihm ihren Ellbogen. „Aber es geht schon. Wenn Sie mich bitte entschuldigen würden."

Sie wandte sich ab und ging erhobenen Hauptes davon, obwohl

Santos vermutete, dass sie heute Nacht nicht gut schlief. Das Bild des toten Mädchens würde sie verfolgen, wie es auch ihn verfolgte.

„Einen Moment, Miss St. Germaine", rief er ihr nach, „wegen Ihres Angestellten ..."

Sie blieb stehen und blickte ärgerlich zurück.

„Er ist sauber. Er hat ein wasserdichtes Alibi." Santos gab ihr lächelnd zu verstehen, dass er die erste Runde gewonnen hatte und den Triumph genoss. „Ich dachte, Sie würden es gerne wissen wollen."

„Elender Mistkerl!"

Er tippte sich lächelnd an eine imaginäre Hutkrempe. „Stets zu Diensten."

44. KAPITEL

Lily erwachte durch Vogelgesang. Sanft und süß lockte er sie aus tiefem Schlaf in einen neuen Tag. Sie öffnete die Augen. Doch am schwachen Licht erkannte sie, dass es noch früh war, gerade Morgengrauen.

Sie schlug die Decke zurück und stieg mühsam aus dem Bett. Sie ging auf den kleinen Balkon hinaus, der zum Innenhof des Gebäudes lag, um sich lächelnd Gottes Werk anzusehen.

Das Licht- und Schattenspiel auf dem Hof erinnerte sie an ihre Kindheit, obwohl sie sich nicht ganz klar war, warum. Erinnerungen an die Morgen ihrer Vergangenheit kehrten zurück und mit ihnen die sinnlichen Empfindungen: der Geruch sauberer, süßer Luft, das Gefühl von Morgentau auf den Zehen, der verlockende Duft von brutzelndem Speck, die Wärme der Sonne auf ihrem Gesicht, wenn sie es zum Himmel hielt.

Lily lauschte mit schief gelegtem Kopf. Die Vögel sangen, und es klang wie ein Engelschor.

Die Kälte überfiel sie so plötzlich, dass sie dachte, es sei Januar anstatt Juni und die Kälte käme von außen anstatt von innen.

Aber nein, ihr war kalt bis ins Mark. Sie rieb sich die Arme. Sie waren feucht, als hätte sie in der Mittagshitze im Garten gearbeitet.

Die Vögel sangen.

Und ich sterbe.

Lily konnte nicht sagen, woher sie es wusste, aber es war ihr vollkommen klar.

Sie ließ den Blick über den Innenhof schweifen, um die Vögel zu suchen, und fand Frieden in dem Gedanken, dass sie sie hören, aber nicht sehen konnte. Vielleicht nahm *Er* sie schließlich zu sich. Vielleicht hatte *Er* ihr ihre Sünden vergeben. Ihre vielen, vielen Sünden.

Lily wandte sich vom neuen Tag ab und verließ ihr Schlafzimmer, ohne sich Slipper oder Morgenrock überzuziehen. Santos war auf. Sie roch Kaffee und hörte das Knistern von Zeitungsseiten, die umgeblättert wurden. Santos schlief nie tief oder lange. Seine Dämonen raubten ihm das Vergnügen tiefen, traumlosen Schlafes.

Lily bewegte sich langsam auf die Küche zu. Die Kälte war unerträglich. Sie wünschte, Santos fände jemand, den er lieben konnte, eine Gefährtin, eine Lebenspartnerin. Sie wünschte ihm eine Frau, die ihn so sehr und bedingungslos liebte, dass er nie mehr einsam war.

Sie hatte zu lange Jahre unter Einsamkeit gelitten. Das Leben war, das merkte sie jetzt, zu kurz. Man musste es mit beiden Händen anpacken, genießen und auskosten.

Lily fand Santos in der Küche, den Kaffeebecher vor sich, den Kopf über die Zeitung gebeugt. Santos war ein starker, gut aussehender Mann mit einem guten Herzen. Sein Anblick erfüllte sie mit so viel Liebe und Stolz, dass sie für einen Moment die Kälte nicht spürte. Er gehörte nicht ihr, sie war nicht seine Mutter und hatte ihn nicht auf die Welt gebracht. Trotzdem empfand sie ihn als ihren Sohn. Sie hätte nicht stolzer auf ihn sein und ihn nicht mehr lieben können, wenn sie ihn selbst geboren, in den Armen gehalten und gestillt hätte.

Sie würde seine Mutter aufsuchen, wenn sie einmal am Ziel angelangt war, und ihr von ihm berichten. Allerdings vermutete sie, dass sie bereits alles wusste. „Santos?"

Er hob lächelnd den Blick. „Guten Morgen, du bist früh auf."

„Du musst etwas für mich tun. Ich muss dir einiges erzählen."

Er betrachtete sie stirnrunzelnd, als spüre er plötzlich, dass etwas nicht in Ordnung war. „Lily ... fühlst du dich gut?"

Ihr linker Arm wurde taub. Ein beunruhigendes Gefühl, das ihr ein wenig den inneren Frieden raubte. Sie atmete tief und zwang sich zur Konzentration. „Ich muss dir das jetzt ... erzählen, falls es ... später nicht mehr geht."

Santos eilte alarmiert auf sie zu, berührte ihren Arm und wich wieder zurück. „Ich rufe die 911."

„Warte!" Sie ergriff seine Hand. Ihre Schultern wurden steif. „Santos ... ich möchte, dass du Hope rufst. Ich muss sie sehen, ehe ... ich muss sie sehen, ehe ich ..." Der Schmerz traf sie wie ein Tritt in die Brust. Sie klammerte sich an Santos' Hand, an seine Lebenskraft. „Versprich mir, dass ... du das tust. Versprich mir ... sie zu rufen."

Er versprach es, lief zum Telefon und wählte die 911. Gleich darauf nahm er Lily auf die Arme und trug sie durchs Treppenhaus hinunter zum Haupteingang, wo er auf die Ambulanz wartete.

Lily betrachtete liebevoll sein Gesicht und ließ sich von seiner Regungslosigkeit nicht narren. In Santos hatte immer ein Inferno an Gefühlen getobt. Und ein bodenloser Quell an Liebe gesprudelt.

„Jeder geht irgendwann", sagte sie sanft, die Stimme dünn und schmerzgequält. „Wenn dies meine Stunde ist, heiße ich sie willkommen."

„Du wirst nicht sterben." Er schloss die Arme fester um sie. „Ich lasse das nicht zu, Lily."

„Törichter Junge", flüsterte sie, wollte ihm gern die Wange streicheln, fand aber nicht die Kraft dazu. „Ich möchte, dass du weißt ... wie sehr ich dich liebe, Santos."

„Ich weiß es, Lily."

Sie schüttelte den Kopf, spürte es jedoch nicht. „Du bist für mich wie ein Sohn. Ohne dich ..." Sie keuchte, und das Sprechen wurde immer mühsamer. „Ich war schon tot, ehe du in mein Leben kamst. Du hast mir die Einsamkeit genommen. Du hast mir die Liebe gegeben, die ich nie bekommen hatte, Victor. Du bist ein guter Junge, und ich möchte, dass du alles erfährst, ehe ... ehe ich sterbe."

„Lily, hör auf damit." Er presste das Gesicht in ihr Haar. „Du machst mir Angst."

„Du verdienst alles ... Gute. Ich glaube, das weißt du gar nicht. Versprich mir ... gut zu dir selbst zu sein. Betrüge dich nicht selbst, so wie ich es getan habe ... Victor!" Sie legte eine Hand auf die Brust. In ihrem Kopf war plötzlich Leere und Schmerz. Sie schloss die Augen.

„Nein, Lily. Warte!" Voller Panik presste er sie an sich. „Du hast mir unendlich viel gegeben, Lily, ein Heim und eine Familie. Du hast mir Liebe gegeben. Lily, tu mir das nicht an ... stirb nicht! Bitte! Du darfst mich nicht verlassen. Ich brauche dich!"

„Hope", hauchte Lily wieder dünn und krallte die Finger in sein T-Shirt. „Ich muss sie sehen ... muss Frieden ... schließen. Mein Baby, ich ..."

Der Schmerz nahm ihr den Atem und die Sprache. Sie hörte die Sirene der Ambulanz, Santos' hastiges Flehen, hörte das Weinen eines Babys. Und sie hörte Vögel, Gesang und süßes, süßes Rufen.

Dann hörte sie nichts mehr.

45. KAPITEL

Die nächsten zwei Stunden empfand Santos nur Panik. Lily hatte einen Herzinfarkt erlitten, das Ausmaß der Schädigung war jedoch noch nicht abzuschätzen. Der Arzt hatte ihr zur Schmerzlinderung die höchstmögliche Dosis Morphium gegeben und verabreichte dann, sobald die genaue Diagnose gestellt war, ein Mittel zur Auflösung von Blutgerinnseln.

Obwohl Santos sich nie für einen besonders religiösen Menschen gehalten hatte, betete er im Stillen, Gott möge ihm Lily erhalten.

Seine Gebete wurden erhört, obwohl ihm der Arzt keine Hoffnungen machte, dass Lily wieder ganz gesund werden würde. Sie war alt, von schwacher Konstitution, und sie hatte einen schweren Infarkt erlitten. Die Gefahr, dass sie einen zweiten bekam, war groß.

Aber sie lebte. Santos betrachtete sie und hätte weinen mögen vor Dankbarkeit. Lily war schmerzfrei und ruhte. Der Arzt sagte ihm, dass sie zwölf Stunden schlafen würde, und riet Santos, sich ebenfalls etwas Schlaf zu holen, die nächsten Tage würden anstrengend werden.

Santos gab Lily einen Kuss auf die Stirn und flüsterte, er werde bald zurück sein. Dann verließ er das Zimmer und suchte ein Telefon. Er rief das Dezernat an, Liz und schließlich Hope.

Sie meldete sich nach dem dritten Klingeln und wirkte nicht erstaunt, als er sich zu erkennen gab. „Was kann ich für Sie tun, Detective Santos?"

Er schauderte. Allein ihre Stimme hatte etwas Schlangenhaftes. „Ich habe schlechte Nachrichten, fürchte ich."

„Oh, und die wären? Wieder ein Mord im Hotel?"

Sie war amüsiert, das hörte er. Wahrscheinlich dünkte sie sich über alles erhaben. Sie widerte ihn an. „Es geht um Ihre Mutter", erklärte er steif und ließ seinen Zorn nur anklingen. „Sie hatte einen ...“

„Bedaure, Officer“, fiel sie ihm ins Wort. „Sie sind falsch informiert. Ich habe keine Mutter mehr. Sie starb vor vielen Jahren auf einer Auslandsreise.“

Er sah Lily vor sich, blass und dem Tode geweiht, und dachte an ihre Bitte, Hope zu ihr zu bringen. Er wurde so wütend auf Hope, dass er sich kaum noch beherrschen konnte. Nur die Ruhe, sagte er sich, tu es für Lily. „Sie können Ihr kleines Märchen vergessen, Mrs St. Germaine. Ich weiß, wer Sie sind. Und ich glaube, dass Sie es nicht wert sind, Lily die Stiefel zu küssen, aber sie bat mich, Sie anzurufen. Aus irgendeinem Grund glaubt sie, dass Sie einen Deut wert sind.“

Hope lachte, und es klang fast mädchenhaft. „Ist das so? Fahren Sie fort, Detective.“

„Sie hatte einen Herzinfarkt, und es sieht nicht gut aus.“ Das offen auszusprechen schmerzte ihn. Seine Stimme versagte und verriet seine Erschütterung. *Was soll ich ohne Lily machen?* „Es besteht die Möglichkeit, dass sie stirbt.“

Hope schwieg eine Weile und gab dann eine Unmutsäußerung von sich. „Soll mich das in irgendeiner Weise betreffen, Detective?“

„Haben Sie verstanden, was ich gesagt habe? Ihre Mutter liegt im Sterben.“

„Ja, ich habe es gehört. Aber ich verstehe nicht, warum Sie mich anrufen.“

Er hörte weder Bedauern noch Reue, noch einen Funken Trauer in ihrer Stimme. Wie konnte man so kalt und herzlos sein?

Er atmete tief durch, um sich Wut und Hass nicht anmerken zu lassen. Hope St. Germaine würde sich freuen, wenn er die Beherrschung verlor. Doch für Lily würde er sogar bitten. „Lily möchte Sie sehen. Sie möchte Frieden mit Ihnen schließen.“

„Tut mir Leid, Detective, aber das wird nicht möglich sein."

„Soll das heißen ..."

„Genau das heißt es."

„Aber sie stirbt, um Himmels willen!" Nur mit größter Mühe beherrschte er seinen Zorn. „Sie möchte Sie sehen. Es ist ihr letzter Wunsch."

„Sollte mir das etwas bedeuten? Ich versichere Ihnen, das tut es nicht."

„Bitte!" brach es mit halb erstickter Stimme aus ihm hervor, als er an Lily dachte, an ihr Flehen und die jahrelange Sehnsucht nach ihrer Tochter. „Bitte", wiederholte er. „Ich bitte Sie. Gewähren Sie ihr das. Lassen Sie sie glücklich sterben!"

„Nein, vielen Dank", erwiderte sie freundlich, als sei er ein Hausierer. „Guten Tag."

Die Leitung war tot. Fassungslos starrte Santos den Hörer an. *Die Hexe hat aufgelegt. Sie hat sich geweigert, den letzten Wunsch ihrer Mutter zu erfüllen.*

Er hängte den Hörer des Münztelefons so heftig ein, dass es knallte. Hope St. Germaine würde er es zeigen. Er würde sie da treffen, wo sie am verletzlichsten war. Er würde ihr nicht durchgehen lassen, wie sie Lily behandelte.

Er presste die Handballen auf die Augen. Die liebe, süße Lily, die so viel Liebe gegeben hatte und so oft verstoßen worden war. Er würde ihr ihren Herzenswunsch erfüllen, gleichgültig, was es kostete.

Besser gesagt, er würde ihr einen Herzenswunsch erfüllen.

Nachdem er noch einmal beim Arzt und bei Lily vorbeigeschaut hatte, hinterließ er seine Rufnummer auf der Station und verließ das Krankenhaus. Seinen Zorn im Griff, stieg er in sein Auto, setzte das Alarmlicht aufs Dach und fädelte sich in den Verkehr ein. Er fuhr, wie nur ein altgedienter Polizist es konnte – wie ein beherrschter Irrer.

In weniger als fünfzehn Minuten schaffte er es bis zu Glorys Cottage im Garden District. Mit blinkendem Signallicht hielt er in ihrer Auffahrt. Eine Nachbarin, die die Sonntagszeitung hereinholte, starrte ihn mit offenem Mund entsetzt an und eilte wieder ins Haus. Zweifellos informierte sie jetzt den Rest der Familie und die Nachbarschaft, dass die nette Glory St. Germaine in irgendeiner Schwierigkeit steckt.

Schmunzelnd stieg er aus. Glory würde zum Gespräch des Viertels werden.

Sie öffnete die Tür kurz nach seinem Klopfen. In verwaschenen Jeans und kurzem Strickpullover, ungeschminkt, die Füße nackt, wirkte sie jung und verwundbar wie das sechzehnjährige Mädchen, in das er sich verliebt hatte.

Ihr Anblick war ein Schock, der leidenschaftliche, liebevolle und elektrisierende Erinnerungen weckte. In solchen Momenten erinnerte er sich an Dinge, die er über zehn Jahre verdrängt hatte. Dinge, die den Wunsch in ihm wachriefen, die Zeit zurückdrehen zu können.

Bei diesen Gedanken runzelte er die Stirn. Glory war nicht mehr das Mädchen von damals. Eigentlich hatte es dieses Mädchen nie wirklich gegeben.

„Was?“ fragte sie besorgt und betrachtete ihn forschend. „Was ist passiert?“

„Ein Polizeieinsatz“, erklärte er steif und bemühte sich um den richtigen Ton. „Du musst mit mir kommen.“

„Mit dir kommen?“ wiederholte sie alarmiert. „Was soll das heißen? Stehe ich unter Arrest oder ...“

„Nichts in der Art“, erklärte er rasch. „Ich brauche dich im Präsidium. Für ein Verhör.“

„Gab es einen weiteren Mord?“ fragte sie besorgt. „Ist das Hotel betroffen – oder geht es um Pete?“

„Ich kann erst darüber reden, wenn wir unterwegs sind. Tut mir Leid.“ Er räusperte sich. „Würdest du bitte mit mir kommen? Es ist dringend.“

„In Ordnung.“ Sie wich von der Tür zurück, damit er eintreten konnte. „Ich ziehe mir nur Schuhe an und hole meine Tasche.“

Während er wartete, sah er sich um. Das große, offene Foyer wurde rechts von einem Salon und links von einem Esszimmer flankiert. Wie die meisten Häuser im Garden District war auch ihr Cottage alt, vermutlich aus dem 18. Jahrhundert. Die Fenster reichten vom Boden bis fast zur Decke, und Holzboden und -leisten waren auf Hochglanz poliert.

Er hatte etwas Protzigeres erwartet. Ein Haus, das nach Wohlstand aussah und eher der Repräsentation als dem Wohnen diente. Stattdessen wirkte es wohnlich, ein unaufdringlich behagliches Heim.

„Du siehst verblüfft aus“, stellte Glory fest, als sie ins Foyer zurückkehrte.

„Tue ich das?“

„Ja.“ Sie schlang sich den Tragriemen der Tasche über die Schulter. „Vielleicht hast du bei einer Prinzessin einen Palast erwartet.“

Er gab sich desinteressiert, ärgerte sich jedoch, dass sie seine Gedanken lesen konnte. „Tut mir Leid, dich zu enttäuschen, Miss St. Germaine. Aber ich habe keinerlei Erwartungen in Bezug auf deine Lebensumstände.“

Sie errötete. „Um mich zu enttäuschen, müsste es mich interessieren, was du denkst. Das tut es aber nicht.“

„Gut.“ Er wies zur Tür. „Wenn du fertig bist ...“

Schweigend stiegen sie in sein Auto. Santos streifte Glory mit einem Seitenblick. „Der Sicherheitsgurt, Miss St. Germaine. Das ist Vorschrift.“

Sie warf ihm einen wütenden Blick zu, schnallte sich jedoch an.

Sie fuhren los Richtung St.-Charles-Avenue. Doch anstatt auf den Lee-Kreisel bog Santos auf die Interstate Richtung Westen ab.

„Ich dachte, wir wollten zum Präsidium."

Er blickte auf den Tacho, der 65 Meilen zeigte. „Da habe ich gelogen."

Glory brauchte eine Weile, zu begreifen, was er sagte. Dann verlangte sie: „Lass mich sofort aussteigen. Hörst du, Santos? Ich verlange, dass du sofort anhältst und mich aussteigen lässt."

„Tut mir Leid, Glory, aber das geht nicht. Jemand braucht dich, jemand, an dem mir sehr liegt. Und ich werde sie nicht im Stich lassen."

„Das ist doch lächerlich! Wenn du den Wagen nicht sofort anhältst, verklage ich dich wegen Kidnapping."

Er lachte: „Sei nicht melodramatisch. Ich kidnappe dich nicht. Wir machen nur eine kleine Spritztour."

„Gegen meinen Willen." Sie langte nach dem Türgriff. „Das ist Kidnapping."

Santos trat aufs Gas. „Wenn ich du wäre, würde ich jetzt nicht rausspringen. Du könntest dich verletzen."

„Du Ekel, dafür will ich deine Marke."

„Wieder mal? Mir scheint, du leidest unter Markenneid."

„Fahr zur Hölle!"

„Okay. Aber zuerst muss ich dir eine Geschichte erzählen. Und ich glaube kaum, dass du mir zuhören würdest, wenn du die Wahl hättest."

„Also lässt du mir keine?"

„Richtig. Aber wenn du nach der Geschichte immer noch den Wunsch verspürst, aus dem Wagen zu springen, hast du meinen Segen."

„Netter Mensch." Sie verschränkte die Arme vor der Brust. „Was für eine Geschichte?"

„Es geht um eine Mutter und ihre Tochter.“ Er sah kurz zu ihr hinüber. Glory hatte das Gesicht zum Fenster gedreht und tat desinteressiert. „Diese Mutter liebte ihre Tochter über alles und wünschte ihr ein besseres Leben, als sie es gehabt hatte. Die Mutter war nämlich Prostituierte, eine Bordellchefin, genau gesagt. Sie führte ein Bordell wie schon ihre Mutter und Großmutter vor ihr.“

Er merkte, dass er Glorys Aufmerksamkeit hatte, da sie ihn ansah. „Diese Mutter arrangierte also eine neue Identität für ihre Tochter. Sie schickte sie auf eine gute Schule, wo niemand sie kannte und keiner wusste, woher sie kam. Die Tochter nutzte alles, was die Mutter ihr bot, löste sich aber völlig von ihr. Sie schlüpfte in eine neue Identität und täuschte jeden, sogar den Mann, den sie später heiratete. Sie brach ihrer Mutter das Herz, indem sie sich beharrlich weigerte, sie wieder zu sehen, gleichgültig, wie sehr die Mutter weinte und flehte. Diese Tochter weigerte sich sogar, ans Sterbebett der Mutter zu kommen, obwohl es der letzte Wunsch der Mutter war, sie noch einmal zu sehen.“

Eine Weile schwiegen beide. Schließlich räusperte Glory sich, offenbar mehr bewegt, als sie zugeben mochte. „Eine interessante Geschichte. Aber was habe ich damit zu tun?“

„Dazu komme ich gleich. Die Tochter verheiratete sich sehr gut. Auch sie bekam eine Tochter. Doch niemand kannte die Wahrheit. Niemand stellte die Vergangenheit der Frau und die Geschichte, die sie über ihre verstorbenen Eltern erzählte, in Frage.“

„Bitte, Santos. Ich muss in anderthalb Stunden im Hotel sein.“ Glory sah ungeduldig auf ihre Uhr. „Könnten wir mit dieser Geschichtenerzählerei aufhören? Wenn du mir etwas zu sagen hast, sag's bitte.“

„Also gut. Die Tochter ging auf ein gutes altes Internat in Memphis. Sie erzählte allen, ihre Eltern seien auf einer Auslandsreise ums Leben gekommen.“

Glory wandte sich ihm zu. „Was sagst du da?"

„Ich denke, du hast mich verstanden."

Ungläubig erwiderte sie: „Du willst doch nicht etwa andeuten ..."

„Doch."

„Das ist lächerlich. Das würde heißen, dass meine Mutter ..."

„Eine Lügnerin ist." Er umfasste das Steuer fester. „Meine Lily ist die Mutter in dieser Geschichte." Er sah zu Glory hinüber. „Sie ist deine Großmutter."

Glory schüttelte langsam den Kopf, rote Flecken auf den Wangen. „Diese ganze Sache ist doch völlig absurd. Ich glaube dir kein Wort."

„Absurd ist es allerdings, trotzdem ist es wahr."

Glory legte zitternd eine Hand an die Schläfe. „Wenn Lily all die Jahre wusste, wie sie Kontakt mit mir aufnehmen konnte, wenn sie es gewollt hätte, warum hat sie es dann nicht getan?"

„Weil sie sich für das schämt, was sie war. Sie schämt sich dafür, wie sie ihren Lebensunterhalt verdient hat. Und sie hatte Angst, du würdest sie ebenso ablehnen, wie deine Mutter es getan hat. Sie hat sich von deiner Mutter einreden lassen, dass sie dein Leben ruinieren und beschmutzen würde." Er fuhr tief durchatmend fort: „Sie braucht dich, Glory. Sie sehnt sich nach dir. Sie stirbt."

„Sie stirbt?" wiederholte Glory schockiert.

„Ja." Santos kämpfte das Gefühl der Hoffnungslosigkeit nieder, das diese Bestätigung in ihm auslöste, und konzentrierte sich auf seinen Zorn auf Hope St. Germaine. „Und deine Mutter hat sich geweigert, sie zu besuchen. Es ist Lilys einziger und letzter Wunsch, und deine Mutter hat Nein gesagt."

Er merkte, wie nachdenklich Glory wurde, obwohl sie ihm immer noch nicht zu glauben schien. Und er merkte, dass seine Geschichte sie gerührt hatte. „Ich weiß, dass das alles schwer für dich zu verdauen ist, und ich weiß auch, was das für dich bedeutet. Aber ich habe keinen Grund, dich in dieser Sache anzulügen."

„Warum sollte ich dir glauben, Santos? Sag's mir. Diese Geschichte ist so weit hergeholt, dass sie lächerlich klingt."

„Weil die Geschichte stimmt. Und wenn du mich lässt, kann ich es dir beweisen."

Sie zögerte verunsichert und sah wieder auf ihre Uhr. „Wie lange wird das dauern?"

„Länger, als du Zeit hast. Um meine Geschichte zu beweisen, müssen wir ein Stück fahren." Sie wollte offenbar ablehnen, doch er ließ sie nicht zu Wort kommen. „Denk nach, Glory. Was, wenn die Geschichte stimmt? Wie wirst du dich fühlen, wenn du eine alte Frau hast einsam sterben lassen?"

Glory schwieg versonnen, schließlich seufzte sie: „Das bedeutet, dass alles, was ich von meiner Mutter weiß, gelogen ist."

„Richtig. Aber ist es nicht trotzdem besser, die, wenn auch schmerzliche, Wahrheit zu erfahren?"

Sie nagte an ihrer Unterlippe und nickte schließlich. „Du sagst, du kannst es beweisen?"

„Ja."

„Also gut, Santos. Beweise es."

Santos brachte Glory zum River-Road-Haus. Während der Fahrt sprach sie kaum und hing ihren Gedanken nach. Er konnte nur ahnen, was ihr durch den Kopf ging, und wusste, dass es schwer für sie war. Aber er musste das für Lily tun. Lily brauchte ihre Enkelin. Santos schloss die großen Eisentore zum Anwesen auf. „Bist du bereit?"

Sie sah ihn gespannt an. „Ändert es etwas, wenn ich es nicht bin?"

Er lächelte grimmig: „Nein."

„Also los." Er fuhr langsam die Eichenallee entlang, damit sie einen guten Blick auf das Haus bekam. Er verstand Lilys unglückliche Gefühle in Bezug auf dieses Haus, er jedoch liebte es. Für ihn war es der schönste Ort der Welt.

„Es ist wunderschön", sagte Glory bewegt, als lese sie seine Gedanken.

„Das war Lilys Haus, ihr Heim, ihr Bordell. Es gehörte ihrer Mutter und davor der Großmutter."

„Es ist das Pierron-Haus", erkannte sie plötzlich. „Ich habe darüber gelesen. Ich erinnere mich, wie eine Mitschülerin auf einem Ausflug zur Oak-Alley-Plantage davon sprach."

„Vermutlich haben die meisten Einwohner von Louisiana davon gehört. Die Pierron-Frauen und dieses Haus waren sehr bekannt, vor allem in seiner Blütezeit." Er hielt den Wagen an. „Da wären wir."

Santos sagte nichts mehr, bis sie im Haus waren und ihre Schritte in der Stille hallten. Beim Umzug hatten er und Lily das meiste Mobiliar zurückgelassen und mit weißen Laken abgedeckt. Ihre Wohnung war nicht groß genug gewesen, und Lily wollte die alten Sachen nicht mehr um sich haben.

„Ich komme sooft ich kann her", sagte Santos, „um nach dem Rechten zu sehen. An einem so alten Gebäude ist immer irgendetwas zu reparieren. Lily kann es sich nicht leisten, jemand einzustellen, der das Haus in Ordnung hält. Deshalb mache ich die meisten Reparaturen selbst."

Danach folgte er Glory schweigend, während sie durch die hohen Räume ging, den Kopf nach allen Seiten wendete, um alles aufzunehmen. Manchmal blieb sie stehen und hob ein Laken an, um sich ein Möbelstück anzusehen. Ihr Gesicht verriet Verwunderung und Angst, Zweifel und Gewissheit in einem.

Glory blieb stehen und betrachtete ein Porträt über dem Kamin.

Als junges Mädchen hatte sie nur eine gewisse Ähnlichkeit mit ihren Vorfahrinnen gehabt, als erwachsene Frau war sie fast deren Ebenbild. Das hier hätte genauso gut ein Porträt von ihr sein können. „Mein Gott, sie sieht ja aus wie ..."

„Ich weiß." Santos blieb neben ihr stehen. „Das ist Lilys Großmutter Camellia Pierron. Die erste Bordellchefin. Es gab Camellia, Rose und dann Lily."

„Sie hatten alle Blumennamen."

„Bis auf deine Mutter. Lily wollte die Kette brechen. Sie hasste, was sie war, und wollte ein besseres Leben für ihre Tochter. Darum nannte sie sie Hope."

Halb belustigt, halb verzweifelt stellte Glory fest: „Anscheinend stamme ich von einer langen, illustren Reihe von Karrierefrauen ab."

„Könnte man so sagen", bestätigte er schmunzelnd. „Sie waren alle klug. Sie unterhielten dieses Haus noch lange, nachdem es aus der Mode war. Außerdem waren alle schön, unglaublich schön sogar."

„Und gefangen", flüsterte Glory mehr zu sich selbst. „Was wurde aus ihren Söhnen?"

„Es gab keine. Nur Töchter, eine für jede Pierron."

Wie bei Mutter.

Glory rieb sich die Arme, sichtlich bewegt. „Das könnte alles ein Zufall sein. Viele Louisianer französischer Abstammung ähneln sich im Aussehen, in Augen- und Haarfarbe. Ich ging mit einem Mädchen zur Schule, das man oft für meine Schwester gehalten hat."

„Komm." Er führte sie zu den Fotos, die nicht lügen konnten. Sie nahm eines nach dem anderen, betrachtete es, wurde bleich und begann zu zittern.

„Siehst du, du gleichst ihnen aufs Haar. Und da ist eine Aufnahme von deiner Mutter."

Sie sah ihn kurz aus tränenfeuchten Augen an. „Ist da noch mehr?"

„Ja. Hier entlang."

Er führte sie auf den Speicher zu einer Truhe, die er ohne Lilys Wissen vor Jahren entdeckt hatte. Sie war voll mit Briefen von Lily an Glorys Mutter, die diese geöffnet, gelesen und gefühllos an den Absender zurückgeschickt hatte. Es waren Briefe einer verzweifelten, einsamen Mutter an die geliebte Tochter. Es waren Bitten um Vergebung und Liebe. Er hatte geweint, als er sie damals las, obwohl er achtzehn und ziemlich abgehärtet gewesen war.

Glory sank zu Boden, zog unsicher einen Brief heraus und starrte ihn an, ohne ihn zu lesen. Offenbar hatte sie Angst vor dem, was sie erfahren würde.

Er verstand sie, weil er den Inhalt kannte. Obwohl Glory verwöhnt und selbstsüchtig war, fehlte ihr doch die Gemeinheit ihrer Mutter. Was Hope ihrer Mutter angetan hatte, würde Glory nie fertig bringen.

Er räusperte sich. „Ich lasse dich jetzt eine Weile allein. Wenn du mich brauchst, ich bin unten."

„Danke", sagte sie leise, ohne aufzublicken.

Nach vierzig Minuten kehrte er zurück. Das Licht war schwächer geworden, und der Briefstapel neben Glory hatte sich erhöht. Doch sie saß noch so da, wie er sie verlassen hatte: den Kopf gebeugt, in den Händen einen Brief.

Mit der Ausnahme, dass ihre Schultern bebten und sie schluchzend atmete.

Sie weint.

„Glory?" Er kam zu ihr.

Sie sah zu ihm auf, und ihr Kummer ging ihm zu Herzen. „Wie konnte sie nach diesen Briefen unnachgiebig bleiben? Wie konnte selbst meine Mutter so herzlos sein, so kalt und gnadenlos?"

„Ich weiß es nicht."

Ihre Tränen fielen auf den Brief in ihrer Hand. Sie wischte ihn vorsichtig ab. „Wie ... wie lange weißt du es schon?"

„Ich erfuhr es damals, als dein Vater starb. Lily hat es mir erzählt."

Sie nickte, und ihre Lippen bebten. „Ich kenne meine Mutter überhaupt nicht, was? All die Jahre dachte ich ... sie erzählte mir, meine Großeltern seien tot. Sie hat mich belogen." Glory schöpfte zittrig Atem. „Die ganze Zeit ... hatte ich eine Großmutter."

„Eine, die dich braucht." Santos ging neben ihr in die Hocke und nahm ihr Gesicht zwischen beide Hände. Ihre Tränen rollten zwischen seine Finger. „Alles, wonach sie sich sehnt, bist du und deine Mutter. Ich habe meinen Stolz geschluckt und deine Mutter gebeten, zu ihr zu kommen. Sie hat abgelehnt."

„Ist meine ... Ist Lily sehr krank?"

„Sie hatte einen schweren Herzinfarkt. Das Ausmaß der Schädigung kann man noch nicht feststellen, aber der Doktor ist nicht sehr optimistisch." Santos fasste fester zu. „Sie braucht dich. Wirst du mit mir kommen? Wirst du sie besuchen?"

Glory legte die Hände auf seine und sah ihn lange nur schweigend an. Dann nickte sie. „Bring mich zu meiner Großmutter."

46. KAPITEL

Glory schaute auf die alte Frau, die blass in den Krankenhauslaken lag. Sie wirkte so zart und zerbrechlich, angeschlossen an Maschinen und Infusionen, dass Glory fürchtete, sie könne keiner Windböe trotzen.

Diese Frau, diese Fremde ist meine Großmutter.

Glory atmete tief durch, um ihrer Rührung Herr zu werden.

Beinah hätte sie Lily verloren, ohne die Chance zu haben, sie kennen zu lernen.

Sie zog sich einen Stuhl ans Bett. Zögernd streckte sie eine Hand aus und legte sie auf Lilys. Deren Haut war wie Pergament, so dünn, dass Glory jede Vene sehen konnte. Doch die Hand war warm. Glory schloss die Finger darum. Das Leben pulsierte noch in Lily. Gott sei Dank.

Glory schluckte trocken. Sie fühlte sich benommen wie nach zu viel Alkohol. Sie konnte immer noch nicht ganz begreifen, was geschehen war, konnte immer noch nicht einordnen, was Santos ihr alles erzählt hatte.

Innerhalb von Minuten hatte sie erfahren, dass sie eine Familie und eine Geschichte hatte, die sie nie für möglich gehalten hätte. *Prostituierte.* Sie stammte von Frauen ab, die für Geld mit Fremden schliefen. Das war ein Schock. Sie erinnerte sich, mit zwölf oder dreizehn mit anderen Mädchen über das berüchtigte Pierron-Haus gekichert zu haben, über die Frauen, die dort lebten, und über das, was in seinen Mauern geschah. Eines der Mädchen hatte das Ganze als Karnickelstall verspottet.

Und diese Frauen waren ihre Familie gewesen, ein Teil von ihr. Sie gehörte zu diesem Haus.

Bewegt schloss sie die Finger fester um Lilys. In jenen Minuten hatte sie auch erfahren, dass ihre Mutter eine Lügnerin und Betrugerin war. Großer Gott, welche der Dinge, die ihre Mutter ihr über ihre Kindheit und Jugend erzählt hatte, entsprachen der Wahrheit? Stimmte da überhaupt etwas?

Tränen brannten ihr in den Augen. Die Großeltern, die sie aus Erzählungen zu kennen glaubte, gab es gar nicht. Die Geschichten, die ihre Mutter erzählt hatte, vom Aufwachsen in einem sonnigen Haus in Meridian, Mississippi, von Spaziergängen mit ihrem Daddy Hand in Hand, um sonntagnachmittags Eiscreme zu holen, von

Weihnachtsabenden, die sie singend um den großen, selbst geschlagenen Baum herum verbracht hatten, das waren alles Lügen.

Verzweiflung und Panik wallten in ihr auf. Hier saß sie nun, hielt die Hand einer Fremden, die angeblich ihre Großmutter war, und wünschte und betete, dass sie nicht starb.

Glory presste die Augen zusammen, um die Tränen zu verdrängen. Wie hatte Hope das tun können? Wie hatte sie jahrelang alle Menschen, die ihr nahe standen, ihre gesamte Familie, belügen können?

Familie.

Glory musste an ihren Vater denken, welche Werte er ihr vermittelt hatte über Familie und Erbe. Dass sie ihre Identität aus ihrem Familiennamen und der Familiengeschichte schöpfe. Diese Dinge, hatte er gesagt, könnten ihr nie genommen, könnten nie ausgelöscht werden.

Doch Hope hatte es versucht. *Mutter hat versucht, mir meine Identität zu stehlen.*

Wer war Glory St. Germaine, wenn die Hälfte ihrer Familiengeschichte auf einer Lüge basierte, gar ein Geheimnis war?

Sie dachte an das River-Road-Haus, an den Geruch der Luft, an die Brise in den alten Eichen, an das Knarren der Bodendielen unter ihren Füßen, und sie musste schmunzeln. Sie hatte sich dort sofort behaglich gefühlt, als gehöre sie dorthin. Und das, noch ehe Santos auch nur ein Wort gesagt, ehe sie die Fotos gesehen und die Wahrheit erfahren hatte.

Das River-Road-Haus war ihr wie ein Zuhause vorgekommen, viel mehr als das Haus, in dem sie tatsächlich aufgewachsen war. Warum? Was bedeutete es, wenn sie sich dort so wohl fühlte?

Santos kam ins Zimmer. Sie wusste, dass er es war, obwohl sie mit dem Rücken zu ihm saß und er nichts sagte. Sie spürte seine Anwesenheit fast körperlich. So war es immer gewesen. Ein angenehmer Schauer durchrann sie, ungewollt, aber unaufhaltsam. Santos' Wirkung auf sie hatte sich in über zehn Jahren, seit sie ein Liebespaar geworden waren, nicht geändert.

Sie blickte ihn über die Schulter an, doch Santos hatte nur Augen für Lily. Sie las Trauer in seinem Gesicht, Liebe und auch Angst. Er hatte bereits eine Mutter verloren, jetzt war er kurz davor, auch die Ersatzmutter zu verlieren. Lily hatte sich seine Liebe erworben, das sagte viel über sie aus. Sie musste eine gute, eine besondere Frau sein, ungeachtet ihrer Vergangenheit. Sie hatte die Liebe eines Jungen errungen, der durch viele menschliche Enttäuschungen hart und zynisch geworden war. Sie hatte sein Leben verändert, indem sie ihn liebte und an ihn glaubte.

Glory hatte Mitgefühl mit Santos, drehte sich jedoch zu Lily um, damit er es nicht merkte. Er würde ihr Mitgefühl nicht wollen, da er ihr nicht zutraute, menschlicher Regungen fähig zu sein. Er hielt sie für das Ebenbild ihrer Mutter.

Sie schluckte trocken. Wie hatte Hope nur diese herzzerreißenden Briefe lesen und dann ohne Antwort zurückschicken können?

Sie dachte an den Vorfall vor ihrem achten Geburtstag, an das verzerrte Gesicht ihrer Mutter, an das schmerzende Reiben der Nagelbürste und an die Worte: *Ich werde dich reinigen. Wenn nötig, werde ich dir das Fleisch von den Knochen schrubben. Du wirst rein sein, Tochter.*

Glory erkannte plötzlich schaudernd den Grund für die Überreaktion ihrer Mutter auf den Vorfall in der Bibliothek. Ebenso für ihr ständiges Zitieren der Bibel, für ihre Ermahnungen zu gutem Benehmen und ihren besessenen Kampf gegen die Sünden des Fleisches.

„Es ist kaum zu glauben, dass sie Mutter und Tochter sind", bemerkte Santos plötzlich leise und stellte sich neben Glory ans Bett. „Sie haben nichts gemeinsam, das versichere ich dir."

Sie ahnte, was er meinte. Offenkundig liebte er Lily rückhaltlos. „Was hat der Arzt gesagt?"

„Nicht viel. Während meiner Abwesenheit ist nichts geschehen. Sie ruht und ist stabilisiert. Sie kann jeden Moment erwachen."

„Sie sieht so ... zerbrechlich aus."

Santos antwortete nicht, und sie wusste, dass er vor Rührung nicht konnte. Auch sie musste gegen ihre Rührung ankämpfen, als sie leise sagte: „Ich wünschte, ich könnte dir versichern, dass alles wieder gut wird." Sie spürte seinen Kummer und seine Einsamkeit und hätte ihn gern tröstend umarmt. Sie wollte schon die Hand nach ihm ausstrecken, ließ es jedoch. Santos würde sie zurückweisen, und das würde wehtun. Das Recht, ihn zu berühren, hatte sie schon lange nicht mehr. „Das kann ich leider nicht, aber du sollst wissen, dass es mir schrecklich, schrecklich Leid tut."

Er sah sie an, und sie spürte, dass er dankbar war für ihre Unterstützung und ihre Gegenwart. In diesem Moment fühlte sie sich ihm so nah, wie sonst keinem anderen Menschen. Diese Nähe hatte ihr all die Jahre gefehlt.

Sie hob eine Hand. „Santos, ich ..."

Er wich zurück. „Ich muss das Dezernat anrufen. Falls sie aufwacht, während ich weg bin, rufst du mich?"

„Natürlich." Sie wandte sich wieder Lily zu, um sich nicht anmerken zu lassen, wie gekränkt sie war. „Ich hole dich sofort."

Lily wachte jedoch nicht auf. Auch in den nächsten sechs Stunden nicht. Glory blieb bei ihr, rief nur im Hotel an, suchte das Bad auf und holte aus dem Automaten im Flur Chips und Cola. Sie wollte unbedingt da sein, falls Lily erwachte, zumal sie fürchtete, es könnte nur kurz sein.

Auch Santos wich kaum von Lilys Seite. Und so teilten sie sich den engen Raum wie zwei Gegner, die zwangsweise zusammen Wache hielten, ohne einander aufzumuntern.

Schließlich stöhnte Lily und regte sich. Santos sprang auf und kam ans Bett. „Lily ... Lily!“ Er nahm ihre Hand. „Ich bin es. Santos. Ich bin da.“

Sie öffnete die Augen mit flatternden Lidern. Ihr Blick war auf ihn gerichtet, sie versuchte jedoch vergeblich zu sprechen.

Glory atmete tief durch, um ihr Herzklopfen zu beruhigen. Die Handflächen wurden ihr feucht. Sie hatte Angst, Lily könne sie zurückweisen oder sie genüge ihren Ansprüchen nicht, so wie sie denen ihrer Mutter nie genügt hatte. Und sie hatte Angst, Lily mit einem falschen Wort zu kränken.

„Lily“, sagte Santos leise. „Hier ist jemand, der dich besuchen möchte.“

Glory stand auf und ging zur anderen Seite des Bettes. Lily richtete den Blick auf sie, und trotz ihrer Schwäche und der Medikamentenwirkung las Glory die Freude und das Erkennen in ihren Augen.

„Glo...ry?“

„Ja. Ich bin es.“ Glory kam noch näher. „Hallo, Großmutter.“

Lily blickte zu Santos, um sich zu vergewissern. Er nickte lächelnd. Sie sah wieder Glory an, und Tränen überfluteten ihre Augen. „Ich ... habe so ... lange gewartet.“

Glory nahm Lilys Hand in ihre. „Ich auch, Großmutter.“ Lily drückte sie, aber mit der Kraft eines Kindes. „Es ist schön, bei dir zu sein.“

Lily öffnete den Mund, um zu sprechen, brachte jedoch keinen Ton heraus. Santos hielt ihr eine Tasse Wasser an die Lippen. Sie trank und versuchte es wieder. „Deine ... Mutter?“

Lilys verzweifelte Hoffnung veranlasste Glory, Santos unsicher anzusehen. Sie wollte Lily nicht mit der Wahrheit kränken.

„Sie konnte nicht kommen“, erklärte er ruhig. „Sie hatte Verpflichtungen ... die sie nicht ...“ Er beendete den Satz nicht. Lily ließ sich nicht zum Narren halten. Sie drehte den Kopf zur Seite, schloss die Augen, und Tränen rollten über ihre Wangen.

Glory brach das Herz. Zugleich wuchs der Zorn auf ihre Mutter. Sie drückte Lilys Hand. „Aber ich bin da, Großmutter. Ich wollte zu dir kommen.“ Lily sah sie an, und Glory beugte sich lächelnd weiter hinunter. „Ich möchte, dass wir uns kennen lernen. Vielleicht können wir ein bisschen von der Zeit nachholen, die wir versäumt haben.“ Lily wirkte so dankbar, dass es Glory schmerzte, es zu sehen. Sie legte Lilys Hand an ihre Wange. „Ich liebe dich, Großmutter. Und ich freue mich so, dass wir endlich zusammen sind.“

Glory setzte sich neben das Bett und plauderte leise, meistens Belanglosigkeiten. Gelegentlich stellte Lily eine Frage über ihr Leben, und die Antworten schienen ihr mehr als Gold wert zu sein.

Während Glory sprach, ging Santos hin und her, wie um überschüssige Energie loszuwerden, oder er stand beobachtend dabei. Glory war sich seiner Anwesenheit sehr bewusst, was sie mit der Zeit erschöpfte.

Schließlich kam die Schwester und scheuchte sie hinaus. Die Patientin brauche jetzt Ruhe, sagte sie, sie könnten später wiederkommen.

Glory ging mit Santos zum Fahrstuhl. Er drückte den Rufknopf, sah sie an, und die nackte Feindseligkeit in seinem Blick erschreckte sie.

„Wirst du sie wieder besuchen?“ fragte er. „Oder hast du damit deine Pflicht getan?“

Dass er so eine geringe Meinung von ihr hatte, erschütterte sie. Sie hatte sich eingebildet, die Kluft zu Santos allmählich zu überbrücken. Das war wohl ein Irrtum gewesen. Es fiel ihr nicht leicht, gelassen zu bleiben.

„Wie kannst du überhaupt so etwas fragen? Denkst du, für mich sei das alles ein Spiel? Glaubst du wirklich, ich würde dieser lieben alten Frau sagen, dass ich sie lieb habe, und sie dann kränken, indem ich nicht wiederkomme?"

„Es ging mir durch den Sinn."

„Du Bastard!" zischte sie. „Egal, was du denkst. Ich bin nicht wie meine Mutter. Ich komme zurück."

„Gut." Er presste die Lippen zusammen. „Es hat ihr viel bedeutet, dass du da warst. Ich möchte nicht, dass ihr wieder das Herz bricht."

„Auch mir hat es viel bedeutet", entgegnete sie kühl. „Ehe du anfingst, dich wie ein Mistkerl aufzuführen, hatte ich sogar vor, dir zu danken."

„Tatsächlich? Für was?" fragte er übertrieben ungläubig.

Sie hätte gute Lust gehabt, ihn zu ohrfeigen, und schob die Hände tief in die Taschen, um sich selbst daran zu hindern.

„Für Lily natürlich", presste sie hervor. „Ich habe das Gefühl, du hast mir ein Geschenk gemacht."

„Lily zu kennen ist ein Geschenk. Aber sei versichert, Prinzessin, ich tue es nicht für dich", fügte er schroff hinzu.

Damit wandte er sich ab und ging.

47. KAPITEL

Hope saß in ihrem weißen Sessel, ihre Lieblingsbibel auf dem Schoß. Die Geräusche des Sommerabends drangen durch die Scheiben: Insekten, gelegentliches Froschquaken, spielende Kinder und ein bellender Hund irgendwo im Block. Über ihr bewegte der Deckenventilator die warme feuchte Luft.

Sie legte den Kopf gegen die hohe Sessellehne und schloss die Augen. Je älter sie wurde, desto entschlossener und beharrlicher wurde das Böse in ihr. Sie war gezwungen, es heftiger zu bekämpfen, und geriet ihm dennoch häufiger in die Fänge. An den meisten Tagen war sie kampfmüde und energielos.

Nur wenn sie dem Biest in sich nachgab, verfiel es eine Weile in Schlummer, und sie erlebte Augenblicke des Friedens.

Es hatte jetzt seit über einer Woche geschlafen. Sie lächelte vor sich hin. In Zeiten wie diesen war das Leben schön. Dann war der Kampf, der sie zeitlebens begleitete, nicht mehr als ein lebhafter, beängstigender Albtraum. Und in Zeiten wie diesen war sie überzeugt, das Biest ein für alle Mal besiegt zu haben.

Ihr Friede wurde gestört, als Glory über die Veranda stürmte und an der Tür stehen blieb. „Du machst mich krank, Mutter! Wie konntest du nur?"

Hope starrte ihre Tochter verblüfft an. Noch nie hatte Glory sie so angefahren. In ihren Augen brannte ein fiebriges Licht, das Hope aus ihren Albträumen kannte.

Das Böse ist zu einer neuen Runde angetreten, diesmal durch Glory!

Hope faltete die zitternden Hände im Schoß. „Glory Alexandra", begann sie streng, bemüht, ihre Panik zu überspielen, „du weißt, dass ich während meiner abendlichen Bibellesungen nicht gestört werden möchte. Das war schon immer so."

„Bibellesungen, Mutter?" wiederholte sie verächtlich. „Ach, wie gut du doch bist, wie christlich! Du bist doch ein leuchtendes Vorbild für uns alle, nicht wahr? Zumindest hast du das mir und allen anderen stets weisgemacht."

Hopes Herz begann zu hämmern. Etwas Schreckliches war geschehen. Etwas, das sie seit langem befürchtet hatte. Sie senkte den Blick auf die Bibel, die beim 23. Psalm geöffnet war.

Und ob ich schon wanderte im finstren Tal, fürchte ich kein Unglück, denn du bist bei mir.

Hope konzentrierte sich auf die Worte des Psalms und ließ sich von ihnen beruhigen und trösten. Sorgsam schloss sie die Heilige Schrift, legte sie beiseite und faltete erneut die Hände im Schoß. „Was soll das heißen, Tochter?" fragte sie kühl. „Bist du über irgendetwas aufgebracht?"

„Aufgebracht? Ja, ich denke schon." Glory kam einige Schritte näher, und Hope bemerkte, dass sie die Hände zu Fäusten ballte. „Sagt die Heilige Schrift nicht etwas über Vergebung, Mutter? Sagt sie nicht etwas über die Sünde, andere zu richten?"

Ein Gefühl der Kälte durchdrang Hope. „Natürlich", bestätigte sie beklommen. „Wie du sehr wohl weißt. Ich habe dafür gesorgt, dass du in Gottes Wort gut unterwiesen wurdest."

„O ja, du hast dafür gesorgt, dass ich zur Messe ging. Du hast dafür gesorgt, dass ich die Bibel von A bis Z kannte. Du hast dafür gesorgt, dass ich der perfekte kleine Engel war." Ihre Stimme brach. „Und wenn ich deinen hohen Ansprüchen nicht genügte, hast du dafür gesorgt, dass ich für meine Sünden bestraft wurde."

„Ich bin deine Mutter. Ich habe immer getan, was für dich am besten war."

„Oder vielleicht eher für dich?" Glory schob sich, heftig atmend, das Haar aus dem Gesicht. „Ich habe heute Lily Pierron kennen gelernt, meine Großmutter. Ich sah das Haus, in dem du aufgewachsen bist. Ich weiß, was du getan hast, Mutter."

Hope starrte ihre Tochter fassungslos an. *Glory weiß es. Guter Gott, sie weiß es!*

Um Fassung ringend, suchte sie nach den richtigen Worten. „Ich weiß nicht, wovon du sprichst. Meine Mutter und ich hatten eine wunderbare Beziehung. Es brach mir das Herz, als der Herr sie mir so früh entriss."

„Hör auf damit, Mutter! Hör auf mit diesen Lügen!" Glory war den Tränen nahe. „Deine Mutter lebte, obwohl sie heute fast gestorben wäre. Wie konntest du ... wie konntest du nur ..." Glory wandte sich ab und schlug die Hände vors Gesicht. „Ich weiß nicht, was ich sagen soll. Ich weiß nicht, wer du bist." Sie ließ die Hände sinken und drehte sich zu Hope um. „Und wegen all deiner Lügen weiß ich auch nicht, wer ich bin. Warum hast du mir die Wahrheit verschwiegen?"

„Du bist Glory St. Germaine von den St. Germaines aus New Orleans. Und ich bin deine Mutter."

„Und Lily ist deine Mutter! Du hast sie im Stich gelassen!"

„Du weißt gar nichts, du ..."

„Santos hat mich zum River-Road-Haus gefahren. Ich habe Bilder gesehen. Ich habe Großmutters Briefe gelesen, in denen sie dich um Verzeihung gebeten, angebettelt hat, Mutter. Du hast die Briefe gelesen und zurückgeschickt!"

Hope sprang wutentbrannt auf. „Sie ist eine Hure! Verstehst du denn nicht? Eine dreckige Hure, die ihren Körper an den Meistbietenden verkaufte!"

„Hör auf damit! Sie ist meine Großmutter. Sie braucht mich. Ich werde sie nicht im Stich lassen, wie du es getan hast!"

„Du machst es dir leicht!" schrie Hope. „Du wirfst mir vor, meine Mutter unfair abgeurteilt zu haben, aber dasselbe machst du mit mir. Du lässt mich bereitwillig im Stich. Du hast keine Ahnung, was ich durchgemacht habe."

„Wie könnte ich. Alles, was ich von dir weiß, sind Lügen." Sie wandte sich ab und ging zum Rand der Veranda, sichtlich um Fassung bemüht. „All die Jahre hast du mich angelogen", fuhr sie bewegt fort. „Du hast uns alle angelogen. Santos hat dich heute angerufen und dir gesagt, dass deine Mutter im Sterben liegt. Ihr einziger Wunsch war es, dich zu sehen. Trotzdem konntest du nicht verzeihen. Du hast ihr das Geschenk eines letzten Besuches verweigert."

Glory wischte sich die Tränen von den Wangen und sprach weiter: „Ich weiß nicht, wer du bist. Du bist eine Fremde für mich.

Wenn ich daran denke, wie oft du mir von deinem Vater, meinem angeblichen Großvater, erzählt hast, wird mir schlecht. Er existierte gar nicht. Du kanntest deinen Vater nicht. Du warst das Kind eines Freiers. Santos hat es mir erzählt. Alle Pierron-Frauen waren das, außer mir."

Hope wurde übel. Durch reine Willenskraft verhinderte sie, dass sie sich übergab. „Richtig, alle außer dir. Das ist mein Verdienst, weil ich mich nicht zu ihnen in die Gosse ziehen ließ!" Sie warf stolz den Kopf in den Nacken. „Dank mir bist du eine St. Germaine. Der Pierron-Teil in dir ist getilgt. Er ist getilgt!"

„Natürlich nicht! Du kannst nicht etwas auslöschen, indem du behauptest, es sei getilgt. Außerdem will ich diesen Teil gar nicht auslöschen. Die Vergangenheit der Pierrons ist auch meine Vergangenheit, ob dir das gefällt oder nicht."

„Du musst dich davon lösen, du musst! Ich habe es auch getan!" Hope packte ihre Tochter schmerzhaft am Arm.

„Nein!" Glory riss sich los und wich angewidert zurück. „Das werde ich nicht tun. Ich halte es für falsch."

Das Böse wird mir meine Tochter nicht stehlen. Sein Instrument, dieser widerwärtige Santos, wird mir Glory nicht nehmen. Er hat es einmal versucht, und ich habe ihn besiegt. Es wird mir wieder gelingen, gleichgültig, was ich dafür tun muss.

„Du kannst dir nicht vorstellen, was ich durchgemacht habe", jammerte Hope leise und ließ die Hände sinken. Tränen standen ihr in den Augen. „Du kannst dir nicht vorstellen, wie es war, in diesem ... diesem Haus aufzuwachsen. Du glaubst nicht, was ich hören und sehen, welchen Lebensstil ich zwangsweise erdulden musste. Ich lebte mit Huren, Glory, mit Prostituierten."

„Ich weiß das, Mutter. Aber ..."

„Du weißt gar nichts. Von allen Menschen außerhalb des Hauses wurde ich verspottet und verachtet. Nicht weil ich etwas Schlimmes getan hatte, sondern wegen der Umgebung, in die ich hineingeboren worden war." Bei dieser Erinnerung rannen Hope Tränen über die Wangen. „Ich hatte keine Freunde. In der Schule, in der Kirche, auf dem Spielplatz, im Schulbus, überall war ich allein. Ich wurde nie zu einer Geburtstagsparty oder in ein anderes Haus eingeladen. Die Mädchen verspotteten mich, und die Jungs jagten mich, und wenn sie mich fingen, hielten sie mich fest, und ich musste mich begrapschen und ... küssen lassen. Weil ich das Kind meiner Mutter war."

Hope senkte den Kopf. Die Erinnerungen setzten ihr zu. „Nachts konnte ich nicht schlafen wegen der Geräusche der Männer und der Huren. Ich hörte das Keuchen und Stöhnen ... tierisch ... wie menschliche Tiere ohne Seele."

Glory legte entsetzt eine Hand an den Mund.

„Verstehst du, warum ich weggelaufen bin und nie zurückwollte? Wenn ich geblieben wäre, Glory, wäre ich gestorben. Meine Seele wäre abgestorben."

Glory hatte Mühe zu sprechen. „Aber deine Mutter ... sie hat dich geliebt. Sie hat versucht, dich zu schützen, und dich weggeschickt."

„Ja, sie hat mich geliebt." Hope legte die Hände vors Gesicht, als Hass in ihr aufwallte, den sie zu unterdrücken versuchte. „Und ich habe sie geliebt. Aber ich konnte sie nicht von meinem Leben oder meiner schrecklichen Verzweiflung trennen. Ich wollte nur entkommen und neu beginnen." Sie sah ihre Tochter, um Verständnis bittend, an. „Und als ich die Chance zur Flucht bekam, nutzte ich sie." Sie holte tief und zittrig Atem. „Bitte, versuch mich zu verstehen. Und versuch ... mir zu verzeihen. Wenn ich dich verlieren würde, Glory, würde ich das nicht ertragen."

Glory umarmte ihre Mutter. „Du wirst mich nicht verlieren. Was du erlebt hast, war wirklich schrecklich, und ich verstehe deinen Wunsch zu fliehen. Aber warum musstest du lügen? Warum mich und Daddy anlügen? Warum musstest du sie vollkommen verlassen? Warum musstest du so grausam sein?"

Hope klammerte sich an ihre Tochter und presste das Gesicht an ihre Schulter. „Ich hatte Angst. Um mich und später um dich." Sie blickte zu Glory auf. „Glaubst du, dein Vater hätte mich geheiratet, wenn er gewusst hätte, woher ich stammte? Stell dir die Reaktion deiner Großmutter St. Germaine auf die Mitteilung vor, dass ich eine Pierron war. Es waren berüchtigte Frauen. Jeder, der in New Orleans aufwuchs, hatte von ihnen gehört." Hope senkte den Kopf und begann zu schluchzen, allerdings, ohne eine Träne zu vergießen. „Ich hatte solche Angst, und die habe ich immer noch. Ich möchte nicht, dass es jemand erfährt. Wenn doch ... würde ich alles verlieren, das weiß ich."

„Ist schon gut, Mama." Glory strich ihr über den Rücken. „Ich verstehe. Wenn du es nicht möchtest, werde ich es niemandem erzählen."

„Danke", flüsterte sie und hob den Kopf.

„Ich werde es nicht erzählen, Mama, aber ich werde Lily auch nicht im Stich lassen. Sie braucht mich, und ich brauche sie. Ich möchte meine Großmutter besser kennen lernen."

Hope war entsetzt. Das kurze Siegesgefühl verflüchtigte sich. *Die Sünde ruft. Sie hat Glory fast schon in den Fängen.*

Sie nahm Glorys Hände. „Nach allem, was du von ihr weißt, wie kannst du nur ..."

„Das ist Vergangenheit. Ich kann nachvollziehen, was du getan hast, auch wenn ich es nicht billige. Ich will nicht urteilen, aber ich will auch Lily nicht verurteilen."

Hope drückte ihre Hände fester. „Ich weiß, dass du es nicht leicht hattest. Ich war strenger als andere Mütter. Aber nachdem ich gesehen hatte, wie tief Frauen sinken können, hatte ich Angst um dich. Ich wollte, dass du ein gutes, anständiges Leben führst, eines nach Gottes Wort. Bitte", fügte sie hinzu, „deine Großmutter ist gefährlich. Ich fürchte, dass du ... ich befürchte ihren Einfluss, ich befürchte, dass sie dir wehtut."

„Ich bin erwachsen, Mutter." Glory entzog ihr lächelnd die Hände. „Ich werde mich nicht plötzlich in eine Hure verwandeln. Großmutter ist alt und krank. Sie wird mich kaum zu einem Leben in Sünde überreden."

Aber das Biest wird nicht alt, es wird nicht krank, und es stirbt nicht. Glory versteht nicht, wie das ist. Sie begreift nicht, dass es in ihr lauert, bis seine Zeit kommt. Und wenn ich es ihr sage, wird sie mir nicht glauben und mich für verrückt halten.

Also ließ Hope Glory gehen. Beklommen sah sie ihre Tochter schutzlos in die Nacht verschwinden, einen Dämon an ihren Fersen.

Stunden später kauerte Hope schwitzend und mit heftig pochendem Herzen in der Dunkelheit. Das Biest hatte sie geweckt. Es war wieder frei, und diesmal verlangte es nach beiden, Hope und Glory.

Hope ballte die Hände zu Fäusten, dass sich ihre Nägel in die Handflächen bohrten. Um diesen Kampf zu gewinnen, brauchte sie Verstand und Ausdauer. Die Sünde hatte durch Santos bereits Zugriff auf Glory. Dieser Kampf war eine Feuerprobe und der schwierigste, den sie je ausgefochten hatte.

Aber sie würde siegen, für sich und für Glory. Sie hatte ihre Tochter nicht umsonst ein Leben lang beschützt und geleitet. Voller Hass dachte sie an Santos. Er würde dafür bezahlen. Sie würde einen Weg finden, ihn zahlen zu lassen.

48. KAPITEL

Die Tage vergingen, und Lily wurde kräftiger. Santos schien es, dass vor allem Glorys Anwesenheit für die Besserung verantwortlich war, mehr als die Bemühungen der Ärzte. Sie war stets an Lilys Seite, gleichgültig, wann er ins Krankenhaus kam, ob bei Tag oder Nacht. Sie hielt Lilys Hand, redete leise oder lauschte aufmerksam ihren Worten, oder sah ihr einfach beim Schlafen zu.

Meistens hielt Santos sich im Hintergrund, beobachtete und hörte zu, wenn Glory aus ihrem Leben berichtete, um ihrer Großmutter die Enkelin vertrauter zu machen. Obwohl er Glory nie würde ganz trauen können, hatten ihre Zärtlichkeit zu Lily und die Selbstlosigkeit, mit der sie ihre Zeit opferte, sein Urteil über sie doch leicht gemildert. Glory war nicht wie ihre Mutter, sie war weder kalt noch selbstgerecht, noch gemein.

Und manchmal, wenn er ihr zuhörte, musste er an das Mädchen denken, das er einmal geliebt hatte. Diese Erinnerungen beunruhigten ihn und beraubten ihn seiner nüchternen Urteilskraft. In solchen Momenten musste er sich erinnern, dass er Glory nicht mochte, dass ihn Glory als Frau nicht interessierte und dass sie nichts gemeinsam hatten außer der Sorge um Lily.

In der Tat hatten sie so wenig gemeinsam, dass sie in den letzten Tagen kaum ein paar Worte gewechselt hatten. Sie sagten Dinge wie: „Wie geht es ihr? War der Doktor schon da? Gibt es Neuigkeiten?“ Sie hatten den ernsten Befund über Lilys Infarkt gemeinsam entgegengenommen – Lily hatte ein Viertel ihrer Herzleistung eingebüßt, und die Gefahr eines zweiten Infarktes war gegeben –, jedoch hinterher nicht darüber gesprochen, geschweige denn einander getröstet.

Sie berührten sich nie und tauschten kaum einen Blick. Nur manchmal, wenn Glory bei ihr war, sah sie wie zufällig auf und lächelte ihn an. Und jedes Mal hatte er das Gefühl, sein Herz drehe sich im Leibe um.

Stirnrunzelnd bog Santos in den ersten freien Parkplatz, stieg aus und eilte ins Krankenhaus, um Lily zu sehen. Ein neuer Mord hatte ihn gestern Abend und den größten Teil des Morgens aufgehalten, und inzwischen war er etwas unruhig. Er fürchtete, Lilys Zustand könnte sich verschlechtert haben. Er hatte drei Mal angerufen. Zwei Mal hatte Lily geschlafen, und ein Mal hatte niemand abgenommen.

Glory ist bei ihr, dachte er beruhigend, als er sich durch die Menschenmenge drängte. Wenn etwas geschehen wäre, hätte sie mich benachrichtigt. Er war dankbar, dass er sich in dieser schwierigen Zeit auf sie verlassen konnte, auch wenn er sie eingedenk ihrer Vergangenheit nicht mochte. Die Kriminalitätsrate sank nicht plötzlich auf null, nur weil er einen Notfall in der Familie hatte. Glory bei Lily zu wissen hatte ihm erlaubt, wenigstens minimal in seinem Job weiterzuarbeiten.

Santos zwängte sich in den vollen Fahrstuhl, wartete ungeduldig, bis die Leute in den einzelnen Stockwerken ein- und ausstiegen, erreichte die sechste Etage und war innerhalb weniger Augenblicke vor Lilys Tür. Verblüfft blieb er auf der Schwelle stehen. Er hatte schon das Schlimmste befürchtet, doch Lily saß lachend im Bett und lauschte Glory, die einige Schulstreiche zum Besten gab.

Santos wurde geradezu schwindelig vor Erleichterung. Er hatte Lily noch nie so glücklich gesehen und sie lange nicht so unbeschwert lachen hören. Kaum zu glauben, sie hatte soeben einen schweren Infarkt überstanden und strahlte geradezu.

Lily entdeckte ihn und lächelte ihn glücklich und dankbar an. Gerührt dachte er erleichtert, dass er sich vor langer Zeit geschworen hatte, für Lily zu sorgen, wie es ihm für seine leibliche Mutter nicht möglich gewesen war. Das war ihm anscheinend gelungen. Er hatte sie glücklich gemacht, indem er ihr Zeit mit ihrer Enkelin schenkte.

„Victor!“ Sie streckte ihm eine Hand entgegen. „Du kommst gerade rechtzeitig, um von Glorys erstem Klaviervortrag zu hören.“

Er ging zu ihr und nahm ihre Hand. „Ich kann es kaum erwarten.“ Er beugte sich lächelnd hinunter und küsste sie auf die Wange. „Du siehst wunderbar aus.“

„Ich fühle mich auch wunderbar.“ Sie schloss die Finger fest um seine. „Der Doktor sagt, dass ich bald nach Hause kann. Vielleicht schon morgen.“

„Morgen schon?“ Er sah Glory fragend an, und sie nickte. „Das ist großartig.“

„Ich bin ein zäher alter Vogel.“

„Das bist du wirklich“, lachte er. „Du gönnst mir keine Freiheit.“

„Du Bandit!“ Sie schlug ihm lachend auf die Hand. „Ich habe dir so viel Freiheit gelassen, dass du dich ganz schön herumgetrieben hast.“ Sie erzählte Glory, wie Santos nachts aus dem Haus geschlichen war, um sich mit einem Mädchen zu treffen. Sie hatte alle Fenster und Türen abgeschlossen, so dass er um drei Uhr nachts gezwungen gewesen war zu klingeln, um ins Haus zu kommen. „Er war völlig überrascht“, fuhr sie lachend fort. „Ich hörte, wie er es an jedem Fenster probierte. Als er schließlich zur Haustür ging und klingeln musste, war er ziemlich wütend.“

„Ich hatte mich für so schlau gehalten“, fügte er lachend hinzu, „und hatte keine Ahnung, dass sie mir auf die Schliche gekommen war.“

Diese Geschichte führte zu weiteren. Sie lachten und scherzten, und bald wurde Lily müde.

„Wenn du gehen musst“, sagte Santos zu Glory, „kann ich hier bleiben.“

„Nicht nötig. Im Hotel geht alles seinen Gang, und mein Stellvertreter ruft mich, falls etwas geschieht."

„Ich wünschte, ich könnte dasselbe von der Polizei sagen", seufzte Santos. Vor neun Wochen hatten sie die letzte Leiche des Schneewittchen-Killers gefunden, und Santos fürchtete, er war weitergezogen. Sogar die Medien spekulierten schon darüber, dass der Feldzug des Killers, zumindest in New Orleans, zu Ende war.

Santos ballte die Hände. Er musste diesen Burschen schnappen, er musste wissen, ob er auch seine Mutter umgebracht hatte.

Glory beobachtete ihn besorgt. „Was ist los? Ist etwas passiert?"

„Nichts, das ist es ja gerade."

Offensichtlich verwirrt, sagte sie: „Falls du gehen musst, ich kann Lily sagen ..."

„Nein, ich habe ein bisschen Zeit." Er deutete zur Tür. „Ich rufe nur gerade mal Jackson an und hole mir einen Kaffee am Automaten. Möchtest du etwas?"

„Nein danke, ich versorge mich später."

„Ruf mich, falls sie aufwacht."

„Mache ich."

Er ging lächelnd in den Flur und dachte an die Geschichten, die sie eben erzählt hatten, und die allgemeine Heiterkeit. Einen Moment lang hatte er vergessen, dass er Glory weder mochte noch ihr traute. Er hatte ganz vergessen, dass sie eine Gegnerin war.

„Santos!"

Er blickte auf und sah Liz im Flur mit einer Topfpflanze auf sich zukommen. Er ging ihr entgegen und gab ihr einen flüchtigen Kuss. „Liz, was machst du denn hier?"

„Ich wollte Lily besuchen." Sie hielt die Pflanze hoch. „Ist das ein ungünstiger Augenblick?"

„Natürlich nicht." Sein Lächeln wirkte etwas gezwungen. Er hatte ihr nichts von Lilys und Glorys Begegnung erzählt, weil er ihre Reaktion vorausgesehen hatte. Aber er hätte auch das hier vorhersehen müssen. „Leider schläft sie gerade."

„Oh." Enttäuscht warf sie einen kurzen Blick über seine Schulter zur Tür des Krankenzimmers. „Ich habe dich in letzter Zeit wenig gesehen."

Er schob die Hände in die Hosentaschen. „Es war alles ein bisschen viel mit Lilys Erkrankung und meiner üblichen Arbeit." Seine Entschuldigung klang selbst für ihn lahm. Aus unerklärlichen Gründen hatte er seit Lilys Herzanfall nicht den Wunsch verspürt, zu Liz zu gehen.

„Schon okay. Ich verstehe das. Ich weiß noch, wie es war, als mein Dad im Krankenhaus lag. Ich habe dich eben nur vermisst."

Er kam sich wie ein Halunke vor, weil er ihr nicht dasselbe sagen konnte, obwohl er es gern getan hätte. Er wusste, wie sehr sie sich nach seiner Liebe sehnte. Irgendwie fühlte er sich für ihre Gefühle verantwortlich, und er hasste das. „Sobald Lily zu Hause ist, wird das Leben wieder normaler."

„Wie geht es ihr?"

„Sie macht sich fabelhaft. Es geht ihr erstaunlich gut. Der Arzt sagt, dass sie bald nach Hause kann. Vielleicht schon morgen."

„Kein Scherz? Das ist wunderbar."

„Unglaublich. Und ich dachte schon, ich hätte sie verloren."

„Es freut mich für dich." Liz schenkte ihm ein Lächeln, das angespannt wirkte. Sie übergab ihm die Pflanze. „Ich schicke etwas zu essen rüber. Gib mir Bescheid."

„Mache ich. Danke."

„Wenn ich sonst etwas tun kann, lass es mich wissen." Er nickte, und sie faltete die Hände vor sich. „Ich muss zurück. Das Geschäft ist in letzter Zeit lebhafter geworden."

„Tatsache?" fragte er erfreut lächelnd. „Und wie läuft der Absatz meines traditionellen Hamburgers?"

„Auf Sparflamme. Ich fürchte um die Gesundheit des amerikanischen Mannes."

Er legte den Kopf zurück und lachte. Es tat gut, sehr gut sogar, unbeschwert zu lachen. „Ich bin froh, dass du gekommen bist, Liz. Ich werde Lily sagen, dass du da warst."

Er beugte sich vor, küsste sie und ließ sich diesmal ein wenig Zeit, es zu genießen.

„Santos, sie ist aufgew..."

Er riss den Kopf hoch und blickte über die Schulter zurück. Glory steckte den Kopf in den Flur, die Wangen gerötet.

„Tut mir Leid. Ich wusste nicht, dass du beschäftigt ... ich meine, ich wusste nicht, dass du nicht allein ... bist."

„Schon okay." Er ließ Liz los. „Sie wacht auf?"

„Ja, ich dachte, du wolltest es wissen." Glory blickte an ihm vorbei zu Liz und riss erstaunt die Augen auf. „Liz? Liz Sweeney? Mein Gott, bist du das?"

Er spürte Liz starr werden. „Hallo, Glory."

„Ich kann es nicht glauben. Du bist es wirklich! Wie geht es dir?"

„Fein", erwiderte sie zornbebend. „Und das ist nicht dein Verdienst."

Glory erbleichte. Sie öffnete den Mund zu einer Antwort, blieb jedoch stumm. In diesem Augenblick wirkte sie herzzerreißend verletzlich.

Santos hatte Mitleid mit ihr, doch dann erinnerte er sich, dass sie verdiente, was sie bekam. Sie hatte Liz benutzt und gekränkt. Er verübelte Liz ihren Zorn nicht.

Glory räusperte sich. „Ich ... ich werde es Lily sagen, entschuldigt mich."

Sie zog sich ins Zimmer zurück, die Tür schloss sich. Im selben Moment ging Liz auf Santos los. „Wie konntest du?" flüsterte sie mit bebender Stimme. „Ich habe wirklich geglaubt, Lilys Gesundheit hielte dich hier fest, aber es war sie, nicht wahr?“

„Es ist nicht so, wie es aussieht, Liz. Lass mich erklären.“

Sie hob stolz den Kopf. „Du hast mir gesagt, du wärst nicht an ihr interessiert.“

„Das stimmt. Sie ist wegen Lily hier, nicht meinetwegen.“

Liz schnaubte ungläubig: „Wenn mich mein Gedächtnis nicht trügt, dann kennt sie Lily nicht mal.“

„Bis vor einer Woche.“ Er holte tief Luft. „Lily ist ihre Großmutter.“

Liz starrte ihn sekundenlang an. „Das ist nicht dein Ernst.“

„Doch. Lily ist Glorys Großmutter mütterlicherseits.“ Er hob kurz die Schultern. „Sie wusste es nicht. Niemand wusste es. Ihre Mutter hat es vor ihr verheimlicht.“

„Das verstehe ich nicht. Sie hat es nicht gewusst?“

Er erzählte von Lilys Verbindung zu Glory, von Lilys Sehnsucht nach ihrer Tochter und warum er sich entschlossen hatte, Glory einzuweihen.

„Verstehe.“ Liz blickte kurz zur Tür des Krankenzimmers. „Also warst du die ganze Zeit seit Lilys Herzanfall mit Glory zusammen?“

„Wir waren zwangsläufig zusammen im selben Raum. Wir haben kaum miteinander gesprochen.“

„Aber du hast es mir nicht gesagt.“ Sie senkte die Stimme. „Warum, Santos?“

„Weil ich wusste, wie du reagieren würdest. Negativ.“

„Mit negativ meinst du, dass ich mich aufrege? Dass ich eifersüchtig und argwöhnisch bin und wahrscheinlich überreagiere?“

Er sah ihr ruhig in die Augen. „Ja.“

Zornesröte auf den Wangen, erwiderte sie: „Kannst du mir das verübeln? Die Wahrheit verschweigen ist wie lügen. Und lügen ist ein Schuldeingeständnis. In deinem Beruf solltest du das wissen, Detective."

„So ist das nicht, Liz." *Doch, genauso ist es.*

„Dein Mund sagt etwas anderes als deine Augen." Sie hinderte ihn mit erhobener Hand zu antworten. „Ich liebe dich, Santos, das weißt du. Und ich will dich nicht verlieren. Aber ich ..." Sie atmete tief durch, um Mut zu sammeln. „Ich will so nicht weitermachen."

„Was sagst du da?"

„Ich will ein Bekenntnis von dir. Ich will wissen, dass du zu mir gehörst. Ich will wissen, dass wir eine gemeinsame Zukunft haben." Sie machte einen Schritt auf ihn zu. „Ich will irgendwann Kinder. Ich will eine Familie. Und ich will sie mit dir."

Santos schluckte trocken. Er hätte ihr nur zu gern all das versprochen. Er mochte sie, und er war gern mit ihr zusammen. Er mochte ihre Klugheit, sie war nett und hübsch. Aber er liebte sie nicht. Das reichte nicht. Dennoch wollte er ihr nicht wehtun. „Ich weiß nicht, was ich will. Ich bin nicht sicher, dass es dasselbe ist, was ... du möchtest."

Ihre Augen wurden feucht. „Du musst dich entscheiden. Nicht jetzt. Ich weiß, es ist eine schwierige Zeit für dich. Aber du musst über uns nachdenken. Ich glaube, wir sind gut füreinander."

Sie kam noch näher und legte ihm die Hände auf die Brust. „Ich glaube, wir könnten zusammen glücklich werden und uns ein schönes Leben aufbauen. Es muss nicht gleich passieren, ich will nur wissen, dass es irgendwann dazu kommt. Ich liebe dich", wiederholte sie und streichelte ihm mit einer Hand die Wange. „Ich weiß, dass deine Gefühle für mich noch nicht so weit gehen, aber sie könnten es, glaube ich, wenn du es zulässt, Santos. Ich verspreche, ich werde dir nie wehtun, und ich werde immer für dich da sein. Wir könnten ein gutes Leben zusammen haben. Wir könnten ... eine glückliche Familie sein."

Eine glückliche Familie. Genau, was ich mir immer gewünscht habe. Warum also gehe ich nicht auf das Angebot ein?

Er bedeckte ihre Hand mit seiner. „Ich möchte dir alles sagen, was du hören willst", flüsterte er bewegt. „Aber ich kann nicht. Nicht jetzt."

„Ich verstehe, doch ich kann so nicht weitermachen. Ich kann nicht allein von Hoffnung leben." Ihre Stimme brach, und Liz musste sich räuspern. „Der Spielball ist in deinem Feld, Detective."

Sein Blick glitt über ihr Gesicht. „In Ordnung, Liz. Ich denke darüber nach."

Sie stellte sich auf die Zehenspitzen, drückte ihren Mund auf seinen, wandte sich ab und ging.

Lange sah er ihr nach, dachte jedoch nicht an Liz, sondern an Glory und wie es gewesen war, sie zu lieben.

Mit ernstem Gesicht kehrte er in Lilys Zimmer zurück. Glory stand am Fenster und schaute hinaus. Obwohl sie sich ihm nicht zuwandte, erkannte er an ihrem Profil, dass sie blass und offenbar erschüttert war. Er sah zu Lily hinüber, die wieder schlief.

„Wie lange war sie wach?" fragte er.

„Nur ein paar Minuten", erwiderte sie leise, ohne sich umzudrehen. „Sie hat nach dir gefragt. Ich sagte ihr, du wärst gleich zurück."

„Danke."

„Santos, ich ..." Sie drehte sich zu ihm um. „Es tut mir Leid wegen eben. Ich wollte nicht ... stören."

„Ich weiß. Vergiss es."

Sie schwieg eine Weile, dann: „Du bist also mit Liz zusammen?"

Er betrachtete sie mit zur Seite geneigtem Kopf und fragte sich, ob sie es auch seltsam fand, wie sich ihre Dreiecksbeziehung in den zehn Jahren geändert hatte. „Ja, wir sind zusammen."

Sie presste kurz die Lippen zusammen. „Sie sah ... gut aus. Sehr ... erwachsen."

„Das sind wir alle", erwiderte er gereizt.

Ihre Augen waren tränenfeucht, als sie sagte: „Ich wollte ihr nicht wehtun damals. Ich wollte ... niemandem wehtun."

Er war hin und her gerissen zwischen Zorn und Mitgefühl. Glory St. Germaine braucht kein Mitgefühl, ermahnte er sich. „Dessen bin ich sicher", erwiderte er streng. „Trotzdem hast du ... vielen wehgetan."

„Dir zum Beispiel?"

„Ja, mir zum Beispiel." Er ballte die Hände und trat so nah vor sie hin, dass sie den Kopf zurücklegen musste, um ihm ins Gesicht zu sehen. „War es das, was du hören wolltest? Dass du mir das Herz gebrochen hast? Fühlst du dich gut dabei? Gibt dir das ein Gefühl von Macht?"

„Nein", presste sie hervor, „ich fühle mich elend."

„Gut."

Er wandte sich ab, doch sie hielt ihn fest. „Ich habe auch viel verloren. Ich habe einen Preis gezahlt, den du dir nicht vorstellen kannst."

Er schüttelte ihre Hand ab. „Wie ich sehe, spielst du immer noch das arme reiche Mädchen. Mir blutet das Herz, wirklich."

Sie starrte ihn an, und ihre Miene wurde hart. „Du bist ein abscheulicher Bastard."

„Das sagte man mir schon." Er ging zur Tür, blieb noch einmal stehen und sah zu ihr zurück. „Glory, ich weiß sehr gut, welchen Preis du gezahlt hast. Ich habe denselben gezahlt."

49. KAPITEL

Wieder weckten die Vögel Lily, und ihr lieblicher Gesang lockte sie, aufzustehen und mit ihnen zu fliegen. Sie öffnete die Augen und lächelte. Ihre geliebte Glory war im Sessel neben dem Bett eingeschlafen, und die Nachttischlampe warf einen warmen Lichtschein über ihr schönes Gesicht. Die letzten beiden Wochen, in denen sie ihre Enkelin kennen gelernt hatte, waren die schönsten ihres Lebens gewesen. Sie wünschte, ihre Tochter hätte ihr vergeben können, aber sie verstand sie.

Lily ließ den Blick über Glory wandern und erkannte, dass sie den Tod nicht fürchtete. Ihr Leben war erfüllter gewesen als das vieler anderer Menschen, und durch Santos und jetzt Glory hatte sie sogar Liebe erfahren.

Sie war alt genug, zu verstehen, dass alles andere unwichtig war.

Diesmal kam der Schmerz plötzlich und war unerträglich scharf. Sie griff sich keuchend an die Brust, unfähig, mehr zu tun. Der Schmerz war übermächtig.

So rasch und unerwartet er gekommen war, schwand er gnädigerweise und hinterließ ein Gefühl von Leichtigkeit und Jungsein. Sie fühlte sich sehr jung und lachte mädchenhaft hell. So hatte sie sich schon einmal lachen gehört, doch es war so lange her, dass sie sich nicht erinnern konnte, wann.

Die Vögel ließen sich nicht ignorieren. Ihr Gesang übertönte alles, sogar ihre Gedanken. Lily erkannte, was geschehen war. Sie war gegangen. Ihr Leben war zu Ende – und doch hatte es gerade begonnen.

Sie verließ ihren Körper ohne Bedauern. *Hier gibt es kein Bedauern, keine Angst, keine Traurigkeit. Nur Liebe.*

Sie hatte sich immer gefragt, wie es sein würde, mit den Vögeln aufzusteigen, den Himmel zu berühren und die Sonne zu küssen. Sie lachte wieder, überglücklich. Sie war so glücklich und mit sich im Reinen, wie sie es nie für möglich gehalten hätte.

Ich muss mich verabschieden.

Sie ergriff Glorys Hand und drückte sie kräftig. Sie wollte sie ewig festhalten, wusste jedoch, dass sie loslassen musste. Glory bewegte sich und lächelte, obwohl sie nicht erwachte.

Ich liebe dich. Werde glücklich.

Die Nacht endete, und der Tag begann. Licht fiel durch die Fenster ins Zimmer und erfüllte es mit einem Strahlen, das zu grell war, um hineinzusehen.

Die Vögel riefen lieblich und beharrlich.

Noch nicht. Ich muss mich noch von Santos verabschieden.

Sie fand ihn und hielt ihn fest, obwohl sie nicht wusste, wie. Sie musste nur an ihn denken, um bei ihm zu sein, doch das würde nicht so bleiben.

Zu Lebzeiten hatte sie Abschiede gehasst. Sie bedeuteten, zurückgelassen, zurückgewiesen zu werden. Doch dieser Abschied war lieblich, voller Hoffnung, voller Ewigkeit.

Nicht weinen. Sei nicht traurig. Es ist gut. Es ist sehr gut so.

Lächelnd ließ Lily Santos los und wandte sich dem Licht zu. Als die Vögel ihren Namen riefen, ließ sie sich davontragen.

50. KAPITEL

Die Beerdigung war kaum besucht. Nur Santos, Glory, Liz, Jackson und eine Hand voll von Lilys Nachbarn nahmen daran teil. Glory hatte ihre Mutter gebeten zu kommen, doch Hope hatte abgelehnt. Glory hatte ihre Entscheidung akzeptiert, wenn auch mit großem Bedauern.

Dass Hope nicht verzeihen konnte, beunruhigte Glory. Was

sollte sie von ihrer Mutter halten, wenn ihrem Wesen etwas so Grundlegendes wie die Fähigkeit zur Vergebung fehlte?

Glory überstand den Gottesdienst, ohne zu weinen, weil sie vorher schon Ströme von Tränen vergossen hatte. Sie fühlte sich so ausgelaugt und leer, dass sie fürchtete, nicht genügend Energie für den nächsten Tag, geschweige denn das restliche Leben zu haben.

Müde legte sie eine Hand an die Stirn. Die Tage und Stunden, seit sie neben der toten Lily erwacht war, waren wie in einem Nebel vergangen. Mit Santos hatte sie alle Formalitäten erledigt, Santos mehr als sie, weil er wirklich an Lilys Leben teilgehabt hatte, im Gegensatz zu ihr.

Wieder brannten ihr Tränen in den Augen, und sie rang um Fassung. Lily fehlte ihr. In der kurzen Zeit ihrer Bekanntschaft war sie zu einem wichtigen Menschen für sie geworden. Sie hinterließ eine große Lücke.

Glory ließ die Hände sinken, hilflos den Erinnerungen ausgeliefert, die sie überfluteten. Erinnerungen an den Tod des Vaters und an seine Beerdigung, wie sie neben ihrer Mutter am Grab gestanden hatte, die Worte des Priesters in ihrem Kopf widerhallend. In mancher Hinsicht fühlte sie sich heute wie damals: beraubt, verlassen und völlig allein.

Vielleicht, weil Lily, genau wie ihr Vater, sie bedingungslos geliebt hatte.

Sie blickte seufzend zu Santos hinüber. Auch er hatte den Gottesdienst ohne ein äußerliches Anzeichen der Trauer durchgestanden. Doch sein angespanntes Gesicht verriet ihr, was in ihm vorging. Sie fühlte mit ihm. Sie hatten Lily beide geliebt.

Nach der Beerdigung lud Santos alle Trauergäste in seine Wohnung ein. Liz hatte für Essen und Trinken gesorgt, und Glory wusste, wie dankbar Santos dafür war. Während der Zeremonie war Liz an seiner Seite geblieben und hatte sich besitzergreifend an seinen

Arm gehängt. Obwohl sie nicht einmal zu ihr hinübergesehen hatte, wusste Glory, dass Liz ihre Anwesenheit genau registrierte. Ihr Misstrauen und ihre Abneigung waren deutlich spürbar.

Glory beobachtete Liz einen Moment, und Bedauern mischte sich mit ihrer Trauer, Sehnsucht mit Einsamkeit.

Die Gäste verabschiedeten sich allmählich. Liz, weil es einen Notfall im Restaurant gab, Jackson, weil er ins Dezernat musste und die Nachbarn, weil es Zeit war.

Erschöpft und traurig begann Glory, Tassen und Teller einzusammeln und stapelte sie für den Abwasch im Spülbecken.

„Lass das", sagte Santos gereizt hinter ihr. „Ich kümmere mich später darum."

Sie blickte über die Schulter. Er stand mit finsterer Miene in der Küchentür. „Es macht mir nichts aus."

„Mir schon." Er verschränkte die Arme vor der Brust. „Lass das!" wiederholte er. „Ich brauche deine Hilfe nicht."

„Es ist keine Mühe. Ich möchte helfen."

Er kam wütend auf sie zu und blieb vor ihr stehen. „Warum, Glory? Warum willst du helfen?"

„Warum? Weil ich Lily geliebt habe."

„Und was, zum Henker, hat das damit zu tun, dass du mir in der Küche hilfst?" brauste er auf. „Du hast hier nicht gelebt. Du hast sie kaum gekannt."

Seine schroffe Zurückweisung traf sie tief. „Ich dachte nur ... Lily ist mir in der kurzen Zeit sehr wichtig geworden. Ich wollte etwas ... tun. Ich musste irgendwie ..."

Sie ließ den Satz unbeendet. Santos verstand sie nicht, weil er sie nicht verstehen wollte. Ihre Gefühle waren ihm gleichgültig. Er hatte sie ausschließlich wegen Lily geholt. Jetzt hatte sie ihren Zweck erfüllt, und er wollte sie loswerden. Was habe ich erwartet? fragte sie sich verzweifelt. Dass wir uns im Kummer einander zuwenden?

Dass er da ist für mich, dass er mir hilft, mich versteht? Dass er sich gar wünscht, ich wäre in derselben Weise für ihn da?

Fast hätte sie hysterisch aufgelacht über ihre Naivität. Warum sollte Santos solche Wünsche hegen? Weil ihre Beziehung in den letzten Tagen fast freundschaftlich geworden war? Weil sie, um Lilys willen, zivilisiert miteinander umgegangen waren?

Ich bin ein solcher Idiot.

„Du hast meine Frage nicht beantwortet, Glory." Er kam noch näher, bedrängte sie mit seinem Körper, seiner Kraft und seinem Zorn. „Was hat deine Liebe zu Lily damit zu tun, dass du mir helfen willst? Glaubst du, ein paar Teller abspülen, bringt dich ihr näher? Glaubst du, es tilgt einen Teil deiner Schuld?"

„Fein", resignierte sie, „wenn du diesen Mist allein säubern willst, tu dir keinen Zwang an." Sie drehte das Wasser ab, trocknete sich die Hände und drängte sich an ihm vorbei zur Tür.

Er folgte ihr und packte ihren Arm. „Verdammt, Glory, ich will eine Antwort."

„Nein, das willst du nicht." Glory fühlte sich schwindelig vor Trauer und Erschöpfung. „Du willst einen Streit. Und ich werde Lily nicht entehren, indem ich mich darauf einlasse. Lass mich vorbei."

Er packte fester zu. „Du kannst Lilys Leid nicht wettmachen. Du kannst ihr nicht all die einsamen Jahre zurückgeben. Es ist zu spät. Du kommst zu spät."

In gewisser Weise traf er genau ihre Gedanken. Sie hatte sich verzweifelt gewünscht, all die verlorenen Jahre aufholen zu können. Er brauchte nicht noch zu betonen, dass sie das Unmögliche gewollt hatte.

Sie riss sich los. „Ich muss mir keine Vorwürfe machen, und wage nicht, es doch zu tun. Die Schuld geht auf das Konto meiner Mutter. Ich hätte Lily nie angetan, was sie ..."

„Bist du dir dessen so sicher?“ herrschte er sie an. „Bist du nicht genau wie deine Mutter?“

Glory explodierte geradezu. Sie trommelte ihm mit den Fäusten auf die Brust. „Du Bastard! Ich wusste doch gar nicht, dass ich eine Großmutter habe. Ich wurde belogen und betrogen. Du kannst dir nicht vorstellen, wie schlimm das für mich ist! Du kannst dir nicht vorstellen, wie elend ich mich fühle, weil ich sie so schnell verloren ...“

Glory verstummte abrupt, die Augen voller Tränen. Sie wandte sich ab, schluckte und atmete, um Fassung ringend, tief durch. Was sie und Santos taten, war falsch und gefährlich. Sie mussten sich beherrschen, ehe sie sich zu etwas hinreißen ließen, das sie ewig bereuen würden.

„Wir dürfen das nicht tun, Santos.“ Glory wich von ihm zurück und schlang die Arme um sich, als ob sie friere. „Ich weiß, wie schlecht du dich fühlst, wie sehr du sie geliebt hast und wie sehr sie dir fehlt. Ich habe sie auch geliebt. Sie fehlt mir auch, so sehr, dass ich ...“

„Du weißt nichts von meinen Gefühlen“, fiel er ihr ins Wort. „Wie solltest du auch?“ Er kam näher, und sie sah, dass er vor Zorn und Schmerz zitterte. „Du hast eine Mutter, eine Familie. Ich hatte nur Lily.“ Er beugte sich zu ihr hinunter. „Geh zurück zu deiner Familie und lass mich in Ruhe!“

Santos wollte die Konfrontation, sie sah es ihm an. Er wollte sie strafen. Er wollte, dass sie zusammenbrach. Das Vergnügen würde sie ihm nicht bereiten. Sie würde nicht zusammenbrechen, sondern sich behaupten. Auch sie hatte letztlich zu Lilys Leben gehört, ob ihm das nun passte oder nicht.

Sie hielt seinem Blick ruhig stand, obwohl auch sie zitterte. „Lily war meine Großmutter. Und sie hat mich geliebt.“ Sie stach ihm mit dem Zeigefinger auf die Brust. „Ich erlaube dir nicht, das herunterzuspielen. Und ich erlaube dir nicht, zu behaupten, ich gehörte nicht zu ihr ..."

„Du gehörst nicht zu ihr." Er zog ihre Hand fort und umschloss sie fest mit seiner. „Es war unser Leben, Lilys und meines. Du kannst sechzehn Tage nicht mit sechzehn Jahren gleichsetzen."

„Du Mistkerl!" Sie packte mit einer Hand sein Revers. „Du willst es nicht verstehen. Du willst nicht glauben, dass ich sie geliebt habe, weil du sie nicht mit mir teilen willst."

„Bist du dir deiner Gefühle so sicher, Prinzessin?" Er hielt auch ihre andere Hand fest. „Vielleicht kenne ich dich besser. Du bist kalt. Du bist dieselbe hinterhältige, verlogene Hexe wie deine Mutter. Du bist unfähig zu lieben."

Sie riss sich mit einem Wutschrei los. „Hör auf damit! Das ist nicht wahr!"

Doch er provozierte sie weiter. „Vielleicht hängst du hier auch nur herum, weil du hoffst, ein Stück vom Kuchen abzubekommen. Nun, die Zeit kannst du dir sparen, Hoheit. Da ist nicht mehr viel zu holen."

Mit einem Wutgeheul begann sie mit den Fäusten auf ihn einzutrommeln. Überrascht von der heftigen Attacke, geriet er aus dem Gleichgewicht und taumelte rückwärts. „Das ist nicht wahr! Ich habe Lily geliebt. Aber du bist zu zornig und zu egoistisch, um das einzusehen." Sie erwischte ihn seitlich am Kinn. „Ich habe auch dich geliebt, du Mistkerl!"

Fluchend packte er ihre Hände und hielt sie fest. „Du hast immer nur dich selbst geliebt."

„Nein! Ich habe dich geliebt. Auch mir wurde damals wehgetan!" Sie versuchte sich loszureißen, brachte ihn jedoch erneut aus dem Gleichgewicht. Sie fielen zusammen gegen die Sofakante und landeten hart auf dem Boden.

Santos rollte sich auf Glory und hielt ihr die Arme über dem

Kopf am Boden fest. „Gib zu, dass du mich nie geliebt hast. Ich war ein Zeitvertreib, ein Mittel zum Zweck, damit das arme, reiche, gelangweilte und missverstandene Mädchen gegen die Eltern rebellieren konnte."

„Was hast du von mir erwartet?" schrie sie, kämpfte sich frei, trat aus und traf in an einer empfindlichen Stelle.

Santos stöhnte auf und ließ sie los. Sie kroch weg, doch er packte sie und zog sie zurück. „Ich habe erwartet, dass du an mich glaubst, dass du für mich eintrittst."

Ihr Kampfgeist erlahmte, und die Tränen begannen zu fließen. „Ich war sechzehn. Ich hatte gerade meinen Vater verloren und mit ihm alles. Und ich war allein ... schrecklich allein."

„Du hattest mich." Er hielt ihre Hände so fest, dass es schmerzte. „Aber das reichte dem Mädchen nicht, das schon alles hatte."

Sie schüttelte den Kopf, und die Tränen liefen ihr über die Wangen. „Ich hatte dich nicht, Santos. Du hast mir nie vertraut. Du hast mich nie geliebt. Alles, was ich wollte, war, dass du mich liebst ..."

Santos verschloss ihr den Mund mit den Lippen. Sie spürte seinen Zorn, seinen Frust und seine Trauer. Er schob ihr die Zunge in den Mund, presste die Hüften gegen ihre, wie um sie zu strafen für die Vergangenheit und die erlittene Kränkung.

Er gab ihre Hände frei und stützte den Körper ab, um sie nicht länger an den Boden zu pinnen. Doch anstatt ihre Freiheit zu nutzen, schob sie die Hände in sein Haar und umschlang seine Beine mit ihren.

Sie wollte ihn, und was sie wollte hatte nichts mit Liebe, Zärtlichkeit oder Erfüllung zu tun. Sie wollte, dass er sie nahm, in ihr war.

Santos beendete den Kuss heftig atmend und wich leise fluchend zurück. „Verdammt, Glory, ich ..."

„Nein." Sie zog seinen Kopf wieder zu sich herunter. „Nein", wiederholte sie und küsste ihn verzweifelt und gierig, als hätte sie zehn Jahre darauf gewartet.

Sie zerrte an seiner Kleidung, er an ihrer. Es war nicht leicht. Sie trug ein Kleid, Strumpfhose und Unterwäsche. Er war in Anzug und Krawatte. Knöpfe flogen, Nähte platzten. Ungeduldig riss Santos ihr schließlich die Strumpfhose herunter.

Nackt genug, kamen sie endlich zusammen. Als er in sie eindrang, schrie sie auf, jedoch nicht vor Schmerz.

Ihre Vereinigung war grob und rau. Kein Küssen, kein Streicheln, keine geflüsterten Liebkosungen. Sie war das Resultat von zehn Jahren Hass und Sehnsucht, Verlangen und Verzweiflung. Wortlos teilten sie einander mit, was sie empfunden, wie sie gelitten hatten. Und einiges davon war unerträglich.

Gleich danach rollte Glory sich auf die Seite, um sein Gesicht nicht sehen zu müssen. Was im Zorn begonnen und eine sonderbare Wendung zur Leidenschaft genommen hatte, endete in bitterer Reue.

Beschämt und gedemütigt, zog Glory die Knie an. Sie hatte sich wie eine Hure aufgeführt, wie ein Tier in Hitze. Entsetzt presste sie die Augen zusammen. Wie sollte sie Santos oder ihr Spiegelbild je wieder ertragen?

Er bewegte sich neben ihr und raunte: „Tut mir Leid." Er schien es aufrichtig zu bedauern und machte sich offenbar Vorwürfe.

„Nein", widersprach sie mit dumpfer Stimme. „Entschuldige dich nicht."

„Warum nicht? Ich habe mich benommen wie ..." Er verstummte einen Moment und setzte neu an. „Ich habe mich noch nie so aufgeführt."

„Du hast versucht, es zu beenden. Ich war diejenige, die ..." Ihre Stimme versagte. Glory rollte sich auf den Rücken und legte einen Arm über die Augen. „Ich schäme mich so."

Er schwieg. Als sie schon fürchtete, die Stille nicht mehr zu ertragen, räusperte er sich und sagte: „Es tut mir Leid, Glory, wirklich.“

Sie nahm den Arm von den Augen. Ihre Wangen brannten. „Du hast dich schon entschuldigt. Akzeptiert. Okay? Hören wir auf damit.“

Sie wollte aufstehen, doch Santos hielt sie zurück, sanfter diesmal. „Du verstehst nicht. Die erste Entschuldigung war für ... den Akt. Diese ist für das, was ich vorher gesagt habe. Ich habe es nicht so gemeint.“

Sie wandte rasch den Blick ab, ihr Herz schlug heftig. „Vergiss es.“

„Nein.“

Als sie sich ihm wieder zuwandte, verriet seine Miene weder Reue noch Verdammung, noch Zorn. In gewisser Weise sah Santos wieder so aus wie der Junge, den sie mal gekannt hatte.

„Du hast vorhin gesagt, dass ich dir nicht zuhöre. Dass ich dir nicht glauben will, weil ich zu zornig und egoistisch sei. Dann sag's mir jetzt.“ Er zögerte und wählte die Worte bedachtsam. „Sag mir, warum du Lily geliebt hast. Ich möchte es wirklich wissen.“

Um Gelassenheit bemüht, erklärte sie: „Weil sie mich geliebt hat, wie ich bin. Weil sie mich gebraucht hat. Kannst du das verstehen?“ Als er nickte, fuhr sie bewegt fort: „Als du mir Lily gegeben hast, hast du mir auch ein Stück meiner Vergangenheit gegeben und ein fehlendes Stück von mir selbst. Sobald ich Lily sah, wusste ich, dass ich zu ihr gehöre. Als ich das Haus sah, wusste ich, dass ich dorthin gehöre.“

„Vielleicht, weil du so fühlen wolltest.“

„Ich glaube nicht. Meine Empfindungen war zu stark und zu spontan.“ Achselzuckend fügte sie hinzu: „Was auch immer der Grund war, Lily zu kennen hat mich bereichert.“

Er berührte sie, abwesend, wie sie glaubte, indem er die Finger an der Innenseite ihrer Schenkel hin und her gleiten ließ. Vermutlich war ihm nicht mal bewusst, was er tat. Sie wies ihn nicht darauf hin, weil sie nicht wollte, dass er aufhörte.

„Dass du am Ende bei ihr warst, hat ihr gut getan." Seine Finger verharrten. Glory hoffte, nicht für immer. Nein, sie setzten ihr berauschendes Streicheln fort, und ein angenehmer Schauer durchrieselte sie. „Sie ist glücklich gestorben", fügte Santos hinzu. „Weil du bei ihr warst."

Er war sehr bewegt, und sie fühlte mit ihm. „Du hast sie glücklich gemacht, Santos."

Sie legte ihm eine Hand an die Wange und strich mit dem Zeigefinger über den hohen Wangenknochen. Wie vertraut er ihr noch war. Wie genau sie noch wusste, wie er sich anfühlte, wie er roch, wie sein Atem klang.

Natürlich erkannte sie auch Veränderungen. Santos war sehniger geworden, straffer, ein Mann eben. Sie wünschte, sie könnte seinen Körper erkunden oder hätte sich vorher die Zeit dazu genommen.

Bedauernd ließ sie die Hand sinken. „Du hattest schon Recht: Sechzehn Tage kann man nicht mit sechzehn Jahren gleichsetzen. Du hast sie lange Zeit glücklich gemacht."

Er lächelte schwach. „Ich war vorhin nur gemein, als ich das gesagt habe. Ich war wütend."

Sie lächelte zurück. „Ich weiß."

Seine Finger streichelten in längeren Bahnen. Glory wurde heiß und feucht. Sie wollte ihn wieder, doch diesmal in Zärtlichkeit, Gemeinsamkeit und Liebe.

Seufzend richtete sie sich auf. Nicht zu fassen, was sie für törichte Gedanken hatte! Sie setzte sich und griff nach ihrem Kleid.

„Was ist?" Santos setzte sich ebenfalls

„Nichts." Ihre Wangen begannen zu glühen. „Ich wünschte nur … ach nichts …"

„Da ist doch was." Er drehte ihr Kinn zu sich, dass sie ihn ansehen musste. „Nach allem, was gerade passiert ist, kannst du dir doch keine Sorgen darum machen, was ich denke."

„Also schön", lenkte sie befangen ein. „Kann ich dich etwas fragen?"

„Frag, obwohl ich nicht verspreche zu antworten."

„Können wir das noch mal versuchen?" Sie machte eine fahrige Geste mit der Hand. „Ganz von vorn?"

Er zog die Stirn kraus. „Was versuchen?"

„Es tun, weißt du …" Sie holte tief Luft. „Egal, ich war nur töricht." Sie zog ihr Kleid über und fuhr sich mit den Händen durchs Haar. „Ich gehe dann wohl besser. Das Hotel braucht …"

Santos zog sie an der Hand zu sich, und Glory prallte verblüfft gegen seine Brust. Er lachte: „Ach, das meinst du."

Er küsste sie leidenschaftlich und diesmal ohne Zorn. Als er den Kopf kurz hob, hatte sie Mühe, ihre Sprache wieder zu finden. „Ja", flüsterte sie, „genau das."

Er sah ihr lange in die Augen, und sein Lächeln wurde bittersüß. „Wir können nicht einfach weitermachen, wo wir damals aufgehört haben, Glory. Ich kann es nicht, obwohl ich teilweise möchte." Er hielt ihr Gesicht mit beiden Händen. „Und was die Zukunft angeht", fuhr er eindringlich fort, „nun ja, ich sehe keine für uns."

„Ich weiß", bestätigte sie, obwohl seine Feststellung unendlich schmerzte. Sie konnten die Vergangenheit nicht ungeschehen machen, und sie hatten zu viel Vergangenheit, um eine gemeinsame Zukunft zu haben. „Aber ich möchte es zwischen uns nicht so belassen, wie es heute war. Ich möchte in den Armen gehalten werden, und ich möchte nicht allein sein. Ich dachte, dir ginge es vielleicht ähnlich."

Er antwortete, indem er sie in die Arme nahm, sie streichelte, küsste und mit zärtlichen Berührungen erregte. Santos streifte ihr das Kleid ab, und erkundete liebevoll ihren Körper. Allmählich leerte sich ihr Kopf von allen Gedanken an die Vergangenheit und an den traurigen Tag. Und eine Weile gab es für Glory nur Santos, seinen Körper und seine Berührungen.

Und als die Zeit kam, gab sie ihm alles zurück, streichelnd, liebkosend und erregend. Aus Erregung wurde Leidenschaft, die immer heftiger loderte, bis sie in einem hitzigen Rausch aus Verlangen wieder zusammenkamen. Und als Glory diesmal auf dem Höhepunkt aufschrie, verschloss er ihr den Mund mit seinen Lippen, ehe auch er die Erfüllung fand.

Heftig atmend rollte Glory sich schließlich von ihm fort und starrte auf dem Rücken liegend an die Decke. Santos neben ihr tat dasselbe. Überdeutlich nahm sie seinen Atem, seine Wärme, seinen Geruch wahr.

Es war schön gewesen, fast unerträglich schön. Beinah wie beim ersten Mal.

Alles, was gefehlt hatte, war Liebe. Vor vielen Jahren war es die Liebe gewesen, die den Zauber und das Gefühl von Erfüllung und Nähe andauern ließ. Nicht der Sex. Der Nachklang dieses Aktes war Leere. Das war traurig und tat weh.

Glory kniff die Augen zusammen. Warum hatte sie das bloß getan? Wie hatte sie nur so ... ungestüm sein können? Sie hatte geglaubt, ihre selbstzerstörerische Phase mit dem Tod des Vaters vor mehr als zehn Jahren überwunden zu haben.

Tränen der Reue brannten ihr in den Augen. Sie hatte sich selbst verraten und ihren Vater dazu – sein Andenken. Nicht weil sie mit Santos zusammen gewesen war, sondern weil sie sich von ihren Gefühlen hatte leiten lassen, impulsiv und rücksichtslos.

Sie krallte die Finger der linken Hand in ihr Kleid, das als zerknüllter Haufen neben ihr lag. Großer Gott, sie hatten sich nicht einmal geschützt. Was war nur los mit ihr?

Traurig erinnerte sie sich an das erste Mal, als sie mit Santos geschlafen hatte, an die große Zärtlichkeit, die Sehnsucht und die Hoffnungen für die Zukunft. Sie hatte ihn so schrecklich geliebt. Eine Zukunft ohne ihn hatte sie sich gar nicht vorstellen können. Sie war so jung und starrköpfig gewesen, so ohne Durchblick und Bedenken. Und sie hatte ein schreckliches Fiasko erlebt.

Sie seufzte. Santos bewegte sich, und sie spürte seinen Blick. „So schlimm?" fragte er.

Sie sah ihn nicht an. „Was meinst du?"

„Du hast geseufzt."

Was sollte sie darauf sagen? Sie hatte geseufzt, und sie wünschte, sie wäre weit weg von hier. „Der Sex war großartig, Santos", entgegnete sie schroff. „Keine Sorge, dein Ruf nimmt keinen Schaden."

„Ich war nicht besorgt."

Seine Antwort war wie eine Ohrfeige. „Typisch, kein Problem für dich, was?"

„Typisch."

„Ich hätte es wissen sollen."

Er stemmte sich auf einen Ellbogen und beugte sich über Glory, damit sie ihn ansah. „Willst du einen Streit vom Zaun brechen?" Er lächelte grimmig. „Lass deine Schuldgefühle nicht an mir aus, Baby. Ich habe mit meinen eigenen zu kämpfen."

„Jede Wette." Sie setzte sich auf und zwang ihn zurückzuweichen. „Ich muss gehen."

„Dann geh."

Sie ballte die Hände zu Fäusten. „Ich glaube, ich hasse dich."

Er schwieg einen Moment und blickte dann zu ihr auf. „Ich glaube, ich hasse dich auch."

51. KAPITEL

Lange nachdem Glory gegangen war, lag Santos noch auf dem Boden und grübelte, was er hätte sagen und tun sollen, was falsch gelaufen war.

Wütend über sich selbst, setzte er sich auf und fuhr sich mit den Händen durchs Haar. Hatte er nicht schon vor vielen Jahren eine Lektion erteilt bekommen, die ihn vor dieser Frau hätte warnen müssen?

Anscheinend nicht. Und wie sollte es nun weitergehen? Verdammt, er hasste sie wohl wirklich, aber am meisten hasste er sich selbst.

Liz.

Er rieb sich das Gesicht. Was sollte er Liz sagen? *Ich hasse Glory, aber ich schlafe gern mit ihr?* Oder wie wäre es mit: *Ich liebe und respektiere dich, aber ich habe mit Glory geschlafen, zwei Mal. Und es hat mir gefallen – sehr sogar.*

Er stöhnte entsetzt auf. Verdammt, er war wirklich ein Arschloch. Er hatte einen Riesenmist gebaut.

Santos ließ sich wieder auf den Teppich fallen, ärgerlich, dass der Hauch von Glorys Parfüm, den er wahrnahm, ihn benebelte wie ein guter Wein. Stirnrunzelnd drehte er den Kopf und sog den teuren, blumigen Duft ein. Tatsache war, dass er und Liz keine gemeinsame Zukunft hatten. Jedenfalls nicht so, wie sie es sich wünschte.

Der Himmel steh ihm bei, aber er sehnte sich nach der tiefen Liebe zurück, die ihn mit Glory vereint hatte. Wenn er sie nie kennen gelernt, wenn er nie erfahren hätte, wie tief und stark seine Gefühle für eine Frau sein konnten, dann hätten er und Liz vielleicht eine Chance gehabt. Wenn er nie erlebt hätte, wie explosiv und zugleich bewegend Sex sein konnte, dann würden ihm die Gefühle, die er bei Liz empfand, vielleicht genügen.

Doch er hatte etwas anderes kennen gelernt, er konnte nicht zurück. Und er bedauerte, einer sehr netten Frau, die ihn liebte, wehtun zu müssen, weil er sich nicht mit dem begnügen konnte, was gut für ihn war. Liz verdiente etwas Besseres, als er ihr geben konnte. Sie verdiente das Beste, genau wie er selbst.

Das Telefonklingeln hinderte ihn an weiteren Gedanken dieser Art. Dankbar für die Störung stand er auf und ging zum Apparat. Es war Jackson. „Beweg deinen Hintern hierher, Mann. Wir haben eine weitere Leiche."

„Der Schneewittchen-Killer?"

„Kein anderer."

„Der Hurensohn ist noch hier!" Den Hörer zwischen Ohr und Schulter geklemmt, sammelte er seine Kleidung ein. „Ich war schon sicher, er wäre abgehauen."

„Halt die Luft an, Partner, es kommt noch besser. Diesmal gibt's einen Zeugen."

Santos schaffte es in Rekordzeit zum Präsidium. Er stürmte ins Morddezernat, Adrenalin pumpte durch seine Venen. Bald würde er den Bastard haben. Sein Jagdinstinkt war geweckt.

Genau wie bei seinen Kollegen. Erregung lag in der Luft, eine bestimmte Energie, die er jedes Mal spürte, wenn es in einem wichtigen Fall zum Durchbruch kam. Besonders in einem Fall wie diesem, an dem sich alle festbissen und bei dem sie mehr Schlappen eingesteckt hatten, als für ihre Egos gut war.

Mehrere Kollegen sahen ihn stumm, aber erwartungsvoll an. Er las in ihren Mienen: *Mach jetzt nichts falsch. Schnapp dir den Burschen. Es ist Zeit, ihn festzunageln. Tu es!* Sie verließen sich auf ihn.

Er fand Jackson. „Wo ist der Zeuge?" fragte er ohne Einleitung.

„Verhörraum zwei", als sie darauf zugingen, klärte Jackson ihn über die Einzelheiten auf. „Es ist eine Zeugin, eine Nutte, namens

Tia. Sie meldete sich am Tatort und sagte, dass sie das Opfer gestern Nacht gesehen habe, wie es um 2 Uhr einen Freier aufgabelte. Sie hat den Burschen ziemlich gut gesehen."

„Super." Santos rieb sich die Hände. „Ich kann es nicht erwarten, sie zu sehen. Noch was?"

„Ja, es wird noch besser. Zweieinhalb Stunden später geht diese Tia nach Hause. Sie kommt an der Alten Münze vorbei. Da haben wir heute die Leiche gefunden. Ihr fällt ein Kerl auf, der etwas nach hinten schleift."

„Oder jemand."

„Bingo. Und sie hat eine allgemeine Beschreibung gegeben: mittelgroß, mittelkräftig und weiß. Weiß ist ganz sicher."

„Und sie hat nicht daran gedacht, uns letzte Nacht anzurufen?"

„Mach halblang." Jackson nahm im Vorbeigehen einen Aktenordner von seinem Schreibtisch. „Deshalb ist sie ja heute vorbeigekommen. Sie sah die Polizei und wollte herausfinden, was los ist, und sieht, dass es ihre Freundin ..." Jackson warf einen Blick in den Ordner, „... Billie erwischt hat."

„Ist das bestimmt die Tat unseres kranken Freundes?"

„Zweifelsfrei." Sie blieben vor der geschlossenen Tür des Verhörraumes stehen, und Jackson reichte Santos den Ordner. „Es stimmt alles, bis zu den Handflächen."

Santos überflog die Akten, suchte nach einem Detail, das nicht zu den anderen Morden passte, fand aber keines.

„Es gibt einen Haken."

Santos sah seinen Partner an. „Den gibt es immer."

„Sie hat Wind bekommen, dass es um den Schneewittchen-Killer geht, und ist zugeklappt wie eine Muschel. Sie hat die ganze Geschichte widerrufen und will nichts gesehen haben."

„Wer hat ihr verraten, dass es um den Schneewittchen-Killer geht?" schnaubte Santos.

„Patterson."

„Erinnere mich, dass ich ihm in den Hintern trete."

„Mit Vergnügen." Jackson nahm die Akte wieder an sich. „Außerdem hasst sie Cops. Bei der brauchen wir etwas von deinem berühmten Charme."

Santos nickte. „Dann also los."

Sie traten ein. Die Frau stand an der gegenüberliegenden Wand und kaute nervös an den Fingernägeln. Sie war eine Weiße, vielleicht vierzig, fünfundvierzig Jahre alt, aber wahrscheinlich jünger. Die Straße ließ früh altern. Santos hatte Sechzehnjährige gesehen, die für dreißig durchgingen.

Sie wirkte verängstigt. Sie sah ihn an und überspielte ihre Angst mit Trotz. „Haben Sie eine Zigarette? Ich brauche eine."

Santos nickte und sah Jackson an. „Hol Tia eine Packung. Wenn du schon dabei bist, bring ein paar Colas mit."

Jackson nickte, verließ den Raum und ließ die Akte zurück. Er hatte nichts dagegen, dass Santos ihn zum Laufburschen machte, das gehörte zum Spiel. Santos wirkte manchmal Wunder bei zögerlichen Zeugen, besonders bei Straßenmädchen. Sie vertrauten ihm, weil er sie nicht verurteilte. Viele seiner Kollegen behandelten Huren wie den letzten Dreck oder verlangten sogar unentgeltliche Dienste. Also wurden sie von den Mädchen gehasst, was Santos ihnen nachfühlen konnte.

„Hallo, Tia", grüßte er lächelnd und deutete auf die Stühle. „Setzen Sie sich."

Er zog sich einen heran, drehte ihn um und setzte sich rittlings darauf. Tia blieb an der Wand stehen. „Ich bin Detective Santos. Detective Jackson ist gerade Zigaretten holen gegangen."

Sie sah ihn forschend an. „Detective Santos?"

„Richtig", bestätigte er lächelnd. „Victor Santos."

„Fick dich ins Knie!"

Er zog verblüfft über diese Attacke die Brauen hoch. Das war kein Scherz gewesen. Offenbar hatte Tia etwas gegen ihn persönlich. „Haben wir auf dem falschen Fuß miteinander begonnen, Tia, oder habe ich Sie mit irgendetwas verletzt?"

„Verletzt? Das kann man wohl sagen." Sie wandte den Blick ab. „Ich will hier raus."

„Sicher. Ich muss Ihnen nur ein paar Fragen stellen."

„Ich habe schon eine ganze Ladung Scheißfragen beantwortet. Ich habe nichts gesehen."

„Nein?" Er öffnete den Ordner. „Hier steht, dass Sie eine ganze Menge gesehen haben. Um zwei Uhr nachts hat ein Freier Ihre Freundin Billie abgeschleppt. Etwa zwei Stunden später sahen Sie einen Mann in der Nähe der Münze."

„Stimmt nicht."

Jackson kehrte mit den Zigaretten und den Colas zurück. Er legte die Packung vor Santos auf den Tisch. Tia blickte darauf, kam herbei und schnappte sich die Packung. Ihre Hände zitterten so heftig, dass sie drei Versuche brauchte, sich eine Zigarette anzuzünden. Schließlich gelang es ihr, und sie nahm einen tiefen, gierigen Zug.

Santos beobachtete sie einen Moment, ließ sie einige Züge nehmen und wartete, dass das Nikotin sie zu beruhigen begann. „Warum sollte der Beamte, der Ihre Aussage aufgenommen hat, lügen, Tia?"

„Woher soll ich das wissen?" Sie ließ ihren Blick über Santos wandern und verzog angewidert den Mund. „Außerdem lügen alle Bullenschweine."

Das Mädchen verabscheute nicht nur alle Cops, sie schien besonders etwas gegen ihn zu haben. Santos streifte seinen Partner mit einem Seitenblick. Jackson zog kaum merklich eine Braue hoch. Auch er hatte es gemerkt.

„Nehmen Sie Drogen, Tia?" fragte Santos.

„Scheißkerl. Ich bin sauber. Du kannst mich nicht hier behalten." Sie sog an der Zigarette. „Ich habe nichts gesehen."

„Sie lügen, Tia. Aus welchem Grund auch immer. Vielleicht, weil Sie Angst haben."

„Beweise es." Sie zerdrückte die Zigarette in dem zerbeulten Metallaschenbecher. „Kann ich gehen?"

„Wir möchten Ihnen helfen." Santos sah ihr in die Augen, ohne vor dem Abscheu, den er dort las, zurückzuweichen. „Ein Mädchen ist tot. Eine Freundin von Ihnen. Sie können uns helfen, den Täter festzunageln."

„Ich habe schon gesagt, ich habe nichts gesehen." Sie verschränkte die Arme vor der Brust. „Und ich weiß, wie das läuft. Ihr könnt mich nicht festhalten."

„Begreifen Sie denn nicht?" fragte Santos frustriert, „Sie könnten die Nächste sein. Wenn dieser Bursche hört, dass Sie etwas gesehen haben und bei der Polizei waren, ist er hinter Ihnen her. Es ist sicherer für Sie, wenn Sie uns helfen, damit wir den Kerl kriegen. Machen Sie reinen Tisch und ..."

„Du willst mich beschützen? Das ist doch lächerlich. Ich bin nur eine Nutte. Du bringst mich zum Reden, und dann lässt du mich laufen. Du kümmerst dich einen Scheiß um mich."

„Das stimmt nicht." Santos stand auf. „Ich will nicht, dass weitere Mädchen sterben. Ich will nicht, dass Sie sterben."

„Ich lasse es darauf ankommen."

„Schauen Sie, Tia." Santos schob lässig die Hände in die Hosentaschen. „Wir reden einfach ein bisschen über alles Mögliche und versuchen uns kennen zu lernen. Und wenn es dann etwas gibt, das Sie loswerden möchten ..."

„Du erinnerst dich nicht an mich, was?" Sie spie die Worte geradezu aus. „Du hast nicht den kleinsten Anhaltspunkt." Sie fror, dass ihr die Zähne klapperten, und sie rieb sich die Arme. „Warum solltest du auch? Du hast mich in dem Moment vergessen, als du gegangen bist."

„Kennen wir uns denn? Tut mir Leid, Tia, aber ich erinnere mich nicht an Sie. Ich lerne hier durch meine Arbeit eine Menge Mädchen kennen ..."

Sie lachte hohl und hoffnungslos, was einem unter die Haut gehen konnte. „Damals war ich noch kein Straßenmädchen. Und du warst kein ... Bullenschwein."

Er betrachtete sie mit schief gelegtem Kopf, entdeckte jedoch nichts Vertrautes an ihr. „Okay, Tia, dann frischen Sie mein Erinnerungsvermögen auf."

„Ich heiße Tina, kapiert? Tina!" Sie schnappte sich ihre Handtasche, schlang sich den Riemen über die Schulter und marschierte zur Tür. Dort blieb sie noch einmal stehen und sah ihn an. „Und jetzt denk nach, du Held."

Einen Augenblick war er ratlos. Dann erinnerte er sich an die Nacht, in der seine Mutter starb, an das Mädchen, das er in der leeren Schule an der Esplanade kennen gelernt hatte.

Tina? Das Mädchen, das damals weggelaufen war? Konnte das sein? Er erinnerte sich an Tina: lieb, ängstlich und verletzlich. Er erinnerte sich an ihre Tränen und an ihren Kuss. Er erinnerte sich, wie sie sich an ihn geklammert hatte vor Angst, allein zu bleiben. Und er erinnerte sich an sein Versprechen: „Ich komme zurück zu dir, Tina. Morgen. Ich verspreche es."

Aber dazu war es nicht gekommen. Zwanzig Minuten später war seine Welt eingestürzt, und Trauer und Einsamkeit hatten ihn schier verschlungen.

Er sah Tina an, und sein Herz war schwer vor Erinnerungen, vor Bedauern und vor Traurigkeit, was aus ihrem Leben geworden war. Er hatte unendlich viel mehr Glück gehabt.

„Richtig!" keifte sie. „Aber du bist nicht zurückgekommen, du

Bastard. Ich habe gewartet, endlos ...“ Sie brach ab, riss die Tür auf und stürmte hinaus.

Jackson sprang auf. „Ich hole sie.“

Santos hielt ihn am Arm zurück. „Lass sie. Wir wissen, wo wir sie finden.“

Jackson schnaubte frustriert: „Nettes Mädchen.“

„Ja“, bestätigte Santos bewegt. „Vor langer Zeit war sie mal ein wirklich nettes Mädchen.“

52. KAPITEL

Die Beamtin am Empfang betätigte den Türöffner und ließ Liz in die Büros des Morddezernats in der dritten Etage des Präsidiums ein. Liz wechselte ein paar Freundlichkeiten mit ihr und ging dann auf Santos' Schreibtisch im hinteren Teil des großen Raumes zu. Im Vorbeigehen wurde sie von einigen Detectives lächelnd gegrüßt. Sie erwiderte die Grüße und bekämpfte ihre wachsende Nervosität und das Gefühl, dass etwas nicht in Ordnung war.

Sie hatte Santos seit Lilys Beerdigung vor drei Tagen nicht gesehen. Die wenigen Male, die sie miteinander telefoniert hatten, hatte sie ihn angerufen. Und jedes Mal hatte er abwesend und distanziert geklungen. Sie hatte gehört, dass er nicht gern mit ihr sprach, und er entschuldigte sich, dass er nicht die Zeit hatte, zu ihr zu kommen.

Er sucht Vorwände, er hat mich bereits aufgegeben.

Nein, das konnte nicht sein. Es gab einen Durchbruch im Fall des Schneewittchen-Killers, und er arbeitete fast rund um die Uhr. Er hatte wirklich keine Zeit für sie. Sagte er zumindest. Außerdem machte er eine schwierige Phase durch. Nach Lilys Tod fühlte er sich einsam und hatte sich in Arbeit vergraben. Das hatte nichts mit ihrer Beziehung zu tun.

Liz fasste den Picknickkorb fester. Santos verstand nicht, dass sie die Lücke füllen konnte, die Lily in seinem Leben hinterlassen hatte. Er sah nicht, dass sie zusammen eine neue Familie gründen konnten, die ihm ebenso viel Halt gab wie einst Lily. Er erkannte nicht, dass er das brauchte, dass er *sie* brauchte.

Sie entdeckte Santos an seinem Schreibtisch. Er telefonierte. Jackson stand mit grimmiger Miene neben ihm.

Sie ging langsamer und betrachtete Santos sehnsüchtig. Ihn nur zu sehen versetzte ihr Herz in Unruhe. Sie liebte ihn so sehr.

Was soll ich tun, falls ich ihn verloren habe?

Jackson sah sie zuerst und lächelte grüßend. Dann stieß er Santos an. Der blickte auf und wirkte für den Bruchteil einer Sekunde gefangen, wie ein Tier im Scheinwerferlicht eines herannahenden Fahrzeugs. Ihr Mut sank, und sie hatte Mühe, ihre Panik und augenblickliche Verzweiflung zu verbergen. Alles wird wieder gut, redete sie sich ein.

„Hallo." Sie zwang sich zu einem strahlenden Lächeln, blieb neben dem Schreibtisch stehen und hielt ihm den Picknickkorb hin. „Ich dachte, ihr seid vielleicht hungrig."

Santos stand auf, um sie zu begrüßen, küsste sie jedoch nicht. Er sah ihr auch nicht in die Augen, sondern wandte den Blick schuldbewusst ab. „Das ist wirklich umsichtig von dir, Liz. Danke."

Ihr Puls schlug heftig, die Hände wurden ihr feucht. Sie stellte den Korb auf der Schreibtischecke ab. *Warum sieht er mich nicht an?* Geradezu verzweifelt wandte sie sich lächelnd Jackson zu. „Ich weiß, wenn ihr in Arbeit steckt, mögt ihr nicht gern zum Essen unterbrechen."

„Das liegt nur an diesem Irren, mit dem ich arbeite", beschwerte Jackson sich lachend. „Er lässt nicht locker. Der bildet sich immer noch ein, er wäre zwanzig und könnte von Kaffee und eisernem Willen leben."

„Da wir von Arbeit reden", sagte Santos leise, ohne auf Jacksons Witz einzugehen, „es wäre besser gewesen, du hättest angerufen, Liz. Dies ist kein besonders günstiger Zeitpunkt."

Santos' Bemerkung war eine deutliche und schmerzliche Abfuhr. Jackson sah ihn verblüfft an und räusperte sich verlegen. „Ich muss noch einen Anruf machen. Liz, es war schön, Sie zu sehen, und danke für das Essen. Wir sprechen später noch."

Natürlich. Falls wir uns je wieder sehen.

Liz verabschiedete sich von Jackson, drehte sich zu Santos um und sah ihm in die Augen. „Was ist los?"

Er hielt ihrem Blick nur kurz stand. „Wir müssen miteinander reden. Ich wollte schon anrufen, aber ... dies ist weder der Ort noch die Zeit."

Liz starrte ihn erbleichend an, als ihr die Wahrheit dämmerte. *Glory. Es geht um Glory.*

„Du Hurensohn!" presste sie hervor. „Du hast mit ihr geschlafen, nicht wahr?"

Er wirkte geradezu komisch schuldbewusst. Sie hätte gelacht, wenn ihr nicht so sterbenselend gewesen wäre.

Er nahm ihren Arm. „Gehen wir irgendwohin, wo wir ungestört sind."

Sie entriss ihm den Arm, Tränen in den Augen. „Du hast sie gevögelt, nicht wahr?" Sie erhob die Stimme. „Sag mir, dass du das nicht getan hast, Santos. Sag's mir!"

„Das kann ich nicht", erwiderte er ruhig. „Es tut mir Leid. Ich wollte dir nicht wehtun."

„O Gott!" Liz schlang die Arme um sich. Ihr war schlecht. „Nach allem, was war ... nach allem, was sie uns beiden angetan hat ... wie konntest du?"

„Ich hatte es nicht geplant." Er senkte die Stimme. „Es ist einfach passiert."

„Soll es mich vielleicht trösten, dass du von Leidenschaft überwältigt wurdest?“ Ihre Augen schwammen in Tränen. „Das tut es nicht, du Mistkerl.“

Santos versuchte wieder, ihren Arm zu nehmen, doch Liz sprang geradezu zurück. „Es tut mir Leid, Liz.“

„Ja, mir auch“, erwiderte sie voller Bitterkeit und Hass. „Wann wolltest du es mir sagen, Santos?“ fragte sie erhobenen Hauptes. „Oder hattest du vor, es mit uns beiden zu treiben?“

Santos blickte sich unbehaglich um. „Das ist nicht der richtige Ort für eine solche Diskussion. Bitte, Liz, lass uns irgendwohin gehen, wo wir miteinander reden können.“

„Warum? Weil du versuchen willst, es zu erklären, damit ich mich besser fühle? Vergiss es.“

„Ich wollte dir nicht wehtun, wirklich nicht.“ Er senkte wieder schuldbewusst den Blick. „Was ich vorhin sagte, stimmt: Es ist einfach passiert.“

„Und vielleicht sagst du jetzt, dass es ein Fehler war und dass ich es vergessen soll und wir so weitermachen wie bisher?“ Ein Hoffnungsschimmer keimte in ihr. Vielleicht wollte er sie trotz allem ja doch noch. Wenn ja, dann würde sie ihm verzeihen.

Doch er schwieg. Und dieses Schweigen sagte ihr alles und brach ihr das Herz. Sie kam sich entsetzlich dumm vor, dass sie mit ihrer letzten Bemerkung ihre lächerliche Hoffnung so deutlich offenbart hatte.

Sie wandte sich ab. „Ich hätte dir nie trauen dürfen. Ich hätte dir nie glauben dürfen, als du sagtest, du machst dir nichts aus ihr.“

„Tue ich auch nicht. Aber ich habe erkannt, dass du und ich ... dass es mit uns nichts wird. Es wäre nicht fair von mir, dich länger an mich zu binden.“

Hass auf Glory wallte in ihr auf. Glory St. Germaine hatte ihr die Chance auf eine gute Ausbildung und eine strahlende Zukunft gestohlen. Jetzt stahl sie ihr den Mann, den sie liebte. Was kam als Nächstes? Ihr Restaurant? Die Luft, die sie atmete?

Als lese er ihre Gedanken, drehte Santos sie sacht am Arm zu sich her. „Es geht nicht um sie, Liz. Es geht um uns, um Gefühle, die entweder da sind oder nicht. Bei mir sind sie nicht da."

Sie unterdrückte ihre Tränen, um sich nicht noch mehr zu blamieren, als sie es ohnehin schon getan hatte. Sie liebte ihn so sehr, dass sie betteln würde, wenn sie den Eindruck hätte, es würde nützen. Doch es war sinnlos. Sie atmete tief durch. „Nun gut, Detective, deutlicher kann man nicht sein."

„Tut mir Leid, Liz. Ich hätte mir gewünscht, dass wir Freunde bleiben können."

„Sag so etwas nicht. Ich liebe dich so sehr, dass ich für immer mit dir leben möchte, und du willst ..." Sie brach ab, die Worte erstickten sie geradezu. „Das tut mehr weh, als ich ertragen kann."

„Liz, es tut mir so Leid."

Er streckte eine Hand nach ihr aus, doch sie stieß sie weg. „Das hast du schon gesagt, Santos. Aber wenn es dir wirklich Leid täte, hättest du vor allem nicht mit ihr geschlafen. Alles, was du über deine Gefühle gesagt hast und dass es nicht um Glory ginge, war gelogen."

„Nein, Liz. Ich habe dich nie angelogen. Niemals."

„Richtig, vermutlich hast du dich nur selbst belogen." Sie wischte sich mit den Handballen die Tränen von den Wangen. „Ich will nie mehr mit dir reden, und ich will dich nicht wieder sehen. Ich werde keinem von euch das je vergeben ... solange ich lebe."

53. KAPITEL

In den letzten Tagen ihres Lebens hatte Lily ihr Testament geändert. In einer Ironie des Schicksals hinterließ sie Glory das River-Road-Haus und Santos alles Übrige. Die Testamentseröffnung war ein schwerer Schlag für Santos. Nicht weil er glaubte, ein Anrecht auf das Haus zu haben, oder weil ihm dessen Wert etwas bedeutete, auch neidete er es Glory nicht. Aber er liebte das Haus, weil er in ihm sein Zuhause sah.

Santos starrte den Anwalt an, glaubte, seinen Ohren nicht zu trauen, und wusste doch, dass er richtig gehört hatte.

Das River-Road-Haus gehört jetzt Glory. Ich kann dort nie mehr Ruhe und Frieden genießen.

Erst in diesem Moment wurde ihm richtig bewusst, wie viel ihm dieses Haus bedeutet hatte.

Er sah zu Glory hinüber, die ebenfalls verblüfft, ja geradezu überwältigt wirkte. Sie spürte seinen Blick und sah ihn entschuldigend an.

Er senkte den Blick. Das Letzte, was er wollte – oder brauchte – war ihr Mitgefühl. Es war schlimm genug, dass sie sah, was er empfand, schlimm genug, dass er, indem er mit ihr schlief, seine große Sehnsucht nach ihr offenbart hatte.

Seither begehrte er sie umso mehr. Es war wie ein Hunger, den er nicht stillen konnte, und er war machtlos, etwas dagegen zu unternehmen. Glory St. Germaine war unantastbar.

Zwanzig Minuten später verließen sie das luxuriöse Innenstadtbüro des Anwalts und gingen den Flur entlang zu den Fahrstühlen. Santos drückte den Rufknopf und streifte Glory mit einem Blick. „Gratulation."

„Danke, ich ..." Glory faltete die Hände vor sich. „Es tut mir Leid. Ich hatte keine Ahnung, was sie plante ... ich habe es nicht erwartet."

„Vergiss es." Der Fahrstuhl kam, sie betraten die Kabine, und Santos drückte den Knopf fürs Erdgeschoss. „Ich weiß nicht, was ich mit dem Haus hätte anfangen sollen, wenn sie es mir hinterlassen hätte."

Sie berührte ihn sacht am Ärmel, zog die Hand jedoch rasch zurück, als sei ihr die Geste peinlich. „Ich weiß, wie sehr du das Haus liebst und an ihm hängst."

„Bist du jetzt auch noch Gedankenleserin?" fragte er unwirsch.

„Das brauche ich nicht zu sein. Ich habe dein Mienenspiel verfolgt, als wir damals in dem Haus waren, und heute, als du die Nachricht erfuhrst."

Santos schluckte trocken. Er fühlte sich ausgeliefert und ertappt. Glory durchschaute ihn, das war immer so gewesen.

Er zuckte in gespielter Gleichgültigkeit die Achseln. „Du liebst das Haus auch, damit ist es okay."

Sie kamen unten an und gingen über den grünen Marmorboden zum Ausgang. „Ich mache mir über etwas Gedanken", sagte Glory mehr zu sich selbst.

Santos blieb an der Tür stehen. „Und worüber?"

„Vor etwa zwölf Jahren hat meine Mutter das Hotel mit Familienvermögen aus einer finanziellen Krise befreit. Zumindest sagte sie mir, es sei Familienvermögen gewesen. Ich habe erst davon erfahren, als ich die Leitung des Hotels übernahm. Es war eine große Summe. Ich habe Mutters Version nie in Frage gestellt, weil ich in dem Glauben aufgewachsen bin, ihre Familie sei sehr wohlhabend gewesen."

„Aber deine Mutter hatte doch nur Lily."

„Eben." Mit schief gelegtem Kopf fügte sie nachdenklich hinzu: „Also, woher hatte Mutter das Geld?"

„Was ist für dich eine große Summe?"

„Wenn du es genau wissen willst, müsste ich die Bücher prüfen. Aber ich weiß, es waren etliche hunderttausend Dollar, vier, nicht mehr als fünf."

Fünfhunderttausend Dollar. Allein von den Zinsen konnte eine alte Dame bequem leben. Ohne das Geld wurde es allerdings knapp.

„Wann war das, Glory? Erinnerst du dich?“

„Es war das Jahr, in dem wir ...“ Sie senkte verlegen den Blick. „Das Jahr, in dem Daddy starb.“

Das Jahr, in dem er Glory kennen gelernt hatte, in dem er erfahren hatte, dass Lily Hopes Mutter war. Damals hatte Lily sich plötzlich Gedanken um Geld gemacht.

Bis zu ihrem Ende hatte Lily sich selbst um ihre Finanzen gekümmert. Ihre Vermögensverhältnisse hatten ihn nie interessiert. Seltsam war allerdings, dass Lily bis zu diesem Zeitpunkt ziemlich wohlhabend zu sein schien. Sie hatte nie Geldsorgen gehabt und sich im vernünftigen Rahmen alles gegönnt.

Das hatte sich plötzlich geändert. Zum ersten Mal war ihm das einige Monate nach dem Bruch mit Glory aufgefallen. Lily hatte sich über ihre Ausgaben beklagt, hatte nicht mehr für wohltätige Zwecke gespendet und sich sogar kleine Freuden wie zum Essen ausgehen, Maniküren und Kinobesuche versagt.

Das ergab Sinn. Lily hätte alles für ihre Tochter getan, sogar sich finanziell ruiniert. Er hatte Hope St. Germaine drei Mal einen Umschlag gebracht. Sollte darin Geld gewesen sein? Und wenn ja, was hatte er im Gegenzug mitgenommen? Ein Dankschreiben oder etwas mehr?

„Was ist los, Santos? Du machst so ein komisches Gesicht.“

Er blinzelte und merkte, dass er ins Leere gestarrt hatte. „Ich bin nur in Gedanken.“ Er lächelte gezwungen. „Es war ein anstrengender Morgen.“

Santos hielt ihr eine der Glastüren auf und folgte Glory hinaus. Es hatte zu regnen begonnen, und Santos schlug den Mantelkragen hoch. „Wo steht dein Wagen?“

„Am Ende des Blocks.“

„Meiner steht gleich hier. Soll ich dich hinfahren?"

Glory zögerte. „Nein danke. Es ist nicht sehr weit."

„Wie du willst. Ich muss los."

„Klar."

Er ging los, blieb jedoch stehen und blickte zurück, als sie seinen Namen rief.

„Woher, glaubst du, hatte meine Mutter das Geld?"

Er wusste es nicht, aber er wollte es herausfinden. „Keine Ahnung, Glory", erwiderte er achselzuckend, um seine Gedanken nicht zu verraten. „Warum fragst du sie nicht selbst?"

54. KAPITEL

Hope sah Victor Santos mit spürbarer Abneigung an. Sie ließ den Blick kühl über ihn wandern, lächelte dünn und verbarg ihre Gefühle keineswegs. „Was kann ich für Sie tun, Detective? Wie ich höre, sind Sie in einer polizeilichen Angelegenheit hier."

Er zog schmunzelnd eine Braue hoch. „Hat Ihre Haushälterin das gesagt? Ich weiß nicht, wie sie auf den Gedanken kommt. Tut mir Leid, aber ich bin gänzlich in eigener Angelegenheit hier."

Gereizt durch seine amüsiert überlegene Haltung, wies sie ihm die Tür. „Dann muss ich Sie bitten zu gehen."

„Ich glaube kaum, dass Sie das möchten." Ohne Einladung kam er ins Foyer und sah sich ungeniert um. „Nette kleine Hütte, die Sie hier haben." Das klang wieder belustigt.

Hope ballte die Hände. Es missfiel ihr, dass sie ihn gewähren lassen musste, weil er Polizist war. Andernfalls hätte sie ihn gar nicht erst hereingelassen. „Ich habe Ihnen nichts zu sagen."

„Das bleibt abzuwarten. Ich habe da etwas, das Sie interessieren könnte."

„Ich bezweifle, dass ich an irgendetwas interessiert sein könnte, was Sie sagen." Sie verschränkte die Arme, war jedoch insgeheim neugierig geworden. „Wenn Sie allerdings auf diesem lächerlichen kleinen Spiel beharren, werde ich Ihnen eine Minute opfern."

„Ich beharre", bestätigte er lächelnd. „Sie haben gehört, dass Ihre Mutter gestorben ist?"

„Natürlich", erwiderte sie in einem Tonfall, der besagte, wie wenig sie das interessierte. Das hatte den gewünschten Effekt. Sie sah, wie seine Lippen schmal wurden.

„Sie hat Glory das Haus hinterlassen. Das Haus Ihrer Kindheit. Wussten Sie das auch?"

Sie wusste es. Als Glory es ihr gesagt hatte, hätte sie Victor Santos am liebsten umgebracht. Das wollte sie immer noch. Ein Leben lang hatte sie versucht, Glory vor dem Erbe der Pierrons zu schützen, doch wegen ihm und seiner Einmischung war Glory nun im Besitz des Hauses der Sünde.

„Alles andere hinterließ Lily mir."

„Ich hörte es. Sie erzählen mir nichts Neues, Detective, wenn also sonst nichts ist ..." Sie sah ungeduldig auf ihre Uhr. „Ihre Zeit ist abgelaufen, wie ich erfreut feststelle." Sie ging auf die Eingangstür zu und ärgerte sich, als er ihr nicht folgte. Sie schwang die Tür auf und drehte sich zu Santos um. „Guten Tag, Detective", sagte sie mit Nachdruck und hätte ihm gern das zufriedene Grinsen vom Gesicht gekratzt.

„Haben Sie fünfhunderttausend Dollar zur Hand, Mrs St. Germaine?"

Hope erstarrte, der Teufelsjunge lachte.

Das Böse hat viele Gesichter.

„Sehr richtig, ein Geist aus Ihrer Vergangenheit ist gekommen, Sie zu erschrecken", spottete er.

Sie gab sich gelassen. „Ich weiß nicht, wovon Sie reden."

„Nein?“ Er machte einen Schritt auf sie zu, und sie unterdrückte den Impuls zurückzuweichen. Er bewegte sich wie eine Schlange, langsam, aber zielstrebig. „Ich rede von drei Quittungen mit dem Versprechen, auf Verlangen die Summe von fünfhunderttausend Dollar zu zahlen. Ist Ihr Gedächtnis genügend aufgefrischt, Mrs St. Germaine?“

Er kam noch einen Schritt näher, und diesmal wich sie ängstlich zurück. Sonnenlicht fiel ihr grell und heiß auf den Rücken.

„Damals half Lily Ihnen aus einer kostspieligen Klemme, nicht wahr? Das Hotel war hoch verschuldet. Lily lieh Ihnen fast alles, was sie besaß. Ich habe das Geld in drei Lieferungen überbracht, und Sie gaben mir drei Schuldscheine.“ Vorwurfsvoll fügte er hinzu: „Sie wussten, dass sie das Geld nie einfordern würde. Sie wussten, sie wollte nur ein wenig Zeit mit Ihnen. Es macht mich krank, wenn ich daran denke, wie sehr Lily Sie geliebt hat und wie schlecht Sie sie behandelt haben.“

„Richtig.“ Hope hob stolz den Kopf. „Sie hat es nicht zurückverlangt, und damit ist es erledigt. Sie ist tot.“

„Tut mir Leid, Süße, aber so funktioniert das nicht. Schuldscheine sind wie Aktien oder andere Wertpapiere jederzeit einlösbar.“

Hope begann zu schwitzen. Die Sonne auf ihrem Rücken war unerträglich heiß. Der eigene Blutstrom dröhnte ihr geradezu in den Ohren.

„Ich habe meine Schuld an ihr erfüllt“, erwiderte sie mit zittriger Stimme, um Fassung bemüht.

„Sie haben ihr nichts gegeben“, widersprach er zornig. „Sie ging ins Grab, ohne die Vergebung ihrer Tochter erhalten zu haben. Nicht mal das konnten Sie ihr gewähren, nicht mal einen kurzen Besuch im Krankenhaus.“

„Sie können nicht beweisen, dass ich das Geld nicht ...“

„Ich besitze die Schuldscheine. Lily hat sie mir vererbt.“ Er beugte sich wütend zu ihr vor. „Wenn Sie Ihre Schulden bezahlt hätten, hätten Sie die Schuldscheine verlangen sollen."

Hope legte eine Hand an die Kehle. „Was wollen Sie von mir?"

Er zog verblüfft die Brauen hoch. „Na ja, Hope, Darling, ich will mein Geld."

Sie machte noch einen Schritt zurück, und helles Sonnenlicht blendete ihre Augen. „Sie Bastard!"

Er lachte: „In letzter Zeit werde ich oft so genannt, und immer von einer St. Germaine."

Sie ertrug die Hitze und die Sonne nicht mehr und drängte sich an Santos vorbei ins kühle, dunkle Foyer. Panikartig dachte sie immer wieder. *Ich habe keine fünfhunderttausend Dollar. Ich habe sie einfach nicht.* Plötzlich fröstelnd, rieb sie sich die Arme. „Woher soll ich wissen, dass die Schuldscheine echt sind und dass Sie sie haben?"

„Sie sind echt." Er schob die Hände in die Hosentaschen. „Mein Anwalt hat sie." Als er ihre grimmige Miene bemerkte, fuhr er fort: „O ja, ich habe meine Hausaufgaben gemacht und mir einen guten Anwalt gesucht. Sie haben sicher von Hawthorne, Hawthorne und Steele gehört? Rufen Sie Mr. Steele an, er ist der beste Immobilienanwalt in der Stadt, vielleicht im ganzen Süden."

Hope begann zu zittern. Sie hatte von Kenneth Steele gehört. Er war der Beste. „Egal, ich habe das Geld nicht."

„Aber Sie können es beschaffen. Das konnte Lily auch." Er machte eine allumfassende Geste. „Und sie lebte wesentlich weniger extravagant."

„Nein, ich kann nicht."

Er schnalzte mit der Zunge und amüsierte sich offenbar auf ihre Kosten. Wenn es nicht so sehr unter ihrem Niveau wäre, würde sie ihm die Augen auskratzen.

„Ich bin sicher, dieses Haus ist so viel wert, wahrscheinlich mehr. Ich bin sicher, das St. Charles, Ihre Hälfte davon jedenfalls, ist noch mehr wert." Er grinste wie der Teufel persönlich. „Man stelle sich vor, der niedere, im Schmutz geborene Victor Santos ist Ihr Geschäftspartner. Oder besser noch, er lebt in Ihrer Villa."

„Niemals!" spie sie wütend aus. „Eine ... Kreatur wie Sie wird niemals mein Partner. Eher brenne ich das Haus nieder, als dass ich Ihnen einen Stein überlasse."

„Hat Ihnen nie jemand beigebracht, dass man nett sein sollte zu seinen Mitmenschen? Wahrscheinlich denken Sie, dass Sie sich wegen Ihres Reichtums und Ihrer Macht nicht an allgemein gültige Regeln halten müssen. Vielleicht bilden Sie sich ein, nie zur Rechenschaft gezogen zu werden, auch nicht bei der Bezahlung von Schulden. Offenbar halten Sie es nicht für nötig, andere mit schlichter menschlicher Anständigkeit zu behandeln." Er lachte, und sie hatte das Gefühl, das Böse rücke näher. „Nun, es ist Zeit zum Umdenken, Hope St. Germaine. Es ist Zeit, Ihre Schuld gegenüber Lily abzutragen."

Sie wandte sich von ihm ab und durchquerte das Foyer. Vor einem Sheraton-Konvexspiegel blieb sie stehen und schaute auf ihr verzerrtes Gesicht. Dabei suchte sie fieberhaft nach einem Ausweg. Das Hotel hatte nur noch einen Teil seines einstigen Wertes. Sie verfügte über einige Investments. Zusammen mit ihrem Anteil am Hotel reichten die Einkünfte gerade, ihren Lebensstil beizubehalten. Einige ihrer ... *Bedürfnisse* ... hatten sich im Laufe der Zeit als ziemlich kostspielig erwiesen.

Es war wie bei einem Kartenhaus, entferne eine Karte, und alles bricht zusammen. Was sollte sie nur tun?

„Es gibt vielleicht einen anderen Weg", sagte Santos leise.

Hoffnungsvoll suchte sie im Spiegel Blickkontakt. „Einen anderen Weg?"

„Mir liegt weder an dem Geld noch an Ihrem Haus, am Hotel oder an Ihren sonstigen Gütern."

Hope drehte sich langsam zu ihm um, und zu ihrer Überraschung wirkte er nicht belustigt, sondern ernst. „Ihnen liegt nichts daran?"

„Nein." Er kam auf sie zu und blieb vor ihr stehen. „Mir lag an Lily."

„Aber sie ist tot."

„Aber ihre Erinnerung nicht", belehrte er sie nachdrücklich. „Und meine Gefühle für sie sind es ebenfalls nicht. Ich habe beschlossen, ihr das zu geben, wonach sie sich am meisten im Leben und leider vergeblich gesehnt hat: ihre Tochter."

„Ich verstehe Sie nicht", entgegnete sie verwirrt.

„Hope, Sie werden öffentlich erklären, dass Lily Ihre Mutter war. Sie werden allen erzählen, wer Sie sind und woher Sie stammen."

Hope wich entsetzt zurück, einer Ohnmacht nahe. „Das kann nicht Ihr Ernst sein."

„Glauben Sie's nur, es ist mein Ernst. Vielleicht sollten Sie sich lieber setzen."

Sie nickte, sank zitternd in den Sessel, der neben dem Spiegel an der Wand stand, und faltete die Hände im Schoß. „Fahren Sie fort."

„Wenn Sie meinem Plan zustimmen, haben Sie Einiges zu tun." Da sie wieder nickte, fügte er hinzu: „Sie werden in ganzseitigen Anzeigen Ihre wahre Herkunft erklären. Zunächst in der *Times Picayune* im Hauptanzeigenteil der Sonntagsausgabe. Als Zweites im *New-Orleans-Magazin.*" Er schob die Hände in die Hosentaschen und wippte auf den Füßen vor und zurück. „Sie werden Ihre wahre Abstammung erklären, zugeben, dass Sie jahrelang gelogen haben, und Ihr tiefes Bedauern ausdrücken, weil Sie Ihre Mutter im Stich gelassen haben."

„Und dann?" fragte sie und verkrampfte die Finger ineinander.

Er lächelte. „Als Nächstes geben Sie eine große Party, eine Gala zu Lilys Ehren. Sie werden Ihre illustren Freunde einladen, die Honoratioren der Stadt, den Bürgermeister, den Polizeichef und vielleicht Gouverneur Edwards. Und natürlich werden Sie sich auch dabei öffentlich zu Lily bekennen."

„Und Sie sind selbstverständlich dabei, um sicherzustellen, dass ich Ihre Bedingungen bis ins Letzte erfülle", fügte sie bitter hinzu.

„Seien Sie nicht naiv. Die ganze Sache kostet mich fünfhunderttausend Dollar. Alles muss perfekt ablaufen."

„Und wenn ich Ihre Bedingungen genau erfülle?"

„Gehören die Schuldscheine Ihnen."

Hope sah ihn erstaunt an. „Das ist krank. Warum tun Sie das?"

Er betrachtete sie mit angewidert verzogenem Mund. Ihr schien es die Fratze des Bösen zu sein. „Ich weiß, dass Sie so etwas nicht verstehen können. Sie können nicht begreifen, wie sehr ich Lily geliebt habe, weil ich ihr alles verdanke, sogar mein Leben. Und deshalb möchte ich ihr, ungeachtet der Kosten, das geben, was sie sich am meisten gewünscht hat. Allerdings sind meine Motive nicht nur selbstlos. Ich werde mit Freude sehen, wie Sie das Richtige tun. Ich werde es genießen, dass Sie gezwungen sind, sich einmal im Leben wie ein anständiger Mensch zu benehmen."

Sie schwieg eine Weile, voller Hass auf Santos. Sie würde ihn töten, wenn sie könnte. Doch es gab andere Möglichkeiten, ihn zahlen zu lassen. Sie würde einen Weg finden, sich an ihm zu rächen, und wenn es das Letzte war, was sie auf der Welt tat.

Sie sah ihn boshaft an. „Sie sind ein sehr törichter junger Mann."

„Wie bitte? Wollen Sie mir etwa drohen?"

Hope lächelte nur. *Der Teufel hat viele Gesichter, doch der Herr lässt die Schuldigen nicht ungestraft.*

55. KAPITEL

Das River-Road-Haus schien sie zu locken, leise und sanft ihren Namen zu rufen. Glory stand am Ende der langen, eichengesäumten Zufahrt und betrachtete es ehrfürchtig. Es war das schönste Haus, das sie kannte. Drei Wochen nach der Testamentseröffnung konnte sie immer noch nicht fassen, dass es ihr gehörte.

In den letzten Wochen war sie sooft sie konnte hierher gefahren. Manchmal, so wie gestern Abend, schlief sie auch hier. Oder sie stahl sich einfach ein paar Stunden aus ihrem termingeplagten Berufsleben.

Glory zupfte ein Büschel Gras und roch daran. Das Haus gab ihr etwas. Hier fühlte sie sich glücklich, entspannt und zufrieden. Sie gehörte hierher.

Sie ging langsam auf das Haus zu. Heute hatte sie Zeit, das Hotel lief auch ohne sie. In den letzten Wochen hatte sie Kisten mit Erinnerungsstücken und Fotos und alte Buchungsunterlagen durchstöbert. Ihre Vorfahrinnen hatten hier ein blühendes kleines Geschäft geführt, schockierend profitabel. Deshalb war es merkwürdig, dass Lily bei ihrem Tod so wenig besessen hatte.

Glory gähnte und fuhr sich mit den Fingern durchs Haar. Gestern Abend hatte sie eine kleine Kiste mit Tagebüchern gefunden, die zurückreichten bis zu Camellia Pierron, der ersten Bordellchefin. Darunter waren auch zwei von Mädchen gewesen, die hier gearbeitet hatten. Mädchen, deren öde Tage mit Warten auf die Nacht vergangen waren. Die Schilderungen der Mädchen hatten sie fasziniert und erschreckt. Sie hatte bis tief in die Nacht gelesen, bis ihr die Augen gebrannt und der Kopf geschmerzt hatte. Schließlich war sie von Müdigkeit übermannt worden und hatte die Bücher beiseite gelegt. Aber sie wollte heute weiterlesen.

Auf dem breiten Ast über ihr sang ein Vogel. Sie schaute hinauf, und eine Brise vom Fluss strich über ihr Gesicht. Hinter sich hörte sie einen Wagen die Auffahrt heraufkommen.

Sie drehte sich um, und ihr Herz schlug schneller.

Santos.

Mit einem gewissen Fatalismus sah sie ihn langsam auf sich zufahren, eine Staubwolke hinter sich aufwirbelnd.

Sie hatte Santos immer als die zweite Hälfte von sich betrachtet. Er war stets das Maß gewesen, an dem sie andere Männer gemessen hatte. Es schien nur folgerichtig zu sein, dass er plötzlich hier auftauchte.

Er hielt neben ihr an, das dunkle Haar vom Wind zerzaust, der durch das offene Fenster kam.

Sie hätte es gern berührt, geglättet. Stattdessen schob sie die Hände in die Hosentaschen. „Hallo, Santos."

„Wir sollten miteinander reden."

Sie lächelte ruhig, obwohl ihr Puls geradezu hämmerte. „In Ordnung. Setzen wir uns auf die Veranda."

Er nickte, fuhr voraus und parkte den Wagen neben dem Haus. Von dort gingen sie gemeinsam die Stufen zur Veranda hinauf. Sein Blick glitt sehnsüchtig über das Haus. „Ich bin zum ersten Mal hier seit ... ihrem Tod."

„Es weckt alte Erinnerungen, was?"

„Ja. Schöne Erinnerungen."

Glory schob die Hände tiefer in die Taschen ihrer Shorts. „Für mich auch, obwohl ich hier nie gelebt habe."

„Dich verbindet mehr Geschichte mit diesem Haus als mich, aber auf andere Art."

Sie dachte bewegt an Lily und die Tagebücher und musste sich räuspern. „Möchtest du einen Eistee oder eine Limo oder sonst etwas?"

„Nein danke."

Nein, er will nichts von mir. Sie senkte den Blick und sah Santos wieder an, als sie fragte: „Woher wusstest du, dass ich hier bin?“

„Eine Ahnung. Zusammen mit einem Tipp von deinem stellvertretenden Geschäftsführer. Seltsam, wie einem eine Polizeimarke die Türen öffnet.“

„Vincent ist nicht mein bedachtsamster Angestellter, aber seine Tüchtigkeit macht einiges wett. Und was brachte dich auf deine Ahnung?“

„Dein Mienenspiel, als du erfuhrst, dass du das Haus erbst.“

„Tut mir Leid, Santos. Ich weiß, du wolltest ...“

„Keine Entschuldigungen. Ich wollte es nicht.“

„Lügner“, widersprach sie leise, aber ohne Bosheit. „Ich kann die Wahrheit in deinen Augen lesen.“

Er neigte nur bestätigend den Kopf, ging zum Verandageländer und blickte die Eichenallee hinunter zum Flussdamm. „Ich fühle mich nicht schlecht dabei, Glory.“

„Nur irgendwie traurig.“

„Ja, irgendwie traurig.“ Er blickte lächelnd über die Schulter zurück. „Da es dir gehört, wie findest du es?“

„Ich liebe es, und ich gehöre hierher.“ Sie stellte sich neben ihn und sah zum Horizont. „Ich weiß gar nicht, warum dieses Haus so eine Wirkung auf mich hat. Es verwirrt mich und macht mir ein bisschen Angst.“

Er wandte sich ihr zu, und eine Zeit lang sahen sie sich nur schweigend in die Augen. Dann richtete Santos den Blick wieder zum Fluss.

Sie verlor den Blickkontakt nur ungern. Auch Santos hatte Einfluss auf sie und ihr Leben. Selbst nach all den Jahren noch. Vor langer Zeit hatte sie Liz einmal gesagt, er sei ihr Schicksal. Das klang heute nach dem naiven Geschwätz einer Halbwüchsigen, doch irgendwie stimmte es. Sie konnte sich nicht von ihm lösen. Sie konnte ihn nicht vergessen, und irgendwie kam sie ohne ihn nicht weiter. Seit sie wieder zusammen gewesen waren, plagte sie eine quälende Sehnsucht nach ihm.

Santos wandte sich ihr plötzlich zu und betrachtete sie forschend. Sie wusste, dass er ihr die Gedanken vom Gesicht ablas, und bemühte sich nicht, sie zu verbergen. Sie wollte, dass er ihre Sehnsucht bemerkte.

Sie fühlte sich kühn, frei und Schwindel erregend lebendig. Fast hätte sie aufgelacht. Vielleicht war sie durch die Tagebücher beeinflusst worden, durch die Berichte von Frauen, die sich hemmungslos hingegeben hatten.

Vielleicht war sie auch nur endlich so weit, ihre eigenen Bedürfnisse anzuerkennen.

Sie legte Santos eine Hand an die Wange und strich ihm mit dem Daumen über die Lippen. „Ich will mit dir schlafen."

Er legte seine Hand auf ihre. „Glory, ich ..."

„Nein." Sie führte seine Finger an ihre Lippen, küsste sie, berührte sie mit der Zunge, sog daran. Sie war so ehrlich wie seit Jahren nicht, seit mehr als zehn, als sie das erste Mal einen Mann wirklich gewollt hatte. Doch damals war sie unerfahren gewesen. Heute wusste sie, was sie wollte und was sie geben konnte. „Du willst mich auch", raunte sie, „ich weiß es."

„Ja", bestätigte er mit rauer Stimme. „Ja, ich will dich wirklich, aber ..."

„Kein Aber. Komm." Sie führte ihn ins Haus, die Treppe hinauf, zu einem der großen, weichen Betten. Die Fenster standen offen, die Brise vom Mississippi bewegte die Gardinen. Flecken von Sonnenlicht sprenkelten Boden und Wände.

Gemeinsam sanken sie aufs Bett. Minuten wurden zur Ewigkeit, die Zeit stand still und entglitt ihnen in zärtlicher Umarmung.

Glory verriet Santos ihre Wünsche, und er erfüllte sie, wie sie seine erfüllte. Ihr Liebesspiel war exquisit, im Wechsel zärtlich und rau, fiebrig und genießerisch.

Hinterher lagen sie eng umschlungen zusammen, schweißnass und atemlos und doch völlig entspannt. Santos zog sich nicht von ihr zurück, und sie war froh darüber, obwohl sie sich keine Illusionen machte, was soeben zwischen ihnen geschehen war.

Sie ließ einen Finger über seine Brust gleiten. Es war ihr angenehm, das feste, muskulöse Fleisch zu spüren. „Bedauerst du es?“ fragte sie leise.

„Nein.“ Er wandte ihr das Gesicht zu. „Und du?“

„Wie könnte ich? Es war absolut ... wunderbar.“

Erfreut lächelnd, richtete er den Blick wieder zum aufwendig geschnitzten Medaillon in der Mitte der Decke.

Sie folgte seinem Blick. „Es ist schon ein besonderes Haus, was?“

„Hm.“ Er schlang den Arm fester um sie. „Hast du dich bereits entschieden, was du damit machen willst?“

„Nein, so weit bin ich noch nicht.“ Sie presste ihre Wange auf seine Brust. Ihre Gedanken wanderten von Santos und diesem Augenblick in die Zukunft. „Dieses Haus hat viel Geschichte, und es ist Teil der Geschichte Louisianas. Es ist etwas Besonderes, einzigartig und wunderbar. Es wäre falsch von mir, es völlig zu verändern.“ Versonnen fuhr sie fort: „Die Frauen, die hier gelebt haben, sollte man nicht vergessen. Natürlich waren sie keine Vorbilder, aber auch sie sind ein Teil der Geschichte.“

„Du könntest hier leben.“

„Das würde ich gern, aber es ist zu weit vom Hotel entfernt, und ich glaube, ich wäre hier einsam.“

Es sei denn, du lebst hier mit mir.

Der Gedanke kam unerwartet, und sie verdrängte ihn rasch. Sie durfte nicht wieder anfangen, von einer Zukunft mit Santos oder gar

Liebe zu träumen. Falls sie das tat, würde sie unweigerlich unglücklich werden.

„Und wohin führt dich das?“ unterbrach er ihre Gedanken.

„Ich muss zunächst ein paar Entscheidungen wegen des Hotels treffen und Veränderungen vornehmen, die meinem Vater nicht gefallen hätten.“ Sie seufzte tief.

„Die Zeit geht weiter, Glory.“

„Ich weiß das.“ Sie presste die Lippen auf seine Schulter. „Ich wünschte nur, ich hätte das Hotel so perfekt führen können, dass es geschäftlich unberührt geblieben wäre von Veränderungen in der Stadt und in der Welt. Ich wünschte, ich hätte es so am Laufen halten können, wie er es getan hat. Ich weiß, das klingt albern.“

„Nicht albern“, widersprach Santos und beschrieb mit den Fingern kleine Kreise auf ihrem Rücken. „Aber resigniert. Die Zeiten verändern sich. Mach dir nichts vor. Wenn dein Vater noch leben würde, hätte auch er sich anpassen müssen, um den Herausforderungen der Gegenwart zu begegnen.“

„Danke.“ Sie neigte den Kopf und sah ihm in die Augen. „Jetzt fühle ich mich ... besser. Ich habe ihn sehr geliebt.“

„Ich weiß.“ Santos’ Finger verharrten. „Ich muss dir etwas erzählen.“

Glory stemmte sich stirnrunzelnd auf einen Ellbogen. „Das klingt ernst.“

„Wie ernst, hängt von deiner Sichtweise ab.“

„Verstehe ich nicht.“

„Ich weiß, woher deine Mutter vor vielen Jahren das Geld hatte, sich freizukaufen.“

„Woher?“

„Von Lily.“

Santos erklärte ihr, wie er auf Grund ihrer Bemerkung nach der Testamentseröffnung ins Grübeln gekommen war. Er hatte sich an seine Botengänge erinnert und schließlich in Lilys Unterlagen die Schuldscheine gefunden, alle von ihrer Mutter unterzeichnet.

„Ich kann nicht ..." Glory mochte ihren Ohren nicht trauen. „Soll das heißen, dass meine Mutter dir fünfhunderttausend Dollar schuldet?"

„Ja. Und nein. Ich habe deiner Mutter einen Handel angeboten."

„Einen Handel? Das heißt, du hast wegen dieser Sache schon mit ihr gesprochen?"

„Ja. Nach Rücksprache mit meinem Anwalt."

„Verstehe." Sie setzte sich und strich ihr Haar zurück. „Und wann hast du diese Schuldscheine gefunden?"

„Vor zwei Wochen."

Sie sah ihn erstaunt über die Schulter an. „Und du erzählst es mir erst jetzt? Sehr schön, Santos. Vielen Dank für den Vertrauensbeweis."

„Es gab keinen Grund, es dir früher zu sagen."

Das schmerzte, denn es sagte alles über ihre Beziehung. Beziehung? Sie hatten gar keine Beziehung. Sie hatten ein paar Mal miteinander geschlafen. Sex war nicht Liebe und schon gar keine Beziehung. Und es war sicher nicht das, was sie vor vielen Jahren einmal miteinander geteilt hatten. Sie wollte die Nähe von damals zurückhaben, und das war unmöglich. Glory nagte gekränkt an ihrer Unterlippe. „Und was ist mit dem hier?" Sie deutete auf das zerwühlte Bett. „Du glaubst nicht, dass du eine moralische Pflicht gehabt hättest, es mir zu sagen, bevor wir ... vor dem hier?"

„Hätte das einen Unterschied ausgemacht?"

Sie blickte zur Decke. Vielleicht nicht, aber es wäre wichtig gewesen für diesen Moment, für das Danach. Hätte er es ihr vorher gesagt, würde es jetzt nicht so unerträglich wehtun.

Sie krallte die Finger ins Laken. „Bist du deshalb heute hergekommen?“ Sie betete, er möge verneinen und sagen, er sei ihretwegen hier, um bei ihr zu sein.

„Ja.“

Sie schwang seufzend die Beine vom Bett. „Ich alberne Kuh. Ich dachte, du hättest andere Gründe gehabt.“

„Glory, sei nicht so.“

Er setzte sich und griff nach ihr. Doch sie entwischte ihm, stand auf und drehte sich, ins Laken gewickelt, zu ihm um. „Und was für einen Handel hast du meiner Mutter angeboten? Sechzig Cent für einen Dollar? Vierzig?“

Er fragte provozierend: „Sollte ich das etwa nicht tun, Glory? Sie hat das Geld von Lily geborgt und sie beinah ruiniert. Sie hat versprochen, es zurückzuzahlen und es nicht getan. Lily hat mir die Schuldscheine hinterlassen. Sie wollte, dass ich sie bekomme.“

„Natürlich hast du ein Anrecht auf dein Erbe“, erwiderte sie kühl, griff nach ihrem T-Shirt und hob den Slip vom Boden auf. Dann fügte sie von oben herab hinzu: „Ich habe heute noch einiges zu tun. Vielleicht solltest du besser gehen.“

„Was ist das nun wieder für ein Mist, Prinzessin?“ fragte er wütend. „Soll ich deiner Mutter etwa die Schulden erlassen, weil du so toll im Bett bist?“

„Fahr zur Hölle!“

Sie wandte sich ab und marschierte ins Bad. Santos folgte ihr und fing die Tür mit dem Handballen ab, als sie sie zuschlagen wollte.

„Raus mit dir!“ Sie hielt das Laken vor der Brust fest, obwohl ihr kurz die Lächerlichkeit bewusst wurde, jetzt die schamhafte Jungfrau zu spielen, wo sie noch vor wenigen Augenblicken nackt, in leidenschaftlicher Umarmung verbunden gewesen waren.

„Im Gegensatz zu dir und deiner Mutter bedeutet mir Geld

nichts. Ich habe Hope gesagt, dass ich ihr die Schulden erlasse, wenn sie Lily öffentlich als ihre Mutter anerkennt. Das war der Deal."

Glory war starr vor Verblüffung. Sie konnte nicht glauben, was sie gerade gehört hatte. „Soll das heißen, du vergisst ..."

„Genau das heißt es." Er lachte freudlos. „Das Geld, das Hotel oder was ich sonst aus dieser Sache herausholen könnte, interessieren mich nicht. Wie deine Mutter Lily behandelt hat, war schlimm. Das wird Hope jetzt in Ordnung bringen, und wenn es mich eine halbe Million kostet."

Er wandte sich ab und ging weg. Glory sah ihm nach und streckte eine Hand aus. „Tut mir Leid."

Er blieb stehen, drehte sich jedoch nicht um. „Was?"

„Dass ich dich falsch eingeschätzt habe. Ich war zornig und ... verletzt, weil du mich nicht gleich ins Vertrauen gezogen hast."

„Sollte ich denn, Glory?" Er drehte sich halb zu ihr um. „Sollte ich ausgerechnet dir vertrauen?"

Sie hob stolz den Kopf. „Ja."

„Traust du mir? Glaubst du an mich?" Ehe sie es beteuern konnte, fuhr er fort: „Nein, wohl kaum. Wenn es darauf ankam, hast du mir nie vertraut. Andernfalls ..." Er brach den Satz ab. „Vergiss es."

„Wie kann ich dir beweisen, dass du dich irrst." Sie lief ein paar Schritte hinter ihm her. „Ich möchte es dir beweisen."

„Ich weiß nicht, ob das noch geht, Glory. Dafür ist es vielleicht zu spät."

Einen Moment war sie so erschüttert, dass sie nicht sprechen konnte. Sie war keine Sechzehnjährige mehr, sondern eine Frau, die wusste, was sie wollte. Und sie wollte Santos. Sie wollte seine Geliebte sein, und sie wollte, dass sie wieder eine Beziehung miteinander eingingen. Vielleicht war das mehr, als er zu geben bereit war.

„Ich möchte dich wieder sehen. Ich möchte ... mit dir zusammen sein, so wie jetzt." Sie ging zu ihm, verzagt, wie lange nicht mehr. „Wird das möglich sein, Santos?"

„Das kommt darauf an."

„Worauf?"

„Auf dich. Was du bereit bist zu akzeptieren, womit du dich begnügen kannst." Er beugte sich zu ihr und küsste sie kurz, aber innig. „Meine Gefühle werden sich nicht ändern. Bis dann, Prinzessin."

56. KAPITEL

Hope ging den halbdunklen Korridor entlang. Der ranzige Geruch des Verfalls drehte ihr den Magen um. Sie hielt den Atem an, doch der Gestank erstickte sie, und sie erkannte entsetzt, dass ihr eigener Geruch die Luft verpestete.

Sie kniff die Augen zusammen, den Kopf voller Bilder, wie sie und der Mann sich auf dem Bett wanden und umschlangen. Sie hatte die sündigen Wonnen seines Mundes und seiner Hände genossen und dann die Peitsche geschwungen, um ihn für seine Verfehlungen zu strafen.

Und trotzdem verlangte das Biest nach mehr. Ein Entsetzensschrei kam ihr über die Lippen, und sie legte die Hand vor den Mund, um einen weiteren zu unterdrücken. In letzter Zeit verlangte das Böse ständig nach mehr, gleichgültig, wie oft sie es befriedigte.

Das lag nur an *ihm*, an Santos.

Ein Stück vor ihr sickerte an den Rändern geschwärzter Fenster und rings um die schweren, von innen verriegelten Metalltüren Licht heraus. Das Gute kämpfte darum, das Böse zu erobern. Hope zog den leichten Umhang fester um sich. Das Gute würde triumphieren, daran glaubte sie, sie musste einfach. Andernfalls wäre sie verloren.

Sie näherte sich dem Licht. Nur noch wenige Meter, und sie konnte diesen gottverdammten Ort verlassen. Vielleicht gab das Biest dann Ruhe. Sie zählte die Stufen, erreichte die Tür, drückte sie auf und eilte hinaus.

Die frische Luft klärte ihr den Kopf, doch sie konnte nicht aufhören zu zittern. Tief durchatmend eilte sie zu ihrem Wagen und betete, von niemandem gesehen zu werden. Es war ihr unmöglich gewesen, auf die Deckung der Nacht zu warten. Das Biest in ihr hatte sich keine Stunde länger unterdrücken lassen.

Sie stieg in ihren Wagen und gestattete sich einen Moment der Sammlung. Wie erwartet, drängte das Sonnenlicht das Böse zurück, und sie empfand inneren Frieden. Sie umklammerte das Lenkrad, legte den Kopf auf die Lehne und schloss die Augen.

Die Tage und Wochen seit dem Besuch von Victor Santos waren ein Albtraum gewesen. Nach Rücksprache mit ihrem Anwalt war sie jedoch auf Santos' Plan eingegangen und hatte ihn bis ins Detail ausgeführt, obwohl es sie krankgemacht hatte. Sie hatte für ihre Umgebung das tragische Opfer gespielt, die liebende Tochter, die zum Schutz des eigenen Lebens die geliebte Mutter verlassen musste.

Erstaunlicherweise hatten Freunde und Geschäftspartner zu ihr gestanden. Obwohl sie sich keine Illusionen machte, wie in der feinen Gesellschaft von New Orleans über sie geredet wurde. Vordergründig applaudierte man ihrem Mut, hatte Mitgefühl und verstand sie.

Wenn sich die Leute unbeobachtet fühlten, zeigten sie jedoch ihren Ekel und ihren Abscheu. Kein Bereich ihres Lebens blieb davon unberührt. Sogar Pater Rapier betrachtete sie neuerdings mit anderen Augen.

Sie war das Fleisch von Huren, schmutzig und gewöhnlich. Sie war gezeichnet von Sünde. Das Böse lachte herausfordernd. Indem ihr der Schleier der Reinheit genommen war, verdoppelte das Biest in ihr seine Kraft. Es forderte ununterbrochen sein Recht und gab keinen Moment Ruhe.

Die Beherrschung, auf die sie einst stolz gewesen war und die sie schützte, versagte mehr und mehr. Sie war gezeichnet von Sünde, das konnten nun alle sehen.

Hope öffnete die Augen. Das Sonnenlicht stach hinein, doch sie hieß den Schmerz willkommen. Sie nahm die rechte Hand vom Lenkrad und betrachtete die Innenfläche. Sie war rot und blutunterlaufen von der Peitsche. Sie wünschte, sie hätte Victor Santos' Schmerzensschreie gehört, hätte *ihn* strafen können. Ihr Hass auf ihn kannte keine Grenzen und loderte, dass ihr heiß wurde.

Er glaubte, er hätte gewonnen. Sie konnte sich sein amüsiertes Lachen vorstellen. Er traf sich mit Glory, dass hatte sie ihr geradezu trotzig mitgeteilt. Glory verstand nichts, sie erkannte das Böse nicht hinter der schönen Fassade. So war es immer gewesen. Sie musste Glory die Wahrheit zeigen und sie retten.

Hope fröstelte. Sie würde es Victor Santos heimzahlen. Sie hatte Freunde, Menschen, die ihr für einen gewissen Preis immer geholfen hatten.

O ja, es würde Victor Santos noch Leid tun, dass er es gewagt hatte, Hope St. Germaine in die Ecke zu drängen.

TEIL 7

Paradies

57. KAPITEL

New Orleans, Louisiana, 1996

Chop Robichaux war eines der Wahrzeichen des French Quarter, das Touristen nicht zu Gesicht bekamen. Vor allem denen bekannt, die zum sündigen, abartig veranlagten Unterleib der Stadt gehörten und deren sexuelle Neigungen den Gesetzen Gottes und der Menschen zuwiderliefen. Dann allerdings kannten sie Chop als trickreichen, instinktsicheren Geschäftsmann, der den Ruf genoss, ständig auf den Füßen zu landen und für einen gewissen Preis jede Perversion zu liefern.

Chop hatte Informationen über den Schneewittchen-Killer.

Santos legte den Hörer auf die Gabel und schürzte nachdenklich die Lippen. Wenn er den Schneewittchen-Killer fassen wolle, solle er sofort in Chops Club in der Bourbon Street kommen.

Santos rieb sich mit dem Zeigefinger den Nasenflügel. Er traute Chop Robichaux nicht. Aber wenn einer im Quarter Informationen darüber haben konnte, wer junge Prostituierte niedermetzelte, dann Chop. Schließlich waren junge Prostituierte sein Geschäft.

„Wer war das?"

Santos blickte über die Schulter auf die nackte Glory, die auf dem Bett ausgestreckt lag, halb vom zerknüllten Laken bedeckt. Sie lächelte, und sein Körper regte sich. Sie war atemberaubend schön, und mit ihr zu schlafen war unbeschreiblich. Diese letzten Wochen waren wie ein sexueller Rausch gewesen.

Er unterdrückte sein Verlangen und dachte an Chop und seine Informationen. „Hättest du Lust auf eine Spritztour?"

„Sicher. Wohin geht's?"

„Ins French Quarter, zu einem alten Freund."

Sie sah ihn forschend an, als spüre sie, dass etwas nicht ganz in Ordnung war. „Ein alter Freund?" wiederholte sie, setzte sich und schob das zerzauste Haar aus dem Gesicht. „Was für ein Freund?"

Er beugte sich hinüber, küsste sie innig und zog sich widerwillig zurück. „Im Auto erzähle ich dir mehr."

„Ich kenne ein Lokal an der Burgundy, da gibt's Killer-Margaritas."

Er lachte: „Kalt und on the rocks?"

„Beides. Dazu tolle Chips und Salsa."

„Du hast es erfasst." Er küsste sie wieder. „Wir müssen uns beeilen."

Glory nickte. Sie duschten schnell und zogen sich an, ohne unnötige Worte zu verlieren. Das mochte er besonders an ihr, wie sie die Beschränkungen ihrer Zeit akzeptierte und nicht jeden Moment mit unnötigem Gerede füllte.

Andererseits gab es ihm sehr zu denken, dass das Schweigen nie unbehaglich war. Wenn sie nichts mehr füreinander empfänden, müsste eigentlich gespannte Langeweile zwischen ihnen herrschen, doch das tat es nie.

Zwanzig Minuten später fuhren sie in seinem Wagen ins Quarter.

„Also, wer ist dieser alte Freund, zu dem du willst?"

„Ein Schleimbeutel, den ich aus meiner Zeit bei der Sitte kenne." Santos streifte sie mit einem Seitenblick. „Er heißt Chop Robichaux."

„Chop Robichaux", wiederholte sie. „Der Name ist mir bekannt."

Santos lachte freudlos. „Das wundert mich nicht. Vor etwa sechs Jahren zierte sein Name jede Titelstory der Stadt. Erinnerst du dich an den Polizeiskandal, den die Presse die French Quarter Vier nannte?"

„Ja, aber nur vage."

„Dann werde ich deinem Gedächtnis ein wenig nachhelfen. Vier Polizisten der Sitte wurden angeklagt und schließlich verurteilt, Bestechungsgelder genommen zu haben, damit sie die Aktivitäten eines Clubs am Rande des Quarters übersehen. Es handelte sich um eine Art Sexshop. Aber da ging es nicht um das übliche gesetzlose Zeug für Touristen, sondern um wirklich harte Sachen. Minderjährige Kinder waren darin verwickelt, meistens Ausreißer von zu Hause. Der Laden hieß Chop Shop, genannt nach seinem Besitzer."

„Minderjährige Kinder!" empörte sich Glory. „Das ist widerwärtig ... das ist krank."

„So empfanden es alle, als die Geschichte aufflog. Und natürlich machte es alles noch schlimmer, dass ein paar von New Orleans' Polizisten Geld nahmen, um wegzusehen. Das war auch meine Meinung, und deshalb hängte ich sie alle hin."

„Was heißt das?"

„Ich war damals bei der Sitte und bekam mit, dass einige meiner Kollegen sich bezahlen ließen. Ich ging zu Chop, um einen Deal auszuhandeln. Dann wandte ich mich an ‚Internal Affairs', die Abteilung für innere Angelegenheiten."

„Das hat dich vermutlich bei deinen Kollegen nicht sehr populär gemacht."

„Gelinde gesagt. Glücklicherweise bekam ich kurz darauf meine Versetzung ins Morddezernat." Santos bog in die Bourbon Street ein. „Internal Affairs war weit mehr an den dreckigen Cops interessiert als an Chop. Er wurde Kronzeuge und erhielt dafür Immunität."

„Er wurde für seine Vergehen nicht eingebuchtet?“ Glory war schockiert.

„So funktioniert das, Baby. Das ist die Standardvorgehensweise. Natürlich haben sie ihm den Laden geschlossen. Aber er eröffnete in einem anderen Block. Diesmal ist er angeblich sauber. Aber ich sage dir, Leute wie Chop Robichaux halten sich weder an Regeln noch an Gesetze. Doch das ist nicht mehr meine Abteilung.“

„Und das war's dann? Ende der Geschichte?“

„Nicht ganz.“ Er hielt im Parkverbot, gegenüber von Chops Lokal. „Einer der vier behauptete, ich sei in die Sache verwickelt gewesen. Ich hätte herausgefunden, dass Internal Affairs herumschnüffelte, und hätte die anderen angeschwärzt, um meinen Hals zu retten. Offenbar hatte die innere Abteilung wirklich schon mit Nachforschungen begonnen. Also wurde auch ich überprüft, sie konnten aber nichts finden.“

„Die haben dem geglaubt?“ fragte sie verwundert.

„Ich habe einen Fehler gemacht, der verdächtig aussah. Ich hätte mit meinem Verdacht gleich zur Inneren gehen und die Ermittlungen ihnen überlassen sollen. Aber ich wollte Beweise, deshalb wollte ich sicher sein, dass Chop mir Rückendeckung gibt.“

„Und weil du ihm den Deal angeboten hast, glaubt er, dir etwas schuldig zu sein?“

Santos lachte: „Wohl kaum. Er hasst mich. Schließlich bin ich derjenige, der sein Geschäft auffliegen ließ.“

Santos schaltete die Zündung aus und blickte Glory einen Moment schweigend an. „Ist was?“

Glory überlegte und sagte dann: „Etwas verstehe ich nicht. Wenn dieser Chop dich hasst, warum hat er dich dann wegen der Information angerufen?“

„Gute Frage. Das bereitet auch mir Sorgen. Aber in gewisser Weise ergibt es Sinn. Ich bin der leitende Ermittler in diesem Fall, und er kennt mich. Vielleicht steckt er irgendwie in der Sache drin und will wieder einen Deal machen. Vielleicht will er mich auch nur ausforschen und herausfinden, wie viel wir wissen."

„Vielleicht solltest du Jackson anrufen oder dir Unterstützung holen."

„Unterstützung?" wiederholte er lachend. „Du siehst zu viele Fernsehkrimis. Es ist ein großer Unterschied, ob man sich mit einem Informanten trifft oder sich in eine lebensgefährliche Situation begibt."

Er sah, wie nervös sie zum Clubeingang blickte. Die Straße war belebt wie immer am Samstagabend im Quarter. Gelegentlich kam jemand aus dem Club oder ging hinein, und sie erhaschten einen Blick aufs Innere. Das Lokal schien zum Bersten voll zu sein.

„Ich bin gleich wieder da. Du wartest hier, Glory. Es dauert nicht länger als zehn Minuten."

„Bist du sicher?"

„Ja." Er beugte sich zu ihr, küsste sie und öffnete die Wagentür. „Danach gibt's Margaritas für uns."

Santos stieg aus, überquerte die Straße und betrat den Club, der tatsächlich proppenvoll war. Auf der Bühne wand sich eine kaum bekleidete Frau zu ohrenbetäubender Musik. Es stank nach Bier, Zigaretten und Schweiß. Das weckte unangenehme Erinnerungen an seine Kindheit und an die spätere Arbeit bei der Sitte.

Er entdeckte Chop hinter der Bar und bahnte sich einen Weg in seine Richtung, wobei er in der Menge gestoßen und geschubst wurde.

Ein Typ in einem Dixie-Bier-T-Shirt stieß voll gegen ihn und kippte sein halbes Glas über ihm aus.

„He, Kumpel!" Santos sprang zurück, wurde von hinten gestoßen und spürte eine Hand in seinem Rücken. „Pass doch auf!"

Der Typ grinste und entblößte verfaulte Zähne. „'tschuldigung", sagte er, schwankte heftig und wirkte kein bisschen zerknirscht. „Mein Fehler."

Santos zeigte seine Marke. „Ich denke, du hattest genug, Junge. Ab nach Hause."

Der Bursche wich grinsend zurück. „Was immer Sie sagen, Officer."

Santos hatte ein so ungutes Gefühl, dass sich seine Nackenhaare zu sträuben begannen. Er sah zur Bar und merkte, dass Chop ihn beobachtete. Das ungute Gefühl nahm zu. Chop winkte ihn heran.

Santos erreichte die Bar. Chop war am anderen Ende und bediente einen Kunden. Santos betrachtete ihn voller Abscheu. Chop war klein und dick, mit dünnem Haar, das zu einem unnatürlichen Weißblond gefärbt war. Er hatte eine ölige Haut und die Narben einer heftigen Jugendakne im Gesicht. Doch es war nicht sein unangenehmes Äußeres, das Santos frösteln ließ, sondern sein Charakter. Chop Robichaux hatte die Seele eines Monsters.

Als errate er Santos' Gedanken, blickte Chop ihn über die Schulter hinweg an und lächelte dünn. Einen Augenblick später kam er langsam näher. „Hallo, Arschloch, lange nicht gesehen."

Santos ließ den Blick angewidert über Chop wandern, nicht bereit, sein Spiel zu spielen. „Sie haben Informationen für mich?"

„Was für Informationen suchen Sie denn?"

„Keine Sperenzchen, Robichaux. Sie haben doch Informationen für mich, oder?"

Der Mann lächelte wieder, falls man das unangenehme Verziehen der Lippen so deuten konnte. „Nee, ich wollte dich bloß in meinem Lokal sehen", erklärte er plump vertraulich.

„Ich sollte Sie auffliegen lassen!"

„Versuch's. Es gibt keinen Grund. Ich bin sauber."

„Wenn die Hölle gefriert." Santos sah den anrüchigen kleinen

Mann herausfordernd an. „Vielleicht sollte ich etwas türken. Egal, was, es träfe sicher zu."

„Den Schneid hast du nicht." Er lachte heiter. „Du warst immer ein Scheißpfadfinder. Aber weißt du was? Sogar Pfadfinder fallen auf die Schnauze. Und jetzt raus aus meinem Lokal!"

„Mit Vergnügen, Robichaux. Hier stinkt's."

Santos drückte sich vom Bartresen ab und bahnte sich mit wachsender Verunsicherung seinen Weg zurück. Welchen Grund konnte Chop haben, ihn zuerst wegen angeblicher Informationen herzulocken und sich dann dumm zu stellen. Vielleicht hatte er in letzter Minute kalte Füße bekommen. Oder er konnte nicht reden, weil der betreffende Kerl in der Nähe war. Oder er hatte ihn einfach nur reinlegen wollen.

Alle diese Erklärungen leuchteten Santos jedoch nicht recht ein und beruhigten ihn nicht. Warum rief Chop Robichaux Samstagnacht einen Detective der Mordkommission an, nur um sein Spielchen mit ihm zu treiben?

Die ganze Sache stinkt gewaltig. Chop hat etwas vor, und das betrifft mich.

Santos gelangte ohne weitere Zwischenfälle zur Tür. Sobald er die Bar verließ, sah er zu seinem Wagen. Glory war noch dort, wo er sie zurückgelassen hatte. Sie schaute lächelnd herüber und winkte ihm zu.

„Detective Santos?"

Vier Männer – Cops, wie er vermutete, nach den billigen Anzügen und den vorgeschriebenen Haarschnitten zu urteilen – umringten ihn. „Das bin ich", bestätigte Santos argwöhnisch.

Einer der Männer hielt seine Marke hoch. „Lieutenant Brown, Internal Affairs. Das hier sind die Officers Patrick, Thompson und White."

Santos sah jeden der feindselig wirkenden Beamten an, und ein

Aha ging ihm durch den Kopf. *Das ist es also gewesen, eine Falle. Aber wer hat sie gestellt? Und warum?*

„Was kann ich für Sie tun, Lieutenant?"

„Ich denke, das wissen Sie, Detective. Hände hoch gegen die Wand."

Santos tat, wie gewünscht, und ein Officer, Patrick vermutlich, filzte ihn und nahm ihm Marke und Dienstrevolver ab.

„Was ist das?" Patrick zog einen Umschlag aus Santos' Sakkotasche und reichte ihn dem Lieutenant.

Der öffnete ihn und sah Santos an. „Das sieht nach einundzwanzig Hundertdollarnoten aus, Detective. Markierte Noten, wenn ich richtig schätze. Möchten Sie mir erklären, woher das Geld stammt?"

„Das würde ich gern, aber ich weiß es nicht. Ich habe es noch nie gesehen." Santos forschte in seiner Erinnerung. Jeder in der Bar hätte ihm das Geld zustecken können, aber er verwettete seinen Augenzahn, dass es der Große mit den schlechten Zähnen gewesen war. „Man hat mich hereingelegt."

„Welch eine Überraschung." Officer Patrick drehte Santos den rechten Arm auf den Rücken und ließ eine Handschelle um das Handgelenk zuschnappen. Dasselbe machte er mit seiner Linken. „Das muss ich schon mal gehört haben."

Santos erwiderte unwirsch: „Das bezweifle ich nicht, Officer, aber diesmal stimmt es."

„Erzählen Sie das Ihrem Anwalt", schnauzte der Lieutenant. „Erkläre ihm einer seine Rechte."

58. KAPITEL

Liz lächelte ihrem Barmann müde zu. „Ich bin weg, Darryl. Bist du sicher, dass du alles unter Kontrolle hast?"

Er grinste, und sein freundliches Sommersprossengesicht wurde spitzbübisch. „Alles im Griff, Boss."

„Und du kennst dich mit der ganzen Prozedur beim Schließen des Lokals aus? Wenn du dir nicht sicher bist, bleibe ich die eine Stunde noch und ..."

„Verzieh dich", erwiderte er nur und machte eine scheuchende Handbewegung zur Tür. „Du siehst erledigt aus."

„Bin ich auch." Sie schlang sich ihre Einkaufstasche über die Schulter. „Von neun Uhr morgens bis zehn Uhr abends, das ist ein langer Tag."

„Also, hau ab. Ich erledige alles. Sollte etwas Ungewöhnliches passieren, kann ich dich ja erreichen."

Nach einem letzten Blick durch das Lokal und einem Abschiedsgruß zu beiden Kellnerinnen, verließ Liz ihr Restaurant und ging zu ihrem Wagen.

Sie hatte ihn auf einem Parkplatz abgestellt, der zwei Blocks Richtung Bourbon Street lag. Es machte ihr nichts aus zu gehen, obwohl sie selten vor halb elf aus dem Lokal kam. Die Gegend um das Quarter war immer sehr belebt, und sie hatte ihre treue Dose Pfefferspray dabei.

Wenigstens die ist treu, im Gegensatz zu Santos.

Liz verdrängte den Gedanken und atmete tief die frische Nachtluft ein. Sie musste weiterleben, und außerdem war sie Überlebenskünstlerin. Die langen Tage und Abende verbrachte sie sowohl aus Neigung im Restaurant als aus Notwendigkeit. Je länger und härter sie arbeitete, desto weniger Zeit blieb ihr, an Santos zu denken, desto weniger fehlte er ihr.

Trotz allem liebte sie ihn immer noch.

Und sie würde ihm nicht verzeihen, was er ihr angetan, wie er sie mit Glory betrogen hatte. Wenn sie ihm das heimzahlen könnte, würde sie es tun.

Liz erreichte die Bourbon Street, wollte sie überqueren, blickte nach links und rechts und blieb verwundert stehen. Fast genau vor ihr überquerte Hope St. Germaine von der anderen Seite die Straße.

Liz runzelte voller Abneigung die Stirn. Das Nachtleben des French Quarter war wohl kaum Hopes Kragenweite, es sei denn, sie befand sich auf irgendeiner hochmoralischen Wohltätigkeitsmission. Das war es. Wahrscheinlich war sie ins Quarter gekommen, um scheinheilig jemandes Leben zu zerstören.

Aber allein? Um diese Uhrzeit?

Ohne darüber nachzudenken, drehte Liz in die entgegengesetzte Richtung ab und folgte Hope St. Germaine. Ihre Neugier wuchs, als diese sich Augenblicke später ins „Paris Nights" duckte, ein Striplokal, das dem berüchtigten Chop Robichaux gehörte. Liz dachte daran, dass der Kerl sie bei jeder Versammlung der Vereinigung der Kaufleute des French Quarter musterte, als schätze er ab, was sie auf dem freien Markt einbrächte.

Liz schauderte. Sie hatte von seinen früheren Unternehmungen und seinen Konflikten mit dem Gesetz gehört. Von anderen Geschäftsleuten hatte sie Geschichten über Robichaux erfahren, die ihr Albträume bereiteten.

Obwohl sie sich sagte, dass es sie nichts anging, was Glorys Mutter im „Paris Nights" wollte, folgte sie ihr hinein. Gleich hinter der Tür blieb sie stehen und brauchte einen Moment, sich an das dunkle, verräucherte Innere zu gewöhnen. Dann erkannte sie, dass Hope sich an der Bar mit Chop unterhielt. Doch anstatt sich gleich wieder abzuwenden, als hätte sie nur nach dem Telefon oder der Toilette gefragt, wartete sie, bis der fette Barbesitzer hinter dem Tresen hervorkam. Dann gingen sie zusammen in den rückwärtigen Teil des Clubs.

Liz verengte leicht die Augen. *Was hat die hochwohlgeborene Hope St. Germaine mit dem niederen Gewürm Robichaux zu tun?*

Sie folgte ihnen, achtete jedoch sorgfältig auf Abstand. Sie waren in eine Nische auf der anderen Seite der Bühne geschlüpft. Liz verrenkte sich geradezu den Hals, um trotz der Tänzerinnen etwas zu sehen, und bemerkte, dass Hope einen Umschlag über den Tisch schob.

„He, Baby." Ein nach Whiskey stinkender Mann fiel gegen sie und packte ihre Arme. „Willste tanzen?"

„Nein, will ich nicht." Angewidert wich sie zurück und entzog sich ihm. „Entschuldigen Sie."

Sie drängte sich zurück zur Tür, doch der Betrunkene folgte ihr. „Ah, komm schon, Darling. Ich wette, du kannst dein' klein' Hintern richtig wirbeln." Lüstern fügte er hinzu: „Die Mädels da oben sin' nich' besser als du."

Vor allem sind sie nackt. Punkt. Liz sah ihn wütend an. „Ich sagte Nein!"

Er grapschte wieder nach ihr. Sie schlug ihm auf die Hand und trat ihn vors Schienbein. Er stieß überrascht einen Schmerzenslaut aus und taumelte rückwärts.

Liz drehte sich um und lief weg.

59. KAPITEL

Achtundvierzig Stunden nach seiner Festnahme holte Glory Santos auf Kaution heraus und fuhr ihn direkt ins Hotel, wo Jackson auf ihn wartete.

Santos vergeudete keine Zeit mit Höflichkeiten. Er stürmte ins Zimmer und blieb vor Jackson stehen. „Was, zum Teufel, ist los?"

Sein Partner faltete ruhig die Hände im Schoß. „Offenbar ist Robichaux zum District-Staatsanwalt gegangen und hat dich angezeigt, weil du ihn ausnimmst. Er sagte, du hättest gedroht, ihm und seiner Familie etwas anzutun, wenn er nicht zahlt."

„Was?" Santos war wütend. „Das ist doch Bockmist!"

„Langsam, Partner, es kommt noch besser." Jackson holte tief Luft. „Chop behauptet, du wärst auch an der aufgeflogenen Geschichte vor sechs Jahren beteiligt gewesen. Somit handelte es sich um die French Quarter Fünf."

Santos sank auf einen Stuhl. Seine Vergangenheit holte ihn ein. Er erinnerte sich der argwöhnischen Blicke und der offenen Feindseligkeit seiner Kollegen. Er hatte sich verraten gefühlt von ihnen. Zuerst, als er entdeckte, was sie taten, dass sie ihre Abzeichen dazu missbrauchten, Geld zu verdienen, und später durch ihre schlimmen Anschuldigungen, er sei an der Sache beteiligt.

Dass man seine Integrität, seine Ehre in den Schmutz gezogen hatte, war der endgültige Schlag ins Gesicht gewesen. Und jetzt wiederholte sich das. Santos sprang auf und ging hin und her.

„Chop behauptet, du wärst nicht nur an der Sache beteiligt, sondern der Anführer der Bande gewesen", fuhr Jackson fort. „Du hättest Wind von den Nachforschungen der Inneren Abteilung bekommen und die anderen angeschwärzt, um dich zu retten. Chop sagte, er hätte mitgemacht, weil du seine Familie bedroht hättest. Natürlich habe er nichts zu verlieren gehabt, gibt er zu, weil du ihm Immunität vor Strafverfolgung zugesichert hättest."

„Der schleimige Bastard." Santos blieb stehen und spreizte die Finger. „Dem möchte ich am liebsten seinen kurzen fetten Hals umdrehen."

„Was ich nicht verstehe", mischte Glory sich zum ersten Mal ein, „ist, dass Internal Affairs einem solchen Typen glaubt. Der Mann ist schließlich ein Krimineller."

Jackson lächelte Glory grimmig an. „Das erscheint lächerlich, nicht wahr? Aber politisch gesehen ist es eine schlechte Zeit für Unschuldsvermutungen. Es hat so viele Skandale um bestechliche Cops gegeben, dass wir in den Augen der Öffentlichkeit alle korrupt sind. *60 Minutes* hat zwei niederschmetternde Berichte über die Polizei von New Orleans gebracht. Und Chief Pennington trat sein Amt mit dem Schwur an, das Department aufzuräumen. Im Moment haben wir eine Hexenjagdatmosphäre. Was die Innere angeht, gilt gegenwärtig die Devise: Man ist schuldig, bis man seine Unschuld bewiesen hat. Und sie kommen immer wieder auf die Anschuldigung dieses Officers zurück, dass du in der Sache dringesteckt hättest."

„Also", sagte Santos und begann wieder hin und her zu gehen, „Robichaux geht mit einem Märchen zum District-Staatsanwalt. Der wendet sich an Internal Affairs und schließt einen Deal. Man stellt mir eine Falle. Robichaux sagt ihnen, ich komme, mein Geld abzuholen. Sie geben ihm die markierten Banknoten, und er lässt sie mir in die Tasche stecken." Santos blieb wieder stehen und sah seinen Partner wütend an. „Und natürlich glauben ihm alle, nicht nur diese Blödmänner von der Inneren. Alle glauben einem dreckigen Schleimer mehr als mir." Er ballte die Fäuste. „Einfach großartig!"

„Nicht alle", widersprach Jackson ruhig. „Aber einige. Es sieht nicht gut aus. Und das alles, weil du dich damals mit Robichaux geeinigt hast, anstatt gleich zur Inneren zu gehen. Außerdem warst du vorgestern Nacht in seinem Lokal."

„Robichaux hat Santos angerufen", wandte Glory rasch ein. „Er sagte, er hätte Informationen über den Schneewittchen-Killer. Ich war dabei."

„Aber Sie waren nicht am Telefon. Und wie die Innere das sieht, scheiden Sie damit als Zeugin aus." Jackson wandte sich wieder an Santos. „Und du hattest den Umschlag mit dem markierten Geld."

„Den man mir zusteckte."

Jackson hielt eine Hand hoch. „Ich weiß das, und du weißt es auch ..."

„Aber wir müssen die Innere davon überzeugen", murmelte Glory und sah von Santos zu Jackson. „Aber wie?"

„Dazu müssten wir als Erstes das Warum klären", sagte Jackson. „Denk nach, Santos. Du arbeitest nicht mehr bei der Sitte, bist also auch keine Bedrohung für Robichaux. Und es gibt genügend Mordfälle in der Stadt, um dich rundum zu beschäftigen. Warum also sollte er dich herausfordern, indem er dich reinlegt?"

„Geld. Das ist das Einzige, woraus ein Typ wie Robichaux sich was macht. Jemand bezahlt ihn für diese Sache. Aber wer?" fügte er versonnen hinzu.

„Das, mein Freund, ist die Frage des Tages."

Der Hotelmanager rief an. Glory sprach kurz mit ihm und entschuldigte sich dann. „Die Pflicht ruft", sagte sie leise und ging zur Tür. „Wenn ihr etwas braucht, kann meine Sekretärin mich erreichen."

Santos ging zu ihr, nahm ihre Hand und führte sie an seine Lippen. „Danke", sagte er und sah Glory in die Augen. Und in diesem Moment wurde ihm klar, dass er sie viel mehr brauchte, als klug war. „Für alles."

Sie schloss lächelnd die Finger um seine. „Stets zu Diensten."

Gleich darauf machte sie die Tür hinter sich zu. Jackson stieß einen leisen Pfiff aus. „Was für eine außergewöhnliche Frau. Du würdest nicht glauben, wie sie zu dir gestanden hat. Sie hat sofort alle angerufen, die sie kannte. Hast du schon eine Ahnung, was du mit ihr machen willst?"

Santos blickte stirnrunzelnd zur Tür. Glory hatte wirklich eisern zu ihm gestanden und öffentlich die Anschuldigungen gegen ihn für Unfug erklärt. Sie hatte getan, was sie konnte, um ihm zu helfen. Am Abend seiner Verhaftung hatte sie Jackson angerufen und sofort einen Topverteidiger beauftragt. Sobald die Kaution festgesetzt worden war, hatte sie sie gestellt und dieses Treffen mit seinem Partner arrangiert.

Trotzdem hatte er sich die ganze Zeit gefragt, warum sie das tat, wann die Axt fallen würde. Und deshalb fühlte er sich im Augenblick wie ein Schwein.

„Ob ich weiß, was ich mit ihr mache?" wiederholte er leise. „Wenn es um Glory geht, weiß ich das nie, zum Teufel."

Jackson nickte verständnisvoll. „Das habe ich mir gedacht. Also, mach dir darüber mal ein paar Gedanken. Oder du baust wieder Mist."

„Und das heißt?"

„Liz."

Santos sah seinen Partner nur flüchtig an. „Ich habe sie nicht geliebt, Mann. Das Gefühl war einfach nicht da."

„Und bei Glory ist es da?"

Ist es? Er hatte es einmal geglaubt, aber das war lange her. Santos seufzte: „Was ist so faszinierend an meinem Liebesleben? Haben wir keine anderen Sorgen?"

Jackson lachte kurz auf und wurde ernst. „Unsere zögerliche Zeugin war wieder da."

„Tina?"

„Dieselbe." Jackson legte die Fingerspitzen gegeneinander. „Sie sagte, sie wird verfolgt ... vom Schneewittchen-Killer."

Santos stellte fest: „Aber du glaubst ihr nicht."

„Sie passt nicht ins Profil. Sie ist zu alt, Haare und Augen haben die falsche Farbe. Trotzdem schien sie echt Angst zu haben. Aber ich glaube, die spinnt."

„Wahrscheinlich bildet sie sich die Verfolgung nur ein." Santos fuhr sich mit dem Zeigefinger am Nasenflügel entlang. „Hast du es trotzdem überprüft?"

„Natürlich. Und ich habe versucht, sie zum Sprechen zu bringen, aber das war auch ein Fehlschlag."

„Welche Überraschung."

„Es gibt noch einen Grund, weshalb ich ihr keinen Glauben geschenkt habe."

Santos wappnete sich instinktiv vor einer unangenehmen Mitteilung. „Spuck's aus."

„Wir haben wieder eine Leiche gefunden. In Baton Rouge." Santos stöhnte wütend auf, weil er zur Untätigkeit verdammt war. „Er entkommt uns! Der Hurensohn ist weitergezogen!"

„Das wissen wir nicht genau. Es könnte auch sein ..."

„Also, komm schon, Jackson. Du weißt so gut wie ich, dass er hier weg ist." Santos dehnte die Finger. „Der Bursche wandert nicht dauernd herum. Er sucht sich einen Ort aus, wo er sich sicher fühlt. Und da bleibt er, bis es ihm zu heiß wird. Dann zieht er weiter."

Sein Partner widersprach nicht, weil er nicht konnte. Nach einem Augenblick räusperte Jackson sich und sagte: „Ich fahre mal hin, um mir die Sache anzusehen. Vielleicht kann ich feststellen, ob es unser Täter ist oder ein Nachahmer."

„Die Handflächen?"

„Mit einem Kreuz markiert."

„Verdammt. Das ist unser Bursche, Jackson. Ich begleite dich."

„Klar, dann wären wir beide den Fall los." Jackson stand auf. „Du bleibst hier. Wenn der Captain auch nur ahnt, dass ich mit dir gesprochen habe, steckt mein Hals in der Schlinge."

„So 'n Mist aber auch." Santos zog die Stirn in Falten. „Was soll ich also tun? Hier rumsitzen und warten, bis unser Mann entkommt?"

„Im Prinzip ja."

„Scheiße."

Jackson lachte und legte ihm eine Hand auf die Schulter. „Wir holen dich da raus. Irgendwie bekommen wir die Beweise, dich zu entlasten."

Santos schwieg eine Weile und fragte schließlich verzagt: „Und wenn nicht? Vergiss mal das Gefängnis, aber ich könnte meine Marke verlieren. Und was soll ich dann machen? Ich bin Cop mit Leib und Seele."

Jackson drückte ihm die Schulter und nickte. „Ich weiß. Aber wir holen dich da raus. Irgendwie finden wir heraus, wer dir das angetan hat, und dann grillen wir ihm den Hintern. Alles, was du tun musst, ist durchhalten."

60. KAPITEL

Santos wollte nicht ruhig abwarten, bis der Schneewittchen-Killer ihm durch die Lappen ging oder sein Partner ihn aus der Klemme rettete. Am liebsten hätte er die Wahrheit aus Chop Robichaux herausgeprügelt, wusste jedoch, dass ihm damit nicht gedient war, so sehr ihn die Vorstellung auch befriedigte.

Seine andere Wahl war Tina. Wurde sie wirklich vom Killer verfolgt? Vielleicht wusste der Typ, dass sie ihn gesehen hatte. Vielleicht wollte er eine Zeugin beseitigen, ehe er die Stadt endgültig verließ. Tina hatte neben ihrer Freundin Billie gestanden, als die ihre letzte Verabredung einging. Sie hatte den Typen deutlich gesehen, demnach musste er sie auch gesehen haben. Falls dieser Freier der Schneewittchen-Killer war, bedeutete Tina für ihn eine Bedrohung.

Santos wartete bis zur Dunkelheit, ehe er im Quarter alle Straßen und Clubs abfuhr, wo sich häufig Nutten aufhielten. Nirgends ein Zeichen von Tina. Nach einigen Stunden fragte er sich, ob sie vor Angst die Stadt verlassen hatte oder sich doch zumindest eine Weile nicht zeigte.

Das Letzte konnte er wohl ausschließen. Um Geld zu verdienen, mussten die Mädchen dauernd auf der Straße sein. Die meisten arbeiteten sogar, wenn sie oder ihre Kinder krank waren, und bei brütender Hitze oder eisiger Kälte.

Nein, wenn Tina in der Stadt war, war sie auch auf der Straße. Er musste nur suchen.

Nach weiteren Stunden zahlte seine Beharrlichkeit sich aus. Tina kam ironischerweise aus dem Club 69. Er hielt den Wagen neben ihr am Straßenrand an und kurbelte das Fenster herunter. „Tina!"

Sie wandte sich ihm zu, und ihr lockendes Lächeln verschwand und wich einem Stirnrunzeln, als sie ihn erkannte. „Verzieh dich!" Sie ging weiter, und er ließ den Wagen langsam rollen. „Was ist los, Süßer? Brauchst du 'ne Frau?"

„Wir müssen miteinander reden."

„Wirklich?" Sie stemmte die Unterarme in das herabgelassene Fenster, steckte den Kopf ins Wageninnere und befeuchtete sich die Lippen. „Worüber müssen wir reden? Über den Zustand deines Dingsda?"

Er roch Schnaps, stark und eklig süß. Das war nicht überraschend. Viele Mädchen waren alkohol- und drogenabhängig. Bei ihrer Arbeit war es nicht von Nachteil, Körper und Geist zu betäuben.

Leider hielten die Süchte sie dann auch bei der Stange, brannten sie aus, verbrauchten sie und ketteten sie an ihre Tätigkeit. Er verabscheute es, Tina so zu sehen, besonders, weil er wusste, wie sie mal gewesen war. Er war nicht verantwortlich dafür, wie sich ihr Leben entwickelt hatte. Er hätte ihr damals nicht helfen können.

Trotzdem fühlte er sich irgendwie schuldig.

„Sei nicht albern, Tina. Ich will mit dir über den Schneewittchen-Killer reden."

„Über Polizeiarbeit?" Sie zeigte sich verwundert. „Aber Süßer, ich habe gehört, du bist kein Cop mehr."

Santos presste kurz die Kiefer zusammen, erwiderte aber nur: „Detective Jackson sagte mir, dass du im Präsidium warst."

„Na und?"

„Er sagte, du hättest Angst, weil du glaubst, vom Schneewittchen-Killer verfolgt zu werden."

Sie verengte die stark geschminkten Augen ein wenig. „Das ist richtig. Und weißt du, was dein Schwein von einem Partner getan hat? Nichts." Sie richtete sich auf. „Also, wie gesagt, verzieh dich."

Sie wandte sich ab und ging davon. Santos sprang fluchend aus dem Auto und folgte ihr. „Ich will dir helfen, Tina!"

Sie ging weiter, hob nur den rechten Arm und machte eine scheuchende Geste mit der Hand.

„Es tut mir Leid, dass ich damals nicht zurückkommen konnte!" rief er. „Lass mich dir jetzt helfen."

Sie blieb stehen, drehte sich jedoch nicht um. „Du willst mir nicht helfen", widersprach sie mit belegter Stimme. „Du willst dir selbst helfen." Sie räusperte sich. „Du willst diesen Burschen schnappen. Ich oder die anderen Mädchen, die in Gefahr sind, sind dir scheißegal. Wir sind doch bloß Nutten."

Er kam einen Schritt näher und streckte die Hand aus. „Das ist nicht wahr, Tina. Ich schwöre dir, ich sorge mich um euch."

Sie drehte sich halb zu ihm um. Sie wirkte gekränkt, und ihre Augen schwammen in Tränen. „Wenn du Mitgefühl hättest, wärst du zu mir zurückgekommen."

„Ich ... konnte nicht. Aber jetzt bin ich da. Ich glaube, dieser kranke Bastard könnte dir wirklich folgen. Er hält dich für eine Zeugin und könnte versuchen, dich zu töten." Er sah, wie das Blut aus ihrem Gesicht wich, und umfasste ihren Arm. „Es sei denn, wir kriegen ihn vorher." Sie starrte ihn ängstlich an, und er drängte: „Hilf mir, Tina, und hilf dir selbst."

Einen Moment lang glaubte er, sie würde einlenken. Doch ihre Furcht verwandelte sich in Zorn. Sie entriss ihm den Arm.

„Lass mich in Frieden! Ich weiß gar nichts!"

„Tina ..." Er griff wieder nach ihr, doch sie schlug mit der Tasche nach ihm und traf ihn an der Schulter. Die Tasche öffnete sich, und ihr Inhalt verteilte sich auf dem Gehsteig. Aufstöhnend beugte Tina sich hinunter und sammelte alles wieder ein.

Santos ging in die Hocke und half ihr. Da war nicht viel: eine Packung Zigaretten, ein Streichholzbriefchen, ein Packen zerknüllter Geldnoten und eine Hand voll Kondome.

Tina sammelte die Folienpäckchen ein. „Geh weg!"

„Keine Chance, Tina. Solange du nicht redest, klebe ich an dir wie Leim. Warum machst du es uns nicht einfach und ..."

Sie bückte sich nach dem letzten Päckchen. Dabei fiel ihr die Halskette aus dem Shirt und baumelte vom Körper weg. Ein Kreuz, klein, schlicht, billig. Es sah wie viele andere aus, die er in seiner Schreibtischschublade hatte. Er bedeckte ihre Hand mit seiner. „Wo hast du das her?"

Sie entriss ihm die Hand und stopfte das Folienpäckchen in ihre Handtasche. „Das sind nur Gummis, Officer. Hundert Prozent Latex. Die besten Freunde einer Nutte, wusstest du das nicht? Ich und die anderen Mädchen kaufen sie en gros in der Drogerie an der

Ecke." Sie deutete mit der Hand hin. „Es ist da lang, falls es dich interessiert."

„Das doch nicht." Er griff nach dem Anhänger. „Das hier."

„He, Hände weg!"

Sie wich zurück, doch er schloss die Hand um das Kreuz. „Woher hast du das, Tina?"

„Ein Geschenk zum Diplom", erwiderte sie sarkastisch. „Von meiner liebenden Mutter und meinem Stiefvater. Erinnerst du dich? Ich habe dir von ihnen erzählt. Er war ein Bullenschwein, genau wie du."

Er ließ die Kette nicht los. „Hör auf mit dem Scheiß, Tina. Woher hast du das?"

„Von einem Freund, der meine unsterbliche Seele retten möchte. Okay? Und jetzt verpiss dich!"

Ihre unsterbliche Seele! Santos war überzeugt, dass Tina den Killer kannte. Er zog sie ein wenig zu sich heran. „Wer ist dieser Freund?"

„Du bist der Detective. Finde es heraus."

Santos riss ihr das Kruzifix vom Hals. Tina strauchelte erschrocken rückwärts und landete mit dem Hinterteil auf dem Gehweg. „Verdammt, Tina, willst du unbedingt sterben? Ich könnte dich r..." Er verstummte kurz und erklärte: „Ich bin damals nicht zu dir zurückgekommen, weil meine Mutter in jener Nacht umgebracht wurde. Abgeschlachtet wie deine Freundin Billie. Ich bin nicht zurückgekommen, weil ich selbst keine Bleibe mehr hatte und weil für mich gerade eine Welt zusammengebrochen war. Dieser Killer könnte derselbe sein, der meine Mutter umgebracht hat. Ich muss wissen, ob er es ist. Ich muss ihn fassen, Tina."

Santos beugte sich vor, streckte die Hand mit dem Kruzifix aus. „Und jetzt erzähl mir, wo du diese gottverdammte Halskette herhast!"

61. KAPITEL

Tina hatte das Kruzifix von einem Bibelverkäufer im Quarter. Er führte ein kleines Geschäft für religiöse Artikel an der Dauphine. Er sei ein netter Typ, hatte sie gesagt, ein bisschen fanatisch, aber nett. Er mochte alle Straßenmädchen, predigte ihnen ständig von Gut und Böse, zitierte die Heilige Schrift und versuchte, sie zu einer Änderung ihres liederlichen Lebenswandels zu bewegen.

Er könne unmöglich der Killer sein, hatte sie gesagt. Völlig ausgeschlossen.

Santos sah das anders und Jackson ebenfalls.

Sichtlich erregt, riet Jackson Santos, sich still zu verhalten, er käme so schnell wie möglich mit dem Verdächtigen zurück.

Santos wartete ungeduldig und verfluchte Chop Robichaux und den, der ihn angestiftet hatte. Er wollte bei Jackson und den anderen sein, die Wohnung des Täters sehen und ihm Handschellen anlegen.

Verdammt, er wollte ihn dingfest machen.

Er wünschte sich, dass es der Mann war, der auch seine Mutter umgebracht hatte. Er wollte es wissen, und er wollte diesen Hurensohn schmoren sehen.

Jackson rief ihn an, sobald sie wieder im Präsidium waren. Er berichtete, es sähe so aus, als sei der Typ ihr Mann. Sie hatten jede Menge Zeugs in seinem Laden und in seiner Wohnung gefunden, Kreuze und Zeitungsausschnitte über den Schneewittchen-Killer. Er hatte sogar Bilder von einigen der toten Mädchen gehabt.

Das Einzige, was sie nicht hatten, fuhr Jackson fort, sei der Mann selbst. Er reise, hatte seine Wirtin gesagt. Manchmal bliebe er eine Woche weg, aber nie länger. Sie wisse nicht, wohin er diesmal gefahren sei.

„Ist er alt genug?“ fragte Santos gespannt und umklammerte den Hörer so fest, dass ihm die Finger taub wurden. „Könnte er der sein, der …“ Ihm versagte die Stimme, und er musste sich räuspern. Erst jetzt merkte er, wie sehr er sich diesen Moment herbeigesehnt und wie sehr er ihn gefürchtet hatte.

Ich muss es wissen.

Einen quälenden Augenblick lang sagte sein Partner nichts, und Santos zog sich langsam der Magen zusammen. „Jackson?“

„Er könnte es sein“, erwiderte der zögernd. „Er ist im richtigen Alter. Er geht seit Jahren im Quarter ein und aus. Er besucht … Nutten.“

Santos atmete auf. Die Knie wurden ihm weich vor Erleichterung.

„Santos, Kumpel, versteif dich nicht darauf. Auch wenn es der richtige Knabe sein könnte, ist er es vielleicht trotzdem nicht. Alles ist noch vage.“

„Ich weiß. Aber für den Augenblick … zum Teufel, Jackson, für den Augenblick genügt mir ein Vielleicht.“

62. KAPITEL

„Hallo, Liz.“

Liz blickte von den Zeitkarten ihrer Angestellten auf, die vor ihr auf der Bar lagen. „Jackson“, grüßte sie lächelnd, aufrichtig erfreut, ihn zu sehen. „Was führt Sie her?“

Er grinste. „Ich lechze nach einem Tofu-Sesam-Salat.“

„Genau das, was ich von meinen Gästen hören möchte.“ Sie glitt vom Barhocker. „Ich führe Sie an einen Tisch. Sind Sie heute allein?“

„Ja. Nur ich kleiner alter Knabe.“

Sie lachte. „An Ihnen ist nichts klein, Jackson. Wie groß waren Sie bei der Geburt? Einen Meter?“

„Eins zehn.“

Lachend blieb sie neben einem Fenstertisch mit einem guten Blick auf die Straße stehen. „Wie wäre es mit dem hier?"

„Wunderbar." Er zog sich einen Stuhl zurück und deutete auf einen zweiten. „Können Sie mir Gesellschaft leisten?"

Liz blickte zur Bar und zum Stapel Zeitkarten, die sie heute noch fertig machen musste. Morgen war Zahltag. „Nur eine Minute", bedauerte sie und setzte sich ihm gegenüber. „Die Büroarbeit nimmt kein Ende. Das ist der Teil meiner Tätigkeit, den ich am wenigsten mag."

„So ist das nun mal im Leben", erwiderte er, als die Kellnerin mit der Speisekarte kam. „Man muss das Gute mit dem Schlechten nehmen. Ich meine, sehen Sie mich an. Ich liebe die Polizeiarbeit, aber die Kriminellen kann ich nicht ausstehen."

Liz lachte: „Verglichen mit Ihren Kriminellen, sind meine Zeitkarten wohl ein Klacks."

Jackson warf keinen Blick auf die Speisekarte, sondern bestellte den Salat und ein Glas Kräutereistee. Dann wandte er sich wieder Liz zu. „Wie geht's denn so?"

„Großartig", erwiderte sie zu rasch und zu munter, wie ihr selbst auffiel. Ihre Wangen röteten sich leicht verlegen. „Wie ich höre, haben Sie den Schneewittchen-Killer gefasst."

„Wir haben einen Verdächtigen."

„Das klingt, als wären Sie nicht überzeugt, dass er es ist."

Jackson zuckte die Achseln. „Ich bin nicht so vorschnell wie mein heißblütiger Partner. Ich hebe mir das Urteil auf, bis wir alle Beweise haben und der Bursche in Haft sitzt."

„Wie geht es Santos?" fragte sie mitfühlend.

„Wenn Sie Zeitung lesen, wissen Sie es."

Ihr war unbehaglich, und sie bekämpfte ihre Schuldgefühle. Doch sie sagte sich, dass sie Santos verabscheute, dass er ihretwegen auf dem Scheiterhaufen brennen könne und Glory gleich mit ihm.

„Liz? Ist etwas nicht in Ordnung?"

„Nein, schon gut."

Jackson betrachtete sie forschend, und sie merkte, dass ihr schuldbewusst das Blut in die Wangen stieg. „Ist es so ... schlimm für Santos, wie ich gehört habe? Ich meine, gibt es eine Chance für ihn ... Sie wissen schon."

„Dass er davonkommt? Dass er seine Unschuld beweisen kann? Das will ich doch schwer hoffen. Jemand hat ihn hereingelegt. Chop Robichaux hat im Auftrag gehandelt."

„Hinter Chop Robichaux steckt jemand? Aber wer?"

„Wenn wir das wüssten, könnten wir etwas unternehmen. Wie es derzeit steht, sitzt Santos in der Patsche." Jackson fragte mit durchdringendem Blick: „Sie wissen nicht zufällig etwas über diese Sache, Liz, oder?"

„Ich?" Während sie energisch den Kopf schüttelte, meldete sich ihr Gewissen. „Wie sollte ich?" Sie sprang auf, zwang sich zu einem unsicheren Lächeln und wusste, wie schuldbewusst sie sich verhielt. „Hier kommt Ihr Salat. Ich mache mich wohl besser wieder über den Papierkram her." Sie ging auf die Bar zu, blieb jedoch stehen, als er ihren Namen rief. Sie schaute zurück und hielt seinem Blick, wenn auch mit Mühe, stand.

„Er wollte Sie nicht verletzen, Liz. Er ist ein guter Mann. Und er ist ein großartiger Polizist."

Den Tränen nahe, wandte sie sich wortlos ab und ging zur Bar. Doch sie konnte sich nicht auf ihre Abrechnungen konzentrieren. Ständig dachte sie daran, dass sie vor wenigen Tagen Hope St. Germaine und Chop Robichaux zusammen gesehen hatte. Und sie dachte dauernd an Santos.

Wie von ihren Gedanken herbeigerufen, kam er plötzlich herein. Ihr Herz hämmerte, und einen kurzen Moment hoffte sie, dass er vielleicht, nur vielleicht, ihretwegen gekommen war.

Aber das war er natürlich nicht. Er war wegen Jackson hier und schien sich extrem unbehaglich zu fühlen.

Das soll er auch, dachte sie wütend, er soll sich wie ein Stück Dreck vorkommen.

Sie beobachtete ihn verstohlen aus den Augenwinkeln, sah ihn das Gesicht verziehen und zur Tür deuten. Jackson schüttelte den Kopf und wies auf den Stuhl ihm gegenüber. Santos setzte sich und wirkte wie ein zum Tode Verurteilter.

Es tat ihr weh, ihn anzusehen. Es tat unendlich weh, jemand so sehr zu lieben und genau zu wissen, dass man ihn nie haben konnte. Warum hatte es zwischen ihnen nicht geklappt? Warum hatte er sie nicht lieben können? Seine Liebe hätte die Zerstörung ihrer Jugendträume und die Enttäuschung über Glory hundertfach wettgemacht.

Minutenlang hantierte sie ziellos mit den Zeitkarten und merkte, dass sie sie neu sortieren musste, da sie unfähig war, sich auf ihre Arbeit zu konzentrieren. Wieder blickte sie verstohlen zu Santos hinüber.

Er sah schlecht aus, müde und eingefallen. Irgendetwas verlieh ihm den Ausdruck eines verlorenen kleinen Jungen. So musste er vor vielen Jahren nach dem Mord an seiner Mutter ausgesehen haben, als er niemand mehr hatte.

Nach dem Verlust von Lily kam jetzt vielleicht noch Jobverlust hinzu.

Liz schluckte trocken. In gewisser Weise war er wieder dieser einsame kleine Junge, der sich auf nichts und niemand verlassen konnte.

Santos liebte seinen Beruf. Er war gerne Polizist und ein sehr guter noch dazu. Einer der Besten. Sie durfte ihn nicht hängen lassen, gleichgültig, was er ihr angetan hatte. Es wäre falsch und verabscheuungswürdig. Und auf lange Sicht gesehen würde sie mehr darunter leiden als er.

sehr viel Zeit und Kapital verschlingen, um ihn einigermaßen auf Vordermann zu bringen."

„Besteht eine Chance, dass Sie auch für diese Unternehmung einen Partner brauchen?"

Sie lachte, der Mann gefiel ihr. „Das wäre nicht Ihr Geschmack, glauben Sie mir. Aber ich fühle mich dieser neuen Unternehmung ebenso verpflichtet wie dem St. Charles." Auf seinen fragenden Blick hin erklärte sie: „Es handelt sich auch um einen Familienbesitz. Von der Familie meiner Mutter."

Sie setzte sich auf die Kante ihres Schreibtisches und fuhr fort: „Wir haben über meine Gründe gesprochen, warum ich einen Partner aufnehmen möchte. Was ist mit Ihnen, Jonathan? Ich weiß, dass Sie Nachforschungen angestellt haben. Sie haben Ihr Geschäft nicht durch Uninformiertheit zur heutigen Größe entwickelt. Also, warum sind Sie nach allem, was sie über das St. Charles wissen, an einer Teilhaberschaft interessiert?"

„Ganz einfach." Er hob die Hände. „Weil das St. Charles ein Juwel ist. Weil es eine perfekte Ergänzung meiner anderen Hotels darstellt. Und weil ich glaube, dass dieser Gegend von New Orleans ein Aufschwung bevorsteht. Außerdem bin ich überzeugt, dass kosmopolitische Besucher von New Orleans, wenn sie die Wahl haben, lieber in einem großen alten Hotel übernachten, als in den großen, schicken Kettenhotels."

Er faltete die Hände und fügte hinzu: „Wichtig ist die Werbung. Wir müssen herausstellen, was für ein besonderes Erlebnis es ist, im St. Charles zu wohnen. Die Reiseagenturen müssen das St. Charles kennen lernen, und wir müssen es allen Reiseveranstaltern in den Staaten und im Ausland bekannt machen. Meine Managementgesellschaft hatte unglaublichen Erfolg bei europäischen Großanbietern. Die Belegungsrate wird innerhalb eines halben Jahres auf neunzig Prozent klettern."

Sie konnte ihre Freude kaum verbergen. Außer zum Mardi Gras war das St. Charles seit dem Tod ihres Vaters nicht mehr zu neunzig Prozent belegt gewesen. „Das sind großartige Aussichten, Jonathan."

„So etwas ist mir schon früher gelungen", erwiderte er ruhig.

Das war ihr bekannt, auch sie hatte ihre Hausaufgaben gemacht. Jonathan Michaels hatte einen glänzenden Ruf in der Branche. Er war finanziell solide, hatte eine Erfolgsgeschichte vorzuweisen, war gewieft, aber ehrlich. Im Vorjahr war er vom *Hotel*-Magazin zum Hotelier des Jahres gekürt worden.

Er stand auf, ging zum Panoramafenster hinter ihrem Schreibtisch und blickte auf die Avenue hinunter. „Außerdem möchte ich einige kommerzielle Liegenschaften rings ums Hotel kaufen."

Glory erwiderte erstaunt: „Das wäre ein enormer Kapitalaufwand in einer Gegend, die die meisten für tot halten."

„Ich habe das Kapital, und ich liebe diese Stadt. Ich glaube an sie." Er verschränkte die Arme vor der Brust. „Wussten Sie, dass ich hier geboren bin?"

Sie nickte. „Ihr Vater hat eine Weile im St. Charles gearbeitet."

„Als Portier", erklärte Jonathan. „Ich erinnere mich, dass ich ihn mit meiner Mutter hier besucht habe. Ich war überwältigt."

„Das bin ich manchmal heute noch", bestätigte sie lachend.

„Ich habe Ihren Vater damals kennen gelernt. Er war sehr nett zu uns. Später begegneten wir uns dann beruflich."

Sie schätzte Jonathan Michaels auf Mitte, Ende vierzig. Ihr Vater wäre in diesem Jahr vierundsechzig geworden. „Tatsächlich?"

„Ich war Berufsanfänger, und er hatte bereits einen sehr guten Ruf in der Branche. Jedenfalls hat er mich mächtig beeindruckt."

Sie schmunzelte. „Mich auch. Danke." Glory sah auf ihre Uhr. „Ich weiß, dass Sie Ihr Flugzeug erwischen müssen, und möchte Sie nicht länger aufhalten."

Er nickte, und sie gingen zur Tür. „Und was halten Sie von meinem Angebot? Interessiert?"

„Sehr. Aber ich muss mit meinen Finanzberatern, dem Anwalt und der Buchhaltung reden. Und natürlich auch mit meiner Mutter. Wie Sie wahrscheinlich wissen, gehören ihr fünfzig Prozent des Hotels."

„Glauben Sie, dass sie Argumenten zugänglich ist?"

Glory hielt ihm die Tür auf, und sie gingen zusammen zu den Fahrstühlen. „Sie hängt nicht so sehr an dem Hotel wie ich, aber sie genießt seine Vorteile und das Prestige, es zu besitzen."

„Einzelheiten können vertraglich geregelt werden."

Sie erreichten den Fahrstuhl, Glory drückte den Knopf und sagte mit einer angedeuteten Verneigung: „Ich rufe Sie dann an."

„Tun Sie das. Eine Verbindung unserer Hotels wäre für alle von Vorteil und gut für das St. Charles."

„Wenn ich davon nicht überzeugt wäre, hätte ich mich gar nicht auf ein Gespräch eingelassen. Ich rufe Sie an, so oder so."

Glory ging in ihr Büro zurück und betrachtete von der Tür aus den Schreibtisch ihres Vaters und den Panoramablick aus dem dahinter liegenden Fenster. Ein Hauch Wehmut mischte sich in ihre neue Hoffnung. Ihr Vater hätte nicht gewollt, dass es mit dem Hotel bergab geht. Und Jonathan Michaels hätte ihm gefallen, angefangen von seinem Ruf in der Branche, bis zu der Tatsache, dass er von hier stammte.

Ihre Mutter würde ihn vermutlich nicht mögen, weil er ihr nicht gut genug war für eine Partnerschaft. Sie wollte nichts von ihrem Status einbüßen und würde nichts zustimmen, das Gerede nach sich ziehen konnte.

Ihre Mutter würde ihrem Vorhaben, falls überhaupt, dann nicht bereitwillig zustimmen. Und Glory wusste nicht recht, was sie dagegen tun konnte.

64. KAPITEL

Der Club nannte sich Rack und lag am Rande des Quarters. Fernab belebter Touristenpfade und legitimer Geschäfte, öffnete er um Mitternacht, schloss im Morgengrauen und bediente eine Klientel, deren sexuelle Gelüste dem Normalen zuwiderliefen und das Zufügen und/oder Empfangen von Schmerzen einschlossen.

Und Hope St. Germaine ist gerade darin verschwunden!

Santos stieß einen leisen Pfiff aus. Fünf Tage Beschattung zahlten sich endlich aus. Aber das? Wenn er es nicht selbst gesehen hätte, ihr nicht von zu Hause hierher gefolgt wäre, beobachtet hätte, wie sie aus dem Auto stieg – ganz in Schwarz, das Gesicht mit einem Schal verdeckt –, über den Gehsteig huschte und im Club verschwand, hätte er es nicht geglaubt.

Jetzt habe ich dich! Fast.

Santos zog sich die Kappe der New-Orleans-Saints tiefer in die Stirn und stieg aus seinem Auto. Jackson hatte über seine Kontakte erfahren, dass Königin St. Germaine kürzlich einen Fünfundzwanzigtausenddollarwechsel eingezogen hatte. Zudem hatte sie das Geld auf keinem ihrer Konten eingezahlt, zumindest nicht auf solchen, zu denen Jacksons Quellen Zugang hatten.

Leider war es keine Straftat, einen Wechsel einzuziehen. Und da er und Jackson die Information illegal bekommen hatten, war sie auch nicht gerichtsverwertbar. Er brauchte mehr, um zu beweisen, dass sie ihn hereingelegt hatte.

Santos betrat das Rack und hielt den Kopf gesenkt. Möglicherweise erkannte man ihn hier, obwohl es Jahre her war, dass er den Club im Zuge allgemeiner Säuberungsaktionen hochgenommen hatte. Wenn ihn seine Erinnerung nicht trog, war der Club damals weniger als zweiundsiebzig Stunden geschlossen geblieben.

Das Leben ging weiter. Und das Department hatte weder die

Mittel noch das Personal, jeden Gesetzesbruch zu verfolgen, schon gar nicht, wenn es um Sex zwischen mündigen Erwachsenen ging – auch wenn er gefährlich und abartig war.

Santos' Blick wanderte suchend durch den Raum, der auf europäische Weise elegant und schön war. Nicht unbedingt das Interieur, das man sich in einem Club vorstellte, der von der Schlag-mich-peitsch-mich-Liga frequentiert wurde. Doch die Kundschaft des Rack stammte aus der Oberschicht. Sie war das Beste gewöhnt und gab sich mit nicht weniger zufrieden, nicht mal in ihren Sado-Maso-Clubs. Und falls jemand das traditionellere Horrorkabinett bevorzugte, fand er das in den privaten Partyräumen oben und im hinteren Teil.

Santos ging weiter in den Club und arbeitete sich durch eine schwarz gekleidete Menge mit ungesunden Dornen- und Kettenapplikationen. Er blieb stehen, um einen Mann, der seinen Freund an Halsband und Koppelleine herumführte, vorbeizulassen. An der Bar benutzte eine gestiefelte Frau mit zehn Zentimeter hohen Stöckelabsätzen den nackten Rücken ihres Begleiters als Fußbank. Santos zuckte zusammen, als er sah, wie sich ihre Absätze bei jeder Bewegung in das Fleisch des Mannes bohrten. Unter die Herrschaften mit der schrillen Kleidung hatten sich Leute in so normaler, konservativer Aufmachung gemischt, wie jeder Banker oder Anwalt sie trug.

Keine Hope St. Germaine.

Sie war zu einer Privatparty gegangen. Santos sah sich leise fluchend um. Zugang zu den Privaträumen verschafften ihm nur ein Wunder oder das Gesetz. Leider konnte er momentan beides nicht für sich nutzen. *Und was nun?*

„Hallo, mein Hengst." Eine große, kräftig gebaute Dame glitt neben ihn, hakte sich bei ihm unter, und ihre langen rot lackierten Nägel bohrten sich viel sagend in seinen Unterarm. „Deckst du heute Nacht?“ fragte sie mit rauer Falsettstimme. „Du siehst genau wie der Mann aus, der mich zum Schreien bringen könnte.“

Santos sah in ihre – genauer gesagt, seine – stark geschminkten Augen. Er kannte Sam, Samantha, von früheren Begegnungen. Sam verkehrte in dieser Szene und war ein „Gump“, ein Strichjunge, der sich als Frau kleidete.

Und es bestand eine gute Chance, dass Sam ihm helfen konnte.

Santos lächelte: „Hallo, Samantha, was macht ein nettes Mädchen wie du an so einem Ort?“

Erschrocken erkannte Sam ihn und wollte zurückweichen. Santos legte seine Hand auf ihre und hielt sie fest. „Du wirst doch jetzt nicht weggehen und eine Szene machen, Samantha? Das fände ich wirklich unerfreulich.“

Sam schüttelte den Kopf. „Ich mache gar nichts, Detective. Kommen Sie, ich habe mir doch nur einen kleinen Spaß mit Ihnen erlaubt.“

„Spaß? Ja, so nennt ihr das wohl.“ Er hielt ihre Hand fester. „Komm mit mir, Samantha, wir müssen miteinander reden.“

Er führte sie in eine abgelegene Nische und setzte sich mit dem Rücken zur Wand, damit er ungehinderten Blick in den Club hatte. „Ich muss wissen, was heute Nacht so abgeht.“

Samantha begann zu zittern. „Ich sagte schon, Detective, es läuft gar nichts.“

„Privatpartys, Sam. Ich muss wissen, wer heute Nacht an einer Party teilnimmt.“

Samantha glättete sich mit einer Hand das schwarze Satinkleid. Es war in zwei Teile geschnitten und in der Mitte durch Silberketten verbunden. „Ich weiß gar nichts. Wirklich.“

Santos sah ihre Hand zittern. „Nervös wegen irgendwas?“

„Überhaupt nicht.“

„Du zitterst wie Espenlaub. Als würdest du dich schuldig fühlen." Santos beugte sich vor. „Weißt du, ich könnte dich wegen einem halben Dutzend Anklagepunkten hochnehmen. Du hast das Gefängnis nie sehr gemocht, was Samantha? Die anderen Jungs spielen nicht fair, oder?"

Sie erbleichte. „Sie bringen mich um, Detective. Wenn irgendwer rauskriegt, dass ich Ihnen was gesagt habe ..."

„Ich suche eine Frau mittleren Alters. Dame der Gesellschaft. Viel Geld, viel Stil."

Samantha presste die Lippen zusammen und sah nervös nach rechts und links.

„Du weißt, von wem ich spreche?" Santos sah ihr in die Augen. „Ich schulde dir etwas, Sam. Es ist sehr wichtig. Und es ist persönlich."

Samantha schwieg noch einen Moment, nickte dann und beugte sich weiter zu ihm vor. „Ich weiß, wen Sie meinen." Sie senkte die Stimme. „Das ist 'ne richtige Hexe. Sie hat einen Freund von mir übel zugerichtet. Er war eine Woche im Krankenhaus."

Santos' Puls schlug schneller. *Ich habe sie.* „Was noch?"

„Sie liebt die Männer jung und echt macho." Sam schniefte beleidigt. „Über Geschmack lässt sich nicht streiten."

„Ist sie jetzt da drin?"

Samantha leckte sich über die Lippen und nickte. „Sie kam kurz vor Ihnen rein. Spricht nie mit jemand, sieht niemand an, als wäre sie sich zu gut für uns."

„Sie kommt also herein", drängte Santos, „und was dann?"

„Dann beginnen offenbar die Spiele. Sie geht direkt nach oben. Wie ich höre, nennt sie sich Violet."

Violet, das Veilchen. Sie hat sich also einen Blumennamen gegeben wie alle Pierron-Frauen. „Und Chop arrangiert das für Sie?"

Samanthas Gesicht wurde ernst. „Davon weiß ich nichts."

„Bockmist." Santos drückte ihr die Hand, bis es schmerzte.

„Chop arrangiert das für die meisten hier. Wie viel? Was kosten ihre Vorlieben?“

Sam zuckte die Achseln. „Ich war nie in den Privaträumen, wissen Sie. Aber was ich so gehört habe, geht das von ein paar Hundert bis zu einigen Tausend. Hängt davon ab, was sie in der jeweiligen Nacht treibt.“

Nichts, das etwa fünfundzwanzigtausend Dollar kostet. Santos nickte und dachte nach. Nein, so viel Geld wurde gebraucht, um jemandem eine Falle zu stellen.

„Danke, Samantha.“ Er ließ ihre Hand los. „Das vergesse ich dir nicht. Ich schulde dir etwas.“

Als er gehen wollte, hielt Samantha ihn am Arm fest und betrachtete ihn wohlwollend. „Warum trägst du deine Schuld nicht gleich ab? Bleib ein bisschen hier, und wir amüsieren uns.“ Sie rückte näher. „Jede Wette, dass ich dir ein paar neue Tricks beibringen kann.“

Santos entfernte die Hand von seinem Arm und ließ keinen Zweifel, was er von dem Angebot hielt. Trotzdem erwiderte er freundlich: „Dieser alte Hund kennt alle Tricks, die er kennen möchte. Bleib sauber, Sam.“

Santos ging und ließ das Rack hinter sich.

65. KAPITEL

Sieben Stunden später fuhren Santos und Jackson vor Chop Robichaux’ Club an der Bourbon Street vor. Nicht mal um zehn Uhr morgens, war die Straße völlig leer. Sie hatten es aus sicherer Quelle, dass sie Chop hier treffen würden, und zwar allein. Genau, was sie wollten. Was sie vorhatten, war so jenseits des Gesetzes, dass sie keine Zeugen gebrauchen konnten.

Jackson wandte sich an Santos. „Alles klar mit unserem Plan?“

„Ja. Wir gehen rein und überzeugen ihn, dass Königin St. Germaine ihn verpfiffen hat und er deshalb einsitzen wird.“

„Kleinigkeit.“ Jackson lächelte finster. „Wir appellieren an seine unmoralische, paranoide, kriminelle Seite.“

Leicht beunruhigt, blickte Santos zum Eingang des Clubs. Er und Jackson hatten dieses Spiel schon mehrfach abgezogen, aber noch nie hatte von seinem Ausgang so viel abgehangen wie heute. Diesmal ging es um seine Zukunft. „Vielleicht funktioniert es nicht, Jackson. Vielleicht fällt er nicht drauf rein.“

„Es funktioniert“, entgegnete Jackson bestimmt. „Vertrau mir, Partner, wenn wir ihn in die Ecke drängen, quiekt er wie ein Schwein. Und wenn nicht, prügele ich die Wahrheit aus ihm heraus.“

„Das ist mein Text“, versuchte Santos zu scherzen. „Als Nächstes bestellst du dir noch Steaks.“

„Die großen, blutigen.“

Santos lachte, doch es klang nicht sonderlich heiter. „Wir wissen das Wichtigste. Wir wissen von dem Geld und dass Sie sich mit ihm getroffen hat und ihm einen Umschlag zuschob. Wir wissen von ihren ... außerplanmäßigen Aktivitäten. Wir müssen jetzt nur noch ein bisschen improvisieren und die fehlenden Stücke des Puzzles einsetzen. Das machen wir dauernd.“

„Und verdammt gut, möchte ich hinzufugen.“

„Ich wünschte, wir hätten mehr“, sagte Santos. „Ich wünschte, dies wäre ein offizieller Besuch. Komisch, die fehlenden Teile des Puzzles zu finden ist nicht halb so unterhaltsam, wenn es das eigene Leben betrifft.“

„Klar.“ bestätigte Jackson. „Aber diese Scheißtypen werden dich nicht klein kriegen. Das lassen wir nicht zu.“

„Packen wir's an.“

Sie stiegen aus, gingen zum Eingang und betraten das Lokal. Chop saß an der Bar und aß, wobei er rauchte. Im Fernseher über der Bar plärrte ein Trickfilm.

„Die Bar ist geschlossen", rief Chop mit vollem Mund, ohne sich umzudrehen. „Kommen Sie um elf wieder."

„Ich fürchte, das wird nicht gehen", sagte Santos und schlenderte zur Bar. „Da haben wir etwas Wichtiges zu erledigen."

Chop drehte sich rasch zu ihnen um, fluchte und widmete sich wieder seinem Frühstück. „Bullenschweine. Was sonst noch?"

„Ja, was wohl?" Jackson ging an Chops linke Seite und sah auf den Teller. „Hat Ihnen noch keiner die schlimmen Dinge über Tierfette erklärt?"

„Verpiss dich."

Santos lehnte sich lachend zu Chops Rechter auf den Tresen und sah Jackson an. „Da ist heute einer mit dem linken Bein zuerst aufgestanden."

Chop sah Santos giftig an und schaufelte eine weitere Gabel voll in den Mund. Etwas von dem flüssigen Eigelb tropfte ihm aufs Kinn. „Sie können nicht offiziell hier sein. Sie sind kein Cop mehr."

„Tatsächlich?" Santos zog seine Marke heraus oder das, was hoffentlich als solche durchging, und hielt sie Chop kurz hin. „Seltsam, wie sich über Nacht alles ändern kann. Neue Informationen kommen ans Licht, und peng sieht alles anders aus."

Chop wirkte eher amüsiert als nervös. „Wer ist Ihr großer Freund da?"

„Detective Jackson." Jackson zeigte kurz seine Marke und steckte sie wieder ein. „Wir möchten über ein interessantes Gespräch mit Ihnen reden, das wir mit einer Freundin von Ihnen hatten."

„Einer Freundin?" Chop lachte dreckig. „Ich wusste gar nicht, dass ich eine habe."

„Sie heißt Hope St. Germaine. Manchmal nennt sie sich Violet. Kommt Ihnen das bekannt vor?“

Chop schob mit ernster Miene den Teller zurück. „Nein. Vielleicht sollten Sie mein Gedächtnis auffrischen.“

„Mit Vergnügen.“ Santos nahm Chops Feuerzeug auf und wog es in der Hand. „Schwer. Muss Gold sein.“ Er klappte es auf, drehte das Rädchen und löschte die Flamme, indem er den Deckel wieder zuschnappen ließ. „Wie viel kostet so ein Feuerzeug, Chop?“ Santos hob fragend die Brauen. „Nicht fünfundzwanzigtausend Dollar? Sicher nicht so viel. Was meinst du, Jackson?“

Er warf es Jackson zu, der fing es und wog es in der Hand. „Für fünfundzwanzigtausend Dollar bekäme man wohl eine Menge von denen. Einen ganzen Koffer voll.“

Chop schnappte sich das Feuerzeug von Jackson und steckte es in die Hemdtasche. „Da könnten Sie Recht haben.“

„Ja, haben wir.“ Santos lehnte sich zu Chop hinüber und starrte ihn an. „Ihre Freundin, diese Hope St. Germaine, sagte, Sie hätten sie erpresst. Sie behauptet, Sie hätten ihre sexuellen Vorlieben publik machen wollen. Sie sagt weiter, sie hätte gehört, wie Sie planten, mir eine Falle zu stellen. Sie wird vor Gericht aussagen, weil sie mit ihrem High-Society-Hintern nicht ins Gefängnis will.“ Santos lächelte dünn und bohrte seinen Zeigefinger in Chops fleischige Brust. „Und wir kriegen dich, mein Freund. Wir kriegen dich dran wegen Verschwörung und Erpressung. Nett, was?“

Chop gähnte und stieß Santos' Hand zurück. „Scheißdreck. Sie haben gar nichts.“

„Wir haben alles, was wir brauchen.“

„Klar.“ Chop drückte sich kichernd vom Tresen ab. „Ich denke, ich werde meinen freundlichen District-Staatsanwalt anrufen. Der wird diesen Vorfall sehr ... interessant finden.“

Jackson packte den Mann am Arm. „Ich glaube kaum, dass Sie

das möchten, zumal wir einen Zeugen haben, der eine Verbindung zwischen Ihnen beiden herstellen kann. Dieser Zeuge sah, wie Geld ausgetauscht wurde." Jackson schnalzte mit der Zunge. „Erpressung ist eine üble Geschichte. Besonders wenn man eine Frau wie die erpresst. Sie hat viele hoch gestellte Freunde."

Chop schluckte trocken und begann zu schwitzen.

„Schauen Sie ..." Santos beugte sich weiter zu Chop vor, obwohl dessen Geruch ihm Übelkeit verursachte. „Ich denke, sie ist selbst in die Sache verwickelt. Wir mögen uns nicht besonders. Aber mir genügt es, wenn Sie dabei auf die Schnauze fallen. Sie sind ein ziemlich schleimiger Brocken, und ich bin einfach froh, Sie von der Straße zu haben. So oder so, ich habe meine Marke zurück."

„Weg von der Straße", wiederholte Jackson. „Es wird Zeit, dass Sie endlich mal einsitzen. Was glaubst du, Santos, wie viel wird er kriegen?"

Santos gab sich nachdenklich. „Fünfzehn bis dreißig Jahre. Schließlich reden wir hier von Erpressung und Verschwörung." Er lächelte seinem Partner in dem Bewusstsein zu, dass sie gewannen, und konnte seine verräterische Erleichterung darüber kaum verbergen. „Glaubst du, dass die Burschen im Knast ihn mögen? Irgendwie ist er ja hübsch auf eine fette, hässliche Art."

„Verpisst euch!" brummte Chop, obwohl seinem Schimpfen inzwischen die Vehemenz fehlte.

„Minimum", meinte Jackson im Hinblick auf das Strafmaß. „Wenn er rauskommt, ist er alt und schlaff, aber he, das ist nicht unsere Sorge."

„Warum sollte ich sie erpressen?" fragte Chop und sprang auf. Dabei sah er die beiden so treuherzig an wie ein Pfadfinder. „Und meinen Ruf ruinieren? Also bitte, ich habe Kunden, die bedeutend reicher sind und mehr zu verlieren haben als sie. Viele sogar. Sie ist ein kleiner Fisch."

„Oh, das glaube ich Ihnen", sagte Santos amüsiert und fragte Jackson: „Glaubst du ihm?"

„Ja sicher. Aber was ist mit den ganzen aufrechten Geschworenen? Ich kann mir das gut vorstellen. Wenn die Anklage erst mal den Umfang – oder soll ich besser sagen die Tiefe – Ihrer Aktivitäten kennt ..." Jackson fuhr bedauernd fort: „Offen gestanden, die Höchststrafe wäre diesen Leuten gerade recht."

Chop schwieg eine volle Minute lang. Er sah von einem zum anderen, wirkte nervös und fluchte schließlich. „Ich halte nicht den Kopf hin für diese perverse Nutte. Egal, wie viel sie mir bezahlt hat." An Santos gewandt, berichtete er: „Sie kam zu mir in die Bar. Sie wollte Ihren Hals in der Schlinge sehen. Sie hat die ganze Sache geplant."

„Na klar", schnaubte Santos gespielt ungläubig. „Wir reden von einer Lady aus den besten Kreisen der Stadt, aus einer alten Familie, die jeden Tag zur Messe geht. Sie gibt Unsummen für wohltätige Zwecke aus, und die stellt mir eine Falle?" Santos gab Jackson einen Wink. „Leg ihm die Handschellen an."

„Es stimmt!" Chop wich ihm aus. „Ich kann alles belegen mit Namen, Daten, Bildern, Aufzeichnungen. Niemand legt Chop Robichaux herein."

Chop konnte es tatsächlich belegen, wie Santos und Jackson kurze Zeit später feststellten. Mr. Robichaux war vor allem ein verteufelt sorgfältiger Geschäftsmann. Und er hatte nicht geprahlt, als er sagte, er hätte wohlhabendere Kunden als Hope St. Germaine, die mehr zu verlieren hätten. Inzwischen war er schon beim District-Staatsanwalt, um mit ihm einen Deal auszuhandeln. Doch ganz straffrei würde er diesmal nicht davonkommen.

Santos schlug den braunen Umschlag gegen seine Hand, in dem sich Fotos von Hope St. Germaine aus ihrem anderen Leben befanden. Das Leben, das sie vor allen, auch ihrer Tochter, hatte geheim halten können.

Glory. Allmächtiger, wie sollte er Glory das bloß beibringen?

„He, Partner!"

Santos drehte sich zu Jackson um. „Hast du den Haftbefehl?"

„Ist in Arbeit. Wir bekommen ihn innerhalb der nächsten Stunde, in vierzig Minuten, wenn alles glatt läuft."

„Ich möchte dabei sein."

„Verständlich. Ich habe schon mit dem Captain gesprochen. Er hat sich die Bänder mit Chops Geständnis angehört. Unter diesen Umständen ist er einverstanden."

Santos sah stirnrunzelnd auf seine Uhr. „Ich brauche die ganze Stunde. Ich muss ..." Er musste sich räuspern, ehe er weitersprechen konnte. „Ich muss es Glory sagen. Sie darf es nicht aus den Medien erfahren. Und sie will mit ihrer Mutter sprechen, da bin ich sicher. Ich meine, ehe wir dort aufkreuzen."

„Dann begleite Glory. Wir können nicht riskieren, dass die Mama abhaut."

Santos nickte, und beim Gedanken an das, was er tun musste, krampfte sich sein Herz zusammen. „Ich werde dabei sein."

„Gut. Ich sorge dafür, dass du eine Stunde Zeit bekommst." Jackson fragte mitfühlend: „Stehst du das durch?"

„Klar ... ach, verdammt, es ist ungeheuer schwer. Ich bin froh, dass ich meine Marke zurückhabe. Ich bin ein Cop, Jackson, ich fange die bösen Jungs und suche nach Beweisen. Aber wie soll ich Glory in die Augen sehen und ihr dabei erzählen, was ihre Mutter wirklich ist?"

„In einem hast du Recht, Santos, du bist ein guter Cop. Und diese ganze Sache ist nicht deine Schuld. Du bist nicht der Böse. Vergiss das nicht."

„Ja, okay, erklär das Glory." Santos atmete tief durch. „Was soll ich ihr sagen? Wie kann ich es ihr beibringen, ohne sie zu verletzen?“

„Ich weiß nicht, Partner.“ Jackson legte ihm eine Hand auf die Schulter. „Ich weiß es wirklich nicht.“

66. KAPITEL

Santos fand Glory in ihrem Büro im Hotel, wies die Sekretärin an, sie keinesfalls zu stören, bat Glory, sich zu setzen, und erzählte ihr ruhig die ganze Geschichte, beginnend mit dem Hinweis, den sie von Liz bekommen hatten.

Während er sprach, saß Glory reglos da, starrte ihn fassungslos an und traute offenbar ihren Ohren nicht. Als er endete, sagte sie nur: „Das kann nicht dein Ernst sein.“

„Mein völliger Ernst.“ Leiser fügte er hinzu: „Es tut mir Leid, Glory.“

„Aber ...“ Sie schluckte. „Das ist lächerlich. Krank. Du bist meiner Mutter gefolgt? Du behauptest, sie hätte sich mit diesem schmierigen Chop Robichaux eingelassen? Sie sei schon jahrelang Kundin bei ihm?“ Mit erhobener Stimme fuhr sie fort: „Du sagst, sie war diejenige, die ...“

„Die mir eine Falle gestellt hat, ja.“

Glory schüttelte langsam den Kopf und spürte das Blut aus ihrem Gesicht weichen. *Das kann nicht wahr sein.* „Ich glaube dir nicht.“

„Tut mir Leid, Glory. Ich wünschte, es wäre nicht wahr.“

Er sah kurz verlegen auf seine Hände, ehe er den Blick wieder hob. Santos’ Hilflosigkeit ließ Glory ahnen, dass alles stimmte. Ängstlich sprang sie auf und ballte die Hände. „Es ist nicht wahr!“ beharrte sie. „Warum tust du das, Santos? Ich weiß, dass du sie ...

verabscheust. Ich weiß, dass du Grund dazu hast, aber das ist ... es ist ..."

Sie wandte sich von ihm ab, weil sie sein Mitgefühl nicht ertrug. Zitternd legte sie kurz die Hände vors Gesicht. „Das hier geht über Abscheu hinaus, Santos. Das ist krank. Du brauchst Hilfe."

Er stand auf, ging zu ihr und nahm ihre Hände, als wolle er sie wärmen. Glory kamen die Tränen, als sie ihn ansah. „Nicht ich bin krank, Glory. Glaube mir, es tut mir Leid, dass ich dir so wehtun muss."

Sie entriss ihm die Hände. „Ich glaube dir nicht, Santos. Das ist alles gelogen. Du redest von meiner Mutter!"

„Das weiß ich. Du kannst dir nicht vorstellen, wie sehr mir davor graute, herzukommen und dir das alles zu erzählen. Du kannst dir nicht vorstellen ..."

„Erspare mir das, Detective Santos! Du genießt es doch!"

Das traf ihn. „Dein Zorn richtet sich gegen den Falschen. Den Überbringer schlechter Nachrichten zu töten ändert nichts an den Fakten. Ich bin nicht der, der dich hintergangen hat, und das wissen wir beide."

Sie bedeckte ihre Augen mit einer Hand. *Es ist nicht wahr. Es kann nicht wahr sein!*

„Ich habe Beweise dabei. Es gibt Bilder. Aber ich möchte nicht, dass du sie dir ansiehst." Er nahm ihren Arm und drehte sie zu sich her. „Glaube mir einfach, Glory. Ich würde dich nie anlügen, weder in diesen noch in anderen Dingen."

„Bilder?" wiederholte sie mit tränenverschleiertem Blick. „Was meinst du damit?"

Er deutete auf den großen braunen Umschlag, der am Sessel lehnte. „Robichaux führt Akten über alle seine Kunden. Über Geschäfte, das Datum der Geschäfte ... über geleistete Dienste und ihre Kosten. Die Akten deiner Mutter reichen zurück bis 1970."

Da war ich drei Jahre alt. Vater lebte noch. Er war ein junger Mann. Glory wurde übel. *Es ist nicht wahr! Es kann nicht sein!*

Sie ging zum Sessel, nahm den Umschlag und öffnete ihn trotzig.

„Glory!" Santos machte mit ausgestreckter Hand einen Schritt auf sie zu. „Bitte, Liebes, glaube mir einfach. Wenn du dir die Fotos einmal angesehen hast ... gibt es kein Zurück mehr. Verstehst du? Wenn du sie einmal so gesehen hast, wirst du sie nie ..."

„Schweig!" Sie holte zittrig Luft und merkte, dass sie nah daran war, hysterisch zu werden. „Sprich nicht mit mir. Sprich mich nie mehr an!"

„Ich habe das alles nicht getan, Glory, ich habe es nur aufgedeckt. Wenn du dir diese Fotos ansiehst, wirst du sie nie mehr vergessen. Tu dir das bitte nicht an. Es ist nicht nötig. Glaube mir einfach."

Sie griff in den Umschlag und zog ein Foto hoch, den Blick jedoch auf Santos gerichtet. Sie zitterte, ihre Augen waren feucht. Der Umschlag entglitt ihren Händen, und sie klappte schluchzend zusammen.

Santos nahm sie in die Arme und hielt sie aufrecht. „Glory, Liebes, es wird alles gut."

„Nein ... wird es nicht", schluchzte sie an seiner Schulter. „Wie kann es jemals wieder gut werden? Meine Mutter ... ist meine Mutter ..."

Sie weinte lange, ihr Schmerz war unerträglich. Santos hielt sie, flüsterte leisen Trost und strich ihr übers Haar. Erschöpft hob sie schließlich den Kopf und sah ihn an. „Was soll ich tun, Santos? Wie soll ich damit ... weiterleben?"

„Lebe einfach weiter", raunte er und wischte ihr mit dem Daumen die restlichen Tränen ab. „Aber zuerst musst du zu ihr fahren. Du hast nicht viel Zeit."

Sie wischte sich die tropfende Nase mit dem Handrücken. „Was meinst du?“

„Es wurde ein Haftbefehl für sie ausgestellt.“

„Haftbefehl?“ wiederholte sie, und ihre Knie gaben nach. Santos hielt sie erneut fest. „Wie lautet die Anklage?“

„Verschwörung. Ich habe ein bisschen Zeit für dich herausgeschlagen. Ich wusste, dass du sie sehen wolltest, ehe ...“

Ehe sie verhaftet wird. Ehe ihre Geschichte bekannt wird und die Medien sich darauf stürzen.

Glory fürchtete, ihr Herz bliebe stehen. „Wie lange weißt du das alles schon? Wie lange ... folgst du ihr bereits?“ Sie brachte die Worte kaum heraus, so bizarr, so unglaublich war das alles.

„Fünf Tage.“

„Fünf ... Tage.“ Sie rechnete zurück, wie oft sie inzwischen zusammen gewesen waren, und erkannte, was sein Schweigen bedeutete.

Sie befreite sich aus seinen Armen, als ein ungeheurer Zorn sie erfasste. „Du weißt das seit fünf Tagen und hast mir nichts gesagt? Seit fünf Tagen gibt es Verdachtsmomente und ...“

„Und bis heute waren sie auch nichts weiter als das. Was hätte ich dir also sagen können?“

„Die Wahrheit beispielsweise. Wir sind zusammen gewesen, wir haben miteinander geschlafen, und trotzdem hast du es vor mir verheimlicht.“ Fassungslos fügte sie hinzu: „Und du hast nicht mal ein Unrechtsbewusstsein dabei, nicht wahr?“

„Was hätte ich dir ohne Beweise schon sagen können? Dass ich vermute, dass deine Mutter mir eine Falle stellen ließ? Dass sie sich mit einem Kriminellen eingelassen hat? Bitte. Sie ist deine Mutter, Glory.“

„Eben!“ Glory schob sich bebend das Haar aus der Stirn. „Sie ist meine Mutter, und deshalb hättest du mir die Wahrheit sagen müssen. Du hättest mir sagen müssen, was los war. Verdammt, Santos, das habe ich verdient."

„Wenn ich das getan hätte, hätte ich die Ermittlungen gefährdet."

„Verstehe", entgegnete sie wütend. „Du hattest Angst, ich könnte meiner Mutter einen Tipp geben und sie würde die Stadt verlassen. Du hattest Angst, ich würde deine Ermittlungen verhindern, vielleicht sogar deinem Captain von deinen Aktivitäten erzählen?"

Er schwieg einen Moment und seufzte dann: „Ich wusste, dass du mir nicht glauben würdest. Ich wollte dir Beweise bringen. Was ist daran auszusetzen?"

Sie liebte ihn und hatte nie aufgehört, ihn zu lieben. Er vertraute ihr nicht, er liebte sie nicht und würde sie nie lieben.

Das ist daran auszusetzen.

Sie ging an ihren Schreibtisch, nahm ihre Handtasche aus der unteren Schublade und wandte sich wieder an Santos: „Wie viel Zeit habe ich noch?"

„Nicht viel." Er sah auf seine Uhr. „Zwanzig Minuten höchstens."

Sie nickte, äußerlich ruhig und innerlich gebrochen. „Dann gehe ich wohl besser."

„Ich komme mit."

Sie sah ihn aus leicht verengten Augen wütend an. „Den Teufel wirst du tun. Ich fahre allein."

„Ich habe Jackson mein Wort gegeben."

„Hast du immer noch Angst, dass ich ihr zur Flucht verhelfe?" Da er schwieg, ging sie zur Tür und drehte sich noch einmal zu ihm um. „Weißt du, du hast mir immer vorgeworfen, ich würde nicht an dich glauben. Doch ich habe genug an dich geglaubt, um dich zu lieben. Nicht nur damals, auch heute. Du hast unsere Unterschiede immer zu einem Problem gemacht, nicht ich. Du hast ge- und verurteilt. Du hast entschieden, ich sei zu privilegiert, zu verwöhnt und zu egoistisch, um dich wirklich zu lieben." Erhobenen Hauptes fügte sie hinzu: „Du hast geglaubt, du seist nicht gut genug für mich und ich könnte dich nicht lieben. Nicht ich."

Glory riss die Tür auf und fuhr fort: „Mir scheint, du warst derjenige, der nicht glauben konnte, weder an mich noch an uns. Du hast mir nie vertraut und tust es immer noch nicht. Aber im Moment habe ich nicht die Zeit, mir darum weiter Gedanken zu machen." Tief durchatmend fügte sie entschlossen hinzu: „Ich werde jetzt zu meiner Mutter fahren, und zwar allein!"

67. KAPITEL

Glory fuhr wie eine Wahnsinnige. Mit tränenverschleiertem Blick musste sie ständig an all das denken, was Santos ihr erzählt hatte.

Es muss eine Erklärung für alles geben, sagte sie sich immer wieder und wünschte, ihre Mutter würde sie umarmen und sagen, dass alles nicht stimmte. Doch tief im Innern wusste sie, dass das ein Wunschtraum blieb.

Wie durch ein Wunder schaffte sie es ohne Unfall zum Haus ihrer Mutter. Sie sprang aus dem Wagen, lief zur Haustür und schlug heftig dagegen. Mrs Hillcrest öffnete ihr, die Augen schreckensweit, als sie die aufgebrachte Glory sah.

„Miss Glory, was ist los? Was ist passiert?"

„Wo ist Mutter?" Glory drängte sich an ihr vorbei. „Ich muss sie sehen."

„Sie ist in ihrem Zimmer. Ruht sich aus. Sie wollte nicht gestört werden."

Glory lief die Treppe hinauf. „Da kommen gleich Leute, die sie abholen wollen. Halten Sie sie auf, solange Sie können."

„Leute?“ Mrs Hillcrest folgte ihr verwirrt bis zur unteren Stufe, „die Ihre Mutter holen? Ich verstehe nicht.“

Glory blieb stehen und sah zurück. „Tun Sie es einfach, Greta, bitte!“ Als sei der Teufel persönlich hinter ihr her, rannte sie die restlichen Stufen hinauf, den Flur entlang und platzte ins Zimmer ihrer Mutter. „Mutter!“

Hope hatte geschlafen und richtete sich desorientiert und erschrocken kerzengerade auf. „Glory Alexandra“, sagte sie blinzelnd und legte eine Hand an die Kehle. „Was tust du hier?“

„Mama, ich ... wir müssen miteinander reden!“ Glory kam zitternd ans Bett und setzte sich auf die Kante. „Mama, sie sind ...“ Sie brach, um Fassung ringend, ab. Ihr blieb nicht viel Zeit. Sie musste die Wahrheit erfahren, wie immer die aussah. „Sie holen dich. Wir müssen reden. Ich muss wissen ...“

„Sie holen mich ab?“ fiel Hope ihr ins Wort und strich sich nervös die Haare aus der Stirn. Sie griff nach ihrem Hausmantel und schlüpfte hinein. „Wer? Was meinst du?“

„Santos und ... die anderen.“ Das Herz brach ihr, als sie ihrer Mutter mitteilte: „Sie haben einen Haftbefehl.“

„Einen Haftbefehl“, wiederholte sie. „Für wen?“

„Für dich, Mama. Sie sagen ...“

„Für mich?“ Hope wich entsetzt zurück. „Aber weshalb. Ich kann mir nicht vorstellen ...“

„Sie sagen, du hättest dich mit Chop Robichaux eingelassen. Ihr hättet euch verschworen, Santos eine Falle zu stellen.“

Ihre Mutter leugnete nicht, noch reagierte sie empört oder fassungslos. Sie sah Glory nur stumm an, der Ausdruck ihrer Augen der eines gefangenen, von Panik ergriffenen Tieres.

Sie ist all der Dinge schuldig, die Santos vorgebracht hat. Lieber Gott, es stimmt alles!

Tränen rollten Glory über die Wangen, und sie wischte sie ungeduldig fort. „Sie wissen alles, Mama. Die Sache mit Santos und deine Beziehung zu Chop Robichaux. Was er ... was er für dich arrangiert hat." Sie hob die Stimme. „Ist das wahr, Mutter? Hast du all diese Dinge getan? Auch als Daddy noch lebte? Ich kann den Gedanken nicht ertragen."

„Nein!" begehrte Hope verzweifelt auf. Ein Schrei aus der Tiefe ihrer Seele. „Nein!"

Glory umklammerte die Hände ihrer Mutter. Sie waren kalt und feucht. „Sie haben Beweise. Daten und Bilder. Eine ganze Akte über dich." Sie rieb ihr die Hände, um sie zu wärmen. „Sag mir, dass es nicht wahr ist, Mama, und ich glaube dir. Sag mir, wie sie solche Bilder machen konnten, und ich werde ..."

Hope entriss ihr die Hände und kletterte vom Bett. Sie rannte zur Tür, schlug sie zu und schloss ab.

„Mutter?"

Heftig keuchend wandte Hope sich zu ihr um. „Das Böse ist gekommen. Wir müssen uns verstecken. Wir müssen einen Plan machen."

Ihr Herz begann zu hämmern, und Glory bewahrte nur mühsam äußerlich Ruhe. „Du bist hysterisch", sagte sie scheinbar gelassen. „Beruhigen wir uns. Zusammen finden wir eine Lösung. Ich verspreche dir, wir ..."

„Nein ... nein, es kommt. Das Böse kommt."

Glory ging zu ihr, nahm wieder ihre Hände und hielt sie fest. „Wovon redest du, Mama? Du musst es mir sagen, damit ich dir helfen kann."

„Ja." Hope nickte. „Ich muss es dir sagen. Jetzt muss ich reden." Sie sah Glory in die Augen, und Glory erschrak über deren Ausdruck. „Das Böse, das Biest, es holt uns."

Hope wandte sich ab und schritt auf und ab, dass das seidige Nachthemd und der Morgenmantel um ihre Knöchel flatterten.

„Ich habe versucht, dich zu beschützen. Ich habe es immer versucht und nie aufgegeben. Weißt du, ich wusste es. Ich habe das Böse in dir gesehen, und es war stark."

Glory befeuchtete sich die Lippen. „Was hast du gesehen, Mutter?"

„Das Biest."

Glory wich zurück, da diese Worte sie trafen wie ein Schlag vor die Brust. Sie dachte an die vielen Male in ihrer Kindheit, wo sie erwacht war und ihre Mutter, neben dem Bett stehend, auf sie niedergestarrt hatte, als sei sie der Teufel persönlich.

Glory seufzte. Wie sehr hatte sie sich damals gewünscht, dass ihre Mutter sie liebte.

Doch ihre Mutter sah sie an und entdeckte ein Monster.

„Es ist ein Fluch", fuhr Hope fort. „Das Pierron-Erbe des Bösen. Es wird von der Mutter an die Tochter weitergegeben ... wir haben es alle. Wir sind Sünderinnen, wir unterliegen. Ich habe so heftig gekämpft, wie ich konnte." Sie legte die zitternden Hände vors Gesicht. „Es war zu stark."

Glory schluckte trocken und dachte daran, was Santos ihr über die Perversionen ihrer Mutter erzählt hatte. „Also, bist du ... unterlegen."

„Ja." Hope hob ihr tränenfeuchtes Gesicht. „Für dich wollte ich etwas Besseres. Ich hatte geschworen, dir das Biest auszutreiben. Du solltest kein Opfer seiner sündigen Litanei werden. Habe ich nicht versucht, dich von ihm reinzuwaschen? Habe ich dich nicht sauber geschrubbt?"

Die Bibliothek. Klein Danny. Glory fürchtete, sich übergeben zu müssen.

Hope ergriff Glorys Hand. „Du hast immer noch Zeit. Verstehst du?"

Glory schüttelte langsam den Kopf und starrte ihre Mutter in wachsendem Entsetzen an. Hope war krank, geistesgestört. „Du brauchst Hilfe, Mama. Wir können dir helfen."

„Es gibt keine Hilfe." Hope wich langsam zurück, drehte sich dann plötzlich um und rannte hinaus auf den Balkon. Sie packte das Geländer und lehnte sich so weit hinaus, dass sie fast abstürzte. Dabei atmete sie keuchend.

„Mama!" Glory war ihr gefolgt und umschlang sie von hinten mit beiden Armen. „Du fällst! Komm da weg!"

Ihre Mutter wehrte sich und fiel gegen das Geländer, das ächzte und knarrte. Ängstlich zerrte Glory sie zurück. Dabei verlor sie das Gleichgewicht und fiel nach hinten gegen den Türrahmen. Ein Schmerz schoss durch ihre Schulter, und Hope befreite sich.

Sie wich von Glory zurück, bis sie am Geländer war. „Es lauert in dir und will deine unsterbliche Seele verschlingen. Ich habe versucht, dich von ihm zu befreien, dich von seinem Verlangen nach Fleischeslust zu reinigen."

Glory streckte ihr eine Hand hin. „Santos wird uns helfen. Wenn ich ihn darum bitte, hilft er uns."

Hope schüttelte den Kopf und war jetzt fast unheimlich ruhig. „Er trägt das Böse in sich, Glory. Der Teufel besitzt sie alle. Er benutzt sie, um uns zu bekommen."

Glory hörte Stimmen von unten, Santos' Stimme. Er würde ihr helfen, trotz allem würde er ihrer Mutter helfen. „Sie sind da, Mutter. Lass mich mit ihnen sprechen. Ich verschaffe uns Zeit. Wir finden eine Lösung. Zusammen."

„In Ordnung, Glory." Ihre Mutter ging ins Schlafzimmer zurück, ihre Ruhe beängstigender als ihr Wahn. „Ich bete jetzt meinen Rosenkranz."

Glory folgte ihr hinein und schloss die Balkontüren hinter sich. „Das ist wirklich ... gut. Ich bin gleich zurück."

Ihre Mutter schien nicht einmal zu bemerken, dass sie ging. Glory lief zur Treppe, einer Panik nahe. Santos, Jackson und zwei weitere, ihr unbekannte Officers standen im Foyer bei Mrs Hillcrest. „Santos!"

Er blickte hoch. Tränen der Erleichterung traten ihr in die Augen. Santos kam ihr auf halber Treppe entgegen und nahm ihre Hände. „Bist du okay?"

„Ja, aber Mutter ..." Sie presste seine Hände, um nicht die Fassung zu verlieren. „Sie ist hysterisch. Sie ... hat den Verstand verloren. Ich habe Angst, Santos. Angst um sie. Ich weiß nicht, was sie tut, wenn du sie mitnehmen willst."

Santos sah zu Jackson hinunter. „Ruf das Präsidium an. Lass einen Psychiater herbringen, schnellstens." Jackson ging gleich los, und Santos wandte sich wieder an Glory. „Wo ist sie?"

Glory sagte es ihm, und sie liefen zusammen die Treppe hoch. Sie erreichten das Zimmer, und Glory klopfte an. Da keine Antwort kam, öffnete sie die Tür einen Spalt. „Mutter", sagte sie leise, um sie nicht zu erschrecken. „Ich bin's, Glory. Santos ist bei mir. Er wird uns helfen. Alles wird wieder gut."

Sie drückte die Tür weiter auf und sah ins Zimmer. Da sie Hope nicht entdeckte, stieß sie die Tür, von einer bösen Ahnung geplagt, ganz auf. „Mutter, wo bist du?"

Und dann sah sie Hope. Sie stand auf der Balkonbrüstung, kaum das Gleichgewicht haltend, den Rosenkranz in der Hand. Der Wind erfasste ihren Morgenmantel und blähte den feinen Stoff wie Flügel. Ihre Mutter sah aus wie ein dunkler Racheengel, der sich zum Abflug bereitmacht.

„Mutter!" Glory kam einen Schritt näher, die Hände ausgestreckt. „Beweg dich nicht!"

Ihre Mutter sah sie mit seltsam klarem, ruhigem Blick an. „Das Biest ist gekommen."

„Mrs St. Germaine, bitte. Bewegen Sie sich nicht." Santos ging vorsichtig in den Raum und sprach mit tiefer beruhigender Stimme. „Alles wird wieder gut. Halten Sie nur durch und ..."

Die Perlen entglitten Hopes Fingern und fielen zu Boden. Glorys Herz setzte vor Schreck einen Schlag aus. Hope lächelte: „Denk daran, Tochter. Das Böse hat viele Gestalten."

Dann sprang sie in die Tiefe.

68. KAPITEL

Santos schien zum hundertsten Mal in einer Stunde auf die Uhr zu sehen. Es war ein ruhiger Tag im Morddezernat. Obwohl einem nach dem Medienrummel um Hope St. Germaines Tod, Chop Robichaux' Verhaftung und die Geschichte ihrer Verbindung, gefolgt von der Verhaftung des Schneewittchen-Killers fast jeder Tag ruhig vorkam.

Inzwischen hatten Santos und Jackson Zeugen aufgetrieben, die diesen Buster Flowers mit zweien der Opfer zusammen gesehen hatten, eines sogar am Tage ihres Todes. Aber natürlich bestritt dieser Flowers, der Schneewittchen-Killer zu sein. Er bestritt, überhaupt jemand getötet zu haben.

Wenn Santos jedoch etwas in seiner Laufbahn als Cop gelernt hatte, dann, dass Kriminelle selten zu ihren Taten standen. Nein, dies war der Bursche, der Schneewittchen-Killer und der, der seine Mutter umgebracht hatte.

Santos sah wieder auf seine Uhr und schimpfte leise. Er wusste selbst nicht, warum er so schnell hier rauswollte. Er musste nirgendwohin, und niemand erwartete ihn. Ganz sicher nicht Glory.

Seit der Beerdigung ihrer Mutter hatte er sie nicht mehr gesehen. Und auch da hatten sie kaum ein Wort miteinander gewechselt. Sie war in sich gekehrt gewesen vor Kummer. Er hatte vergeblich versucht, zu ihr durchzudringen, sie zu trösten. Zwischen ihnen hatte sich eine solide, unüberwindbare Mauer aufgebaut, als hätten sie mit der Entlarvung ihrer Mutter und deren Selbstmord die Fähigkeit verloren, aufeinander zuzugehen.

Er vermisste Glory. Er wollte diese Mauer zwischen ihnen einreißen und Glory für sich gewinnen, doch er wusste nicht, wie.

Und selbst wenn es ihm gelang, würde ihre Beziehung nicht von Dauer sein. Sie kamen aus zu unterschiedlichen Welten. Sie würde nicht glücklich sein mit einem Cop, nicht lange jedenfalls. Es war besser so.

Sein Telefon klingelte, und er schnappte regelrecht nach dem Hörer. „Detective Santos."

„Hilf mir!" flüsterte eine Frau am anderen Ende. „Bitte hilf mir!"

Er straffte sich. „Wer spricht da?"

„Santos, bitte, du musst mir helfen. Ich kann mich an niemand sonst wenden!"

„Tina? Bist du das?"

„Er verfolgt mich. Ich weiß, dass er es ist." Sie begann zu schluchzen. „Er wird mich umbringen."

Ein Schauer lief ihm über den Rücken. „Wir haben ihn, Tina. Es ist Buster Flowers, der Typ, der dir das Kreuz gegeben hat."

„Das ist er nicht! Santos, ich will nicht sterben!"

Ihr Aufschrei traf ihn bis ins Mark. Sie war wahnsinnig vor Angst. „Tina, wo bist du?"

Sie holte zittrig Atem. „Münztelefon an der Ecke Toulouse und Burgundy. Gleich beim Drugstore an der Ecke und der Kirche."

„Okay." Er sah wieder auf seine Uhr und schätzte ab, wie lange er bis zu ihr brauchte. „Bleib, wo du bist. Hörst du, Tina? Ich komme sofort. Ich brauche nicht länger als zehn Minuten."

„Beeil dich, Santos. Bitte!"

Er warf den Hörer auf die Gabel, sprang auf und schnappte sich sein Jackett.

Patterson, der Detective am Nachbartisch, sah herüber. „Was ist?"

„Die Nutte, die uns auf die Fährte unseres Täters gebracht hat. Sie behauptet, er folgt ihr immer noch." Er zog sich das Jackett über. „Falls Jackson vor mir zurückkommt, sag ihm, was los ist. Sie rief vom Fernsprecher Ecke Toulouse und Burgundy an."

Patterson verzog das Gesicht. Er hatte wegen seiner Nachlässigkeit bei Tinas erster Anzeige ordentlich eins auf den Deckel bekommen. „Die Alte ist verrückt. Wir haben unseren Mann. Lass gut sein."

Pattersons Arroganz machte Santos wütend. Und was, wenn sie den Falschen hatten? Er glaubte es zwar nicht, aber die Möglichkeit bestand immerhin. Was sie gegen Buster Flowers hatten, waren Indizien. Nichts bewies seine Täterschaft zweifelsfrei.

Falls Buster Flowers nicht der Schneewittchen-Killer ist, läuft der echte noch frei herum. Dann kann Tina in höchster Gefahr schweben.

Patterson schnaubte: „Hast du gehört, was ich gesagt habe? Die Alte ist verrückt, absolut. Tu dir selbst einen Gefallen, es ist fast Dienstschluss, lass gut sein."

„Ja, ich habe dich gehört." Santos sah seinen Kollegen durchdringend an. „Und wenn sie nun nicht verrückt ist und der Killer sie wirklich verfolgt? Du bist vielleicht bereit, dieses Risiko einzugehen. Ich nicht."

Es dauerte etwas länger als zehn Minuten, bis Santos vom Präsidium zum French Quarter kam. Er fand das Telefon, den Drugstore und die Kirche, hielt am Straßenrand und sprang aus dem Wagen.

Keine Tina.

Er sah sich noch einmal um und vergewisserte sich, dass es die richtige Ecke war. Toulouse und Burgundy. Der Drugstore, jedoch keine Kirche, sondern ein Konvent, Maria, die Königin des Friedens. Genau, hier war's.

Wo, zum Teufel, steckte Tina? Er sah sich um, wo sie sich vielleicht versteckt hatte. Die Glasfront des Drugstore fiel ihm auf. Das Schild „Geschlossen" schwang noch, als sei es gerade erst umgedreht worden.

Santos sah auf seine Uhr. Zwanzig nach fünf. Sehr früh, um einen Drugstore zu schließen, besonders hier im Quarter. Er schaute auf das Schild und erinnerte sich an etwas, das Tina gesagt hatte.

Das sind nur Gummis, Detective. Die besten Freunde einer Nutte. Die Mädchen und ich kaufen sie en gros im Drugstore an der Ecke.

Der Drugstore an der Ecke.

Santos ging zur Glastür und spähte hinein. Ein junger Mann zählte an der Kasse Bargeld. Sonst war der Laden leer.

Santos klopfte ans Glas. Der junge Mann blickte auf. Santos hielt seine Marke hoch. „Polizei."

Der junge Mann erbleichte, schob die Kasse zu und kam zur Tür. Er betrachtete die Marke lange, dann schloss er auf und öffnete die Tür einen Spalt.

„Was kann ich für Sie tun, Officer?"

„Es hat einige Einbrüche in der Gegend gegeben. Haben Sie etwas dagegen, wenn ich kurz hereinkomme und mich umsehe?"

„Einbruche?" wiederholte der Bursche. „In dieser Gegend?"

„Richtig."

„Okay." Der Bursche – Santos schätzte ihn auf Anfang zwanzig – trat beiseite und ließ ihn ein.

Im Laden war es kühl, zu kühl, und schummerig. Geschäfte dieser Art gab es viele in New Orleans, schmutzig, überfüllt, mit einem Sammelsurium an Waren: Schmerztabletten und Snacks, Krimskrams und kühle Getränke, Zeitungen und Magazine. Alles zusammengepfercht im Erdgeschoss eines Gebäudes aus den dreißiger oder vierziger Jahren.

Santos entdeckte einen Korb mit Äpfeln auf dem Tresen. Sein Puls beschleunigte sich. Er wandte sich wieder dem jungen Mann zu, dessen Namensschild John lautete. Von mittlerer Größe und mittlerer Statur, hatte er ein absolut unauffälliges Allerweltsgesicht. Haare und Augen waren hell, die Brauen so hell, dass man sie kaum sehen konnte.

Und er war nervös.

„Gehört Ihnen dieser Laden, John?"

„Nein, meinem Onkel."

„Ein Familiengeschäft", konstatierte Santos. „Das ist schön. Wo ist Ihr Onkel heute Abend?"

„Bibelstunde."

„Kein Scherz?" Santos ging langsam den Mittelgang auf und ab. „Geht er jeden Abend zum Gebet?"

„So ziemlich." John folgte ihm. „Mein Onkel sagt: Wer den Herrn kennt, kennt weder Dunkelheit noch Schmerz." Er rieb sich die offenbar feuchten Hände an der Jeans. „Suchen Sie etwas Bestimmtes, Officer?"

„Detective Santos", erklärte Santos lächelnd und ignorierte die Frage. „Es ist früh, um für heute schon zu schließen. Mir scheint, dass Sie noch ganz schön Geschäfte machen könnten, wenn Sie den Laden offen ließen. Das Quarter wird erst nach Einbruch der Dunkelheit lebendig."

Der junge Mann meinte achselzuckend: „Die Kriminalitätsrate ist zu hoch. Wir wurden fast jede Nacht überfallen."

„Und was ist mit den Straßenmädchen? Von denen müssen doch viele nachts zu Ihnen kommen." Santos sah ihm in die Augen, und der junge Mann senkte nach kurzer Zeit den Blick.

„Sie kommen nicht zu uns. Mein Onkel mag keine Nutten. Er möchte sie nicht im Laden haben."

Er log. Hier war es kühl wie in einem Grab, aber John schwitzte, wie Santos an dem feinen Schweißfilm auf dessen Oberlippe erkannte.

„Ich suche eine Nutte namens Tina. Kennen Sie sie?"

„Nein, wie gesagt, Nutten kommen nicht zu uns."

„Aber vielleicht haben Sie sie gesehen. Kurz bevor ich kam, benutzte sie das Münztelefon auf der anderen Straßenseite."

Wieder zuckte er die Achseln. „Ich sehe eine Menge Leute an dem Telefon. Wie sah sie denn aus?"

Santos beschrieb Tina und beobachtete John. Der blieb völlig ungerührt.

„Wenn ich so darüber nachdenke", begann er schließlich, „habe ich eine Frau gesehen, die so aussah. Sie ist abgehauen."

„Tatsächlich?"

„Ja, sie war auf ihrem Weg nach St. Peter."

Seine Stimme hatte etwas Verschlagenes, oder verschlagen Amüsiertes. Santos deutete auf eine Tür im hinteren Teil des Ladens. „Was ist da drüben?"

„Lagerraum."

„Darf ich ihn mir ansehen?"

John hob kurz die Schultern. „Ich habe nichts dagegen."

„Nach Ihnen."

Santos folgte ihm und hatte so ein prickelnd unbehagliches Gefühl. Irgendwie spürte er, dass hier etwas vorging. Aber was? Und wo steckte Tina?

„Hier." John öffnete den Lagerraum, der bis auf Regale und Versandkartons leer war. Santos ging durch den Raum, verschob Kisten und prüfte Türen. Nichts.

Die Lampe in dem beleuchteten Schild „Ausgang" brannte

nicht, und davor waren einige Kisten gestapelt. „Wohin führt die Tür?"

„In die Gasse. Wir benutzen den Ausgang nicht." John wies auf eine Schalttafel an der Wand. Ein grünes Lämpchen leuchtete auf. „Er ist elektronisch gesichert. Die Einbrecher kamen von hinten, um uns auszurauben. Es ist schon schlimm genug, wenn sie durch die Vordertür kommen. Aber deshalb sind Sie ja hier, Detective Santos, richtig?" John verschränkte die Arme vor der Brust. „Wegen der Einbrüche in der Gegend."

„Richtig." Santos wandte sich ihm lächelnd zu. „Das wär's dann wohl. Ich danke Ihnen für Ihre Hilfe." John brachte ihn zur Tür und schloss auf. „Wissen Sie, diesen Ausgang zu blockieren ist ein Verstoß gegen die Feuerschutzbestimmungen. Wenn die Feuerwehr das sieht, macht sie Ihnen den Laden dafür dicht."

„Ich sag's meinem Onkel."

„Tun Sie das, John."

„Ich hoffe, Sie kriegen diese Burschen."

„Wir kriegen sie." Santos sah ihm in die Augen. „Wir kriegen sie immer."

Sobald Santos auf der Straße war, schloss John die Tür hinter ihm ab, und Santos sah, wie er an seine Kasse zurückkehrte.

Irgendetwas stimmte nicht mit dem Burschen, das spürte er deutlich. Aber was immer es war, hatte vielleicht nichts mit Tina zu tun. Und ihm ging es vor allem um sie.

Und wenn es doch mit ihr zu tun hatte? Der Bursche hatte gelogen, dass keine Nutten in den Laden kamen, da war er sicher. Und das beunruhigte ihn.

Santos schimpfte vor sich hin. Die Zeit drängte. Tina könnte die Stadt verlassen haben. Es würde ihn nicht wundern, sie war nicht die Tapferste. Andererseits hatte sie gewusst, dass er ihr zu Hilfe kam. Also, warum weglaufen?

Er ging zur Ecke und blickte die St. Peter Street hinunter. Angeblich war sie auf dem Weg nach St. Peter gewesen. Er ging in die Richtung, blieb jedoch nach einem halben Block wie angewurzelt stehen, als ihn eine Erkenntnis wie der Blitz traf. Der Bursche hatte gesagt: auf ihrem Weg nach St. Peter.

St. Peter, Petrus, der Heilige, der die Himmelspforte bewacht, der im großen Buch nachsieht, ob deine Seele rein genug ist, die Pforte zu durchschreiten.

Der Bursche schickt Tina zu Petrus!

Santos rannte zurück und duckte sich, als er die Ecke erreichte, damit der Bursche ihn nicht sah. Er wünschte, Unterstützung rufen zu können, aber jede Sekunde zählte für Tina. Wenn es nicht schon zu spät war.

Lieber Gott, lass es nicht zu spät sein!

Als er die Ecke erreichte, setzte ein älterer Buick aus der Gasse hinter dem Laden zurück und kam auf ihn zu. Der Fahrer sah ihn an. Es war der Bursche aus dem Drugstore.

Santos zog seine Waffe, sprang mitten auf die Fahrbahn und schrie: „Anhalten!“ Im selben Moment trat der Bursche aufs Gas und schoss auf ihn zu.

Santos hechtete zur Seite, rollte sich ab, zielte und schoss. Ein Mal, zwei Mal. Der Wagen schleuderte, durchstieß den schmiedeeisernen Zaun des Konvents und prallte gegen die Statue des segnenden Jesus. Die Statue wackelte, kippte vornüber und zerschlug die Windschutzscheibe auf der Fahrerseite.

Jemand schrie auf. Menschen kamen aus Läden und Hauseingängen auf den Gehweg, um einen Blick auf das Geschehen zu erhaschen.

Santos lief auf den Wagen zu. „Polizei!“ rief er und hielt seine Marke hoch. „Rufen Sie die 911 und die Ambulanz.“

Er erreichte den Wagen. Durch den Aufprall war der Deckel des

Kofferraumes aufgesprungen. Darin lag, zusammengeschnürt wie ein Paket, Tina.

Santos wurden die Knie weich vor Erleichterung. Sie lebte.

69. KAPITEL

Die Popularität des „Gartens der irdischen Genüsse" war sprunghaft angestiegen. Die gute Kritik von Gregory Roberts in der *Times Picayune* hatte ebenso wenig geschadet wie die Erwähnung im Zusammenhang mit dem Skandal um Santos und Hope St. Germaine. Liz war mit ihrem Restaurant immer wieder in den Medien genannt worden.

Inzwischen lief ihr Lokal so gut, dass sie kaum noch Zeit fand, sich hinzusetzen. Jetzt, um drei Uhr nachmittags, zwischen Lunch und Dinner, war es etwas ruhiger, und sie sank seufzend auf einen Barhocker.

Ihr Barmann brachte ihr eine Tasse Kräutertee. „Erfolg ist anstrengend."

„Aber schön, Darryl." Lächelnd schloss sie die Hände um den warmen Becher. „Sehr schön."

„He, ich beklage mich nicht. Die Trinkgelder waren toll." Grinsend fügte er hinzu: „Glaub es oder nicht, wir stehen schon wieder in der Zeitung."

„Nicht wieder." Sie zog einen Schuh aus und rieb den Fuß an einem Hockerbein. „Es ist einen Monat her."

Darryl reichte ihr die *Times Picayune* und schlug die Seite vier des Hauptnachrichtenteils auf. „Und diesmal nennen Sie dich, ich zitiere: ‚die Besitzerin des populären Trendrestaurants ›Garten der irdischen Genüsse‹'." Grinsend ging er zum Ende der Bar, um die Bestellung einer Kellnerin entgegenzunehmen.

Liz trank ihren Tee und überflog lächelnd den Artikel. Sie fand es ironisch, wie sehr es sich auszahlte, dass sie ihr Gewissen damals erleichtert hatte. Sie hatte keine Gegenleistung erwartet für ihre Aufrichtigkeit, außer nachts ruhig zu schlafen. Aber dieser geschäftliche Erfolg war nicht übel.

Manchmal könnte sie vor Freude darüber in die Hände klatschen. Sie hatte es geschafft. Ihr Leben hatte sich letztlich zum Guten entwickelt. Wenn sie jetzt auch noch Santos hätte, wäre es perfekt.

„Hallo, Liz."

Glory. Liz erstarrte, atmete tief durch und drehte sich zu ihrer früheren Freundin um. Glory stand ein paar Schritte entfernt, zögernd, unsicher, aber entschlossen. Liz betrachtete sie. Die letzten Wochen hatten offenbar ihren Tribut verlangt. Glorys Gesicht wirkte eingefallen und müde, der Blick war traurig, fast gehetzt.

Wie ist das wohl, wenn man erfährt, dass die eigene Mutter eine Art Monster ist?

Liz hob stolz den Kopf und verdrängte den Gedanken, der unwillkürlich Mitgefühl nach sich zog. „Was willst du hier?"

„Können wir reden?" Glory verschränkte die Finger. „Bitte."

Liz sah sie nur kühl an. „Ich kann mir nicht vorstellen, was wir miteinander zu bereden hätten."

„Die Vergangenheit", sagte sie leise und bewegt. „Unsere Beziehung."

Unerwartet brannten Liz Tränen in den Augen, und sie blinzelte sie entsetzt fort. „Es gibt keine Beziehung."

„Es gab sie. Vor langer Zeit." Glory holte tief Luft. „Bitte, Liz."

Liz zögerte, nickte dann und glitt vom Barhocker. Sie zog ihren Schuh wieder an und winkte ihrem Barmann. „Darryl, ich bin in meinem Büro, falls du mich brauchst."

Er gab ihr ein Okayzeichen, und Liz führte Glory in ihr Büro.

Sie schloss die Tür hinter sich und wandte sich Glory zu, ohne ihr Platz anzubieten.

„Dein Restaurant ist schön, Liz. Und wie ich höre, ist das Essen wunderbar. Ich gratuliere dir."

„Danke." Sie verschränkte die Hände und ärgerte sich, dass Glorys Lob sie freute, obwohl sie es weder wollte noch brauchte. „Hast du etwas auf dem Herzen?"

„Ja, ich ..." Glory atmete noch einmal durch und sagte schnell: „Ich will dir so viel sagen, dass ich gar nicht weiß, wo ich anfangen soll. Zuerst mal möchte ich mich entschuldigen wegen der Dinge, die vor vielen Jahren geschehen sind. Ich hätte nie gedacht, dass meine Mutter es an dir auslassen würde. Ich weiß nicht, warum. Ich hätte es bedenken, vermuten müssen ..." Glory machte eine hilflose Geste mit der Rechten und fuhr fort: „Offenbar habe ich sie nicht besonders gut gekannt. Das hat wohl niemand. Aber ich bin sicher, du hast die Nachrichten gesehen."

„Ja."

„Es tut mir auch ... Leid, dass ..." Glory kämpfte mit den Tränen, wie Liz sah. „Es tut mir Leid, dass ich nicht mehr für dich eingetreten bin. Dass ich dir nicht gezeigt habe, wie viel du mir bedeutet hast, wie sehr ich dich liebte. Du warst meine beste Freundin." Sie sah kurz zu Boden und hob den tränenfeuchten Blick. „Ich hatte solche Angst vor meiner Mutter, vor ihrer Strafe, dass ich ganz vergaß, Angst um dich zu haben. An dem Tag ... brach meine Welt zusammen."

Liz spürte vor Rührung einen dicken Kloß im Hals. Sie verstand Glory und wünschte, es wäre nicht so. Auch ihre Welt war an jenem Tag zusammengebrochen. Sie wandte sich ab, ging zu ihrem Schreibtisch und starrte auf die mit Papieren übersäte Platte. Sie schalt sich eine Närrin, dass sie Mitgefühl mit Glory hatte. Warum konnte sie nicht einfach vergessen, was sie in den letzten Wochen über Hope St. Germaine erfahren hatte? Warum musste sie sich immer wieder mitfühlend fragen, wie es wohl gewesen war, als Tochter dieser Frau aufzuwachsen? Sie konnte nicht anders.

Glory hatte damals ganz Recht gehabt, sich vor ihrer Mutter zu fürchten.

„Ich bin heute auch gekommen, um dir für das zu danken, was du für Santos getan hast."

Als sie seinen Namen hörte, überlagerten Zorn und verletzter Stolz ihr Verständnis. Sie drehte sich ruckartig zu Glory um. „Ich habe es nicht für ihn getan", entgegnete sie scharf. „Und ich habe es ganz bestimmt nicht getan, damit ihr beide glücklich und zufrieden zusammenlebt."

Glory sah Liz ruhig in die Augen und sagte aus tiefstem Herzen kommend: „Ich habe nie aufgehört, ihn zu lieben, Liz. Die ganzen Jahre nicht."

Glorys Eindringlichkeit und Leidenschaft versetzten Liz in Erstaunen. Sie ahnte die Tiefe von Glorys Gefühlen, die zu ernsthaft waren, um die Laune einer verwöhnten Göre auf der Suche nach einer Trophäe oder einem Abenteuer zu sein. Ihre eigenen Gefühle für Santos schienen dagegen zu verblassen.

Und damit begann eine alte Wunde zu heilen.

Sie dachte plötzlich an die beiden Mädchen, die kichernd an ihrem Spind standen, das ganze Leben noch vor sich. Eine hatte soeben einen Jungen kennen gelernt und sich auf den ersten Blick verliebt. Und sie glaubte, er sei ihr Schicksal.

Vielleicht ist er das.

Gerührt wandte sie rasch den Blick ab und sah auf ihre Uhr. „Wenn das alles ist", sagte sie spröde und heuchelte Gleichgültigkeit. „Ich muss wirklich wieder an die Arbeit zurück."

„Natürlich." Glory sah aus, als hätte Liz sie geohrfeigt, und ging zur Tür. „Danke, dass du mir Zeit geopfert hast, Liz. Danke fürs

Zuhören. Ich weiß, du bist sehr ... beschäftigt. Ich finde selbst hinaus."

Liz sah zu, wie Glory die Tür öffnete. *Sie verschwindet für immer aus meinem Leben!* Sie durfte sie nicht so gehen lassen. Nicht, ohne ihr die ganze Wahrheit zu sagen. „Glory!"

Sie blieb stehen und sah zurück.

„An jenem Tag an der Akademie, als deine Mutter mich von der Schule werfen ließ, ist auch meine Welt zusammengebrochen." Liz sah kurz auf ihre Hände, hob den Blick jedoch wieder. „Deine Mutter sagte mir, sie würde sich bei Schwester Marguerite für mich verwenden, wenn ich ihr alles über dich und Santos erzählte." Sie holte zittrig Atem und fuhr fort: „Ich sagte mir, sie wisse ohnehin schon, dass ihr miteinander schlaft, aber tief im Innern wusste ich, dass es nicht so war. Ich hatte auch Angst, Glory. Vor deiner Mutter, davor, mein Stipendium zu verlieren und meinem Vater gegenüberzutreten."

„Du warst sechzehn", sagte Glory verständnisvoll. „Sechzehnjährige bekommen manchmal Angst."

„Achtundzwanzigjährige auch." Liz sah Glory lächelnd in die Augen, und es tat ihr gut. „Aber weißt du was, Glo? Das ist jetzt vorbei. Das ist Vergangenheit. Und ich denke, das soll es bleiben."

70. KAPITEL

Der Bursche vom Drugstore, John Francis Bourgeois, wurde verhaftet und innerhalb weniger Tage des Mordes an acht jungen Frauen angeklagt. Die Beweise gegen ihn waren erdrückend und eindeutig: identische Gebissabdrücke auf den Äpfeln, DNA-Analysen von Blut und Körperflüssigkeiten, die an den Opfern und am Tatort gefunden wurden, ließen die Wahrscheinlichkeit, dass jemand anders der Killer war, auf eins zu sechs Milliarden ansteigen. Dazu Beweise auf Grund von Haar- und Gewebeproben, Fingerabdrücke – die Liste war endlos.

Und dann waren da noch Tina und ihre Aussage. John Bourgeois war zwar nicht der Mann, mit dem ihre Freundin Billie ihre letzte Verabredung gehabt hatte. Aber er war am Tatort gewesen, kurz bevor Tina ihn entdeckte und grüßte.

Sie hatte sich nichts dabei gedacht, John jedoch schon. Er hatte befürchtet, dass sie sich im Polizeiverhör an ihre Begegnung erinnern könnte. Und die Polizei wäre diesem Hinweis nachgegangen. Tina war eine Belastungszeugin.

Also hatte er angefangen, sie zu verfolgen, hatte sie beobachtet und auf den richtigen Zeitpunkt gewartet. Und sie selbst hatte ihm den richtigen Zeitpunkt und die ideale Gelegenheit geliefert. Er hatte sie am Telefon gesehen und sie eingeladen, im Drugstore zu warten. Dort würde sie sicher sein.

Und damit hatte er sie gehabt.

Santos saß auf der Couch in seinem Wohnzimmer, und die Stille ging ihm auf die Nerven. Mit seiner Einschätzung des Täters hatte er immerhin Recht gehabt. Die Straßenmädchen hatten John alle gekannt und gemocht, und er hatte versucht, sie zu „retten“. Wie pflegte Johns Onkel doch zu sagen: „Wer den Herrn kennt, kennt weder Dunkelheit noch Schmerz.“ Und Santos hatte auch richtig gelegen mit seiner Vermutung, der Täter bereite sich darauf vor wegzuziehen.

Nur in einem hatte er sich geirrt, im wichtigsten Punkt überhaupt.

Santos legte den Kopf in den Nacken. John Thomas Bourgeois war zweiundzwanzig Jahre alt. Er war fünf gewesen, als Lucia Santos ermordet wurde.

Er ist nicht Mutters Mörder.

Santos seufzte tief. Er hatte den Tod seiner Mutter nicht gerächt und würde es vielleicht nie können.

Er ging zum Fenster und blickte auf die ruhige Straße hinunter. Kurz nach Beginn der Morgendämmerung schlief der Rest der Welt noch. Auch er sehnte sich nach Schlaf, doch leider vergeblich, das war schon immer so gewesen.

Santos berührte das Glas mit den Fingerspitzen. Es war schon warm von den ersten Sonnenstrahlen. Er dachte an den Abend vor einer Woche, als er Tina befreit und aus dem Kofferraum geholt hatte. Schluchzend und unendlich dankbar hatte sie sich an ihn geklammert.

Bewegt presste er die Augen zusammen. Er hatte seiner Mutter damals nicht helfen können, aber wenigstens hatte er Tina geholfen und ihr das Leben gerettet. Mit der Verhaftung des Schneewittchen-Killers rettete er vielen jungen Frauen das Leben.

Das war ein gutes Gefühl, ein wirklich gutes. Und damit musste er sich begnügen.

Es gab sogar ein märchenhaftes Ende. Tina hatte sich geschworen, ihr Leben zu ändern. Sie wollte irgendwohin ziehen, wo sie niemand kannte, einen richtigen Job annehmen und sich ein normales Leben aufbauen. Es sei an der Zeit, loszulassen und etwas Neues anzufangen, hatte sie gesagt.

Er hoffte, sie schaffte es. Für den Anfang hatte er ihr etwas Geld gegeben, und sie hatte versprochen, es zurückzuzahlen, aber darauf kam es ihm nicht an. Wenn es ihr half, ein neues Leben zu beginnen, war es die beste Investition, die er je getätigt hatte. Schließlich hatte er das Versprechen, das er ihr vor vielen Jahren gegeben hatte, doch noch eingelöst: Er war zurückgekommen, um ihr zu helfen.

Santos wandte sich vom Fenster ab, blickte in den Wohnraum und dachte an seine Mutter, an ihr Leben, ihren Tod, an ihre Liebe zu ihm und – trotz allem – zum Leben. Santos erkannte, dass es auch für ihn Zeit war loszulassen: die Vergangenheit, seinen Zorn, die Schuldgefühle und die Trauer. Das waren destruktive Gefühle, genau wie Hass und Schuldzuweisungen. Stattdessen sollte er sich dem Leben stellen und Verantwortung übernehmen.

Es war Zeit, etwas Neues zu beginnen.

Er musste über diese Gedanken lächeln und plötzlich lachen. Zum ersten Mal im Leben fühlte er sich richtig gut. Auch er war dankbar für sein Leben. Dankbar, in diesem Moment hier zu sein, und dankbar für die Liebe, die er erfahren hatte.

Glory.

Sie hatte Recht gehabt mit ihrem Vorwurf, er habe sie verurteilt und nicht an sie und ihre Liebe geglaubt. Sie hatte beweisen sollen, dass ihre Gefühle für ihn echt waren, weil er sich des Wertes nicht bewusst gewesen war. Auch als er damals zur Trauerfeier ihres Vaters gegangen war, hatte er ein Liebesbekenntnis von ihr erwartet. Sie sollte beweisen, dass sie ihn liebte.

Santos lachte wieder. Hopes Hass auf Lily hatte nur Lilys Hass auf sich selbst widergespiegelt. Bei Lily hatte er das nie verstanden. Er hatte nicht begreifen können, warum sie sich nicht so sah, wie sie wirklich war: gut, liebevoll und liebenswert.

Dabei hatte er sich ganz genauso verhalten. Er hatte sich nicht als den Mann sehen können, der Glorys Liebe verdiente.

Doch er verdiente sie, das wusste er in dem Moment, als er die Vergangenheit losließ. Plötzlich fühlte er sich leicht und frei, als könnte er mit den Adlern fliegen. Er liebte Glory, und er verdiente sie. Er konnte und würde sie glücklich machen.

Und er brach auf, sie zu erobern, ohne dass sie ihm irgendetwas bewies.

71. KAPITEL

In den Tagen und Wochen nach Hopes Selbstmord und dem daraus folgenden Skandal hatte Glory die Bruchstücke des Doppellebens ihrer Mutter zusammengesetzt. Obwohl es manchmal unerträglich gewesen war, hatte sie alles wissen wollen, um es zu verstehen. Nur so, das hatte sie erkannt, würde sie mit dem eigenen Leben vorankommen.

Sie hatte einen Psychiater zu Rate gezogen, der ihr half, den Geisteszustand ihrer Mutter zu analysieren. Ihre Mutter war sehr krank gewesen. Der Doktor hatte von Schizophrenie gesprochen. Er glaubte, dass sie, hätte man sie vor ein Gericht gestellt, nicht mit Gefängnis bestraft, sondern in eine Anstalt eingewiesen worden wäre.

Einerseits wünschte Glory, man hätte ihrer Mutter helfen können. Andererseits wusste sie, dass der Skandal unerträglich für sie gewesen wäre. Hope hatte ihre Wahl getroffen.

Mit den eigenen Gefühlen klarzukommen war schwieriger für Glory gewesen. Sie fühlte sich verlassen und betrogen, war zornig, hilflos und verwirrt. Innerhalb von vierundzwanzig Stunden hatte sich ihr Leben grundlegend verändert, da alles, was sie über ihre Mutter zu wissen glaubte, falsch war.

Wieder einmal fragte sie sich: Wer bin ich eigentlich?

Und so fuhr sie zum River-Road-Haus, um die tröstende Umarmung einer Familie zu spüren, die sie kaum gekannt hatte. Sie war hergekommen, um die Stücke der eigenen Identität zusammenzusetzen.

Und im Verlauf der Wochen gelang ihr das. Sie wurde ruhiger, fühlte sich nicht mehr zerrissen und war vielleicht zum ersten Mal im Leben wirklich selbstsicher.

Glory stach die Pflanzkelle in die feuchte, dunkle Erde. Die Junisonne brannte ihr auf den Rücken, und Schweiß bildete sich auf ihrer Oberlippe und zwischen den Brüsten. Sie genoss alles: die Hitze, die feuchte Erde, den Schweiß.

Bald würde sie in die Stadt zurückmüssen, und in ihr klimatisiertes Büro im St. Charles. Lächelnd setzte sie die Pflanze ein und füllte das Pflanzloch mit Erde auf. Inzwischen hatte sie noch mehrfach mit Jonathan Michaels gesprochen, und ihre Anwälte arbeiteten bereits die Details des Vertrages aus.

Sie hatte ein gutes Gefühl bei ihrer Entscheidung. Das Pierron-Haus im alten Glanz wieder herzustellen würde eine beträchtliche Geldsumme verschlingen. Drei der oberen Schlafräume in luxuriöse Gästezimmer umzuwandeln und zwei in Eigentumswohnungen würde auch nicht billig werden. Dazu musste sie einen Hausmeister einstellen, einen Fremdenführer und einen Teilzeitgärtner für die Parkanlage.

Natürlich würde ihr die Öffnung des Pierron-Hauses für Privatpartys und Übernachtungen Geld einbringen. Und wenn sie es klug anstellte, kam sie gut dabei weg, aber sie tat es nicht des Geldes wegen, sondern aus Liebe.

Das Pierron-Haus gehörte zur Geschichte Louisianas und zu ihrer eigenen. Sie wollte nicht, dass es in Vergessenheit geriet oder verfiel wie so viele andere Zeugnisse der alten Südstaaten.

Glory richtete sich lächelnd auf, schlug sich die Erde von den Händen und bewunderte ihr Werk. Die ganze Woche hatte sie die vorderen Beete mit einjährigen Sommerblumen bepflanzt. Nun war die gesamte Galerie gesäumt von drei Reihen hellroter Begonien.

Passend für die Frauen, die hier gelebt und gearbeitet hatten. Frauen, deren Leben sie faszinierten. Glory hatte sich in ihre Geschichten vertieft, in ihre Hoffnungen, Träume und Enttäuschungen, die ihnen offenbar reichlich beschert worden waren. Was diese Frauen zweifellos nicht gekannt hatten, war ein normales Leben.

Glorys Faszination hatte zu Verständnis geführt, Verständnis zu Mitgefühl. Es waren keine schlechten Frauen gewesen oder gar teuflische, wie ihre Mutter mit ihrer kranken Psyche geglaubt hatte. Es waren verlorene Frauen gewesen, gefangen in der Welt, die sie erschuf, die aber weder den Platz noch das Herz hatte, sie zu akzeptieren.

Vom Mississippi wehte eine Brise herüber. Glory hielt ihr lächelnd das Gesicht hin und genoss die Kühlung. Indem sie die Frauen dieses Hauses verstand, begann sie auch sich selbst zu verstehen. Auch sie war gefangen gewesen, durch die Unfähigkeit ihrer Mutter, sie zu lieben und sie als die Person anzunehmen, die sie war. Und durch ihre sklavische Sucht nach eben jener Anerkennung und Liebe war sie selbst unfrei geworden.

Die Liebessehnsucht war so stark gewesen, dass sie versucht hatte, sich zu ändern und der Mensch zu werden, den ihre Mutter lieben konnte.

Kaum zu glauben, ein Leben lang hatte Hope sie betrachtet, als fehle ihr etwas, als sei etwas nicht in Ordnung mit ihr. Dabei war Hope es gewesen, mit der etwas nicht in Ordnung gewesen war.

Glory lachte leise. Endlich war sie frei, konnte sie selbst sein und jeden Augenblick genießen. Nie wieder würde sie versuchen, sich zu verändern. Nie wieder würde sie an sich zweifeln, nur weil ein anderer an ihr zweifelte. Nie wieder würde sie sich fragen: Wer ist Glory St. Germaine?

Sie wusste es jetzt.

Hinter sich hörte sie ein Auto die Auffahrt heraufkommen. Sie drehte sich um und beschattete die Augen mit einer Hand, um den Wagen erkennen zu können.

Santos. Er war endlich da.

Mit heftigem Herzklopfen sah sie ihn näher kommen und auf sie zugehen. Er hatte ihr gefehlt. Sie hatte sich nach ihm gesehnt. Aber sie hatte zunächst allein mit ihrer Verwirrung und Verunsicherung fertig werden müssen.

Als sie ihn sah, war ihr klar, dass sie keine halbherzige Beziehung zu Santos wollte. Obwohl es verlockend war, auch darauf einzugehen, falls es keine andere Möglichkeit gab.

Er blieb mit ernstem Gesicht vor ihr stehen. „Hallo, Glory."

„Santos." Sie lächelte und fühlte sich fast beschwipst vor Glück. „Ich habe mich schon gefragt, wann du kommst. Ob du kommst."

„Und ich habe mich gefragt, ob du mich sehen willst."

„Aber natürlich." Sie legte ihm eine Hand auf die Brust. Sein Herz schlug kräftig und schnell. „Ich bin froh, dass du da bist."

Er legte ihr eine Hand an die Wange. „Alles in Ordnung mit dir? Ich habe mir Sorgen um dich gemacht."

Sie legte ihre Hand auf seine und schmiegte die Wange in seine Handfläche. „Mir geht es gut, wirklich gut, Santos."

„Du hast mir gefehlt."

Ihr Herz schlug noch ein bisschen schneller, und die Hände wurden ihr feucht. „Und du mir. Sehr sogar."

Er beugte sich vor, presste die Lippen kurz auf ihre und wich wieder zurück. „Ich habe dir etwas mitgebracht."

„Wirklich?"

Er zog eine kleine weiße Pappschachtel aus seiner Sakkotasche. Zumindest war sie mal weiß gewesen. Jetzt war sie schmutzig und ziemlich verschlissen. Sie sah fast aus, als hätte jemand sie ein Leben lang in der Faust gehalten.

Santos nahm Glorys Hand, drehte die Innenfläche nach oben und legte das Kästchen hinein. „Für dich."

Sie sah ihn erwartungsvoll an und las in seinen Augen tiefe, aufrichtige Gefühle. Leicht zitternd öffnete sie das Kästchen sorgfältig und voller Ehrfurcht. Darin lag, eingewickelt in Seidenpapier, ein Paar Ohrgehänge. Glory nahm sie heraus und hielt sie gegen die

Sonne. Die Perlen aus geschliffenem Buntglas glitzerten in allen Farben des Regenbogens.

„Sie gehörten meiner Mutter", erklärte Santos leise, nahm ein Gehänge, klippste es ihr ans Ohr und tat dasselbe mit dem anderen. „Sie sind das Einzige, was sie mir hinterlassen hat. Sie hat sie sehr geliebt."

„Ich werde sie in Ehren halten, Santos", versprach sie gerührt. „Immer."

Sie nahm ihn bei der Hand und führte ihn ins Haus und nach oben. Und dort, auf dem Bett im Sonnenschein, liebten sie sich. Und liebten sich wahrhaftig, zum ersten Mal seit ihren Teenagertagen, als sie zu jung gewesen waren, zu erkennen, dass sie zusammen das Paradies in Händen hielten.

Jetzt waren sie alt genug. Sie wussten es.

– ENDE –

Band-Nr. 25016
7,95 €
ISBN 3-89941-016-5

Elizabeth Lowell

Das Auge des Drachen

Bronzestatuen von unschätzbarem Wert verschwinden von einer Ausgrabungsstätte in China. Das Werk von Schmugglern? Oder stecken politische Machtinteressen hinter dem Verbrechen? Catlin, Ex-CIA-Agent und Asienkenner, wird von höchster Stelle um Aufklärung gebeten. Zusammen mit der schönen Kunstexpertin Lindsay Danner macht er sich auf die Suche, die sie in die dunkelsten, geheimnisvollsten Ecken Chinatowns führt, in eine gefährlich fremde Welt, wo selbst Mörder noch lächeln.

Ein packender Krimi und eine leidenschaftliche Liebesgeschichte um gestohlene Kunstschätze aus dem chinesischen Kaiserreich!

MIRA®

Band-Nr. 25018
7,95 €
ISBN 3-89941-018-1

Debbie Macomber

Happy End in Seattle

Kinder sind schlauer als Erwachsene. Das denken zumindest Meagan und Kenny. Sie wollen eine neue Frau für ihren Vater Steve und finden: Hallie ist genau die Richtige. Doch für die selbständige Grafikerin, bald dreißig und entschieden auf Männersuche, wohnt das Glück nicht nebenan. Sie versucht es mit ihrem Steuerberater: Fehlanzeige. Und auch die Kandidaten der Partnervermittlung sind eine Enttäuschung. Steve tröstet sie über die verpatzten Affären hinweg, aber erst als eines Tages seine Ex vor der Tür steht, merkt Hallie, dass sie eifersüchtig ist.

MIRA®

Alex Kava
Das Böse
Band-Nr. 25001 · 7,95 €
ISBN 3-89941-001-7

Gina Gray
Zeugin am Abgrund
Band-Nr. 25002 · 7,95 €
ISBN 3-89941-002-5

Erica Spindler
Macht des Schicksals
Band-Nr. 25003 · 7,95 €
ISBN 3-89941-003-3

Heather Graham
Mörderspiel
Band-Nr. 25004 · 7,95 €
ISBN 3-89941-004-1